KB046436

다윈의
악의 기원

다윈 영의 악의 기원

2016년 9월 20일 1판 1쇄
2024년 2월 20일 1판 12쇄

지은이 박지리

편집 김태희, 배정옥, 나고은 | **디자인** 홍경민 | **제작** 박흥기

마케팅 이병규, 이민정, 강효원 | **홍보** 조민희

인쇄 천일문화사 | **제책** J&D바인텍

펴낸이 강맑실

펴낸곳 (주)사계절출판사 | **등록** 제406-2003-034호

주소 (우)10881 경기도 파주시 회동길 252

전화 031)955-8588, 8558 | **전송** 마케팅부 031)955-8595 편집부 031)955-8596

홈페이지 www.sakyejul.net | **전자우편** literature@sakyejul.com

블로그 blog.naver.com/skjmail | **페이스북** facebook.com/sakyejul

트위터 twitter.com/sakyejul

ⓒ 박지리 2016

ISBN 978-89-5828-447-5 03810

다윈 영의 악의 기원

박지리 장편소설

사계절

차례

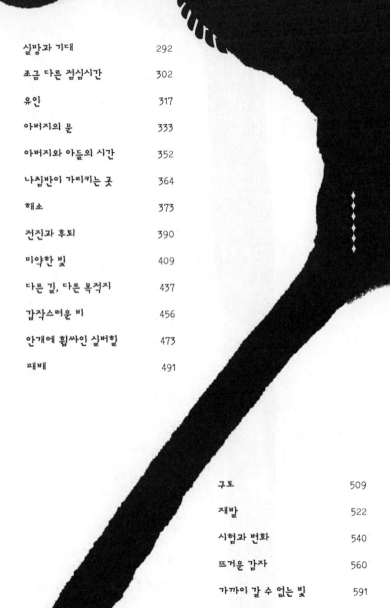

프라임스쿨

　　　　　　　　옛 수도원 건물을 기반으로 재건축한 프라임스쿨 교정 한가운데에는 위엄 어린 양식의 종탑이 하나 서 있는데, 뿌리를 잊지 않으려는 학교 정책의 일환에서인지 수도원의 색채가 많이 지워진 오늘날에도 기상 시간과 취침 시간이 되면 종지기가 직접 탑으로 올라가 종을 친다.

　취침 종이 울리면 말소리가 잦아들고 기숙사 불이 하나둘 꺼지는 게 프라임스쿨의 일반적인 취침 풍경이지만, 이례적으로 매월 둘째 주 금요일 밤에는 종소리를 무시한 채 늦게까지 소란이 이어지곤 한다. 평상시라면 당연히 지도에 나섰을 사감 선생들도 이날만큼은 자잘한 소음과 이동을 암묵적으로 용인하고 때론 격려까지 해 준다. 집으로의 복귀를 하룻밤 앞둔 학생들이 갖는 흥분을 충분히 이해하기 때문이다.

　이른바 '프라임 보이'라고 일컫는 프라임스쿨 학생들은 한 달에 한 번, 둘째 주 토요일 아침에 집으로 가서 가족과 시간을 보낸 뒤 월요일 아침에 다시 학교로 돌아오도록 돼 있다. 설립 당시 교칙의 상당 부분을 그대로 이어 가고 있는 보수적인 교풍을 뚫고 근래에 새로이 제정된 이 교칙은 인성이 형성되는 시기의 어린 학생들이 가정생활에서 완전히 유리되는 것을 막기 위한 뒤늦은 처방이었다.

이 개혁적인 교칙이 생기기 전까지 학생들은 6년의 교육과정 중 오로지 한 학년이 끝나는 겨울방학에만 집으로 돌아갈 수 있었다. 엄격한 규율과 정해진 일과에서 벗어나 드디어 개인적인 시간을 갖게 된 학생들은 여행 준비를 하듯 설레는 마음으로 밤새 짐을 꾸렸다.

그러나 학교에서 품었던 기대와 달리 막상 집에 돌아온 프라임 보이들은 가정생활의 여러 부분과 충돌했다. 프라임스쿨의 식당에 비해 터무니없이 작은 식탁에 앉아 마주 본 부모는 어딘가 모르게 왜소하게 느껴졌고, 대중문화와 동떨어진 탓에 형제들과도 관심 있는 공통 화제를 찾을 수가 없었다. 평범한 학생들처럼 스케이트장에 가거나 시시한 카드놀이를 하면서 온종일을 보내는 것도 너무나 큰 손실로 여겨졌다. 가족과 보내는 날들이 길어질수록 가정생활에 스며들기는커녕 혼자가 된 것 같은 이질감만 더 커져 갔다.

점차 그들은 가족과 시간을 보내는 대신 혼자 산책을 하거나 방문을 닫은 채 프라임스쿨 도서관에서 빌려 온 책을 읽는 것으로 그 이질감을 달랬다. 온 가족이 함께 놀러 가는 날에도 공부를 핑계로 혼자만 집에 머물러 있곤 했다. 그런 날엔 방문 날짜를 잘

못 맞춘 손님처럼 빈집을 서성이다가, 자기가 없는 동안 벽에 바뀌어 걸린 새 그림을 오래도록 바라보았다. 자신과 그림 중 어느 쪽이 이 집에서 더 낯선 존재인지 묻는 이방인의 눈동자로. 방학 막바지에 다다라서는 수준 낮은 질문을 하는 형제들을 의도치 않게 무시하는 바람에 싸움이 일어나기도 했고, 중재에 나선 부모에게 아이답지 않은 권위적인 모습을 보임으로써 당혹감을 넘어선 모멸감을 주기까지 했다.

그렇게 그들은 겨우내 가정 안에서 겉돈 채 지내다 새 학년이 시작되는 2월이 되면 하숙 생활을 끝낸 양 가뿐히 짐을 꾸려 프라임스쿨로 돌아왔다. 물론 학교에 와서는 다시 집을 그리워했다. 부모 형제와의 서먹한 감정은 스스로 생각해도 이상한 것이었다. 새로운 사람을 사귀지 못하고 자유를 맘껏 누리지 못한 것에 대한 후회도 뒤늦게 밀려왔다. 그러나 프라임스쿨의 과중한 학업 일정은 결코 아이들이 향수병에 오래 취해 있도록 내버려 두지 않았다. 자신이 가야 할 길을 잘 아는 학생들 역시 금세 그리움을 떨쳐 내고 새로운 지식을 배우는 데 몰두했다. 그러다 보면 금방 봄이 찾아왔고, 가족을 향한 그리움은 자연스레 '지난 겨울의 것'으로 밀려나게 되었다.

학교를 향한 학생들의 이러한 높은 충성도는 프라임스쿨의 우월적이고 영예로운 지위가 자아를 막 형성하기 시작한 어린 아이들을 짧은 시간 안에 매료시킨 데 그 뿌리가 있었다. 대학에 상응하는 최고 고등 교육기관으로 공인된 후 근 200년간 흔들림 없는 위상을 지켜 온 프라임스쿨의 설립 이념은 재능 있는 아이 한 명을 전인격적으로 교육해 미래에 만 명의 우두머리가 될 재목으로 길러 낸다는 것이었다. 그 목적을 달성하기 위해 프라임스쿨은 국가로부터 특권적인 지위를 부여받았고, 그 지위는 고스란히 학생들에게로 물려졌다. 신분 계급제가 폐지된 후에도 프라임 보이들의 위상만은 굳건했다. 물론 그 영광스러운 자리에 앉기 위해 먼저 치열한 경쟁을 펼쳐야 함은 당연한 일이었다.

1지구 소년들은 열세 살 겨울이 되면 이른 성인식을 치르듯 프라임스쿨 입학시험에 응시하는 것을 전통으로 삼는다. 최상위 지구에서 태어난 후계자들로서 자기가 가지고 태어난 그릇을 판정받기 위한 중간 의식을 치르는 것이다. '12월의 시험'이라고도 불리는 이 입학시험엔 단지 소년 한 명의 진학만이 아니라 소년이 소속된 가문 전체의 명예가 걸려 있기도 해 프라임스쿨 출신인 아버지나 할아버지가 일찍이 가정교사를 자처해 후손의 입성을 돕는 것도 드문 일이 아니었다.

표면적으로는 모든 지구의 소년들이 프라임스쿨 입학시험에 응시할 수 있었지만, 실제로는 1, 2, 3세 상위 지구 너머에서 온 지원자는 단 한 명도 없었다. 남부럽지 않은 부를 갖춘 2, 3지구 아이들마저도 웬만큼 자신이 있지 않고서는 쉽사리 출사표를 던지지 못했다. 프라임스쿨에 입학하기 위해서는 우수한 시험 성적뿐만 아니라 추천서나 면접, 가문의 내력 등이 다각도로 고려되는데, 이 각각의 요건에서 타 지구 소년들이 1지구 소년들보다 뛰어나기란 거의 불가능에 가까운 게 현실이었다. 오랜 세월을 거치며 프라임스쿨은 자연히 1지구의 유산으로 통용되었고, 간혹 운 좋게 기회를 얻은 2, 3지구 출신들은 학창 시절 내내 주변인으로 전락한 기분을 맛보아야 했다.

　그러나 '예비 입학생'이라 여겨지는 1지구 소년들마저도 프라임스쿨 문 앞에선 다른 지구 소년들에 못지않은 패배감을 느낄 수밖에 없었다. 1지구의 열세 살 남아 수가 한 해 오만여 명인 것에 반해 프라임스쿨은 매년 단 이백 명의 신입생만 뽑게 돼 있기 때문이다. 시험에 떨어진 학생들은 어쩔 수 없이, 그 역시 명문이긴 하지만 프라임스쿨의 아성에는 한참 못 미치는, '일반 학교'에 가야 했고 그런 탈락자들은 학창 시절을 지나 성인이 돼서까지 열등감에 시달렸다. 2, 3지구 아이들은 출신의 한계를 변명으로 삼을 수 있기라도 하지만, 1지구 아이들은 오롯이 자신의 모자람을 탓할 수밖에 없었다.

　이처럼 치열한 경쟁을 거쳐 입학 허가 통지서를 받은 이백 명의 아이들은 선택받은 자의 영광을 더 누리기 위해서라도 어느 한 가정의 일원보다는 프라임스쿨의 구성원으로서 인격과 정체성을 형성해 갔다.

　열네 살에 입학해 스무 살 초반에 학교를 떠나기까지 프라임 보이들은 학업이 주는 고통과 기쁨을 함께 겪어 냈다. 학업의 이면에서는 서로의 사소한 버릇을 공부하듯 습득했고, 같은 것을 보고 동시에 웃고 동시에 슬퍼했다. 그런 감정의 동일화가 이루어지는 동안 그들의 말투와 몸에 밴 태도, 눈빛에서 풍기는 분위기도 점점 닮아 갔다. 이러한 나날이 셀 수 없이 반복된 결과, 졸업식 날의 소년은 6년 전 입학식 날의 소년과는 전혀 다른 인격체로 변화하게 되었다. 수련을 끝낸 프라임 보이의 탄생이었다.

　그러나 그 변화가 모두에게 기쁨만을 주는 것은 아니었다. 프라임스쿨에 아들, 형제를 보낸 가족들은 졸업식 날, 아무나 오를 수 없는 영광의 제단 위에 우뚝 선 혈육을 자랑스러워하면서도 자신들과 공통점을 찾아볼 수 없는 한 어른을 마주하고는 놀라고 당황하여 선뜻 다가가기를 망설였다. 그는 가족과 있을 때보다 자기 동료들과 어깨를 나란히 하고 서 있을 때 훨씬 더 자연스러워 보였다.

예전엔 한 가족이 겪는 이러한 상실을 당연히 감수해야 할 일로 여겼다. 특별히 정결하게 태어난 자식을 신에게 바치는 것처럼, 우수하게 태어난 아들을 프라임스쿨이라는 위대한 교육기관에 보낸 이상 함께 생활하며 얻는 가정의 사소한 기쁨들은 마땅히 포기해야 하는 것으로 간주했다. 그러나 시대가 바뀌어 점차 가족의 가치가 대두되면서 가정에서는 아직 어린 아들을 명예로운 학교에 빼앗기는 것을 걱정했고, 학교에서는 학생들이 가정의 윤리를 갖추지 못한 결격 있는 성인이 되는 것을 우려하기 시작했다. 이들이 머지않아 가정을 이루어 남편이 되고 아버지가 되어야 할 것이라는 점을 생각하면 걱정은 더욱 깊어질 수밖에 없었다. 그리하여 10여 년 전 열린 프라임스쿨 위원회 정기회의에서는 한 달에 한 번 학생들을 가정으로 돌려보내 가족의 전통을 습득하게 하자는 개혁적인 결정이 이루어졌다. 이후 학생들은 이전보다는 훨씬 편하게 가정과 학교생활 사이에서 균형을 잡을 수 있게 되었다.

집으로 돌아갈 날을 하루 앞둔 7월 둘째 주 금요일 밤, 동기숙사 3층 창가는 아직 불을 밝히고 있었다.

다윈은 조금 전에 울린 취침 종소리에 계속 귀를 기울였다. 다른 때와 달리 오늘은 청동 종 소리의 여운을 조금 더 느끼고 싶었다. 멀어져 가는 아득한 종소리가 편지에 어울리는 문장을 찾는 데 도움을 줄지도 몰랐다. 훌륭한 시인들도 어쩌면 이렇게 사라져 가는 무언가를 붙잡으려 하다가 모두를 놀라게 하는 글귀와 맞닥뜨리는 것 아닐까…….

그러나 잃어버린 책을 찾아다니는 룸메이트 에단 때문에 방에 머무르고 있던 청동 종의 울림은 금세 흩뜨려지고 말았다.

"아무 데도 없어. 정말 완벽하게 사라져 버렸어. 분명히 이 층에 범인이 있는 것 같은데 말이야."

에단은 집으로 가져가야 하는 책이 보이지 않는다면서 옆방까지 돌아다니며 책의 행방을 묻고 있었다. 쉽게 찾을 수 있을 것 같지는 않았다. 책은 양말과 더불어 프라임스쿨에서 소유권을 주장하기 힘든 물품 중 하나이기 때문이다.

"개인은 정당한 값을 지불한 모든 물건에 소유권을 주장할 수 있다. 소유하고자 하는 욕망은 인간의 본능이므로 법이 그 본능을 엄격하고 체계적인 문구로 다스려 줄 때만이 구성원끼리 신뢰가 쌓이고 사회가 안정될 수 있다. 즉, 소유권이 확실한 사회는 신뢰할 수 있는 사회의 방증이기도 한 것이다."

지난 법학 시간에 교수가 개인의 소유권을 이렇게 설명했을 때, 주의를 끄는 목소리를 가진 누군가가 물었다.

"그 말은 곧 누구의 양말인지를 가지고 매일 다투는 우리 프라임스쿨은 확실한 권리 체계를 갖추지 못한, 신뢰할 수 없는 사회라고 해석해도 되는 겁니까?"

당돌한 질문은 양말을 잃어버린 적도, 훔쳐 본 적도 있는 수많은 피해자들과 가해자들의 웃음을 이끌어 냈다.

'엄숙한 성城'으로 알려진 프라임스쿨 안에서도 이런 식의 가벼운 조롱은 종종 일어났다. 주로 자유가 제한된 자신들의 처지를 자학하거나 학교의 폐쇄성을 비꼬는 내용이었다. 그러나 막상 그 모든 조롱의 가면을 벗겨 보면 놀라울 것도 없이 영광스러운 P 자 배지를 가슴에 달 때와 똑같은 자부심 어린 얼굴들이 숨어 있을 것이다. 권위적이고 특권적인 학교를 비웃음으로써 학생들은 더 권위적이고 특권적인 사람이 될 수 있었다.

다원은 재미있는 의견이라고 생각하며 뒤를 돌아 질문자의 얼굴을 확인했다. 얼굴은 익지만 개인적으로 이야기할 기회는 없었던 서기숙사 학생 레오 마샬이었다. 법학 수업을 제외하면 가끔 축구 클럽에서 마주치는 게 전부였다.

교수는 수업이 중단된 것에 불쾌한 표정을 지으며 말했다.

"실상이 그렇다면 양말의 소유권 강화 규칙을 하나 더 만들도록 교장 선생님과 위원회에 건의하마. 레오 마샬, 제보 고맙구나."

그 한마디로 분위기는 단숨에 역전되었다. 기숙사 학교에서 교칙이 하나 더 늘어나는 것만큼 괴로운 것은 없었다. 교수의 어조가 너무 진지한 바람에 교수 스스로 농담이라고 밝히기 전까지 강의실 대기엔 원망의 감정이 서려 있었다.

다원은 별 의미 없이 지나갔던 그날이 이렇게 다시 생생하게 기억나는 것에 흥미로운 기분이 들어, 늦긴 했지만 소유권 강화를 주장한 교수와는 다른 대안을 제시한다는 생각으로 말했다.

"프라임스쿨에선 책이 공공재라는 걸 받아들여. 그러면 잃어 버린 게 아닌 게 되잖아."

"그냥 책이 아니라 할아버지 서재에서 빌려 온 초판본이었단 말이야."

에단은 아쉬운 표정을 지으며 책상 가까이 다가왔다. 다윈은 쓰고 있던 편지지를 자연스럽게 뒤집어 품 가까이로 감추었다. 에단이 어깨 너머로 보며 물었다.

"그런데 넌 아까부터 뭘 쓰고 있는 거야?"

다윈은 즉흥적으로 말을 만들어 냈다.

"별거 아냐. 그냥…… 집에서 가져올 물건 중에 빠뜨린 게 있는 것 같아서 적고 있었어."

에단은 같이 알아내 주겠다는 듯 생각에 잠기더니, 잠시 후 대단한 발견이라도 한 것처럼 목소리를 높였다.

"아, '오래된 것들' 행사에 낼 물건을 빠뜨린 거 아냐?"

편지를 쓰고 있다는 사실을 숨기려고 아무 핑계나 댄 것이었는데, 그러고 보니 '오래된 것들' 행사를 까맣게 잊고 있었다. 에단이 말해 주지 않았다면 주말 동안 집에서 오래된 물건을 찾아볼 생각도 못 했을 것이다. 다윈은 "정확해."라고 말하며 에단을 향해 주먹을 내밀었다. 에단은 주먹을 맞부딪치면서 "역시 좋은 룸메이트지?" 하며 의기양양해했다.

잠시 뒤, 에단이 침대에 누워 완전히 자기 일에 몰입한 것을 확인하고 다윈은 뒤집었던 종이를 다시 바로 했다. 들키고 싶지 않다는 생각 때문인지 자신이 하고 있는 일이 불순하게 느껴졌다. 아니면 절대적으로 순수하길 바라는 열망이 너무 커 잠깐의 머뭇거림도 이물질처럼 느껴지는 것이거나. 다원은 스탠드 불빛에 편지지를 비춰 보았다. 편지지에 남은 희미한 손자국이 혹시 지저분하게 보이지 않을까 염려스러웠다.

　　내가 너무 갑자기 편지를 줘서 놀란 건 아닌지.
　　매년 추도식에서 널 볼 때마다 말을 건네 보려 했는데 왜인지 계속 어긋나기만 해서 이렇게 시간을 허비할 바엔 편지를 쓰는 게 낫겠단 생각이 들었어. 이번에도 말을 걸지 못하면 또 1년을 기다려야 하니까.

　　책상에 앉은 지 한 시간이 지났지만 단어 하나하나가 가지는 느낌에 심혈을 기울인 탓에 편지는 아직 도입부도 벗어나지 못했다. 다원은 예비 법학자가 되어 쓰는 논술 시험 답안보다 자신의 마음을 담은 작은 편지지 한 장을 채우는 것이 훨씬 더 어렵게 느껴졌다.
　　다원은 외부인들이 프라임스쿨에 가지고 있는 편견이 어떤 것인지 알고 있었다. 사람들은 프라임 보이들이 표현할 수 있는 감정이란 이성의 수준에 한참을 못 미쳐 수학자나 법학자는 되겠지만 결코 시인은 될 수 없다고들 얘기했다. 그러나 다원은 자신의 이성과 감정이 그 기울기가 느껴질 정도로 불균형을 이루는 것을 경험해 본 적은 없었다. 법학 시간만큼은 아니지만 작문 시간도 나름 즐거웠다. 하지만 오늘은 사람들의 편견을 수긍해야 할 것 같았다. 멋진 말로 편지지 한 줄을 채우는 게 이렇게 어려운 일인 줄 몰랐다. 하룻밤 새 모국어가 이제 겨우 철자만 뗀 외국어가 된 것 같았다.

다음 문장이 도무지 떠오르지 않자 다원은 책상 벽에 붙여 놓은 외국어 동사 변화표를 걷어 그 안에 감추어 둔 사진을 바라보았다. 2년 전 체육대회 때 학교 행사를 기록하는 학생회 촬영팀에서 관중석을 찍은 사진인데, 운명적이게도 그 안에 루미가 있었다. 루미는 프리메라 여학교 교복을 입고 있어서 더 주목을 끌었다. 물론 루미라면 아무 옷이나 입고 군중들 사이에 섞여 있어도 가장 눈에 띌 테지만.

'넌 유일하고 특별해. 이제껏 이 지구에 한 번도 존재한 적 없었던 새로운 생명체처럼. 네 눈동자와 뺨, 입술, 어깨를 만들어 낸 능력자는 일생 동안 오로지 너 한 사람만 만들어 냈을 거야.'

혀끝에 맴도는 온갖 부끄러운 속삭임을 편지지에 그대로 옮길 수만 있다면 사진에서는 보이지 않는 루미의 팔과 다리, 영혼까지 칭송해 가며 주저 없이 편지지를 채울 수 있을 것 같았다. 다원은 그 즉흥적인 감정에 휩싸여 '널 다시 만나기까지의 1년은 영원처럼 긴 시간이야.'라고 적었지만, 너무 갑작스러운 고백인 것 같아 흔적 없이 지워 버렸다. 아직은 마음을 온전히 고백할 수 없었다. 루미와는 어른들 틈에서 겨우 얼굴만 익힌 사이고, 최악의 경우엔 이미 남자 친구가 있을 수도 있었다. '루미 헌터의 남자 친구'라는 존재를 떠올리니, 다원은 그 힘에 자신이 지워져 버리는 기분이었다. 한 번도 느껴 본 적 없는 일방적인 패배감이었다. 다원은 부디 조이 아저씨가 딸의 이성 교제에 엄격하길 바라며 다시 펜을 들었다.

오래전부터 너와 친구가 되고 싶었어. 루미 너도 나와 같은 생각을 한 적이 있다면 오늘 밤 우리 집으로 전화해 줄래?

다시 한번 제이 아저씨의 평안을 빌게. 아저씨의 추도식을 이용해 너에게 편지를 전해 주는 것이 예의에 어긋나는 일이라는 걱정도 들지만, 한편으론 우리가 친구가 된다면 하늘에 계신 아저씨도 기뻐하실 거라는 확신이 들어. 제이 아저씨는 우리를 만나게 해 준 분이니까.

내 편지가 불쾌했다면 그대로 버려도 좋아.

다원은 마지막 줄에 집 전화번호를 적는 것으로 편지를 정리했다. 버려도 좋다고 쓰긴 했지만, 막상 루미가 쓰레기통에 편지지를 버리는 상상을 하니, 막 출항한 배의 돛이 바람에 갈가리 찢기는 것을 바라보는 기분이 들었다. 그러나 다원은 비관적인 생각에 오래 짓눌려 있지 않기로 했다. 아무튼 내일은 집에 가는 날이고, 1년 만에 루미를 다시 만나는 날이었다.

성난 바람을 예고하는 별은 어디에도 보이지 않았다. 오히려 목적지로 정한 집의 전경과 루미의 얼굴이 더해지자, 성공적인 항해로 이끄는 기분 좋은 훈풍이 느껴졌다. 다원은 먼저 잠이 든 에단을 따라 불을 끄고 침대로 들어갔다. 눈을 감자 사라졌던 종소리가 어둠 속에서 다시 길게 울려 퍼졌다.

넥타이

    네온 강이 내려다보이는 완만한 언덕을 따라 길게 내리뻗은 '호두나무 거리'는 1지구의 대표 고급 주택 지역 중 한 곳으로, 특히 정부 관료들이 많이 산다고 해 '두뇌'라는 별칭으로 불렸다. 이곳의 호두나무들은 집주인의 내력에 따라 각기 수명이 달라 아직 묘목에 불과한 것이 있는가 하면 수령을 추정하기 힘든 고목도 있었다. 하늘을 가릴 정도로 울창한 호두나무가 있는 집은 그것만으로도 자연스레 그 집의 주인들이 대대로 국가와 맺었던 관계를 연상시켜 사람들에게 경외심을 심어 주었다.

  관료들이 각자의 정원에 호두나무를 심는 전통은 국가가 오늘날과 같은 구조로 정비된 시대부터라고 전해진다. 많은 나무들 중 왜 하필 호두나무를 선택했는지는 뚜렷하게 밝혀진 것이 없지만, 목재와 열매가 두루 유용하게 쓰이는 호두나무의 특성이 효율성을 중시하는 관료들의 구미에 맞았을 거라는 가설과, 실리보다는 오히려 후손을 의미하는 호두 열매의 신화적 상징성이 건국 영웅들에게 더 큰 영감을 주었을 거라는 추측이 넝쿨처럼 얽혀 있었다. 사실이 무엇이든 간에 각각의 설명은 나름의 타당성을 지니고 있었고, 풍성한 이야기는 호두나무 거리의 전통을 더욱 깊게 해 주었다.

문화교육부 차관 니스 영의 2층 저택은 호두나무 거리의 경사로를 지나 언덕이 평지처럼 고른 곳에 자리 잡고 있었다. 외관의 장식을 최소화한 직선 구조와 통유리로 넓게 튼 2층 창이 이웃의 고풍스러운 저택에 비해 현대적인 분위기를 풍기지만, 주변의 분위기와 동떨어진 위화감을 줄 정도는 아니고, 다만 이 집의 주인은 젊은 관료이지 않을까 하는 기분 좋은 추측을 낳게 했다.

7월의 둘째 주 토요일, 니스는 오전에 청사로 가서 일을 처리한 뒤 약속 시간에 맞춰 세 시쯤 집으로 돌아왔다. 법적으로 마땅히 누려야 할 여가 시간이지만 2년 전 봄, 문교부 차관으로 임명된 뒤로 토요일은 국가에 반납한 것이나 마찬가지였다. 법정 근로 시간과 토요일 휴가는 실상 낮은 직급의 공무원들이나 누릴 수 있는 권리인 셈이었다. 그나마 다행인 건 싱글이라는 개인적 상황 덕에 배우자가 있는 남자였다면 가정보다 일을 우선시함으로써 아내에게 가졌을 일종의 죄책감에서 면제되었다는 것이다. 그러나 그것은 물론 남편의 역할만을 생각할 때 그런 것이고, 아버지라는 입장에서는 일 때문에 아들에게 더 많은 관심과 시간을 주지 못해 늘 미안했다. 비록 시간에 관해서는 프라임스쿨에 다니는 아들이 자신보다 더 인색한 환경에 놓여 있다고 할 수 있겠지만.

서로 간에 부족한 시간을 만회하기 위해 니스는 아들이 프라임스쿨에서 돌아오는 둘째 주 토요일만큼은 꼭 함께 시간을 보내려고 했다. 오늘도 외국에서 시차를 감안하지 않고 보낸 서류만 아니었다면 아들과 보내는 휴일의 반을 일에 할애하지는 않았을 것이다. 게다가 오늘은 제이의 서른 번째 추도식 날이기도 하니. 니스는 손목시계로 시간을 확인했다. 아마 지금쯤이면 케이터링 직원들이 추도식 준비를 시작했을 것이다.

집으로 들어서자 소파 근처에 누워 있던 벤이 열렬히 품 안으로 뛰어들어 왔다. 아들이 없을 때 집에서 이만한 애정을 주는 존재는 또 없으니, 벤도 자식이나 마찬가지였다. 니스는 "다윈이 집에 와서 흥분한 모양이구나."라고 말하며 벤의 머리를 쓰다듬었다. 뒤이어 나온 마리가 "이런, 차관님 양복이 다 망가지잖아." 꾸짖으며 벤을 떼어 냈다. 니스는 옷에 묻은 벤의 털을 가볍게 털어 내며 "다윈은?" 하고 물었다. 마리는 벤이 꼼짝 못 하도록 잡고서는 "추도식 갈 준비를 하는 것 같던데 부를까요?" 했다. 니스는 "아니, 나도 준비를 해야 하니까."라고 말하며 방으로 들어갔다.

가는 데 걸리는 시간을 감안하면 아직 한 시간 남짓 여유가 있었다. 니스는 재킷에서부터 넥타이, 셔츠, 바지까지 모두 벗고 화장실로 들어갔다. 추도식에도 어울리는 정장이라 얼마든지 그 차림 그대로 가도 괜찮았고, 샤워를 해야 할 정도로 땀이 난 것도 아니었지만, 시간을 들여 깨끗이 몸을 닦아 냈다. 물론 아무리 물로 씻어 낸대도 깨끗한 기분이 들지 않을 거라는 건 알았다. 제이의 집에 들어가기 전 몸에 밴 관청 냄새라도 지울 수 있으면 다행이었다.

샤워를 마친 니스는 늘 쓰는 가벼운 향의 향수를 뿌리고 새 옷으로 갈아입었다. 그런 뒤 머리를 손질하러 침대 옆에 세워져 있는 전신 거울 앞에 섰다. 거울 속에 말끔한 차림의 한 남자가 서 있었다. 어디서 왔는지, 무엇을 하는지, 어떤 기분인지 알 수 없는 낯선 남자였다. 다만 나이가 너무 들어 보였다. 거울에 부딪친 햇살에 니스는 찡그리듯 미소를 지었다. 제이에 비하면 나이를 너무 많이 먹은 것은 사실이었다.

"다 됐니? 이제 그만 나가 봐야 하는데."

네 시가 조금 못 돼 니스는 2층으로 올라가 아들의 방문을 노크했다. 안에서 "들어오세요."라는 말소리가 들렸다. 문을 여니 다원이 거울에 바짝 붙어 서서 넥타이를 매고 있었다.

"아직도 다 안 입었어?"

다원이 거울 위로 탐구적인 눈빛을 빛내며 대답했다.

"넥타이가 제가 원하는 대로 잘 매어지지 않아서요."

니스는 "어디 보자." 하며 다원의 넥타이를 살피고는 "괜찮은데."라고 말했다. 그냥 하는 말이 아니라 실제로 흠잡을 데가 없었다. 매일 아침 스스로 프라임스쿨 교복을 단정히 차려입는 아이가 넥타이 하나 못 맬 리가 없었다. 그런데도 다원은 "아니에요. 보세요, 양쪽이 대칭이 아니잖아요."라고 말하며, 만족스럽지 않은 표정으로 다시 넥타이를 풀었다.

그 순간 거울 속에 다원과 자신의 모습이 함께 비치는 것을 본 니스는 자기도 모르게 입가에 미소를 지었다. 시간이란 때때로 이 거울과 같아서 현재 안에 늘 과거를 품고 있는 걸까. 중학교에 입학한 지 얼마 지나지 않은 일요일 아침, 벽장 거울 앞에 달라붙어 넥타이를 풀었다 맸다 하던 자신의 모습이 떠올랐다.

"예배에 지각을 하고 싶은 거냐? 대충 하고 어서 가자."

그때 자신 역시 뒤에 서서 재촉하는 아버지에게 "조금만요, 정확하게 대칭을 이뤄야 한단 말이에요."라며 고집을 피웠다. 어렸을 때의 자신은 대칭 같은 학문적 용어는 잘 쓸 줄도 모르고, 넥타이 따위의 형식적인 차림에도 아무 관심 없는 좀 풀어진 성격이었는데, 이상하게 그날만은 다원처럼 비뚤어진 넥타이에 계속 신경이 쓰였다. 어쩌면 당시 마음에 품고 있었던 여자애와 교회에서 마주칠 것을 기대했기 때문인지도 몰랐다.

"아무리 해도 이상해요. 아버지가 대신 매 주시면 안돼요?"

정말로 부탁을 하려던 건 아니었다. 소탈한 성격의 아버지가 평소에 넥타이를 잘 매지 않는다는 것은 자신이 가장 잘 알고 있었다. 다만 사업으로 늘 외국에 나가 있던 아버지가 짧은 일정으로 오랜만에 집에 온 터라 어리광을 부리고 싶은 마음에 한 말이었다.

그것도 모르고 아버지는 엄하게 훈계를 했다.

"넥타이 같은 거야 아무러면 어떠냐. 남자가 그런 사소한 거에 연연해하고……. 행여나 엄마에게 부탁할 생각은 마라. 자기가 할 수 있는 만큼만 하고 가면 되는 거야."

그날 거울에 비친 아버지의 얼굴과 귓가에 들린 아버지의 목소리가 바로 어제 일처럼 생생하게 떠올랐다. 비록 꾸중을 듣긴 했지만 그때는 아버지를 미워하지 않았다. 아버지 말대로 남자는 넥타이 따위의 사소한 것에 연연해서는 안 된다고 생각했다. 친구들 아버지와 달리 샌님이 아닌 아버지가 오히려 자랑스러웠다……. 그래, 그때는 아버지를 자랑스러워했다. 존경하고 사랑했다. 아버지를 미워하게 된 건 아버지가 넥타이를 고쳐 매 주지 않은 이유를 알게 된……. 아니지, 그보다는 그 이유를 감추기 위해 내가 했던…….

"아버지."

넋을 잃고 과거로 끌려가던 니스는 자신의 발걸음을 막아서는 목소리를 듣고 고개를 돌렸다. 넥타이를 새롭게 맨 다윈이 "이번 것도 마음에 안 들어요."라고 말하며 앞에 서 있었다. 갑자기 허물어진 시간의 경계 때문인지 순간 아들을 자기 자신으로 착각했던 니스는 곧 희미하게 들리는 시계 초침 소리에 정신을 차렸다.

"늘 잘하다가도 어느 날 이상하게 잘 매어지지 않는 날이 있지. 어디 한번 볼까?"

니스는 다윈의 목을 향해 손을 뻗었다. 사랑하는 아들을 위한 단순한 호의일 수도 있지만, 어쩌면 자기도 모르게 그 손짓 속에 아버지의 전철을 밟지 않겠다는 단호한 다짐을 실었는지도 모른다. 그날 아버지는 잘못 맨 넥타이를 바로잡아 주지 않았지만, 자신은 아들이 애먹고 있는 문제를 기쁜 마음으로 해결해 줄 것이다. 교회 입구에 들어서기 전에 어머니가 다정한 말로 용기를 주며 넥타이를 손봐 주었던 것처럼.

니스는 다윈과 마주 보고 서서는 한쪽으로 미세하게 쏠려 있는 넥타이를 고쳐 주며 물었다.

"그런데 오늘따라 왜 이렇게 신경을 쓰는 거지?"

"격식을 차려야 하는 날이잖아요."

"하지만 작년까진 안 그랬던 것 같은데."

"그땐 열다섯 살이었고 이젠 열여섯 살이니까요."

다윈은 넥타이로는 부족한지 갑자기 "저도 향수를 뿌릴까요?"라고 물었다. 니스는 겨우 한 살 더 먹어 놓고 어른인 척 구는 아들에게 웃음이 나왔다.

"뭐하러. 이런 거 없이도 좋은 향기가 나는데. 나이가 들면 싫어도 꼭 뿌려야 할 때가 올 거란다."

"그때가 되면 아버지가 쓰시는 걸 쓸래요."

"영광이지."

거울로 넥타이 상태를 확인한 다윈은 "완벽해요." 하며 만족스러운 웃음을 지었다. 그러고는 언제 넥타이와 씨름을 했느냐는 듯 "늦기 전에 어서 출발해요." 하며 밖으로 뛰어 내려갔다.

해맑은 다윈의 모습에 니스는 다시 웃음이 나왔다. 계단을 밟는 아들의 경쾌한 발소리가 잠자고 있던 집을 깨우는 것 같았다. 니스는 다윈을 따라 나가려고 문 쪽으로 몸을 틀었다. 그런데 그 순간 갑자기 꼼짝도 할 수 없게 침울한 기분이 몰려왔다.

넓게 창이 트인 다윈의 방은 1층보다 훨씬 많은 햇빛을 받아들이고 있었다. 창으로 쏟아지는 빛이 방 안 사물에 닿아 바닥 여기저기에 기하학적인 그림자가 생겨났다. 가장 밝은 빛 옆에서 가장 어두운 그늘이 만들어지는 것이 보였다. 빛과 어둠으로 고약하게 조각난 세계 같았다. 니스는 손바닥만 한 파편 위에 홀로 고립되어 서 있는 기분이 들었다. 어디로 발을 내디뎌야 할지 알 수 없었다. 그때 멀리서 다원이 외치는 소리가 들렸다.

"아버지, 뭐 하세요? 어서요."

니스는 아들의 음성이 자신을 이끌어 주는 구조 신호인 양 갈피를 못 잡고 있던 걸음을 가까스로 한 발짝씩 옮겨 방을 나갔다.

추도식

벽난로 앞에 세워진 제이 아저씨의 사진 앞에 꽃을 바치고 돌아오던 다윈은 거실 한쪽에서 추모객들이 나누는 속삭임을 듣고 그쪽으로 고개를 돌렸다. 이웃 주민으로 추측되는 중년 여자 셋이 무척이나 생기 넘치는 얼굴로 서로가 하고 온 액세서리를 칭찬하고 있었다. 그들뿐만이 아니었다. 거실과 복도, 식당 곳곳에서 훌륭한 미술품과 좋은 가전제품 이야기가 진지하게 오가고 있었다.

다윈은 그런 세속적인 대화가 불편해 추모객들이 나누는 말소리가 부디 헌터 노부부의 귀에 들리지 않기를 바랐지만, 그들을 마냥 비난할 수만도 없었다. 죽은 지 30년이 지난 사람의 추도식이라면 촛불을 흔들며 탄식하기보다는 그를 추억하는 사람들이 가볍게 술을 나누어 마시며 친목을 다지는 게 한편으로는 더 자연스러울 수도 있기 때문이었다. 자신 역시 이 추도식을 온전히 제이 아저씨만을 위한 시간이 아닌 루미와의 만남을 위한 기회로 삼고 있기는 마찬가지였다.

다원은 주변을 둘러보았다. 30년이 지난 지금까지 추도식의 경건함과 엄숙함을 고수하고 있는 사람은 제이 아저씨 가족 말고는 아버지 한 명뿐인 것 같았다.

"올해로 제이가 우리 곁을 떠난 지 30년이 흘렀습니다. 제가 그렇듯, 제이와 같은 나이였던 아이들은 모두 한 가정의 남편이자 아버지가 되었습니다. 그러나 저는 매년 이 자리에 서면 다시 열여섯 살로 되돌아가는 기분이 들곤 합니다. 실은 조금 전에 현관을 들어설 때도 마치 제이가 직접 문을 열어 주며 반갑게 맞이해 줄 것 같은 착각이 들었습니다. 아마도 제이의 흔적이 배어 있는 이 집을 30년 동안 변함없이 지키고 계시는 훌륭하고 사려 깊은 부모님 덕분이겠지요……. 비록 짧은 생을 살다 갔지만, 저에게 제이는 인생의 스승입니다. 저는 제이의 삶을 통해 죽음은 결코 끝이 아니며 죽음 뒤에 인간의 삶은 다시 두 갈래로 나뉜다는 것을 알게 되었습니다. 흔적도 없이 이 세상에서 잊히거나 사랑했던 사람들의 기억에서 영원히 살아 있거나……. 저를 포함해 오늘 이 자리에 모인 여러분은 제이가 어떤 길로 갔는지를 알려주는 표석입니다. 부디 오래오래 제이 헌터를 기억해 주시기 바랍니다."

다원은 옛 친구의 죽음에 아버지가 고수하는 엄격함이 좋았다. 죽음을 존중한다는 건 그만큼 삶을 존중한다는 것이고, 삶을 존중한다는 건 인간을 진정으로 사랑한다는 의미였다.

추도사가 끝난 뒤, 다원은 아버지와 함께 제이 아저씨의 부모님인 헌터 노부부와 그의 동생 조이 아저씨 부부에게 인사하러 갔다. 제이 아저씨의 아버지인 해리 할아버지는 젊어서는 유명한 사진작가였는데, 일흔 살 쯤에 발병한 치매로 지금은 사람들을 거의 기억하지 못하게 됐다.

인사를 하자 헌터 노부인이 해리 할아버지를 보며 말했다.

"올해 추도식에도 니스가 큰 도움을 주었어요. 나는 이제 기력이 없어서 혼자선 이렇게 많은 손님을 못 치러요. 니스가 꽃에서부터 음식까지 모두 준비해 주어서 얼마나 수월했는지. 어서 고맙다고 인사하세요."

헌터 노부인이 부축하며 인사를 권하자 해리 할아버지는 부인을 돌아보며 "오늘은 집에 있는 거지? 그렇지?"라며 엉뚱한 소리를 했다. 노부인이 미안하고 민망한 기색으로 얼굴을 붉혔다. 그걸 눈치챈 아버지가 재빨리 "아저씨는 여전히 어머니에게 푹 빠져 있으신가 봐요." 하며 노부인의 부끄러움을 자연스럽게 자부심으로 바꾸어 주었다. 다윈은 그런 아버지가 자랑스러웠고, 아버지가 사람들을 대하는 태도를 배우고 싶었다.

비록 해리 할아버지 본인은 자신의 과거를 잊었지만 할아버지 양복 가슴에 달려 있는 휘장은 그 어떤 말보다도 할아버지의 빛나던 시절을 응축해 들려주고 있었다. 문화 예술가들 중 사회 발전에 지대하게 공헌한 거장들에게 정부에서 수여하는 훈장이라고 했다. 이렇게 가까이서 보는 건 처음이라 다윈은 새를 형상화한 금 배지를 유심히 살펴보았다.

문득 "해리 헌터 씨가 훈장을 받는 데 네 아버지가 힘을 많이 썼다는구나." 했던 할아버지의 목소리가 떠올랐다. 아버지가 문교부 차관으로 임명되고 얼마 지나지 않아서의 일이었다. 할아버지는 언짢은 표정으로 중요한 공직에 오르자마자 친구 아버지를 위해 권력을 쓴 것은 경솔한 행동이라고 했다. 불법은 아니지만 훗날 대통령 출마 같은 중요한 순간이 왔을 때 사람들 입에 오르내리게 되는 일이라며 "워낙에 마음이 약해서." 하고 혀를 쯧쯧 찼다. 다원은 아버지를 걱정하는 할아버지 마음은 이해했지만, 오늘 할아버지도 이곳에 와서 30년 전엔 아들을, 지금은 기억을 잃은 이 힘없는 노인을 봤다면 분명 잘한 일이었다고 아버지를 칭찬해 주었을 것이라는 확신이 들었다.

허리가 굽은 해리 할아버지의 몸엔 젊어서의 영광은 조금도 깃들어 있지 않았다. 할아버지의 전성기를 증명할 수 있는 것은 가슴에 달린 새 휘장이 유일했다. 어린 아들과 영광스러운 기억을 잃은 노인에게서 저 작은 금빛 새마저 날아가 버린다면 무척이나 허전할 것이다.

그때 조이 아저씨가 악수를 청해 왔다.

"다원, 고맙구나. 프라임스쿨 학생이 바쁜 건 세상이 다 아는데 잊지 않고 올해도 참석해 줘서."

다원은 조이 아저씨의 손을 잡으면서 슬며시 주변을 둘러보았다. 루미는 보이지 않았다. 다원은 실망스러운 마음을 숨기며 대답했다.

"당연히 와야 하는 건데요."

"당연히는 무슨. 네 나이 때 이런 자리에 오는 게 얼마나 어색한지 알고 있단다."

"지난 15년간 참석했는데 갑자기 안 오면 그게 더 어색할 거예요."

인사치레가 아닌 진심에서 하는 말이었다. 지난 15년 동안 한 해도 빠지지 않고 제이 아저씨의 추모식에 참석했는데, 이제 와 안 온다면 인생의 한 부분이 중단되는 기분이 들 것이다. 물론 한두 살 때의 기억까지는 없었다. 그러나 함께 추모식에 참석한 사람들이 "그때 다원 네가 얼마나 크게 울었는지 아니?", "제이의 추모식이 아니라 네 울음을 달래는 기원식이었지.", "촛불이 너무 많으니까 무서웠던 모양이야."라고 전해 주는 이야기를 들으면서, 지워진 시간마저 기억의 틀 안에 끼워 넣을 수 있었다.

확실하게 기억이 나는 건 아마도 다섯 살 때의 추모식부터였을 것이다. 아버지를 따라 제이 아저씨의 사진 앞에 꽃을 바치던 장면이 머릿속에 남아 있었다. 물론 그때 그 꽃이 가진 의미까지는 정확하게 알지 못했다. 추모식이 어떤 것이고 제이 아저씨가 어떤 사람인지를 확실히 자각한 것은 여덟 살 때였다. 막연하게 죽은 사람은 모두 나이 든 사람이라고 생각하고 있었기 때문에 사진 속 남자가 너무 어리다는 느낌을 받았던 기억이 강렬하게 남았다.

헌터 노부인이 주변을 살피며 "우리 아기 호랑이는 어디 갔을까? 손님들과 인사하지 않고."라고 말했다. 그러자 조이 아저씨가 "아기 호랑이는 무슨……. 손님들도 계신데 제발 그렇게 부르지 마세요. 이제 열여섯 살이잖아요."라고 약간 핀잔하듯 말하더니 "식당에서 케이크라도 먹나 보죠."라고 했다.

다원은 아기 호랑이가 루미를 말한다는 것을 알아챘다. 아기 호랑이라니. 루미에게 어울리는 사랑스러운 애칭이었다.

이윽고 헌터 노부인은 가까이 있는 손님들에게 양해를 구한 뒤, 아들 부부와 함께 남편을 부축해 방으로 들어갔다.

아버지가 그 뒷모습을 지켜보며 안타까우면서도 뭔가 그리워하는 목소리로 혼잣말을 했다.

"예전의 아저씬 우리의 영웅이었는데……."

다윈은 추억에 잠긴 아버지가 잠깐이지만 어린아이처럼 느껴졌다. 그때였다.

"감동적인 추도사였어. 네 말을 들으니까 정말 제이가 이 집에 계속 살고 있는 것 같은 기분이 들던걸."

다윈은 뒤를 돌아보았다. 낯선 남자가 아버지에게 다가와 악수를 청했다. 다윈은 남자를 발견한 아버지의 얼굴이 순간적으로 굳어지는 것을 느꼈다. 아버지에게서 한 번도 본 적 없는 얼굴이었다. 그러나 아버지는 곧 "오랜만이야."라고 웃으며 남자에게 악수를 청했다. 어두웠던 찰나의 표정은 만남을 전혀 예측하지 못한 뜻밖의 사람을 마주한 데서 온 당혹감인 것 같았다.

남자는 아버지가 내민 손을 왜인지 바로 잡지 않고 머뭇대더니 곧 악수에 응하며 아버지처럼 반갑게 웃었다.

"'오랜만이야.'라니. 25년 만에 만난 친구에게 하는 인사치고는 너무 서운하네. 제이에게는 그렇게 애틋한 추도문을 써 주면서."

"그새 25년이 흘렀나? 그러고 보니 고등학교를 졸업하고 서로 다른 대학으로 진학한 뒤로는 만난 적이 없는 것 같네. 그래도 소식은 신문을 통해 듣고 있어. 늘 좋은 얘기뿐이라서 따로 걱정할 일이 없던걸."

"늘 좋은 얘기뿐인 건 니스 너겠지. 역대 가장 젊은 문교부 차관이라니. 몇 년 뒤엔 장관 자리에도 오를 거 아냐. 어렸을 때를 생각하면 상상이나 할 수 있는 일이야? 그 공상가 니스 영이 공무원이 될 줄 누가 알았겠어."

다원은 남자의 말이 다소 공격적이긴 해도 그 안에 아버지를 향한 애정이 있음을 느꼈다. 남자의 빈정거림은 오랜만에 만난 어른들끼리 하는 장난인 것 같았다. 다원은 아버지의 어린 시절을 친근하게 이야기하는 남자의 정체를 궁금해하며 아버지가 남자를 소개해 주기를 기다렸다. 가벼운 미소로 "어릴 땐 다 공상가지."라고 대수롭지 않게 말한 아버지는 뒤늦게 자신을 향한 호기심 어린 눈빛을 인지하고 남자에게 말했다.

"아, 소개가 늦었네. 여긴 내 아들 다원 영. 다원, 아버지 학창 시절 친구였던 버즈 마샬이란다. 인사드리렴. 너도 들어 봤지? 버즈 미디어라고. 거기 대표란다."

다원은 "안녕하세요."라고 먼저 인사를 하며 버즈 아저씨와 눈을 맞추었다. 시선을 돌린 아저씨는 짧은 순간 무엇인가에 놀란 사람처럼 움칫하더니 이윽고 관찰하는 눈빛으로 오래 시선을 맞추었다. 다원은 자신을 바라보는 아저씨의 눈길이 다소 과한 것 같다는 생각이 들긴 했지만, 계속 눈을 마주치고 있으니 부담스러운 느낌보다는 오히려 따뜻한 감정이 전해져 왔다. 버즈 아저씨가 곧 악수를 청하며 물었다.

"그래, 반갑구나. 몇 살이니?"

다원은 악수에 응하며 대답했다.

"열여섯 살이에요."

아저씨는 "자유를 제일 갈망할 나이구나."라고 말하면서 장난스럽게 덧붙였다.

"아버지가 문교부 차관이면 집에서 같이 사는 게 꽤나 고역이겠구나."

그러자 아버지가 피식 웃으며 "애한테 괜한 바람 넣지 마."라고 대꾸했다. 다원은 어린 시절 친구와 격의 없이 이야기를 나누는 아버지를 처음 보는 터라 그 모습을 지켜보는 것이 꽤 신선하고 흥미로웠다.

"그럴 시간도 없는걸요. 기숙사 학교라서 한 달에 한 번밖에 집에 못 오거든요."

"한 달에 한 번 집에 오는 학교라면…… 프라임스쿨에 다니는 거니?"

다원은 프라임스쿨을 다닌다고 밝힐 때마다 사람들이 보이는 과장된 반응에 약간의 부담을 느끼고 있었다. 그것은 개인적인 성취이지 다른 사람들에게 칭송받을 일은 결코 아니라고 생각했다. 다원은 대화가 '프라임스쿨을 다니는 기분' 쪽으로 흘러가지 않기를 바라며 "네, 3학년이에요."라고 대답했다. 그런데 아저씨의 반응은 일반적인 찬사가 아닐 뿐만 아니라 오히려 이쪽의 놀라움을 불러일으키는 것이었다.

"내 아들 녀석도 프라임스쿨에 다니는데, 레오 마샬이라고. 걔도 3학년이란다. 만나 본 적 없니?"

다원은 지난번 법학 시간에 인상적인 질문을 했던 서기숙사 학생이 아저씨의 아들이란 사실에 깜짝 놀랐다. 그러고 보니 성이 같았고 두 사람이 풍기는 느낌도 어딘가 비슷했다. 다원은 어젯밤 '에단의 책 실종'으로 우연히 그날 수업 시간 일화를 떠올린 것이 마치 지금의 만남을 위한 암시였던 것으로 여겨져 반갑게 대답했다.

"기숙사가 달라서 만날 기회는 적지만 법학 수업을 같이 들어요."

아저씨는 "재미있구나."라고 말하며 묘한 표정을 지었다.

"네 아버지와 나는 비프라임 출신인데, 그 아들들은 프라임스쿨에 다니고 있다니. 니스, 이런 경우는 거의 없지 않아? 프라임스쿨 위원장이니 잘 알 거 아냐?"

아저씨의 말투는 어딘가 모르게 냉소적이었다. 아버지는 "시대가 많이 바뀌었으니까."라고 대꾸하며 덧붙였다.

"본인 재능만 있으면 아버지 출신이 무슨 상관이겠어. 실제로 2, 3지구 아이들도 있는데."

"있어 봤자 구색을 맞추는 정도겠지. 시대가 바뀐들 프라임스쿨의 높은 벽이 낮아질 리가 있겠어? 뭐, 그게 그 학교의 정체성이지만. 어찌나 높은지 쳐다보려면 고개가 아프지."

아버지는 프라임스쿨 위원장으로서 학교에 대한 이야기가 계속 나오는 게 부담스러운지 화제를 다른 곳으로 돌렸다.

"레오가 학교에 다니는 건 나도 알고 있었어. 위원장이 된 후 재학생 명단에서 레오 마셜이라는 이름을 발견했을 때는 설마 하긴 했지만. 버즈, 네가 아들을 프라임스쿨에 보낼 줄은 몰랐거든."

"나랑은 무관한 일이야. 공부에 취미도 없는 녀석이 별안간 프라임스쿨에 가겠다고 해서 가장 놀란 건 나였으니까. 뭐, 워낙에 속을 모르겠는 녀석이라……. 그런데 레오가 내 아들인 줄 알았으면 다윈에게 얘기 좀 해 주지 그랬어? 아버지들을 이어서 자식들도 친구가 되면 좋을 거 아냐."

"그러게, 생각은 했는데 워낙 다윈과 만나는 날이 적어서 깜박했나 봐. 뭐, 앞으로도 기회가 있겠지. 게다가 아직 아이들인데 부모를 통해 소개받는 것보단 자기들끼리 자연스럽게 어울리는 게 좋잖아."

아저씨는 "그건 그렇지."라고 수긍하며 말을 이었다.

"기왕 이렇게 말이 나왔으니 잘됐네. 니스, 실은 내가 오늘 여기 온 건 제이의 30주년 추모식 때문이기도 하지만, 반은 프라임스쿨 때문이거든."

아버지는 전혀 짐작이 안 되는 이야기라는 듯 의아한 목소리로 물었다.

"프라임스쿨 때문이라니?"

"사실은 올 초에 채널 원에서 크리스마스에 방영할 다큐멘터리 하나를 의뢰받았어. 지난번에 국제 필름 페스티벌에서 상 받은 게 효과가 있었던 모양이야. 주제는 뭐든지 해도 된다지만 평상시보단 좀 온건했으면 좋겠다더군. 방영 날짜를 크리스마스라고만 지정하지 않았으면 나도 '온건'이라는 말은 가볍게 비웃어 버렸을 거야. 그런데 크리스마스라는 게 말이야, 생각보다 꽤 부담을 주더군. 반군 게릴라들의 인터뷰 같은 걸로 화이트 크리스마스를 블랙으로 만들고 싶진 않거든. 그래서 여태껏 주제도 못 정하고 시간만 허비했는데 얼마 전 네온 강 주변을 산책하다가 갑자기 생각이 떠오른 거야. 프라임스쿨 다큐멘터리를 만들어야겠다고. 채널 원에서도 대찬성이더군. 당연히 그러겠지. 프라임스쿨은 안개 속의 성 같은 곳이니까 그 안에 카메라를 들이댄다면 '온건'하면서도 그 자체로 파격적인 작품이 나오지 않겠어? 그래서 학교 측에 촬영 허가를 요청했는데 위원회에서 먼저 가결을 해 줘야 한다는 거야. 사실상 거절이나 다름없는 말투였지. 나도 위원회에 아는 인맥이 없었으면 다른 데를 뚫어 보려 했을 거야. 그런데 그럴 것도 없었지. 그 위원회 위원장이 누구야, 바로 내 친구 니스 영이잖아."

어렸을 때 하던 행동인지 아저씨는 아버지의 어깨를 가볍게 잡고 흔들며 말을 이었다.

"그래서 네 사무실에 전화를 했는데 비서인지 보좌관인지가 무려 한 달 뒤로 면담을 잡아 주더군. 그 친구는 다큐멘터리 제작이란 게 오늘 찍어서 내일 방송하는 거라고 생각하는 모양이야. 안 그래도 1년 제작 기간 중에 벌써 반년을 썩혔는데 더 이상 시간 낭비를 할 순 없지. 그래서 여기 온 거야. 네가 30년째 제이의 추모식에 참석한다는 건 소문으로 들어 잘 알고 있으니까."

아저씨의 들뜬 어조와 달리 아버지는 차분한 목소리로 말했다.

"버즈, 미안하지만 여기서 일 얘기는 하고 싶지 않아. 오늘은 가족끼리 추모하며 보내는 시간이잖아."

"그저 일 얘기만인 건 아니잖아. 프라임스쿨은 제이에게도 의미가 있는 곳이니까."

아저씨가 사적으로 접근하는 것을 아버지는 "프라임스쿨 개방은 나 혼자 결정할 수 있는 일이 아니야."라거나, "이름만 위원장이지 실상 내가 갖는 권한이란 건……." 하면서 공적인 문제로 바꾸었다.

다원은 프라임스쿨을 두고 나누는 아버지와 아저씨의 대화가 흥미롭긴 했지만, 언제까지 이 자리를 지키고 있어야 하는지 난감했다. 계속 여기에 묶여 있다간 루미에게 편지를 전해 줄 타이밍을 놓쳐 버릴지도 몰랐다.

다원은 잠시 대화가 중단된 틈을 타 "아버지." 하고 조용히 속삭였다. 시선이 마주치자 아버지는 이 자리에서 벗어나고 싶어 하는 속마음을 바로 알아채고 그렇게 할 수 있도록 자연스럽게 말을 꺼냈다.

"아, 그래. 우린 얘기를 더 해야 할 것 같으니 다원 너는 가서 뭐라도 먹는 게 어떠니? 케이크가 맛있다고 하는 것 같던데."

다원은 아저씨에게 "만나서 반가웠습니다."라고 인사했다. 아버지를 설득하느라 얼굴이 다소 붉어졌던 아저씨는 금세 미소 지으며 "나도 만나서 반가웠다, 다원. 조만간 다시 볼 수 있으면 좋겠구나."라고 했다. 다원은 자기가 등을 돌리자마자 "니스, 25년 만의 만남인데 너무 방어적으로 나오는 거 아냐?"라고 아버지를 향해 서운한 기색을 드러내는 아저씨의 목소리를 뒤로 하고 거실 쪽으로 걸어갔다.

아버지가 추도사를 할 때만 해도 가족들과 함께 있는 것을 보았는데 어느 순간부터 루미의 모습이 보이지 않았다. 다원은 조용한 걸음걸이로 거실 곳곳을 옮겨 다니며 추도객들을 살폈다. 검은색 옷을 입은 보통의 추도객들과 다르게 루미는 프리메라 여학교의 여름 교복인 하얀 블라우스에 초록색 치마를 입고 리

본 타이를 맸으니 어디에 있더라도 단번에 눈에 띌 것이었다. 물론 루미가 눈에 띄는 건 그 밝은색 때문은 아니었다. 세상에서 가장 어두운 색 옷을 입고 있더라도 루미는 눈부신 빛을 발할 것이다.

조이 아저씨 말대로 케이크를 먹고 있을지도 몰라 식당으로 가 보았지만 루미는 보이지 않았다. 접대 서비스를 맡고 있는 직원이 디저트를 권했다. 다원은 실망감을 정중한 거절로 표현한 뒤 식당을 나왔다. 응접실에도, 정원에도 루미는 없었다. 화창한 날씨라 어쩌면 루미는 다른 약속이 있어 먼저 추도식장을 떠난 건지도 몰랐다. 둘이 있을 시간만 기다리느라 기회가 있었을 때 루미에게 편지를 주지 않은 것에 뒤늦은 후회가 들었다. 그 후회가 더해진 듯 편지를 넣어 둔 재킷 안주머니가 무겁게 느껴졌다. 더는 루미를 찾을 만한 데가 없는 것 같아 다원은 그만 아버지에게 돌아가려고 다시 집 안으로 들어왔다. 그런데 그 순간, 복도 끝에 2층으로 올라가는 계단이 눈에 띄었다.

해마다 해리 할아버지 집에 오지만 이제껏 2층에 올라가 본 적은 한 번도 없었다. 어렸을 때 잘 모르고 계단을 올라간 적이 있는데 그걸 본 아버지가 손을 잡으며 "손님은 1층에 머무는 게 예의란다."라고 일러 주었다.

주위를 둘러본 다원은 자신을 지켜보는 사람이 없는 것을 확인하고는 계단에 발을 내디뎠다. 이제는 혼자 2층에 올라간대도 말썽을 일으킬 나이가 아니었다. 조용히 올라갔다가 조용히 내려온다면 무례한 행동이 되지는 않을 것이다.

2층으로 올라오자 1층의 나지막한 소란이 차단되면서 주위가 고요해졌다. 계단 하나로 다른 차원의 세계로 넘어온 것 같았다. 2층에는 방이 세 개 있었다. 계단 쪽에서 가까운 방을 조심스레 열어 보니 박스와 청소 도구 같은 것들이 문 바로 앞에까지 쌓여 있었다. 맞은편은 다른 두 방과 문 색깔이 달랐는데, 1층의 화장실 문 색과 같은 것으로 미루어 여기도 화장실인 것 같았다. 어쩌면 루미가 이곳에 있을지도 몰랐다. 만약 그렇다면 화장실 문 바로 앞에서 기다리는 건 실례였다.

다원은 조금 멀리 떨어진 곳에 있어야겠다는 생각에 안쪽에 있는 방을 향해 걸어갔다. 가까이서 보니 그 방은 문이 살짝 열려 있었다. 다원은 호기심에 문틈으로 안을 슬쩍 들여다보았다가 순간 자기도 모르게 '아!' 하는 탄성을 지르고 말았다. 그 소리에 안에 있던 사람이 고개를 돌렸다.

진정한 추모

　　　　　　인기척 소리를 들은 루미는 침대에서 몸을 반쯤 일으켜 문 쪽을 돌아보았다. 문틈 사이로 남자애 하나가 서 있는 게 보였다. 방에서 그만 나오라고 말하러 온 아빠인 줄 알았던 터라 일단 안심이 되었다. 마음이 놓이자 남자애의 정체에 눈길이 갔다. 아는 아이였다. 다원 영. 매년 제이 삼촌의 추모식을 열어 주는 니스 아저씨의 아들이자 프라임스쿨 학생이었다. 루미는 다원이 2층까지 올라온 이유가 무얼까 싶어 그 답을 구하듯 빤히 쳐다보았다. 그런데 다원은 오히려 자기가 더 놀란 사람처럼 아무 말 없이 서 있기만 했다.

　"누굴 찾고 있니? 여긴 나밖에 없는데."

　침묵 상태의 대치가 너무 길어지는 것 같아 루미는 할 수 없이 먼저 입을 열었다. 그러자 다원은 뜻밖의 자신 없는 목소리로 "1층에 사람이 너무 많아서……."라고 대답하더니, 뭔가를 부끄러워하듯 고개를 숙였다. 루미는 그런 행동을 하는 다원이 이상해 보였다. 프라임 보이들은 왕위를 물려받을 후계자처럼 누구 앞에서든 자신만만하고 거만하게 구는 게 일반적이었다. 그런 태도가 흠결로 지탄받지도 않았다. 오히려 왕관을 떨어뜨리지 않도록 고개를 더 꼿꼿이 세우는 게 옳은 행동으로 여겨졌다. 그런데 지금 다원의 태도는 마치 자기 머리 위에는 그런 왕관이 얹혀 있지 않다는 식이었다.

그러고 보니 예전에도 다원에게서 지금과 비슷한 느낌을 받았던 기억이 떠올랐다. 2년 전 다원이 프라임스쿨에 입학하던 해의 추도식 때였다. 경건한 분위기를 저버리고 야단스럽게 축하하는 추도객들을 향해 다원은 간결한 감사 인사로 응대하며 그들의 관심을 자신이 아닌 추도식으로 돌렸다. 그날의 다원은 믿기지 않을 정도로 겸손했다. 그때의 기억과 지금의 모습이 겹쳐지자 루미는 어쩌면 다원이 제이 삼촌과 비슷한 정신을 공유하고 있는지도 모른다는 생각이 들었다. 프라임스쿨 입학시험에 합격하고도 프라임스쿨에 가지 않은 제이 삼촌처럼 다원 역시 자신을 완성해 가는 과정에 외적인 도움은 크게 필요치 않은 것이다. 다원에게 제이 삼촌의 한 면을 발견하고 나니 루미는 갑자기 우호적인 기분이 들어 다원의 말에 대꾸하듯 말했다.

"그래, 30년 전에 죽은 소년의 추도식치고는 사람이 너무 많긴 하지?"

다원이 어린아이 같은 태도로 대답했다.

"아직도 다들 제이 아저씨를 그리워하니까."

다원의 순진한 대답에 루미는 피식 웃으며 다원이 착각하고 있는 점을 바로 알려 주었다.

"그게 아니라 사실은 다들 케이크를 먹으러 온 거야. 너희 아버지는 항상 최고급 케이터링을 불러 주시니까. 아니면 너희 아버지에게 눈인사라도 할 목적인지도 모르고. 야망 있는 학부형들에게 오늘은 문교부 차관이자 프라임스쿨 위원장인 너희 아버지를 만날 수 있는 큰 기회잖아."

다윈은 아무 말도 없었다. 루미는 다윈을 향해 오른손을 펼쳐 보이며 말을 이었다.

"저 밑에 진짜로 삼촌을 그리워하는 사람은 이 손가락 개수보다 적을걸. 할머니 할아버지, 너희 아버지, 그리고…… 끝. 이 세 사람이 다야."

남은 손가락 두 개를 그대로 편 채 루미는 다시 침대에 드러누웠다. 늘 하던 생각이지만 입 밖으로 뱉고 나자 어쩐지 더 쓸쓸한 기분이 들었다. 그러나 엄밀히 말하면 그 세 사람마저 진정으로 제이 삼촌을 추모하는 건 아니었다. 진정한 추모는 결코 슬퍼하는 게 아니었다. 울며 꽃을 바치는 게 아니었다. 진정한 추모란 힘을 내 일어서서 삼촌의 죽음을 덮고 있는 미심쩍은 장막을 걷어 내는 것이었다. 삼촌 사진 앞에 아름다운 꽃이 아니라, 추악해도 진실을 밝힌 신문 한 부를 증정하는 것이었다. 그런 점에서는 자신을 제외한 모든 사람이 추도객의 자격에 못 미치는 것 같았다.

루미는 눈을 감고 제이 삼촌의 존재를 느꼈다. 삼촌이 누웠던 침대, 삼촌이 숨 쉬었던 공기, 삼촌이 했을 생각……. 삼촌은 머나먼 존재였다. 아니, 이제는 '존재'라고 부를 수조차 없는지도 모른다. 그러나 집에서 자신이 혼자라는 사실을 자각하게 된 것을 계기로 루미는 그때껏 자기 삶 가장자리에서 자기가 발견해 줄 때까지 기다리고 있던 삼촌의 존재를 감지했다. 그리고 삼촌과 똑같은 날에 열여섯 살이 된 순간부터는 이 세상에 살아 숨 쉬는 그 누구보다도 죽은 제이 삼촌을 자신의 중심에 있는 존재로 여겼다. 삼촌과 닿으면 더불어 자기 존재도 선명해지는 느낌이었다. 두 겹으로 갈라졌던 종이가 다시 하나로 포개어질 때 그 위에 쓰여 있던 글이 또렷해지는 것처럼.

루미는 문 쪽으로 돌아누우며 눈을 떴다. 진즉에 아래층으로 내려간 줄 알았던 다윈이 여전히 문 앞에서 있었다. 루미는 다윈이 왜 아직까지 이 자리를 지키고 있는지 의아스러웠다. 우물쭈물하며 어딘가 답답하게 구는 태도도 신경에 거슬렸다. 그러나 다른 한편으로는 정식으로 허락을 받기 전까지 방에 함부로 발을 들이지 않고 있는 다윈의 신중함이 마음에 들었고, 이런 프라임 보이에게라면 삼촌의 방을 보여 줘도 괜찮지 않을까 하는 생각이 들었다. 보통의 생각 없는 남자아이들이었다면 멋대로 방에 들이닥쳐 아무 물건에나 손을 대며 "이거 가져도 돼?"라고 물었을 것이다.

루미는 침대에서 일어나 앉으며 말했다.

"이 방은 삼촌이 살아 있던 30년 전 그대로야. 가구 위치나 벽에 붙여 놓은 사진들, 음악 방송을 녹음해 놓은 카세트테이프들까지 그대로 간직돼 있어. 할머니는 제이 삼촌이 살아 있는 것처럼 이 방을 돌보시거든."

루미는 손짓으로 다윈을 불렀다. 다윈은 죽은 사람 방에 들어

올 때의 경건함을 가지고 조심스럽게 발을 옮겼다. 루미는 그런 다윈의 태도가 마음에 들어 다윈을 옆자리에 앉게 한 뒤 말했다.

"꼭 우리가 태어나지도 않았던 30년 전으로 시간 여행을 온 것 같지 않아? 박물관에 있는 것들보다 이런 게 더 진실에 가까울 거야."

방을 둘러본 다윈이 감탄한 얼굴로 고개를 끄덕였다. 루미는 다윈의 표정을 눈여겨보고 있다가 다윈 쪽으로 돌아앉으며 "다윈 넌 인간에게 영혼이 있다고 생각해?"라고 물었다. 대답 여하에 따라 이 방의 더 깊은 곳으로 데리고 들어갈지, 아니면 여기서 그만 발길을 돌리게 할지 결정할 셈이었다.

다윈은 뜻밖의 질문에 조금 당황한 것 같았지만 곧 "있다고 생각해."라고 대답했다. 그러면서도 조건을 붙였다.

"하지만 모두가 가지고 있진 않을 거야."

루미는 호기심이 일어 물었다.

"그럼 어떤 사람들만 가지고 있는데?"

"다른 사람을 진정으로 사랑하는 마음을 가진 사람들만."

"사랑?"

"응. 사랑하는 마음이 없는 사람들에겐 영혼 같은 건 아무 쓸모도 없잖아. 쓸모없는 건 퇴화하는 게 진화의 법칙이겠지."

프라임 보이에게 기대한 철학적이고 과학적인 답과는 거리가 멀었지만, 루미는 다윈의 생각이 흥미로웠다. 진화론과 창조론을 독자적인 방식으로 잘 배합한 것 같았다.

"그럼 다윈 넌 영혼이 있는 사람이니?"

바로 전까지 분명한 생각을 밝히던 다윈은 그 질문엔 대답하기가 싫은지 말없이 애꿎은 재킷 주머니만 만지작거렸다. 루미는 그제야 자기가 지나치게 사적인 질문을 했다는 것을 깨달았다. 영혼이 있는 사람이냐고 묻는 건 진정으로 사랑하는 사람이 있느냐고 묻는 것이고, 그것은 여자 친구와의 관계를 의미하는 물음이 될 수도 있었다. 이제 막 대화를 시작한 남자애의 연애 경험을 캘 생각은 조금도 없었다. 루미는 다원이 불편해하지 않도록 화제를 돌렸다.

"다원 넌 사랑에 기준을 뒀지만 난 죽음을 두고 생각해 봤어. 죽은 사람의 영혼이 살아 있는 사람에게 전해지는 게 가능할까 하고 말이야. 왜냐면 난 삼촌 방에 이렇게 들어와 있으면 삼촌의 존재가 느껴지거든. 내가 이런 말을 하면 아빠는 내가 삼촌이 들었던 음악을 듣고, 삼촌이 읽었던 책을 읽으면서 그런 느낌을 스스로 부추기는 거래. 계속 그런 말을 했다간 할머니 집에 오는 것도, 이 방에 들어오는 것도 금지하겠다면서……. 넌 어떻게 생각해? 이 방 안에 삼촌 영혼이 정말로 있을까? 아니면 아빠 말대로 내가 만들어 낸 걸까?"

다원은 방금 전의 머뭇거리던 얼굴을 지우고 꽤 단호하게 대답했다.

"있다고 생각해."

"정말?"

"응. 나도 이 방에 들어와 보니까 너희 가족이 얼마나 제이 삼촌을 사랑하는지 느껴지거든. 살아서 이런 사랑을 받았다면 제이 아저씨 영혼은 불멸할 거야."

루미는 이제껏 누구에게서도 사랑이라는 감정의 위대함을

느껴 본 적이 없었다. 피를 나누긴 했지만 아빠나 엄마는 결코 자기와 위대한 사랑 같은 것을 주고 받을 만한 사람들이 아니었다. 그러나 다원의 짙은 갈색 눈동자는 신비한 공감 능력을 지니고 있었다. 눈에 영혼이 담겨 있다는 말이 사실이라면 다원의 영혼은 한 번도 숲을 벗어나 본 적 없는 아이처럼 맑을 것 같았다. 루미는 더 이상 다원을 시험하지 않아도 되겠다는 확신이 들었다. 다원은 이 방의 더 깊은 곳으로 들어올 자질과 자격을 충분히 갖춘 사람이었다.

"잠깐만 기다려. 너에게 보여 주고 싶은 게 있어."

루미는 그렇게 말한 뒤 책장으로 가 맨 아래 칸에서 백과사전만큼이나 두꺼운 사진 앨범을 꺼내 왔다. 침대에 앨범을 내려놓자 무게 때문에 침대가 출렁댔다. 루미는 앨범을 사이에 두고 다원과 나란히 앉았다.

"이건 우리 할아버지가 사진작가로 활동했을 때 찍은 사진들인데, 제이 삼촌의 열여섯 살 생일 때 할아버지가 선물한 거래. 삼촌이 직접 앨범 정리를 했다고 들었어. 이제는 손녀 이름도 오락가락하는 처지가 돼 버렸지만, 이 사진들을 보고 있으면 우리 할아버지가 정말 열정적인 사진작가였구나 하는 걸 느끼게 돼."

다원이 흥미로운 눈길로 사진을 살펴보았다. 루미는 다원이 사진을 감상할 수 있도록 충분한 시간을 주며 천천히 앨범을 넘겼다. 시간 역순으로 정리된 사진들 덕분에 한 장 한 장 넘길 때마다 과거 속으로 빨려 들어가는 기분이 들었다. 살아 본 적 없는 시대가 사진 한 장 크기로 압축되어 눈앞에서 다시 살아 움직였다. 네온 강이 갈라 놓은 두 지역을 잇는 다리 건설 현장, 종

교 지도자의 연설 장면, 행군하는 군인들, 외국 난민촌에 세워
진 천막…….

루미는 사진첩을 계속 넘기면서 다원에게 이야기했다.

"작년까진 아빠가 삼촌 방에 들어오는 걸 금지해서 나도 이
앨범에 대해서 알지 못했어. 아빤 내가 분별력이 없다나 뭐라나.
프리메라 여학생한테 분별력이 없다고 하는 사람은 우리 아빠
밖에 없을 거야. 물론 그 전에도 아빠 몰래 한 번씩 들어오긴 했
지. 할머니는 완전히 내 편이니까. 아무튼 그러다가 올해 4월에
삼촌과 똑같이 열여섯 살이 되자마자, 아, 사실은 내 생일이랑 제
이 삼촌 생일이 같은 날이거든. 우연이긴 하지만 신기하지? 난
운명이라고 생각하지만, 아무튼 그날 정식으로 아빠에게 얘기
했지. 이젠 나도 삼촌과 똑같은 나이가 됐으니 삼촌 방에 들어갈
수 있는 그 '분별력'이라는 게 생겼다고. 아빠도 더는 반대할 명
분이 없는지, 너무 자주 가서 할머니를 귀찮게 하지 말라고만 했
어. 할머니가 귀찮아한다니 말이 돼? 할머니가 나를 얼마나 좋
아하는데. 아무튼 그래서 이젠 자유롭게 삼촌이 읽던 책도 읽고,
침대 밑에 감추어 둔 물건은 없나 뒤져 보기도 하고, 집에서 카세
트 플레이어를 가져와서 저기 테이프에 녹음된 라디오 음악도
들어 볼 수 있게 됐어. 이러고 있으면 난 삼촌이 나랑 가장 친한
친구 같다는 느낌이 들어. 알 기회도 없이 세상을 떠나 버려서 더
많은 것을 알고 싶은 친구."

앨범의 거의 끝에 다다랐을 때 루미는 손을 멈추며 다원을 바
라보았다.

"그런데 얼마 전에 앨범에서 이상한 점을 하나 발견했어. 봐,

모든 페이지가 꽉 채워져 있는데 여기 이 부분의 사진만 빠져 있지?"

루미는 빈 곳을 가리키며 다원에게 "이게 어떤 의미 같아?"라고 물었다. 다원은 잠시 생각에 잠기는가 싶더니 "잘못 정리한 사진을 나중에 뺀 거야?"라고 되물었다. 루미는 다원의 일차원적인 대답이 아쉬웠지만 어쩔 수 없는 일이었다. 자기만큼 제이 삼촌을 알지 못하는 다원이 자기만큼 삼촌의 죽음에 의문을 가질 리 없으니까.

루미는 고개를 저으며 말했다.

"할머니는 제이 삼촌이 이 앨범을 보물처럼 여겼다고 했어. 봐, 모든 사진이 한 군데도 비뚤어진 데 없이 정확하게 간격이 맞춰져 있지? 삼촌은 이런 면에선 꽤 엄격한 성격이었던 것 같아. 뭐, 프라임스쿨 입학시험에 합격할 정도였으니 말 안 해도 알겠지만. 다원, 한번 생각해 봐. 이런 성격의 사람이 사진을 잘못 정리한 거라면 이대로 두었을 것 같아? 당연히 다시 정리하지 않았겠어?"

다원은 수긍하는 듯 고개를 끄덕거리더니 물었다.

"그럼, 누군가에게 주려고 일부러 뗀 건?"

사라진 사진이 있는 데가 풍경 사진을 모아 놓은 페이지였다면 가능한 이야기일 수도 있다. 옛날엔 사진이 꽤 귀했기 때문에 삼촌이 좋아하는 친구나 여자애에게 하늘이나 꽃 사진을 선물했을지도 모른다. 그러나 주변 사진들을 보면 그럴 가능성은 낮았다.

루미는 비어 있는 자리 주변 사진들을 가리키며 되물었다.

"하지만 옆의 사진들까지 같이 봐 봐. 그럼 사라진 사진이 어떤 건지 대강 짐작이 가지 않아?"

사진을 유심히 살펴본 다윈이 잠시 뒤 무언가를 깨달은 눈빛으로 고개를 들었다. 루미는 고개를 끄덕거렸다. 사진 속엔 60년 전, '후디'라고 불렸던 폭도들이 9지구의 어느 거리를 점령하고 있는 장면이 포착되어 있었다. 이전에도 봤던 사진들이지만 루미는 볼 때마다 이 어린 폭도들이 내뿜는 에너지에 묘한 기분이 들었다. 자신과 비슷한 또래의 아이들이 국가를 전복할 폭동에 참여했다는 사실이 지극히 현실적인 사진을 초현실적으로 보이게 만들었다.

"그래, 비어 있는 사진은 12월의 폭동쯤에 연속으로 찍힌 사진들 중 하나야. 사진 밑에 날짜가 나와 있지? 난 이런 중요한 사진을 삼촌이 다른 사람에게 선물했을 것 같지는 않아."

다윈이 압도된 얼굴로 말했다.

"너희 할아버지는 정말로 역사적인 사진작가셨구나."

루미는 치매에 걸린 노인이 할아버지의 전부가 아니란 것을 다윈이 알아준 것에 자부심을 느꼈다. 할아버지도 젊어서는 니스 아저씨 못지않게 영향력 있는 사람이었고, 헌터라는 성을 전 지구에 알렸다. 헌터 가문의 쇠퇴는 아빠 대에서 시작된 것이었다. 수재인 제이 삼촌이 살아 있었다면 할아버지가 이룬 영광이 이토록 허무하게 끊어지는 일은 결코 없었을 것이다.

다윈이 물었다.

"그런데 이 사진 한 장이 빠져 있는 게 그렇게 중요한 일이야?"

기다렸던 질문이 나온 것을 반기며 루미는 다윈 쪽으로 완전히 몸을 틀고 말했다.

"너도 대강은 알고 있지? 제이 삼촌이 이 방에서 강도한테 목 졸려 살해당했다는 얘긴. 바로 여기, 바닥에 쓰러져 있었대."

다원이 고개를 끄덕였다.

"불행하게도 범인은 잡지 못했지. 그런데도 경찰은 9지구 후디가 침입해 강도 짓을 한 거라고 결론 내렸어. 지금은 돌아가셨지만 당시 근처에 살았던 한 할아버지가 그날 새벽 한 시 무렵에 잠이 안 와서 정원에 나왔다가 후디가 거리를 뛰어가는 것을 봤다고 증언했거든. 당시엔 후디가 상위 지구를 침범하는 유사 범죄가 종종 일어났기 때문에 그런 사건들 중에 하나로 묻히고 끝난 거야."

루미는 다원이 자신의 이야기에 집중하고 있는지 확인해 가며 이야기를 이었다.

"하지만 삼촌 방엔 없어진 물건이 하나도 없었어. 심지어 책상 위에 지갑까지 그대로 있었대. 이상하지 않아?"

다원이 그 상황을 추측해 보는 듯 시간을 좀 두고 되물었다.

"원래 아저씨를 살해할 의도는 없었는데 상황이 잘못되는 바람에 당황해서 그냥 도망쳤던 걸까?"

다방면에서 압도적인 프라임 보이라지만 다원의 생각은 일반적인 추측의 선을 넘지 못했다. 루미는 다원의 부족한 추리력을 아쉬워하며 그때의 정황을 자세히 이야기해 주었다.

"경찰도 그렇게 말했지. 원래 목적지는 할아버지 방이었는데 외벽 비상계단과 이어진 삼촌 방으로 들어오기가 쉬우니까 먼저 삼촌 방으로 들어왔고, 그 과정에서 잠이 깬 삼촌과 맞닥뜨려 살해한 뒤 도주한 것이라고. 하지만 생각해 봐. 그 정도로 겁이 많은 9지구 후디가 애초에 1지구까지 올 수 있었을까? 1지구까지 침입했을 때는 당연히 살인 정도는 각오하지 않았겠어?"

"그 말은…… 루미 넌 경찰 발표를 믿지 않는다는 거야?"

"뭐, 어렸을 땐 당연히 믿었지. 뭘 모르니까 믿을 수밖에 없잖아. 하지만 나이가 들면서 생각해 보니까, 어떻게 다른 어른들은 그걸 그대로 믿었을까 싶을 정도로 의심쩍은 면이 보이기 시작했어. 경찰이 무시하고 넘긴 당시의 다른 정황을 조금만 더 유심히 살펴봤어도 범인이 미상으로 결론 나진 않았을 테니까 말이야."

"경찰이 무시하고 넘긴 다른 정황이라니?"

루미는 아직 잘 모르는 남자애에게 너무 많은 이야기를 하고 있는지도 모른다는 경계심에 잠시 입을 다물었다. 그런데 한편으로는 그 경계심 때문에 다윈을 더 알고 싶고 함께 이야기를 나누고 싶은 마음이 생기기도 했다. 이제 막 대화를 나누기 시작한 남자애가 자신으로 하여금 이렇게 많은 이야기를 하도록 탐구적인 태도를 취해 주고 있다는 사실이 흥미로웠기 때문이다. 이제껏 제이 삼촌 이야기에 이 정도로 귀를 기울여 준 사람은 아무도 없었다. 유일한 친구라 믿었던 레오조차도 삼촌 이야기는 지겨워했으니까.

루미는 경계심과 호기심이 뒤섞인 목소리로 속삭이듯 다윈에게 말했다.

"삼촌이 살해되던 날 새벽, 아빠는 삼촌 방에서 어떤 말소리를 들었다고 해. 우리 아빠 방이 예전엔 옆에 있는 잡동사니 방이었거든. 그래서 경찰이 아빠한테 왜 말소리를 듣고 방에 가 보지 않았느냐고 물으니까 아빠는 그냥 말소리였기 때문에 가 봐야 한다는 생각을 안 했다고 했어. 소리를 질렀으면 당연히 가 봤겠지만 그냥 말소리였기 때문에 가 보지 않았다고. 이 부분에서도 경찰의 설명은 설득력이 떨어져. 강도였다면 그렇게 말을 하고 있을 게 아니라 당연히 소리를 지르거나 도망쳤어야 하잖아?"

"소리도 지르지 못할 정도로 온몸이 얼어붙어 버린 거라면?"

루미는 다원이 제기하는 가능성을 차가운 태도로 일축했다.

"제이 삼촌은 그런 겁쟁이가 아니었어. 종군 사진기자인 할아버지의 피를 그대로 이어받아 용감하면서도 프라임스쿨 입학 시험에 합격할 정도로 현명한 소년이었다고. 강도한테 죽음을 당하더라도 비명 한번 못 지르고 죽을 사람이 결코 아니야."

다원은 자신이 실수했다는 것을 깨달았는지 미안한 기색을 보이며 다시 물었다.

"그럼 그 강도는 어떻게 해서 용감한 제이 아저씨 입을 다물게 할 수 있었던 건데?"

"그건 의외로 간단해."

루미는 이렇게 말한 뒤, 지금껏 누구에게도 얘기해 본 적 없는 비밀스러운 생각을 털어놓았다.

"제이 삼촌과 강도가 서로 아는 사이였기 때문이야."

다원이 놀란 얼굴로 물었다.

"두 사람이 아는 사이였다고?"

"그래."

다원은 혼란스러워 보였다. 루미는 쉽게 볼 수 없는 프라임 보이의 그런 모습이 마음에 들었다. 제이 삼촌 사건에 관한 한 프라임 보이보다 자신의 통찰력이 훨씬 더 뛰어났다.

루미는 앨범을 다시 가까이 가져오며 말했다.

"강도가 들어왔는데 없어진 게 아무것도 없었다, 심지어 지갑까지. 그건 일단 돈 때문은 아니란 얘기야. 당황해서 도망쳤느니 하는 경찰 발표는 자신들의 무능력을 감추려는 눈가림일 뿐이지. 그리고 강도는 삼촌하고 어떤 이야기를 주고받았어. 절대 처음 본 사이는 아니야. 그것만 알아낼 수 있다면 정말 큰 도움이 될 텐데. 단어 하나만이라도 알면 난 모든 이야기를 유추해 낼 자신이 있거든."

"그럼 조이 아저씨에게 물어보면 되지 않아?"

다원의 제안을 들은 순간 루미는 자기도 모르게 피식 웃어 버렸다. 다원을 비웃은 게 아니라 아빠를 비웃은 것이었다.

"난 신문 박물관에 가서 당시 삼촌 사건을 다룬 신문 기사를 다 찾아보았어. 그래서 알게 된 게 뭔 줄 알아? 아빠가 얼마 안 가바로 자신의 진술을 번복했다는 거야. 사건이 처음 기사화됐을 때는 분명 삼촌 방에서 말소리를 들었다고 했는데, 다음엔 잠결에 잘못 들은 것 같다고 말을 바꾸었어. 이상한 일이지? 자기 형이 죽었는데 동생이 그렇게 무책임한 모습을 보이다니."

"그건 아저씨가 어려서 착각했기 때문이 아닐까? 아저씬 그때…… 아홉 살이나 열 살 정도밖에 안 됐잖아."

루미는 바로 다원의 말을 반박했다.

"어려서 착각을 하고 증언을 번복한 것이라면 애초에 말소리를 들었다는 말 같은 건 왜, 어떻게 지어낸 걸까? 비명이 아니라 단순한 말소리였기 때문에 방에 가 보지 않았다는 신빙성 있는 설명까지 하면서 말이야. 아빠는 누가 강요한 것도 아닌데 스스로 먼저 그런 증언을 했어. 그건 그게 진실이라는 뜻이야. 아빠는 분명 거짓말을 했어. 경찰은 그 거짓말에 보기 좋게 넘어갔고."

"설마……. 아저씨가 왜 자기 형의 죽음이 얽힌 사건에 거짓말을 하겠어?"

루미는 다원이 제기하는 의문에 즉각 답을 주었다.

"제이 삼촌과 다르게 아빠 겁쟁이거든. 경찰이 이것저것 물어보는 게 겁나기도 했을 테고, 또 할아버지 할머니한테 혼날까 봐 무섭기도 했겠지. 아빠가 그 말소리를 듣고 바로 방에 가 보기만 했어도, 아니 최소한 내려가서 할아버지 할머니를 부르기만 했어도 삼촌이 그렇게 살해당하진 않았을 거잖아. 아빤 어른이된 지금도 나아진 점이 전혀 없어. 무슨 일에서건 현상 유지가 가장 좋은 거라고 생각하지. 내가 삼촌 얘기를 꺼낼 때마다 아빠는 힘들게 묻은 상처를 들추지 말라고 화를 내거나 아예 대화를 회피하는 식이야. 정말 딱 법원 7급 서기관이 되기 위해 태어난 사람 같지 않아? 재판관이 읊은 판결문을 아무 의심 없이 그대로 옮겨 적기만 하면 되니 얼마나 편하겠어."

다원은 아무 말이 없었다. 난감한 표정인 걸 보니 바로 앞에서 자기 아버지를 비판하는 자식의 모습을 보는 게 어색한 모양이었다. 루미는 비록 가족일지라도 문제점이 있는 한 냉철하게 평가하는 게 옳다고 믿는 쪽이었지만, 다원이 느끼는 불편함을 이해 못 하는 것도 아니었다. 니스 아저씨처럼 훌륭한 아버지를 둔 아들이라면 이 세상 다른 아버지들도 다 당연히 자기 아버지처럼 훌륭한 줄로만 알 테니까.

루미는 다원을 배려해 화제를 본론으로 돌렸다.

"아무튼 이렇게 미심쩍은 점이 많은데도 삼촌을 죽인 범인은 그대로 9지구 후디로 지목되었고, 반년 정도 추가 수사를 한 끝에 삼촌 사건은 그냥 미제 사건으로 넘어가 버렸어. 애초에 9지구 사람을 지목한 이상 범인을 잡는 건 불가능한 일이었겠지. 형사사건에선 피해자가 열일곱 살이 되는 해부터 공소시효가 기산되니까 드디어 내년 4월이면 살인범을 처벌할 수 있는 30년 공소시효가 끝나게 돼. 그 생각을 하니까 난 초조한 기분이 들기도 하고, 다른 사람들은 추도식에나 참석하면서 이 상황을 그냥 받아들여 온 것에 화가 나기도 했어. 그러다 얼마 전 앨범에 있는 이 단 하나의 빈 자리를 발견한 거야. 그 순간 난 사라진 사진이 삼촌의 죽음과 관련 있다는 걸 바로 직감했어. 아니, 이건 내가 느낀 게 아니라…… 뭐랄까, 제이 삼촌의 영혼이 나에게 말해 준 것 같은 기분이 들었어. 자신의 죽음에 얽힌 진실을 풀어 달라고."

루미는 이성적인 논리를 중시하는 프라임 보이가 자신을 지나친 신비주의자로 여기며 거부감을 느껴도 어쩔 수 없다고 생각했는데 다행히 생각이 그대로 드러나는 다원의 갈색 눈동자에는 이 자리를 피하고 싶어 하는 기색은 보이지 않았다.

루미는 그 눈빛에 힘을 얻어 다원에게 물었다.

"다원 넌 미싱 링크란 게 뭔지 알지?"

다원이 고개를 끄덕거리며 "인류 진화의 퍼즐을 맞출 수 있는 잃어버린 연결 고리?"라고 대답했다.

"역시 진화론자답구나. 난 이 앨범에서 사라진 사진 한 장이 일종의 미싱 링크처럼 느껴져. 사라진 사진이 범인에게 어떤 의미를 가진 사진인지만 알아낼 수 있다면 삼촌을 죽인 사람이 누군지도 알 수 있을 거야."

"그럼 루미 넌 제이 삼촌을 죽인 범인이 이 사진을 가져갔다고 생각하는 거야?"

루미는 질문의 답을 다원에게로 돌렸다.

"넌 어떻게 생각하는데? 그 추측에 합리성이 있는 것 같아?"

다원은 사라진 사진 자리를 신중하게 바라보더니 말했다.

"합리적인 추측인지 아닌지는 실증적인 접근이 더 필요할 것 같은데."

자신의 존재감을 과시하지 않는 태도는 보통의 프라임 보이들과 차이가 있었지만, 신중한 대답이 요구되는 순간에는 다원 역시 표본적인 프라임 보이의 면모를 그대로 드러냈다. 루미는 '영혼'과 '실증적 접근'의 영역을 자유자재로 넘나드는 다원의 정신적인 포용력이 마음에 들었다. 양쪽 세계에 걸쳐 있는 제이 삼촌의 죽음에 얽힌 진실을 밝히는 데 무척 유용할 것 같았다.

"그래, 네 말이 맞아. 아무리 완벽한 추측이라도 증명해 내지 못하는 한 아무 힘도 없는 거겠지. 그러면 다원, 그 증명을……."

말을 마치려던 그때 갑자기 방문이 활짝 열렸다. 다원과의 대화에 몰두한 나머지 발걸음 소리를 듣지 못했던 루미는 깜짝 놀라 문 쪽을 돌아보았다. 아빠였다.

"여기서 뭐 하니?"

기습적인 출현 때문인지 루미는 아빠가 자기 방에 무단 침입한 침략자처럼 느껴졌다. 루미는 그 기분이 눈빛에 그대로 드러나는 것을 굳이 숨기지 않은 채 대답했다.

"얘기 중이었어요."

"무슨 얘기?"

"프라임스쿨 남학생과 프리메라 여학생이 만나면 공통 화제가 꽤 많거든요. 외부인들은 잘 모르겠지만."

아빠가 시큰둥한 얼굴로 대꾸했다.

"그래, 난 외부인이라서 두 학교 학생이 무슨 얘기를 나눌지는 잘 모르겠다. 그런데 이 방에서만큼은 두 사람 다 외부인이라는 것은 확실히 알겠구나."

냉소적인 말투였던 아빠가 다원에게는 따뜻한 목소리로 말했다.

"다원, 아버지가 찾고 계시단다. 이제 가 봐야지."

다원이 침대에서 일어나며 말했다.

"조용한 곳을 찾다가 한번 올라와 봤는데 루미가 있어서 잠깐 이야기를 나누었어요. 불쾌하셨다면 죄송해요."

"불쾌하긴. 루미가 이 방을 너무 자기 것처럼 생각하는 것 같아서 주의를 줄 겸 한 말이었단다. 신경 쓰지 마렴. 참, 그런데 아버지에게는 이 방에 있었다고 얘기하지 않는 게 좋겠구나. 괜히 다원 네가 우리에게 폐를 끼쳤다고 생각하실 거야. 워낙 사려 깊으신 분이라……. 자, 배웅해 줄 테니 어서 내려가자."

감싸 안듯 다원의 어깨에 손을 두른 아빠의 몸짓에서 루미는 어쩐지 아빠가 자신과 다원의 접촉을 차단하려고 한다는 느낌을 받았다.

아빠가 방을 나가며 말했다.

"루미 넌 앨범을 제자리에 갖다 두고 침대도 깨끗이 정리해 놓고 나오렴. 알다시피 제이 삼촌은 흐트러진 걸 싫어하니까."

방에 들어온 걸 훈계하는 것치고는 지나치게 차가운 눈빛이었다.

잠시 뒤, 루미는 제이 삼촌 방 창가에 섰다. 부모님이 니스 아저씨와 다원을 배웅하는 모습이 보였다. 아빠가 아저씨에게 하는 인사도 어렴풋이 들려왔다.

"감사드려요. 매년 하는 말이라 염치도 없지만요. 그리고 역시 매년 하는 말이긴 하지만 이제는 정말 추도식을 그만 여는 게 좋겠어요. 어차피 아버지는 기억도 못 하시고 어머니도 손님을 치르는 게 힘들 만큼 노쇠해지셨으니…… 30년이면 충분하죠."

니스 아저씨가 미소를 지으며 아빠의 어깨를 가볍게 두드렸다. 일방적으로 추도식을 중단하려는 것에 대한 부드러운 질책으로 보였다.

인사를 마친 두 사람은 정원을 걸어갔다. 루미는 추도식의 책임자나 다름없는 니스 아저씨가 떠나는 것을 지켜보며 올해의 추도식도 아무 의미 없이 막을 내렸다는 공허감을 느꼈다. 그런데 그 순간, 울타리를 넘어서던 다원이 갑자기 고개를 돌려 창가를 힐끔 올려다보더니 무언가를 말하려는 듯한 눈빛을 보냈다. 어른들에게 둘러싸여 있어 찰나의 순간으로 끝나긴 했지만 분명히 어떤 의미를 가진 시선이었다. 어떤 의미…….

루미는 미소 지었다. 제이 삼촌의 진정한 서른 번째 추도식은 지금부터 시작되는 것이다.

파티 후의 쓸쓸함

7월의 둘째 주 일요일, 러너는 지하실로 들어가 바비큐 파티에 쓸 도구들을 꺼내 정원으로 날랐다. 일흔 중반에 달하는 나이 때문에 대형 그릴을 혼자 옮기는 일이 다소 버겁긴 했지만 벌써부터 휠체어를 타는 이웃 동년배들과 비교하면 자신의 육체는 여전히 흔들림 없는 나무와 같다고 자신할 수 있었다.

러너는 수돗가에 묶어 놓은 호스에 물을 틀고 솔로 그릴 틈새 하나하나를 열중해서 닦았다. 애나가 자기에게 맡겨 두고 그늘에 가서 그만 쉬라고 했지만, 러너는 어깨를 으쓱해 보이는 몸짓으로 거절의 말을 대신했다. 한 달에 한 번 아들과 손자가 방문하는 날에 손수 준비하는 바비큐 파티에 정성을 쏟지 않는다면 다른 무엇에 정성을 쏟을까. 러너는 얼룩 한 점 없는 그릴이 햇빛을 받아 눈부시게 반짝이는 것을 보고 만족스러운 미소를 지었다.

줄곧 옆에서 자리를 지키고 있던 애나가 말했다.

"다원이 할아버지 정성을 알아야 할 텐데요."

"이깟 걸 갖고 무슨. 큰일을 할 아이가 이런 하찮은 것에 신경 써서야 되나? 위대하고 고차원적인 생각을 해야지."

"아무렴요, 미래의 대통령이 될 아이니까요."

애나가 맞장구를 쳐 주기 위해 하는 말이란 건 알았지만 러너는 굳이 부정하지 않았다. 프라임스쿨에 다닌다는 사실만으로도 모두들 자연스럽게 미래의 대통령이나 대법관을 떠올리니, 아주 허황된 말도 아니었다. 이럴 땐 마음에도 없는 겸손을 떨기보다는 오히려 솔직하게 자신감을 드러내는 것이 상대방의 시기를 덜 사는 방법이었다.

"그래, 제 아버지의 뒤를 이어서 말이지."

러너는 은색으로 반사되는 화려한 빛 속에서 아들의 미래를 본 것처럼 미소 지었다. 차기 문교부 장관으로 확정된 것이나 다름없는 지금의 상황을 감안하면 아들이 대통령 자리에 오르는 게 결코 소망이기만 한 것은 아니었다. 들리는 소문으로는 니스를 지도자로 만들기 위해 이미 문교부 원로들이 물밑 작업을 시작했다고 했다.

그런데 이렇게 정계에서 위상을 쌓아 가는 아들을 보는 기쁨이 커질수록 그 밑으로는 지난 시간에 대한 후회가 깊어졌다. 아들의 진로를 일찍이 바로잡아 주지 못한 것이 아버지로서 큰 실책으로 여겨졌기 때문이다. 후회가 지나치다 보면 때로는 아들을 너무 자유롭게 키운 아내에게 슬쩍 원망스러운 마음이 들기도 했다. 사업으로 오래 집을 비워야 했던 자신을 대신해 아내가 다른 1지구 학부모들처럼 아들을 조금만 더 닦달했다면 니스도 당연히 프라임스쿨에 들어갈 수 있었을 테니까. 니스가 프라임 출신이기만 했으면 지금보다 훨씬 더 많은 지지와 지원을 받을 수 있을 것이다. 호스 끝을 눌러 물줄기를 퍼져 나가게 하던 러너는 문득 아들의 어린 시절이 생각나 웃음이 나왔다.

'문교부의 혜안'이라고 불리는 아들이 실은 중학교를 졸업할 무렵만 해도 공부와는 담을 쌓은 장난꾸러기였다는 것을 아는 사람이 있을까. 이따금 학교에서 나머지 공부를 했던 사실을 아는 사람은. 혹시 장관 후보 합동 토론회 때 부끄러운 성적표가 공개돼 모두를 놀라게 하는 것은 아닐지.

그러나 사실은 그런 상황을 심각하게 걱정하지는 않았고 오히려 난처해하는 아들의 모습을 떠올리며 실없는 웃음을 흘릴 때도 있었다. 장담컨대 열등생이었던 아들의 과거가 미래를 해치는 일은 없을 것이다. 외려 수완이 좋은 참모진만 꾸려진다면 훗날 그 많은 C⁻를 이용해 표를 더 끌어모을 가능성도 있다. 치명적인 흠이 아니고서야 완벽한 사람이 가지고 있는 한두 가지 결점은 대중에게 더 친근하게 다가갈 수 있는 귀중한 자산이 되기도 하니.

그렇게 긍정적으로 받아들이고 나자 러너는 아내를 원망할 것이 아니라 그 자애로움에 고마워해야 하는지도 모르겠다는 생각이 들었다. 어쨌거나 아들이 공부에 흥미를 붙이기까지 인내심을 갖고 기다려 준 것은 아내였다. 그리고 그걸 알고 있기라도 한 듯 아들은 때가 되자 드디어 알을 깨고 나와 훌륭한 사회인이 됨으로써 제 어머니의 사랑에 보답했다.

러너는 호스 물줄기를 정원의 나무들 쪽으로 돌렸다. 여름 햇살을 먹고 나뭇잎이 하루가 다르게 무성해졌다. 매일같이 보는 풍경인데도 어느 날 아침 문득 '이렇게나 많이 자랐나.' 하는 생각이 들 때가 있었다. 그러고 보면 아이들도 이 나무들과 비슷한 건지도 모른다. 하룻밤 사이에 열등생에서 우등생으로 환골탈태한 아들처럼, 도무지 대책 없는 장난꾸러기였다가도 어느 순간 사물을 깊게 응시하는 눈빛을 보이는 게 아이들이란 존재이니. 아들에게 그 순간이 조금만 일찍 와 프라임스쿨에 들어갔다면 더 바랄 게 없었겠지만, 비프라임스쿨 출신이라는 약점을 딛고 그만한 자리에 올랐다는 것은 오히려 아들이 프라임스쿨 출신들보다 훨씬 더 명석하다는 증거이기도 했다. 분별력 있는 대중이라면 분명 그 점을 알아봐 줄 것이다.

러너는 높게 뻗어 오른 나뭇가지들을 보며 세대가 이어질수록 더 발전하는 영 가문의 핏줄에 무한한 긍지를 느꼈다. 훌륭한 아들에 더 훌륭한 손자. 나뭇잎 사이사이로 쏟아지는 햇빛이 얼마나 빛나는지 눈을 뜨고 있기가 힘들었다.

"어르신, 차관님 차가 오는 게 보이네요."

준비를 마친 뒤 파라솔 그늘에서 쉬고 있던 러너는 애나의 말을 듣고 얼른 자리에서 일어나 마중을 나갔다. 다윈이 미리부터 창을 열고 반갑게 손을 흔들고 있었다. 어느덧 열여섯 살이 돼 프라임스쿨의 엄격한 규율을 수용할 만큼 성숙했지만, 집에 오면 그저 어리고 귀여운 손자일 뿐이었다.

러너는 "할아버지!" 하고 외치며 차에서 내리는 다윈을 품 안으로 끌어안은 뒤 다윈이 들고 온 가방을 대신 어깨에 멨다. 잠깐이라도 공부하겠다고 휴가날까지 책을 챙겨 온 손자가 더욱 기특하고 자랑스러웠다. 이런 마음가짐이라면 제 삶에서 이루지 못할 것이 없으리라. 차곡차곡 성을 쌓아 가는 손자의 모습을 지켜볼 수 있도록 자신의 시간만 느리게 흘러 준다면 더 바랄 게 없을 것 같았다.

이웃들까지 참석한 바비큐 파티가 무르익어 갔다. 러너는 호스트로서 친구들 얼굴에서 웃음이 끊이지 않는 것에 만족했다. 날마다 연금제도나 건강 보조제 같은 정보나 나누며 지내는 친구들에게 현직에 있는 문교부 실세와 프라임스쿨 학생이 전하는 이야기는 정체된 혈액을 다시 돌게 해 줄 만큼 흥미로울 것이다. 니스와 다윈 모두 신중하고 겸손한 성품 탓에 말을 아꼈지만 "미래 세대는 저희 세대보다 성취감을 더 직접적으로 느껴 봐야 해요. 앞으로의 교육은 그걸 어떻게 실현할지를 두고 벌이는 싸움이죠."라거나, "법학 시간이 재미있어요. 법이란 건 평소엔 뒷자리에서 침묵하고 있다가 결정적일 때 앞으로 나와 모두를 납득시키는 말을 하잖아요." 같은 진지한 대화는 은퇴자들로 하여금 다시 중요한 자리에 앉은 듯한 환상을 갖게 해 주었다.

친구들은 앞다투어 각자가 일했던 분야에서 얻은 경험과 교훈을 들려주었다. 배려심 깊은 두 부자는 누구의 조언 하나 허투루 넘기지 않고 "다음번엔 그렇게 해 봐야겠네요."라고 말해 친구들의 어깨를 으쓱하게 했다. 물론 그중에서도 어깨가 가장 높게 솟아오른 사람은 이렇게 훌륭한 아들과 손자를 둔 러너 자신이었다.

저녁이 다 돼 손님들을 모두 배웅하고 난 러너는 과제를 무사히 치러 낸 것처럼 홀가분한 기분이 들었다. 친구들의 부러움을 사며 와자지껄하게 보내는 것도 좋지만, 진정 바라는 것은 삼대가 둘러앉은 이런 시간이었다. 애나가 고기를 소화하는 데 좋다는 차를 내왔다. 러너는 느긋한 자세를 취하며 말했다.

"역시 가족끼리가 가장 편하구나. 친구들이 아무리 좋아도 결국엔 외부인들이지 않냐. 너무 말을 많이 한 날엔 혹시 실수를 하진 않았는지 염려가 들기도 하지. 자, 이젠 우리끼리니 다른 사람이 있는 데서는 못 할 얘기까지 실컷 해 보자. 다원, 지난달에 왔을 때와 비교해 너한테서 일어난 가장 큰 변화가 뭐니?"

그런데 다원이 대답하기 전에 니스가 먼저 퉁명스러운 목소리로 "겨우 한 달인데 뭐 큰 변화랄 게 있겠어요." 하고 끼어들었다. 아들의 무뚝뚝한 말투에 러너는 좋았던 기분이 조금 상하고 말았다.

"어린애들의 한 달을 너나 내가 보내는 한 달과 똑같이 생각하는 건 잘못된 거다. 한 달 내내 걸어도 나는 겨우 3지구 근처에나 갈 수 있을지 모르지만, 다원은 국경도 넘어갈 수 있을 거 아니냐. 그건 대단한 차이지. 안 그러니, 다원?"

다원이 얘기하는 사람의 기분을 좋게 해 주는 웃음을 지으며 "맞아요."라고 했다. 손자의 동의에 러너는 상했던 마음이 금세 풀리는 것 같았는데, 그 말에 니스는 더 냉소적인 투로 대꾸했다.

"대단한 차이긴 하겠네요. 실제로는 기숙사에 사는 다원보다 실버힐에 사는 아버지가 더 멀리 갈 수 있을 테니까. 아침마다 조깅도 하시고, 워낙 잘 뛰시잖아요."

그러더니 애나를 불러서 차에 위스키를 조금만 타 달라고 부탁했다. 애나가 "돌아갈 때 운전해야 하는데 괜찮으시겠어요?"라고 걱정을 비치니, 니스는 "한 모금만요." 했다. 애나는 눈치를 살피며 "술이 깨야 한다는 핑계로 어르신이 차관님을 더 오래 붙잡고 계실 수 있겠네요."라고 말한 뒤 부엌으로 들어갔다.

니스는 술을 기다리는 동안 피곤한 듯 소파에 머리를 뉘었다. 러너는 아들이 술을 마시는 것도, 한 달 만에 만나는 아비 앞에서 세상 다 산 것 같은 얼굴을 하고 있는 것도 다 마음에 들지 않았다. 그중에서도 가장 마음에 안 드는 것은 아들이 저렇게 행동하는 이유였다.

"어제가 제이의 추도식이었지?"

공허한 눈빛으로 천장을 바라보고 있던 니스가 고개를 돌리더니 물었다.

"알고 계셨어요?"

러너는 퉁명스럽게 나오는 목소리를 굳이 감추지 않았다.

"모를 리가 있겠냐. 장장 30년 동안 이맘때만 되면 늘 그 집안 일부터 챙기는데. 다원이 프라임스쿨에 입학한 뒤로는 그만두려나 했는데 공교롭게도 학교 휴가까지 기일이 있는 주에 들어맞아서……. 아무튼 참 대단한 우정이다."

니스는 아무 말도 없었다.

러너는 이 기회에 마음에 품고 있던 충고를 할 겸 목소리를 높였다.

"그만하면 너도 친구로서 할 만큼 한 거다. 아니, 지나치게 했지. 다른 동창들을 봐라. 그 애 기일을 너처럼 챙기는 애가 하나라도 있던? 처음 1, 2년간은 얼굴을 비쳤던 애들도 지금은 완전히 발길을 끊었지 않아? 그게 현명한 거다. 이제 와서 갑자기 참석도 않고 지원을 끊었다간 그 집안 사람들에게 오히려 서운한 소리를 듣게 생겼지 않냐?"

애나가 위스키를 넣은 차를 새로 가져왔다.

니스는 찻잔을 받아 들고 한 모금 마신 뒤 말했다.

"다른 사람들이야 어떻게 하든 무슨 상관이에요. 전 제가 해야 할 일을 하는 것뿐인데."

러너는 답답한 마음에 혀를 찼다.

"그게 어떻게 네가 해야 할 일이라는 거냐? 제이에게 부모가 없어, 형제가 없어? 문교부 차관이 얼마나 막중한 자리인데 해마다 죽은 애 기일을 챙기는 것도 모자라 그 집 아버지, 어머니 생일까지 챙겨. 그 시간에 차라리 그 뭐냐, 아까 말했던 미래 세대를 위한 교육 방향을 구상하는 게 훨씬 가치 있는 일일 게다."

니스는 더 들을 가치도 없는 충고라는 듯 일언지하에 잘라 말했다.

"제이가 살아 있었다면 당연히 했을 일이에요."

러너도 물러서지 않았다.

"말 한번 잘했구나. 그래, 제이가 살아 있었다면 백번이고 했을 일이지. 네가 아니라 제이가. 도대체 그 애가 죽었다고 네가 그 일을 해야 할 이유가 뭐란 말이냐. 제정신도 아닌 양반에게 훈장 수여를 하질 않나, 친구로서의 도의는 이제껏 한 것만으로도 차고 넘친단다."

니스는 차가운 목소리와 그보다 더 차가운 눈빛을 하고서 말했다.

"어떤 게 제 일인지 아닌지는 제가 결정하는 겁니다. 아버지 말씀대로 생각하고 행동할 나이는 진즉에 지났어요. 제가 다음부터 이 집에 오지 않길 바라시는 게 아니라면, 이 얘기는 더 꺼내지 마세요."

러너는 손자도 지켜보는 앞에서 자신을 가르치려 들듯 얘기하는 아들의 태도가 괘씸했다. 조금 전 친구들과 있었을 때 보이던 상냥한 웃음을 생각하면 집에 들어오는 순간 완전히 다른 사람으로 돌변한 것 같았다. 물론 이러는 게 오늘이 처음은 아니었다. 대외적으로는 예의 바르기로 소문난 아들이지만 사실 제 아비에게는 버릇없고 적대적으로 반응할 때가 종종 있었다. 이유도 모른 채 일방적으로 그 차가운 눈빛을 받고 있노라면 "세상의 모든 아들들은 아버지의 적군이다."라는, 어느 신문 서평에선가 읽은 문구가 어렴풋이 떠올랐다. 독서를 즐기지 않는 탓에 제목도 기억해 두지 않고 그냥 지나쳐 버렸는데 혹시 지금 그 책을 다시 찾아 끝까지 읽는다면 도대체 세상의 아들들이 제 아버지를 적군으로 삼는 황당한 이유가 무엇인지 알 수 있을지 궁금하기도 했다.

테이블 사이로 긴장된 적막감이 도는 가운데 애나가 부엌에서 나오며 물었다.

"어르신, 아무리 찾아도 무선전화기가 보이지 않는데 혹시 다른 곳에 두셨어요?"

한참을 생각하던 러너는 "아차!" 하며 소파 팔걸이를 쳤다.

"아까 지하실에 갈 때 친구들이 식사 시간을 묻는 전화를 계속 걸어 오기에 가지고 들어갔는데 그대로 놓고 온 모양이야. 이것 참, 나도 갈 때가 됐네."

러너는 아들이 늙은 아비에게 조금이라도 미안한 마음을 가지도록 마음에도 없는 자책을 했는데, 니스는 찻잔에만 시선을 둘 뿐 눈길 한번 돌리지 않았다.

대신 애나가 웃으며 위로했다.

"정말 갈 때가 되신 분은 본인이 물건을 어디에 뒀는지조차 기억 못 하는 법이에요. 베테랑 도우미로서 장담하는데, 어르신이 천국에 가려면 아직 30년은 더 기다려야 할 거예요. 대기 줄이 길어지면 50년도 될 수 있고요."

애나의 다정하고도 재치 있는 응수에 러너는 아들과의 설전으로 언짢았던 마음이 조금 풀렸다. 앞으로 50년. 물론 허황된 숫자라는 건 알지만 20대 때도 70대는 절대 오지 않을 그저 먼 미래이기만 했다.

애나가 "집에 전화를 걸어 줄 시간이라 얼른 내려갔다 와야겠어요." 하며 발걸음을 옮겼다.

그때 다윈이 자리에서 일어나며 말했다.

"제가 다녀올게요. 아주머니는 지하실을 무서워하시잖아요."

러너는 배려 있게 행동하는 다윈이 기특했다.

"오, 다윈, 그래 주겠니? 그래, 남자가 셋이나 있는데 여자를 지하실에 내려보내는 건 명예롭지 못한 일이지."

"얼른 다녀올게요."

지하실로 내려가는 다윈을 보고 애나가 말했다.

"정말 착한 아이예요, 자랑스러우시죠?"

러너는 할아버지가 손자에게 보낼 수 있는 가장 흐뭇한 눈길로 다원의 뒷모습을 바라보는 것으로 대답을 대신했다. 그러고는 아들이 손자의 반만이라도 다정해졌으면 좋겠다는 생각에 에둘러 말을 걸었다.

"이래서 어린이가 어른의 스승이라는 말이 있는 거겠지. 넌 어떠냐, 네가 보기에도 참 착한 아들이지 않냐?"

니스가 소파 등받이에 양팔을 올린 채, 또 비아냥거림이 느껴지는 투로 말했다.

"착하죠, 아버지와 저의 쓸데없는 언쟁을 지켜보고 있게 하는 게 미안할 정도로. 전화기를 놓고 오신 건 잘하셨어요. 그런 핑계로라도 이 불편한 자리를 뜨게 해 줘야죠. 아, 그리고 덧붙여 하나 말하자면, 어린이가 어른의 스승이라는 그 표현 말이에요, 그건 사실 어린이에 비추어도 부끄럽지 않은 깨끗한 삶을 산 사람이나 할 수 있는 꽤나 엄격한 말이에요. 그렇지 않은 사람이 했을 땐 아주 우스운 뜻이 돼 버리거든요. 한번 비교해 보세요, 훌륭한 성인이 '어른의 스승은 어린이'라고 말하는 것과 극악무도한 범죄자가 그렇게 말하는 게 얼마나 다른지."

아들의 찻잔은 바닥이 드러나 있었다.

러너는 화를 간신히 참으며 물었다.

"벌써 취한 거냐?"

"전혀요. 말짱해요."

"그럼 네 말은 뭐냐, 나는 그 말을 할 자격이 없는 사람이라는 뜻이냐?"

"그렇게 말씀드리진 않았어요. 다만 아버지가 그 말이 담고 있는 위험성을 알고 계셨으면 좋겠다는 생각에서 조언을 드린 것뿐이에요. 혹시라도 사람들에게 비웃음을 사선 안 되니까."

"모욕하는 방법도 참 여러 가지구나. 그래, 고맙다. 네 덕분에 하나 배웠으니 앞으로는 더 당당하게 그 말을 쓸 수 있겠구나. 비록 내가 제 아비를 농락하는 자식을 낳아 키우느라 훌륭한 성인은 못 됐지만, 극악무도한 범죄자는 아니지 않냐."

러너는 목까지 차오르는 숨을 간신히 참으며 니스를 똑바로 바라보았다. 잠시 뒤, 니스는 손바닥으로 얼굴을 쓸어내리더니 "취하긴 했나 봐요." 하고는 운전하기 전 잠깐 눈을 붙여야겠다며 2층 손님방으로 올라갔다. 이제야 제가 한 말실수를 깨달은 모양이었다.

혼자 거실에 있기가 쓸쓸해진 러너는 정원으로 나왔다. 바람에 나뭇잎이 스치는 소리가 유독 크게 들려왔다. 러너는 아들과 왜 툭하면 이렇게 부딪치는지 이유를 알 수 없었다. 자신은 아들을 진심으로 사랑하고 자기 인생보다 아들의 인생에 더 많은 영광이 있기를 바랐다. 그런데 그런 마음이 시험이라도 당하듯 아내가 세상을 떠난 후로는 이런 식의 신경전이 일상사가 되어 버렸다. 아들은 마치 제 어머니가 세상을 떠날 때까지 묵묵히 참아 오기라도 한 것처럼 이전에 보이지 않았던 반감을 불쑥불쑥 드러냈다. 도대체 어떤 생각들이 머릿속을 어지럽히고 있어 사춘기 때도 하지 않은 반항을 이제 와 하는 걸까. 그러나 아무리 고민해 봐도 쉽사리 속 시원한 답을 찾을 수가 없었다. 그럴 땐 아들이 아니라 자신의 행동과 말을 돌이켜 보기도 했다. 혹시 나에게 내가 모르는 무슨 문제가 있는 걸까? 만약 그렇다면 아들과의 관계를 위해 기꺼이 자신을 고칠 의향도 있었다. 그러나 아무리 생각해 봐도 아들을 진심으로 사랑하고 아들의 장래를 축복하는 아버지의 마음에 잘못된 구석이 있을 리가 없었다.

러너는 주머니에 손을 찔러 넣은 채 어둠이 내리는 정원을 말없이 걸었다. 대지는 세상의 풍경을 단조로운 색으로 조용하게 받아 그리고 있었다. 러너는 자신의 인생도 이 땅처럼 외부에서 일어나는 불꽃들을 담담히 받아들이는 시기로 접어든 지 오래라는 것을 알았다. 이제 남은 것은 아들과 손자가 인생의 꿈을 이루고 가족끼리 화목하길 바라는 소박한 꿈밖에는 없었다. 그것이 그렇게 말도 안 되는 과욕이란 말인가.

"아버지 때문에 속상하셨죠?"

러너는 자신의 어깨에 얹힌 따뜻한 손의 무게를 느끼고 뒤를 돌아보았다. 다원이 제 아버지 대신 미안해하는 표정을 지으며 등 뒤에 서 있었다. 러너는 아들도 몰라주는 자기 마음을 손자가 알고 위로해 주는 것이 기특하면서도 아이에게 어른들 일을 걱정하게 만들었다는 사실에 부끄러운 마음이 들었다.

러너는 할아버지라는 위치에 걸맞은 여유를 보이며 말했다.

"속상하긴. 다원 너는 아직 모르겠지만 내 나이가 돼서 아들과 그렇게 언쟁할 수 있다는 건 오히려 고마운 일이란다. 아까 만났던 친구들 중에 하나가 그러더구나. 자기 아들은 자기가 하는 말에 늘 웃으면서 '맞아요.'라고만 하는데 본인은 그게 그렇게 화가 날 수가 없다고. 자기를 이미 죽은 사람 취급 하는 것 같다지 않아? 그렇게 보면 니스는 아직도 이 늙은 아비를 협상 테이블 상대로 대우해 주는 거지."

그러자 다윈이 어린아이처럼 품속에 안기며 말했다.

"할아버지랑 아버지도 가끔은 이렇게 안아 보세요. 그러면 서로를 더 잘 이해하게 될 거예요. 전 할아버지랑 아버지가 스킨십 하는 모습을 본 적이 별로 없는 것 같아요."

러너는 자기 그림자 옆에 다정하게 붙은 그림자를 흐뭇하면서도 쓸쓸하게 바라보았다.

"별로가 아니라 아예 없을 거다. 나도 기억이 가물가물하니."

"육체는 영혼을 담는 그릇이라고 하죠? 그릇끼리 부딪치지 않는데 어떻게 서로의 영혼을 느끼겠어요?"

러너는 웃으며 다윈의 머리를 쓰다듬었다.

"우리 다윈은 시인이구나."

"바로 이거예요. 저한테 하듯이 아버지에게도 이렇게 해 보세요."

러너는 다윈의 머리를 쓰다듬었던 손으로 다시 손자의 어깨를 감싸 안으며 말했다.

"글쎄다, 상상이 안 되는구나. 이젠 머리를 쓰다듬어 줄 나이도 지났고."

"하지만 아무리 나이를 먹어도 아버지가 할아버지의 아들이란 사실엔 변함이 없잖아요. 저보다도 더 가까운 사이인걸요."

"그게 말이다, 나도 왜 그러는지는 모르겠는데, 아주 오래전부터 아버지와 아들보다는 할아버지와 손자 사이가 더 쉬운 거라는 말이 있더구나. 나만 그런 게 아니라 대부분의 사람들이 그렇게 느끼는 모양이야."

다윈이 이해할 수 없다는 얼굴로 말했다.

"하지만 아버지와 전 세상에서 가장 가까운 사이인걸요."

러너는 "그러니 축복이지. 언제까지나 그랬으면 좋겠구나." 라고 말하며, 티끌 하나 없이 매끄러운 손자의 뺨을 쓰다듬었다. 어린 시절 아들의 흔적이 깃들어 있기에 더 사랑스러운 얼굴이었다.

그때 현관에서 "다윈, 이제 그만 집에 가자." 하고 외치는 소리가 들렸다. 어느새 니스가 잠에서 깬 모양이었다. 다윈이 "네." 하고 대답하며 얼른 니스에게 달려갔다.

점점 작아지는 다윈의 뒷모습을 보며 러너는 어쩐지 아쉬운 마음이 들었다. 방금 전 다윈에게서 아들의 자취를 느껴서인지 마치 열여섯 살의 니스가 어느 날 밤 홀연 자신의 품을 떠나 어딘가로 날아가 버리는 것 같았다. 손에 다윈의 따뜻한 체온이 남아 있어 쓸쓸한 마음이 더 컸다.

오래된 것과 새 친구

'오래된 것들' 행사를 위한 탁자가 교정 곳곳에 마련된 토요일 오후, 프라임스쿨로 쏟아지는 환한 햇살에 '지혜의 책장'을 넘기는 청동상의 어깨가 유독 빛나 보였다. 매년 이 시기에 행해지는 '오래된 것들' 행사는 프라임스쿨 정신의 한 축을 받들고 있는 오랜 전통이었다. 그러나 전통이라 불리는 대부분의 양식이 그렇듯 '오래된 것들' 행사 역시 시작은 그것이 전통의 기원이 될 줄 몰랐던 200여 년 전 기숙사 한 방에서 우연히 움을 틔웠다.

그 무렵 학생들은 가문을 상징하는 작은 물건 한두 개를 늘 지니고 다녔는데, 낯선 기숙사에서 동지가 된 기념이자 영원한 우정을 약속하는 증표로 서로가 소중히 여기는 가문의 물건들을 교환하곤 했다. 몇몇끼리의 사적인 일화에 지나지 않았던 이 나눔은 전염성 강한 또래들의 입을 타고 빠르게 유행해 기숙사의 비공식 규칙으로 보편화되었다. 그리고 얼마 뒤, 학생들 간의 교류를 독려할 방법을 찾던 학교에서 이 소년다운 행위를 공식적으로 인정함으로써 오늘의 의식에 이른 것이다.

학교의 나이 든 인사들은 오래된 물건을 통해 어린 학생들이 자신의 현재와 닿아 있는 가문의 역사를 되돌아보고, 그 물건을 다른 가문의 친구와 교환함으로써 프라임스쿨 학생들만의 미래를 공유할 수 있다고 믿었다. 그 믿음에 응답하듯 오래전 학교를 떠난 졸업생들 사이에서도 '오래된 것들' 행사에서 교환한 물건의 가치는 여전히 유효했다. 이를테면 의회의 냉기류가 지속될 경우 학창 시절 물물교환 했던 추억을 되살려 "45년 전, 의원님과 저는 백금 커프스 단추와 헌팅캡을 교환함으로써 등가의 거래를 뛰어넘는 동반자 정신을 공유했던 경험이 있죠."라고 말하며 합의로 가는 물꼬를 트는 식이었다.

행사는 동기숙사와 서기숙사의 대표가 제비뽑기로 '접대'와 '응대'를 정하는 것으로 시작되었다. 접대는 교정에 마련된 탁자 위에 자신의 오래된 물건을 올려놓은 채 앉아 있는 것이고, 응대는 자신의 오래된 물건을 들고 다니면서 흥미로워 보이는 물건에 접근하는 것이었다. 양쪽이 아무 불평 없이 합의에 이르렀을 때만 물물교환이 성사되는데 이번에 접대를 맡은 쪽은 동기숙사였다.

행사장 입구에는 프라임스쿨의 학생회가 참관한 가운데, 각자 가져온 물품의 종류를 써넣는 종이가 마련되어 있었다. 누구와 어떤 물건을 교환했는지 이곳에서 기록으로 남기는 것이었다. 다원은 학생회 멤버들과 인사를 주고받은 뒤, 자신의 이름 옆

빈칸에 '의류'라고 적고는 빈자리를 찾아갔다.

천이백 명이 한꺼번에 쏟아진 교정은 물건이 아니라 서로의 몸을 교환하는 것으로 느껴질 만큼 금세 혼잡해졌다. 오래된 물건을 앞에 놓고 '방문자'를 기다리고 있던 다원은 혼자 있는 시간이 길어지자 자연스레 하늘로 눈길을 돌렸다. 구름 없는 하늘은 지상과 달리 극단적인 선명함과 단순함을 띠고 있었다. 그 대비는 돌연 선명하지도 않고 단순하지도 못했던 자신의 행동에 대한 때늦은 후회를 불러일으켰다.

왜 그렇게 머뭇거렸던 걸까. 편지가 담긴 주머니를 더듬거리면서도 왜 끝내 편지를 꺼내지는 못했던 걸까. 루미가 "다원 넌 영혼이 있는 사람이니?"라고 물었을 때 주저하지 않고 편지에 담긴 영혼을 보여 주었어야 했는데. 아니, 창가에 선 루미와 눈이 마주쳤던 그 마지막 순간에라도 아버지께 놓고 온 것이 있다며 다시 제이 아저씨의 방으로 뛰어 올라갔더라면…….

하늘이 가깝게 다가올수록 주변의 소란은 자신과 상관없는 곳에서 일어나는 일처럼 점차 멀어졌고, 다원은 그 자발적인 고립감 속에서 한순간의 망설임으로 다시 1년이라는 시간을 지체하게 된 것에 허탈감이 들었다. 단지 허탈감만은 아니었다. 스스로에 대한 실망감은 그보다 훨씬 더 크고 깊었다. 편지를 주지 못한 행위는 단지 계획했던 일의 '불발'에 그치는 것이 아니라, 용기 없는 자신의 한 단면을 발견한 또 다른 '사건'이었기 때문이다. 자기 안에 그런 모습이 있음을 인정하는 것은 쓰디쓴 사탕을 천천히 녹여 먹는 일과 같았다. 사탕의 형체는 줄어들어 결국 사라지겠지만 한번 경험한 맛은 영원히 뇌리에 남을 수밖에 없다.

다윈은 자신의 기분과는 너무나 대조적으로 빛나는 하늘을 향해 가볍게 한숨을 내뱉었다. 그때였다.

"이게 뭐냐니까?"

어디선가 들어 본 적 있는 목소리에 하늘에서 시선을 내린 다윈은 정면에 햇빛을 가리고 서서 자기 얼굴 앞으로 손을 휘젓고 있는 사람의 형상을 마주하고 깜짝 놀랐다. 얼마나 오래 그러고 있었던 건지 몰라 미안해진 다윈은 얼른 자세를 바로잡고 "아, 미안. 잠깐 딴생각을 하느라."라고 사과했다. 그 애는 개의치 않는 듯 "괜찮아, 나도 늘 그러니까." 하더니, 책상 위에 있는 오래된 물건을 활짝 펼치며 물었다.

"멋지네. 출처가 어디야?"

"우리 할아버지 지하 창고."

"멋진 할아버지네. 다른 건 또 뭐가 있는지 나도 그 지하실에 한번 들어가 보고 싶은데?"

온통 하늘에 몰두해 있던 시선이 다시 지상에서 벌어지고 있는 일들로 내려오자, 다윈은 '방문자'의 정체를 확실히 파악할 수 있게 되었다. 그러자 문득 일주일 전, 추도식에서 들었던 음성이 들려왔다. "아버지들을 이어서 자식들도 친구가 되면 좋을 거 아냐."라고 했던 버즈 아저씨의 목소리였다. 그 위로 "자기들끼리 자연스럽게 어울리는 게 좋잖아."라고 했던 아버지의 목소리가 겹쳐졌다. 다윈은 아버지가 말한 '자연스럽게'가 어쩌면 이런 상황을 예고한 것이 아니었을까 생각하며 말을 걸었다.

"너, 레오 마샬 맞지?"

상대방도 바로 똑같이 응대했다.

"넌 다원 영, 맞지?"

이야기를 나눠 본 적은 없지만, 상대방의 존재를 인지하고 있었던 것이 자기만이 아니었다는 것을 알고 나자, 다원은 친교의 몇 단계를 훌쩍 뛰어넘은 것 같은 친근감이 들었다.

"나, 지난번 휴가 때 너희 아버지 만났는데 혹시 말씀하셨어?"

"우리 아버지를 알아?"

"그럼, 버즈 미디어. 유명인이시잖아."

레오가 시큰둥한 얼굴로 말했다.

"유명인은 다원 너희 아버지 아니야?"

"공무원을 대중 인사에 비교할 건 아닌 것 같은데."

"프라임스쿨 위원장을 맡고 있는 공무원이라면 얘기가 달라지지."

다원은 잠시 입을 다물었다. 되도록이면 학교 안에서는 아버지의 직위를 거론하지 않으려고 하지만, 지금 같은 우연한 상황의 대화까지 피해 갈 방법은 없었다. 그러자 레오는 마치 그 불편함을 이해하기라도 한 듯이 이야기를 본론으로 돌렸다.

"그런데 우리 아버지를 어디서 만난 거야?"

"아는 분 추도식에서."

"추도식? 이맘때의 추도식이라면…… 혹시 제이 아저씨?"

레오의 정확한 추측에 다원은 깜짝 놀랐다.

"제이 아저씨를 알아?"

프라임스쿨에서 오직 자신만이 참여하는 제이 아저씨의 추도식을 레오가 알고 있다는 것이 신기해 한 질문이었는데, 뒤늦게 버즈 아저씨가 제이 아저씨의 옛 친구였다는 사실과 레오가 버즈 아저씨의 아들이라는 관계를 더해 보니 충분히 알 수도 있겠다는 생각이 들었다. 자기 역시 그런 단계를 통해 제이 아저씨의 추도식을 알게 된 것이니. 그런데 이어진 레오의 대답은 그 추정에서 완전히 벗어난 것이었다.

"알지. 루미 헌터 삼촌이잖아. 우리랑 같은 나이에 죽은…….."

다원은 순간적으로 눈을 찡그렸다. 레오의 입에서 예상치 못한 이름이 나와서인지, 아니면 레오의 머리 위로 떠 있는 태양이 너무 눈부셔서인지는 확실하지 않았다.

레오가 말했다.

"그렇게 오래전에 죽은 사람 추도식을 하는 건 루미네밖에 없을 거야, 안 그래?"

다원은 '루미는 어떻게 아는 거야?'라고 묻고 싶었지만, 어쩐지 그 질문을 하는 게 망설여져 "제이 아저씨를 안다면 너도 추도식에 왔으면 좋았을 텐데."라고 얼버무리듯 말했다.

그러자 레오는 지겨운 숙제라도 떠맡은 것 같은 표정을 지으며 "한 달 만에 얻은 자유를 한 번도 본 적 없는 사람의 추도식에?"라고 혼잣말로 중얼거리더니 이어 말했다.

"난 오히려 다원 네가 거기에 가는 게 놀라운데. 너도 제이 아저씨를 만나 본 적 없긴 마찬가지잖아. 물론 만날 수도 없는 사람인 게 먼저지만."

"만나 본 적은 없지만, 그래도 아버지의 친한 친구였으니까."

"우리 아버지랑 너희 아버지, 제이 아저씨가 옛 친구 사이라는 건 알고 있었는데 참 다르다. 우리 아버지는 나한테 추도식에 가자는 말은 한 번도 한 적이 없는데. 물론 본인도 안 가고."

다원은 오늘 처음 이야기를 나눠 본 레오 마샬이 예상과 달리 아버지 대부터 이어져 온 관계를 자신보다 더 잘 알고 있다는 사실에 조금 놀랐다.

"레오 넌 세 분이 친구 사이라는 걸 알고 있었나 보구나. 난 너희 아버지 얘기는 한 번도 들어 본 적이 없는데. 두 분이 친구였다는 것도 이번에야 알게 됐어."

"뭐, 나도 자세히 아는 건 아니야. 예전에 루미가 우리 집에 놀러 왔을 때 아버지가 루미의 성을 듣고는 혹시 제이 헌터의 친척이냐고 물어서 알게 된 정도니까. 그때 루미가 여러 가지를 캐묻는 바람에 잠깐 세 사람이 어렸을 때 친구였다는 얘기를 듣긴 했는데, 그게 다였어. 아버지는 옛이야기 하는 걸 안 좋아하시거든. 물론 다른 이야기도 그렇지만……. 우리 아버지를 전혀 언급 안 하셨던 걸 보면 너희 아버지도 옛이야기는 별로 안 좋아하는 성격이신가 보네."

레오의 이야기에서 일상적으로 튀어나오는 루미의 이름에 다원은 주변으로 점점 밀려나는 기분이 들었다. 이미 주인공들이 정해지고 결말이 난 이야기에 자기 혼자 헛된 기대를 품었던 것 같았다. 그런 기분을 알 리 없는 레오는 "아니면 우리 아버지가 껄끄러워서 그러셨거나."라고 덧붙였다.

심상치 않은 말에 다원은 루미에 대한 생각에서 빠져나와 레오에게 물었다.

"껄끄러워서 그랬다니?"

"아무리 옛 친구라도 문교부 차관에게 마약에 빠진 8지구 아이들의 이야기를 만드는 감독이 반가울 순 없을 것 아냐."

"마약에 빠진 8지구 아이들?"

레오가 탁자 한쪽에 걸터앉으며 물었다.

"〈무한 지구의 무한한 절망〉이라고, 우리 아버지가 만든 다큐인데 들어 본 적 없어?"

다원은 고개를 저었다.

"프라임스쿨에 갇혀 있는 이상 모르는 게 당연한가? 아무튼 그 다큐를 텔레비전에서 방송하려고 했는데, 너희 아버지가 위원장으로 있는 문화교육 방송 심의회에서 막았다나 봐. 엄마가 명색이 옛 친구인데 서운하다고 이야기하는 걸 들었거든. 아, 물론 이건 우리 엄마의 일방적인 의견이야. 맹세컨대 우리 아버지가 너희 아버지를 안 좋게 말한 적은 단 한 번도 없어. 뭐, 애초에 얘기도 안 꺼냈다고 하는 게 맞겠지만."

다원은 아버지가 프라임스쿨 위원회를 포함해 셀 수 없이 많은 단체의 위원장을 겸직하고 있다는 사실을 알고 있긴 했지만, 아버지가 하는 일의 속성까지는 완전하게 파악하지 못했다. 그저 수행해야 하는 역할이 많은 만큼 책임감도 크리라 짐작할 뿐이었다. 그러나 아버지의 직무를 완전히 모르는 상태에서도 가장 중요한 한 가지만은 흔들림 없이 확신할 수 있었다. 아버지는 늘 정의로운 선택을 하고 옳은 일을 하려고 노력하신다는 것. 자세히는 모르지만 버즈 아저씨 일도 분명 그러한 일환에서 내린 결정이었을 것이다.

침묵이 길어지자 레오가 지금까지의 대화를 뒤로하고 원래의 목적으로 돌아가서 말했다.

"아버지들 일은 아버지들 일이고, 우린 우리가 해야 할 일을 하자. 난 이 후드가 맘에 들거든. 어때, 다원? 내 거랑 교환할래?"

자기가 좋아하는 여자애와 깊이 연관돼 있는 것 같은 남자애와 의미 있는 물건을 주고받는 것은 누구라도 하고 싶지 않은 일일 테지만, 자진해서 그 거부감을 거둬들일 정도로 다원은 레오가 마음에 들었다. 열네 살 때 루미를 이성으로 인식하자마자 마음을 빼앗겼던 것처럼, 대화를 시작하는 순간 레오에게서도 비슷한 느낌이 전해져 왔다. 자신의 아들을 향해 "워낙에 속을 모르겠는 녀석"이라고 평했던 버즈 아저씨의 판단은 아무래도 틀린 것 같았다. 지금 바로 루미와 어떤 관계냐고 물으면 레오는 분명 숨김없이 있는 그대로를 말해 줄 것이다. 감추고 머뭇거리고 있는 쪽은 레오가 아니라 자기 자신이었다. 설령 레오가 루미의 남자 친구라 하더라도 그게 레오를 미워할 이유는 되지 못했다. 오히려 사실을 알고 나면 미움받을 쪽은 남의 여자 친구를 몰래 마음에 품고 있는 자신일 테니까.

다원은 연적조차도 마음껏 미워하지 못하도록 이성적인 논리 과정을 습관 들여 놓은 프라임스쿨의 수업 방식에 처음으로 쓴웃음이 나왔지만 대답이 너무 늦어 레오에게 잘못된 신호를 주기 전에 얼른 레오의 제안에 화답했다.

"좋아, 바꾸자. 네 건 뭔데?"

바로 전까지 거침없이 다가오던 레오가 갑자기 어울리지 않는 의기소침한 몸짓으로 주머니를 뒤적거리며 말했다.

"그게 말이야, 사실 내가 오늘 행사가 있다는 걸 완전히 잊어버려서 지난번에 집에 갔을 때 아무것도 못 가져왔거든. 어제 급하게 방을 뒤져 봤는데 여기에 가져올 만한 건 하나도 없고, 그나마 이게 제일 오래된 거더라."

레오가 탁자 위에 올려놓은 것은 유효기간이 2년 전 여름으로 끝나 있는 놀이공원 입장권이었다.

"신입생 때 가지고 들어온 것 같은데 지금까지 완전히 잊어버리고 있었어. 프라임스쿨에서 놀이공원에 가는 건 꿈도 못 꿀 일인데 애초에 이런 건 왜 가지고 왔는지. 아무튼 그래도 이게 내가 찾을 수 있는 가장 오래된 거라……. 별로 바꾸고 싶진 않지?"

다원은 시시한 물건을 가져온 게 대단히 큰 잘못인 양 미안해하는 레오가 어린아이처럼 순수하게 느껴져 주저 없이 입장권을 집으며 대답했다.

"물물교환 성립."

레오가 뜻밖이라는 듯 물었다.

"네가 훨씬 손해인데도?"

"그게 '오래된 것들'의 기본 정신이잖아. 손해를 손해로 느끼지 않는 것. 난 이게 마음에 들어."

레오가 웃으며 손을 내밀었다.

"여태껏 여기서 친구로 지내고 싶은 사람은 한 명도 없었는데, 다원 너랑은 친구가 돼도 좋을 것 같아. 물론 너도 같은 생각이어야겠지만."

다원은 레오의 손을 잡으며 말했다.

"레오 네가 내 앞에 섰을 때부터 난 이미 우리가 친구가 된 거라 생각했어, 자연스럽게."

프라임스쿨에서 학업은 성취감보다 자괴감을 줄 때가 더 많았지만, 모두 각자의 방법으로 괴로움을 이겨 내고 있었다. 다윈은 프라이스쿨을 둘러싼 자연에서 위안을 얻었다. 자신 있게 제출한 리포트에서 기대보다 못한 결과를 얻어 낙담한 날이면 혼자 기숙사 부근의 오솔길을 걷곤 했다. 흔들림 없이 한 자리를 지키고 있는 나무들과 외부의 도움 없이도 나날이 무성해지는 풀, 땅에 떨어진 뭔가를 열심히 모으는 작은 곤충들을 지나치다 보면, 자연이라고 불리는 모든 존재가 자신의 운명에 맡겨진 책임을 완수하기 위해 최선을 다하고 있다는 믿음에 이르게 되었다. 인간만이 힘든 운명을 떠안은 게 아니었다. 혼자 애쓰고 있는 게 아니었다. 자연의 그런 조화로움을 느끼고 나면 상심했던 마음도 천천히 회복되어 갔다.

길은 걸음만이 아니라 생각도 함께 이끌었다. 걷고 걸어 길이 끝에 다다를 즈음이면 교수님이 지적한 부족함이 무엇인지 알 것 같았고, "기대가 크기 때문에"라는 충고 속에 깃든 애정을 진심으로 받아들이게 되었다.

산책을 통해 얻은 또 다른 의미 있는 발견은 인류가 얻은 모든 진리가 결국엔 자연에서 온 것이라는 깨달음이었다. 어느 오후, 산책을 하던 다윈은 문득 과학과 수학, 철학, 문학, 종교, 예술에서 이루어진 근본적인 성취가 모두 이렇게 하늘과 땅과 나무를 바라보는 행위에서 비롯한 것이라는 생각을 하게 되었다. 과학자도 화가도 어느 날 이렇게 똑같이 자연을 바라보았을 것이다. 그리고 각자 자신이 바라본 자연을 전혀 다른 기호로 역사에 남겼다. 그 간결한 진리를 체득하고 난 뒤로는 도서관에서 보내는 시간 역시 자연에서 얻은 결과물을 해석하는 과정으로 느껴져 공부에 더 큰 흥미를 가질 수 있었다.

아버지와의 전화 통화도 큰 힘이 돼 주었다. 기숙사 1층에는 비교적 자유롭게 이용할 수 있는 전화실이 있는데, 다원은 일요일마다 그곳에서 아버지에게 전화를 걸어 근황을 알렸다. 축구클럽 연습 때 맡은 포지션에서부터 리포트 주제, 점심 식사 메뉴 같은 사소한 것들까지 모두 화제에 올랐다. 아버지는 무슨 이야기든지 늘 세심하게 귀를 기울여 주었다. 다원은 아버지가 자신을 위해 진지한 경청자가 되어 주듯 자기 또한 아버지의 의논 상대가 되고 싶었지만, 그럴 때마다 아버지가 하는 말은 늘 한결같았다.

"내 일까지 걱정할 필요는 없어. 원래 걱정이란 건 부모 몫이니까. 아이들은 자기 일을 해내는 것만으로도 충분히 훌륭하지."

다원은 가끔은 그게 불만으로 여겨져 "아버지는 절 너무 어린애 취급 하신다니까요." 했지만, 전화를 끊고 난 뒤엔 언제나 따뜻한 안정감이 몰려왔다. 그런 느낌들로 한 주를 시작할 새로운 힘을 얻었다.

월요일 아침, 다원은 기숙사를 나와 식당으로 향했다. 프라임 스쿨 식당은 양 기숙사의 산책로가 만나는 지점에 있는데, 고딕풍의 외관이 다른 중후한 건축물들에 뒤지지 않을 만큼 위엄이 있어서, 학교에 처음 발을 들인 신입생들은 성당 같은 건물로 오해하는 일도 더러 있었다. 식당 안에서도 똑같이 정숙과 예절이 권장된다는 점에선 펜 대신 포크만 들었을 뿐, 강의실과 비슷한 분위기이기도 했다.

그러나 오늘 아침 식당에 들어선 다원은 평소와 달리 입구에

서부터 작은 소란이 일고 있는 것을 느꼈다. 삼삼오오 머리를 맞
댄 아이들이 심각하면서도 흥미로운 표정으로 이야기를 나누고
있는데, 지나가면서 들으니 '명예'라든가 '징계' 같은 단어가 오
가는 것 같았다. 자세한 내막은 같은 식탁에 앉은 학생회 멤버한
테 들었다.

"어젯밤에 기숙사를 빠져나갔던 애들이 새벽에 들어오다가
잡혔거든."

다원은 깜짝 놀라 수프를 뜨던 숟가락을 잠시 멈추었다. 기숙
사를 빠져나간다는 것은 상상도 해 본 적 없는 일이었다. 프라임
스쿨의 높은 벽을 넘어간 방법도 궁금했지만, 왜 그런 행동을 했
는지가 더 의문이었다.

"기숙사를 빠져나갔다니, 왜?"

학생회 아이는 "자세한 건 나도 몰라." 하면서도 단호한 어조
로 말했다.

"사실 이유가 뭔지는 별로 중요하지 않지. 이유가 뭐가 됐든
규율을 어기고 프라임스쿨의 명예를 실추시켰다는 건 변함없는
결과니까. 아마 상당히 수위가 높은 징계를 받게 될 거야. 학생
회에서 교장 선생님께 그렇게 건의드릴 거거든. 물론 위원장님
도 같은 생각일 테고. 그렇지, 다원?"

다원은 그 애가 자기에게 기대하는 반응이 어떤 것인지 알았
지만, 가볍게 웃는 것으로 대답을 대신했다. 아버지의 권위를 이
용해 성급한 재판관 노릇을 해서는 안 되었다.

첫 수업이 시작될 무렵, 학교 게시판에 이탈자들의 신원이 공
개되었다. 총 세 명으로 모두 서기숙사 아이들이었는데, 레오도

포함돼 있었다. 다윈은 레오를 만나 이야기를 듣고 싶었지만, 그 아이들과의 접촉은 모두 금지되어 있었다.

수업에 들어온 교수들은 하나같이 간밤에 일어난 비행을 성토하며, 그 아이들은 처음부터 프라임스쿨에 들어와서는 안 됐던 자격 미달자들이고 프라임스쿨 교복이 어울리지 않는 천박한 반항아들이라고 했다. 아무래도 레오를 제외한 1학년 두 명 모두 3지구 출신이라는 점을 염두에 둔 말인 것 같았다. 교수들은 덧붙여 말하기를, 프라임스쿨의 선발 체계는 훌륭하지만 모든 체계엔 오류가 있기 마련이라며 "이 자리에 있는 너희들 역시 매 순간 자신이 오류가 아니라는 점을 증명해야 할 것이다."라고 했다.

레오는 프라임스쿨 안에서 완전히 자취를 감추었다. 법학 수업에도 들어오지 않았다. 다윈은 레오의 기숙사까지 찾아갔지만 침대는 비어 있었고, 사감 선생에게서 "레오 마샬은 징계를 받는 중이니 만날 수 없다."라는 말밖에 듣지 못했다. 일주일 뒤, 함께 학교를 빠져나갔던 두 명은 기숙사로 복귀했지만, 레오는 여전히 보이지 않았다.

다윈은 기숙사에서도, 법학 수업 시간에도 레오를 찾는 사람이 아무도 없다는 사실에 놀랐다. 축구 클럽도 다르지 않았다. 운동장 사용 순서를 기다리느라 서기숙사의 훈련을 지켜볼 기회가 있었는데, 늘 주전으로 활약한 레오가 없음에도 레오의 결장을 아쉬워하는 목소리는 어디서도 들려오지 않았다. 모두 눈앞에 보이는 일들에만 몰두해 있었다. 다윈은 자신이 프라임스쿨에서 레오를 알고 기억하는 유일한 사람으로 느껴졌다.

8월 둘째 주 금요일 오후, 이틀 간의 휴가를 앞두고 다윈은 부족한 학업 시간을 보충하기 위해 도서관으로 갔다. 두 시간쯤 책상에 앉아 있다가 잠깐 쉴 겸 창가로 갔는데, 교정 벤치에 혼자 앉아 있는 사람의 뒷모습이 눈에 들어왔다.

반가운 마음에 다윈은 아직 끝내지 못한 책을 서둘러 정리하고 밖으로 달려 나갔다.

"다음 주부턴 수업에 들어올 수 있는 거야?"

뒤를 돌아본 레오는 피곤해 보이는 얼굴로 "그렇다나 봐." 하고 남의 일인 양 대꾸했다.

다윈은 레오 옆에 앉으며 물었다.

"왜 기숙사를 나간 거야?"

"모르겠어."

"모르겠다니?"

"모르겠어. 그냥, 여기 있는 게 갑자기 참을 수 없이 싫어졌다는 것밖에는."

다윈은 레오의 말이 이해가 가지 않았다.

"레오 넌 스스로 원해서 이 학교에 들어온 게 아니었어?"

"물론 원해서 들어왔지. 그 대단한 시험까지 쳐 가면서."

"네가 한 선택이었는데 여기가 참을 수 없이 싫어졌다는 건 좀 이율배반적인 거 아니야?"

레오가 시큰둥하게 웃었다.

"다윈 넌 본인이 선택한 일이라면 무조건 괴로움이 없어야 한다고 생각하는 거야? 그럼 몇백 년 전 이 수도원에서 살았던 수도사들은 왜 자기가 선택한 일에 행복을 느끼지 못하고 늘 그렇게 괴로운 얼굴들을 하고 있었을까? 제 발로 걸어 들어오긴 했지만 그 사람들도 늘 세상으로 나가고 싶은 유혹으로 고뇌했기 때문 아니겠어? 그래서 수도원에서 그렇게 많은 일탈과 범죄가 벌어졌던 거겠지. 살인, 방화, 매춘…….”

다원은 레오의 말을 끊으며 말했다.

“하지만 여긴 더 이상 수도원이 아니고 우리도 수도사가 아니야. 우린 평생을 인내하는 수도사들에 비하면 훨씬 많은 자유가 있잖아.”

“자유? 여기에? 내 눈에만 안 보이는 자유인가 보네.”

“안 보이긴. 6주나 되는 겨울방학이 있고, 외출 허가서를 미리 내기만 하면 일요일에도 외출할 수 있잖아. 또 한 달에 한 번씩 집에 가기도 하고. 벌써 내일이면 집에 가는 날이야. 레오 넌 이런 게 전혀 자유로 느껴지지 않는다는 거야?”

“다원, 자유란 건 그렇게 공휴일처럼 날을 정해 놓고 누리는 게 아니라, 갑자기 한밤중에 거리로 뛰쳐나가고 싶을 때 뛰쳐나갈 수 있는 걸 말하는 거 아니야?”

“한밤중에 거리로 뛰쳐나가서 뭘 하는데?”

“뭐, 그냥 돌아다니는 거야. 시청 앞에 있는 동상에 올라가 보기도 하고, 문 닫힌 가게를 발로 차 보기도 하고, 차 없는 도로를 달려 보기도 하면서.”

“그런 일들이 무슨 의미가 있는 거야?”

“해 보고 나면 의미를 알게 되겠지.”

“그럼 난 평생 모르겠네.”

레오가 일어나 앞을 가로막고 서서 말했다.

"넌 정말 한 번도 그런 충동에 휩싸여 본 적이 없어? 취침 종소리가 울린 다음 이 세상에서 무슨 일이 벌어지는지 보고 싶다거나, 야간열차를 타고 다른 지구로 가고 싶다거나, 갑자기 한밤중에 누군가를 찾아가서 놀래 주고 싶은 그런 거."

해를 등지고 선 레오의 몸이 어쩐지 제단 아래서 바라보는 석상처럼 거대해 보였다. 근신을 당해 수척해진 친구에게서 그런 감상이 느껴진다는 게 신비로웠지만, 더 신비로운 힘은 레오가 씨앗처럼 뱉어 놓은 말 속에 있었다. 다윈은 취침 종소리가 울리자마자 바로 잠이 들어 버리는 바람에 다른 지구로 가는 야간열차에 대해서 한 번도 상상해 본 적 없고, 무엇보다도 좋아하는 여자애 집을 한밤중에 찾아가서 놀래 주고 싶다는 생각 같은 건 감히 해 본 적도 없는 자신에게 처음으로 의문이 들었다.

그 의문이 실망으로 번지려던 찰나, 레오가 쓴웃음을 지으며 말했다.

"아냐, 다윈. 방금 내가 한 말은 다 잊어버려. 독방에 갇혀 있던 스트레스 때문에 자유니 뭐니 일부러 더 떠들어 댄 것뿐이니까. 너에게 이런 말 하고 있는 걸 사감 선생이 듣는다면 아마 근신을 일주일 더 내릴 거야. 교수관 독방에 더 갇혀 있다간 난 미쳐 버릴걸."

"근신이라기에 그냥 수업에서만 제외된 줄 알았는데 많이 힘들었나 보구나."

"원래 난 아무것도 안 하고 있는 걸 제일 못 견디는 체질이거든. 차라리 프라임스쿨의 이 많은 나무들을 다 가지치기하라는 벌을 받는 게 더 나았을 거야. 물론 선생님들은 나에게 가위를 들려 주는 것도 위험하다고 생각하겠지. 내가 가위로 뭘 쳐 낼지 확신하지 못할 테니까 말이야."

자기가 한 말에 잠시 웃는가 싶던 레오는 돌연 독방에 갇혀 있던 것보다 더 나쁜 기억이 떠올랐는지 미간을 찌푸렸다.

"독방에서 하루 종일 명상을 하고 상담을 받는 게 괴롭긴 했지만, 그래도 부당하다고 생각하진 않았어. 내가 저지른 죄에 상응하는 벌이긴 하니까. 도망자는 가둬 두는 게 제일 합리적이잖아. 하지만 후드까지 빼앗아 가 버린 건 이해가 안 가."

다원은 갑작스럽게 등장하는 후드 이야기에 놀라 물었다.

"후드라면 우리가 물물교환 했던 그 후드?"

레오는 고개를 끄덕인 뒤, 정확한 방향을 알 수 없는 어딘가를 바라보며 말했다.

"그날 밤에 후드를 입고 나갔거든. 학교 안에선 입고 다닐 수 없으니까. 그런데 교장이 후드를 보자마자 당장 벗으라고 하더니 그 자리에서 바로 압수해 버렸어. 무단으로 학교를 벗어난 벌로 가두는 건 받아들일 수 있지만 후드는 왜? 다원, 법학 수업에서 교수도 그랬잖아. 죄와 벌 사이엔 비례의 원칙이 있어야 한다고. 그 점을 따지고 들었더니 교장은 프라임스쿨 학생으로서 품행을 지켜야 한다는 조항에는 행동거지와 옷차림, 말투까지 모두 포함되는 거라고 하더라. 후드는 당연히 프라임스쿨에서 허용되는 옷이 아니고 또 내 행동과 말투도 프라임 보이의 기준에 한참 미달이라면서. 징계위원회에서도 그 말 그대로 결정됐어. 독재자들……. 그 조항 하나면 이 세상에서 눈에 거슬리는 사람은 모두 잡아 낼 수 있을 거야. 아무튼 다원, 너에겐 정말로 미안해. 소중한 후드를 이렇게 어이없게 뺏겨 버려서. 교장 핑계를 대긴 했지만, 어쨌든 다 내 잘못이야."

자신은 전혀 신경 쓰지 않는 일에 레오가 너무 진지하게 용서를 구해 오자, 다윈은 후드를 압수당한 걸 크게 아쉬워하지 않고 있던 자신이 오히려 더 미안해졌다. 다윈은 레오를 위로하고 안심시키려 웃으며 말했다.

"나한테 사과할 건 없어. 물물교환을 한 이상 레오 네 후드인걸."

그러자 레오는 상심한 어린아이 같은 얼굴로 고개를 내저었다.

"아니, 우리의 후드였지."

아버지의 서재

　　토요일 오전, 집에 도착한 다윈은 사다리에 올라 가지치기를 하고 있는 정원 관리사를 발견하고 "안녕하세요, 아저씨." 하고 인사했다. 그랬더니 아저씨는 친절하게도 사다리에서 내려와 굳이 도움이 필요치 않은 가벼운 가방을 빼앗다시피 받아 들고는 집 안까지 옮겨 주었다. 다윈은 아저씨의 호의에 감사 인사를 한 뒤 안으로 들어섰다.

　　문소리를 들은 벤이 기다렸다는 듯 품속으로 뛰어들었다. 벤은 기숙사에서 흠뻑 밴 수많은 소년들의 냄새를 다 파헤쳐 낼 기세로 몸 여기저기에 코를 갖다 댔다. 자기 세계에서는 나름대로 스스로를 수사관으로 생각하고 있는 모양이었다. 다윈은 그동안 부족했던 애정을 보충해 주려고 교복이 털로 뒤덮이는 것도 개의치 않고 벤의 목덜미를 쓰다듬어 주었다. 그러다 벤의 발톱에 셔츠 단추가 뜯어지려고 할 때가 되어서야 마리 아주머니에게 벤을 맡기고 피신하듯 2층으로 뛰어 올라갔다.

방문을 열자 혼자만의 공간이 내뿜는 안락함이 오랫동안 사용한 향수 냄새처럼 퍼졌다. 탁상시계의 미세한 초침 소리는 사적인 시간으로 돌아온 것을 환영해 주는 것 같았다. 다원은 잠시 그대로 멈춰 서서 자기 방이 건네는 인사를 받았다. 창밖으로 정원사 아저씨가 나뭇가지를 쳐 내는 모습이 보였다. 금속 가위 표면으로 떨어지는 햇살에 눈이 부신지, 아저씨는 계속 얼굴을 찡그린 채 일을 하고 있었다. 나무 한 그루가 정리되자 아저씨는 사다리를 옆 나무로 옮겨 다시 무성한 잎사귀에 가위질을 했다. 힘들고 단순하고 반복되는 작업……. 어제 레오에게서 "프라임스쿨의 이 많은 나무들을 가지치기하는 벌을 받는 게 더 나았을 거야."라는 말을 들어서인지, 순간 다원은 아저씨가 자신이 저지른 죄에 대한 벌을 받고 있는 것처럼 여겨졌다. 쇳덩어리 가위와 목덜미에 쉼 없이 흐르는 땀방울과 일그러진 얼굴이 벌의 속성을 그대로 띠고 있었다.

옆 나무로 사다리를 옮기려던 아저씨가 자신을 향한 시선을 알아채고는 손을 들어 다시 인사했다. 다원은 똑같이 가볍게 손을 흔든 뒤, 아저씨의 작업을 방해하지 않으려고 창에서 물러났다. 잠시지만 아저씨를 죄인으로, 아저씨의 노동을 벌로 생각했던 것이 미안했다.

정원사에 관한 정보는 마리 아주머니에게 대강 들어 알고 있었다. 5지구 사람인데 성실성을 인정받아 아버지의 추천으로 1지구의 여러 정원을 관리하게 됐다고 했다. 실제로 작업하는 모습을 눈앞에서 지켜보니 앞으로 아저씨가 더 많은 정원을 관리하게 될 거라는 확신이 들었다.

늦은 점심을 먹은 뒤, 다윈은 오랜만에 벤을 데리고 센트럴 공원으로 산책을 나갔다. 덥지만 밝은 햇살에 기분이 좋았다. 다윈은 벤을 데리고 가볍게 조깅을 했다. 벤의 황금색 털에 햇빛이 쏟아지자 눈부신 생명력이 느껴졌다. 다윈은 벤을 위해 평소보다 더 속력을 내 달렸다. 한참을 뛰어 길 끝에 이르자 갈증이 일었다. 다윈은 벤을 멈추게 하고 매점을 찾았지만, 어디에도 음료수를 파는 곳이 보이지 않았다.

다윈은 근처 벤치에 앉아 있는 노부부에게로 가서 물었다.

"실례지만 음료수 파는 데가 어디 있는지 아세요? 예전엔 여기쯤에 있었던 것 같은데."

웬일인지 그들은 서로 마주 보고 웃더니 "여름 들어 공원에 처음 오는가 보구나." 했다. 다윈은 노부부의 정확한 추측에 깜짝 놀라 "어떻게 아셨어요?"라고 물었다. 노부부는 "올봄부터 공원 내에서 모든 상업 행위가 금지됐단다. 그래서 더 멋진 공원이 됐지."라고 설명하면서 친절하게 급수대가 있는 곳을 알려 주었다.

다윈은 노부부가 일러 준 급수대에서 목을 축인 뒤 벤에게도 물을 먹였다. 그리고 땀을 식힐 겸 나무 그늘 밑에 누워 잠깐 눈을 붙였다. 사람들이 주고받는 이야기가 기분 좋은 노랫소리가 되어 귓가를 오갔다.

얼마 뒤 눈을 떠 보니 푸른 하늘 위로 옅은 붉은색 기운이 감돌고 있었다. 수그러드는 빛을 따라 공원에 감도는 공기도, 사람들의 열기도 차츰 식어 가고 있었다. 생각보다 오래 잔 모양이었다. 오후에 해야 할 공부가 있긴 했지만, 오늘만은 굳이 시간에 얽매이고 싶지 않아 다원은 그대로 팔베개를 한 채 초록 숲에 내려오는 노을을 감상했다. 극단적인 두 색이 조화롭게 섞이면서 평화로운 풍경을 만들어 냈다. 그런데 계속 보고 있으니 알 수 없는 허전한 기분이 몰려왔다. 가슴이 차갑게 식어 버리는 것 같았다. 다원은 곁에 누워 있는 벤을 끌어안았다. 벤의 털에 남아 있는 태양의 기운이 따뜻하게 피부로 전해졌다. 그러나 그 온기도 가슴속까지는 미치지 못했다. 입 안에서는 쓴 사탕 맛이 다시 느껴졌다.

집에 돌아와 보니 시간이 벌써 일곱 시에 가까워져 있었다. 이시간이면 당연히 아버지가 퇴근해 집에 와 있을 거라고 생각했는데, 이상하게 아버지의 인기척이 느껴지지 않았다.

다원은 마리 아주머니에게로 가서 물었다.

"아버지 아직 안 오셨어요?"

아주머니 역시 뜻밖이라는 듯 대답했다.

"그러게, 웬일인지 오늘은 좀 늦으시네. 다원이 오는 토요일엔 항상 일찍 오시는데 말이야. 사무실에 전화를 해 보는 게 어떠니?"

"바쁜 일이 있으신가 봐요. 조금 더 기다려 보고 안 오시면 전화해 볼게요."

다원은 방으로 올라가 샤워를 했다. 운동으로 인한 피로감이 따뜻한 물속에서 활력으로 바뀌었다. 그러나 노을 지는 하늘을 바라보며 느꼈던 쓸쓸함은 여전히 몸 어딘가에 남아 있는 것 같았다.

샤워를 마치고 방 정리를 하던 다윈은 책상 위에 놓여 있는 책 한 권을 발견했다. 아버지 서재 책장에서 꺼내 온 과학 시리즈물 중 마지막 권인데, 예전에 이미 다 읽은 것이었다. 이대로 가지고 있어도 상관없겠지만 시리즈 번호의 완결성을 위해서는 제자리에 갖다 놓는 것이 좋을 것 같았다.

다윈은 벗어 놓은 옷과 함께 책을 들고 1층으로 내려왔다. 아주머니가 빨랫감을 받아 들며 먼저 저녁 식사를 하지 않겠느냐고 물었다. 다윈은 아버지에게 전화해 보겠다고 하고는 1층 복도 끝에 있는 아버지 서재로 들어가 불을 켰다. 그 순간 책장에 꽂힌 수많은 책들이 마치 잠에서 깨어난 거인처럼 방 분위기를 압도했다.

다윈은 가져온 책을 제자리에 꽂아 놓으며 같은 칸에 꽂힌 책들의 책등을 손끝으로 천천히 훑었다. 익숙한 촉감에 문득 어린 시절 이 책장 앞을 서성이며 보냈던 시간들이 떠올랐다. 그땐 프라임스쿨에 입학하려면 이 책장을 가득 채운 책들을 모두 읽어야 한다는 막연한 의무감을 가지고 있던 터라 내용이나 수준을 가리지 않고 눈에 보이는 책은 무조건 다 읽으려고 했다. 그러면 아버지는 나이에 따라 읽을 만한 책을 선별해 추천하기도 하고, 너무 어려운 책인 경우에는 "읽지 말고 제목만 봐도 좋단다. 어떤 책들은 제목에 모든 게 담겨 있으니."라고 조언해 주었다. 그러나 사실 이 서재에서 아버지가 가장 자주 했던 말은 "너무 애써 공부할 필요는 없어. 아이들은 책을 내려다보기보다 하늘을 올려다보고 상상해야지."였다. 일반적인 1지구 부모들이 보이는 태도와는 완전히 다른 것이었다. 그래서 언젠가 한번 "아버지는 친구들 부모님이랑은 정반대되는 말씀을 하세요." 했더니 아버지가 웃으며 말했다.

"우등생이었던 부모들과 다르게 나는 공부가 얼마나 힘든 일인지 아니까. 아버지는 어려서부터 머리가 별로 좋지 못했거든."

물론 다원은 그 말이 아버지가 자신의 부담감을 줄여 주려고 하는 농담이란 걸 알았다. 더불어 아들을 위해 기꺼이 열등생을 자처하는 아버지의 여유로운 태도 덕분에 자신이 괴로움 없이 학업을 즐길 수 있게 되었다는 것도.

즐겁게 어린 시절을 회상하던 다원은 시간이 여덟 시에 가까워져 있는 것을 보고 이제는 정말 아버지 사무실에 전화를 걸어 봐야겠다는 생각이 들었다. 마리 아주머니 말대로 자기가 집에 오는 토요일에 아버지가 아무 이유 없이 이렇게까지 늦을 리가 없었다.

다원은 비서실로 전화를 걸었다. 그러나 벨만 오래 울릴 뿐 전화를 받는 사람은 없었다. 어쩌면 조금 전에 모든 직원이 퇴근했고 아버지도 집에 오고 있는 중인지도 몰랐다. 다원은 그래도 혹시나 하는 생각으로 벨 소리가 끝날 때까지 수화기를 든 채 기다렸다. 그러면서 무심코 전화기 옆에 놓인 전화번호부를 훑어보았는데, 그 순간 'home'으로 분류된 장에서 눈에 띄는 이름 하나를 발견했다. '조이 헌터.'

곧 벨이 멈추면서 전화를 받을 수 없다는 안내 음성이 들려왔다. 다원은 전화기를 내려놓았다. 갑자기 지금 이 상황을 둘러싼 모든 것들이 낯설게 느껴졌다. 전화번호부에 일상적으로 적혀 있는 조이 아저씨의 연락처는 집에 올 시간이 지나서까지 연락이 닿지 않는 아버지의 행방만큼이나 생경한 것이었다. 예전에 루미네 집 전화번호를 모르고 있다는 사실을 깨달았을 때도 이와 비슷한 이질감을 느꼈었다.

어느 일요일 오후, 아버지와 통화를 끝내고 난 직후였다. 문득 지금 루미에게 전화를 걸면 받을까 하는 생각이 들어 다시 수화기를 들었다. 그런데 이상하게도 숫자 버튼을 누르기 바로 직전이 돼서야 루미의 전화번호가 전혀 떠오르지 않는다는 것을 깨달았다. 할 수 없이 전화 거는 것을 그만두고 기숙사 방으로 올라오며, 다원은 루미의 전화번호도 모르면서 막연히 알고 있다고 착각한 이유를 생각해 보았다. 그러다 문득 루미네 집과 자기 집 사이에 존재하는, 조금은 특이하다 할 수 있는 관계를 돌아보게 되었다.

아버지는 매년 제이 아저씨의 추도식에 참석해 조이 아저씨를 친근하게 대하지만, 그날을 제외하면 따로 조이 아저씨를 집으로 초대하지도 연락을 주고받지도 않았다. 조이 아저씨 역시 마찬가지였다. 추도식에서는 조카처럼 따뜻하게 대해 주지만, 졸업식이나 입학식 같은 행사가 있을 때 축하 카드를 보내 주거나 전화를 해 온 적은 단 한 번도 없었다. 아버지와 조이 아저씨는 자신과 루미를 소개해 주는 일에도 무심했다. 추도식에서 만났을 때 지나가는 말로라도 "나이도 같은데 둘이 친구가 되면 좋겠구나."라는 얘기를 한 번도 꺼내지 않았다. 대부분의 어른들은 오히려 아이들이 귀찮아할 만큼 '친구 맺어 주기'에 적극적인데도.

다원은 그런 여러 정황을 끼워 맞추고 나서야 추도식에서는 친척만큼 가까운 사이지만 평소에는 연락을 주고받지 않는 이런 모순된 관계가 자신으로 하여금 루미의 전화번호를 모르면서도 안다고 착각하게 만들었다는 것을 깨달았다.

다원은 다시 시계를 확인했다. 여덟 시가 조금 넘어 있었다. 전화를 걸기에 많이 늦은 시간은 아니지만 여기서 조금만 더 망설인다면 결국엔 늦어 버리게 될 것이다. 그리고 그와 함께 편지를 전해 주지 못한 자신에 대한 실망감을 떨쳐 낼 기회도 놓쳐 버릴 것이다.

다원은 더는 주저하고 싶지 않아 바로 루미네 집 번호를 눌렀다. 조이 아저씨나 아주머니가 전화를 받으면 루미와 통화하고 싶다고 솔직하게 말하면 그만이었다. 두 분이 굳이 통화를 막을 이유는 없을 테니.

벨이 울리자, 초조해할 틈도 없이 바로 누군가 전화를 받았다.

"여보세요."

루미 목소리였다.

"저…… 나 누군지 알겠어?"

다원은 부디 자신의 전화 목소리가 이상하지 않기를 바라며 그렇게 물었다.

"다원?"

다원은 단번에 자기임을 알아챈 루미의 대답이 기뻤지만, 곧 기쁨보다 놀라움이 더 커졌다. 그러한 반응은 기대할 수 있는 범위를 훌쩍 넘어선 것이었다.

"어떻게 나인 줄 알았어?"

"오늘이 프라임스쿨 휴가니까 네가 연락해 올지도 모른다고 생각해서 계속 전화기 옆에서 기다리고 있었어."

루미의 설명은 놀라움을 해결해 주기는커녕 오히려 더 큰 의문을 불러일으켰다.

"내가 연락할 걸 알았다고? 어떻게?"

"지난번에 우리 아빠 때문에 대화가 끊겨 버렸잖아. 그때 네가 내 이야기를 끝까지 듣고 싶어 한다는 걸 알았거든. 그래서 당연히 내일 만나려면 최소한 오늘은 전화를 주지 않을까 생각했던 거고. 내 말이 맞지?"

루미가 무슨 말을 하는지 잘 알 수가 없었지만, 다원은 "그래."라고 대답하며 루미가 이끄는 대로 끌려갔다.

"그럼 내일 아침 여덟 시에 센트럴 역에서 만날래?"

다원은 훌쩍 앞서 나가는 루미를 놓치지 않기 위해 "내일 여덟 시까지 센트럴 역." 하고 따라 말했다.

"좋아. 그리고 다원, 될 수 있으면 가장 후줄근한 옷으로 입고 나오는 거 잊지 마."

루미는 그러더니 이유를 물어보기도 전에 낮은 목소리로 "아빠가 와. 그럼 내일 만나."라고 속삭이며 전화를 끊었다.

통화 종료음이 울리는 전화기를 한참이나 그대로 귀에 대고 있던 다원은 팔이 아픈 걸 느끼고 나서야 수화기를 내려놓고 창가로 갔다. 창문을 열자 습기를 머금은 미지근한 여름 밤바람이 불어왔다. 바람이 부는 방향대로 정원의 나뭇잎들이 살랑살랑 흔들리고 있었다. 자연이 위대한 것은 그것이 뜻을 이루는 데 어떠한 어색함도 띠지 않는다는 것에 있는지도 모른다. 온종일 비를 내리다가도 갑자기 해를 띄우고, 그러다 또 깜깜한 밤을 만들어 달을 내보내고 별을 반짝이게 하고…….

그렇게 생각하니 책을 돌려 놓을 목적으로 들어온 아버지 서재에서 우연히 전화번호를 발견하고 루미에게 전화를 걸어 내일 아침으로 약속을 정한 지금까지의 흐름들 또한 마치 어디에선가 불어온 바람에 나무가 흔들려 가지마다 앉아 있던 새들이 한꺼번에 날아오르며 군무를 추는 자연현상처럼 느껴졌다. 그렇게 바라던 일이 굳이 애쓸 필요도 없이 자연스럽게 한 번에 이루어진 것이다. 놀라운 풍경을 목격한 뒤의 황홀한 기분이 쉽게 가라앉지 않아 다원은 마음이 진정될 때까지 서재를 서성였다.

얼마나 시간이 흘렀는지 가로등에 하나둘 불이 들어오기 시작했다. 그 규칙적이고 기계적인 약속에 다원은 흥분으로 잠시 허물어졌던 현실적인 시공간 감각이 회복되는 것을 느꼈다. 그러고 나자 내일이 할아버지 집에 가는 날이라는 생각이 들었다. 아차 싶었지만 이제 와서 루미와 한 약속을 취소할 수는 없었다.

다원은 실버힐로 전화를 걸었다. 애나 아주머니가 전화를 받았다가 "어르신, 다원이에요." 하며 할아버지에게 전해 주었다. 오랜만의 통화여서인지 할아버지의 목소리가 여느 때보다 한층 더 다정하게 들렸다.

"다원, 전화를 주다니 정말 기쁘구나. 별일 없는 거지? 내일은 이 할아비 집에 오는 게 맞고?"

할아버지의 기대를 실망으로 바꿔야 하는 것은 괴로웠지만 어쩔 도리가 없었다.

"할아버지, 죄송하지만 사실은 내일 집에 못 가게 됐다는 말씀을 드리려고 전화한 거예요."

할아버지는 아무 말이 없었다. 전화가 끊긴 것은 아니었다. 수화기 너머로 할아버지의 숨소리가 전해져 오고 있었다. 다원은 다시 한번 "죄송해요."라고 사과드렸다.

그러자 할아버지가 말했다.

"니스가 가지 말자고 하던?"

다원은 할아버지의 엉뚱한 반응에 "네?" 하고 되물었다. 할아버지가 왜 갑자기 아버지 얘기를 꺼내는 것인지 알 수가 없었다. 한 달 전에 아버지가 퉁명스럽게 굴었던 일을 할아버지는 아직도 마음속에 품고 계시는 걸까.

"할아버지도 참, 아버지가 왜 그런 말을 하겠어요. 그게 아니라 내일 친구랑 갑자기 약속이 생겨서요. 다른 학교에 다니는 친구라 평소엔 만날 기회가 없어서 내일은 꼭 만나기로 했거든요."

다원은 할아버지가 그 친구가 누구냐고 묻는다면 루미라고 솔직히 말할 준비가 돼 있었다. 특별한 사이가 되기도 전에 루미 이야기를 꺼내는 게 조심스럽긴 했지만, 제이 아저씨의 조카란 것을 알고 나면 할아버지도 안심하고 더는 서운해하지 않을 것이다. 그런데 친구의 이름은 무엇이고 한 달에 한 번 보는 이 할아비와 그 친구 중에서 누가 더 우선순위인지 장난 섞인 질문을 할 줄 알았던 할아버지는 뜻밖에도 "그래, 알겠다." 하더니, 피곤해서 일찍 자야겠다며 먼저 전화를 끊었다.

당연히 내일 손자가 오는 것으로 생각하고 있다가 저녁에 갑자기 걸려 온 취소 전화에 실망한 채 잠자리에 들 할아버지를 생각하니 다원은 마음이 편치 않았다. 다음번에 할아버지와 더 많은 시간을 보내는 것으로 오늘의 서운함을 달래 드려야 할 것이다.

그런 생각으로 수화기를 내려놓는데, 열린 문틈으로 갑자기 벤이 뛰어 들어왔다. 벤이 중요한 책을 할퀴어 놓은 사건 이후로 아버지 서재는 벤의 출입 금지 구역이었다. 다원은 얼른 벤을 막아섰지만 평상시에는 못 들어오는 곳이어서인지 벤은 다른 때보다 더 흥분해 있었다.

벽 쪽에 세워진 스탠드 조명이 벤의 꼬리를 맞고 쓰러지려고 했다. 다원은 가까스로 스탠드를 잡아 세운 뒤 "벤, 멈춰!" 하고 외쳤다. 그러나 벤은 아랑곳없이 책장을 기웃거리더니 책장과 벽 틈에서 무언가를 이빨로 물고 끌어당겼다.

"벤, 아버지 물건에 손대면 안 돼. 진짜 혼나고 싶이?"

다원은 벤을 붙들려고 했지만 벤은 그 물건을 문 채 재빨리 서재 밖으로 달아나 버렸다. 다원은 뒤따라 뛰어나가며 마리 아주머니에게 "벤 좀 잡아 주세요!" 하고 외쳤다. 마리 아주머니가 길을 막아선 뒤에야 벤이 겨우 멈추어 섰다.

마리 아주머니가 벤의 입에 물려 있는 물건을 잡아 빼면서 말했다.

"이런 건 도대체 어디서 찾아온 거야, 다 낡아 빠진 걸. 나도 모르는 이런 빨랫감이 어디에 숨어 있었던 거지? 벤, 도대체 이런 건 어디서 주워 오는 거니?"

아주머니 곁으로 천천히 걸어간 다원은 아주머니 손에 들린 물건의 정체가 자신이 짐작하고 있는 것일 리 없다고 생각하면서도 아주머니에게서 물건을 받아 들었다.

그때였다. 현관 쪽에서 아버지의 목소리가 들려왔다.

"무슨 일인데 이렇게 소란스럽지?"

마리 아주머니가 "벤 때문에 들어오셨는지도 몰랐네요."라며 당황해서 상황을 설명하는 소리가 들렸다.

"벤이 어디서 이상한 옷을 물어 와서요. 다른 집 마당에라도 갔다 온 모양이에요."

아버지는 대수로운 일이 아니라는 듯 "그래요?" 하고 대꾸하더니 "다원, 오늘은 너무 늦었지? 일이 밀리는 바람에. 한 달 만인데 어디 얼굴 좀 보자꾸나." 했다. 다원은 아버지 쪽으로 몸을 돌리면서도 자기 손에 들려 있는 물건에서 눈을 뗄 수가 없었다. 다원은 먼저 인사한다는 것도 잊어버리고 아버지에게 물건을 내보이며 물었다.

"이 후드가 어떻게 아버지 서재에 있는 거예요?"

아버지는 걸음을 멈추고 제자리에 섰다. 아무 말도 없이.

다원은 아버지가 잘 볼 수 있도록 후드를 가까이 들어 올리며 다시 물었다.

"네? 왜 아버지가 이 후드를 가지고 계세요?"

이따금 절대 일어나지 않을 일들을 상상할 때가 있다.

어느 날 아침, 화장실 거울 속에 예전에 잠깐 스치고 지나갔던 얼굴이 다시 비치는 일, 황급히 화장실에서 나와 옷장 문을 열었는데 안에 걸린 옷들이 모두 한 뼘씩 늘어나 하나도 맞지 않게 되는 일, 소매와 바지를 대충 접어 입고 차를 탔는데 운전하는 방법을 완전히 잊어버려 가로수를 그대로 들이받는 일, 망가진 차 안에서 간신히 몸만 빠져나와 관청 사무실까지 절뚝대며 걸어가는 일…… 청사 마당에서 참새가 독수리를 잡아먹고 있는 일, 갈가리 찢겼던 독수리가 되살아나는 일, 되살아난 독수리가 나에게 달려들어 눈을 쪼아 대는 일, 덜걱거리는 구두로 땅을 구르며 독수리를 쫓아내다가 '다음 세대를 위한 교육정책'을 발표하는 기자회견장에 늦고 마는 일, 새 깃털을 뒤집어쓴 채 뛰어온 나를 보고 모두가 웃음을 터뜨리는 일, 기자들이 던지는 질문에 아무답변도 못 하고 땀만 뻘뻘 흘리고 있는 일, 화가 난 기자들이 나를 '얼간이 꼬마'라고 무시하며 조롱하는 일, 그 모든 광경을 제이가 맨 앞자리에 앉아 지켜보고 있는 일.

그 시절, 나는 묻고 또 물었다.

"엄마, 죽은 사람은 절대 다시 살아날 수 없죠, 그렇죠?"

어머니는 땀에 젖은 내 이마와 눈물이 흐르고 있는 뺨을 찬 수건으로 닦아 주며 다정한 목소리로 말했다.

"죽은 사람이 다시 살아날 수만 있다면 인간이 이렇게 슬퍼할 이유가 없지. 니스, 이제 그만 제이를 보내 주렴. 그게 하느님의 깊으신 뜻이란다."

매일 밤 어머니는 내가 잠이 들 때까지 침대 곁을 지켰다. 때로는 잠이 올 때도 있었지만, 나는 어머니를 아래층으로 보내고 싶지 않아 일부러 "찬물이 먹고 싶어요." 하거나 "배가 아파요." 하고 어린애처럼 거짓말을 했다. 어머니는 분명 그걸 알고 있었을 테지만, 단 한 번도 "사내애가 돼서 꾀병 부리지 마라." 하고 꾸짖는 일 없이, 따듯한 손으로 잠들 때까지 배를 문질러 주었다. 귓가엔 늘 다정한 목소리가 울렸다.

"내일은 오늘보다 조금 더 괜찮아질 거야. 엄마도 부모님이 돌아가시고 난 뒤 한동안은 매일매일 울며 지냈지만, 어느 순간 주위를 둘러보니 짧았던 죽음의 순간 대신 그분들이 살아 계셨을 때 함께 보냈던 소중한 시간들만 남아 있었거든. 우리 니스한테도 그 순간이 어서 오기를 엄마가 기도할게."

훌륭한 부모는 어느 훌륭한 종교보다도 낫다. 그러나 훌륭한 종교가 드물듯 훌륭한 부모도 드물다. 내 어머니에게서 태어나, 그분의 교육을 받으며 자라날 수 있었던 것은 내가 받을 수 있는 가장 큰 축복이었다. 나에게 신은 따로 필요하지 않았다.

근래에는 별로 생각한 적 없었던 일련의 그 '절대 일어나지 않을 일들'이 그날 아침 다시 떠오른 것은 아마도 얼마 전 제이의 추도식에 다녀왔기 때문일 것이다. 추도식을 전후해 얼마 동안은 우울증에 빠진 어린애처럼 독수리니 참새니, 발에 맞지 않는 큰 구두니 하는 쓸데없는 생각들을 하곤 하니⋯⋯.

출근하는 내내 머리가 아프고 기분이 좋지 않아, 라디오를 켜 놓은 운전기사에게 생각하는 시간을 방해하지 말라고 짜증을 냈다. 당황한 그는 죄송하다면서 얼른 라디오를 껐다. 그는 내가 평소 요청한 대로 뉴스 채널을 틀어 놓았던 것뿐인데. 어쩌면 중간에 버즈 미디어에서 만든 공익 광고가 흘러나와 더 예민해졌던 것인지도 모른다.

버즈 녀석, 학교와 사무실로 연락한 것만으로도 모자라 제이의 추도식에까지 나타나 프라임스쿨 다큐멘터리를 찍겠다고 하다니. 무슨 생각인 걸까. 마약에 빠진 8지구 아이들을 뒤쫓는 선정적인 카메라를 프라임스쿨에까지 들이밀 생각인 건가. 그러나 무턱대고 촬영 협조를 거부할 수도 없는 노릇이었다. 어릴 때부터 프라임스쿨에 반감을 가지고 있던 녀석이라 촬영 허가를 거절했다간 '제멋대로' 이야기를 만들어 버릴 위험이 있기 때문이었다. 위원회 내에서도 버즈의 명성을 고려했을 때 촬영 허가는 해 주되 엄격한 지침을 만들어 심의권을 확보하는 편이 좋겠다는 의견이 다수였다.

머릿속을 어지럽히는 갖가지 생각들로 출근길은 우울했다. 그대로 집에 돌아가고 싶었다. 백미러를 통해 내 기분을 살피는 운전기사도, 갑갑한 정장도, 공무원들로 가득한 거리도 싫었다. 그러나 그렇게 모든 것을 포기하고 싶은 마지막엔 늘 어머니의 따뜻한 목소리가 귓가에 울린다.

"하느님은 아무리 약한 사람일지라도 가장 소중한 한 가지는 지킬 수 있는 힘을 주셨지. 부모에게는 그게 자식이란다. 무슨 일이 있어도 우리 니스는 엄마가 지켜 줄 거야. 그리고 네가 나중에 커서 부모가 되면 넌 네 자식을 지킬 수 있는 힘을 갖게 될 거고."

그래, 나에겐 다원이 있지……. 포기라니, 무슨 생각을 하는 거야.

다행히 청사에 도착할 무렵에는 여러 좋은 이야기들을 들려주던 어머니의 음성이 떠올라 우울한 기분을 떨쳐 낼 수 있었다. 운전기사에게는 골치 아픈 일이 생각나 괜히 신경질을 냈다며 사과했다. 그는 고맙게도 "아무려면요, 매일 중요한 결정을 내리셔야 할 테니까요. 전 신경 쓰지 마세요." 하며 이해해 주었다. 중요한 결정이라……. 공무원이 되고 난 뒤 정말 중요한 결정을 내린 적은 없었던 것 같은데…….

사무실로 들어오니 비서가 토요일 오후부터 몇 시간 전 아침까지 받아 놓은 연락들을 전해 주었다. 그중 프라임스쿨에서 걸려 온 전화에는 '긴급'이라는 문구가 적혀 있었다. 순간, 다원에게 무슨 일이 생긴 건 아닌가 하는 걱정이 들었다. 그래서 아침에 그 반갑지 않은 생각들이 떠올랐던 걸까.

가방을 내려놓을 새도 없이 얼른 학교에 전화부터 걸었다. 다행히도 다원에 관한 건 아니었다. 교장은 간밤에 일어난 몇몇 아이들의 '무단 외출' 이야기를 했다.

"학생들이 밤에 몰래 기숙사를 빠져나가는 불미스러운 일이 일어나서 관리를 맡은 저로서는 참 할 말이 없습니다. 소란이 커지기 전에 시급히 징계 수위를 결정했는데, 학부모님들께 연락을 드리기 전에 위원회와 먼저 상의를 하고자 전화를 드렸습니다. 나중에라도 학교와 위원회 간에 불협화음이 생기면 안 되니까요."

교장은 나보다 나이가 스무 살쯤 많음에도 공적인 위치에선 늘 나를 예우했다. 나 역시 그의 지혜를 존중한다는 의미로 "되도록 학교 결정을 우선하겠습니다."라고 했다. 교장이 이탈자 세 명의 신상을 알려 주었다. 버즈 아들이 포함된 것도 신경 쓰였지만 하필이면 나머지 둘 모두 3지구 출신이었다. 1지구 출신으로만 신입생을 선발하자는 다수의 목소리를 누르고 어렵게 기회를 준 것인데, 입학한 지 반년 만에 하룻밤 철없는 행동으로 자기 출신 지역의 기대를 저버리다니. 강경파들이 내년 프라임스쿨의 문을 더 좁힌대도 어쩔 수 없는 노릇이었다. 둘의 근신 기간은 일주일로 하기로 했다. 그런데 교장이 레오 마샬에게는 이 주일 간의 근신 기간을 주겠다고 했다.

나는 왜 레오만 근신 기간이 더 기냐고 물었다. 다큐멘터리 일도 있는데 버즈에게 쓸데없는 오해를 사고 싶지 않았다. 무엇보다 죄가 같다면 벌도 같아야 하는 게 원칙이었다. 혹시 레오가 선배라 더 무거운 책임을 지우는 거냐고 다시 물으려는 찰나, 교장이 먼저 레오가 프라임스쿨의 품위를 손상하는 복장을 하고 있었기 때문이라고 설명했다.

"후드를 입고 있었습니다. 프라임스쿨 학생이 하위 지구 범죄자들이나 입고 다니는 후드를 입는다는 건 절대 용납할 수 없는 일 아닙니까?"

후드?

내가 생각을 하는 사이 교장이 망설이듯 "그런데 사실 다윈에게도 일정한 징계를 내려야 하는지 고민입니다."라고 말했다. 나는 이 일과 다윈이 무슨 관련이 있는 것인지 전혀 가늠이 안 돼 "다윈에게요?"라고 물었다.

교장이 설명했다.

"후드가 어디서 났느냐고 추궁해도 레오가 끝까지 대답을 안 해서 어디선가 밖에서 구해 가지고 온 줄 알았는데, 알아보니 '오래된 것들' 행사에서 다윈과 레오가 물물교환을 했다더군요. 그래서 기록을 확인해 보니 정말 다윈이 가져온 옷과 레오가 가져온 티켓을 교환한 것으로 되어 있었습니다."

그 순간…….

자기 몸보다 훨씬 큰 양복을 엉성하게 입은 어린아이가 자동차 핸들을 조작하지 못해 가로수를 들이박는 영상이 다시 떠올랐다. 나는 실제로 사고를 당한 것 같은 충격에 힘을 잃고 의자에 주저앉았다.

"물론 저도 알고는 있습니다. 제 세대에 비해 12월의 폭동을 책으로만 배우는 요즘 아이들은 후드에 대한 공포심이나 반감이 크지 않다는 것을요. 듣자 하니 요즘은 하위 지구뿐만 아니라 중위 지구에서조차 버젓이 후드를 입고 다니는 일들이 비일비재하다더군요. 하지만 그건 어디까지나 변방의 일탈적인 풍조 아니겠습니까? 장차 사회의 이념적 기준을 정하게 될 인재들을 키우는 프라임스쿨에선 결코 있을 수도 없고 일어나서도 안 되는 일이죠. 레오 녀석은 징계가 끝나면 자기에게 후드를 돌려주는 게 정당하다고 주장하는데, 저는 프라임스쿨의 교장 직위를 떠나 한 명의 어른으로서 우리 1지구 아이들이 그런 옷을 입고 다니는 것을 절대 용납할 수 없습니다. 위원장님은 어떠십니까? 제 생각에 동의하십니까?"

나는 힘없는 목소리로 "물론 동의합니다."라고 했다. 교장은 나를 시험하듯 "그럼 다윈의 징계는 어떻게 할까요?" 물었다. 자기 자식의 재판관 노릇을 하고 싶은 부모가 어디 있을까. 나는 달리 할 말이 없어 "학교 측의 결정을 따르도록 하겠습니다."라고 대답했다. 교장은 미리 대답을 준비한 것처럼 "위원장님 뜻이 저희와 일치하는 것을 알았으니, 이번엔 그냥 넘어가도록 하겠습니다." 했다. 그러고는 말을 이었다.

"엄밀히 말하면 그런 물품의 반입을 미리 막지 못한 학교 측의 잘못도 있습니다. 우리가 먼저 그런 물품은 허용이 안 된다고 확실히 해 놓았으면 다윈처럼 모범적인 아이가 그런 것을 가져

왔을 리가 없을 테니까요. 그런데 다윈은 어디서 그런 후드를 구해 온 건지…… 뭐, 그건 가정에서 위원장님이 따로 훈계하실 일이겠죠. 알겠습니다. 그럼 이 건은 이대로 처리하도록 하겠습니다."

그렇게 계속 처박힌 차 안에 앉아 있을 수는 없었다. 얼른 사고 현장에서 빠져나와 주변을 둘러보고 무슨 일이 벌어진 건지 파악해야 했다. 나는 전화를 끊으려는 교장을 "잠깐만요." 하고 붙든 뒤, 후드를 사무실로 보내 달라고 요청했다. 후드를 직접 확인해 봐야 다윈에게도 그것을 얻은 경위를 정확히 물어볼 수 있을 거라며. 교장은 그러지 않아도 처분 방법을 고민하고 있었다면서 바로 사람을 보내겠다고 했다.

후드가 도착하기까지 아무 일도 손에 잡히지 않았다. 결재를 기다리는 서류들은 모두 오후로 넘겼다. 두 시간쯤 뒤, 프라임스쿨 교직원이 종이에 싼 두툼한 물건을 가지고 왔다. 비서에게 아무 전화도 연결하지 말라고 한 뒤 문을 잠그고 책상 뒤에 숨듯이 앉았다. 떨리는 손으로 포장 종이를 뜯으며 계속 되뇌었다. 설마, 아닐 거야. 그래, 아닐 거야……. 그러나 후드를 마주한 순간, 코 속으로 끼치는 그 냄새를 맡고 목에 달린 그 끈을 다시 느낀 순간, 머릿속에서 9897969594939298…… 끝 모를 숫자가 펼쳐졌다.

나는 어디 가느냐고 묻는 보좌관의 질문에 대답할 겨를도 없이 그길로 운전을 해 아버지 집으로 갔다. 아버지는 막 점심 식사를 하려던 참이었다. 월요일 낮, 예고도 없이 무작정 찾아온 나를 아버지는 반갑게 맞이하면서 "같이 점심을 먹으면 되겠구나."

하고 태평한 소리를 했다. 자신의 인생에 먹구름이 드리울 것이라고는 조금도 생각하지 않는 모양이었다. 그래, 천둥소리에 놀라 울고, 비를 맞아 벌벌 떠는 건 언제나 나였지. 오히려 애나가 내 기색을 알아채고는 "정원에 스프링쿨러 좀 작동시켜야겠어요."라면서 자리를 비켜 주었다. 하물며 남인 가사 도우미도 내 감정을 읽을 줄 아는데 도대체 아버지란 위인은…….

나는 완전히 이성을 잃고 아버지에게 소리쳤다.

"정신 나가셨어요? 도대체 어떻게 그걸 다시 꺼낼 생각을 할 수 있는 거예요?"

"무슨 말을 하는 거냐. 아비한테 정신이 나갔느냐니, 너야말로 제정신이 아닌 거 아니냐."

"제가 지금 제정신이게 생겼어요? 아버지가 만든 진창에 다원까지 빠지게 생겼는데. 왜요, 나 하나로는 족하지 않아요?"

"도대체 내가 뭘 어쨌다고 다짜고짜 와서 행패냐?"

"발뺌하지 마세요. 아버지가 아니면 다원이 어떻게 그걸 알게 된 건데요, 네?"

"네가 무슨 말을 하는 건지 도통 알아들을 수가 없다. 진창은 뭐고, 다원은 또 무슨 얘기야. 화를 내려거든 설명부터 제대로 하든가."

분노를 삭이지 못해 정신 나간 사람처럼 집 안을 배회하던 나는 아버지에게 다가가 삿대질을 하며 선언했다.

"다시는 이 집에 다원을 보내지 않겠어요. 제 허락 없이는 연락할 생각도 마세요. 제 아들은 제가 지켜야겠으니까."

그러고는 뒤도 돌아보지 않고 차를 몰아 실버힐을 빠져나왔다. 그런데 운전을 하며 마음이 조금씩 진정되자 뒤늦게 아버지는 정말 모르고 있던 일일까 하는 생각이 들었다. 아무리 아버지라도 그 후드를 자랑스레 다원에게 보여 줄 순 없었을 테니. 그럼 다원은 어디서 그걸 발견한 걸까. 내가 아버지에게 실수를 한 건가……. 나는 머리를 내저었다. 아니, 아버지가 직접 준 게 아니라 해도 아버지가 책임을 면할 수는 없다. 그 후드를 아직까지 가지고 있다는 것부터가 큰 죄니까.

그렇게 내 행동을 정당화하며 위안을 얻으려는 순간, 누군가 물었다.

그렇다면 니스 영 너는?

너는 왜 그때 후드를 네온 강에 버리지 못했지? 왜 그 후드를 다시 집으로 갖고 와 원래 있던 지하실 상자 속에 그대로 넣어 두었지?

퇴근길에 후드를 몰래 숨기듯 집으로 가져와 서재 책장 뒤에 밀어 넣는 순간에도 그는 비아냥거리며 계속 물었다.

왜 30년이 지난 지금에도 그걸 버리지 못하고 거기다 처박아 놓는 거야, 응? 말해 봐, 도대체 왜 그렇게 겁먹은 어린애 같은 얼굴을 하고 있는 거야?

귀에 익은 목소리를 가진 심문자의 집요한 질문에 묵비권으로 대응하는 사이, 다원이 집에 오는 둘째 주 주말이 다가왔다. 한 달 중 가장 기다리는 시간. 그러나 오늘은 하지 않아도 될 일까지 처리해 가면서 늦게까지 사무실에 있었다. 다원과 시간을 보내는 것이 두려웠다. 그 후드의 의미를 알 리는 없겠지만 다원이 그것을 만졌다는 것만으로도 아들 앞에서 어떤 얼굴을 해야 할지 알 수 없었다.

"네? 레오는 교장 선생님께 압수당했다고 했는데, 왜 이게 아버지 서재에 있는 거예요?"

이따금 절대 일어나지 않을 일들을 상상할 때가 있다.

내 아들이 자라서 나를 미심쩍은 눈으로 보기 시작하고, 나의 행적에 대해 의문을 갖기 시작하고, 거짓말을 하지 않고서는 대답할 수 없는 질문을 던지는 지금 같은 때를…… 그런데 나는 무슨 믿음으로 그것들이 절대 일어나지 않을 일이라고 자신했던 걸까. 이미 절대 일어나지 않을 것 같던 일들이 인생에서 일어나고 또 일어나는 것을 숱하게 봐 왔으면서.

"아버지?"

다원의 순진한 갈색 눈동자 위로 내 모습이 아른거린다. 다원에게 뭐라고 답해야 할까? 아무리 나이를 먹는다 해도 나는 언제까지나 큰 양복을 엉성하게 걸치고 덜걱대는 구두를 간신히 끌고 다니는 겁쟁이에 불과한데.

다원은 아버지 쪽으로 한 발짝 더 다가갔다. 아버지는 무슨 이유에서인지 줄곧 말이 없었다. 아버지의 침묵이 지나치게 길어지자 다원은 분명히 아버지 서재에서 후드를 발견했음에도 어쩌면 아버지 역시 이 후드에 대해 모르는 건 마찬가지가 아닐까 하는 불합리한 생각마저 들었다.

그때 아버지가 후드를 받아 들며 되물었다.

"이건 어디서 찾은 거니?"

"아버지 서재 책장 뒤에서요. 벤이 찾았어요."

아버지는 벤을 향해 "벤, 서재에는 들어오면 안 된다고 했을 텐데?"라고 주의를 준 뒤 이어 얘기했다.

"그러고 보니 지난번에 어딘가에 놔두고 잊어버렸는데, 벤이 책장 뒤로 물어다 놓았나 보구나."

다원은 벤의 머리를 쓰다듬으며 말했다.

"뭐야, 벤. 네가 숨겨 놓고 네가 찾은 척한 거야? 보기보다 용의주도하구나."

벤은 크게 한 번 짖더니 빼앗긴 후드를 대신할 새로운 장난감을 찾아 다른 데로 뛰어가 버렸다. 별일 아니라는 아버지의 평온한 태도 덕에 다원은 혼란스러운 감정에서는 벗어날 수 있었지만, 의문은 여전히 남아 있었다.

"그런데 이걸 왜 아버지가 가지고 계신 거예요?"

아버지는 소파에 앉은 뒤, 맞은편에 앉으라는 손짓을 했다. 다원은 아버지가 시키는 대로 했다. 아버지는 아까처럼 입을 굳게 다문 채 있다가 잠시 뒤, 숨의 무게가 느껴지는 낮은 목소리로 "다원." 하고 불렀다. 무척 피곤한 목소리였다. 그제야 다원은 한 달 전에 봤을 때보다 아버지 얼굴이 수척해진 것을 발견했다. 아마 오늘 같은 휴일에도 출근해 저녁 늦게까지 일을 한 탓일 것이다.

"나 몰래 엉뚱한 일을 벌였더구나. 이런 걸 학교에 가져갈 거면 먼저 나한테 말했어야지. 덕분에 교장 선생님한테 혼 좀 났단다. 위원장 아들이 학교 행사에서 금지된 물품을 버젓이 교환했다고 말이다. 이런 건 도대체 어디서 찾아 가지고 간 거니? 우리 집은 아닐 테고."

다원은 자신이 아버지의 설명을 필요로 하듯 아버지도 자신에게 설명을 요구할 수밖에 없는 상황이라는 것을 깨닫고, 있는 그대로 이야기했다.

"할아버지 집 지하실에서 찾았어요. 지난달에 전화기를 찾으러 내려간 적 있잖아요. 그때 '오래된 것들' 행사가 있다는 게 생각나서 지하실에 있는 낡은 상자들을 뒤져 봤거든요. 할아버지네 지하실이라면 괜찮은 물건을 찾을 수 있을 것 같아서."

아버지가 묘한 미소를 지으며 물었다.

"다윈, 너에겐 이 낡은 옷이 전통 있는 '오래된 것들' 행사에 낼 만한 물건으로 보였니?"

다윈은 후드를 발견했을 때 느낀 감정을 솔직히 말했다.

"저는 얘기로만 듣고 실제로는 한 번도 본 적 없는 옷이니까 다른 애들도 저처럼 흥미를 느낄 거라고 생각했어요. 애들 사이에서 은근히 서로 더 특이한 물건을 가져오려고 경쟁하는 분위기가 있거든요. 그리고 후드가 금지 물품에 속한다는 얘기는 듣지 못한걸요? 금지된 건 총기류나 선정적인 물건 같은 거잖아요. 시대성과 역사성을 띤 물건이니까 당연히 '오래된 것들' 행사 정신에 부합하는 물건 아니에요?"

"너무 자의적인 해석이구나. 시대성과 역사성이란 건 면밀한 연구 끝에 부여되는 거지, 단지 오래됐다고 아무것에나 함부로 붙일 수 있는 게 아니란다. 아무튼 일차적으로는 후드를 금지 물품에 올려놓지 않은 학교에 책임이 있다는 것은 부인할 수 없겠구나. 설마 프라임스쿨 학생이 학교에 후드를 가져오리라고는 생각도 못 해 미처 그걸 명문으로 규제할 필요도 못 느낀 거겠지만. 다음은 학부모로서 자식이 어떤 물건을 학교에 가져가는지 확인하지 못한 내 잘못이고. 알았다면 학교에 그런 걸 가져가게 하지는 않았을 텐데. 왜 숨겼는지 모르겠구나."

다원은 아버지가 오해하고 있는 점을 해명했다.

"숨긴 게 아니에요. 그땐 당연히 할아버지와 아버지에게 제가 찾은 '오래된 것'을 보여 드릴 생각이었어요. 할아버지에게 가져가도 되는지 허락도 받아야 했고요. 그런데 지하실에서 올라와 보니 두 분 다 안 계셨고, 애나 아주머니가 아버지는 주무신다고 깨우지 말라고 했어요. 할아버지는 정원에 나가 계셨는데, 왠지 기분이 안 좋아 보였고요. 그래서 일단 가방에 넣어 두고 나중에 말하려 했는데……. 그러고 깜박한 거였어요."

아버지는 이해했다는 듯 "그렇게 된 거였구나."라고 고개를 끄덕이고는 드디어 궁금했던 질문에 답을 주었다.

"한밤중에 이걸 입고 나가서 문제를 일으킨 건 레오지만, 아무튼 우리 집에서 가져간 물건이 발단이 된 거니 내가 교장 선생님한테 옷을 보내 달라고 했단다. 난 본 적도 없는 옷이니 일단 어떤 것인지 확인을 해야 다원과도 얘기가 될 거라고……. 듣자 하니 레오가 옷을 돌려받길 원한다던데, 말도 안 되는 일이지. 한 번은 잘 모르고 그런 거니 이해하고 넘어갈 수 있다지만, 프라임스쿨 학생이 알고서도 이런 옷을 입는다는 건 절대 용납할 수 없는 일이란다. 그땐 이 주일 근신으로는 끝나지 않을 거야. 단순히 레오 한 명의 잘못이 아니라 프라임스쿨의 명예와 관련된 일이니."

"레오도 자기 잘못은 잘 알고 있어요. 다신 안 그럴 거예요."

아버지는 "그래, 두고 보마." 하면서 후드를 들고 소파에서 일어났다. 후드를 잃고 상심했던 레오의 얼굴이 떠올라 다원은 아버지만 눈감아 준다면 후드를 레오에게 다시 주고 싶어 조심스럽게 물었다.

"그건 어떻게 하실 거예요? 할아버지께 돌려 드릴 거예요?"

아버지가 걸음을 멈추고는 손에 든 후드를 곁눈질로 보며 대답했다.

"글쎄다, 할아버지는 이런 물건이 있는지도 모르고 관심도 없으실 텐데 굳이 그럴 필요는 없을 것 같구나. 아마도 어려서 친구들과 어울려 다닐 때 중위 지구 중고 물품 가게 같은 데서 호기심으로 한번 사 보고는 아무 상자에나 넣어 놓으신 모양인데, 지금 와서 돌려 드려 봤자 쓰레기밖에 더 되겠니."

"그럼요?"

아버지는 "당연히 버려야지."라고 한 뒤 덧붙였다.

"어디다 버릴지는 물어보지 마라. 내 아들이 밀수업자 노릇 하는 건 보고 싶지 않으니까. 이게 또 레오 손에 들어갔다가는 너도 징계를 피할 수 없을 거다. 부디 나에게 아들을 심판하는 고뇌는 주지 않길 바란다. 알겠지?"

다원은 속마음을 들킨 것 같아 순순히 "알겠어요."라고 대답했다. 아버지는 웃음 띤 얼굴로 말했다.

"그래, 그리고 오늘 이후로 이 후드 얘기는 더 이상 꺼내지 말도록 하자. 우리 집에서도, 할아버지 집에서도, 프라임스쿨에서도. 나쁜 일은 빨리 잊는 게 좋으니까. 그래 줄 거지?"

다원은 고개를 끄덕였다. 피곤해 보이는 아버지의 얼굴이 과중한 업무 때문이라고만 생각했는데, 아무래도 후드를 가지고 온 자신을 변호하느라 교장 선생님과 갈등이 있었던 모양이었다. 다원은 자신의 경솔함으로 아버지가 사과를 하고 용서를 구해야 하는 처지에 놓였다는 것이 죄송했다. 레오가 마음에 걸리긴 했지만, 아버지 말대로 후드는 이만 잊어버리는 게 모두를 위해 좋을 것 같았다.

잠시 자리를 비켜 주었던 마리 아주머니가 대화가 끝난 것을 알고 부엌에서 나오며 "저녁 식사 하셔야죠."라고 말했다. 아버지는 "먹고 왔어요. 피곤해서 좀 쉬어야겠어요." 하고는 방으로 들어갔다. 마리 아주머니가 아쉬운 얼굴로 "오늘은 혼자 먹어야겠구나." 했다. 다원은 저녁을 혼자 먹는 것보다 아버지의 피곤한 얼굴이 더 신경 쓰였지만, 지금으로선 아버지를 편히 쉬게 해주는 게 자기가 할 수 있는 최선인 것 같았다.

어둠이 내린 뒤에도 호두나무 거리엔 낮과 다름없는 안전과 신뢰, 평화가 흘렀다. 호두나무 거리의 범죄율은 제로였다. 가끔 어느 집에서 큰 개 짖는 소리가 들린대도 그것을 수상한 사람을 발견한 신호로 받아들이는 사람은 아무도 없었다. 보름달을 보고 억눌려 있던 본능이 잠시 발동한 것쯤으로 이해하고 모두 평안하게 다시 잠이 들었다.

잘 시간이 지났지만 다원은 루미가 말한 '후줄근한 옷'을 찾느라 한 시간 넘게 옷장 앞에서 헤매고 있었다. 옷장에 걸린 옷들은 하나같이 빳빳한 칼라에, 선에 맞춰 다림질 된 브랜드 옷들로 어떻게 조합해도 음악회나 미술관에 가는 복장으로만 보일 뿐, 후줄근한 느낌은 전혀 들지 않았다. 아니, 사실 그보다는 '후줄근한' 느낌이 어떤 것인지를 정확하게 알지 못한다고 하는 게 더 옳았다. 그런 단어는 실생활에서는 거의 쓰이지 않고 문학 작품에서나 접할 수 있는 관념적인 것이었다. 그나마 오늘 본 정원 관리사 아저씨의 땀 밴 작업복 정도가 가장 후줄근하다고 할 수 있는데, 아저씨도 일을 끝내고 호두나무 거리를 지날 때에는 깨끗한 와이셔츠와 바지로 갈아입었다.

다원은 옷장 깊숙한 곳까지 뒤진 끝에 간신히 조금 오래돼 보이는 푸른색 셔츠와 회색 바지를 찾아냈다. 처음으로 루미와 밖에서 만나는 의미 있는 날에 이렇게까지 애써 일부러 후줄근한 옷을 입어야 한다는 게 이해가 되지 않았지만, 루미와 만날 수만 있다면 옷 같은 건 아무래도 좋았다.

내일을 위한 준비를 모두 끝내 놓은 다원은 불을 끄고 침대에 누웠다. 마음은 벌써 내일로 치달아 루미에게 첫 인사를 어떻게 건넬지 고민하느라 머리가 복잡했다. 간신히 흥분을 진정시킨 다원은 이쯤에서 그만 오늘과 작별하려 눈을 감았다. 그러나 잠시 뒤 다시 침대에서 일어나 불을 켰다. 아버지에게 내일 할아버지 집에 못 가게 됐다는 이야기를 하지 않은 것이 생각난 것이다. 내일 아침이 돼서야 다른 약속이 있다는 말을 하면 아버지가 언짢아할 게 분명했다. 후드 문제로 이미 한 번 실망시킨 아버지를 또다시 실망시키고 싶지는 않았다.

다원은 서둘러 방에서 나와 1층으로 내려갔다. 보조 등을 켜놓은 어스름한 거실 바닥으로 서재의 불빛이 새어 나오고 있었다. 다원은 서재 문을 노크했다. 아버지는 노크 소리만으로도 누구인지 바로 알고 "들어오렴." 했다. 다원은 문을 열고 서재로 들어갔다.

"무슨 일이니? 아직까지 안 잔 거야?"

아버지야말로 피곤하다고 했으면서 아직까지 책상에 앉아 있었다.

다원은 아버지 곁으로 가서 말했다.

"아까 말씀드린다는 걸 깜박 잊어서요. 사실은 저 내일 할아버지 집에 못 가게 됐거든요. 갑자기 친구랑 약속이 생겨서."

한 달에 한 번 할아버지를 방문하는 일은 단순한 일정이 아닌 가족 관계를 지탱하는 약정 같은 것이니 아마도 아버지는 할아버지보다 훨씬 더 세세하게 내일의 약속에 대해 물을 것이다. 다원은 가족 모임에 빠지게 된 불가피한 상황을 아버지한테 이해받기 위해선 내일 약속이 루미와의 만남이라는 것을 알릴 수밖에 없다고 생각했다. 확실한 상태에 이르기 전까지는 루미를 향한 감정을 혼자만 간직하려 했지만, 아버지에게 거짓말하고 싶지는 않았다. 그런데 뜻밖에도 아버지는 어떤 질문이나 반대 없이 단번에 허락해 주었다.

"그래, 알겠다."

"정말요?"

아버지가 웃으며 말했다.

"왜 정말이냐고 묻는지 모르겠구나. 매일 기숙사에만 있는데 너도 한 달에 한 번 친구를 만날 정도의 자유는 누려야지."

다원은 기뻤다. 그러나 그 기쁨을 온전히 누리기에는 마음에 걸리는 게 있었다. 다원은 미처 할아버지에게 묻지 못했던 것을 아버지에게 물었다.

"아버지, 혹시 지난달에 할아버지 집에 다녀온 이후로 두 분

사이에 무슨 일이 있었어요?"

"무슨 말이니?"

"저녁에 할아버지께 못 가게 됐다고 전화를 드렸는데, 제 얘기를 듣자마자 할아버지가 그러셨거든요. 혹시 아버지가 가지 말자고 해서 안 오는 거냐고. 왜 그렇게 생각하셨는지 모르겠어요."

"나이가 들면 피해망상이 커지는 법이지."

아버지의 냉소적인 대답을 듣는 순간, 다원은 내일의 충돌을 미리 목격한 것 같은 아찔한 기분이 들었다. 어쩌면 실제에서는 자신의 부재를 틈타 이보다 더 큰 충돌이 생길지도 모른다. 그 시작은 지금처럼 늘 아버지였다. 스스로 의식하고 있는지는 모르지만, 아버지는 때때로 할아버지에게 너무 공격적이었다. 할아버지가 피해 의식을 느끼고 있다면 그것에 아버지 책임이 없다고는 말할 수 없을 것이다.

다원은 아버지 곁으로 가까이 다가가 말했다.

"아버지, 왜 할아버지를 두고 그렇게 잔인하게 말씀하세요?"

"잔인하게 들렸니?"

"네, 아버지의 아버지잖아요. 제가 아버지에게 그렇게 말하는 걸 상상이라도 할 수 있으세요?"

아버지가 웃으며 손을 뻗더니 벤을 귀여워할 때처럼 머리를 쓰다듬었다.

"우리 다원이 나보다 훨씬 낫구나. 그래, 아버지가 실언했다. 앞으론 조심하마."

아버지의 따뜻한 손길과 눈빛에 다원은 금방 안심이 되었다.

"내일 할아버지 집에 가실 거죠?"

"봐야겠구나. 오늘도 일을 다 못 마치고 와서. 지금도 이렇게 나머지 공부를 하고 있잖니?"

"그럼 전화라도 꼭 드리세요. 저도 못 가는데 아버지까지 안 가시면 외로워하실 거예요. 우리 가족 누구도 외롭지 않았으면 좋겠어요."

아버지가 일어나 품속으로 안아 주었다. 다윈은 아버지 몸에서 늘 풍기는 옅은 향수 냄새를 맡았다. 태어나고 얼마 지나지 않아 돌아가신 엄마의 냄새를 한 번도 그리워해 본 적이 없는 건 아마 이 향기 덕분일 것이다. 아버지의 향기는 너무 일찍 사라져 기억으로 남을 틈이 없었던 엄마 냄새 대신이기도 했다. 아버지의 품속에선 어떤 부족함도 느껴지지 않았다.

사진 세 장이 가진 확률

　　　　　　　　루미는 모든 것이 조금씩 부족하게 느껴졌다. 여학교 중에선 최고지만 프라이스쿨에 비하면 늘 한 단계 아래 취급을 받는 학교와, 최상위 지구이긴 하지만 1지구에서 가장 별 볼일 없는 하위 공무원들이 밀집해 사는 동네는 손가락 한 마디를 남겨 놓고 덜 채워진 물컵 같았다. 그러나 그 채워지지 않는 부족함이 가장 강렬하게 느껴지는 곳은 다른 데가 아닌 바로 자기 집, 자기 방이었다. 방 안 어디에서도 자신의 기대와 수준에 부응하는 것을 찾아볼 수 없었다. 침대에서부터 옷장, 책상, 의자 하나까지 부모님이 고른 가구들은 죄다 창고 정리 세일에서도 팔리지 않을 재고품 같았다. 루미는 이렇게 질 낮은 물건을 갖게 된 게 단지 경제적인 사정 때문이라고는 생각하지 않았다. 그저 아무도 거들떠보지 않는 이런 볼품없는 물건이 7급 공무원인 아빠와 4지구 출신인 엄마의 공통된 취향인 것이다.

외출 준비를 마친 루미는 자신의 지루한 방을 나와 1층으로 내려왔다. 1층이라고 다른 점은 없었다. 거실과 복도, 부엌, 화장실 어디 하나 예외 없이 시시한 가구와 소품들로 채워져 있었다. 계단을 내려오던 루미는 문득 거실 벽 한가운데에서 시선을 멈췄다. 어느 이름 없는 화가의 호두 그림. 수많은 결핍 중에서도 일말의 생동감이나 새로움, 다시 한번 들여다보고 싶은 흥미가 느껴지지 않는 저 정물화는 이 집의 부족함을 민낯 그대로 드러내는 상징과도 같았다.

집에서 가장 잘 보이는 곳에 걸린 그림은 집에 온 손님들에게 그 집의 주인을 직관적으로 판단하게 하는 일종의 사인이 되는 법이다. 루미는 갈수록 집에 찾아오는 손님들이 줄어드는 이유가 어쩌면 저 그림과 관련돼 있는지도 모른다고 생각했다. 집 안의 심장인 거실 벽을 저렇게 저급한 호두 정물화로 장식한 가정에 다른 숨겨진 재미가 있을 것이라고는 아무도 기대하지 않을 테니. '살아 있는 느낌'이라는 측면에선 차라리 시체 그림을 걸어 놓는 게 훨씬 감흥을 줄 것이다. 물론 이쪽에서도 손님들에게 큰 기대를 가진 건 아니었다. 7급 법원 서기관 집에 오는 손님이라고 해 봤자 틀린 문법이나 1년에 공휴일이 며칠이나 되는지 말고는 할 얘기가 없는, 다 똑같이 지루한 7급 사람들뿐이니.

루미는 할아버지가 찍은 훌륭하고 의미 있는 사진들 대신 누가 그렸는지도 모르는, 길거리에서 산 그림을 집에 걸어 놓은 아빠를 이해할 수 없었다. 그런데 어느 날, 우연히 저 그림 앞에 서 있는 아빠를 본 순간, 아빠가 왜 저 그림에 끌렸는지 이해할 수 있게 되었다.

생기 없는 호두 그림은 '조이 헌터'를 가장 잘 묘사한 초상화였다. 아무 야망도 없는 7급 법원 서기관, 늘 똑같은 시간에 출근해 똑같은 시간에 퇴근하는 지루한 남편, 삶이 보내는 조그만 손짓에 호기심보다 두려움을 먼저 느끼는 중년의 가장, 심지어 형의 의문스러운 죽음에 관해서도 궁금해하거나 분노하지 않는 진짜 시체. 저 생기 없이 말라붙은 그림에 아빠처럼 함몰되지 않기 위해선 가능한 한 이 집을 벗어나 다른 곳에서 숨을 쉬어야 했다. 루미는 계단을 내려와 서둘러 현관 밖으로 나갔다.

"이렇게 일찍 어딜 가니?"

"교회 갔다가 친구랑 약속이 있어요. 늦을 거예요."

루미는 자기 뒤에 서 있는 아빠를 돌아보지도 않고 달려 나갔다.

휴일을 맞은 센트럴 역은 이른 아침부터 인파로 붐볐지만 분주하게 뛰어다니며 소란을 피우는 사람은 아무도 없었다. 짧은 배차 간격 덕에 상위 지구 승객들은 눈앞에서 기차를 놓친다 해도 편안히 다음 차편을 기다릴 여유를 부릴 수 있었다. 천장에 매달린 거대한 샹들리에와 스피커에서 흐르는 경쾌한 클래식이 사람들의 움직임을 왈츠처럼 돋보이게 했다.

약속 시간이 아직 안 됐는데 중앙의 분수대 앞에 다윈이 먼저 와 서 있는 게 보였다. 루미는 다윈 가까이 걸어갔다. 다윈이 먼저 "안녕." 하고 인사했다. 루미는 똑같이 "안녕."이라고 응대한 뒤 다윈이 입고 온 옷을 살펴보았다. 아무리 나쁘게 봐줘도 4, 5지구 이하로는 안 보여 만족스럽지는 않았지만, 프라임 보이에게 그 이상의 소박한 차림은 기대할 수 없을 것이다.

루미는 미리 끊어 온 3지구행 티켓을 다윈에게 주며 플랫폼으로 이끌었다.

"곧 기차가 도착해. 얼른 가자."

1지구에서 기차표 확인은 형식적으로만 진행되었다. 역무원은 표의 유무를 확인하는 것보다 승객들에게 친절한 인사를 전하는 것이야말로 진짜 자신의 임무라는 듯 웃음 띤 얼굴로 통로를 지나갔다. 그는 중간중간 어떤 여성이 쓰고 있는 챙 넓은 모자를 보고 "멋지네요."라고 칭찬하거나, 가족 단위의 승객들에게는 "좋은 주말 보내세요."라고 인사를 건넸다. 이 기차 안에서 무임승차 같은 부정행위가 일어날 가능성은 없다고 확신하는 태도였다. 물론 그 믿음은 역무원의 개인적 소신이 아니라 오랜 시간 축적된 사회적 신뢰였다.

루미는 역무원이 지나가기를 기다렸다가 다윈에게 물었다.

"한 번이라도 1지구 너머로 나가 본 적 있어? 2지구나 3지구로."

다윈은 고개를 저었다. 예상대로였다. 2, 3지구가 다리 하나로 연결돼 있다 해도 1지구에서 태어난 사람은 평생 1지구에서 교육받고 결혼하고 직업을 얻으며 생활하는 것이 당연하면서도 명예로운 일로 여겨지니. 문교부 차관을 아버지로 둔 프라임 보이라면 더욱 철저하게 그 길을 밟을 것이다.

다윈이 물었다.

"루미 너는?"

루미는 오늘 여행의 주동자로서 다윈에게 믿음을 주기 위해선 긍정의 대답이 필요하다는 것을 알았지만, 1지구를 나가 본 적이 없기는 마찬가지였다. 루미는 자신의 경험 부족이 드러나지 않아도 되게끔 다른 식으로 이야기했다.

"어차피 2, 3지구에 가 본 정도로는 진정으로 1지구를 벗어났다고 말할 순 없지 않아? 상위 지구를 완전히 벗어나 봐야 진짜 다른 지구를 가 봤다고 할 수 있을 테니까. 그것도 중위 지구 정도가 아니라 우리처럼 9지구까지. 1지구 사람들 중에서 9지구에 가 본 사람은 우리 할아버지 같은 전문가 빼고는 없을 거야, 안 그래?"

"9지구?"

통로 옆 좌석 승객이 "9지구?"라고 되묻는 다원의 목소리를 듣고 이쪽을 힐끗거렸다. 체격이 큰 중년 남성이었는데 맛있게 먹고 있던 음식 속에서 불쾌한 이물질을 발견한 것처럼 얼굴을 찌푸렸다. 루미는 창밖으로 시선을 돌려 남자의 관심이 멀어지기를 기다렸다. 다원도 남자의 시선을 느꼈는지 현명하게 입을 다물었다.

창밖으로 펼쳐지는 1지구 교외 풍경은 자연과 고풍스러운 건축물이 지극한 관리로 조화를 이뤄 한 순간 한 순간이 엽서 속 그림 같았다. 그러나 루미는 잘 가꿔진 나무와 집들에서 아무런 감흥도 느끼지 못했다. 제이 삼촌 죽음의 진실이 밝혀지지 않는 한 이것들 역시 아무 생명력 없는 '호두 정물화'일 뿐이었다.

고속으로 달리는 상위 지구 순환 기차는 다른 지구로 온 것이 느껴지지도 않을 만큼 빠르게 2지구에 도착했다. 많은 사람들이 내리고 탔다. 아까 이쪽을 쳐다보았던 남자도 다시 한번 미심쩍은 시선을 던진 뒤 기차에서 내렸다. 새로 그 자리에 앉은 승객은 다행히 귀가 어두울 것 같은 노부부였다. 짧은 정차 시간이 지나고 나자 기차가 곧 출발했다.

루미는 자신들에게 관심을 두는 다른 눈이 없는 것을 확인하고는 다시 다원에게 말했다.

"9지구가 무섭긴 한가 봐. 9지구라는 말을 듣는 것만으로도 저렇게 건장한 아저씨가 겁을 내는 걸 보면. 이해는 가지만 그래도 좀 우습지 않아?"

루미는 조금 전의 아저씨를 떠올리며 비웃음을 흘렸는데, 다원은 아무 반응도 없었다. 무언가 혼자만의 생각에 빠진 얼굴이었다. 루미는 다원의 어깨를 가볍게 두드렸다. 그제야 정신이 들었는지 다원이 시선을 돌렸다.

"무슨 생각을 하는데 아무 대답이 없어?"

다원이 당황한 기색으로 대답했다.

"아, 미안. 무슨 말 했어?"

"통로 옆자리에 앉아 있던 아까 그 아저씨 말이야. 9지구라는 말만 듣고도 겁내는 게 우습다고 했어."

다원은 엷은 웃음을 띠며 "그래."라고 답했지만, 진심인 것 같지는 않았다. 갈색 눈동자는 여전히 혼자만의 생각에 빠져 있었다. 루미는 그 눈빛이 어디서 시작된 것인지 알았다. 옆자리에서 들린 숫자 하나에 금방 얼굴을 찌푸렸던 아저씨처럼 다원 역시 '9지구'라는 말이 나온 순간부터 확연히 달라져 있었다.

어젯밤 혹시나 하는 기대로 기다리고 있던 와중에 다원이 정말 전화를 걸어 왔을 때, 지난 한 달간 다원도 제이 삼촌의 이야기에 목말라 있었다는 것을 확신할 수 있었다. 제이 삼촌의 가장 친한 친구였던 니스 아저씨의 아들이자 16년간 함께 추도식에 참석해 온 성실한 추모객으로서 다윈 역시 '미싱 링크'를 찾을 수 있는 기회를 놓칠 수 없었던 것이다.

서로의 속마음을 읽듯 대화도 순조로웠다. 아빠가 알게 되는 것이 걱정돼 '9지구'라는 말을 직접적으로 꺼내진 않았지만, 이른 아침 센트럴 역에서의 만남과 후줄근한 옷을 지정해 주는 것으로 9지구에 갈 것임을 충분히 암시했다. 당연히 다윈도 그렇게 받아들였다고 생각했다. 그런데 다윈은 9지구에 가는 것까지는 각오하지 않은 걸까. 그렇다면 무엇을 위해 이 자리에 나온 걸까.

루미는 다윈에게 직접적으로 물었다.

"다윈 너도 9지구에 가는 게 두렵니?"

다윈은 대답을 미룬 채 되물었다.

"루미 너는 9지구에 가는 게 아무렇지 않아? 네 말처럼 너희 할아버지 같은 분이 아니고서는 1지구에서 9지구에 가는 사람은 아무도 없잖아."

루미는 망설임 없이 대답했다.

"진실을 향해 가까이 다가가는 건데 왜 두렵겠어? 게다가 혼자가 아니라 너까지 있는데. 다윈 너랑 같이 가니까 난 하나도 두렵지 않아."

자신에 차서 말하긴 했지만 루미는 자신의 확신이 다윈을 단번에 설득할 것이라고는 기대하지 않았다. 프라임 보이의 생각을 바꿔 놓는 일이 그렇게 쉬울 리 없으니까.

그런데 말을 마치는 순간, 다윈이 방금 전까지 주저했던 표정을 지우고 밝게 웃었다. 이번엔 아까 보았던 텅 빈 웃음이 아니라 진짜 웃음이라는 것이 느껴졌다. 다윈은 내내 곧추세우고 있던 몸을 등받이에 편안하게 기대더니 "그래, 나도 두렵지 않아."라고 말했다. 루미는 다윈이 말에 쉽게 영향받는 타입이라는 것을 알게 되었다. 이쪽에서 두렵지 않다고 하면 자기 역시 금방 두렵지 않다고 생각하는. 조금 어린아이 같긴 했지만, 어쨌건 두려워하지 않는 마음은 9지구에 가는 데 큰 도움이 될 것이다.

즐거운 주말을 보내길 바란다는 기장의 인사말과 함께 기차가 3지구에 도착했다. 3지구는 상위 지구 순환 기차의 종착역이자 4지구와 연결된 트램 환승역이었다. 루미는 다윈과 함께 기차에서 내렸다. 플랫폼에서 트램을 타는 곳으로 이동하려면 꽤 긴 거리를 걸어야 했다. 그런데 놀랍게도 그 구간은 에스컬레이터 같은 편의 시설이 전혀 갖추어지지 않은 채 미로 같은 계단만 끝없이 이어져 있었다. 도시의 건축 수준을 의심케 할 정도로, 직선으로 충분히 만들 수 있는 길을 빙 돌아가는 가파른 계단으로 지은 것이었다. 그러나 그 길을 직접 체험하는 동안 루미는 통행자를 지치게 만드는 그 비효율적인 구조가 실력 없는 건축가의 실수가 아니라 오히려 상위 지구 최고의 건축가가 고도의 목적을 가지고 설계한 성공작이란 것을 깨달았다. 상위 지구와 중위 지구의 접촉을 어렵게 해 이동을 제한하려는 미시적인 분리 정책의 한 장치인 셈이었다. 실제로 그 효과를 보여 주듯 주말인데도 환승 통로를 오가는 사람은 많지 않았다.

트램을 타고 4지구 환승역에 도착해 다시 중위 지구 순환 기차 플랫폼까지 이동한 뒤, 루미는 6지구행 기차표를 끊으려고 매표소를 찾았다. 그런데 그 전에 다원이 "여기서 기다리고 있어." 하더니 인파를 헤치고 뛰어가 표를 사 왔다. 조금 전에 자기가 한 말 그대로 더는 두려워하지 않는 모습이었다.

기차가 출발하고 나서 다원이 물었다.

"9지구에 가서 어떻게 할지는 생각해 놓은 게 있어? 돌아오는 기차 시간에 맞추려면 시간이 많지는 않을 텐데."

루미는 가방에서 사진 세 장을 꺼냈다. 사라진 사진 앞뒤로 있던 다른 사진들이었다. 배경으로 건물이 보이는 한 사진 속엔 'D-9'라는 지구 표기와 함께 그곳의 주소로 짐작되는 문구가 벽에 희미하게 찍혀 있었다.

"이 사진 속에 있는 장소를 찾아가 봐야지. 그럼 사진 속에 있는 사람들의 정체에 대한 실마리가 잡힐 테고, 이 사람들이 누군지 알면 범인이 왜 삼촌 앨범에서 사진을 가져갔는지도 어느 정도는 추측할 수 있을 거야."

제이 삼촌의 방에서처럼 사진을 유심히 살펴본 다원이 검정 펜으로 날짜를 덧칠해 놓은 부분을 가리키며 말했다.

"이건 일부러 이렇게 한 거야?"

"응. 아무래도 9지구에서 '12월의 폭동' 무렵의 날짜가 찍힌 사진을 보여 주는 건 문제가 될 수도 있을 것 같아서. 감쪽같지?"

감탄한 듯 "난 그런 것까지는 생각 못 했는데."라고 한 다원은 그러나 곧 비판적인 의견을 내놓았다.

"그런데 이 사진들은 60년 전에 찍은 것이잖아. 그럼 지금까지 이 장소가 그대로 있을 가능성은 희박하지 않아? 사진 속의 사람들도 대부분은 나이가 들어 세상을 떠났을 테고. 어쩌면 12월의 폭동 때 이미 목숨을 잃었는지도 모르지."

다원의 지적은 물론 합당했다. 그러나 이미 수없이 자문해 본 낡은 질문이었다. 질문만 하고 답을 찾지 않는다면 인간은 영원히 미궁 속을 헤맬 수밖에 없을 것이다.

루미는 사진들을 게임 카드처럼 손에 쥐며 말했다.

"맞아, 이건 성공 가능성이 아주 희박한 패야. 확률만을 따진다면 당연히 실패할 확률이 높겠지. 하지만 중요한 건 그래도 게임을 할 수 있는 패가 아직 남아 있다는 거야. 존재와 비존재는 단순히 많고 적음의 차이랑은 비교할 수 없는, 아예 다른 차원의 일이잖아. 희박하지만 존재한다는 것만으로도 모든 가능성이 생길 수 있는 거니까."

루미는 자신을 응시하는 다원의 시선을 느끼며 말을 이었다.

"다원 너와 나도 어쩌면 이 사진들이 가지고 있는 만큼의 가능성으로 이곳에 온 거 아니야? 생각해 봐, 얼마 전까지 너랑 내가 9지구로 가는 기차를 함께 탈 거라는 상상을 해 본 적 있는지. 하지만 우린 지금 그러고 있잖아. 왜냐면 우리가 추도식에서 말없이 스쳐 지나갔던 순간마다 오늘 이렇게 만날 수 있는 희박한 가능성은 늘 존재했으니까."

루미는 다원이 자신의 이야기를 어떻게 받아들일지 잘 알 수 없었다. 어떤 남자애들은 단순히 여자의 의견을 듣고 있는 것만으로도 자기가 지고 있다고 여기기도 했다. 레오처럼 자존심 강한 프라임 보이라면 더욱 그럴 가능성이 높았다. 다원은 아무 말이 없었다. 아마도 사진 몇 장 가지고 너무나 장황한 이야기를 하고 있다고 생각하는 모양이었다. 루미는 그만 사진들을 정리 했다.

그런데 그 순간, 다원이 말했다.

"루미 넌 내가 만나 본 사람 중에서 가장 놀라운 사람이야."

부모님에게서도 들어 본 적 없는 최고의 칭찬이었다. 자격지 심이라곤 조금도 느껴지지 않는 다원의 순수한 태도에, 루미는 자기보다 높은 위치에 있는 사람을 대할 때 저도 모르게 갖게 되 는 적개심이 조금 허물어지는 기분이 들었다.

다원이 이어서 말했다.

"왜 너희 집에서 널 아기 호랑이라고 부르는지 알 것 같아."

루미는 놀라서 물었다.

"그걸 어떻게 알았어?"

"지난 추도식 때 너희 할머니가 널 그렇게 부르는 걸 들었거 든. 네 별명 맞지?"

"그래, 맞아. 그런데 온 가족이 그러는 건 아니고 할머니만 부 르는 애칭이야. 그마저도 아빠가 싫어해서 남들 앞에서는 잘 부 르지 않지만. 사실 아기 호랑이는 제이 삼촌의 어렸을 때 별명이 었다는데, 할머니는 내 눈이 제이 삼촌 눈이랑 똑같이 생겼대. 어 때? 다원 너도 제이 삼촌을 사진으로 봐서 알잖아. 삼촌이랑 내 눈이 정말 똑같은 거 같아?"

루미는 다원이 눈동자를 자세히 볼 수 있도록 자신의 얼굴을 다원 앞에 바짝 갖다 댔다. 그런데 다원은 눈을 마주치는 게 어색 한지 얼굴을 살짝 돌리며 말했다.

"제이 아저씨랑 너는 정말 공통점이 많구나. 생일까지 똑같고."

"그래서 내 또 다른 별명이 리틀 제이야. 물론 이것도 할머니만 불러 주는 애칭이지만."

상위 지구를 순환하는 고속 기차에 비해 속도가 좀 느린 중위 지구 기차는 4, 5, 6지구의 풍경을 천천히 바꾸어 놓았다. 4지구는 3지구와 비슷한 상업지구 분위기를 띠었지만, 5지구의 풍경은 그보다 훨씬 소박했다.

정오가 못 돼 6지구에서 내린 루미는 하위 지구로 들어가기 전 점심을 해결하기 위해 다원과 함께 역내 간이식당에서 샌드위치를 사 먹었다. 1지구가 아닌 곳에서 사 먹는 최초의 음식이었지만, 채소가 덜 싱싱하다는 것만 빼면 1지구의 식당 음식과 크게 다르지 않았다. 루미는 처음 시도해 보는 다른 지구 음식을 거부감 없이 받아들이는 다원이 마음에 들었다. 음식을 소화할 수 있다면 다른 더한 것도 소화할 수 있을 것이다.

중위 지구에서 하위 지구로 환승하는 구간은 상위 지구와 중위 지구에 비해 다소 수월했다. 루미는 지구에 따라 달리 적용되는 통제력을 몸으로 느낄 수 있었다.

7, 8, 9지구를 순환하는 열차는 무료로 운영되기 때문에 따로 표를 끊을 필요가 없었다. 기차는 상위 지구나 중위 지구의 것과 확연히 달랐다. 문이 열리자마자 불쾌한 냄새가 풍기고, 내부는 온갖 낙서로 뒤덮여 있었다. 좌석 커버도 대부분이 뜯겨 나가 안의 솜이 그대로 드러나 보였다. 기차뿐만 아니라 창밖으로 보이는 풍경도 급속도로 황폐해졌다. 길 한편에 불에 탄 채 아무렇게나 방치되어 있는 폐차와 허물어진 벽, 폐수가 흐르는 개울가가 하위 지구의 속살을 숨김없이 드러냈다. 기차에 오르는 승객들

의 눈초리도 서로가 서로를 경계하는 것처럼 날카로웠다. 한 남자가 보란 듯이 휴대용 칼을 돌리며 통로를 지나갔고, 얼굴을 전혀 볼 수 없게 후드를 뒤집어쓴 남자애들 몇몇은 빈자리가 있는데도 의자가 아닌 바닥에 주저앉아서는 승객들의 통행을 방해했다. 어떤 나이 든 남자는 무엇인가에 불만을 표하는 듯 큰 소리를 질렀는데, 루미는 그 남자가 하는 말을 제대로 알아들을 수가 없었다. 주어와 동사의 위치가 뒤죽박죽인 데다 발음도 뭉그러졌다. 그러나 다른 승객들은 그의 말을 모두 이해했는지, 일부는 웃기도 하고 일부는 맞대응해서 함께 큰 소리를 냈다. 그러나 얼마 뒤, 기차가 8지구에 도착하자 그런 사람들도 거의 다 내려 객실 안은 텅 비었다.

사람들 눈에 띌까 봐 아무 말도 하지 않고 있던 루미는 그제야 한숨 돌리며 다윈에게 물었다.

"왜 9지구로 가는 사람은 이렇게 없는 걸까?"

다윈 역시 갑자기 텅 비어 버린 객실이 이해가 되지 않는다는 듯 주위를 살피며 대답했다.

"아무도 9지구로는 가고 싶지 않은 걸까?"

느리게 움직이는 기차는 얼마 뒤 긴 터널 속으로 들어갔다. 객실 등이 거의 깨진 데다 터널에도 불이 들어오지 않아 한낮이 갑자기 한밤으로 바뀌어 버린 것 같았다. 기차는 쇳소리를 내며 끝날 것 같지 않은 어둠 속을 달려갔다.

"조심해."

기차에서 플랫폼으로 발을 내딛는 순간, 다윈이 급하게 팔을 잡아끌었다. 루미는 내딛던 발을 멈추었다. 시멘트 바닥이 푹 꺼져 있어 하마터면 발이 그대로 빠질 뻔했다. 그러나 그 한쪽만을 건너뛴다고 해서 피할 수 있는 게 아니었다. 플랫폼 전체가 금이 가 있거나 아예 조각나 부서져 있었다. 루미는 먼저 내린 다윈의 도움을 받으며 조심스레 기차에서 내렸다.

9지구 기차역은 수십 년 동안의 자연재해와 노후가 복구 없이 오직 누적되기만 한 모습이었다. 주요 기반 시설인 기차역이 이 정도라면 다른 곳은 어떨지 짐작도 가지 않았다. 플랫폼에 내린 사람은 다섯 명도 채 되지 않았다. 그들은 야생동물처럼 선로를 무단 횡단해 각자 어딘가로 흩어졌다. 기차에 타려는 사람은 아무도 없었다. 정해진 정차 시간이 지나자 기차는 방향을 돌려 8지구로 향했다.

루미는 다윈에게 말했다.

"우리도 가 보자."

하늘엔 늘 총성이 울리고 땅에는 온갖 범죄자들이 잠복해 있다는 게 타 지구 사람들이 9지구에 관해 공통적으로 알고 있는 정보였다. 루미도 기차에서 내리기 전까지는 그렇게 믿고 있었다.

그러나 기차역 주변 거리는 고요하다 못해 을씨년스럽게 느껴질 만큼 잠잠했다. 본인이 내쉬는 숨소리와 모래 섞인 땅을 밟는 발소리가 자기 귀에 다시 들려올 정도였다. 범죄자들도 없고 범죄자들이 몸을 숨기고 있을 만한 건물도 전혀 없었다. 키 작은 잡초가 무성한 벌판만 지평선을 향해 끝없이 펼쳐져 있었다. 이런 곳에서는 누구라도 있는 그대로의 모습을 고스란히 보여 줄 수밖에 없을 것 같았다.

평화롭다고 해야 할까. 불현듯 든 생각에 루미는 고개를 저었다. 이런 모습을 평화라고 하는 건 문명과 발전에 대한 모든 기대를 포기할 때만 가능할 것이다. 무기력증에 빠진 사람이 강을 지그시 내려다보고 있다고 해서 그의 내면이 평화롭다고 할 수 없는 것과 마찬가지였다.

그러나 어쨌든 앞으로 한 걸음 내디딜 때마다 지금까지 알려진 9지구의 정보는 잘못된 것으로 드러났다. 각 지구 간의 차이가 아무리 크다 해도 인접한 지구들은 어느 정도 비슷한 점이 있기 마련이었다. 그런데 9지구는 8지구와는 완전히 다른 세계였다. 8지구에 온갖 혼란과 악행이 응집돼 있다고 한다면, 9지구는 그 혼란과 악행조차도 모두 증발해 텅 비어 버린 모습이었다.

아무리 걸어가도 주위에 사람이 한 명도 보이지 않았다. 일요일이어서 거리가 이렇게 조용한 건지, 아니면 이게 9지구의 일상적인 풍경인지 알 수가 없었다. 날마다 폭동과 살인이 일어난다는 소문은 어떻게 된 걸까. 이렇게 인적이 드물 줄 알았다면 아까 그 기차에서 내린 사람들을 붙잡고 무엇이라도 물어보았을 것이다. 아무것도 없는 이곳에서 그 사람들은 다 어디로 간 것인지 이해가 되지 않았다.

얼마쯤 걷자 버스 정류장 팻말이 보였다. 오래돼서 글씨가 흐릿했지만, 버스 번호와 함께 배차 시간표가 새겨져 있었다. 이 근방에서 볼 수 있는 유일한 문자이자 도시가 운영되고 있다는 미약한 증거였다. 일단 인적이 있는 중심지로 나가 사람을 만나야 했다. 루미는 다원을 향해 "이걸 타야 할 것 같지?"라고 말했다.

다윈은 고개를 끄덕였다.

시간이 얼마나 흘렀을까. 루미는 손목시계를 확인했다. 배차 시간이 한참 지났는데도 버스는 올 기미가 보이지 않았다. 정지된 풍경을 오래 보고 있어서인지 우울한 기분이 몰려왔다. 지금 보고 있는 이 세계를 이해할 단서가 아무것도 없는 상황에 점점 무력감이 들었다. 이 적막한 거리로는 아무것도 오가지 않을 것 같았다. 루미는 다시 시계를 확인했다. 다윈은 인내심 있게 기다리고 있었지만, 루미는 자신의 마음속에 일고 있는 불안을 이제는 고백해야 할지도 모른다고 생각했다. 다윈 네 말대로 60년 전의 사진들을 가지고 한 번도 와 본 적 없는 곳을 찾아 나선 건 가망성 없는 일이었는지도 모른다고. 쓸데없는 일을 하는 데 프라임스쿨 휴가를 낭비하게 해서 미안하다고. 이대로 시간을 낭비할 바에야 그냥 돌아가는 게…….

그때였다. 갑자기 멀리서 엔진 소리가 들리더니 낡은 자동차 한 대가 앞에 와서 섰다.

"너희들 거기서 뭐 하나?"

멸종돼 가는 사람들

바퀴가 몰고 온 모래바람에 다윈은 눈을 찡그렸다. 차는 버스 정류장 팻말 바로 앞에 멈추어 섰는데, 그렇게 정확히 브레이크가 작동되는 게 신기할 정도로 오래된 차였다. 후드와 문, 범퍼를 제각각 다른 차에서 떼어 와 조립했는지 서로 전혀 조화를 이루지 못했다. 곧 차창이 열리더니 안에 탄 남자가 "너희들 거기서 뭐 하냐?"라고 물었다. 어딘가 모르게 생김새가 이질적이었다. 1지구에서는 잘 볼 수 없는 인상이었다. 다윈은 그 남자가 어떤 사람인지 확신할 수 없어 그가 스스로 정체를 밝힐 때까지 잠시 기다리려 했다. 그런데 말릴 새도 없이 루미가 남자의 차로 가까이 다가가면서 말했다.

"버스 기다려요."

"버스는 왜?"

"왜긴요, 타려고 그러죠."

루미의 말을 들은 남자는 아예 차 시동을 끄더니 비웃는 표정으로 물었다.

"너희들 몇 지구에서 왔냐? 6지구? 5지구?"

루미가 되물었다.

"왜 그렇게 생각하시는데요?"

"여기 출신은 당연히 아니고 7, 8지구 애들이라도 최소한 9지구에 저 기차 말고는 다른 교통수단이 없다는 것쯤은 알고 있을 테니까. 괜히 헛수고할까 봐 알려 주는데, 너희가 기다리고 있는 버스는 몇십 년 전에 운행이 중단되었다."

루미가 당황한 눈빛으로 뒤를 돌아보았다. 길 잃은 아이 같은 루미의 표정을 보자, 그제야 다원은 자신이 9지구에 발을 들였다는 사실이 실감 났다. 아무것도 두려워하지 않는다고 자신했던 루미지만 이곳의 비예측성은 그 두려움의 범주에서조차 벗어나 있었다.

다원은 남자가 앉은 운전석 쪽으로 가 물었다.

"그럼 여기선 어떻게 목적지로 이동하죠?"

남자는 또다시 비웃음을 흘리며 대답했다.

"목적지라니, 재밌는 말을 하는구나. 그런데 어쩌냐, 여기엔 목적지란 게 없는데."

남자가 하는 말이 흥미롭게 느껴지기는 다원도 마찬가지였다. 목적지가 없는 곳이란 게 무슨 뜻일까.

그때, 몇십 년 전에 버스 운행이 중단된 이곳 상황을 어느 정도 파악했는지 루미가 방금 전의 당혹감을 지우고 끼어들었다.

"하지만 전 있는걸요."

"그러냐? 하긴, 5지구 애들이 심심풀이 삼아 여기까지 온 건 아닐 테니. 목적지가 어딘데? 대가만 지불하면 내가 데려다주지."

철판으로 땜질한 남자의 차 지붕 위로 강한 햇살이 떨어졌다. 녹슨 금속이 분출하는 빛이 거친 느낌을 주었다. 다원은 주변을 둘러보았다. 이미 멀어진 기차역과 황폐한 자연 말고는 아무것도 보이지 않았다. 9지구의 길고 어두운 터널을 지나오는 동안 생명력이란 생명력은 모두 탈색돼 버린 것 같았다. 다원은 눈에 보이는 모든 것이 낯설고 예상 밖인 이곳에서 남자의 정체를 제대로 알기 전까지는 신중히 행동해야 한다고 생각했다. 남자가 쓴 '대가'라는 단어도 어쩐지 생경했다. 지금껏 만난 어느 어른도 아이들에게 호의를 베풀면서 대가라는 말을 사용하지는 않았다. 다원은 루미를 지키기 위해 자연스럽게 앞을 가로막고 섰다. 그런데 루미는 그런 것에 아랑곳하지 않고 먼저 창 쪽으로 바짝 다가가 물었다.

"아저씨는 누군데요? 다른 교통수단은 없다면서 이 차는 뭐고요?"

다소 공격적으로 들릴 수 있는 말투였지만 남자는 불쾌한 기색 없이 "어디에나 예외는 있지."라고 답했다.

"너희가 알고 있는 식으로 말하면…… 그래, 일종의 개인 사업가라고 해 두지. 원래는 8지구에서 일하는데 이렇게 주말에 시간이 날 땐 고향에도 한 번씩 오지. 별건 아니긴 해도 내가 갖다 주는 통조림이 아니면 굶어 죽을 사람이 여럿이거든."

9지구라는 특수한 환경 때문에 아직 이 남자를 완전히 신뢰할 순 없지만, 다원은 남자의 말이 거짓이라고는 여겨지지 않았

146

다. 얼굴과 말투는 무뚝뚝해도 '고향'을 말하는 남자의 눈빛에서 애정이 느껴졌다. 자기가 태어난 곳에 애착을 느끼는 점은 1지구 사람들과 별로 다르지 않았다.

"날 놓치면 오늘 안에 너희들이 원하는 곳엔 가지 못할 거다. 나 같은 사람을 또 만나는 행운이 따르리란 법이 없으니까. 내가 알기로 9지구를 오가는 차는 한 손에 꼽을 정도거든. 탈 거냐, 안 탈 거냐. 안 탈 거면 그냥 가고."

남자가 차에 시동을 걸려 하자 루미가 재빨리 가방에서 사진을 꺼내 남자에게 보여 주었다.

"이곳을 아세요? 이 벽에 쓰인 주소 말이에요. 여기로 데려가 주실 수 있다면 탈게요."

남자는 루미가 준 사진을 유심히 살펴보더니 자동차 키를 마저 돌렸다.

"너희들 오늘 운이 좋구나. 나도 그렇고."

차가 앞으로 달려가도 풍경은 크게 바뀌지 않았다. 창밖으로 보이는 거라곤 여전히 넓은 모래벌판과 간혹 그 위에 무언가 있었던 것 같은 흔적들뿐이었다. 기차역에 내렸을 때도 그랬지만, 갈수록 다윈은 보편적 시간 법칙이 통용되지 않는 세계의 중심부로 들어서는 기분이었다. 9지구로 들어온 기차는 선로가 아니라 역행하는 시간을 밟고 온 것 같았다.

남자가 물었다.

"그런데 거긴 왜 가려고 하는 거냐? 그 사진은 뭐고?"

루미가 순간적으로 어떤 눈빛을 보내 왔다. 다윈은 그 의미를 알아채고 입을 다물었다. 루미는 앞 좌석 쪽으로 몸을 바짝 갖다 대며 말했다.

"우리 할아버지는 사진작가인데 옛날 친구들을 보고 싶어 하세요. 사진 속 그 사람들이 예전에 할아버지를 많이 도와준 친구분들이래요. 지금 할아버지가 많이 아프시거든요. 돌아가시기 전에 그때 받은 도움을 갚고 싶으시다는데 만날 방법은 없고. 혹시 거기 가면 그분들 소식을 알 수 있을까 싶어서요."

남자가 믿지 못하겠다는 듯 목소리를 높였다.

"너희들은 5지구 애들인데 너희 할아버지는 9지구 사람이라고?"

다윈은 남자가 백미러로 자신과 루미를 힐끗거리는 것을 보았다. 비록 자기 입으로 직접 그렇게 말한 적은 없지만, 다윈은 남자가 자신들은 5지구 아이들로, 루미 할아버지는 9지구 사람으로 여기는 것에 거짓말을 묵인하고 있는 것 같은 불편한 기분이 들었다. 그런데 루미는 그런 것에 크게 신경 쓰지 않는 듯 "옛날엔 9지구에서 사셨대요."라고 둘러댔다. 다윈은 루미의 태연함에 조금 놀라긴 했지만, 9지구에 온 이상 루미가 하는 행동이 절대적으로 옳고, 자신 역시 그렇게 해야 한다는 것을 알았다. 후줄근한 옷을 입은 것부터가 출신지를 숨기기 위해서였는데 지금 와서 그것에 거북함을 느낀다는 것은 모순이었다. 비록 기차에 탈 때까지도 이 후줄근한 복장이 9지구로 오기 위한 위장이었다는 사실을 전혀 알아채지 못했다 해도.

남자는 "9지구에서 5지구로?" 하고는 휘파람을 불더니 곧 냉소적으로 말했다.

"아마 네가 잘못 알고 있는 걸 거다. 9지구에서 8지구, 죽이게 운이 좋아서 7지구까지는 어떻게 연줄을 잡았을지 몰라도 5지구는 불가능해. 누가 9지구 출신을 받아 주겠냐? 위조 서류? 그런 것도 8지구에서나 먹히지, 같은 하위 지구인 7지구부터도 간당간당한데. 네 할아버지는 대단한 허풍쟁이인가 보다."

루미가 할아버지의 병명을 대며 "기억이 온전치 않으시긴 해요."라고 설명한 뒤에야 남자는 납득이 된다는 표정으로 말했다.

"사진가라는 걸 보니 9지구에서 살았던 게 아니라 촬영하러 잠깐 왔다 갔다 한 정도인가 보네. 하긴 옛날엔 특히 그런 직업을 가진 중위 지구 사람들이 가끔 9지구에 내려왔다고 하더라. 어쨌거나 9지구 사람에게 받은 도움을 지금까지 잊지 않고 갚으려 한다는 것만도 굉장하다."

루미가 "사진 속 장소가 그대로 있나요?" 하고 물었다. 남자는 "있지."라고 대답하고는 잠시 뒤, "사람들도 그대로 있을 거다."라고 덧붙였다.

루미와 남자가 나누는 대화에서 한발 물러나 있던 다원은 60년 전의 장소와 사람들이 아직까지 그대로 있다는 말에 무심코 입을 열었다.

"그건 1지구랑 똑같네요."

남자는 자신의 귀를 의심하듯 "1지구?"라고 힘을 주어 말하더니, 곧 어이가 없다는 듯 웃음을 터뜨렸다.

"너 참 재밌는 애구나. 9지구와 1지구를 똑같다고 말하다니."

그러나 얼마 안 가 웃음을 멈추면서 "아니, 무섭다고 해야 하나."라고 덧붙였다. 다윈은 루미가 보내는 눈빛을 받고서야 자신이 실수했다는 것을 깨달았다. 그러나 크게 걱정할 일은 아니었다. 혼자 웃다 마는 걸로 보아 남자는 자신의 차 뒷좌석에 탄 승객들이 1지구에서 온 아이들일 것이라고는 추호도 의심하지 않는 것 같았다.

어느 지점에 들어서자 남자가 "여기가 9지구의 중심가다."라고 했다. 다윈은 창밖으로 시선을 돌렸다. 드문드문 건물과 사람이 보이긴 했지만 도심 특유의 활기찬 정취는 느껴지지 않았다. 기차를 타고 오면서 본 8지구의 외곽 느낌 정도밖에 되지 않는 것 같았다. 차는 여전히 정비가 안 된 거친 땅을 달리고 있었다.

루미가 말했다.

"제가 생각했던 9지구와 실제 9지구는 완전히 반대…… 아니, 반대라는 말도 틀려요. 완전히 다른 세상이네요."

남자가 물었다.

"어떤 곳일 거라 생각했는데?"

"다들 생각하는 그런 곳요. 한낮에 살인이 일어나고 길거리엔 강도들이 득실대는……."

다윈은 루미의 말이 자기 고향에 깊은 애정을 가지고 있는 듯한 남자를 자극할지도 모른다고 생각했는데, 의외로 남자는 웃음을 지으며 말했다.

"몇십 년이 지나도 9지구에 대한 편견은 바뀔 줄을 모르는구나. 아니, 바뀌지 않기만 하면 다행이게. 점점 더 심해지기만 하니. 그래도 예전엔 대낮에 살인을 한다는 말은 하지 않았거든. 적어도 밤이라고는 해 줬지. 물론 밤낮을 따지는 게 중요한 건 아니지. 다 사실이 아니니까. 여기선 더 이상 살인도 강도도 일어나지 않아. 아마 전 지구에서 아무 범죄도 일어나지 않는 곳은 9지구가 유일할 거다. 가장 안전한 지구지.”

루미가 믿을 수 없다는 듯 “설마요.”라고 말했다. 다윈 역시 마음속에선 루미와 똑같은 말을 하고 있었다. 직접 와 보니 9지구를 둘러싼 소문에 과장이 있다는 것은 알겠지만, ‘아무 범죄도 일어나지 않는 가장 안전한 지구’라는 남자의 말은 과장을 넘어선 거짓이었다. 그런 표현은 상위 지구에서도 1지구에나 허용되는 말이었다.

남자가 목소리를 높였다.

“생각을 해 봐라. 뭘 위해 살인을 하겠냐? 살인도 얻을 게 있어야 하지.”

남자는 창밖으로 보이는 한 노인을 고갯짓으로 가리키며 말을 이었다.

“너 같으면 저 길에 누워 자고 있는 사람을 죽이겠냐? 죽여서 뭐하려고? 죽는 사람도 죽이는 사람도 쓸데없이 힘만 들지. 내가 아까 그랬지? 여기는 목적지가 없는 곳이라고. 목적지가 없다는 건, 여기 사람들은 어딜 가야겠다, 뭘 해야겠다 하는 의지도 없다는 거다.”

루미가 반박했다.

“하지만 요즘도 9지구 사람들이 일으키는 범죄가 매일 보도되는데요? 저런 노인을 죽이는 건 목적이 없을지 몰라도 다른 지구로 가서 강도 짓을 하는 데는 목적이 있을 거잖아요?”

남자가 코웃음을 쳤다.

"다른 지구라니, 여기를 직접 보고도 그런 소리가 나오냐? 난 그나마 8지구에 연줄이 있어서 오다가다 하는 거지, 대부분 사람들은 죽을 때까지 9지구를 벗어나지 못해. 애초에 벗어날 생각조차 안 한다고 하는 게 더 맞겠지만. 여기 사람들은 이제 기차를 어떻게 갈아타는지도 모를 거다. 60년 전에 시간이 멈춰 버렸으니까. 그런데 다른 지구로 가서 강도 짓을 한다고? 제발 그럴 능력들이라도 있었으면 좋겠다."

"그럼 9지구를 둘러싼 그 악명 높은 소문들은 다 뭐예요? 그 많은 얘기들이 아무 근거도 없이 생겼다는 거예요?"

"이런 말이 있지. 경찰이 해결 못 한 모든 미해결 범죄는 9지구 사람들이 해결해 줄 거라는."

"조작된 거라는 뜻이에요?"

"말귀는 제법 알아듣는구나."

이번엔 루미가 코웃음을 쳤다.

"말도 안 돼요. 한두 건도 아니고 어떻게 그 많은 소문들을 다 조작할 수 있겠어요? 9지구 사람들은 다 바보인가요? 그런 누명을 쓰고도 가만히 있게. 소문이 과장됐다는 건 알겠지만 전 지구에 걸쳐 악명을 얻기까지 9지구 잘못은 하나도 없고 다 조작이라는 건 책임 회피로밖에 안 보여요."

남자의 침묵으로 대화는 중단되었다. 다윈은 루미의 공격적인 어투가 남자를 자극한 게 아니길 바랐다. 소문이 얼마나 과장됐든지 간에 이곳이 가늠할 수 없는 새로운 세계라는 데엔 변함이 없었고, 남자는 이 낯선 세계에서 자신들을 목적지로 데려다줄 유일한 안내자였다. 화가 난 남자가 갑자기 차를 세우고 내리라고 하거나 사진 속 장소가 아닌 다른 곳으로 데려가 버린다면, 그 이후의 상황은 생존을 걱정해야 할 정도로 위험해질 것이다.

차가 방향을 틀어 새로운 길로 진입할 때까지도 남자는 아무 말이 없었다. 루미도 남자의 핸들에 자신의 운명이 달린 것을 깨달았는지 침묵했다. 남자는 한참 만에 다시 입을 열었다. 처음과 달리 조금 침울해진 목소리였다.

"그래, 대단히 큰 잘못이 하나 있긴 하지. 60년간 모함을 당하면서도 바보처럼 숨죽이고 있어야 했던 단 한 번의 잘못이……"

다윈은 남자가 무엇을 말하는지 알았다. 60년 전, 9지구에서 시작된 12월의 폭동. 정부를 전복하려던 폭도 세력이 어린아이들까지 앞세워 진격한 결과 하위 지구와 중위 지구가 삽시간에 무너지고 상위 지구마저 와해될 위기에 처했다. 다행히 지략을 발휘한 정부군이 폭도 세력을 진압하는 데 성공해 평화를 지켜냈지만, 12월의 폭동은 여전히 사회 한편의 상처로 남아 있었다.

남자가 말했다.

"그런데 그건 아냐? 그게 9지구만의 잘못은 아니었단 걸. 8지구, 7지구, 6지구, 5지구, 4지구도 그 잘못에 합류했지. 그렇담 그게 정말 잘못이었는지, 아니면 상위 지구만을 제외한 모두의 바람이었는지를 따져 봐야 했는데, 애석하게도 그럴 기회조차 갖지 못했지. 처벌의 순간이 오자 모두 뒤로 물러나서 9지구를 지목했으니까. 결국엔 보기 좋게 9지구만 죄의 땅이 돼 버렸지."

루미가 남자를 신경 쓰는 듯 누그러진 목소리로 말했다.

"그걸 관용이라고 하잖아요. 주도 인물들이 아닌 이상 국가 발전을 위해 용서하고 다시 기회를 주는……"

멸종돼 가는 사람들

"관용이라, 듣기 좋네. 그런 건 학교에서 가르치는 거겠지? 그런데 왜 그 훌륭한 정신을 폭동 이후에 태어난 9지구의 아이들에게는 베풀지 않는지 모르겠다. 너희가 죄가 없는 것처럼 여기 아이들도 아무 죄가 없는데."

그제야 다원은 모든 것이 부족해 보이는 이 도시에서 가장 부족한 것이 무엇인지를 깨달았다. 어디에도 어린아이들이 보이지 않았다.

다원은 조심스럽게 물었다.

"그러고 보니 여긴 왜 아이들이 안 보여요?"

남자가 건조한 목소리로 대답했다.

"안 보이는 게 아니라 아예 없는 거다. 여기선 사람을 죽이는 것만큼 살리는 것도 목적 없는 일이니까. 40년 전에 태어난 나 정도가 거의 마지막 세대지. 그런 나마저 연줄을 잡아서 8지구로 도망가긴 했지만…… 이런 식으로 우린 멸종되고 있는 거지. 잘 봐 둬라. 몇십 년 후엔 9지구 인간은 이 땅에서 모두 사라지고 없을 테니까. 그런 건 학교에서 뭐라고 가르치냐? 자연도태?"

다원은 자신과 같은 국적을 가진 현대 인간이 멸종에 이르는 것을 상상할 수 없었지만, 머릿속에서만 맴돌던 9지구의 느낌을 '멸종'보다 더 정확하게 전해 줄 단어는 없을 것 같았다. 창밖으로 보이는 풍경은 나무든 집이든 사람이든 하나같이 스러져 가는 것들로, 일요일의 태양 빛을 받고 있어도 생명력이 전혀 느껴지지 않았다. 여기서는 신神도 아무 힘이 없는 것 같았다. 자연 풍광을 보면서는 이제껏 한 번도 느껴 본 적 없는 낯선 기분에 그 느낌의 정체가 무엇일지 생각하고 있는데, 남자가 차를 세우며

"다 왔다."라고 했다.

남자의 말대로 사진 속 건물은 60년 전 자리를 그대로 지키고 있었다. 벽에 찍힌 다른 주소는 대부분 지워졌지만 'D-9'의 흔적만은 옅게나마 아직 남아 있었다. 남자는 트렁크에서 통조림 한 상자를 꺼내 들고 주저 없이 안으로 들어갔다. 다원은 남자의 뒤를 따라가며 그제야 왜 남자가 자기도 운이 좋다는 말을 했는지 이해할 수 있었다. 남자는 이곳을 잘 알고 있었다.

낡은 2층짜리 건물은 간신히 골격만 유지하고 있는 상태였다. 창이나 문은 대부분 떨어져 나갔고, 기둥은 허물어져 철근이 드러나 보였다. 햇빛이 들어오지 않는 쪽의 복도는 먼저 밤이 된 것처럼 어두워 불이 필요했지만, 이곳에서 전기가 들어오고 등이 켜지기를 기대할 수는 없을 것 같았다.

크로스백 끈을 두 손으로 꽉 쥔 채 이리저리 둘러보던 루미가 물었다.

"여기는 뭐 하는 곳이에요?"

"옛날엔 공립 고아원이었다는데 지금은 그 고아들이 다 노인이 되었으니 양로원이라고 불러야겠지."

남자는 스스로 뱉은 말에 거부감이 드는 듯 덧붙였다.

"그런데 공립이니 고아원이니 하는 말에 속아 넘어가지 말거라. 그건 그냥 이름이 그랬던 거고 실상은 돼지우리보다 못한 곳이었다니까. 양로원이라는 말도 마찬가지지. 보면 알겠지만 여기 어디가 양로원으로 보이냐. 갈 데 없는 노인들이 죽을 때까지 누워 있는 폐건물 그 이상 그 이하도 아니지. 그나마 8지구 자선 사업가들이 갖다 주는 식량으로 근근이 목숨만 이어 가고 있단

다. 이런 데가 여기 말고도 몇 군데 더 있는데 너희 덕분에 오늘
은 이곳 노인들이 배 좀 채우겠다."

"아저씨도 그 자선 사업가 중 한 분이군요?"

루미가 묻자 남자는 얼굴을 찌푸리며 대답했다.

"통조림 몇 통 가지고 자선 사업가라고 하면 꼴불견이지."

방문이 다 떨어지고 없는 탓에 복도를 지나가는 것만으로도
안의 생활을 모두 들여다볼 수 있었다. 노인들은 서너 명이 방을
나누어 쓰고 있는데, 낡은 매트리스가 놓인 방도 보였지만 대부
분은 맨바닥에 천 같은 것을 깔아 잠자리로 이용하고 있었다. 여
름 햇살은 이런 생활을 그럭저럭 견딜 수 있게 해 줄 테지만, 머
지않아 겨울이 오면 이런 곳에서 어떻게 지낼지 알 수 없었다.

남자는 루미에게 사진을 달라고 한 뒤 방으로 들어가 노인들
에게 일일이 사진을 보여 주었다. 남자를 본 노인들의 반응은 극
과 극이었다. 몸을 일으켜 반갑게 인사하는 사람이 있는가 하면,
인기척을 느끼고도 아무 반응이 없는 사람도 있었다. 남자는 그
런 노인에게는 사진에 관해 묻는 대신 머리맡에 통조림 수프만
놓아 주고 나왔다.

남자가 노인들을 방문하는 동안 다윈은 복도에서 남자를 기
다렸다. 사진에 대해 듣고 싶어 하는 루미는 남자를 따라 방으로
들어갔지만, 다윈은 선뜻 발이 방 안으로 옮겨지지 않았다. 방에
서 풍기는 불쾌한 냄새 때문은 아니었다. 그런 것은 중위 지구,
하위 지구를 지나오면서 이미 견딜 수 있게 되었다. 독특한 풍미
가 거북했지만 루미를 실망시키지 않으려고 억지로 남김없이
먹었던 샌드위치처럼. 그러나 이곳에서는 그런 노력도 시도해

보지 못할 만큼 자신이 너무나 낯선 이방인으로 여겨져, 루미와 남자가 방을 드나드는 동안 없는 문을 스스로 만들어 그렇게 밖에 서 있을 수밖에 없었다.

사진을 건네받은 노인들은 하나같이 모르겠다며 고개를 가로젓거나 옆 사람에게로 사진을 넘겼다. 일부는 사진 속 피사체가 무엇인지 구분할 수 없을 정도로 눈이 멀어 사진을 보기도 전에 먼저 "몰라, 모른대도." 하며 손을 내젓기도 했다. 가까스로 옛 시절을 추억해 낸 노인들이 있었지만 그들조차도 "난 이 고아원 출신이 아니야. 나는 멀리서 왔어."라거나, 자부심에 찬 목소리로 "우리 어머니는 어릴 때 나에게 양말을 신겨 주셨지. 양말을 신고 다니는 아이는 나 하나였어."라는 별 도움 안 되는 기억들만 끄집어냈다.

2층에 있는 노인까지 모두 만나 보았지만 의미 있는 증언은 하나도 얻지 못했다. 남자가 "그래도 뭐든 나올 줄 알았는데 유감이다."라고 말했다. 루미는 사진을 돌려받으며 짧은 한숨을 내쉬었다. 다원은 루미 곁으로 가 "괜찮아?"라고 물었다. 루미는 "어쩔 수 없지. 처음부터 어느 정도 예상하고 왔던 거니까."라며 웃었지만, 실망감을 감추기 위해 애써 웃는 표정이었다.

그렇게 다시 1층으로 내려오는데 남자가 문득 계단에 멈추어 서 밖을 내다보았다. 창 밑으로 뒤뜰 계단에 앉아서 햇볕을 쬐고 있는 노인 셋이 보였다. 남자는 루미 손에 들려 있는 사진을 다시 가져가더니 "오늘 네 운이 어디까지인지 마지막으로 한번 보자." 하면서 뒤뜰로 걸어갔다.

남자가 사진을 보여 주자 한 노인이 유독 집중해 사진을 보더니, 옆 노인의 눈앞으로 사진을 바짝 들이밀었다. 그들은 사진 속의 많은 사람들 중 옆얼굴이 보이는 한 사람을 지목하며 이야기를 나누었다.

"이 애, 그 애 아니야? 비둘기 똥."

"죄다 후드를 뒤집어쓰고 있어서 잘 모르겠는데."

"그래도 뺨에 난 이 점은 알아볼 거 아냐? 우리가 어렸을 때 비둘기 똥이라고 불렀잖아. 기억 안 나?"

"그래, 그러고 보니까 얼굴에 비둘기가 똥을 싼 것 같은 점이 난 녀석이 있었지."

루미가 두 노인의 대화에 끼어들어 "그 할아버지도 지금 여기 계시나요?"라고 물었다. 두 노인 중 사진 속의 인물을 먼저 알아본 쪽이 웃으며 "진즉에 죽었지."라고 대답했다.

"전쟁이 났을 때 제일 앞장서 싸웠다는 얘기를 들었는데, 그 뒤로는 보이지 않더군. 죽기밖에 더 했겠어? 아마 사진에 있는 나머지 애들도 다 죽었을걸?"

세 노인은 곧 사진은 뒷전으로 밀어 놓고 자기들끼리 '전쟁 이야기'를 나누기 시작했다. 다원은 그들이 말하는 전쟁이 '12월의 폭동'이란 것을 깨닫고 조금 전 방에 들어가지 못했을 때와 같은 이질감을 다시 느꼈다. 역사적 사건의 명칭이란 본래 명망 있는 학자들이 끊임없이 머리를 맞대고 토론한 뒤 사회 구성원 다수의 합의를 얻어 정당성을 부여받는 민감한 것임에도, 이곳에서는 그런 노력들이 전혀 빛을 발하지 못하고 있는 것 같았다. 마지막에 가서 노인들은 "그 전쟁에서만 이겼으면 여기도 이렇게 되진 않았을 텐데."라고 한목소리로 한탄했다. 강한 햇살이 노인들의 얼굴에 진 주름을 더 깊어 보이게 했다.

자신들이 처한 상황의 인과관계를 제대로 파악하지 못하는 노인들의 무지가 너무 커서인지, 다원은 반감보다는 오히려 동정심이 들었다. 폭동을 전쟁으로 잘못 인지한 채 '폭동을 일으키지 않았다면' 하는 반성 대신 "그 전쟁에서만 이겼으면" 하고 한탄하는 한, 그들의 삶은 잘못 든 길을 잘못 든 줄도 모른 채 죽을 때까지 걸어야 하는 비극에서 벗어날 수가 없을 것이다. 다원은 60년이 지나도록 노인들이 진실을 깨달을 기회가 한 번도 없었다는 사실이 놀랍고 안타까워 자기가 알고 있는 지식으로 도움을 주고 싶었지만, 이제 와 그들의 믿음을 바꾸려 했다가는 괜한 혼란만 키울 것 같아 망설임 끝에 입을 다물었다. 폐허가 된 고아원에서 볕을 쬐며 여생을 보내고 있는 노인들에게 필요한 것은 혼란보다는 평안일 것이다.

기차역에 도착했을 때는 네 시가 다 돼 있었다. 루미가 남자에게 "얼마를 내야 하죠?"라고 물었다. 다원은 돈을 꺼낼 준비를 했다. 그런데 뜻밖에도 남자는 "돈은 무슨, 됐다." 하며 손을 내저었다.

"내가 아까 그랬지? 9지구 사람들은 멸종돼 가고 있다고. 5지구에서 온 너희들이 그 사람들이 멸종되기 전 어떤 모습이었는지 본 걸로 오늘 차비는 때우마. 너희가 나중에 어른이 돼서 9지구 사람들을 기억할 때 적어도 그들이 살인자나 강도였다는 말은 하지 않겠지."

남자는 "또 와라." 하는 인사를 남긴 뒤 차를 몰고 사라졌다.

다원은 자신이 태어난 곳을 향한 남자의 깊은 애정을 다시 한번 느낄 수 있었다. 황무지와 다름없는 9지구를 아끼는 남자의 마음 덕분에 그간 9지구에 가졌던 두려움과 편견이 조금은 누그러지는 것 같았다. 물론 그렇대도 또 오라는 남자의 인사에는 부응하지 못할 테지만. 다원은 기차에 오르며 다시는 올 일이 없을 9지구의 풍경을 사라져 가는 세계의 마지막 모습인 것처럼 잠시 뒤돌아보았다. 남자의 차에서 창밖 거리를 보았을 때 느낀 그 기분이 또 짧게 스치고 지나갔다.

기차에 탄 내내 루미는 별말이 없었다. 유리창 위로 깊은 생각에 빠진 루미의 옆얼굴이 비쳤다. 반쯤 감은 눈엔 분명 실망감이 어려 있었다.

다원은 조심스럽게 루미에게 말을 걸었다.

"아쉽지? 사진에 대해 별로 알아낸 게 없어서."

루미는 아까처럼 애써 미소를 지으며 말했다.

"제이 삼촌과의 연결 고리는 찾지 못했지만, 그래도 사진 속 장소에 가 본 건 의미가 있었잖아. 거기가 고아원이었다는 사실도 알게 됐고. 아무튼 오늘 같이 가 줘서 고마워."

"난 별 도움도 못 줬는데."

"도움도 못 주긴. 한 달에 한 번뿐인 네 휴식 시간을 제이 삼촌을 위해 할애했잖아. 다원 너 말곤 아무도 안 해 줄 일이야."

루미를 위해 한 일을 정작 루미는 제이 아저씨를 위해 한 것이라 생각하는 점은 아쉬웠지만, 다원은 크게 마음 쓰지 않기로 했다. 루미는 자신과 제이 아저씨를 동일 선상에 두는 것 같으니.

루미가 이어 말했다.

"네가 나한테 네 시간을 내주었으니까 다음번엔 나도 너한테 내 시간을 내줄게. 물론 다윈 네가 내 시간을 필요로 할 때만을 두고 하는 말이지만."

다윈은 루미와 보낸 시간이 거래로 여겨지는 것은 원치 않았지만 이 기회를 놓치고 싶지 않아 그 자리에서 바로 제안했다.

"그럼 다음 휴가 때 우리 할아버지 집에 같이 가 줄래?"

"너희 할아버지 집에?"

"응. 사실은 오늘 할아버지 집에 가는 날인데 내가 못 간다고 해서 실망하셨거든. 다음에 루미 네가 같이 가 주면 서운했던 건 다 잊어버리실 거야."

루미는 조금의 망설임도 없이 단번에 "좋아."라고 답했다. 루미의 응답을 얻은 순간, 다윈은 오늘 하루 전 지구를 오가며 보낸 긴 시간이 그 짧은 대답 안에서 모든 의미를 얻는 것 같았다. 이제 루미는 기다리기만 하는 대상이 아니라 약속을 정하고 함께 시간을 보낼 수 있는 상대가 된 것이다.

루미가 말했다.

"참, 그런데 오늘 9지구에 간 건 우리 둘만의 비밀로 해야 하는 거 알지? 친구한테도 너희 아빠한테도 말하면 안 돼. 그랬다 간 우리 아빠가 알게 될 수도 있으니까."

약속뿐만 아니라 둘만의 비밀까지 간직하게 된 사이. 다윈은 맹세하듯 말했다.

"그래, 절대 아무에게도 말하지 않을게."

기차는 마치 문명의 발전 과정을 한 폭의 풍경화로 보여 주듯 1지구를 향해 달려갔다.

논쟁

　　　"자, 개척시대로 거슬러 올라가 어느 벌판
에 너희들이 집을 짓는다고 가정해 보자. 멋진 집이 완성되었고
이제 마지막으로 울타리를 칠 시간이다. 어디에 어떻게 울타리
를 쳐야 할까? 울타리를 집 둘레에 바짝 쳐 놓으면 안전은 하겠
지만 움직임이 불편할 것이고, 반대로 어디에 있는지 보이지도
않을 만큼 멀리 쳐 놓으면 자유는 얻겠지만 안전에 위협을 받겠
지. 또한 울타리를 너무 낮게 친다면 분리의 목적이 상실될 거고,
너무 높이 친다면 바깥 세계가 주는 즐거움을 누릴 수 없을 것이
다. 거주자들 생활에 방해가 되지 않으면서도 신체와 재산에 관
한 모든 권리를 안전하게 보장받고 있다는 확신을 주는 지점, 독
립적인 사생활의 가치를 보장하면서도 훌륭한 공동체의 일원임
을 늘 주지시키는 지점, 가장 이상적인 울타리는 바로 그 지점이
될 것이다."

교수는 칠판에 단순한 형태의 집과 정원을 그린 뒤 주변에 울타리를 그으며 말을 이었다.

"여기까지만 들으면 나를 토목과 선생으로 오해할 수도 있겠지만, 너희들이 듣는 수업은 분명 법학 수업이 맞다. 1년 수업의 반환점을 지난 오늘, 시간이 마침 10분 정도 남아서 우리 학문의 본질을 생각해 보고 첫 수업 때의 초심도 되새길 겸 창피한 그림 실력까지 공개한 것이다. 나는 법을 만드는 일과 울타리를 치는 일은 원시적으로 동질적인 작업이라고 생각한다. 다시 말해 역사를 거슬러 올라가 보면 법을 처음 제정했던 인류의 정신과 자신의 집에 처음으로 울타리를 둘렀던 인류의 정신 사이에 큰 차이가 없었을 것이라는 거지. 여기 앉아 있는 사람들 중 실제로 울타리를 쳐 본 사람이 있으면 손 한번 들어 보겠나? 아무도 없는 게 당연하려나. 비록 집에 울타리를 친 경험은 없더라도 너희들 중 많은 수가 훗날 법의 울타리를 제정하고 적용하고 집행하는 일에 종사하게 될 거다. 영예롭지만, 그러기에 더없는 갈등과 대면해야 하는 힘든 일이지. 어쩌면 법전 속 문자들에 짓눌려 너희가 하는 일의 의미를 잃어버리게 될지도 모른다. 실체 없는 관념론과 싸우고 있다는 회의에 빠져 버릴 수도 있지. 그럴 땐 오늘의 수업을 떠올리며 기본으로 돌아가 보길 바란다. 법이란 거창하고 수사적인 단어의 나열이 아니라, 바로 너희처럼 자유와 보호를 갈망하는 사람들이 사는 집에 튼튼한 울타리를 쳐 주는 일이라는 것을 말이다. 지금 너희들 각자의 머릿속에 떠오르는 그 풍경을 잊지 않는다면, 너희들은 분명 행복하고 정의로운 재판관이 될 수 있을 것이다."

교수의 말은 큰 잎을 틔울 확고한 가능성을 가진 씨앗을 훌륭한 예언과 함께 손에 꼭 쥐어 주는 것처럼 가슴을 설레게 했다. 창밖에 서 있는 프라임스쿨의 우람한 나무들은 그 씨앗을 먼저 틔운 선배들의 자취 같았다. 그때였다.

"그 이상적인 울타리의 기준은 늘 1지구가 정해야 하는 겁니까?"

갑자기 들려온 목소리가 한가로운 전원의 풍경을 만들어 내고 있던 강의실 대기를 할퀴었다. 평화로운 하늘 위로 독수리 한 마리가 발톱을 세우고 날아드는 것 같았다. 학생들이 일제히 음성의 진원지인 뒷줄을 향해 고개를 돌렸다. 그 주위로는 이미 작은 소란이 일고 있었다.

교수가 손짓으로 주변을 진정시킨 뒤 물었다.

"질문이 있는 것 같은데, 레오 마샬?"

"교수님께선 누구나 그 이상적인 울타리를 가질 권리가 있는 것처럼 말씀하셨는데, 그 점엔 동의할 수 없어서요."

"동의하지 않는다니? 법의 존재를 부정한다는 건가?"

"제가 법을 부정하는 게 아니라 법이 자유와 안전을 보장해 주어야 할 특정 대상을 외면함으로써 스스로를 부정한다고 하는 게 맞겠죠."

"나 역시 네 말에 이해도, 동의도 할 수가 없구나. 법이 자유와 안전을 보장해 주어야 할 특정 대상을 외면한다니?"

"교수님은 지금껏 상위 지구를 벗어나 본 적이 한 번이라도 있으십니까?"

교수의 얼굴에 언짢은 주름이 짧게 접혔다가 펴졌다.

"내가 상위 지구를 벗어난 적이 있는지 없는지와 그 질문이 무슨 상관이 있다는 거지?"

"한 번이라도 하위 지구의 삶을 들여다보신 적이 있다면 이 상적인 울타리가 자유와 안전을 보장해 준다는 말씀을 하지는 못하실 테니까요. 교수님은 법 제정을 모두의 집에 공평하게 울타리를 쳐 주는 일에 비유하셨지만 현실에서 누구의 집에 어느 정도의 범위와 높이로 울타리를 칠지는 1지구의 식견에 따라 달라지는 것 아닙니까? 그것도 다른 지구의 삶은 전혀 알지 못하고 알려고도 하지 않는, 이 외딴 프라임스쿨에 앉은 눈먼 사람들의 눈을 통해서요. 그렇다면 거기에 '이상적인'이라는 문구를 붙여서는 안 될 것 같은데요."

"레오 마샬, 이전부터 알고 있긴 했지만 넌 굉장히 왜곡된 시선을 가지고 있는 것 같구나. 그럼 네 말은 모두가 울타리 설계에 참여해야지만 이상적인 울타리가 건설된다는 건가? 천만에, 권리가 뭔지, 자유가 뭔지 제대로 알지도 못하는 자격 미달의 사람들이 설계에 끼어드는 것은 재앙이야."

"진짜 재앙은 그 설계에서 배제된 사람들이 12월에 다시 울타리를 부수는 일이겠죠."

교수의 얼굴이 단번에 굳었다. 교수의 침묵과 함께 강의실 안 공기도 경직되었다. 정적이 흐르는 가운데 수업 종료를 알리는 종이 울렸다.

교수는 굳은 얼굴을 풀지 않은 채 책을 챙겨 나가며 말했다.

"레오 마샬은 하고 싶은 얘기가 아주 많은 것 같으니, 내 방으로 따라오도록."

저녁이 됐지만 대기 중엔 아직 한낮의 열기가 남아 있었다. 다원은 저녁 식사를 하러 친구들과 식당에 왔다가 창가 쪽 작은 식탁에 혼자 앉아 있는 레오를 발견했다. 레오는 고기와 빵이 담긴 접시를 옆으로 밀어 놓은 채 창밖만 바라보고 있었다. 식당 안의 풍경과 소음에서 자기 자신을 분리하고 있는 것 같았다.

다원은 일행에게 양해를 구한 뒤 레오 쪽으로 자리를 옮겼다.

"앉아도 돼?"

식탁을 두드리니 레오가 고개를 돌렸다. 무표정이었던 레오는 금세 미소를 지으며 "언제든."이라고 했다.

다원은 저녁 식단 이야기로 가볍게 대화를 시작했다. 레오는 동감을 표하는 뜻으로 고개를 끄덕거리기는 했지만 다른 말은 없었다. 애초에 저녁 식사 메뉴 따위에는 아무 관심도 없는 것 같았다. 다원은 화제를 바꿔 볼까 했지만 아무것에도 흥미가 없어 보이는 레오의 얼굴을 보고는 그만 입을 다물었다. 지금 레오가 원하는 것은 대화가 아닌 침묵인 것 같았다. 교수실로 불려 가 어떤 훈계를 들었는지는 모르지만 가라앉은 속눈썹이 원래 자리로 회복되기 위해선 하룻밤 정도의 시간과 수면이 필요해 보였다. 다원은 레오와 마찬가지로 창밖으로 시선을 돌렸다. 레오와 공유하는 침묵은 조금의 어색함도 없이 창 너머 풍경처럼 편안하고 자연스러웠다.

그때였다.

"레오 마샬, 오늘 보니 건축에 일가견이 있는 것 같던데 어디 이 식당도 한번 품평을 해 보지그래?"

세 명의 무리가 레오 옆으로 다가오며 말을 걸었다. 법학 수업을 같이 듣는 수강생들로 모두 학생회 멤버였다.

"아니면 네 접시의 구성에 대해서 말해 보든지. 어때, 고기가 불공평하게 너무 1지구에만 몰려 있나?"

그중 한 명이 나이프를 집더니 레오의 스테이크를 난도질했다. 도발을 의도한 무례한 행동이었지만 레오는 아무런 반응도 보이지 않았다.

다윈은 레오 대신 나서서 그들의 행동을 제지했다.

"무슨 짓이야? 그만둬."

학생회 멤버가 나이프를 내려놓으며 말했다.

"다윈 너에겐 아무 유감 없어. 우린 레오 마샬이랑 볼일이 있는 거니까. 우리가 거슬리면 다른 자리로 옮겨 가."

"자리를 옮겨야 할 쪽은 너희 아니야? 우리 식사 시간에 끼어든 건 너희잖아."

"끼어드는 건 레오 마샬이 전문이지. 다윈 너도 아까 그 자리에 있었으니 잘 알 거 아냐? 레오 마샬, 수업 시간엔 잘도 떠들어 대더니만 왜 지금은 꼬리를 내리고 있어? 어디 아무 말이라도 해 봐."

그제야 레오가 학생회 멤버들을 쳐다보며 입을 열었다.

"문제가 뭐야?"

"뭘 것 같아?"

"이 질긴 스테이크? 아니면 그것보다 더 질긴 너희 자만심?"

"자만심이라면 모든 수업 시간마다 설교를 해 대지 않고는 못 견디는 레오 마샬 네가 문제겠지. 우리가 왜 너 하나 때문에 매번 수업을 방해받아야 하는데?"

"프라임스쿨에서 토론을 하는 게 금지였던가? 수업 중 토론은 권장 사항이라고 알고 있는데?"

"웃기는 소리 마. 네 목적은 토론이 아니라 비난이잖아. 네 아버지가 만드는 저질 르포처럼."

"유감이네, 너희 아버지는 뭘 하시는지 전혀 알 수가 없어서. 앞으로는 사람들 주목도 끌고 상도 좀 받으면서 일하시라고 말씀드려 봐."

"입 함부로 놀리지 마. 네 할아버지를 파고들면 그렇게 떳떳한 가문은 아닐 텐데?"

레오가 자리에서 벌떡 일어나 학생회 멤버 가까이 얼굴을 들이밀었다.

"너야말로 입조심해. 비난할 의도가 없었던 말에 비난받는 느낌이 들었다면 너희한테 뭔가 찔리는 구석이 있다는 뜻 아니야? 나한테 와서 이럴 시간에 기도실에 가서 네 가슴을 찌르는 가시가 뭔지 고해성사나 하지그래?"

"착각하지 마. 찔리는 게 있어서가 아니라 네 위선 놀음에 우리 학교 명예가 떨어지는 게 걱정돼서 그러는 거니까. 이게 너와 우리의 차이지. 범죄자들처럼 한밤중에 후드를 뒤집어쓰고 돌아다니는 너 같은 녀석에게 학교 명예가 안중에 있겠어? 그런데 레오 마샬, 정신 차리고 네 주위를 둘러봐. 네가 지금 있는 데가 어디지? 네가 그렇게 비난하는 1지구의 '외딴 프라임스쿨' 아니야? 하위 지구 사람들 방식으로 우리를 비판할 생각이라면 여기를 떠난 다음에 하도록 해. 물론 그럴 배짱도 없겠지. 막차로 간신히 들어온 학교를 어떻게 떠나겠어? 똑똑히 알아 둬. 여기서 입만 나불대고 있는 한, 넌 평생 위선자밖에 안 되는 거야. 그리고 우리는 널 평생 프라임스쿨 일원으로 받아들이지 않을 거고."

학생회 세 명은 경멸하는 눈빛을 남기고 등을 돌렸다.

레오가 그 뒤에 대고 소리쳤다.

"뭐가 위선이라는 거야? 자기가 있는 곳을 비판하는 게? 내가 보고 있는 세계를 비판하지 못하면 도대체 뭘 비판할 수 있는데? 천국을 비판할까, 있는지 없는지 왜 사람들을 헷갈리게 하냐고? 너희들은 지옥에 떨어질까 무서워서 그런 생각도 못 하지? 너희들이야말로 똑똑히 들어 둬. 내가 위선자라면 너희는 머리가 굳은 머저리들이야. 위선자는 최소한 뭐가 옳고 그른지라도 알지만 너희 같은 머저리들은 태어나 죽을 때까지 그런 걸 따져 볼 생각조차 못 하지."

순식간에 모든 시선이 창가 쪽의 작은 식탁으로 모였다. 은유적인 성화가 벽에 걸린 식당은 한순간에 야유와 환호성이 터져 나오는 콜로세움으로 돌변했다. 어디에선가 먹다 만 빵이 날아오기도 했다. 레오와 학생회 아이들 사이에선 당장이라도 몸싸움이 시작될 것 같은 긴장감이 일었다. 지켜보는 사람은 많았지만 다들 구경거리를 즐기기 위해 싸움을 부추기려고만 할 뿐 말리는 사람은 없었다.

다원은 레오를 뒤로 끌어당긴 뒤 학생회 멤버들에게 말했다.

"이쯤에서 그만둬. 더 해 봤자 너희만 손해야. 잘 알잖아, 모든 문제에서 학생회는 가중처벌을 받는다는 거."

"우리가 가중처벌을 받으면 레오 마샬은 무사할 것 같아? 근신이 끝난 지 얼마 되지도 않아서 또 문제를 일으킨 게 위원장님 귀에 들어가면 당장 징계감이야. 다윈 너도 저 녀석이 하는 말을 들었잖아. 그건 우리뿐만 아니라 프라임스쿨 전체에 대한 모욕이야."

다윈은 아버지가 언급되는 것에 일부러 더 냉정함을 보이며 말했다.

"그런 일은 없길 바라지만, 만약 그렇게 된다면 나도 내가 본 대로 얘기할 수밖에 없을 거야. 먼저 도발을 한 건 너희였고, 레오는 충돌을 피하기 위해 충분히 참았다고. 그리고 내 생각엔 너희가 레오 아버지 일을 거론하면서 모욕 준 사실을 위원장님이 알게 되시면 학교를 모욕한 것보다 훨씬 잘못이 크다고 판단하실 것 같은데?"

"다윈 너 너무 레오 마샬 편만 드는 거 아냐? 우리 학교 명예나 더럽히고 다니는 저런 녀석이 이 학교에서 변호받을 자격이 있다고 생각해?"

"모든 인간은 변호받을 권리가 있지. 우리가 같이 배우는 법에 의하면. 안 그래?"

자기들끼리 어떤 눈짓을 주고받은 아이들은 잠시 뒤 한풀 꺾인 목소리로 "그래, 이쯤 해 두자. 우리끼리 이럴 건 없잖아."라며 화해를 청했다. 다윈은 학생회 멤버들의 어깨를 가볍게 두드리는 것으로 그에 응했다. 느닷없이 시작된 소란이었던 만큼 그 끝도 순식간에 마무리되었고, 주위에 몰려들었던 학생들은 신체적 충돌 없이 끝난 싸움에 약간의 시시함을 느끼며 제자리로 돌아갔다.

그때 돌아서 걸어가던 학생회 아이 하나가 걸음을 멈추고는 말했다.

"다윈, 그런데 널 위해서 충고 하나 해도 될까?"

다윈은 그쪽으로 고개를 돌렸다.

"레오 마샬을 너무 믿지는 마. 자기를 믿고 뽑아 준 학교를 배신한 것처럼 저 녀석은 분명 네 뒤통수도 칠 테니까."

다윈은 부디 그것이 꺼진 불씨를 다시 일으키는 도화선이 되지 않길 바라며 못 들은 척 레오의 안색을 살폈다. 레오는 아직 감정이 가라앉지 않았는지 몸을 떨고 있었다. 다윈은 레오의 어깨에 손을 올리며 "괜찮아?"라고 물었다. 그 순간 레오가 손을 뿌리치며 식당을 뛰쳐나가 버렸다. 웃음소리와 함께 "그것 봐." 하는 조롱 소리가 들려왔다.

일주일 뒤 법학 시간. 늘 그렇듯 맨 앞자리에 앉아 수업 시작을 기다리던 다윈은 종이 막 울리려던 찰나, 레오가 강의실로 들어오는 것을 보았다. 순간적으로 눈이 마주쳤지만 곧이어 교수가 들어오자 레오는 아무 말 없이 바로 자기의 지정석인 맨 뒷자리로 올라가 버렸다.

수업이 시작되자 교수는 '법이 인간을 통제하는 데 얼마나 효과적일까?'라는 질문을 던진 뒤, 비록 우리가 법을 연구하고 있긴 하지만 실상 인간의 행동을 통제하는 데 더 위력을 발휘하는 것은 성문법이 아니라 보이지 않는 법인 전통과 도덕, 관습 등이라고 했다. 교수는 1지구가 전 지구의 '핵'이 될 수 있는 것 역시 법에 의지하기보다 자체적으로 훌륭한 규범을 계승해 왔기 때문이라며 그 노력을 '사과'에 비유했다.

"문학적으로는 사과 한 알을 완벽한 세계라고 한다지? 그 완벽한 세계를 창조해 낸 근원이 무엇이라고 생각하나? 그래, 사과의 핵, 바로 씨앗이다. 씨앗이란, 한마디로 '옳은 것'이다. 과육의 맨 가장자리가 벌레 먹고 썩는다 해도 씨앗을 비난하는 사람은 아무도 없지. 물론 비난해서도 안 되고. 왜냐하면 씨앗의 의지는 가장 훌륭한 과실을 만들기 위해 늘 최선을 다하고 있으니까. 과육 전체가 병드는 최악의 상황이 올지라도 씨앗은 지지 않고 다시 최고의 세계를 만들려고 할 거다. 혹독한 겨울을 이겨 내가며 지금껏 그래 왔던 것처럼."

법학자로서도, 1지구 주민으로서도 그 점을 자랑스럽게 생각한다고 말한 교수는 잠시 입을 다물고 강의실 뒤쪽을 응시했다. 이의를 제기하는 목소리는 들려오지 않았다. 교수는 만족스러운 얼굴로 책을 펼친 뒤 오늘 배울 단원을 본격적으로 가르쳤다. 수업은 순조롭게 진행되었다. 다원은 레오를 겨냥한 교수의 설교가 다소 거북했지만, 본질적인 의미에서는 교수의 의견에 동의하지 않을 수 없었다.

법학 수업 다음 한 시간은 공강이라 도서관에서 자율 학습을 해야 했다. 다원은 여유롭게 책을 챙겨 느지막이 강의실을 나왔다. 이동 수업을 가는 학생들로 복도는 혼잡했다.

얼마쯤 걷는데 창가 쪽 벽에 혼자 서 있는 사람이 눈에 들어왔다. "늦었어."라고 외치며 뛰어가는 몇몇이 지나가고 난 뒤, 다원은 그 앞에서 걸음을 멈추었다. 아무 말 없어도 레오가 내내 자신을 기다리고 있었음을 알 수 있었다.

앞장서 걷던 레오가 멈춘 곳은 도서관 뒤에 난 작은 터였다. 레오를 따라 걸음을 멈춘 다윈은 주변을 둘러보았다. 늘 오던 도서관이지만 이쪽은 정식 통행로가 만들어지지 않은 길이어서 처음 와 보는 곳이었다.

레오는 주눅 든 목소리로 이야기했다.

"지난번엔 미안했어. 다윈 널 그런 식으로 대하면 안 됐는데……. 그런데 다윈, 그때 난 너를 뿌리친 게 아니라 내 자신을 뿌리친 거였어. 변명으로밖에는 안 들리겠지만, 그때의 나를 나 스스로도 참을 수가 없었거든."

벽에 기대선 레오는 줄곧 눈을 마주치지 않은 채 말을 이었다. 도서관 지붕에서 내려온 그늘이 레오의 얼굴에까지 드리우고 있었다. 다윈은 그것이 외부에서 만들어 낸 그늘이 아니라 레오의 내면에서 비쳐 보이는 어둠이라는 것을 알았다. 지난 일주일간 자신이 당황스럽고 쓸쓸했던 것처럼 레오 역시 같은 마음이었던 것이다.

레오는 자기 발밑의 서늘한 땅을 신발로 파 작은 구덩이를 만들며 말했다.

"내가 식당에서 그렇게 과민 반응을 보인 건 그 애들 말이 맞기 때문이야. 결국 내가 위선자이고 믿을 수 없는 사람이란 것을 모두에게 증명해 보인 거지. 유일하게 내 편을 들어준 너까지 웃음거리로 만들어 버리면서 말이야."

레오의 사과는 사과를 넘어선 자기 고백, 자기 고백에서도 자아비판에 가까웠다. 레오는 친구 사이에서 얼마든지 일어날 수 있고 사소한 해프닝으로 넘길 수도 있는 일을 지나치게 자책하고 있는 것 같았다. 근신 처분을 받았을 때처럼 야윈 얼굴에서 지난 일주일 간 레오가 느꼈을 괴로움이 전해져 왔다. 다원은 그런 레오에게 우정과 동시에 묘한 동경심을 느꼈다.

"스스로를 괴롭히는 사람이 가장 정직한 사람이라는 말이 있지? 레오 너처럼 자신을 혹독하게 평가하는 사람도 없을 거야."

레오가 스스로를 비웃듯 냉소를 지으며 말했다.

"법학 교수님과는 전혀 반대되는 말을 하는구나."

"뭐라고 하셨는데?"

"날 보고 자기애에 도취된 환자라고 하던걸. 성적으로 우위에 서지 못하겠으니까 파괴적인 방법으로 우월감을 느끼려고 한다면서."

"완전히 잘못 짚으셨구나. 어쩔 수 없지. 교수님이라고 모든 학생들을 제대로 볼 수 있는 건 아닐 테니까."

레오는 고개를 가로저었다.

"아니, 어쩌면 교수님이 제대로 본 걸지도 몰라. 확실히 난 입학 동기부터 불순했으니까. 몇십 년간 수없이 많은 프라임 보이들을 봐 온 교수들은 단박에 누가 진짜고 가짜인지를 간파할 수 있겠지."

"불순했다니?"

레오는 할 말을 머릿속에서 먼저 고르는 것처럼 잠시 입을 다물더니 갑작스러운 물음을 던졌다.

"다원, 넌 왜 프라임스쿨에 들어오고 싶었어?"

다원은 얼른 대답이 떠오르지 않았다. 이유가 불확실해서가 아니라 굳이 이유를 찾아야 할 필요가 없기 때문이었다. 프라임스쿨에 온 것은 처음부터 끝까지 그냥 자연스럽게 벌어진 일이었다.

"글쎄…… 특별한 동기는 없었던 것 같은데. 그땐 그냥 당연히 가야 하는 학교라고만 생각했지."

다원은 그렇게 대답하며 자신뿐만 아니라 아마도 프라임스쿨 재학생 대부분이 비슷할 것이라고 생각했다. 1지구 남자아이로 태어난 이상 초등학교를 졸업한 뒤 프라임스쿨로 진학하는 것은 설령 몇 배나 많은 인원이 그 과정에서 탈락한다 해도, 새가 때에 따라 제가 있을 곳을 찾아 날아가는 것과 같은 '자연스러운 이동'이었다.

다원은 레오에게로 그 질문을 돌렸다.

"레오 넌 프라임스쿨에 온 특별한 이유가 있는 거야?"

하늘을 올려다보는 레오의 눈동자는 하늘이 그대로 들어앉은 것처럼 파랬다.

"우리 아버지는 나에게 프라임스쿨에 가야 한다는 말을 한 번도 하지 않았어. 1지구 부모치고는 드문 일이지. 나는 그게 아버지가 이런 학교에 반감이 있어서 그런 줄만 알았어. 아버지가 만드는 다큐멘터리도 늘 그런 내용들이었으니까. 그런데 내가 장난삼아 프라임스쿨에 지원하겠다고 했더니, 아버지가 프라임스쿨 입학 사정관이라도 되는 것처럼 단호하게 그러시더라. 프라임스쿨은 너 같은 애가 갈 수 있는 학교가 아니라고. 그 순간 아버지가 틀렸다는 걸 증명하고 싶어졌지."

"그래서 이렇게 증명해 냈고. 아저씨가 널 완전히 다시 봤겠네."

"전혀. 날 다시 보기보다는 프라임스쿨을 다시 보셨지. 나 같은 애를 받아 주는 걸 보니 프라임스쿨도 많이 허술해졌다면서."

"레오 너의 그 가혹한 평가의 눈이 어디서 왔는지 이제 알겠다. 아저씨한테서 그대로 물려받은 거였네."

레오가 쓴웃음을 지으며 고개를 저었다.

"우리 아버지가 그 말을 들으면 질색하실걸. 자식이 부모를 닮는 게 제일 쓸모없는 일이라고 입버릇처럼 말씀하시니까. 뭐, 나도 동의하는 바고."

다원은 마샬 부자의 독특한 관계에 웃음이 나왔다. 레오도 따라 웃었지만 이내 조금 전의 진지한 얼굴로 돌아와 말했다.

"말은 이렇게 하지만 사실 마음속으로는 난 아버지가 세상을 보는 눈을 배우고, 닮고 싶어. 교수님은 내가 아버지 영향으로 왜곡된 시선을 갖게 됐다고 비난하지만, 난 아버지 카메라가 어둠을 밝히는 빛이라고 믿거든. 그게 내가 진짜 하고 싶은 일이기도 하고."

레오는 음지에 비친 작은 양지 조각을 유심히 바라본 뒤 말을 이었다.

"평생을 1지구에서만 사는 사람들은 정반대로 생각하겠지. 아버지가 아무 흠결도 없는 완벽한 빛의 세계에 어둠을 끌어들인다고 말이야. 뭐, 이해 못 하겠는 건 아니야. 1지구의 높은 울타리 안에 있는 한 알코올 중독자들과 마약을 팔고 다니는 아이들이 떠도는 하위 지구 거리는 자기들과는 아무 상관 없는 세계의 일일 테니까. 하지만 법학 교수란 사람이 사과의 썩은 부분이 씨앗의 책임은 아니라고 말하는 것엔 정말 할 말이 없더라. 더는 상대하고 싶지 않게 질렸다고나 할까. 물론 더 논쟁하기 싫어서 회피해 버린 나 자신한테도 똑같이 실망했고."

"네 말대로 교수님은 하위 지구의 실상을 본 적이 없을 테니까 이론적으로 얘기하실 수밖에 없는 거겠지."

"그만한 지위에 있는 사람이 네다섯 시간 거리에서 벌어지는 현실을 모른다는 건 정상참작의 사유가 아니라 가중처벌의 사유 아니야? 개선할 능력이 있으면서도 의도적으로 외면하고 방치해서 더 나빠지도록 조장하는 셈이니까. 물론 우리 역시 그 죄에서 자유롭진 않을 테고. 다윈, 1지구 사람들은 다 죄인이야. 난 우리에게 우리가 가진 땅만큼의 원죄가 있다고 생각해."

레오의 냉소를 듣는 순간 다윈은 9지구 남자에게서 "우린 멸종되고 있는 거지."라는 말을 들었을 때의 기분이 되살아났다. 당시엔 그 기분의 정체를 알 수 없었는데 레오의 음성을 거치자 그것이 막연한 죄책감이었다는 것을 알게 되었다. 또 오라는 남자의 인사에, 이곳에 다시 올 일은 절대 없을 거라고 생각하며 황폐한 9지구 땅을 뒤로하고 기차에 올랐을 때 스쳤던 느낌도 바로 그것이었다. 그러나 다윈은 레오처럼 1지구와 법학 교수, 그리고 다른 많은 1지구 주민들을 죄인으로까지 생각하고 싶지는 않았다. 그것은 아무 악의 없이 자기에게 주어진 일상을 살아 나갈 뿐인 선량한 사람들에게는 지나치게 혹독한 평가였다.

"레오 네가 무슨 말을 하는지는 알겠지만 교수님도, 우리도, 다른 1지구 사람들도 모두 지금까지 살아온 방식으로 자기 삶을 이어 가는 것뿐이야. 특별히 어떤 곳을 방치해서 나쁘게 만들어야겠다는 악의 같은 건 전혀 없이 말이야. 악의는커녕 당연히 다들 세계가 더 평화롭고 좋아지길 바라고 있지 않겠어? 변화는 그런 하루하루의 삶과 희망 속에서 점진적으로 일어나는 거잖아. 세계를 하루아침에 바꿀 수 있는 건 아니니까."

레오가 엷게 웃으며 반박했다.

"'점진적 변화'라는 말은 아무 일도 일어나지 않길 바라는 공무원들이 듣기 좋으라고 지어낸 얘기야. 내가 다윈 너에게 공부로 조언할 주제는 못 되지만 역사책을 봐 봐. 세계를 바꾼 역사적 사건들은 알고 보면 어느 날 갑자기 일어난 거 아니야? 실제로 우리나라에서도 그런 기회가 있었고."

"그런 기회라니?"

"60년 전 12월에 일어난 봉기 말이야. 그때는 세상을 하루아침에 바꿀 뻔했잖아."

"12월의 폭동을 말하는 거야?"

"상위 지구만 빼고 9지구에서 4지구까지 모든 지구가 동참한 민중 혁명을 폭동으로 부르는 거야말로 지나친 왜곡이라는 생각 안 들어?"

"레오 넌 그런 식으로 세상이 바뀌는 걸 원하는 거야? 폭력으로?"

"인류사를 발전시킨 혁명 중에 폭력으로 되지 않은 게 있어? 다들 신사인 척하고 싶은 건 알겠지만 때로는 현실을 인정해야 해. 목적 있는 폭력은 사회를 다음 단계로 이끌어 가는 원동력이란 것을. 바퀴가 아무것도 밟지 않고 전진할 수 있을까?"

다윈은 새삼스레 레오의 성을 떠올렸다. '마샬(Martial)'이라는 성에 어울리는 호전적인 주장이었다. 다윈은 레오가 간과하고 있는 점을 지적했다.

"하지만 바퀴가 지나가고 난 뒤의 세계가 지금보다 더 나을 거라는 보장은 없잖아. 대신 물질적으로나 정신적으로 엄청난 희생이 뒤따른다는 점은 분명한 사실이고. 네가 말한 세계사적 혁명이나 '12월에 일어난 봉기'에서 볼 수 있듯이 말이야."

"그래, 그렇다는 보장은 없지. 하지만 애초에 더 나은 세계가 되느냐 마느냐는 중요하지 않아."

"그럼 뭐가 중요한데?"

"바퀴가 다시 움직일 수 있느냐 없느냐 하는 거. 나쁘게 변한 세계보다 사람들을 더 무기력하게 만드는 건 사슬에 묶여서 꼼짝하지 않는 바퀴니까. 아무것도 변하는 것 없이 모든 게 제자리에만 멈춰 있다면 인간은 도대체 왜, 무엇을 위해 살아야 하지?"

다원은 레오가 갖고 있는 선명한 관점에 진심으로 감탄했다.

"수재들이 모인 프라임스쿨이라지만 여기서 레오 너만큼 이 세상에 진지한 생각을 갖고 있는 사람은 없을 거야. 교수님이 화를 내신 것도 어쩌면 네 의견을 마냥 부정할 수 없기 때문이었는 지도 모르지."

방금 전까지 전사처럼 의견을 펼치던 레오가 쑥스러운 듯 웃으며 말했다.

"그건 네가 여기서 유일하게 내 이야기를 들어 주는 사람이라서 그런 거지. 프라임스쿨의 어떤 토론 시간보다도 지금 다원 너랑 나눈 대화가 흥미로웠어. 평소엔 다들 대단한 지성인인 척 굴지만 1지구와 프라임스쿨을 비판하는 순간 바로 돌덩이로 변해 버리잖아."

말을 마친 레오는 잠시 뒤 머뭇거리는 기색으로 손목시계를 앞으로 들어 보이더니 고백처럼 덧붙였다.

"하지만 사실은 나도 그 돌덩이들 중 하나야. 안 그런 척하면서 사실은 이 시계를 꽤 자랑스럽게 여길 때가 있거든. 여기에 있는 게 참을 수 없다며 후드를 입고 학교를 빠져나간 밤에도 이 시계는 벗지 않았지. 내가 왜 위선자인지 알겠지?"

다윈은 웃으며 역시 똑같은 손목시계를 들어 보였다. 프라임 스쿨 입학식 때 신입생들에게 나눠 주는 시계로 측면에 학생 한 명 한 명의 이름이 새겨져 있었다.

"레오 네가 애교심을 가지고 있다는 걸 알게 되니까 난 오히려 더 좋은데. 다른 사람들도 네 진면목을 알게 되면 오해를 풀고 네 이야기를 들을 거야."

레오는 어깨동무를 하며 말했다.

"다른 사람들은 됐어. 친구는 한 명이 모두인 거니까."

불청객

        9월의 둘째 주 일요일 오전, 방에서 외출 준비를 하던 니스는 희미한 초인종 소리를 들었다. 일요일 이 시간에 집을 방문할 사람이 누가 있을까 잠시 의아했지만, 크게 신경 쓰지 않았다. 마리가 금방 응대한 것으로 보건대 아마도 세탁이나 청소, 정원 관리 등 집안일에 필요한 사람을 부른 모양이었다.

    니스는 넥타이를 매면서 마리에게 앞으로는 가급적 일요일에는 인부를 부르지 말라고 해야겠다고 생각했다. 어떤 가정이든 일요일만큼은 가족끼리 시간을 보내는 날이어야 했다. 누군가의 어머니이고 아버지인 사람들에게 일요일에 일을 시키고 그 노동에 값을 매기는 것은 아무리 정당한 임금을 지불한다 해도 어쩐지 죄책감이 느껴지는 일이었다.

    물론 알고 있었다. 4, 5, 6지구에서 1지구로 일하러 오는 사람들 처지에선 어쭙잖은 배려를 한답시고 호출을 취소하는 것보다 일요일이든 언제든 불러 주는 것이 훨씬 더 큰 호의라는 것을. 돈벌이 때문만은 아니었다. 아니, 어쩌면 돈은 아예 안중에 없는 일일지도 모른다. 1지구에서의 일이라면 무임금일지라도 기쁘게 자원할 사람들이 얼마든지 있을 것이다.

중위 지구 사람들에게 1지구 일자리가 갖는 의미는 단순히 돈을 버는 것을 넘어서 가장 공신력 있는 신용 증명서를 발급받는 것과 같았다. 청소 같은 단순직일지라도 1지구 경력이 기재된 증명서는 은행에서 대출을 받거나 비자를 받을 때, 혹은 자식을 학교에 입학시킬 때 여러 모로 유용하게 사용할 수 있었다. 때로는 한 가정의 생활환경이 아예 바뀌기도 했다. 원래 5지구 출신이었던 마리도 1지구에서 오랫동안 가사 도우미를 한 경력이 인정돼 지난해 온 가족이 4지구로 전입했다. 마리는 기뻐하며 "다 차관님 덕분이에요."라고 인사했다.

그리고 보니 지난봄에도 그런 비슷한 일로 정원사에게 감사 인사를 받은 기억이 떠올랐다. 어느 토요일, 일을 마치고 집에 돌아왔는데 가지치기를 하고 있던 정원사가 뛰어내리다시피 사다리에서 내려오더니 다짜고짜 "감사합니다."라고 인사했다. 이야기인즉슨 "차관님 덕분에 딸아이가 4지구 명문 고등학교에 입학하게 됐습니다."라는 것이었다. 니스는 그의 딸을 본 적도, 그에게 딸이 있다는 것도 몰랐다. 자기가 한 일이란 그저 실력 좋고 성실한 정원사와 한 달에 두세 번 집으로 와 나무를 잘 다듬어 달라는 고용 계약을 맺은 것뿐이었다. 니스는 자신이 하지도 않은 일에 감사 인사를 받는 게 꺼림칙했지만 곧 "잘됐네요. 축하

합니다." 하고 악수를 청했다. 특별히 도움을 준 것은 없지만 교육계에 몸담고 있는 공무원으로서 학생이 이룬 성취는 격려해 주고 싶었다. 정원사는 손이 더러워서 안 된다며 거듭 악수를 사양했다. 니스는 나무를 만지는 손이 왜 더럽겠냐며 먼저 정원사의 손을 잡았다. 그러고는 연배가 비슷한 이에게서 과도한 인사를 받는 게 거북해 그가 해 놓은 작업으로 대화를 돌렸다.

"멋지네요. 인위적인 데 없이 자연스럽고. 원래부터 가지가 저렇게 곧게 자란 것 같은데요."

"다윈 도련님 창문에서 보면 더 멋질 겁니다. 도련님이 보실 때 더 좋도록 일부러 신경을 썼어요."

정원사가 무안해할까 봐 그 자리에서는 아무 내색도 안 했지만 니스는 집으로 들어와서 혼자 웃음을 터뜨렸다. 도련님이라니, 언제 적 어휘를. 그러나 정원사의 순진한 태도를 재미있어하던 니스는 한 발짝 한 발짝 걸음을 옮기면서 차츰 웃음을 잃었고, 방에 들어와 거울 앞에 섰을 때는 완전히 굳은 얼굴이 되었다. 어린 시절 목소리가 귓가를 스치고 지나갔다.

'너희들은 아무 괴로움도 없는 1지구 도련님들이라서 좋겠어.'

열여섯 살 때 자신 역시 제이와 버즈를 보며 속으로 그렇게 혼잣말을 하곤 했다. 친구들을 '도련님'이라고 느꼈던 그때 그 마음을 웃음거리로 삼을 수 있을까.

창 너머로 가지치기를 하는 정원사가 보였다. 토요일까지 지겨운 서류들을 처리하고 와서인지 햇빛 속에서 나무를 돌보는 그의 일이 무척 진실하게 느껴졌다.

넥타이를 매던 손이 엇갈리는 바람에 니스는 정신을 차렸다.

잠깐 사이에 시간이 꽤 지나 있었다. 별것도 아닌 초인종 소리 하나가 지나치게 깊은 상념을 불러들였다. 니스는 얼른 넥타이를 마저 매고 재킷을 걸친 뒤 밖으로 나왔다. 그러고는 마리에게 누가 집에 왔는지 물어보려고 거실을 가로질러 걸어갔다. 그런데 거실 풍경과 맞닥뜨린 순간 자기도 모르게 걸음이 우뚝 멈추어졌다.

한 여자아이가 소파에 앉아 태연히 주스를 마시고 있었다.

니스는 자신이 바라보고 있는 장면의 진위를 의심했다. 이해가 안 되는 상황에 공상에 빠진 어린아이나 할 법한 의심마저 들었다. 공간을 담당하는 우주 체계에 교란이 생겨 방문을 열고 나온 순간 잘못된 세계로 이끌려 나온 건가? 그래, 어렸을 땐 진짜로 그런 일이 가능할 거라고 믿었지. 그럼 이대로 뒷걸음질을 처방으로 돌아가 다시 문을 열고 나오면 잘못된 세계가 바로잡혀 있게 되는 걸까? 니스는 그 가능성을 실험해 보겠다는 듯 실제로 한 걸음 뒤로 물러났다.

그런데 그때, 그 '잘못된 세계'가 시선을 돌리더니 자기를 보고 자리에서 일어나 쾌활하게 인사했다.

"안녕하셨어요, 아저씨? 오랜만이에요. 아, 1년에 한 번 만나던 그동안에 비하면 오랜만이 아닌가. 어쨌든 잘 지내셨죠?"

니스는 살아 움직이며 자신에게 다가오는 그 존재를 '실재'로 인정하지 않을 수 없었다. 그러나 어떻게 이런 상황이 가능할 수 있는 것인지는 여전히 이해가 되지 않았다.

니스는 의문을 채 지우지 못한 상태로 인사에 화답했다.

"그래, 너도 잘 지냈니? 그런데 우리 집엔 어쩐 일이니……

루미야?"

"다원이 말 안 하던가요?"

니스는 자기도 모르게 미간을 찌푸렸다가 얼른 미소를 지었다. 짧은 찰나라 다행히 루미는 눈치채지 못한 것 같았다.

"글쎄, 난 아무 말도 들은 게 없는데……."

"오늘 할아버지 집에 가는 날이죠? 다원이 저도 같이 가자고 해서 왔어요. 전 다원이 아저씨께 당연히 말씀드렸을 줄 알았는데 모르고 계셨나 봐요?"

그때 2층에서 요란한 소리가 들리더니 벤이 달려 내려왔다. 뒤이어 방을 나온 다원이 루미를 발견하고는 "언제 온 거야?"라고 물으며 벤보다 더 허둥지둥 계단을 뛰어 내려왔다.

"지금 마중 나가려던 참이었는데. 혹시 내가 시간을 잘못 알려 줬나? 열 시 반까지 정류장 앞에서 만나자고 한 것 같은데."

"맞아, 열 시 반. 그냥 집에서 일찍 나왔는데 다른 데서 시간을 때우느니 여기 오는 게 나을 것 같아서 먼저 와 있었어."

"그럼 날 부르지. 난 네가 온 줄도 모르고……."

"아주머니가 불러 준다고 하셨는데 내가 그냥 기다리겠다고 했어. 시간을 안 지킨 건 나니까. 내가 실례를 했나?"

"실례는. 내가 일찍 준비하고 마중을 갔어야 했는데, 미안. 입으려던 셔츠가 안 보여서."

다원은 그러면서 마리에게 "혹시 가슴에 잎사귀 무늬가 있는 하얀 셔츠 못 보셨어요?"라고 물었다.

부엌에서 나온 마리가 벤을 가리키며 대답했다.

"그 옷은 벤이 마당으로 물고 나가 엉망으로 만들어 놓았잖

아. 못 입게 돼서 버렸다고 지난번에 얘기한 것 같은데."

"맞다, 그랬죠."

다원은 그제야 기억났는지 고개를 끄덕이고는 벤에게 말했다.

"또 너였구나, 벤. 이젠 옷이 없어졌다 하면 제일 먼저 너부터 의심해 봐야겠다."

루미가 벤을 쓰다듬으며 말했다.

"처음이 아닌가 보구나. 생긴 건 우직하게 생겼는데 엄청 말 썽쟁이인가 보지?"

"상습범이야. 얼마 전엔 아버지 서재까지 들어가서 후드를 숨겨 놓았다니까. 그러고는 모르는 일인 척 자기가 또 찾아내고. 맞지, 벤?"

"후드?"

그때 마리가 "차관님, 괜찮으세요?"라고 물어 왔다. 다원과 루미의 대화를 가만히 듣고 있던 니스는 놀라서 "어?" 하며 마리를 돌아보았다. 마리가 걱정스러운 표정으로 얼굴을 올려다보고 있었다.

"얼굴이 하얗게 질리셨는데 어디 아프세요? 계속 미간도 찌푸리시고."

니스는 손으로 얼굴을 한 번 쓸어내렸다. 내색하지 않으려고 노력했는데 모르는 사이에 또 얼굴이 일그러진 모양이었다. 다원과 루미가 놀란 듯 이야기를 중단하고 이쪽을 바라보았다.

니스는 머리를 가볍게 가로저으며 말했다.

"아…… 아무것도 아니야. 잠깐 두통이 왔는데 이젠 괜찮아졌어."

다원이 가까이 다가와 물었다.

"정말 괜찮으세요? 운전을 오래 하셔야 하잖아요."

니스는 다원의 어깨 너머로 루미의 얼굴을 보았다. 다른 곳도 아닌 자기 집에서 자신의 아들 바로 뒤로 저 얼굴이 서 있는 구도가 무척 비현실적으로 느껴졌다. 마치 과거의 시간이 등에 닿을 듯 바짝 다가와 현재의 시간을 위협하고 있는 것 같았다. 니스는 다원의 어깨를 방패 삼아 루미를 계속 응시했다. 저 얼굴, 루미의 저 눈빛 때문일까……. 속이 거북해진 니스는 그만 루미에게서 시선을 거두었다. 계속 이런 생각을 되풀이했다가는 언제 또 얼굴이 창백해질지 몰랐다.

니스는 미소를 지으며 다원에게 말했다.

"정말 아무것도 아니니 걱정할 것 없단다. 그보다 차 키가 안 보여 서재에서 찾아보려던 참이었는데, 다원 네가 같이 좀 찾아 봐 줄래?"

니스는 먼저 서재로 걸어갔다. 다원이 루미에게 "잠깐만 기다려." 하고는 뒤따라오는 소리가 들렸다.

방에 들어온 다원은 곧장 책상과 책장 이곳저곳을 살펴보며 물었다.

"마지막으로 차 키를 보신 게 언제예요?"

순진하게도 다원은 정말로 차 키를 찾는다고 생각하고 있었다.

니스는 다원이 열어 놓은 방문을 닫으며 물었다.

"루미가 우리 집엔 무슨 일이니? 말로는 할아버지 집에 같이 가기로 했다는데, 정말이니?"

다원은 만년필을 꽂아 놓은 크리스털 통 속을 살피며 대수롭지 않은 듯 대답했다.

"네, 제가 초대했어요."

"왜?"

다원이 약간 뜻밖이라는 표정으로 고개를 들었다. 니스는 자신의 목소리가 지나치게 무거웠다는 것을 깨달았다. 추궁하는 것으로 들렸을지도 몰랐다.

니스는 지나가는 말처럼 부드럽게 다시 물었다.

"갑자기 왜 집에 초대할 생각을 했는지가 궁금해서 말이야. 서로 잘 아는 사이도 아닐 텐데. 이야기를 나눠 본 적도 거의 없잖니?"

다원이 웃으며 말했다.

"잘 아는 사이가 아니라고 하시니까 이상해요. 루미랑 전 태어나서부터 쭉 서로 봐 왔잖아요. 물론 아버지 말처럼 그동안은 얘기를 나눠 본 적이 없지만. 그런데 지난번 추도식 때 이야기를 하다 보니 금방 친해져서 친구로 지내기로 했어요. 아마도 그동안 유대감 같은 게 쌓였나 봐요."

유대감이라……. 니스는 잘 알 수가 없었다. 다원을 추도식으로 이끈 게 자신이긴 하지만, 촛농이 녹아내리는 우울한 분위기 속에 아이를 혼자 있게 하고 싶지는 않아 늘 다원을 곁에 두곤 했다. 해리 아저씨의 오래된 저택, 제이의 방이 그대로 보존된 그 집은 마음 놓고 아이를 돌아다니게 두기엔 좋은 곳이 아니었다. 너무 아들을 챙기다 보니 주위 사람들로부터 다원이 아니라 '달링'으로 이름을 바꿔야겠다는 농담을 들은 적도 있었다. 그 정도로 곁에서 떨어뜨려 본 적이 없는데, 언제 둘이서 이야기를 나눌 시간이 있었던 걸까.

니스는 가만히 지난번 추도식을 떠올렸다. 그러고 보니 그날 버즈와 얘기하느라 꽤 오랜 시간 다윈을 따로 있게 했던 것이 생각났다. 그럼 혹시 그때? 니스는 쓴웃음을 지었다. 버즈 녀석, 25년 만에 뜬금없이 나타나더니 결국 이런 식으로 피해를 주는군.

침묵이 지나치게 길었는지 다윈이 "초대하면 안 되는 거였어요?"라고 물었다. 신뢰의 땅에 뿌리내린 아들의 갈색 눈동자가 미미하게 흔들리고 있었다. 니스는 다윈을 불안하게 하고 싶지 않았다. 자식의 마음에 미심쩍은 조각을 흘리고 그 조각에 자기 얼굴을 비쳐 보게 만드는 것은 부모가 자식에게 저지르는 죄 가운데서도 가장 나쁜 죄였다.

니스는 금방 웃음을 지으며 말했다.

"그럴 리가. 초대하면 안 되는 게 어디 있어. 그냥 갑자기 집에서 루미와 마주쳐 조금 놀라서 묻는 거란다. 그런데 다윈, 그럴 계획이었으면 어제 얘기해 주지 그랬니? 미리 알고 있었더라면 놀랄 일도 없었을 텐데."

다윈은 아직 어린아이 같은 구석이 남아 있는 얼굴로 환하게 웃으며 말했다.

"아버지를 놀래 주려고 일부러 비밀로 했죠. 원래 계획은 제가 직접 루미를 데리고 와서 깜짝 놀라게 해 드리는 거였는데, 루미가 일찍 오는 바람에 실패했어요."

니스는 그늘 한 점 없이 환하게 웃는 아들의 뺨을 가볍게 두드렸다.

"실패는 무슨. 완벽한 성공이야."

안심한 다원은 다시 차 키 찾는 일로 돌아가서 "아무래도 서재가 아니라 다른 곳에 두신 것 같아요."라고 말하며 진지하게 걱정했다. 궁금한 점을 확인했으니 더는 다원을 쓸데없는 일에 잡아 둘 필요가 없었다.

니스는 다원이 책상 밑을 살피는 틈을 타 재킷 주머니에서 차 키를 꺼내며 말했다.

"아, 여기 있구나. 주머니에 넣어 놓고 깜박 잊었네."

"정말요?"

"그래, 괜히 헛수고하게 해서 미안하구나."

다원은 마술 쇼라도 본 아이처럼 웃더니 "그럼 이제 출발해요."라며 밖으로 뛰어나갔다. 니스는 잠시 책상에 기대앉았다. 다원이 루미에게 "많이 기다렸지?" 하는 소리가 들렸다. 루미가 "차 키는 찾았어?"라고 묻는 소리도 들렸다. 다원이 "그게 말이야, 알고 봤더니 아버지 주머니에 있었던 거 있지."라고 말하며 웃었다.

멀리서 들리는 아들의 순수한 목소리에 니스는 문득 슬퍼졌다. 아들을 속인 자기 자신 때문인지, 자신이 속았다는 것을 전혀 모르고 웃는 아들 때문인지는 알 수 없었다.

잠시 뒤, 다원이 방 쪽을 향해 "아버지!" 하고 외쳤다. "그래, 나가마!"라고 대답하며 책상에서 일어선 니스는 방을 나가기 전, 잠깐 크리스털 통에 얼굴을 비춰 보았다. 다원을 불안하게 하지 않으려면 여유롭게 웃어야 했다. 어려울 것 없었다. 몇십 년간 사람들 앞에서 늘 해 온 일이니.

반가운 손님

러너는 지하실로 내려갔다. 둘째 주 일요일을 또 쓸쓸하게 보내느니 혼자 낚시라도 다녀오는 게 나을 성싶었다. 다른 사람들에게도, 자기 자신에게도 더는 초라한 모습을 보이고 싶지 않았다.

오늘 아침 식사 자리에서 애나가 눈치를 살피듯 "오늘 점심은 간소하게 준비할까요?"라고 물어 왔다. '이번 달에도 차관님이 안 오시는 거예요?'라고 묻고 싶은 것을 그렇게 에둘러 표현한 것이었다. 애나도 지난번에 니스가 다신 오지 않을 것처럼 문을 박차고 나가는 모습을 보았을 테니 대강의 분위기는 짐작하고 있을 것이다.

러너가 에둘러 "점심은 낚시 다녀와서 생각하지."라고 대답했다. 눈치 빠른 애나는 무슨 뜻인지 바로 알아듣고 "오랜만에 직접 잡은 생선을 먹을 수 있겠네요." 하고 대응했다.

그러나 모든 사람들이 애나만큼 눈치 있게 상대방을 배려하는 것은 아니었다. 지난달처럼 당일 아침에 취소를 하면 이런저런 말들이 많을 것 같아 이번엔 미리 몇 주 앞서 친구들에게 이번 달 바비큐 파티는 '생략'이라고 알렸다. 최대한 별일 아닌 듯 보이려고 고심해 고른 단어였다. 그러자 평소에는 잘도 깜박하는 친구들이 이럴 때만 기억의 등불을 환하게 밝히며 "또? 지난달에도 취소했잖아. 아들네 집에 무슨 일이 생긴 거야?"라고 앞다투어 물어 왔다. 러너는 "문교부 차관이란 자리가 워낙 중책이니 바쁜 게 당연하지." 하며 자신과 아들의 위신을 떨어뜨리지 않을 핑계를 댔다.

그러고는 괜한 말을 듣기 싫어 바깥 외출도 삼간 채 집에만 머물러 있었다. 애나가 설득해 실버힐 정기 주민 회의에는 겨우 참석했지만, 안건으로 올라온 '주민이 참여하는 마을 경관 꾸미기'에 관한 이야기는 듣는 둥 마는 둥 하고 돌아와 버렸다. 태평스레 우체통에 장식할 조각품 따위에나 신경 쓸 마음의 여유가 없었다.

지난달 니스가 이해할 수 없는 폭언을 퍼부으며 다신 이 집에 다원을 보내지 않겠다고 했을 때만 해도 그것이 그저 아들이 제화에 못 이겨 쏟아 낸 말인 줄만 알았다. 속에 쌓인 게 있더라도 둘째 주 일요일이 되면 그 화를 누르고 늘 그랬듯 다원과 함께 집에 올 것이라 믿었다. 그러다 방문 하루 전 저녁, 다원에게서 집에 올 수 없다는 전화를 받고 나서야 아들의 위협이 빈말이 아니었다는 것을 실감했다. 다원은 친구와의 약속 때문이라고 했지만 어느 모로 보나 거짓말이었다. 물론 다원에게 화낼 일은 아니었다. 다원은 너무 착한 아이라 차마 아버지가 할아버지 집에 가지 말자고 했다는 말을 그대로 전할 수는 없었을 테니.

　그런데 다원이 제 아버지가 그런 말을 한 이유를 궁금해하지도 않고 곤란해하는 기색도 없었던 걸 보면 니스가 다원에게는 그럴듯한 이유로 잘도 둘러댄 모양이었다. 가끔은 할아버지 없이 두 부자끼리만 시간을 보내는 것도 좋지 않겠느냐는 식으로. 그렇다는 건 다원은 그날 일을 전혀 모르고 있다는 뜻이었다. 아이에게 어른들 다툼을 알리고 싶지 않아 다원에겐 아무 내색 않고 그냥 알겠다 하고 말았지만 전화를 끊고 나서는 몸이 떨리는 분노가 일었다. 손자와 할아버지의 만남을 막겠다는 것은 의절하겠다는 뜻이나 마찬가지였다. 나무를 두 동강이로 절단하고 뿌리를 뽑아 버리겠다는 것과 다를 바가 없었다. 러너는 자신이 이루어 온 것을 한순간에 잃어버린 기분이었다. 기분만이 아니라 실제로 그렇기도 했다. 아들과 손자를 볼 수 없다면 남은 인생 동안 무엇을 바라보며 살아야 할까. 나무의 뿌리가 자기가 틔운 무성한 잎과 과실을 즐기지 못한다면 사는 게 무슨 의미와 기쁨이 있을까.

　한밤중에 잠이 깬 러너는 화가 머리끝까지 치밀어 올라 당장 아들 집에 쳐들어가야겠다고 생각했다. 도대체 자신이 무슨 큰 잘못을 저질러서 아들에게 이런 대접을 받아야 하는지 알 수가 없었다. 러너는 서둘러 침대에서 내려와 외출복으로 갈아입었다. 자신도 예고 없이 들이닥쳐 호두나무 거리가 떠나가라 고함을 쳐 대며 아들이 한 패륜적인 짓을 그대로 되갚아 줄 요량이었다.

러너는 신발을 신는 둥 마는 둥 정신없이 현관을 나섰다. 그런데 문을 열고 나온 순간 갑자기 다리가 멈추었다. 어둠 속에서 빛나고 있는 별빛 가운데로 아들의 얼굴이 떠올랐다. 그 얼굴이 두 발을 꼼짝 못 하게 붙들어 놓았다.

그날, 왜인지는 모르지만 아들은 자신보다 더 고통스러워 보였다. 상처 주는 말을 쏟아 내는 것은 자기이면서 도리어 제가 상처받은 얼굴을 하고 있었다. 꼭 울음을 터뜨리며 허공으로 주먹을 휘두르는 아이 같았다. 어린아이……

러너는 그대로 힘없이 테라스 벤치에 주저앉았다. 과거에서 온 오래된 별빛이 지난 시간들을 되돌아보게 했다. 자신을 향한 아들의 괴로움과 미움은 지금이 아닌 어린 시절에 기인한 것이었다.

니스가 열대여섯 살쯤일 때였던가. 사업과 관련해 소송을 당하면서 크게 곤란을 겪은 적이 있었다. 사업을 해외로 확장하는 과정에서 무리가 생겨 여러 군데에서 한꺼번에 소송이 들어온 것이다. 신뢰와 정직을 최우선의 가치로 삼는 1지구에서 '사기'가 죄목인 소송에 휘말리는 것은 큰 수치였다. 본인뿐만 아니라 가족과 가문 전체가 타격을 입게 될 수도 있었다. 다행히 재판부가 중재를 잘해 줘 사업을 정리하는 것으로 합의를 봤지만, 법원을 들락날락거리는 근 1년 동안 가족에게 큰 고통을 주었다.

생각해 보니 아무래도 그 사건 이후로 아들의 신뢰를 잃은 것 같았다. 장난꾸러기였던 니스가 갑자기 학업에 전념하고 공직에 몸을 바쳐 칼같이 정직한 사람이 된 것도 어쩌면 그때 겪은 일들에 대한 반발인지도 몰랐다. 제 아버지가 걸은 길과 완전히 반대의 길로 가는 것을 보여 줌으로써 제 나름의 복수를 하는 것이었다. 그렇다면 러너는 절대 아들을 비난할 수 없었다. 아들은 제가 선택한 그 길을 걸어 누구보다도 훌륭한 어른이 되었으니.

컴컴한 물속 같았던 아들의 마음을 들여다볼 한 줄기 빛을 본 러너는 회한의 한숨을 내쉬었다. 니스가 직접적으로 말한 적은 없지만 어쩌면 엄격한 1지구 공직 사회에서 자신의 과거가 아들의 발목을 잡는 걸림돌이 되고 있는지도 몰랐다. 대통령이 되는 데에 니스의 진짜 약점은 비프라임 출신이 아니라 아버지, 즉 자기 자신이었던 것이다. 그래서 그날 근무 시간 중에 느닷없이 찾아와서 "아버지가 만든 진창에 다윈까지……." 하며 횡설수설 댔던 걸까? 그렇다면 혹시 내 그 이력 때문에 다윈이 프라임스쿨을 다니는 데에도 문제가 생긴 걸까?

러너는 일어나 정원을 거닐었다. 이해되지 않았던 일이 하나씩 맞춰지자 그간 마음에 쌓였던 분노가 녹아내렸다. 아들 앞에서 결코 부끄러운 인생은 살지 않았고, 사업 역시 가족의 미래를 위해 잘해 보려다 틀어진 것이지만, 어쨌든 아버지가 돼 사회적으로 지탄받을 만한 일을 만든 것은 큰 잘못이었다.

러너는 걸음을 멈추고 정원의 나무를 어루만졌다. 곧고 튼튼한 기둥이 외로운 밤에 의지가 되었다. 할 수만 있다면 자신도 아들과 손자에게 이런 존재가 되고 싶었다. 그 마음을 듣기라도 한듯 나무는 자신의 존재 방식으로 가르침을 주었다. 그러려면 아들이 자신에게 가진 원망을 묵묵히 감수해야 한다고. 자신의 대척점에 서려는 아들의 행동을 너그럽게 받아들여야 한다고. 억지로 다가가기보다는 지금 자리에서 흔들림 없이 기다려야 한다고. 그러면 아들은 분명 나무가 주는 그늘 밑으로 돌아올 것이라고. 언제 올지 모를 새를 홀로 서서 기다리는 게 외롭긴 하겠지만…….

지하실로 내려온 러너는 불을 켰다. 두 달간 빛을 못 본 바비큐 그릴이 가장 먼저 눈에 들어왔지만, 애써 무시하고 한쪽 벽에 세워 둔 낚싯대 쪽으로 걸어갔다. 더 이상 가망 없는 일에 연연해하고 싶지 않았다. 올 시간이 지났는데도 아무 소식이 없는 걸 보면 니스와 다원은 이번 달에도 오지 않을 게 분명했다. 이번엔 니스가 또 어떤 말로 다원을 설득했을까. 연달아 두 번이나 할아버지 집에 가지 않는 것을 납득시키려면 꽤 그럴듯한 이유여야 할텐데. 낚싯대를 잡으려 손을 뻗던 러너는 그 생각에 빠져 그만 옆에 있는 꾸러미들을 넘어뜨리고 말았다. 그제야 정돈 안 된 짐들이 가득 쌓인 지하실 전경이 눈에 들어왔다. 물건을 잘 버리지 못하는 성격 탓에 이사를 다니면서도 쓸모없는 짐들을 매번 다 끌어안고 살아왔다. 아마 찾아보면 오륙십 년 된 물건도 발견할 수 있을 것이다. 러너는 언젠가 기회를 봐서 오래된 짐들을 정리해야겠다고 생각하며 낚싯대를 잡았다.

그때였다. 지하실 계단에 대고 급하게 외치는 애나의 목소리가 들렸다.

"어르신, 차관님이 오셨어요. 다원이 친구도 데려왔고요."

러너는 아끼는 낚싯대를 내팽개치다시피 하고 서둘러 계단을 올라갔다.

"할아버지, 잘 지내셨어요? 지난번엔 못 와서 죄송했어요."

평소와 다름없는 밝은 얼굴로 들어오는 다윈을 러너는 품속 깊숙이 끌어안았다. 이제야 몸속에 피가 도는 것 같았다.

다윈은 곧 옆에 있는 여자아이를 소개해 주었다.

"루미 헌터라고 해요. 제이 아저씨 동생이신 조이 아저씨 딸이고요."

러너는 루미를 물끄러미 바라보았다. 다윈이 집에 처음 데려온 여자아이라 머릿속에 온갖 질문과 호기심이 일었지만, 다윈을 생각해 점잖은 할아버지 노릇을 해야 했다.

루미가 "안녕하세요."라고 인사하며 악수를 청했다. 수줍어하는 보통의 여자아이들과 달리 당당하고 자신감 있는 루미의 첫인상이 마음에 들었다. 불을 켜 놓은 것처럼 선명하게 빛나는 눈동자가 특히 시선을 끌었다. 일요일에 학교 교복을 입고 온 것이 독특하긴 했지만 제 딴엔 격식을 차리려고 그런 것일 터였다.

"그래, 반갑구나. 이렇게나 예쁜데 프리메라 학생이기까지 하다니. 헌터 가문의 보석이겠구나."

러너는 다윈과 루미를 어서 소파에 앉게 했다. 그러고는 한 걸음 떨어져 뒤에 서 있는 아들에게로 시선을 돌렸다. 눈이 마주치자 니스는 슬쩍 시선을 피하더니 가장 먼 쪽 소파에 가서 앉았다. 멋쩍어하는 얼굴이 영락없이 제 잘못을 알면서도 자존심 때문에 잘못했다는 말을 하지 않는 어린아이였다. 러너는 마음 한구석에 응어리져 있던 분노와 서운함이 흐르는 물이 되어 단숨에 멀어지는 것을 느꼈다.

"할아버지, 루미가 선물을 가져왔어요."

"와 준 것도 고마운데 무슨 선물을……."

러너는 진심으로 감격해하며 루미가 건네는 선물을 받았다. 아직 어린아이인데 첫 방문이라고 선물까지 신경 써 가져오다니, 헌터 가문의 아이답게 가정교육을 잘 받은 모양이었다. 포장지를 뜯어 보니 사진 액자였다.

루미가 설명했다.

"저희 할아버지가 종군기자로 활동하셨을 때 찍으신 사진이래요. 할아버지는 자연 사진은 별로 찍지 않으셨는데, 그래도 가끔 이런 걸 찍고 싶을 때가 있으셨나 봐요. 제가 아끼는 사진들 중 하나인데 마음에 드셨으면 좋겠어요."

러너는 척박한 돌산 기슭에 한 무리의 산양 떼가 모여 있는 사진을 유심히 감상했다. 풀 한 포기 보이지 않는 데다 희미하게 눈발까지 흩날리는 광경이 그들에게 닥친 운명이 녹록지 않음을 짐작케 했다.

러너는 왠지 가슴이 뭉클해져서 말했다.

"개인적으로 한 번도 뵌 적은 없지만 난 헌터 씨가 왜 이 풍경을 찍고 싶었는지 알 것 같구나."

루미가 반짝이는 눈을 더 빛내며 물었다.

"정말요? 왜인데요?"

러너는 사진에서 받은 인상을 솔직하게 이야기했다.

"내 눈엔 이 산양 무리가 한 가족으로 보이는구나. 앞에 선 이 큰 양이 남편이고, 그 옆이 부인, 뒤쪽의 작은 양들은 아마도 이들의 새끼겠지. 전쟁이 일어나고 있는 낯선 땅에서 이 선한 무리를 본 순간 헌터 씨도 자기 가족이 생각났을 거야. 집에 두고 온 가족과 가파른 돌산을 올라가는 양들이 동질적으로 느껴졌겠지. 자신이 늘 곁에 있어 주지 못하는 데 대한 죄책감도 들었을 테고. 사랑하는 가족을 향한 헌터 씨의 그리움과 걱정이 절절히 느껴지는구나. 아마 헌터 씨의 그 애달픈 마음이 전해져서 루미 너도 이 사진이 마음에 드는 거겠지."

루미가 "우아!" 하고 감탄하며 말했다.

"할아버지 설명을 듣고 나니까 정말 그렇게 보여요. 사진 평론을 하셔도 될 것 같은데요."

듣기 좋으라고 하는 말이란 것을 알면서도 러너는 기분이 유쾌했다. 아부로 변질되기 쉬운 어른의 기름진 말과 달리 아이들의 칭찬은 호수를 바다라 과장한다 해도 귀엽기만 했다. 자고로 아이들이란 새와 같아서 그 작은 입에서 나오는 모든 말이 노래가 되기 마련이었다.

좋은 선물과 좋은 대화가 주는 즐거움을 만끽하던 러너는 이 유쾌한 분위기에서 혼자 동떨어져 있는 아들이 신경 쓰여 힐끗 눈길을 주었다. 아들로서 제 아비가 펴낸 감상에 한마디라도 대꾸해 주면 좋으련만, 니스는 이 자리에 없는 사람인 양 아무 말도 없었다.

러너는 아들의 관심을 끌었으면 하는 마음으로 말했다.

"그런데 문화 훈장까지 받으신 예술가의 사진을 이렇게 덥석 받아도 되는지 모르겠구나. 루미 네 말대로 헌터 씨께서 평소에 잘 찍지 않는 성격의 사진이라면 더 가치가 있을 테니 말이야. 니스 네가 보기엔 어떠냐? 문화부 차관이니 어느 정도 예술에 대한 식견은 있을 거 아니냐. 헌터 씨가 훈장을 받은 게 니스 네가 책임자가 된 뒤의 일이니, 헌터 씨 작품이 세간에서 받는 평가를 누구보다 잘 알기도 할 테고."

예상대로 니스가 창밖에 뒀던 시선을 이쪽으로 돌렸다. 그런데 그냥 고개만 돌린 게 아니라 제 아비의 심장을 뚫을 것 같은 날카로운 눈동자를 하고서였다. 러너는 어쩌다 보니 의도한 것보다 니스를 더 자극했는지도 모르겠다고 생각했다. 그저 아들의 반응을 이끌어 내고 싶어 한 말이었는데, 저 엇나가는 녀석의 귀에는 또 비꼬는 말로 들렸는지도 몰랐다.

니스가 그 날카로운 눈빛으로 이야기하듯 말했다.

"맞아요, 헌터 아저씨는 종군 사진작가로 일생을 바친 위대한 예술가예요. 그 사진도 아저씨의 삶에 무지한 일반 가정에 걸어 두기에는 너무 아까울지도 모르죠."

아들의 날선 대답을 들은 러너는 이 좋은 날에 스스로 무덤을 팠구나 싶었다. 아들은 지금 예술과 사회를 위해 헌신한 해리 헌터의 삶과 돈만 좇아 온 제 아비의 삶을 보란 듯이 비교하고 있는 것이었다. 예전부터 한 번씩 의심해 왔던 일이긴 했다. 니스는 어쩌면 '위대한 해리 헌터'가 자기 아버지였으면 하고 바라고 있는지도 모른다고.

러너는 아들의 도전적인 시선을 피해 다시 사진을 내려다보았다. 척박한 땅에서 가족들을 이끌어 가는 아비 산양……. 비록 위대해지진 못했지만 가족을 사랑하고 염려하는 마음만큼은 이 산양에게도, 해리 헌터에게도 결코 뒤지지 않을 자신이 있었다. 그걸 저 무심한 아들이 알기나 할까.

그때 루미의 목소리가 들렸다.

"그럼 제가 선물을 잘 가지고 온 것 같은데요? 아저씨와 할아버지만큼 이 작품의 의미를 알아주시는 분은 없으니까요. 현대미술관보다도 이 집이 저희 할아버지 사진을 놓아두기에 더 훌륭한 곳이에요."

루미의 이야기를 듣자 러너는 울적했던 마음에 금세 생기가 돌았다. 첫눈에도 알아봤지만 역시 영특한 아이였다. 러너는 "그래, 이 집이야말로 가장 좋은 전시관이지." 하며 활기차게 일어나 액자를 벽난로 위에 세워 놓았다. 겨우 사진 한 장이 더해졌을 뿐인데 집 안 분위기가 크게 살아나는 것 같았다. 옆에 놓인 다윈의 프라임스쿨 입학식 사진과도 잘 어울렸다. 산양 가족과 삼대독자로 이루어진 세 부자. 동물이든 인간이든 공백으로 시작된 삶을 채워 주는 것은 결국 가족이었다.

그때 니스가 자리에서 일어나며 말했다.

"볼일이 있어서 사무실에 다녀와야 해요. 다윈, 오후에 데리러 올 테니 루미랑 재미있게 놀고 있으렴."

다윈이 니스를 붙들었다.

"내일 하시면 안 돼요? 두 달 만에 할아버지 집에 온 건데 아직 얘기도 못 나누셨잖아요."

"그게, 이번 주에 이미 끝냈어야 하는 일이라서."

"하지만 일요일이잖아요. 일요일은 가족과 보내는 날이라고 하셨으면서."

"그래, 그런데 오늘은 할아버지도 있고 루미도 있으니……. 어쨌든 미안하구나. 가능하면 얼른 끝내고 오마."

정말 급한 일이 있는 것일 수도 있지만, 러너는 왠지 니스가 이 자리를 피하려고 일부러 핑계를 대는 것 같은 느낌이 들었다.

집에 들어설 때부터 창밖만 보고 있는 게 언제 여기서 자연스럽게 나갈지를 재고 있는 모습이었다. 러너는 서운하기도 하고 괘씸하기도 했다. 그러나 한편으로는 아들이 저렇게까지 싫어한다면 원하는 대로 여기서 그만 해방시켜 주고 싶었다. 그 난리를 쳐 놓고 다시 왔으니 제 딴엔 불편하기도 하고 부끄럽기도 할 것이다. 법원 판결문에 준하는 자신의 선언을 뒤집고 와 준 것만으로도 오늘은 아들의 도리를 충분히 한 것으로 봐야 했다.

러너는 니스의 편을 들어줄 겸 다원에게 말했다.

"할 일이 많다는 건 행복한 일이란다. 그만큼 능력이 많다는 뜻이니까. 다원, 아버지가 빨리 일을 끝내고 돌아오도록 보내 드리는 게 낫지 않겠니?"

다원은 그 말에 수긍해 순순히 니스를 놓아주었다. 니스는 다원과 루미에게 "그럼 이따가 보자." 하고는 바로 집을 나섰다.

러너는 아들의 모습을 창밖으로 지켜보았다. 뒤도 돌아보지 않고 성큼성큼 정원을 걸어가는 것이 무척 있기 싫었던 장소에서 간신히 빠져나간 아이처럼 홀가분해 보였다. 제 아비와 같이 있는 게 저리도 싫었을까. 그러나 무거운 상념에 오래 빠져 있지 않기로 했다. 니스는 갔어도 다원이 남아 있었다. 게다가 오늘은 귀여운 손님까지 왔으니.

러너는 시선을 돌려 다원과 루미에게 물었다.

"자, 뭘 해야 이 멋진 날이 더 멋지게 남게 될까?"

실버힐에서 보낸 오후

한 블록 한 블록을 지날 때마다 정원에 있던 할아버지들이 농담을 던졌다.

"러너, 프리메라 교복을 입은 그 예쁜 아가씨는 누구지?"

"오, 드디어 다윈이 여자 친구를 데려왔나 보구나."

"축가는 내가 불러 주마. 내가 그때까지 살아 있기만 한다면."

러너 할아버지가 그들에게 조용하라는 뜻으로 손사래를 치며 말했다.

"불쾌하게 생각지 마렴, 환영한다는 뜻이니까. 나이 든 티가 나게 애들만 보면 좋아서 어쩔 줄을 모르지."

루미는 미소로 응대했다.

"하나도 불쾌하지 않아요. 다들 좋으신 분 같은걸요."

루미는 마주치는 사람들을 향해 일일이 손을 들어 인사했다. 러너 할아버지에게 잘 보이기 위한 꾸밈이 아니라 진심에서 우러나오는 행동이었다. 어떤 형태든지 다른 사람들이 주는 관심은 즐겁고 기쁘게 받아들여야 한다. 생물이 햇빛의 에너지를 받아 성장하는 것처럼 인간은 타인의 눈길을 통해 성장하는 존재이기 때문이다. 타인의 시선을 끄는 데 실패한 사람은 음지에서 자라는 식물처럼 우울하고 왜소해질 수밖에 없다. 그런 아이가 나이를 먹으면 4지구 출신 여자와 결혼해 거실에 값싼 정물화를 걸어 놓고 7급 서기관이라는 주변부 인생에 만족하며 사는 어른이 될 것이다.

아빠의 지루한 얼굴이 떠오르자 루미는 거기서 그만 생각을 중단시켰다. 아빠와 같이 있는 게 싫어 아침 일찍 집을 나왔으면서 실버힐까지 와서 아빠 생각을 하고 있다는 사실이 불쾌했다. 그 순간 문득 옆에서 걷는 다원과 눈이 마주쳤다. 시선이 닿자 다원이 웃었다. 루미는 따라 웃긴 했지만 어쩌면 갑자기 아빠 생각이 난 게 다원 때문인지도 모른다는 원망이 들었다. 아까 다원이 러너 할아버지에게 자신을 인사시켜 주었을 때 그냥 '프리메라에 다니는 루미 헌터'라거나 '제이 아저씨의 조카'라고만 해 주길 바랐다. '조이 아저씨의 딸'이라는 소개는 자신의 어느 면도 만족스럽게 설명해 주지 못하는 가장 빈약하고 왜곡된 수식어였다.

"루미야, 어떠니? 여기가 마음에 드니? 노인들이 많다는 점만 빼면 그렇게 나쁘지는 않지?"

점심 식사를 마치고 가볍게 나온 산책이 어느새 마을 투어로 이어지고 있었다. 루미는 고급 주택이 길게 늘어선 마을 전경을 둘러보며 대답했다.

"네, 정말 멋져요. 노인 분들이 많은 것도 잘 모르겠어요. 저희 집보다도 훨씬 활력이 느껴지는걸요."

러너 할아버지가 웃으며 말했다.

"그렇게까지 치켜세울 건 없단다. 아무리 훌륭한 곳도 자기 집보다 좋을 순 없지."

루미는 그 생각에 결코 동의하진 않았지만 굳이 이의를 제기하지는 않았다. 아들은 문교부 차관이고 손자는 프라임스쿨 학생인 러너 할아버지 같은 사람에게는 집이 이 세상에서 가장 훌륭한 곳일 테니까. 그런 생각이 들자 곧은 다리로 햇빛 아래를 똑바로 걷는 당당한 러너 할아버지와 방에 틀어박혀 우울한 일요일을 보내고 있을 자기 할아버지를 자연스레 비교하게 되었다. 자신이 이룬 영광이 아들 세대로 이어지지 못한 할아버지와 달리 러너 할아버지는 후손들의 성취 덕분에 나이를 먹은 지금까지도 여전히 1지구의 중심부에 있었다.

루미는 존경과 부러움을 담아 말했다.

"할아버지는 정말 건강해 보이세요. 저희 할아버지는 이제 혼자 힘으로는 잘 걷지도 못하시고 기억도 다 잃었는데."

"헌터 씨 병세는 니스에게 종종 전해 듣고 있단다. 참 유감이구나."

"저희 할아버지를 보면 사람이 인생에 휘둘린다는 말이 이해가 돼요. 이제 할아버지 뜻대로 할 수 있는 게 아무것도 없으니. 저희 할아버지는 삶에 완전히 잡아먹혀 버리신 것 같아요."

"루미야, 너무 비관적으로 생각하지는 마라. 병은 병일 뿐이지, 그게 헌터 씨의 본질까지 무너뜨릴 수는 없단다. 젊고 건강했을 때의 헌터 씨 삶을 생각해 보렴. 그땐 완전히 인생을 지배하지 않았니? 그때 너무 많은 기력을 쏟은 탓에 조금 일찍 휴식기에 들어가신 건지도 모르지."

생각하긴 싫지만 러너 할아버지의 말을 듣자 어쩔 수 없이 또 아빠 생각이 났다.

"아빠도 그런 비슷한 얘기를 했어요. 젊어서 너무 높이 난 탓에 나이가 들어서 다른 사람보다 더 밑으로 떨어진 거라고."

"그 말은 좀 그렇구나. 노인이든 젊은이든 사람이 병이 들었다고 밑으로 떨어지는 건 아닌데."

루미는 러너 할아버지가 날카롭게 간파한 점에 적극 동의했다.

"그렇죠? 아빠는 묘하게 할아버지를 깎아내리는 경향이 있거든요. 할아버지가 젊어서 가정보다 일에 더 많은 시간을 할애한 게 지금까지도 불만인가 봐요. 우습죠? 어린애도 아닌데 그런 걸 이해 못 하다니."

"자식 입장에서는 충분히 그렇게 생각할 수도 있을 거다. 나도 일에 빠져 가족을 소홀하게 여기던 때가 있었는데, 돌이켜 보면 아내와 니스에게 미안한 점이 참 많으니까. 그 짧은 시절이 자식이 가장 크게 변화하는 때였는데 왜 그때 옆에서 지켜봐 주지 못했는지 하고 말이야. 아마 니스도 나에게 서운한 점이 많을 거다. 루미 네 아빠도 그런 심정인 거겠지."

루미는 확고하게 "전 달라요."라고 대답했다.

"전 만약 제 아빠가 역사에 남는 종군 사진기자였다면, 1년에 한 번, 아니 10년에 한 번밖에 못 만나는 한이 있더라도 아빠를 정말 자랑스러워했을 거예요. 휴일에 애들이랑 공원에 가서 공이나 차고 연이나 날리는 것보단 세상을 바꾸는 일에 동참하는 게 훨씬 값진 일이잖아요. 아빠가 할아버지를 자랑스러워하지 않는 건 아빠가 지나치게 안전 지향적인 사람이라서 그런 거예요. 이상하죠? 그렇게 용감한 할아버지 밑에서 아빠 같은 소심한 사람이 태어났다니."

러너 할아버지가 웃으며 "루미 네 미래가 자못 기대되는구나." 하더니 이어 말했다.

"그런데 말이지, 이 세상엔 같은 방향으로 가는 부모 자식이 있는가 하면 정반대의 방향으로 가는 부모 자식도 있단다. 그걸 가지고 한쪽이 맞으니까 다른 쪽은 그르다고 할 순 없지. 각자의 인생에 충실하기만 하다면 어느 쪽으로 가든 그게 옳은 거니까. 루미 아빠는 법원 서기라고 알고 있는데, 그것도 종군기자 못지않게 훌륭한 일 아니니? 정의와 진실을 다루는 일이니까."

루미는 냉소를 섞어 대꾸했다.

"정의와 진실을 다루는 건 변호사, 검사, 판사이고, 아빤 이미 결정 난 판결문을 그대로 옮겨 적는 것뿐이에요. 전 아빠가 세상에 영향을 끼치고 변혁을 일으키는 일을 하는 사람이면 좋겠어요. 남의 결정을 따르는 게 아니라 자기가 결정하는 사람요. 저희 할아버지나 니스 아저씨처럼."

루미는 그러면서 다원을 부러운 눈길로 바라보았다. 다원은 아버지 칭찬을 듣는 게 쑥스러운지 말없이 미소만 지었다. 다원은 겸손했다. 루미는 그 점을 높이 샀다. 프라임 보이가 거만해지려면 얼마든지 거만하게 굴 수 있었고 사회 분위기도 그것을 너그럽게 용인했다. 오히려 적당한 오만함은 그들 특유의 정체성이었다. 그런 현실을 감안해 볼 때 권력자 아버지를 두고 특권층 집단에 속해 있으면서도 일반 학교에 다니는 평범한 학생처럼 행동하는 다원은 연구 대상으로 삼아야 할 정도로 희귀했다.

그러나 루미는 다원의 소박한 성품에 감탄하면서도 다른 한편으로는 어쩌면 다원은 자신이 가지고 있는 것들의 위상을 제대로 인지하지 못하고 있기 때문에 겸손한 것일지도 모른다고 생각했다. 성에 사는 왕자님은 자신의 부모와 집이 얼마나 대단한 것인지 알 수 없을 것이다. 하루아침에 왕관을 빼앗기고 성에서 쫓겨나지 않는 한.

러너 할아버지가 말했다.

"루미 네 나이 때는 그런 생각을 하는 게 당연하겠지. 인생에서 꿈을 가장 많이, 가장 크게 꿀 나이니까. 세상 모든 게 부족해 보이고, 잘못된 건 다 바꾸고 싶고, 그런 일을 하지 않는 어른들은 다 모험심을 잃은 패자로 여겨질 테지."

루미는 다원에 대한 생각을 멈추고 러너 할아버지에게 물었다.

"할아버지도 제 나이 때 그런 생각을 하셨어요?"

"그랬던 것 같구나."

"할아버진 세상을 어떻게 바꾸고 싶으셨는데요? 이 세상이 어떤 곳이 되길 바라셨어요?"

깊은 생각에 잠긴 듯 러너 할아버지는 가로수 세 그루를 지나치는 동안 아무 말이 없었다. 루미는 할아버지가 이야기를 다시 시작할 때까지 잠자코 기다렸다. 지나온 시간이 긴 만큼 옛 시절로 돌아가기 위해선 많은 시간이 필요할 것이다.

잠시 뒤 할아버지는 "글쎄다." 하며 입을 뗐다.

"세월이 많이 지나서 그런지 어떤 세상을 바랐는지는 잘 모르겠구나. 그저 막연하지만 강렬하게, 어떻게든 바뀌어야 한다고 생각했지."

루미는 "막연하지만 강렬하게, 어떻게든." 하고 할아버지의 말을 똑같이 따라 했다. 멋진 말이었다.

"할아버지 어린 시절은 그 말처럼 멋있었을 것 같아요. 60년 전쯤인가요? 할아버지가 저희 나이였을 때가. 궁금해요. 할아버진 어떤 아이였어요?"

러너 할아버지의 이마에 주름이 만들어졌다.

"내 어린 시절?"

"네, 할아버지의 차일드후드요. 그땐 어땠어요?"

누가 버렸는지 모르는 큰 후드를 뒤집어쓴 채 뭔가를 찾아 하루 종일 걷기만 했다. 찾는 게 빵일 때도 있고, 밑창이 떨어지지 않은 신발일 때도 있고, 누가 피우다 버린 담배꽁초일 때도 있었다. 다를 건 없었다. 그저 배가 고프면 빵을 찾고, 발바닥이 시리면 신을 찾고, 지독하게 외로우면 담배꽁초를 찾았을 뿐이니까. 내일은 생각할 틈도 없이 오직 이 하루 동안 살아남는 게 유일한 목표였던 나날들……

내 부모는 어디 있었던 걸까. 아니, 아니지. 그땐 그런 걸 궁금해하지도 않았다. 처음부터 부모는 없었으니까. 처음부터 없었던 것에 의문을 가질 수는 없다. 그냥 단순하게 어떤 인간은 부모 없이 혼자서 태어날 수도 있는 존재라고 짐작했다. 그 어떤 녀석이 나였고…….

주위에 있는 모든 아이들이 고아였기 때문에 고아가 불행한 건지도 몰랐다. 고아원 원장은 매일 우리를 때렸다. 그러나 부모가 있는 애들이라고 다를 건 없었다. 그 애들 역시 자기 아버지에게 "쥐새끼보다 쓸모없는 놈."이라는 욕을 들으며 거리로 쫓겨나곤 했으니까. 우리는 고아원 담벼락에 기대서서 부모가 있는 그 애들을 불쌍하다고 조롱했다.

열두세 살쯤에 이미 9지구의 모든 어른들과 대등해졌다고 생각했다. 그들이 하는 짓은 나도 다 할 수 있었다. 담배를 피우고, 여자와 자고, 종종 죽을 생각을 하고. 훗날 내 양어머니가 되어주신 분이 첫 만남에서 나를 안아 주며 "아직 이렇게나 어린데." 했을 때, 처음 느껴 보는 보드라운 손길보다도 그 말에 더 충격을 받았다.

어리다고? 내가 어린아이라고?

내가 어린아이였다니…….

열여섯, 그래, 지금 다원의 나이에 나는 내가 가진 유일한 옷이었던 검은 후드를 벗고 양부모님이 주신 옷으로 갈아입었다. 세상에 그렇게 복잡한 옷은 태어나 처음 봤다. 목에서 허리까지 줄줄이 달린 단추에 바늘귀보다 더 조그만 구멍이라니. 그 구멍 안에 단추를 일일이 집어넣느라 얼마나 애를 먹었는지 모른다. 빳빳한 셔츠 목 칼라에 넥타이를 둘러매는 일은 아무리 봐도 마술사가 부리는 묘기 같았다. 넥타이는 지금도 잘 매지 못한다.

그러고 보니 니스가 어렸을 때 넥타이가 잘 매어지지 않는다며 나에게 대신 매 달라고 부탁했던 게 기억난다. 그때 나는 넥타이를 손봐 주는 대신 뒷짐을 지고 서서 사내는 그런 자질구레한 것에 연연해서는 안 된다고 훈계했다. 마음 같아선 근사하게 넥타이를 매 주고 싶었지만 아들 앞에서 그것 하나 제대로 못하는 아비가 되기 싫어 일부러 더 엄하게 대한 것이다. 이후로 니스는 나에게 한 번도 같은 부탁을 하지 않았다. 그러고는 언제부터인가 제 힘으로 아주 멋지게 넥타이를 매기 시작했다. 미안하기도 하고 대견하기도 했다. 니스는 제 어머니를 닮아 나와는 비교가 되지 않게 천성적으로 훌륭한 아이였다.

양부모님을 만나 새 삶이 시작되었지만 후드는 버리지 않고 침대 밑에 두고 지냈다. 언제 이 완벽한 세상에서 쫓겨날지 모른다고 겁을 먹었기 때문이다. 그때가 되면 부드러운 감촉의 파자마를 반납하고 그 지긋지긋한 후드를 다시 입어야 할 테니.

어느 날, 그것을 발견한 어머니가 "러너야, 이건 더 이상 필요 없잖니." 하면서 후드를 버리려고 했다. 나는 후드가 없으면 알몸으로 쫓겨나게 될까 봐 두려워 "버리면 안 돼요!"라고 외쳤다.

어머니는 나를 안타깝게 바라보며 머리를 쓰다듬어 주었다.

"추억이 깃든 옷이라서 그러는구나."

추억? 뭐, 악몽도 깨고 나면 추억이 될 수 있겠지.

다음 날, 어머니는 후드를 깨끗이 세탁해 와서는 말했다.

"후드는 이 상자에 넣어서 다락방에 올려 두자꾸나. 가끔 생각날 때만 꺼내 보고. 하지만 그럴 일은 없었으면 좋겠구나."

그 후로도 한동안 불안에 떨며 살았지만 어머니 말대로 다시 그 후드를 꺼내 입을 일은 생기지 않았고, 몇 년이 지나자 아예 후드의 존재 자체를 잊어버렸다. 어느 상자에 넣어 놓았는지도 기억나지 않는다. 아마 이사 다니는 동안 사라져 버렸겠지. 후드는 그렇게 내 인생에서 완전히 자취를 감추었다. 어린아이가 아니었던 내 '차일드후드'와 함께.

열여섯, 나는 비로소 제대로 된 어린아이로 다시 태어났다. 양부모님은 교육도 받지 못하고 문명화도 안 된, 몇백만 년 전의 원시 인류나 다름 없는 나를 정성껏 가르쳤다. 두 분을 실망시키지 않기 위해 나는 죽어라 공부했고 그러는 동안 1지구 6학년생보다 작았던 체격도 부모님의 사랑으로 점점 커졌다. 그리고 어느 날 드디어 나는 학교에 다니게 되었다. 후드가 아닌 교복이 어울리는 어엿한 학생이 된 것이다.

양부모님의 존재를 통해 나는 부모가 얼마나 위대한 이름인지를 깨달았다. 양부모님의 가르침을 통해 나는 한 인간이 이루어 낼 수 있는 게 얼마나 많은지에 대해 눈을 떴다. 추운 겨울, 빵이나 신발, 담배꽁초를 찾아 하루 종일 헤매는 인생 대신 따뜻한 방에서 공부하고, 부모님을 존경하고, 생일 선물로 무엇을 받을지 고민하는 삶을 알게 되었다.

새 인생을 얻은 뒤 나는 내 죄를 깨우쳤다. 왜 이 올바르고 훌륭한 세상을 그렇게 증오하고 바꾸려고 했던 걸까. 왜 부모님같이 인자한 사람들을 우리의 적이라 생각하고 죽이려 했던 걸까. 진짜 바뀌어야 할 것은 저 아래쪽의 비열한 세계인데. 진짜 죽어야 할 사람들은 나를 꼬드긴 그 사람들인데.

나는 매일 밤 울었다. 그 진정 어린 눈물과 부모님의 용서로 내 눈에 쌓였던 검은 더께들은 차츰 녹아내리기 시작했다.

"네? 할아버진 이떤 아이였어요?"

열여섯, 나는 드디어 밝은 눈동자로 세상을 바라볼 수 있게 되었다. 새로 얻은 깨끗한 눈으로 바라본 1지구는 별빛이 아름답게 빛나고, 네온 강은 평화롭게 흐르고, 집집마다 따뜻한 빛과 웃음소리가 새어 나오는 완벽한 세상이었다.

"이 세상을 다 바꾸고 싶어 하는 어린아이였나요?"

세상을 바꾸는 일?

루미야, 그건 어린아이들이 꾸는 하룻밤의 몽상일 뿐이란다. 갖고 놀던 장난감이 지루해 발로 부수어서 재조립하는 것과 비슷하지. 아이들은 잠깐씩 그래도 돼. 어차피 금방 꿈에서 깰 테니. 하지만 나이를 먹고도 그 꿈에서 깨어나지 못하고 있는 사람이 있다면, 주의하고 경계해야 한단다. 이 완벽한 세상을 바꾸려 한다면 그건 용서할 수 없는 반란이고 폭동이니…….

러너 할아버지는 상념에 잠긴 듯 말없이 나무만 올려다보고 있었다. 루미는 추억에 빠진 할아버지를 대신해 자신이 추측하고 있는 바를 먼저 이야기했다.

"그럼 제가 한번 맞혀 볼까요? 할아버진 왠지 부모님이 읽지 말라는 책을 침대에 숨겨 두고 읽는 학생이었을 것 같아요. 1지구 말고 다른 세상에서 일어나는 일이 궁금해서 밤에 몰래 집을 나가기도 하고요. 모험가가 되길 꿈꾸면서요."

할아버지는 드디어 입가에 웃음을 머금고 대답했다.

"하도 오래전이라 이젠 기억이 가물가물하구나. 그런데 사실

난 부모님을 무척 존경했기 때문에 두 분을 실망시킬 일은 하고 싶지 않았단다. 오히려 어떻게 하면 그분들의 마음에 들지 전전 긍긍해했지. 불량한 책을 읽기보다는 아버지가 추천해 주신 과학 전집을 읽고, 몰래 집을 나가기보다는 학교가 끝나면 곧장 집으로 오는 그런 아이였단다. 초인종을 누르고 어머니가 문을 열어 주시길 기다리는 동안엔 항상 가슴이 두근거렸지. 매일매일 깜짝 생일 파티가 기다리고 있는 것처럼. 세상에서 부모님을 가장 사랑했고 집이 정말 좋았어. 그렇게 좋은 집을 두고 다른 곳에 가는 건 상상해 볼 수도 없었단다."

루미는 믿을 수가 없어 목소리를 높였다.

"절 놀리려고 거짓말하시는 거죠?"

할아버지는 "축소도 거짓말의 일종이라면 그렇겠지."라며 어깨를 으쓱하더니, 곧 진지한 얼굴로 "이건 그때의 감정을 백분의 일로도 담아내지 못한 거란다."라고 덧붙였다. 루미는 러너 할아버지의 이마에 깊게 팬 주름과 왼쪽 뺨 한가운데에 있는 희미한 흉터를 바라보았다. 처음 만났을 때 악수를 한 순간부터 눈에 들어왔던 것이었다.

"제 예상을 완전히 빗나갔어요. 전 할아버지가 틀림없이 모험심 넘치는 반항아였을 거라고 생각했거든요. 어떤 책에서 그랬어요. 이마에 주름이 많은 노인은 젊어서 고뇌를 많이 한 사람이니 그의 삶을 더 존중해야 한다고. 학교가 끝나고 곧장 집에 오길 좋아하던 모범생이 어떻게 그런 주름을 가질 수 있는 거죠?"

할아버지는 손가락으로 자신의 이마 주름을 톡톡 치면서 웃었다.

"이런 건 늙으면 누구에게나 생기는 거란다. 특히 눈을 이렇게 치켜뜨는 버릇이 있는 나 같은 사람은."

루미는 걸음을 옮기며 말을 이었다.

"할아버지 부모님이 어떤 분들이셨는지 궁금해요. 얼마나 훌륭하시기에 할아버지가 그분들을 실망시키지 않으려고 집에 일찍 왔다고 할 정도인지. 전 상상도 할 수 없는 일이거든요."

러너 할아버지는 조금의 망설임도 없이 "정말 훌륭한 분들이셨지."라고 확답한 뒤 덧붙였다.

"그런데 부모님에 대한 존경은 사실 두 번째 이유고, 내가 그런 아이로 컸던 건 무엇보다 나 스스로가 그런 삶을 원치 않았기 때문이었단다. 난 부모님이 읽지 말라는 책을 숨겨 두고 읽을 만큼 독서광도 아니었고, 솔직히 말해 지금도 책과는 친하지 못하지. 밤에 집을 나가 봤자 특별한 일도 없다는 것을 진즉에 알아 버렸단다. 추운 겨울 거리에서 떨며 보내는 밤보다 따뜻한 불이 켜져 있는 집이 훨씬 특별하다는 걸 말이야."

"할아버진 꼭 추운 겨울밤을 거리에서 지내 본 적이 있는 사람처럼 얘기하시네요."

러너 할아버지는 "그렇게 들렸니?" 하고 호탕하게 웃었다.

"원래 내 나이쯤 되면 자신이 살아 보지 않은 삶도 어느 정도 추측할 수 있는 법이란다."

이런저런 이야기를 하는 동안 발걸음은 벌써 마을 끝에 있는 공원을 돌아 다시 집으로 향하고 있었다. 루미는 할아버지가 다윈에게 "오늘은 정말 기분이 좋구나. 다윈 네가 오는 것만으로도 좋은데, 이렇게 훌륭한 친구까지 데려왔으니 말이야." 하는 말을 들으며, 비로소 자신의 가치를 제대로 알아주는 곳에 왔다는 생각이 들었다. 집에서라면 우울하게 보냈을 일요일이 자신의 방문을 진심으로 기뻐해 주는 사람들의 환영 속에서 생동감 있는 색으로 되살아나고 있었다.

그렇게 걸어가고 있는데 이웃한 집들마다 우편함 지붕 위에 나무로 만든 조각품이 붙어 있는 것이 눈에 띄었다. 루미는 호기심이 일어 그것이 뭐냐고 러너 할아버지에게 물었다.

"아, 저거 말이구나. 지난번 마을 회의에서 '마을 경관 꾸미기'라는 걸 논의했는데, 거기에서 나온 프로그램 중 하나란다. 소일거리 삼아서 각자 조각품 하나씩을 만들어 자기 집 우편함 지붕을 장식하는 거지. 저래 봬도 전문 조각가를 마을로 초빙해서 강습을 받고 만든 거란다. 덕분에 평생 못질 한번 해 보지 않고 산 위인들이 만든 것치고는 썩 괜찮은 편이지?"

장식품들을 흥미롭게 살펴본 뒤 "할아버지는 뭘 만드셨어요?"라고 묻자 할아버지는 "난 안 만들었단다."라고 대답했다. 루미는 다시 물었다.

"왜요?"

그러자 할아버지는 웬일인지 쓸쓸한 미소를 지으며 말했다.

"지난달엔 경황이 없어서……."

루미는 갑자기 외로운 표정으로 돌변한 할아버지의 모습이 무엇 때문인지 궁금했지만, 오늘 처음 만난 나이 많은 사람의 사생활을 무례하게 캐물을 생각은 없었다.

루미는 할아버지의 쓸쓸함을 못 본 척 활기차게 제안했다.

"그럼 오늘 만드시는 건 어때요? 다른 집들은 다 했는데 할아버지만 뒤처져서는 안 되잖아요. 저랑 다윈이 도와드릴게요. 그렇지, 다윈?"

다윈도 단번에 "좋아."라고 답했다.

집으로 돌아와 러너 할아버지가 조각에 필요한 연장들을 지하실에서 꺼내 가지고 정원으로 나왔다. 주민 센터에서 나누어 주었다는 조각용 통나무는 지난달 할아버지의 사정을 보여 주듯 새것 그대로였다.

루미는 할아버지에게 물었다.

"어떤 걸 만들고 싶으세요?"

러너 할아버지가 손에 든 칼을 능숙하게 빙글빙글 돌리며 말했다.

"무엇보다도 집에 찾아오는 손님들을 기분 좋게 해 주는 것이었으면 좋겠구나. 우체통에 장식해 놓는 것이니까 좋은 소식도 많이 가져올 것으로 말이야. 그런 게 뭐가 있을까?"

루미는 곰곰이 생각에 잠겼다가 "비둘기 어때요?"라고 제안했다. 할아버지가 "비둘기?"라고 되물었다.

"네, 옛날엔 비둘기가 편지를 전달해 주기도 했잖아요. 우편함이랑 잘 어울리지 않을까요? 네 생각은 어때, 다윈?"

다윈이 고개를 끄덕였다.

"맞아, 그래서 비둘기를 전서구라고 부르기도 했지?"

할아버지는 흡족한 얼굴로 "편지를 전해 주는 비둘기라니, 그보다 좋을 순 없지. 역시 루미는 영특하구나." 칭찬하며 덧붙였다.

"난 루미가 무척 마음에 드는구나. 앞으로도 계속 봤으면 좋겠다. 자주 놀러 오렴."

루미 역시 자신의 진가를 제대로 알아봐 주는 러너 할아버지가
마음에 들었다. 더불어 할아버지가 누리고 있는 이 모든 영광도.

흉터

　　늦은 오후가 되어 니스는 실버힐로 돌아
왔다. 하늘엔 벌써 노을이 내려앉으려 하고 있었다. 평소라면 걸
음을 멈추고 자연이 그리는 풍경화에 갖가지 생각을 했겠지만
오늘은 그런 감상을 하고 있을 만한 마음의 여유가 전혀 없었다.
일요일을 갑갑한 관청에서 보낸 탓인지 컨디션이 좋지 않았다.
머릿속도 전혀 정리되지 않았다. 아버지와 온종일 같이 있는 게
싫어서 도망치다시피 나간 것인데, 정작 사무실에 가서는 계속
아버지 생각이 났다. 다시는 이 집에 오지 않겠다고 큰소리를 쳐
놓고 다시 찾아온 내가 아버지는 얼마나 우스웠을까? 제 풀에
지쳐 고개를 숙이고 들어오는 꼴을 보고 승리감을 느꼈을지도
모른다.

　　다원만 아니었다면 절대 이렇게 물러서진 않았을 것이다. 아
버지 집에 가는 건 오직 다원을 위해서였다. 지난달에 이어 이번

달에도 할아버지 집에 가지 않겠다고 하면 다윈이 분명 자기가 없는 사이에 일어난 일들을 궁금해할 터였다. 다윈이 아버지에게 의견을 구해 둘이서 함께 이야기를 거슬러 올라가다 보면 아버지 입에서 지난달 자신이 이곳에 와서 난동을 피운 사실이 나올 거고, 아버지도 궁금해하던 차에 역으로 '다윈이 어떻게 그걸 알게 된 건데요'라는 뜻이 무엇이냐고 물을 것이다. 다윈도 처음 엔 그 뜻을 모를 것이다. 그러나 사건의 날짜를 맞추다 보면 결국 엔 후드를 찾았던 일에 이르게 될 것이다. 만약 다윈이 아버지에게 "할아버지 지하실에서 찾은 후드를 '오래된 것들' 행사에 낸 게 조금 문제가 되었어요."라는 말을 하게 된다면……. 그런 일을 만드느니 이 정도에서 자기가 먼저 아버지와 타협하는 편이 나았다. 아버지가 가장 사랑하는 존재인 다윈을 못 보게 함으로 써 아버지에게 가장 고통스러운 벌을 내리고 싶었지만, 어쨌든 우연찮게도 다윈이 친구와 약속을 잡은 덕에 한 번은 그 목적을 이루었고, 후드에 관해선 자신이 오해한 것이기도 하니.

니스는 차에서 내려 정원으로 들어섰다. 하루에 아버지 집을 두 번이나 들어서는 것에 자괴감이 들었다. 꼭 큰소리를 치고 집을 박차고 나간 아이가 밤이 돼 갈 곳이 없어 슬그머니 돌아오는 모양새였다. 그러나 니스는 울타리를 넘은 다음부터는 그런 유치한 감정은 깨끗이 지워 버리기로 했다. 자신이 아무 일도 없었던 것처럼 행동하는 한 아버지도 다윈을 생각해 그 일을 다신 꺼내지 않을 것이다. 우습지만 가정의 평화란 상당 부분 이렇게 한 쪽의 묵인과 다른 쪽의 동조로 유지되는 것인지도 모른다.

집을 향해 걸어가는데 테라스 쪽에서 이야기 소리가 들렸다.

더 가까이 걸어가니 벤치에 앉아 뭔가에 열중해 있는 아버지와 다윈 그리고 루미의 모습이 눈에 들어왔다. 노을이 그 풍경을 한 장의 빛바랜 사진처럼 만들어 놓고 있었다. 그 순간 니스는 문득 스스로에게 의문이 들었다.

그런데 난 오늘 아버지를 피해 도망간 걸까, 아니면 저 아이를 피해 도망간 걸까…….

자기를 향한 시선을 느꼈는지 루미가 고개를 들고 "아저씨." 하고 반갑게 인사했다. 니스는 굳은 얼굴을 미처 풀지 못해 가볍게 고개만 끄덕였다. 곧이어 다윈이 "아버지, 언제 오셨어요?" 하며 환하게 웃었다. 니스는 그제야 미소를 지으며 테라스로 다가가 "뭐 하는 거니?"라고 물었다.

"우편함을 장식할 조각상을 만들고 있어요. 마을에서 다 함께 하기로 했는데 할아버지만 아직 못 하셨대요."

니스는 바닥에 어질러진 공구들을 둘러보았다. 다윈이 손에 들고 있는 조각칼이 위험해 보였다. 다윈은 아직 아이였다. 칼을 만져 본 적도 없으니 조금만 방심해도 칼날이 어긋나 손이 베일 것이다. 루미가 다치는 일 역시 신경 쓰였다. 하나밖에 없는 소중한 딸의 몸에 상처가 난다면 조이에게 미안한 일이었다.

니스는 쓸데없는 일을 벌였다고 비난하고 싶은 감정을 완전히 억누르지 못한 채 낮은 목소리로 물었다.

"뭘 만드는 데 세 사람이나 필요한 거니? 할아버지 혼자서 해도 충분할 텐데."

"안 그래도 제일 중요한 비둘기는 할아버지가 만들고 계세요. 전 비둘기 둥지, 루미는 알을 만들고요."

"비둘기?"

니스는 아버지 손에 들린 작은 새 조각을 힐끗 보았다. 아마추어가 만든 것치고는 제법 그럴듯한 형상을 갖추어 가고 있었다.

루미가 손에 든 나무 조각을 들어 보이며 말했다.

"아직은 알 같지 않죠? 모서리를 더 다듬어야 해요. 그런데 할아버지는 정말 잘 만드시죠? 조각칼이 두 개밖에 없어서 저희한테 주시고 그냥 칼로 하시는 건데도 전문가처럼 능수능란하세요."

니스는 자기도 모르게 쓴웃음이 나왔다. 1지구 아버지들 중 저렇게 칼질에 익숙한 사람은 없을 것이다. 저렇게 손등에 자잘한 흉터가 많은 사람도 없을 것이다. 만년필을 너무 오래 쥐어 손가락 마디에 생긴 굳은살이라면 모를까. 감추려 해도 인간의 출신은 결국 걷는 자세나 무심코 쓰는 단어, 넥타이를 매는 솜씨 같은 것을 통해 자기도 모르게 드러나는 법이었다.

그때였다. 아버지가 갑자기 짧은 비명을 지르며 조각품과 칼을 손에서 떨어뜨렸다. 니스는 깜짝 놀라서 아버지를 돌아보았다.

"괜찮으세요?"

아버지는 손으로 한쪽 눈을 가린 채 웃으며 말했다.

"아무것도 아니다. 칼날이 눈 밑을 살짝 스쳤어. 어두워서 가까이 보려다가 잠깐 방심했구나."

"손을 치워 보세요."

니스는 칼날이 스치고 간 아버지 눈가를 살펴보았다. 피가 조금 흐르긴 했지만 다행히 눈에는 아무 이상이 없었다. 니스는 주머니에서 손수건을 꺼내 피를 닦았다. 아버지는 "괜찮대도."라고 중얼거리면서도 그대로 얼굴을 맡기고 있었다.

루미가 걱정스러운 목소리로 말했다.

"같은 쪽에 또 상처가 나서 어떡해요? 흉터가 생기면 안 될 텐데."

니스는 순간 쥐고 있던 손수건을 더 꽉 쥐었다. 아버지가 뺨에 난 상처를 더듬으며 웃었다.

"아, 이거 말이구나. 그래도 이건 영광의 상처란다. 여기 니스 차관의 숙제를 해 주다가 얻은 것이니."

"숙제요? 무슨 숙제였기에 상처까지 생길 정도였어요?"

"그게 열대여섯 살 때였던가, 학교 숙제로 무슨 과학 실험인가를 해야 한다 해서 같이 했는데, 그때 잘못해서 강산이 얼굴에 튀었지."

니스는 손수건을 짓누르며 대꾸했다.

"실수였어요."

"그래, 그래서 영광의 상처라고 하지 않냐. 아들 공부를 위해서라면 아비가 그 정도 위험은 감수해야지. 고맙게 생각한단다. 덕분에 병원에도 가지 않고 큰 점을 지웠지 않냐?"

그 순간 루미가 호기심 어린 목소리로 물었다.

"점이 있으셨어요?"

"그래, 루미 네가 말한 이 흉터가 옛날엔 큰 점이었단다. 생긴 게 특이해서 어릴 때 친구들이 웃긴 별명을 붙여 줬지. 뭐랬더라, 독수리였나? 아니, 독수리는 아니었던 것 같고……."

니스는 아버지의 얼굴에서 손수건을 떼며 다원과 루미에게 말했다.

"아무래도 상처를 소독해야 할 것 같구나. 잘못했다간 염증이 생길 수도 있으니. 둘이 가서 애나 아주머니께 구급상자 좀 찾아 달라고 하겠니? 그리고 오늘은 여기까지 하는 게 좋겠다. 밖이 이렇게 어두워지고 있는데 또 다치는 사람이 나오지 말란 법이 없지. 오늘은 루미도 있는데 너무 늦으면 안 되니까 집에 갈 준비들 하고 있으렴."

다원과 루미가 집 안으로 들어가고 나자 아버지가 뒤늦게 "이 정도 가지고 소독은 무슨."이라고 말했다.

해가 넘어가면서 연장과 나무 파편으로 뒤덮인 테라스 바닥에 짙은 그림자가 지고 있었다. 투박하고 거친 게 아버지의 본질에 그대로 들어맞는 풍경이었다.

니스는 낮은 목소리로 말했다.

"애들 앞에서 옛날 일은 꺼내지 마세요. 아니, 애들뿐만 아니라 누구 앞에서도."

아버지는 영문을 모르겠다는 얼굴로 물었다.

"그게 무슨 말이냐?"

니스는 그때나 지금이나 한 인간이 자신의 과거에 이렇게 뻔뻔할 수 있다는 것에 진저리가 났다. 그 뻔뻔한 인간이 자신의 아버지란 사실에는 더.

니스는 참지 못하고 속에 품은 말을 뱉어 버렸다.

"떳떳이 얘기할 만큼 자랑스러운 과거가 아니란 건 스스로 아실 거 아녜요. 생각 없이 이런 거 만들지 마시라고요."

니스는 바닥에 떨어진 비둘기 조각상을 발로 툭 차 버린 뒤 안으로 들어갔다. 아버지도 이 정도의 벌은 받아야 했다.

프라임 보이

　　　　　　버즈는 프라임스쿨 재학생의 평균 신장
에 맞춰 카메라 높이를 설정했다. 마음 같아선 높이만 맞출 게 아
니라 카메라 뼈대에 살을 붙이고 교복을 입혀 진짜 한 명의 프라
임 보이로 보이게 하고 싶었다. 아이들이 카메라의 존재를 의식
하지 않고 있는 그대로의 모습을 보여 주길 바라는 열망에서였
다. 불가능할 것 같았던 관문을 넘어 드디어 이 교정에 발을 들인
만큼 그들이 보여 주고 싶은 프라임스쿨이 아니라 실제 프라임
스쿨과 프라임 보이의 생활 속으로 들어가야 했다.

　버즈는 카메라 렌즈에 눈을 갖다 댄 뒤, 프라임스쿨에 입학한
아이가 이 위엄 서린 곳에서 가장 먼저 무엇을 바라볼지 생각했
다. 그러고 있으니 무엇에라도 홀린 듯 렌즈가 저절로 하늘로 향
했다. 자신이 열네 살 프라임스쿨 신입생이었다면 어쩐지 이렇
게 교정 한가운데 서서 잠시 하늘을 올려다봤을 것 같은 생각이

들었다.

　프라임스쿨의 하늘은 지극히 평정했다. 움직이지 않는 듯 움직이는 구름은 이 세상의 조급함을 초월한 것 같았다. 그에 반해 어디선가 갑자기 렌즈 속으로 날아든 새는 지나치게 애쓰고 있었다. 가장 가뿐해야 할 날개를 힘겹게 퍼덕거리는 모습이 꼭 양어깨에 돌을 매단 것 같았다. 새의 움직임을 좇던 버즈는 문득 이상하다는 생각이 들어 카메라에서 비켜나 맨눈으로 하늘을 바라보았다. 새는 온데간데없었다. 그 순간 버즈는 주머니에서 수첩을 꺼내 머릿속에 스쳐 지나가는 내레이션 문구를 빠르게 옮겨 적었다.

　프라임스쿨에서 바라보는 첫 하늘은 손을 뻗으면 닿을 수 있을 만큼 가깝습니다. 프라임스쿨의 일원이 됐다는 것은 꿈꿔 온 이상의 세계가 바로 눈앞에 펼쳐지는 일이기 때문입니다. 그러나 엄격한 기숙사 생활과 과중한 수업, 흐트러지지 않는 동료들에게 지칠 때쯤이면 하늘은 가닿지 못할 세계처럼 높아져 있습니다. 새조차도 그 높이를 이기지 못해 추락해 버릴 것 같습니다. 태양은 긍지와 이상이라는 빛 가장자리에 열등감과 좌절이라는 그늘을 만듭니다. 아침엔 세상에서 가장 훌륭한 인간이 될 기대에 부풀어 잠이 깨지만, 저녁엔 아무것도 이루지 못하는 실패자가 될 거라는 두려움에 잠을 설칩니다.

　펜을 멈춘 버즈는 자신이 프라임 보이를 수심에 찬 소년으로 묘사해 놓은 데 스스로 놀랐다. 이 특별한 학교에 다니는 아이들은 일반적으로 자존감이 높고 당당하며, 모두의 사랑을 받는 콧대 높은 엘리트로 여겨지는 게 보통이기 때문이었다. 자신 역시 바로 어제까지만 해도 그런 생각을 가지고 있었다. 버즈는 수첩을 다시 주머니에 넣은 뒤 교정을 오가는 프라임 보이들을 살펴보았다. 그런데 소년 시절에는 들어와 보지 못한 학교를 이렇게 중년이 되어 거닐어 보니 학생들의 빳빳한 셔츠 칼라 속에 감추어져 있는 어떤 불안이 감지됐다.

극심한 경쟁이 주는 스트레스 때문일 수도 있고, 사회와 격리된 곳에서 지내는 갑갑함 때문일 수도 있다. 어쩌면 지나치게 신성성을 띠고 있는 학교 건물을 탓해야 하는지도 몰랐다. 뾰족한 첨탑과 성화가 모자이크 된 창문, 아치형 천장이 드리운 긴 회랑은 웅장하고 아름답지만, 어딘가 사람을 우울하게 짓누르는 데가 있었다. 감성이 예민한 학생들에겐 필요 이상의 죄책감을 불러일으키는 양식인 것이다. 수도원에서 뻗어 나온 뿌리 역시 보이지 않게 학생들의 생각을 경직시킬 터였다.

버즈는 과연 자신이 열네 살에 프라임스쿨에 입학했다면, 이 위압감들을 이겨 낼 수 있었을까 하는 의문이 들었다. 온갖 위대함 속에서 혼자만 보잘것없는 존재가 될지도 모른다는 두려움을 감당할 수 있었을까. 그렇게 생각하니 자신들의 양 날개에 얹어진 돌을 자기 몸의 본래 무게인 양 생각하며 쾌활한 얼굴로 강의실을 오가는 프라임 보이들에게 존경스러운 마음까지 들었다. 그러나 이런 관조적인 감상도 나이가 들어 한 발짝 뒤로 물러선 덕분에 얻게 된 것이지, 자기 자신밖에 볼 줄 모르는 10대 때라면 친구들 얼굴에 드리운 그늘을 결코 알아챌 수 없었을 것이다.

"안녕하세요, 아저씨."

상념에 빠져 있던 버즈는 문득 저쪽 먼 데서부터 자기에게 인사를 하며 다가오는 한 소년을 보고 흠칫 놀랐다. 시간이 되돌려진 것이 아닌 이상 그럴 수 없다는 것을 아는데도 분명 어린 시절 친구의 얼굴이었다. 옛 생각에 지나치게 깊이 함몰된 탓에 아까 새를 봤을 때처럼 또 다른 환영을 보고 있는 걸까.

머릿속이 정리되지 않은 나머지 버즈는 소년이 자기 바로 앞에서 걸음을 멈출 때까지 아무 반응도 하지 못한 채 멀뚱히 바라보고만 있었다. 소년은 그 공백을 자신의 이름을 기억하지 못해 머뭇거리는 것으로 느꼈는지 다시 자기소개를 했다.

"다윈이에요. 지난번에 제이 아저씨 추모식에서 아버지랑 같이 만났는데 기억 안 나세요?"

버즈는 이제야 시간이 되돌려진 것 같았던 상황이 이해가 돼 친구의 아들이 오해하는 일이 없게끔 얼른 해명했다.

"아, 그래그래, 다윈. 미안하구나. 내가 잠깐 딴생각을 하느라."

"일하시는 데 제가 방해했나 봐요. 그럴 줄 알았으면 나중에 인사드리는 거였는데."

버즈는 장난을 섞어 말했다.

"방해는 무슨. 전혀 아냐. 점심으로 생선을 먹을지 고기를 먹을지 고르는 중이었단다."

다윈은 어린아이처럼 웃더니 역시 장난을 섞어 말했다.

"정말 심각한 고민인데요."

버즈는 다윈의 얼굴을 찬찬히 살펴보았다. 제이 추도식에서 인사를 나누었을 때도 느꼈지만, 다윈은 니스 어릴 때와 정말 많이 닮았다. 니스가 나이를 거꾸로 먹어 프라임스쿨 교복을 입고 있는 것이래도 믿을 정도였다. 굳이 다른 데를 찾자면 다윈이 니스보다 조금 더 밝아 보인다는 점이랄까. 물론 니스 역시 기본적으로 명랑한 친구이긴 했지만, 워낙 공상가 기질이 있는 탓에 사춘기를 거치면서는 이따금 우울해하기도 했고, 제이가 죽은 뒤로는 한동안 그늘에 묻혀 지냈다. 그 그늘이 걷힌 뒤에는 아예 다른 사람이 돼 버렸고…….

그러나 다윈의 갈색 눈동자에서는 태생적으로 갖고 있는 빛이 느껴졌다. 마치 한 번도 밤을 무서워해 보거나 악몽을 꾸어 본 적 없는 순수한 어린아이 같았다. 숱하게 다큐멘터리를 찍으며 수많은 인간 군상을 목격한 덕분에 버즈는 순간의 만남으로도 그들이 가진 밑바닥을 들여다볼 수 있는 능력이 생겼다고 자신했다. 이번에도 버즈는 자신의 그 판단력을 확신했다. 지금 눈앞에 있는 이 아이의 얼굴은 '진짜'였다. 프라임 보이들이 쓰고 다니는 가면이 다윈의 얼굴에서는 전혀 덜그럭거리지 않았다. 다윈은 이 고압적인 지붕 아래에서도 진실로 만족하고 행복해하고 있었다.

그러나 버즈는 그렇게 자신의 통찰력에 자부심을 느끼면서도 단 한 가지, 위대함으로 나아가기 위해 고통을 이겨 내는 대다수의 아이들과, 운명이 선사한 행운을 부여받아 삶에서 고통을 느끼지 않는 한 아이 중에서 어느 쪽을 진정한 프라임 보이라고 해야 하는지는 아직 판단이 서지 않았다.

"감독님, 이쪽 카메라 앵글 좀 다시 체크해 주셔야 할 것 같은데요."

그때 조수 필립이 도움을 요청했다. 버즈는 답을 내지 못한 채 생각이 중단된 것을 아쉬워하면서 카메라 앵글을 재조정했다. 필립에게 몇 가지를 조언해 주고 돌아온 버즈는 다윈에게 시간이 있으면 잠깐 교정을 함께 거닐겠느냐고 제안했다. 어쩐지 이대로 다윈과 헤어지기가 아쉬웠다.

다윈은 학교 이곳저곳을 친절하게 소개해 주었다. 촬영에 앞서 사전 조사를 하긴 했지만 프라임스쿨 재학생, 그것도 옛 친구를 그대로 닮은 프라임 보이가 해 주는 안내는 특별한 감상을 불러일으켰다. 추억에서는 진즉에 깨어났지만 버즈는 여전히 옆에서 걷는 다윈이 문득문득 니스로 착각되었다.

다윈이 말했다.

"프라임스쿨이 주인공이라니, 어떤 다큐멘터리가 될지 정말 기대돼요."

"나 역시 기대하고 있단다. 내가 과연 어떤 이야기를 만들지."

"그 말씀은 아직 확실히 정해 놓은 틀이 없다는 뜻이에요?"

"정확히 봤구나. 그냥 만들다 보면 저절로 틀이 생길 거라고 생각하고 있지. 뭐, 아예 없어도 상관없고. 액자 따위야 보는 사람 좋으라고 덧붙이는 것뿐이니까."

"예술가들은 그런 마음으로 작업을 하는 거군요. 멋져요."

아이가 해 주는 솔직한 칭찬에 버즈는 도리어 너무 호기를 부렸다는 부끄러움이 들어 태도를 낮추었다.

"물론 최종적으로 프라임스쿨이 제시한 큰 틀에는 당연히 맞추어야지. 어렵게 학교를 공개해 줬는데 계약을 위반할 수는 없으니까. 그런데 이상하게 다들 내 작품에 의심이 많은 모양이야. 이런저런 조건이 많은 걸 보면."

"아저씨 작품이 주로 위험한 곳이 배경인 데 반해 프라임스쿨은 평온하잖아요. 그런데 아저씨가 프라임스쿨을 찍는다니까 어떤 시선으로 여기를 바라볼지 다들 관심이 생기지 않겠어요? 저도 그런걸요."

"그래, 그렇겠지. 그런데 내 눈엔 오히려 여기가 훨씬 위험해 보이는구나. 10대 아이들에게 진짜 극단적인 일은 바이크를 타고 도로를 질주하는 게 아니라 수도원 냄새가 밴 기숙사 학교에서 6년을 견디는 것일 테니까. 어릴 땐 그 의미를 잘 몰랐는데 지금 와 생각하니 다들 어떻게 그 긴 시간을 이겨 내는지 경이로울 정도야. 나 같으면 백번도 넘게 담을 넘고 싶었을 텐데."

그 순간 다윈이 갑자기 웃음을 터뜨렸다. 담을 넘었을 거란 말이 프라임 보이에게는 그렇게 우스운 이야기인가 해서 버즈는 고개를 갸웃거렸다.

다윈이 웃음이 가시지 않은 목소리로 말했다.

"역시 레오는 아저씨를 그대로 닮은 거였네요."

"그게 무슨 말이니?"

"레오도 그런 말을 했거든요. 어느 날 갑자기 밤에 학교를 나가고 싶은 충동이 들면 나갈 수밖에 없다고요. 레오가 또 그런 일을 벌여도 아저씬 이해해 주실 수밖에 없겠어요."

순진한 다윈의 웃음에 버즈는 적당한 미소로 응대했다. 레오가 기숙사를 무단으로 나가서 징계를 받았다는 소식은 아내에게 전해 들었다. 어차피 자기 인생이니 상관할 생각은 없었지만 "한심한 녀석."이라고 혼잣말이 터져 나오는 것까지는 막을 수가 없었다. 그 정도의 자제력도 없어서 프라임스쿨의 명예를 더

럽히다니.

가장 기본적인 규율조차 참아 낼 각오도 없는 녀석이 애초에 프라임스쿨은 왜 간다고 했던 걸까. 다윈은 레오를 이해해 줄 수밖에 없겠다고 말했지만 버즈는 오히려 아들이 조금도 이해되지 않았다. 창밖으로 나가고 싶은 충동이 이는 것과 그 충동을 제어하지 못해 창밖으로 뛰어내리는 것은 완전히 다른 차원이었다. 생각과 행동 사이에는 땅과 하늘만큼의 차이가 있는 것이다. 누군가가 죽길 바라는 것과 실제로 죽이는 것의 차이처럼.

버즈는 마음속에 이는 상념들을 억누르며 다윈에게 말했다.

"지난번에 추도식에서 만났을 때는 잘 모르는 사이인 것 같더니, 어느새 친해졌나 보구나."

"네. 그때 아비지가 아저씨께 그랬잖아요. 자연스럽게 친해질 기회가 있을 거라고. 그 말 때문인지 정말 얼마 뒤에 둘이서 이야기를 나눌 기회가 생겼어요. 그리고 지금은 프라임스쿨에서 가장 친한 친구가 됐고요."

아버지들에 이어 자식들도 친구가 되면 좋을 거라고 말한 게 자기 자신이긴 했지만 막상 다윈을 알고 나니 다윈과 레오가 함께 있는 모습이 잘 연상되지 않아 버즈는 주의를 줄 겸 말했다.

"행여 레오가 같이 프라임스쿨 담을 넘자는 정신 나간 제안을 할지도 모르니까, 다윈 네가 늘 정신을 똑바로 차리고 있어야 할 거다. 저 혼자야 퇴학을 당해도 싸지만 아무 죄 없는 너까지 끌어들이는 건 용서가 안 되니."

"퇴학이라뇨, 절대 그럴 일은 없어요."

"모르는 일이지. 난 이미 레오가 프라임스쿨의 첫 퇴학생이 될 것을 어느 정도 각오하고 있단다. 당장 오늘 레오를 데려가라는 교장 선생님 전화를 받는대도 전혀 놀라지 않을 거야."

다원이 걸음을 멈추며 물었다.

"진심으로 하는 말씀이세요?"

"진심이지."

그러자 다원이 진지하다 못해 심각한 목소리로 말했다.

"그럴 일은 절대 일어나지 않을 거예요. 두고 보세요. 졸업식 날 저랑 같이 학사모를 쓰고 사진을 찍고 있을 테니. 아저씨가 사진을 찍어 주시면 영광일 거예요."

언뜻 화난 얼굴이 된 다원이 버즈는 귀엽고 사랑스러웠다. 친구 일을 자기 일처럼 생각하는 마음은 모든 어른들이 오래전에 잃어버린 보물 중 하나일 것이다.

버즈는 다원의 어깨를 가볍게 쓰다듬으며 말했다.

"레오가 정말 좋은 친구를 얻었구나. 다원, 부디 나중에 어른이 돼도 그 마음을 잊지 말길 바란다. 어린 시절 친구를 잃는 건 자신의 어린 시절 전체를 잃어버리는 것과도 같거든."

우정을 격려하기 위해 한 말이었는데 뱉어 놓고 보니 마치 자신이 그 상실의 가장 큰 피해자인 양 쓸쓸한 기분이 들었다. 바람에 나뭇잎들이 쏠리는 소리가 들렸다. 버즈는 잎이 무성한 나무를 올려다보았다. 햇살에 부딪치는 푸른 잎들이 그보다 더 푸르렀던 옛 시절로 기억을 이끌었다.

그때의 거의 모든 시간은 이 잎들처럼 제이와 니스의 얼굴로 뒤덮여 있었다. 당연한 일이었다. 두 사람이 인생의 첫 친구들이자 마지막 친구들이었으니. 그 뒤로는 친구라고 부를 만한 사람을 한 명도 사귀지 못했다. 고등학교와 대학교에서 많은 사람들을 만났지만 누구에게든 감정을 아꼈고, 적당한 거리를 유지하려 했다. 제이와 니스를 통해 친구의 소중함을 배웠지만 동시에 두 사람에게서 받은 상처가 더 이상 친구를 필요치 않게 만든 것이다.

버즈는 옆에 다원이 있다는 것도 잠시 잊은 채 오래전 날들로 깊이 빠져들었다. 마음속에 바람이 불어왔고, 자신은 그 바람에 휩쓸려 하루아침에 갑자기 아이에서 어른이 된 것 같았다. 어깨동무를 한 채 같이 노래를 부르고 다녔던 친구들은 다 어디로 가 버렸는지 알 수가 없었다.

"추도식 이후에 저희 아버지랑 따로 만난 적은 없으세요?"

다원의 목소리를 듣고서야 버즈는 정신을 차리고 다시 걸음을 옮겼다.

"서로 바쁘니까. 다큐멘터리 건으로 공식 서신을 몇 번 교환한 정도지. 프라임스쿨 위원장과 다큐멘터리 감독으로서."

"추도식 때 보니까 어렸을 때는 많이 친하셨던 것 같은데 언제부터 사이가 멀어지신 거예요?"

버즈는 다원의 질문을 자기 자신에게로 돌렸다. 형제처럼 친했던 친구가 갑자기 타인으로 돌변해 버린 게 언제부터였을까.

"……아마 제이가 죽은 뒤부터였겠지. 친구의 죽음은 어떤 식으로든 남은 사람에게 영향을 미치니까. 나 역시 충격이 컸고 한동안 방황했지만, 제이가 죽은 뒤로 니스는 완전히 다른 사람이 되어 버렸단다."

"다른 사람이라는 게 어떤 뜻이에요?"

"어떻게 말해야 할까……."

버즈는 말끝을 흐리면서 당시의 니스를 회상했다.

"예를 들면, 우리가 열여섯 살이었을 때는 미래에 니스가 교육위원회니 문교부 차관이니 하는 자리에 앉아 있을 거라고는 감히 상상도 못 했단다. 니스는 타고난 공상가였지. 프라임스쿨이니 성적 따위엔 아무 관심도 없었어. 늘 모험가가 되고 싶어 했지. 해리 아저씨처럼 전 세계를 돌아다니며 세상이 감추고 있는 비밀을 들추고 싶다면서 말이야. 지금의 세계가 불평등하다는 말도 곧잘 했지. 책상에 명패를 세워 놓고 하루 종일 사무실에 앉아 있는 관료들을 제일 한심해했고, 분명 더 좋은 세상을 만들 수 있는데 그러지 않는 이유가 뭔지 궁금하다고도 했어. 만약 그때의 내가 지금의 니스를 길에서 마주치면 뒤집어질 정도로 웃어 버릴지도 모른단다. '야, 니스 영 너, 그 고리타분한 양복은 다 뭐야. 이 자식, 넥타이 잘도 맸네.' 하면서. 니스는 창피해서 아마 도망가 버릴걸."

추억에 빠져 갖가지 일화들을 두서없이 쏟아 낸 버즈는 문득 다윈의 기분을 상하게 한 건 아닌지 걱정이 들어 얼른 덧붙였다.

"아, 다윈, 그렇다고 오해는 마렴. 지금 니스가 하고 있는 일을 모욕하는 건 절대 아니니까. 나 같은 사람은 절대 못 오를 훌륭하고 대단한 자리라고 생각한단다. 단지 철없던 어린 시절에는 그런 생각을 했다는 거야. 하지만 누구도 영원히 아이인 채로 있을 수는 없는 법이니 당연히 우리에게도 어른이 되어야 하는 순간이 왔지. 제이의 죽음이 그 문이 되리라고는 전혀 예상하지 못했지만……. 아무튼 그 문을 지나자 니스는 한순간에 어른이 되어 버렸단다. 나 역시 내 방식대로 어른이 됐고. 아마 거기서부터 우리들 길이 갈렸을 거다."

다행히도 다원은 불쾌해하는 기색 없이 오히려 호기심 어린 눈동자를 빛냈다.

"새로워요, 아버지 어린 시절 이야기는. 아버지는 늘 아버지로만 생각해 왔는데. 제 나이의 아버지라니, 전혀 상상이 안 가요."

버즈가 흐뭇한 미소를 지으며 말했다.

"그게 니스가 훌륭한 아버지라는 증거란다. 아버지는 늘 아버지다워야지. 아들에게 아버지답지 않은 모습을 보이는 사람은 그 이름을 얻을 자격이 없는 거니까."

다원과 헤어지고 난 뒤, 버즈는 마음속에 충만함과 공허함이 동시에 이는 것을 느꼈다. 중년의 길목에서 만난 친구의 아들은 삶이 어떤 식으로 진행되는지 보람을 느끼게 하면서도 돌아갈 수 없는 자신의 어린 시절에 대한 아픈 회한을 일으켰다. 그러나 버즈는 군이 그 이중적인 기분을 떨쳐 내려 노력하진 않았다. 달든 쓰든 어린 시절에서 떨어져 나온 감정 한 조각은 프라임스쿨을 느끼는 데 의미 있는 향미를 선사해 줄 테니까.

버즈는 카메라로 프라임스쿨 이곳저곳을 비추고 다녔다. 소년들의 냄새가 물씬 풍기는 기숙사, 학업의 열기가 타오르다 못해 차가움마저 느껴지는 강의실, 옛 수도원이 소장했던 고서들을 그대로 간직하고 있는 위엄 어린 도서관, 소년들의 발자국이 남아 있는 오솔길…….

촬영은 순조로웠지만 프라임스쿨 측과 맺은 촬영 약관 때문에 더 심도 있는 그림을 얻지 못하는 것이 아쉬웠다. 학교 측에서는 건물 내부를 찍을 때면 반드시 교직원을 동행하게 했고, 학생들의 학습권을 침해하면 안 된다는 명목으로 촬영을 단 3회로 제한했다. 상시적인 보조 인력도 한 명만 허용됐다. 학교의 허가 없이 학생들을 인터뷰하는 것도 금지였고, 학교 규칙을 비난하는 것도 사후 검열 대상이었다. 따지고 보면 결국엔 학교의 대략적인 풍경을 스케치하는 촬영만 허가해 준 셈이었다. 필립은 다큐멘터리의 본질도 모르는 관료주의적 발상이라고 비난했다.

"그냥 카메라만 들이댄다고 되는 게 아니라 오래 시간을 들여 바라보다가 마침내 그 시선이 관찰이 아니라 생활이 됐을 때 탄생하는 게 다큐멘터리라는 건데 말이죠. 그렇죠, 감독님?"

필립의 능청에 버즈는 웃음이 나왔다. 그 말은 자신이 가르쳐 준 다큐멘터리 작법이자 창작자로서의 태도였기 때문이다. 실제로 마약 딜러를 하는 8지구 아이들의 이야기를 찍을 때는 석 달을 꼬박 그 아이들과 함께 밥을 먹고, 잠을 자고, 카메라를 숨긴 채 거래하는 곳에 몰래 따라다녔다. 그렇게 했어도 그 아이들이 서 있는 절망의 땅을 반도 채 담아내지 못했으니 단 세 번으로 프라임스쿨 방문을 제한해 놓은 계약에 필립이 불만을 터뜨리는 것은 당연했다. 시작도 하기 전에 미완성의 작품을 예약해 놓은 것이나 다름없달까.

버즈 역시 무리한 스케줄이라고 화를 내긴 했지만 결국엔 학교가 내세운 조건을 받아들였다. 프라임스쿨의 고심을 모른 척할 수 없었기 때문이다. 지금껏 프라임스쿨이 이렇게 깊숙한 곳까지 카메라를 들여보내 준 적은 한 번도 없었다. 이번에도 언론에 공개를 금기시하는 학교 전통을 내세워 얼마든지 촬영 협조를 거절할 수 있었다. 그런 경우엔 어쩔 수 없이 프라임스쿨 교문만 나오는 다큐멘터리를 찍어야 할 거라는 각오까지 해 두었다. 그런데 뜻밖에도 촬영 허가가 쉽게 내려졌고, 약관을 성실히 이행하는 한 학교 측에서도 최대한 협조하겠다는 약속까지 받을 수 있었다. 이 정도면 세 번이 적다고 투덜댈 게 아니라 오히려 세 번이나 학교에 들어올 수 있게 허용해 준 것에 고마워하는 게 공평한 건지도 모른다.

버즈는 물론 그게 누구 덕분인지 잘 알고 있었다. 추도식에서는 부정적인 답변을 해 놓고 결국엔 부탁을 거절하지 못한 마음 여린 친구, 니스의 배려 덕분이었다. 버즈는 니스에게 진심으로 고마웠다. 25년 넘게 만나지 않았어도 한 번 친구는 영원한 친구였다.

버즈가 필립에게 말했다.

"프라임스쿨을 비밀에 싸인 어느 왕조라고 생각해 봐. 수립 이래 한 번도 외세에 문을 열어 준 적 없는 왕조가 우리를 위해 육중한 문을 특별히 세 번이나 열어 주는 거야. 이래도 감격하는 대신 불만을 터뜨린다면 다른 긍정적인 조수를 구하는 게 낫겠지."

"뭐, 왕조까지야……."

필립은 군소리를 하면서도 지시하는 곳을 향해 착실히 카메라를 돌렸다. 버즈도 카메라를 들고 다른 곳으로 향했다. 정해 놓은 틀은 없지만 프라임스쿨에 들어와 보니 마음속에 품고 있던 이상이 저절로 그려졌다. 프라임스쿨의 하늘과, 하늘에 닿겠다는 약속을 이루려는 듯 높이 솟은 첨탑, 첨탑의 그림자가 드리운 맞은편의 회랑 벽, 절대적 메시지가 아른거리는 그 벽 위로 자기 그림자를 늘어뜨리며 혼자 걸어가는 소년. 그 긴 길을 걷는 소년의 마음에 이는…….

그때였다.

"다윈이랑 무슨 얘기 했어요?"

버즈는 갑작스러운 목소리에 놀라 뒤를 돌아보았다. 언제 왔는지 레오가 서 있었다.

잡힐 듯했던 이미지가 순간 흩뜨러져 버린 아쉬움에 버즈는 작게 한숨을 내쉬고는 다시 카메라로 시선을 돌리며 대꾸했다.

"봤구나. 봤으면 와서 인사하지 그랬니?"

"방해하고 싶지 않아서요."

"그런 배려도 다 할 줄 아는구나."

"아버지가 누군가한테 그렇게 다정하게 구는 걸 처음 봤는데 낭연히 자리를 피해 드려야죠. 어때요, 다윈? 좋은 아이죠?"

버즈는 카메라에서 눈을 떼지 않은 채 대답했다.

"그래, 좋은 걸 넘어 훌륭한 아이더구나. 태어날 때부터 프라임 보이로 낙점받아 놓은 것처럼. 덕분에 옛날 생각도 나고 즐거웠단다."

수업 종료 벨이 텅 빈 교정으로 학생들을 불러내는 순간을 찍기 위해 버즈는 긴장한 채 카메라를 준비했다. 잠시 뒤 종이 울리자 교복 가슴에 P 자 배지를 단 무리가 한꺼번에 쏟아져 나왔다. 원하던 장면을 포착해 낸 버즈는 그제야 '그런데 넌 이 시간에 수업이 없는 거냐?'라고 물으려고 뒤로 시선을 돌렸다. 그러나 레오는 이미 어디론가 가 버리고 없었다.

제이 삼촌의 방

　　루미는 책장에 놓여 있는 녹음테이프 가운데 하나를 골라 카세트 플레이어에 넣은 뒤 침대에 드러누웠다. 자기 방이 아닌 다른 사람 방에서 가장 편안함을 느낀다는 것은 이상한 일인지도 모른다. 더군다나 그 방이 30년 전에 죽은 사람의 방이라고 한다면 더욱더. 그러나 루미는 제이 삼촌 방보다 더 편안한 곳은 어디서도 찾지 못했다. 아니, 단순히 편안하다고만 하는 것은 한참 모자란 설명이었다. 삼촌의 침대 위에서 느끼는 감정은 그보다 훨씬 더 완전하고 본질적인 것이었다.

　　루미는 눈을 감았다. 30년 전, 제이 삼촌이 녹음해 놓은 라디오 음악이 흘러나왔다.

　　'땅거미가 질 무렵 날 뒤따라오고 있는 외로운 친구를 봤어. 그와 평생을 같이하게 될 걸 직감했지.'

　　침대에 누웠지만 팔다리 감각은 더 예민해지고, 눈은 감았지만 눈을 뜨고 있을 때보다 더 흥미로운 것들이 보이고, 호흡은 느려졌지만 심장은 더 생기 있게 부풀어 올랐다. 루미는 제이 삼촌 방에 흐르는 어떤 힘으로 자신이 서서히 되살아나는 기분이 들었다. 학교에 있을 때와는 완전히 정반대의 감정이었다.

프리메라 여학교가 네모난 상자라면 학생들은 그 상자 속에서 온종일 경직된 자세로 대기하고 있다가, 이름이 불리는 순간 즉각 한 장씩 튀어나와야 하는 티슈들이었다. 천팔백 장의 티슈를 모두 늘어놓고 봐도 다 같은 모양 같은 크기로 순결하고 보드랍기만 할 뿐 다른 점이라고는 없었다.

루미는 빼곡한 티슈들 사이에 끼여 있으면서도 자신은 결코 그 희멀건 물질이 아니라고 생각했다. 자신은 프리메라 여학교에 있는 유일한 인간이었다. 이 세계를 생각하고, 의심하고, 판단할 줄 아는 진정한 인간.

백치 같은 티슈들 틈에서 혼자만 인간으로 지낸다는 것은 아무도 몰라주는 싸움을 매일매일 홀로 치러야 한다는 것을 의미했다. 창 없는 답답한 상자를 견뎌야 했고, 무조건적인 순종을 강요하는 손짓에 복종하는 척해야 했고, 생각을 나눌 수 있는 친구가 없어 하루 종일 자기 자신과만 대화해야 했다. 그러나 그중에서도 가장 이겨 내기 어려운 적敵은 똑같은 교복을 입은 아이들이 보내는 동류의식의 눈빛이었다. '너도 우리와 똑같은 티슈잖아.'라고 말하는. 루미는 프리메라 안에서 자신의 유일함과 개성이 하루하루 무뎌지는 것을 느꼈지만 이러한 불만을 공개적으로 표출할 수는 없었다. 프리메라 여학교는 투쟁을 해서 얻은 전리품이었기 때문이다.

부모님은 프리메라 여학교에 가는 것을 반대해 처음엔 입학 시험에조차 응시하지 못하게 했다. 두 사람은 엘리트 양성이라는 목적으로 설립된 특권 학교들에 반감이 강했다. 4지구 출신 엄마가 1지구 엘리트들에게 열등의식이 있는 것은 충분히 이해할 수 있었다. 그런데 1지구 출신인 아빠는 오히려 엄마보다도 거부감이 더 심해 모두가 우러러보는 프라임스쿨조차 신랄하게 깎아내렸다. 아직 철도 안 든 아이들을 병적인 자아도취에 빠뜨리는 학교라면서.

경우에 따라선 특별한 교육 신념을 가진 사람의 주장일 수도 있지만, 루미는 아빠의 본심에 깔려 있는 감정이 무엇인지 꿰뚫어 보고 있었다. 단 한 번도 특권적인 지위에 서 본 적 없는 사람이 내보이는 추악한 질투심. 감히 프라임스쿨에는 견줄 수도 없는 일반 학교를 졸업한 1지구 남자가 나이 들어서까지 사라지지 않는 열등감을 교육 시스템에 대한 그럴듯한 비판으로 위장하고 있는 것이었다. 부모님이 프리메라에 가는 것을 반대하고 나선 열세 살 무렵, 루미는 그렇게 자신의 부모가 가진 모든 약점과 모순을 한순간에 깨달았다.

루미는 할머니 집으로 달아나 할머니 품에 안겨 말했다. 가족 중에 한 명이라도 프라임스쿨이나 프리메라 여학교 출신이 있었으면 아빠 엄마도 생각이 달라졌을 거라고. 그때 할머니는 프라임스쿨 입학시험에 합격해 놓고도 학교에 가지 않은 제이 삼촌 이야기를 들려주었다.

"왜 가지 않았는데요?"

할머니는 그립고도 쓸쓸한 표정을 지으며 대답했다.

"프라임스쿨보다 가족과 집을 더 사랑했기 때문이지."

불행히도 그 생각엔 조금도 동감할 수 없었지만, 루미는 프라임스쿨 같은 최고의 학교를 아무것도 아닌 것처럼 넘겨 버린 삼촌이 더없이 위대하게 느껴졌다. 역사적인 사진작가인 할아버지의 아들로 태어나 천재적인 두뇌에 따뜻한 마음까지 갖춘 제이 삼촌. 삼촌은 완벽했다. 심지어 요절조차도 영웅들의 삶에서 발견되는 특별한 요소로 생각됐다. 태어나 죽을 때까지 운명의 눈으로부터 주목받고 있던 사람이 치러야 하는 비극적인 결말처럼.

루미는 부러움을 섞어 말했다.

"제가 제이 삼촌이었으면 좋겠어요."

할머니가 웃으며 말했다.

"네가 제이이기도 하지. 루미 너는 제이와 같은 날 태어난 데다 아기 호랑이 같은 제이의 눈을 그대로 빼닮지 않았니? 넌 또 다른 제이란다. 우리 리틀 제이."

할머니 말은 큰 영감을 주었다. 아무리 노력한대도 삼촌같이 훌륭한 부모를 두는 것은 태생적으로 불가능한 일이지만, 자신이 리틀 제이라면 부모의 도움 없이도 프리메라 입학시험쯤은 가뿐히 합격할 수 있을 것 같았다.

루미는 부모님께 알리지 않은 채 국립 도서관을 오가며 혼자 입학시험을 준비했다. 그 과정에서 자기와 처지가 비슷한 한 친구를 알게 되었다. 레오 마샬. 유명 다큐멘터리 감독의 아들인 레오 역시 프라임스쿨에 입학하는 것에 아버지의 지지를 얻지 못하고 있었다. 물론 루미는 그것이 자신이 당하는 것과 같은 퇴보적인 반대가 아니라 바쁜 직업에 몸담고 있는 아버지들이 흔히 보이는 방관 혹은 진보적인 작품을 만드는 예술가가 엘리트 체제에 가지는 본능적인 반감이라는 것을 알았다. 레오는 프라임스쿨에 입학함으로써 자기 아버지에게 뭔가를 증명해 보이고 싶어 했다. 그런 점에선 목적이 같았기 때문에 금세 친구가 될 수 있었다. 버즈 아저씨가 제이 삼촌의 옛 친구였다는 사실을 알게 된 뒤로는 레오를 만나 친구가 된 것이 운명처럼 여겨지기도 했다. 다만 억울한 점이 있다면 프라임스쿨이 요구하는 모든 과목에서 자신이 레오보다 더 높은 점수를 받을 수 있음에도 단지 여자라는 이유로 프라임스쿨 입학시험에 응시할 기회조차 없는 현실이었다.

여학생들에게 프라임스쿨은 원천적으로 봉쇄된 세계였다. 200년 전의 우매한 교육가들은 프라임스쿨을 설립할 당시 여학생이라는 존재를 고려조차 하지 않았다. 머지않아 모든 학문 분야에서 여학생이 남학생과 동등하게 경쟁하게 될 것을 전혀 예측하지 못한 것이다. 아니면 변화의 낌새를 눈치챘으면서도 의도적으로 회피했거나.

프리메라 여학교는 프라임스쿨이 설립된 지 150년이 흐른 뒤에야 여학생들에게도 프라임스쿨에 상응하는 엘리트 교육을 제공해야 한다는 여론에서 설립되었다. 드디어 남학생과 여학생을 평등하게 대하는 시대가 된 것이다. 그러나 루미는 그 결정이 조금도 평등해 보이지 않았다. 아니, 오히려 불평등 쪽으로 한 발짝 뒷걸음질 친 것이라 생각했다. 진정으로 평등을 추구할 것이었다면 프라임스쿨의 아류 학교를 만들 게 아니라 200년간

닫아 놓은 프라임스쿨의 한쪽 문을 여학생들에게 열어 주어야
했다. 남학생들과 똑같이 입학시험을 볼 기회만 준다면 제이 삼
촌처럼 시험에 합격할 자신이 있었다. 그러나 이런 현실에 문제
의식을 가지고 있는 사람은 이 세상에 오로지 자기 한 명뿐인 것
같았다.

비록 프라임스쿨은 아니지만 여학교 중에선 최고인 프리메
라의 입학 허가서를 받은 날, 루미는 원하던 학교에 합격했다는
사실보다 자신의 정체성이 확실해졌다는 사실이 더 기뻤다. 이
로써 자신이 아빠의 피보다 할아버지에서 삼촌으로 이어진 피
를 더 많이 물려받은 게 증명된 셈이었다.

루미는 합격 통지서를 부모님께 내밀며 말했다.

"아빠 엄마가 등록금을 내주지 않으면 할머니가 내주시겠
대요."

아빠는 축하 대신 냉소적인 어투로 말했다.

"대단하구나. 제 잘난 맛에 사는 여자애들이 다 모인 학교를
굳이 시험까지 쳐 가면서 들어가다니. 아무튼 네 결정이니 부디
힘들다고 후회하는 일이 없길 바란다."

그러면서 덧붙이기를, 등록금은 부모인 자신이 당연히 책임
져야 하는 것이니 할머니에게 너무 의지하지도, 자주 찾아가지
도 말라고 했다.

루미는 눈을 감은 채 아빠의 쌀쌀맞은 얼굴을 떠올렸다. 인정
하긴 싫지만 아빠 말대로 프리메라에서 지내는 생활은 인내의
연속이었다. 3년이 다 된 지금까지도 초록색 교문을 들어설 땐
늘 자신을 다독거려야 했다. 그러나 아빠의 말은 반만 맞은 예언

이었다. 설령 학교생활이 지금보다 배로 더 힘들어진다 해도 프리메라에 들어간 것을 후회하고 학교를 떠날 일은 결코 없을 것이다. 과연 왕이 격무에 시달린다는 이유로 자신의 자리를 다른 사람에게 넘기고 싶어 할까? 어리석은 왕이라면 그럴 수도 있을 것이다. 그러나 현명한 왕이라면 자신의 권력을 포기하는 대신 바로 그 권력을 이용해 업무에서 벗어나 쉴 수 있는 조용한 정원을 만들 것이다.

비록 왕의 절대 권력으로 얻어 낸 것은 아니지만 제이 삼촌의 방이 자신에게는 조용한 정원이나 마찬가지였다. 이곳에서는 모든 사람들로부터 멀어져 누구에게도 침범당하지 않은 채 오로지 자기 자신만을 찬찬히 들여다볼 수 있었다. 한 명의 독립적인 개체, 선명한 취향, 풀리지 않은 미스터리. 인생 속에 있으면 좋을 모든 것들이 이 방에는 존재하고 있었다.

그때였다.

"어려운 문제야."

루미는 눈을 떴다. 제이 삼촌이었다. 자신과 삼촌을 지나치게 일원화한 나머지 잘못 들은 환청이 아니라 실제로 테이프에 녹음돼 있는 삼촌의 목소리였다. 이전에도 몇 번 다른 테이프들에서 이런 소리를 들은 적이 있었다. 창문을 여닫는 소리라든지, 고양이 울음소리와 "쉿, 저리 내려가."라는 외침, 노랫말을 따라 흥얼거리는 목소리……. 30년 전엔 기술력이 요즘만큼 좋지 않아서 라디오 음악을 녹음할 때 외부 소음까지 같이 녹음되곤 했던 모양이었다. 루미는 그 소리들을 조합해 30년 전, 삼촌이 음악을 들었던 어느 새벽을 재구성해 보기로 했다.

자정 열두 시에서 새벽 두 시까지 방송되는 '미드나이트 뮤직'을 녹음하려고 라디오를 틀어 놓은 채 책상에 앉아 있던 삼촌은 창밖에서 수상한 움직임을 느끼고 창문을 연다. 늘 이 시간에 오는 고양이가 비상계단을 기어 다니며 울고 있다. 삼촌은 "쉿, 저리 내려가." 하고 외치며 고양이를 쫓아낸다. 그러고는 다시 한밤의 고요를 즐기며 노래를 따라 흥얼거린다.

　　그렇다면 "어려운 문제야."라는 건 어떤 상황에서 한 말일까? 프라임스쿨에 합격한 수재답게 라디오를 들으며 늦은 밤까지 수학 문제라도 풀고 있었던 걸까?

　　할머니나 아빠에게 물으면 약간의 힌트를 얻을 수 있을지도 모르지만, 루미는 그보다는 자신의 상상력에 기대는 쪽을 택했다. 어린 시절 삼촌의 목소리를 들으면 할머니는 다시 깊은 슬픔에 빠질 테고, 아빠는 이 발견을 조금도 가치 있게 생각하지 않을 것이기 때문이다. 괜히 삼촌 방에 너무 자주 들어가는 거 아니냐는 간섭만 받을 바에야 삼촌 방을 독차지한 것처럼 삼촌의 목소리도 혼자 비밀스럽게 품고 있는 게 나았다. 그럴수록 삼촌과의 유대감은 더 깊어질 테니.

　　그때였다. 노크 소리와 함께 문이 열렸다. 가사 도우미였다.

　　"루미, 할머니께서 우편물 정리를 도와달라셔."

　　루미는 1층 응접실로 내려왔다. 할머니는 이미 탁자 위에 우편물을 가득 쌓아 놓고 기다리고 있었다. 우편물 대다수를 차지하는 건 여러 종류의 고지서지만 그 외에 팸플릿과 편지도 더러 섞여 있었다. 할아버지의 명성 덕에 사진 협회 등에서 정기적으로 보내 오는 소식지와 초대장들이었다. 초대를 받아도 할아버지는 더는 그런 곳에 참석할 수 없기 때문에 중요한 초청인 경우엔 부득이하게 참석 못 한다는 회신을 보내야 했다.

할머니 집에 놀러 오는 날이면 루미는 할머니로부터 우편물 분류하는 일을 종종 부탁받았다. 루미는 자기의 도움이 꼭 필요한 일이 아니란 것을 알면서도 늘 친절히 응했다. 그게 단순한 우편물 정리가 아니라, 할머니가 손녀와 벌이는 일종의 사교 놀이라는 것을 알기 때문이었다. "이건 꼭 답장을 보내 줘야 하는 거예요."라고 확인해 주면 할머니는 코에 걸친 돋보기 안경을 올려 쓰며 "이이는 꼭 잊지 않고 카드를 보낸다니까." 하고 웃었다. 할머니는 그런 식으로 자신이 여전히 우아하고 건재한 안주인 역할을 해내고 있다는 것을 손녀에게 보여 주고 싶은 것이다. 치매에 걸린 남편을 돌보며 누릴 수 있는 아주 작은 허영일 것이다.

"할아버지는 아직도 주무세요? 너무 오래 주무시는 거 아니에요?"

"덕분에 이렇게 쉴 수도 있고 좋지, 뭘."

루미는 우편물 분류하는 일을 휴식으로 생각하는 할머니가 안타까웠다. 할아버지가 할머니를 제외한 다른 간병인은 모두 쫓아내 버리고 할머니를 밖에 나가지도 못하게 해서 할머니는 온종일 할아버지 곁에만 붙어 있어야 했다. 이런 작은 사회 활동이라도 하지 않는다면 할머니는 햇빛을 못 본 식물처럼 바싹 말라 버릴 것이다.

루미는 할머니의 사교 놀이에 화답하기 위해 일부러 우편물을 한 장 한 장 느리게 넘기며 발신인을 확인했다. 사진 협회에서 보낸 전시회 일정 통보 편지는 응답할 필요가 없는 우편물 쪽에 놓았다. 어차피 그쪽에서도 할아버지가 참석할 수 없다는 것을 알면서 예우 차원에서 보내는 것이었다. 협회가 아닌 개인이 보낸 편지에는 가급적 응답을 해 주는 게 좋았다. '보내 주신 편지에 진심으로 감사드립니다. 그런데 안타깝게도……'라는 간단한 회신 엽서만으로도 헌터 가문의 품격을 유지할 수 있었다. 각종 공과금 역시 꼭 확인해야 하는 쪽이었다. 공과금이 밀려 벌금이 붙은 고지서가 날아오는 것은 할머니의 자존심에 상처를 입히는 일이 될 테니까.

우편물 분류를 거의 끝낸 루미는 몇 개 남지 않은 편지들 중에서 낯선 발신 기관을 발견했다. 루미는 할머니에게 먼저 편지를 보여 주며 물었다.

"아카이브에서도 할아버지께 편지가 와요? 여긴 국립 기록물 보관소잖아요."

할머니는 편지를 뜯어 안에 든 내용을 읽더니 별것 아니라는 식으로 얘기했다.

"아카이브에 저장된 할아버지 사진 저작권의 남은 보관 기한을 알려 주는 통지문이란다. 5년마다 오는 건데 어느새 또 5년이 흘렀나 보구나. 통보만 하는 공문서니까 답장할 건 없어."

"할아버지 사진이 아카이브에 저장돼 있는 줄은 몰랐어요."

"나도 직접 가서 본 적은 없단다. 아카이브라는 기관 자체가 일반인이 아니라 연구자들이나 옛 자료에 특별한 흥미가 있는 사람들만 가는 곳이잖니. 한번 계약을 맺으면 일률적으로 아카이브가 50년 동안 저작권을 갖는데, 여길 보니 일부 사진들의 남은 보관 기한이 15년이라는구나. 만약 그 안에 할아버지나 내가 세상을 떠나면 아마도 조이나 루미 네가 저작권 이양을 연장할지 말지를 결정해야겠지. 할아버지가 저런 상태니 할머니가 대신 부탁하마. 할아버지는 당신 사진이 아카이브에 보관되는 걸 자랑스러워하셨어. 더 많은 사람이 사진을 볼 수 있길 바라셨지. 너희도 그 뜻을 존중해 드리렴."

루미는 잠시 생각에 잠겼다가 물었다.

"할아버지가 찍은 모든 사진이 아카이브에 저장돼 있는 거예요?"

할머니가 "그럴 리가 있겠니."라며 재미있다는 듯 웃었다.

"할아버지가 찍은 모든 사진을 저장하려 했다간 아카이브를 독점해야 할 텐데. 아마도 역사적으로 보존할 가치가 있는 사진들만 선별했겠지."

루미는 그에 관해 할머니와 더 이야기를 나누고 싶었는데, 그 순간 방에서 할아버지가 내지르는 고함 소리가 들려왔다. 잠에서 깬 모양이었다. 오랜만에 여유로워 보였던 할머니는 금세 수심 어린 얼굴로 변해 방으로 달려갔다. 루미는 아카이브에서 보낸 편지를 따로 챙겼다.

아카이브

　　　　　　　네온 강의 줄기가 시작되는 동쪽에 자리
한 문화 거리는 1지구인들의 사랑을 가장 많이 받는 지역으로
각종 예술 공연과 전시회, 박람회가 1년 내내 쉼 없이 진행되었
다. 이곳에서는 미래 생활상을 보여 주는 과학 전시관을 체험한
뒤 바로 옆 미술관에서 모던주의 작품을 감상하고, 이어 인류사
박물관에 보관된 초기 인류 발자국 화석을 견학하는 일이 하루
안에 자연스럽게 이루어졌다. 그렇게 모든 관람을 마치고 밖으
로 나오면 공기가 이질적으로 느껴지면서 네온 강의 흐름이 유
독 도드라지게 보이는 현상을 경험하게 되었다. 어떤 방문객에
겐 단순히 여가만 제공하는 곳이지만, 어떤 방문객에겐 인류의
미래와 현재, 과거에 대해 유기적인 질문을 던지는 곳이었다.
　　조용한 보통의 1지구 거리들과 달리 이곳은 여러 지구에서
찾아오는 방문객들로 1년 내내 혼잡했다. 아카이브 역시 문화

거리에 있긴 했지만, 사람들에게 인기 있는 기관이 아닌 데다 후
미진 곳에 위치한 탓에 찾아가는 길은 한산했다.

루미는 점심시간 내내 학교 도서관에 비치된 국가기관 요람
집에서 아카이브에 관한 정보를 찾아보았다. 정보라고 해 봤자
설립 이념, 소속 기관, 운영 방식 등 단순한 기관 소개에 불과했
지만, 그 정도로도 알고 싶은 내용은 거의 충족되었다. 아카이브
연혁을 살펴보니 설립 당시엔 관장 체제로 운영되던 독립기관
이었다가 이후 문교부 산하기관으로 편입되었다는 설명이 나와
있었다. 가장 궁금했던 저작권 부분은 할머니의 이야기와 동일
했다. 국가 기록물로서 보존할 가치가 있는 자료들을 소유한 저
작권자들과 일괄적으로 50년간의 저작권 이양 계약을 맺어 그
기간 동안 자료의 이용과 공개에 대한 권한을 가진다는 내용인
데, 5년 전부터는 그 기록물들을 디지털화하는 작업을 시행해
편리성과 접근성을 높였다고 했다.

루미는 '국가 기록물로서 보존할 가치가 있는 자료들'이라는
문구를 눈여겨보았다. 그것은 어제 할머니가 역사적으로 보존
할 가치가 있는 사진들만 선별했을 거라고 했던 말과 일맥상통
했다. 루미는 확신을 굳혔다. '12월의 폭동'을 찍은 사진보다 국
가 기록물로서 더 가치 있는 것이 뭐가 있겠는가.

아카이브에 다다르자 입구 벽에 붙은 '휴관일은 매월 둘째
주 주말입니다.'라는 안내 문구가 가장 먼저 눈에 띄었다. 문화
거리에 있는 각종 기관들은 정해진 특정 주에 돌아가며 문을 닫
는데, 기관들이 워낙 많은 탓에 사람들이 휴관일을 헷갈려 해서
그렇게 상시적으로 안내해 놓은 것이었다. 주말 이틀을 통째로

쉬는 걸 보면 역시 문화 거리에서 가장 인기 없는 기관인 모양이었다. 루미는 입구를 지나 종합 자료실이라는 푯말을 내건 곳으로 들어갔다.

"실례합니다. 말씀 좀 여쭐게요."

안내 데스크에 앉아 뭔가를 기록하고 있던 중년 여성이 "무슨 일이죠?" 하며 고개를 들었다. 루미는 순간적으로 여자가 자신의 교복을 힐끗거리는 것을 눈치챘다. 아무 말 없이 프리메라 교복만으로 단번에 우위를 점한다는 게 이런 순간일 것이다.

루미는 여자에게 우편물을 보여 주며 말했다.

"얼마 전에 저희 할아버지께 이런 편지가 왔어요. 전 여기에 저장돼 있는 할아버지의 자료 사진들이 어떤 건지 확인해 보고 싶어서 왔어요."

여자는 편지를 간단하게 훑어보더니 메모지를 한 장 뜯어 몇 가지를 적어 주었다. 여자가 내민 메모지에는 찾고 싶은 자료들을 검색하는 방법이 적혀 있었다.

1. 디지털 자료 검색실로 이동
2. 일반 검색란에 저작권자의 이름이나 저작권 번호 입력
3. 저작권 보호 문제로 사진 촬영은 절대 불가

모퉁이를 돌아 안쪽 코너에 위치한 디지털 자료 검색실에는 좌우 양쪽 벽에 컴퓨터가 세 대씩 놓여 있었다. 오른편의 컴퓨터 두 대는 이미 남자 두 명이 차지하고 있었는데, '미디어'라는 두꺼운 전공 책이 놓여 있는 것으로 보아 리포트를 쓰는 대학생들

인 것 같았다.

루미는 그들 역시 프리메라 교복에 특별한 눈길을 주는 것을 느꼈다. 신원 확인이 끝났는지 남자들은 곧 상냥한 미소를 지었다. 루미는 마찬가지로 눈인사를 한 뒤 컴퓨터 앞으로 가 앉았다. 9지구 방문은 큰 소득 없이 끝났지만 이번에는 정말로 '미싱 링크'를 찾을 것 같은 예감이 들었다.

해리 헌터. 루미는 여자가 알려 준 대로 일반 검색란에 할아버지의 이름을 입력했다. 모래시계가 뒤집어졌다 바로 섰다 하기를 몇 차례 반복하더니, 잠시 후 어떤 기준에 의해 일련번호가 매겨진 숫자들이 모니터 가득 긴 행렬을 이루었다. 마우스로 그 번호를 클릭하자 관련 사진들이 파노라마처럼 펼쳐졌다.

내전 중인 국가의 난민촌 생활, 초라한 몰골로 후퇴하는 군인들, 외국 정상의 방문 행사, 3지구와 4지구를 잇는 트램 철로 건설 현장, 지진으로 폐허가 된 어느 도시……. 할아버지의 활동에는 시대의 벽도 국가 간의 장벽도 없었다. 그런데 그 사진들 중 몇 개는 제이 삼촌 앨범에서도 본 것들이었다. 역시 할아버지가 자신이 소장하고 있던 사진들을 담아 삼촌에게 준 선물 상자에는 아카이브에 저장할 만한 역사적인 사진들도 섞여 있었던 것이다. 그렇다면……. 가슴이 두근거렸다. 루미는 의자를 바짝 끌어당겨 제대로 자리를 잡았다. 언제 어디서 미싱 링크가 튀어 나올지 몰랐다.

뒤에 있던 남자들이 일이 끝났는지 "너무 늦었다.", "이만하면 충분한 것 같지?"라는 대화를 나누며 검색실을 나갔다. 루미는 몇 시간 만에 고개를 돌려 시계를 확인했다. 시간이 어느새 여섯 시에 가까워져 있었다. 환한 햇살이 비쳐 들어오던 창엔 푸르스름한 저녁 기운이 감돌았다.

루미는 피곤함을 느꼈다. 그러나 두 시간 가깝게 모니터에 얼굴을 들이밀고 앉아 있는 데서 오는 피로보다 기대했던 것이 이루어지지 않은 데서 오는 실망감이 더 컸다. 가장 마지막 번호까지 확인해 보았지만 '12월의 폭동'과 관련 있는 사진은 하나도 발견되지 않았다.

루미는 자리에서 일어났다. 혼자 고민하고 있느니 폐관 시간 전에 도움을 요청하는 것이 나을 것 같았다. 루미는 다시 안내 데스크로 가 아까 자신의 교복을 힐끗 쳐다보았던 여자에게 물었다.

"저희 할아버지 이름으로 저장된 자료를 모두 검색해 봤는데도 찾고 싶은 사진을 찾을 수가 없어서요."

여자는 사무적인 말투로 대답했다.

"검색해도 나오지 않는다면 처음부터 우리 아카이브에 저장되지 않았던 것이겠죠."

"그럴 리가 없어요. '12월의 폭동'은 현대사에서 빼놓을 수 없는 사건인데, 그때를 찍은 사진들이 하나도 저장이 안 돼 있다는 건 말이 안 되잖아요. 상대적으로 덜 중요한 교각 건설 현장은 저장돼 있으면서요. 해리 헌터라는 사진작가를 모르세요? 문화 훈장까지 받은 유명한 작가인데. 저희 할아버지가 그 해리 헌터예요."

여자는 무언가 못마땅한 표정을 지으며 대답했다.

"해리 헌터라……. 글쎄요, 전 누군지 잘 모르겠네요."

루미는 이 정도의 기본적인 교양도 갖추지 못한 여자가 아카이브 담당자로 앉아 있는 것이 한심했다. 분명 1지구 출신은 아닐 것이다. 화려한 걸 즐기지 않는 것으로 보아 2, 3지구 출신도 아니었다. 그러면 중위 지구 출신이라는 열등감과 1지구에 입성했다는 우월감이 마음속에서 늘 충돌하고 있는 4지구 정도?

그때 여자가 "아!" 하며 깜박 잊은 사실이 있다는 듯 말했다.

"그러고 보니 다른 경우가 있을 수도 있겠네요."

"다른 경우요?"

"특별 검색으로 지정되어서 일반 검색으로는 걸리지 않는 자료들이 있어요. 학생이 그렇게까지 확신하고 있다면 특별 검색으로 지정된 것일 가능성도 있겠죠."

"어떤 자료들이 그 특별 검색에 지정되어 있는데요?"

"국가 기밀에 관한 것이나 일반인들에게 공개할 실익이 없거나 하는 자료들이죠. 그 밖에도 다른 이유가 있을 수 있고요."

"그런 건 어떻게 해야 볼 수 있어요?"

"특별 검색을 할 수 있는 아이디와 패스워드가 있어야 해요."

"그럼 저도 만들래요. 그건 어디서 어떻게 만들어야 하나요?"

그러자 여자는 가볍게 코웃음을 치더니 "아무에게나 발급되는 게 아니에요." 했다.

"3급 이상의 고위직 공무원들에게만 우리 아카이브를 포함한 여러 기록물 보관 기관의 정보에 접근할 수 있는 통합 아이디가 발급되죠. 다시 말해 우리 아카이브에 저장된 특별 검색 자료를 보기 위해서는 3급 이상의 고위직 공무원이어야만 해요."

루미는 3급 공무원이 범접 불가능한 지위라도 된다는 듯이 이야기하는 여자의 태도가 거슬렸다. 본인에게는 3급 고위 공무원이 하늘을 나는 정도의 비현실적인 얘기겠지만, 프리메라 여학생에게 3급 공무원은 몇 걸음만 더 오르면 도착하게 될 예정된 목적지였다. 아직 때가 오지 않았을 뿐.

　　"하지만 저작권자 본인은 언제든 열람할 수 있게 해야 하지 않나요? 그건 우리 할아버지가 찍은 사진이에요."

　　"학생 할아버지가 찍은 사진이라 해도 아카이브에 저작권 이양을 동의한 이상 관리는 여기 소관이죠. 제가 자료를 분리하는 담당자가 아니라서 확실히 말은 못 하겠지만, 특별 검색으로 저장돼 있는 게 맞다면 학생이 그 사진을 볼 수 있는 방법은 없어요. 우리는 국립 기관이자 문교부 소속 기관으로서 법을 준수해야 할 의무가 있으니까."

　　루미는 목소리를 높였다.

　　"말도 안 돼요. 어떻게 본인이 찍은 사진을 본인이 볼 수 없죠? 그건 법이 아니라 횡포예요."

　　여자는 굳은 얼굴이 되더니 더 사무적인 말투로 물었다.

　　"학생이 그 사진을 찍은 당사자인가요?"

　　루미는 피하지 않고 여자를 똑바로 쳐다보았다.

　　"말했잖아요, 우리 할아버지라고."

　　"그럼 본인은 아니란 말이군요. 정 사진을 확인하고 싶거든 할아버지께 국가에 소송하는 방법이 있다고 알려 드리세요. 저작권 이양 계약을 취소해 달라는 취소 소송이에요. 물론 승소 확률도 희박하고 시간도 아주 오래 걸리겠지만요."

"자기가 찍은 사진을 자기가 보기 위해 소송을 한다는 게 말이 돼요? 그리고 저희 할아버지는 아파요. 기억을 거의 잃으셨다고요. 그런데 어떻게 소송을 하라는 거예요?"

"유감이네요. 아무튼 아카이브는 당사자와 저작권 이양 계약을 맺었고, 계약 기간이 소멸되기 전까지는 관리에 대한 전적인 권한이 있어요. 물론 다시 한번 말하지만 이런 이야기도 학생이 찾고 있는 자료가 특별 검색으로 지정되어 있다는 전제하에 하는 말이고요."

여자는 벽에 걸린 시계를 힐끔거렸다. 이제 폐관 시간이니 그만 나가 달라는 뜻이었다. 루미는 여자의 시선에 깃든 적개심의 정체를 알았다. 그것은 까다로운 민원인에 대한 순간적인 피로가 아니라 프리메라 여학교 학생을 향한 오랜 질투심에 기인한 것이었다. 1지구 국가기관에 몸담고 있는 것을 보면 여자는 아마도 4지구에서는 나름 일류라 일컫는 학교를 나왔을 테지만, 프리메라 여학교에 가장 강한 적대감을 품는 게 바로 이런 출신들이었다. 2, 3지구 여학생들은 1지구에 못 미친다는 열등감을 재력으로 순화하지만, 그럴 여력조차 없는 4지구 여학생들은 겉으로는 소박함을 미덕으로 내세우면서 안으로는 우리나라 최고의 여학생 교육기관에 대한 질투심으로 속을 새까맣게 태웠다. 그들은 어른이 돼서도 결코 여학생 때의 열등감에서 쉽게 벗어나지 못한다. 그래서 기회가 있을 땐 이렇게 프리메라 여학생에게 인색하게 굴면서 그 순간만은 자신이 우위에 있다는 보상 심리를 느끼는 것이다.

여자는 "폐관 시간이 지났네요." 하며 그만 나가 달라는 뜻으로 빙그레 웃었다.

루미는 아카이브 정원 벤치에 앉았다. 인적 드문 정원은 저녁 빛에 물들어 고요하고 스산했다. 보기에 따라선 아름다울 수도 있는 풍경이지만 루미는 한가하게 경치나 즐기고 있을 수가 없었다. 미싱 링크를 찾을 수 있을 거라던 기대가 한낮의 열기처럼 뜨겁게 끓어오르다 한순간에 차갑게 식어 버렸다. 루미는 그 온도 그래프의 가장 높은 곳에서 가장 낮은 바닥으로 내팽개쳐진 기분이 들었다. 실제로 추락이라도 한 것처럼 머리도 지끈거렸다. 루미는 땅에 떨어져 있는 긴 나뭇가지를 무심코 집어 들고 바닥에 물음표를 그렸다.

이대로 포기해야 하는 걸까. 만약 '12월의 폭동' 사진이 아카이브에 저장돼 있지 않은 거라면 선택의 여지없이 그래야 할 것이다. 그러나 아무리 생각해도 현대사에 한 획을 그은 사건이 국가 기록물 저장 대상에서 제외됐을 리가 없었다. 일반 검색으로 나오지 않는다는 건 분명 특별 검색으로 분류돼 있다는 뜻이다.

미싱 링크를 간직하고 있는 게 분명한 건물의 그림자가 발 주변에 위압적으로 드리웠다. 루미는 그 그림자가 흔들릴 만큼 무거운 숨을 내뱉었다. 할아버지의 정신만 온전하다면 혼자서 이런 고민을 할 필요도 없고, 주제도 모르고 거들먹거리는 4지구 출신 여자에게 굴욕을 당하지 않아도 됐을 텐데.

사진을 확인할 방법에 골몰해서인지 나뭇가지를 든 손이 저절로 물음표 옆에 숫자 3을 썼다. 3급 이상의 고위 공무원……. 루미는 7급에 불과한 아빠를 떠올리며 이전보다 더 무거운 한숨을 내쉬었다. 싸구려 정물화에 만족하는 것으로 보건대, 죽을 때까지 일해도 3급으로는 진급하지 못할 것이다.

루미는 어느 때보다도 권력의 힘을 절감했다. 평소엔 잘 드러나지 않지만 규칙을 만드는 사람과 만들어진 규칙에 따르기만 하는 사람의 차이가 바로 이런 순간에 극명하게 드러나는 것이었다. 타 지구에서 볼 때 1지구 사람은 모두 권력자인 것처럼 여겨지지만, 알고 보면 이 안에서의 계급 차는 오히려 더욱 극명했다. 규칙을 만드는 사람을 바로 옆에서 지켜보면서 자신은 절대 그 지위에 오르지 못하는 현실을 받아들여야 하니. 더군다나 그 권력자가 함께 주말 여행을 갈 정도의 친한 이웃이라면 상대적 박탈감이 더……

그 순간, 루미는 들고 있던 나뭇가지를 내던지고 벤치에서 일어났다. 일요일에 집으로 초대해 주는 이웃이자 이 사회의 규칙을 만드는 권력자, 그는 뜻밖에도 아주 가까이에 있었다.

초대

　　　　　　금요일 저녁, 프라임스쿨에 서풍이 불었
다. 비 없이 부는 여름 바람치고는 꽤 강력해 학교 문장이 그려진
깃발이 태풍에 휩싸인 돛처럼 격렬하게 흔들렸다. 바람이 흔든
건 깃발뿐만이 아니었다. 어울리지 않게 뱃사람들처럼 머리가
헝클어진 학생들 역시 실제 출항을 앞둔 배에 올라탄 비장함으
로 들떠 있었다. 수업이 끝난 교실은 항해 지도를 가운데 펼쳐 놓
고 전술을 짜는 군 지휘관들의 긴급 상황실이 되었고, 식당은 영
양가 있는 음식을 풍족하게 갖춘 식량 창고, 운동장은 해가 뜨면
싸움이 펼쳐질 대양으로 변했다. 비장함과는 거리가 먼 세탁실
마저 승리를 다짐하는 구호로 넘쳤다. 모두가 명령만 떨어지면
부두에 묶어 놓은 닻줄을 풀고 전투에 나설 준비가 되어 있었다.
　냉철한 공기에 익숙한 프라임스쿨에 이처럼 뜨거운 열기를
불어넣은 원동력은 하루 앞으로 다가온 체육대회였다. 체육대

회는 양 기숙사 간에 뿌리 깊게 존재하지만 평소엔 드러내는 것이 금지된 파벌성을 학교의 공인 아래 마음껏 표출할 수 있는 기회였다. 그래서 체육대회가 있는 늦여름의 이 짧은 한 주 동안 프라임스쿨 기숙사는 두 척의 전함으로 변하고 학생들은 자원 입대한 병사들처럼 호전적이 되곤 했다.

몸과 몸이 부딪치는 격랑 속에서 정신적 고양을 최고 이상으로 삼는 평상시의 풍토는 육체의 우월성을 과시하는 구호에 잠시 숨을 죽였다. 체력이 지력을 압도하는, 프라임스쿨에서는 흔치 않은 시간이었다. 물론 그 와중에도 교수들은 체육 활동 역시 궁극적으로는 단합과 의지라는 정신적 가치를 위한 것임을 주지시키는 데 힘썼지만.

양 기숙사의 전화실은 하루 종일 만원이었다. 가족에게 학교에 올 시간과 배정 좌석, 자신이 참가하는 종목, 출전 여부 등을 확인시켜 주려고 다들 오랫동안 수화기를 붙들고 있었다. 체육대회는 입학식과 졸업식을 제외하면 외부인이 프라임스쿨에 들어올 수 있는 거의 유일한 기회이기 때문에, 전화를 받는 가족들 역시 당사자들 못지않게 흥분해 있었다.

다원은 아버지의 사무실로 전화를 걸었다. 아버지에게 알려 줄 기쁜 소식이 하나 있었다. 아직 확실히 결정된 건 아니지만 코치가 오늘 새벽 연습 경기에서 30분이나 뛰게 하며 체육대회 때 출전시킬 가능성을 내비친 것이다. 마지막 연습에서 그 정도 기회를 주었다는 것은 출전이 거의 보장된 것이나 다름없었다.

아버지는 함께 기뻐해 주면서도 덧붙였다.

"주전으로 선발되지 못한대도 실망할 건 없단다. 경기 상황에 따라 더 적절한 선수가 있는 것뿐이지 경기에 못 뛰었다고 실력이 부족한 건 아니니까. 알겠지?"

"무슨 말씀인지 알아요. 그런데 아버지랑 할아버지가 실망하실까 봐요. 제가 벤치에만 앉아 있으면 학교까지 오시는 의미가 없잖아요."

"의미가 없긴. 널 보는 것 자체가 의미지."

다원은 마음 한 부분을 누르고 있던 부담감이 아버지의 따뜻한 말로 녹아내리는 것을 느꼈다. 불필요한 걱정이라는 것은 스스로도 잘 알고 있었다. 아버지는 단 한 번도 어떤 목표를 내세워 압박하거나 부담을 지운 적이 없었다. 체육대회에서 좋은 모습을 보여 주고 싶다는 마음 역시 순전히 자신의 열망이었다. 아버지와 통화를 끝낸 다원은 이어서 할아버지에게 전화를 했다. 할아버지는 아버지와 다르게 무척이나 들뜬 목소리로 말했다.

"다원 네 활약을 기대하고 있단다. 벌써 카메라도 챙겨 놓았지."

체육 종목에서 크게 돋보이는 모습을 보여 준 적이 한 번도 없음에도 할아버지는 언제나 기대감으로 차 있었다. 체육뿐만이 아니었다. 할아버지는 늘 모든 분야에서 최고가 될 것이라고 격려해 주었다. 다원은 완전히 상반된 말을 하는 아버지와 할아버지 사이에서 방황하기보다는 오히려 안정된 균형감을 느꼈다. 비록 형태는 다르지만 저울 양쪽에 평형으로 올려져 있는 것은 사랑과 믿음이라는 굳건한 추였다.

할아버지와 통화를 마친 다원은 그만 자리에서 일어나려고 했다. 그런데 문득 옆자리 4학년 선배가 여자 친구로 짐작되는 사람과 통화하는 소리가 들렸다.

"그래, 교문 앞에서 부모님이 기다리신대. 두 분 다 널 만나고 싶어 하셔."

대부분은 가족과의 연락 수단으로 전화실을 이용했지만, 학년이 높아지면 친구 혹은 이성 친구에게 공공연하게 연락하곤 했다. 기숙사 생활로 이성을 만날 기회가 적다 보니 반성직자 같은 이미지가 덧씌워지긴 했지만, 프라임 보이의 연애는 금지된 게 아니었다. 오히려 양쪽 부모들이 먼저 나서서 소개를 해 주는 경우도 있었다. 그중에서도 프라임스쿨과 프리메라 여학교 학생 간의 만남은 더욱더 공적이고 적극적인 지지를 받았다. 두 학교 학생이라면 교제를 하더라도 학업을 소홀히 하지 않을 것이라는 믿음이 있기 때문이다.

다원은 수화기를 다시 들었다. 학생 한 명이 초대할 수 있는 최대 인원은 세 명이었다. 다원은 지금까지의 체육대회에 늘 할아버지와 아버지 두 사람만 초대했고, 그것에 한 번도 부족함을 느끼지 않았다. 그런데 오늘 처음으로 그간 쓰지 않았던 세 번째 초대권이 하나의 '기회'임을 깨달았다.

다원은 머릿속에 각인된 전화번호를 눌렀다. 지난번 할아버지 집에서 함께 시간을 보낸 뒤 루미를 향한 마음은 더 분명해졌다. 그날, 루미는 할아버지와 격의 없이 어울리며 이상적인 대화 상대자가 돼 주었다. 노인이라는 점을 의식해 듣기 좋은 말만 골라 하는 허울 좋은 말벗이 아니라 동등한 위치에서 서로 의견을 주고받는 진심 어린 태도였다. 다원은 그런 루미를 옆에서 지켜보면서 감동에 가까운 느낌을 받았다. 루미는 9지구의 낯선 남자와도 두려움 없이 대등하게 이야기를 나눌 줄 알았고, 1지구 노인에게도 친구처럼 스스럼없이 다가갔다. 그런 태도는 흔치 않은 것이었다.

전화벨이 울리는 동안 다원은 이번에도 지난번처럼 루미가 전화를 받길 바랐다.

"네, 여보세요."

그러나 아쉽게도 수화기 너머에서 들려온 건 남자 목소리였다. 조이 아저씨인 것 같았다. 긴장되긴 했지만 피할 이유는 없었다. 다원은 정중하면서도 친근하게 인사했다.

"안녕하세요. 아저씨, 저 다원이에요."

조이 아저씨가 놀란 목소리로 물었다.

"다원 네가 어쩐 일이니? 지금 기숙사에 있을 시간 아니니?"

"네, 기숙사예요. 루미에게 할 이야기가 있는데 통화할 수 있을까요?"

그때 수화기 너머로 "제 전화예요?"라고 묻는 목소리가 들려왔다. 루미였다. 조이 아저씨가 "그래, 무슨 일인지 다원이 전화를 했구나."라고 말했다. 루미가 "제가 받을게요."라며 수화기를 건네받았다. 그러고는 잠깐 동안 아무 소리도 들리지 않았다. 아마도 루미는 조이 아저씨가 자리를 비켜 줄 때까지 기다리는 것 같았다. 곧 아저씨가 갔는지 루미가 "다원." 하고 인사했다. 다정한 목소리에 다원은 아직 정식으로 고백하지 않은 자신의 마음이 받아들여지는 기분이 들었다.

"집에 가는 날도 아닌데 갑자기 전화해서 놀랐지?"

"아니, 사실은 며칠 전부터 네가 전화해 주길 계속 기다리고 있었어."

다원은 깜짝 놀라 물었다.

"정말? 왜?"

"지난번에도 내가 기다리고 있을 때 네가 전화했잖아. 내가 필요할 땐 네가 또 전화를 해 줄 것 같았어. 우린 텔레파시가 통하나 봐."

우리. 텔레파시. 통하다. 다원은 가슴이 설렜다. 루미는 단 세 단어로 아까 교정에 불어닥쳤던 바람보다 훨씬 더 격정적인 울림을 만들어 냈다.

다원은 지나치게 흥분한 마음을 들키지 않도록 침착한 목소리로 물었다.

"무슨 일 있어?"

"그게…… 다원, 프라임스쿨은 일요일에 특별 외출이 가능하지? 부모님 허락을 받아서 일주일 전에 학교에 통보만 해 준다면 말이야."

다원은 프라임스쿨의 세세한 규칙까지 알고 있는 루미가 신기했다. 중요한 집안 행사가 있을 경우를 대비해 마련된 것인데 실제로 실행에 옮겨 본 적이 없으면 재학생도 잘 모르는 규칙이었다.

"그래, 가능한 걸로 알고 있어. 아직 한 번도 신청해 본 적은 없지만."

"그럼 다음 주 일요일에 처음으로 외출 허락을 받아 볼래?"

"다음 주 일요일이 무슨 특별한 날인 거야?"

"널 만날 수 있는 날들 중에서 가장 가까운 날이지. 그게 이번

266

주 일요일이면 좋겠지만 이미 늦어 버렸으니 어쩔 수 없고."

루미의 입에서 나오는 말들은 하나같이 가슴을 두근거리게 하는 마력이 있었다. 다원은 그런 면에선 자신이 루미보다 한참 부족하다고 생각했다.

다원은 서둘러 말했다.

"그렇지 않아. 내일도 가능해."

"어떻게?"

"내일 체육대회가 있거든. 초대만 되면 외부인도 얼마든지 학교에 올 수 있어."

루미가 수화기에 대고 "맞아, 그러고 보니 이맘때가 프라임 체육대회였지."라고 혼잣말처럼 중얼거리는 소리가 들렸다. 루미는 역시 프라임스쿨 학생 누군가와 잘 아는 사이인 게 분명했다. 그래서 재작년 체육대회 때도 관중석에서 사진이 찍힌 것이고, 프라임스쿨 규칙에 대해서도 상세히 알고 있는 것이다. 그리고 아직 단정할 순 없지만 그 누군가는 레오일 가능성이 가장 컸다. 그런데 지금 얘기를 꺼내기 전까지 루미가 체육대회에 관해 잊고 있었던 걸 보면 이번에는 레오가 루미를 초대하지 않은 게 확실했다. 그럼 이제 두 사람은 더 이상 만나지 않는 사이인 걸까?

다원은 솔직하게 전화를 건 이유를 밝혔다.

"사실 체육대회에 널 초대하려고 전화한 거였어."

"나를 체육대회에? 정말?"

"응, 네가 다른 약속이 없다면."

루미는 "다른 약속은 없지만……." 하고 말끝을 흐리더니 물었다.

"그럼 혹시 내일 니스 아저씨도 학교에 오셔? 나랑 만날 시간
도 있으시고?"

다원은 루미가 왜 갑자기 아버지에 관해 묻는지 알 수 없어 혹
시 아버지와 같이 있는 걸 불편해하는 건 아닐까 하는 걱정이 들
었다. 아버지는 세상에서 가장 자상한 분이지만 문교부 차관이
라는 직책이 어떤 친구들에겐 막연한 부담감을 주는 것도 사실
이었다. 실버힐에 갔을 때 그 편견을 떨쳐 냈으면 좋았겠지만 그
날 할아버지와는 오랜 대화를 나눴던 데 반해 아버지와 루미는
충분한 시간을 갖지 못했다. 다원은 루미라면 아버지와도 스스
럼없이 이야기를 나눌 수 있을 것이라 확신하면서도, 불편할 경
우엔 언제든 도와줄 중개자가 있다는 것을 알리고 싶었다.

"오시지. 그리고 할아버지도 오실 거야. 네가 온다는 것을 아
시면 정말 기뻐하실걸."

역시 할아버지 얘기를 한 게 효과가 있었는지 루미의 대답은
예상보다 훨씬 빠르고 명쾌했다.

"좋아, 갈게."

"정말?"

"그래, 초대해 줘서 고마워."

"나야말로 고맙지."

전화를 끊은 뒤 들뜬 마음으로 기숙사 방으로 올라가던 다원
은 2층 계단에서 문득 걸음을 멈추었다. 창문 너머로 검은빛에
뒤덮인 나무들이 서쪽을 향해 흔들리고 있었다. 늘 빛의 편인 것
같았던 나무들이 이 순간엔 어둠에 더 가까워져 있는 것을 보면
서 다원은 자기 마음 한 곳도 짙게 그늘지는 것을 느꼈다. 그곳엔

내일 루미를 만난다는 기쁨이 전혀 닿지 못하고 있었다. 레오에
대한 미안함 혹은 죄책감이랄 수 있는 감성이 루미가 몰고 오는
빛을 밀어내고 있는 것 같았다.

물론 불확실한 정보로 자신의 감정이 필요 이상으로 과장된
것일 수도 있다는 생각을 하기는 했다. 루미와 레오가 어떤 관계
인지 확실하게 드러난 것은 아무것도 없었다. 루미가 레오 이야
기를 한 번도 한 적이 없고, 레오 역시 이번에 루미를 초대하지
않은 것으로 보면 두 사람은 단순한 지인일 뿐, 특별한 사이가 아
닐 수도 있다. 그럼에도 마음 바닥에 남은 의심의 찌꺼기를 완전
히 걷어 내지 않은 채 루미를 초대한 것은 어쩐지 잘못한 행동 같
았다.

다윈은 창가에 기대서 레오를 생각했다. 루미를 떠올릴 때 켜
지는 빛의 밝기만큼 레오를 떠올릴 때도 환한 빛이 느껴졌다. 레
오가 좋았다. 거칠게 굴 때도 있지만 그것은 진실한 마음이 길이
덜 들어 서툴게 표출되는 것일 뿐, 밤에 학교를 무단이탈했을 때
나 법학 교수와 논쟁을 벌였을 때, 학생회 아이들과 대립했을 때
가장 상처를 많이 받은 사람은 바로 레오 자신이었다. 레오는 꼭
자기 발로 제 얼굴을 할퀴는 사자 같았다. 다윈은 그 상처를 하나
더 보태는 일은 하고 싶지 않았다. 프라임스쿨에서 가장 좋아하
는 친구를 잃고 싶지 않았다. 다윈은 이 불확실한 어둠이 어서 걷
혀, 자신이 루미를 포기하는 일도 없고, 레오가 마음을 다치는 일
도 없기를 바랐다.

다시 보니 흔들리는 나무가 꼭 거대한 사람의 형상 같았다.

옛 친구

프라임스쿨 진입로로 들어설 때마다 니스는 연극 무대에 오르는 기분이 들었다. 매서운 눈을 한 독수리 두 마리가 마주 보고 선 알파벳 P 자를 받들고 있는 프라임스쿨 문장이 양쪽으로 갈라지면서 교문이 열리면, 드디어 어두웠던 무대에 조명이 켜지고 음악이 흐르며 제1막이 오른다.

연극엔 수많은 인물들이 등장하는데 모두가 자신을 우러러보고 떠받드는 역할을 맡았다. 교장과 교직원들, 학생회 멤버들, 학부모 대표들……. 물론 연극의 특성상 그들의 속마음이 어떤지는 알 수 없다. 어쩌면 그들 중 몇몇은 함량 미달인 '위원장'을 얕잡아 보며 실수를 잡아 낼 기회를 엿보고 있는지도 모른다. 그러나 그런 건 알고 싶지도, 알 필요도 없었다. 연극의 세계에서는 연기만 완벽하면 그 마음까지도 진실된 것이었다. 배정받은 위원장 노릇을 감쪽같이 수행하고 있는 자기처럼.

"바쁘신 중에도 이렇게 참석해 주셔서 고맙습니다. 성원에 힘입어 올해 체육대회도 성공리에 끝날 것이라는 확신이 듭니다."

니스는 사람들과 악수를 나누며 위원장 역할에 배정된 축하와 격려, 감사의 대사를 실수 없이 소화했다. 만날 사람들은 다 만났다고 생각했는데 보좌관이 마지막으로 특별한 방문객 한 사람을 더 소개했다. 그는 다른 인물들과 달리 어깨를 툭 치며 등장했다.

"니스라고 부르면 안 될 것 같은 분위기네. 차관님이라고 해야 하는 건가? 아니면 위원장님?"

버즈였다.

"그럼 나도 널 감독님이라고 불러야겠지."

"차관님과 감독님이라, 친구끼리 그러는 건 코미디지."

버즈는 그렇게 말하더니 두 팔을 앞으로 활짝 펼쳤다.

"니스, 다시 보게 돼서 반가워."

갑작스러운 포옹에 니스는 몸을 움찔했다. 중학생 무렵 어깨동무를 하고 거리를 돌아다닌 이후, 거의 30년 만에 느껴 보는 친구의 품이었다. 그때와 비교하면 버즈의 몸은 다른 사람이 된 것처럼 크고 단단했다. 꼭 어린아이로 돌아가서 잘 모르는 친척 어른에게 일방적으로 안기는 기분이 들었다. 그러나 니스는 당혹감을 숨기고 버즈가 무안해하지 않도록 가볍게 등을 두어 번 두드렸다. 버즈가 감쌌던 팔을 푼 뒤 주위를 살펴보며 활기찬 목소리로 말했다.

"어젠 바람이 꽤 세차게 불더니 오늘은 완전히 써니 데이야. 이런 날 프라임스쿨 체육대회를 카메라에 담을 수 있다는 건 대단한 행운이지. 멋진 그림이 나올 거야."

니스는 동의의 의미로 고개를 끄덕였다. 버즈의 촬영에 대해서는 학교 관계자를 통해 정기적으로 보고받고 있었다. 얼마 전에 진행한 첫 촬영은 학교 측이 제시한 지침을 준수하며 별 소란 없이 무사히 마쳤다고 들었다. 혹시나 학생들과 불필요한 접촉을 해서 학교에 해가 되는 인터뷰를 유도하진 않을까 걱정했는데 그런 일은 전혀 없었다고 했다. 학교를 위해서도, 버즈를 위해서도 다행이었다.

두 번째 촬영을 체육대회로 선택한 것은 무척 영리한 처사였다. 당연히 시청자들은 도서관에 앉아 있는 전형적인 프라임 보이들보다 평범한 아이들처럼 땀을 흘리며 운동장을 뛰어다니는 예외적인 프라임 보이들을 보고 싶어 할 테니. 학교도 손해는 아니었다. 대중에게 프라임 보이들이 학업에만 몰두하는 냉정한 엘리트가 아니라 붉게 상기된 뺨으로 축구공을 차는 건강한 소년들이라는 것을 알릴 수 있는 기회이기 때문이다.

버즈가 물었다.

"보아하니 인사도 다 끝난 것 같은데, 괜찮으면 산책 삼아 잠깐 같이 걷지 않을래?"

예상치 못한 제안에 니스는 시간을 확인하는 척 손목시계로 시선을 돌렸다. 산책 같은 건 하고 싶지 않았다. 버즈가 학교에 온다는 것은 알았지만 그와 개인적인 시간을 보낼 생각은 없었다. 지금처럼 버즈가 일부러 찾아오지만 않았다면 나중에 혼잡한 인파 속에서 적당히 인사만 나누었을 것이다. 아예 마주치지 않는다면 더 좋고.

버즈가 다시 물었다.

"응? 저기 뒤에 조용한 좋은 길이 있던데 말이야."

제안을 거절할 핑계는 충분했다. 일정이 밀렸다고 하면 되었다. 그러나 벌써부터 창밖을 살펴보고 있는 버즈의 파란 눈동자는 거절당할 가능성을 조금도 염두에 두지 않고 있는 것 같았다. 지금까지 소원했던 관계에도 불구하고 그는 자기의 옛 친구가 당연히 자신과의 산책을 즐길 것이라고 믿는 모양이었다. 니스는 또다시 기습적으로 포옹을 당하는 기분이 들었지만 그의 품을 밀쳐 낼 자신이 없는 한 이번에도 등을 두드리며 맞장구치는 수밖에는 다른 뾰족한 대응 방법이 없었다.

니스는 보좌관을 돌아보며 물었다.

"20분 정도는 괜찮겠지?"

옛 친구에게 성의를 보이면서도 이미 오래전에 끝난 관계 속으로 너무 깊이 들어가지 않아도 될 만한 적당한 시간이었다.

버즈가 말한 좋은 길은 제1강의실과 제3강의실 사이에 난 오솔길로, 뒤쪽으로는 동기숙사가 있고, 오른쪽으로 꺾으면 도서관과 대강당이 나왔다. 학교에 한 번 와 본 정도로는 쉽게 알 수 없는 길이었다.

"조사를 많이 해 왔나 보구나. 이런 작은 길도 다 알고. 학교 내부가 워낙 복잡해서 처음 온 사람은 길을 헤매기도 하는데 말이야."

"명색이 다큐 제작자인데 학교 지리 정도는 알아야지. 8지구의 미로 같은 골목길들에 비하면 아무것도 아니기도 하고. 아, 그런데 사실 이 길은 다윈 덕분에 알게 된 거야."

"우리 다원?"

"그래. 지난번 첫 촬영 왔을 때 날 보고 인사하기에 잠깐 걸으면서 이야기를 나눴지."

뜻밖의 이야기에 니스는 잠시 입을 다물었다. 상황상 버즈와 다원이 마주칠 개연성이 충분하다는 것은 알지만 두 사람이 자기 모르게 함께 시간을 보냈다는 게 별로 달갑지가 않았다. 니스는 그 마음을 가벼운 의문으로 표현했다.

"그랬구나. 그런데 다원이 버즈 너랑 할 이야기가 뭐가 있었을지 모르겠네."

"왜 없겠어. 프라임스쿨 다큐를 찍는 감독으로서도, 아버지의 친구로서도 할 이야기는 무궁무진하지. 추도식 때도 느끼긴 했지만 다원은 정말 훌륭하고 바른 아이더라. 프라임스쿨이 원하는 이상형이랄까."

"칭찬이 후하네. 그냥 아직 애야."

"듣기 좋으라고 하는 말이 아니야, 니스. 난 이 일을 하면서 정말 다양한 인간군을 만나 봤잖아. 덕분에 몇 마디만 나누어 봐도 대충 어떤 사람인지 파악이 되지. 그 감으로 장담해. 다원은 특별한 아이야."

"내 아들을 좋게 봐 줬다니 아무튼 기분은 나쁘지 않네. 그래, 다원은 좋은 아이야. 그리고 레오 역시 프라임스쿨이 원하는 훌륭한 아이지."

그러자 버즈가 비웃는 소리를 내며 말했다.

"니스, 난 다른 학부모들처럼 덕담 하나씩을 주고받자는 게 아냐. 나한테까지 마음에 없는 말은 하지 않아도 돼."

"마음에 없긴. 네가 진심으로 다윈을 칭찬했듯 나도 진심으로 하는 말이야. 프라임스쿨에 들어왔다는 건 공식적으로 훌륭함을 인정받았다는 뜻 아니겠어?"

"내 아들이 어떤 사람인지는 내가 가장 잘 알아. 그 앤 절대 훌륭하다는 말을 들을 주제가 못 돼. 어떻게 프라임스쿨에 입학했는지가 아직도 미스터리지."

니스는 자신의 아들에게 너무 엄격한 기준을 적용하거나, 정반대로 너무 낮은 기대를 하고 있는 버즈가 거슬렸다. 나이를 먹는 동안 자신이 어렸을 때 부모에게 가졌던 바람은 다 잊어버린 걸까? 아무리 큰 잘못을 저지르더라도 부모님만은 절대적으로 자기편이 돼 주길 바라는, 이기적이지만 한편으로는 가여운 아이들의 마음을.

니스는 씁쓸한 기분으로 말했다.

"아들에게 너무 가혹한 거 아냐?"

"그저 진실을 말했을 뿐이야. 내 아들이라고 무턱대고 좋게만 볼 수는 없는 거니까."

"지난번 징계 때문에 그러는 거라면 마음 쓰지 마. 학교에서는 재발을 막기 위해 엄한 벌을 내릴 수밖에 없었어. 쉽게 용서해 줬다가 혹여 따라 하는 아이들이 나올 수도 있으니까. 서로가 서로에게 쉽게 물들 나이잖아."

"마음 쓰긴. 전혀 아니야. 자기가 잘못한 일에 벌을 받는 건 당연한 일이잖아. 부모와 자식이라도 어쨌든 각자의 인생을 사는 것 아니겠어? 내가 저지른 죄에 레오가 얽매일 필요가 없듯이 나도 레오가 저지른 죄에 얽매일 필요는 없지."

길은 좁아지고 주위는 점점 고요해지고 있었다. 한때는 서로의 모든 것을 알고 지냈던 친구가 시간이 지나 서로 전혀 다른 생각을 가진 어른이 됐다는 것에 쓸쓸한 기분이 들었다. 그 기분을 달래려고 니스는 먼 하늘로 시선을 던지며 말했다.

"태초부터 지금까지 인류가 연결해 온 사슬을 끊어 내는 것 같은 이야기네. 버즈 네 말대로라면 부모 자식 간의 의미가 뭐가 남겠어? 죄에 얽매이지 않는다는 것은, 서로가 주는 기쁨에도 역시 얽매이지 않는다는 뜻일 텐데."

"자유가 남겠지. 니스, 인간은 자유로워져야 해."

"자유? 뭐로부터?"

버즈가 목소리를 높였다.

"바로 그게 문제야. 인간은 자신들이 자유롭지 못한 상태라는 것을 인지하지도 못하고 있지. 네가 말한 그 부모 자식 간의 사슬에 얽혀서, 그게 자신들을 결박하는 족쇄란 것을 깨닫지도 못하는 거라고."

버즈는 아예 걸음까지 멈추고는 앞을 가로막고 서서 말했다.

"니스, 우리 둘을 봐. 벌써 길이 끝나 가는데 우린 온통 자식들 얘기만 하고 있어. 너와 내 이야기는 꺼낼 틈도 없었지. 꼭 자식들이 우리 자신인 양 굴고 있다고. 끔찍하지 않아? 이런 족쇄에서 벗어나 나는 버즈 마샬, 너는 니스 영으로 다시 자유로워져야 해."

니스는 마주 보고 선 버즈에게 말했다.

"버즈, 난 이제 마흔여섯이야. 너도 마찬가지고. 나에겐 아버지가 있고 아들이 있어. 10대가 인생의 전부가 아니듯 니스 영도 나의 전부는 아니야. 아버지의 자식, 아들의 아버지처럼 그저 나를 이루는 한 부분일 뿐이지. 내가 책임지고 있는 그런 관계들에서 자유로워지고 싶다는 생각은 하지 않아. 오히려 난 늘 그곳이 내가 돌아가야 할 곳이라고 생각하는걸. 가족이 없다는 건 나에게 자유가 아니라 허무로 느껴져."

니스는 조금 전 자신이 그랬듯 버즈 역시 어릴 때와는 생각이 너무나 달라진 친구에게 쓸쓸함을 느낄 것이라고 생각했다. 어쩌면 속으로 비웃고 있는지도 몰랐다. 자아실현을 최고의 이상으로 삼고 그것을 실현해 온 버즈로서는 한심하다고 여길 만한 말일 테니. 니스는 자기도 모르게 너무 진지하게 속마음을 드러냈나 싶어 "아무래도 난 버즈 너처럼 자의식이 높지는 않은 모양이야."라고 농담하듯 덧붙였다.

그런데 뜻밖에도 버즈는 어렸을 때 얼굴이 엿보이는 미소를 지으며 말했다.

"니스 영, 정말 훌륭한 어른이 됐구나……. 그래, 자유니 족쇄니 내가 한 말은 10대 때나 할 법한 말이지. 마흔여섯이나 됐는데 난 아직도 그 시절에서 못 벗어나고 있나 봐. 다윈이 부러워. 너같이 훌륭한 사람을 아버지로 두다니."

버즈의 이야기에 니스는 처음으로 진심 어린 웃음이 나왔다.

"뭐야, 부럽다니. 정말 10대 아이들처럼 이야기하는구나."

약속한 시간이 다 돼 가고 있었다. 다음 일정은 체육대회 개회식에 참석한 뒤 교장을 비롯한 학부모들과 친교 모임을 갖는 것이었다. 아이들이 밖에서 여름내 품어 온 에너지를 발산하는 동안 어른들은 굳이 틀지 않아도 되는 에어컨 바람이 나오는 홀에 모여 프라임스쿨의 발전 방향에 관해 토론하게 될 것이다. 실상 발전 방향보다는 현상 유지에 대한 이야기가 주를 이루겠지만.

길을 돌아오며 버즈가 다시 입을 열었다.

"인생이란 게 참 오묘하지?"

니스는 무슨 뜻인지 생각하며 버즈를 바라보았다. 버즈는 길가로 튀어나온 나뭇가지의 잎사귀 한 장을 괜스레 건드리더니 "우리 둘이 프라임스쿨을 걷는 게 말이야."라고 설명했다. 니스는 그제야 버즈가 어떤 말을 하려는지 알아차렸다. 프라임스쿨 출신도 아닌 자신들이 어른이 돼 이곳을 교점 삼아 만나는 것이 인생의 아이러니 같다는 뜻일 것이다. 자신 역시 학교에 올 때마다 종종 느끼곤 했던 감정이었다.

니스는 버즈가 건드린 잎사귀를 툭 뜯어내며 말했다.

"그래, 오묘하지. 프라임스쿨은 감히 꿈도 못 꿔 볼 정도로 낙제생이었던 나와, 프라임스쿨에 가는 게 싫어서 일부러 입학시험을 망친 네가 지금 여기에 함께 있다니."

버즈가 웃으며 덧붙였다.

"시험에 합격해 놓고도 갈 수 없었던 제이까지 합세한다면 정말 그 이상 오묘해질 순 없을 거야."

니스는 버즈가 잘못 사용한 단어를 진지하게 정정해 주었다.

"갈 수 없었던 게 아니라 가지 않았던 거였지."

버즈는 둘의 차이가 무엇인지를 30년이 넘게 흐른 지금에서야 따져 보는 것처럼 아무 말도 않다가 잠시 뒤 "그래, 가지 않았던 거였지."라고 자신의 실수를 인정했다.

멀리 운동장에서 아이들의 함성 소리가 들려왔다. 아직 경기 시작 전인데도 두 기숙사 간에 응원전이 치열했다. 앞에서 기다리고 있는 보좌관의 모습이 보였다. 버즈도 알아봤는지 "이제 삼독님과 위원장님으로 헤어져야 할 때군."이라고 말했다.

니스는 버즈가 다시 포옹을 시도할 일이 없게끔 먼저 악수로 인사한 뒤 걸어갔다. 사무적인 인사를 통해 버즈도 어느 정도는 30년 전의 '옛 친구'가 유지하고자 하는 거리감을 느꼈을 것이다.

체육대회 개회식에서 니스는 연습의 중요성을 강조했다.

"재능은 갑자기 품속으로 날아온 한 마리의 새와도 같습니다. 그것은 아름다운 빛깔로 기쁨을 주지만 언제 또 홀연히 품에서 날아가 버릴지 모릅니다. 그 새를 진정한 자기 것으로 길들이기 위해서는 끊임없이 훈련하고 반복해서 연습해야 합니다. 그렇게 노력하다 보면 새는 도달할 수 없을 것 같았던 높은 이상으로 여러분을 이끌어 줄 것입니다. 오늘 여러분이 길들인 새가 하늘로 날아오르는 모습을 보게 되어 무척 영광입니다. 승패를 떠나 두 기숙사는 모두 승리할 것입니다."

대기 중인 선수들 사이에서 다원의 얼굴이 눈에 띄었다. 상기된 뺨을 보니 설레면서도 무척 긴장한 것 같았다. 니스는 격려도 해 줄 겸 잠깐 만나 이야기를 나누고 싶었지만, 보좌관이 바로 다음 행선지로 이끄는 바람에 발길을 돌릴 수밖에 없었다. 위원장이라는 허수아비 역할극을 하고 있는 동안은 아들과의 만남도 대본에 쓰여진 대로 해야 했다.

학부모들과의 만남은 지루했다. 니스는 사람들의 시선이 닿지 않는 틈을 타 한 번씩 창밖을 넘어다보았다. 운동장에선 제1경기인 필드하키가 진행되고 있었다. 피아노 연주에 묻혀 함성 소리가 잘 들리지 않았지만, 운동장을 가로지르는 학생들의 활기찬 움직임만으로도 그들이 내뿜는 생동감이 전해져 왔다. 바깥 열기가 높아질수록 에어컨 바람이 정체된 홀은 더 답답하게만 느껴졌다.

점심 식사까지 함께하고 난 뒤에야 드디어 연극 무대에서 퇴장하는 것이 허락되었다. 필드하키는 서기숙사의 승리로 끝나고 벌써 제2경기인 럭비가 시작되고 있었다. 학교 측에서는 교장과 위원회 임원들이 앉는 특별석을 권했지만, 니스는 제안을 거절하고 보좌관까지 보낸 채 다윈 앞으로 배정된 자리를 찾아 관중석으로 들어갔다. 아버지가 아침부터 지금까지 혼자 기다리고 있을 것이다. 니스는 오늘만큼은 아버지와 아무 갈등 없이 잘 보낼 수 있기를 바랐다. 그러기 위해선 자신이 좀 더 성질을 죽여야 한다는 것도 알았다. 지난번에도 무심결에 아버지에게 독한 말이 나오고 말았으니까. 니스는 그간의 잘못들을 반성하는 차원에서 자신이 먼저 아버지에게 다가가 반갑게 인사하기로 다짐했다. 아버지는 분명 그 인사의 몇 배로 더 반갑게 맞이해 줄 것이다. 통로 사이로 아버지의 옆모습이 보였다. 니스는 서둘러 걸음을 옮겼다. 그런데 자리에 이르기 직전, 발이 뚝 멈추고 말았다.

프라임스쿨 벤치에서

"뭐 하냐? 왔으면 앉지 않고?"

러너는 자리에 앉을 생각 없이 가만히 서 있는 니스를 올려다
보며 자기 왼쪽 빈 좌석을 툭툭 쳤다. 입가에 힘이 들어간 얼굴을
보아하니 또 뭔가가 마음에 안 드는 모양이었다. 러너는 늘 그렇
듯 이번에도 역시 자기가 원인일 것이라고 생각했다. 그간의 일
들도 있으니 분명 오늘 자기가 학교에 오지 않을 것이라고 생각
했는데 웬걸, 자리를 떡하니 차지하고 있는 것을 보고 심사가 뒤
틀린 것이다.

러너는 지켜보는 눈도 많은 곳에서 또 언쟁을 하게 되나 싶어
걱정이 들었다. 그런데 그때 루미가 니스 쪽으로 고개를 들이밀
고 "안녕하세요, 아저씨." 하고 인사했다. 구세주 같은 목소리였
다. 니스도 루미 앞에선 어쩌지 못하겠는지 "그래, 루미도 왔구
나." 인사하며 자리에 앉았다.

러너는 그제야 한숨 돌리고 루미를 기특한 눈빛으로 바라보았다.

남자애치고는 다원이 워낙 다정한 덕에 손녀에 대한 갈증이 크지는 않았지만, 루미를 만난 뒤로는 집안에 여자가 한 명 있으면 분위기가 훨씬 더 부드러워질 것 같다는 생각이 들곤 했다. 집에 여자를 들일 방법은 니스가 재혼하거나 다원이 결혼하는 것이다. 후자는 시간이 해결해 줄 테니 그냥 기다리기만 하면 되지만 니스가 다시 좋은 짝을 만나려면 주변에서 먼저 적극적으로 나서 주어야 했다. 며느리가 병으로 세상을 떠난 지도 벌써 15년이 흘렀다. 그 정도면 추모의 시간은 충분하고도 넘쳤다. 러너는 앞으로 기회를 봐서 재혼에 관해 니스와 진지하게 이야기해 봐야겠다고 생각했다.

그때 뒷줄에 앉은 남자가 니스를 향해 악수를 청했다.

"안녕하세요. 위원장님 맞으시죠? 전 2학년 게일 아빠입니다. 물론 모르시겠지만."

니스가 악수에 응답하며 말했다.

"모를 리가요. 게일 데이먼, 맞죠?"

남자를 필두로 주위에 있던 학부모들이 앞다투어 악수를 청했다. 니스는 귀찮은 기색 없이 모두의 인사에 응했다.

러너는 그 광경을 흐뭇하게 바라보았다. 자신에겐 까다로운 아들이지만, 학부모들을 대할 때는 누구보다 친절하고 겸손했다. 개인적으로는 서운하긴 해도 아들이 미래에 오를 자리를 생각해 보면 반대의 경우보다는 훨씬 나을 것이다.

"작년에도 여기서 뵀는데 또 일반석에 앉으시네요. 앞자리가 휠씬 편하실 텐데."

"오늘은 편하기보단 재밌어야죠. 여기가 가장 재밌는 자리잖아요. 이렇게 평소에 만나기 힘든 분들과 만날 기회도 있고."

러너는 학부모들이 니스의 소박한 품성에 감흥받는 것을 지켜보면서, 아침에 학교 관계자가 앞자리로 옮겨 앉지 않겠느냐고 한 제안을 사양하기를 역시 잘했다는 생각이 들었다. 위원장의 아버지로서 그 정도 특권은 누려도 될 테지만, 자신의 작은 행동 하나하나가 훗날 아들의 평판에 큰 영향을 줄 것이기에 미리부터 조심한 것이다. 겨우 앞자리 하나를 얻으려고 아비가 아들의 직책을 이용했다는 오명을 입는다면 너무 큰 손해였다. 아들의 장래를 위해선 지금부터 기반을 잘 닦아 두어야 했다. 게다가 다른 사람들 눈엔 프라임스쿨 위원장의 아버지가 특석 대신 이렇게 일반석에 앉아 있는 게 진정한 권력으로 보일 수도 있을 것이다.

관중들이 모두 일어나서 최선을 다한 선수들에게 박수를 보냈다. 제2경기인 럭비는 동기숙사의 승리로 끝났다. 그렇다면 승부는 마지막 제3경기인 축구에서 판가름 나게 될 것이다. 흥행을 위해서도, 다원의 활약을 위해서도 잘된 일이었다.

다음 경기를 위해 운동장 잔디를 재정비하는 준비 시간이 잠시 있었다. 가족 단위 방문객들은 펜스 앞으로 다가가, 땀범벅이 되어 운동장을 걸어가는 아들의 사진을 찍거나 준비해 온 간식을 먹었다. 러너도 애나가 싸 준 음식을 루미와 나누어 먹었다. 니스에게도 권했지만 니스는 눈도 마주치지 않은 채 고개를 저었다. 학부모들과의 인사가 끝나자마자 금세 또 말 없는 퉁명스러운 아들로 돌아와 있었다.

러너는 아무 말 없이 빈 운동장에만 눈길을 두고 있는 니스가 신경 쓰였다. 니스의 경우 말이 없다는 건 지나치게 생각이 많다는 뜻이었다. 수십 년간 아들을 지켜봐 온 목격자로서 러너는 그 많은 생각들이 아들을 지금의 자리에 오르게 해 준 힘이었다는 것을 알지만, 때로는 그것이 아들을 지치게 만드는 악이란 것도 알았다. 오늘 같은 축제에 저렇게 심각한 얼굴을 할 이유가 뭐가 있을까. 러너는 어떤 말로 아들의 입을 열게 할지 고민하느라 자신까지 심각한 얼굴이 되었다.

그런데 그때, 루미가 몸을 틀며 니스에게 물었다.

"아저씨, 아저씨에게 가장 소중한 건 뭐예요?"

러너는 노인의 수심을 단번에 깨뜨리는 루미의 발랄함이 흐뭇했다. 여자아이 특유의 장점이 바로 이런 것이리라. 오늘 루미가 함께 온 건 정말 잘한 일이었다. 니스 역시 이 굳은 분위기를 풀어 줄 중개자가 있다는 것에 내심 기뻐하고 있을 것이다. 러너는 기회를 엿봐 자신도 대화에 낄 준비를 하며 니스를 돌아보았다. 그런데 예상과 달리 니스는 루미 쪽으로 눈길도 주지 않은 채 건성으로 대꾸했다.

"그런 건 왜 묻니?"

무뚝뚝하다 못해 냉담함이 느껴지는 니스의 태도에 러너는 루미보다도 자신이 더 무안했다. 제 아비에 대한 불만에 사로잡혀 다원의 소중한 여자 친구를 신사답지 못하게 대하다니. 어른이 아니라 꼭 루미와 똑같은 열여섯 살짜리, 그것도 아직 여자애한테서 흥미를 찾지 못한 통명스러운 남자애 같았다.

뜻밖의 반응에 당황했는지 루미의 목소리가 의기소침해졌다.

"그냥 갑자기 궁금해서요……. 여쭤 보면 안 되는 거였나요?"

"오늘이 그런 얘기를 할 자리는 아닌 것 같구나."

러너는 어린 여자애에게 빈틈 하나 없이 냉정하게 구는 아들이 못마땅해 얼른 니스를 대신해서 대답했다.

"니스에게 가장 소중한 건 누가 뭐래도 다윈이지."

그러고는 니스를 향해 그렇지 않느냐고 물었지만 아들은 아무 대답이 없었다.

러너는 어색한 공기를 물리치려 일부러 쾌활한 목소리로 말했다.

"루미야, 그런데 그건 자식을 둔 부모들에게는 물어보나 마나 한 질문이란다. 나에게도 가장 소중한 건 여기 이 과묵한 니스 아저씨와 다윈이니 말이야. 루미 너는 어떠니? 나는 열여섯 여자애에게 가장 소중한 게 뭔지가 더 궁금하구나. 내가 한번 맞혀 볼까? 엄마, 아니면 친구?"

평범한 추측을 뛰어넘어 루미는 첫인상과 같은 당돌한 대답을 했다.

"저에게 가장 소중한 건 '진실'이에요."

러너는 루미를 기분 좋게 해 주려고 일부러 무릎까지 쳐 가며 목소리를 높였다.

"진실이라, 역시 해리 헌터 씨의 피를 이어받은 자손답구나. 훌륭해."

그게 효과가 있었는지 루미가 조금 전의 주눅 든 목소리를 지우고 원래의 명랑하고 적극적인 태도로 말했다.

"그래서 전 말이죠, 나중에 정부 기관에서 높은 직책을 맡게 되면 제 아이디를 'truth'로 정할 거예요. 패스워드는 제이 삼촌 생일로 하고요. 어차피 제 생일과 똑같기도 하니까."

"오호, 제이 생일과 네 생일이 같은 날이니?"

"네, 우연치곤 신기하죠? 그래서 할머니가 부르는 제 별명이 리틀 제이예요. 아저씨, 고위직 공무원이 되면 아이디 쓸 일이 많죠?"

러너는 이번만이라도 니스가 친절하게 대답해 주기를 바랐다. 자신에게 가장 소중한 건 진실이고, 벌써부터 고위 공무원으로 꿈을 정해 놓은 영특하고 귀여운 여자아이를 두 번이나 실망시키는 것은 친구의 아버지로서도, 아이들의 교육을 책임지는 문교부 차관으로서도 해서는 안 되는 일이었다. 그것을 아는지 니스도 이번에는 루미에게 제대로 시선을 돌리며 말했다.

"그래. 인터넷 기술이 더 발달하면 고위직 공무원들뿐만 아니라 일반인도 점점 많이 사용하게 되겠지. 그런데 루미야, 아무리 먼 미래 일이라도 네 개인 정보를 그렇게 다른 사람에게 함부로 알리는 건 위험한 일이란다. 높은 직책에 오르는 게 목표인 사람이라면 지금부터 주의를 해야겠지. 물론 어른이 돼서도 진짜그 아이디와 비밀번호를 쓸지는 모르겠지만."

어조는 다소 사무적이었지만, 그래도 애정 어린 조언을 곁들인 니스의 답변에, 러너는 그런대로 흡족했다. 인터넷이니 아이디니 하는 용어는 익숙하지 않았지만, 앞으로의 세계가 그쪽으로 발전한다는 것쯤은 알고 있었다.

루미가 "네, 조심할게요."라고 대답한 뒤 이어 말했다.

"그런데 아저씨, 제가 어른이 됐을 때는 개인 정보를 관리하는 일 못지않게 공공 정보를 제한하는 게 더 큰 이슈가 되지 않을까요? 사람들은 아직 잘 체감하지 못하고 있지만 지금도 대중에게 유익한 정보가 정부에 의해 많이 막혀 있잖아요. 왜 그런 퇴행적인 일을 하는 걸까요? 진실이란 건 많은 사람들이 알면 알수록 더 좋은 건데. 그런 일을 책임지시는 분으로서 아저씨는 어떻게 생각하시는지 궁금해요."

"무슨 말을 해야 할지 모르겠구나. 공청회장에서나 들을 법한 질문을 체육대회가 열리는 운동장 관중석에서 듣고 있으니. 글쎄다, 복잡한 사안이라 자세히 얘기할 수는 없지만, 아마 미래에는 루미 네가 원하는 대로 더 많은 정보들이 공개될 거다. 정보가 많이 쌓일수록 당연히 그것에 접근하고자 하는 사람들의 욕망도 커질 테니……. 그렇지만 루미야, 정부의 모든 비밀 서랍이 열리는 최후의 날에 가서도 어떤 정보는 끝까지 공개되지 않고 비밀로 남을 수밖에 없을 거란다."

"왜요?"

"왜냐하면 정보를 만들고, 저장하고, 관리하는 게 바로 인간이니까. 수십억 명 인간의 비밀을 모두 알아낼 수 없는 것과 같은 이치지. 그들 중엔 분명 자기 비밀을 공개하고 싶지 않은 사람도 있지 않겠니?"

"비겁해요, 그런 사람들 때문에 진실이 가려지는 건."

"그래, 비겁하지."

그때, 장내 스피커에서 제3경기를 시작한다는 안내 방송이 나왔다. 지나치게 형이상학적으로 흐르는 두 사람의 대화에 소외감을 느끼던 러너는 선수들이 입장하는 운동장으로 관심을 돌렸다.

"자, 그런 심각한 이야기는 이제 그만하고 다원을 찾아보자꾸나. 다원은 어디 있지?"

러너는 일렬로 서 있는 선수들 사이에서 다원을 찾았다. 그러나 푸른색 유니폼을 입은 동기숙사의 열한 명 선수들 중에 다원의 모습은 보이지 않았다. 러너는 선수들 얼굴을 다시 한번 일일이 확인한 뒤에야 후보 선수들이 앉아 있는 벤치로 시선을 돌렸다. 다원은 그 사이에 풀이 죽은 채 앉아 있었다. 다원처럼 훌륭한 아이를 주전으로 기용하지 않다니. 러너는 화가 나서 니스에게 말했다.

"다원은 벤치에 앉아 있구나."

"그러네요."

러너는 별일 아니라는 투로 말하는 아들 때문에 더 화가 났다.

"넌 아무렇지도 않냐? 다원이 벤치에 앉아 있는데."

"그게 어때서요? 당연히 누군가는 벤치에 앉아 있어야 하는데."

"벤치에만 앉아 있는 게 무슨 축구야. 나와서 뛰어야 의미가 있는 거지."

"이제 막 시작했어요. 나중에 선수 교체가 될 수도 있잖아요. 안 돼도 어쩔 수 없는 거고. 그냥 경기를 즐기세요. 아이들이잖아요."

러너는 니스의 말이 옳다는 것을 알면서도 한번 화가 난 마음을 완전히 억누를 수가 없었다. 후보들이 모여 있는 뒤쪽의 그늘

288

진 벤치는 다윈같이 빛나는 아이가 있을 곳이 아니었다. 1, 2학년 때는 선배들에게 밀려 그러는 게 관례라지만, 이제는 다윈이 선두의 중심에 서서 사람들이 보내는 갈채의 주인공이 되어야 할 순간이었다. 그렇다고 러너는 자신이 터무니없이 높은 기준을 다른 사람, 특히 자식에게 강요하는 사람이라고는 생각지 않았다. 만약 자신이 그런 독재자였다면 니스가 어렸을 때 프라임스쿨에 지원하지 않는 것을 그냥 두고만 보지는 않았을 테니.

러너는 안타까운 마음으로 다윈을 바라보았다. 자신이 가진 높은 기대치는 자신이 아니라 다윈을 위한 것이었다. 다윈은 니스와 달리 승부욕이 있는 아이였다. 물론 패배를 용납하지 않고 라이벌을 질시하는 자멸적인 승부욕이 아니라 자기 완성적인 성격의 고귀한 승부욕이었다. 니스가 개회사에서 말했듯, 태어날 때 훌륭한 새를 선물받은 아이가 그 새를 길들이려고 부단히 노력하는 것과 비슷했다. 프라임스쿨은 다윈의 그런 성격을 보여 주는 가장 강력한 증거였다. 다윈은 누가 강요한 적도 없는데 스스로 프라임스쿨을 목표로 삼았고, 입학 후에도 늘 우수한 성적을 유지했다. 여유롭다 못해 나태하기까지 한 니스의 훈육 속에서도 그런 기질을 잃지 않은 것을 보면 선천적으로 타고난 성품이랄 수 있을 것이다. 그런데 그 천성이 코치의 잘못된 선발 기준 때문에 가족이 모두 모인 오늘 같은 날에 발현될 기회 자체를 차단당했으니 할아비로선 당연히 분노가 치밀 수밖에 없는 노릇이었다.

러너는 언제 선수 교체가 되나 조바심을 내며 경기를 지켜보았다. 그러나 전반전이 끝나 가도록 선수 교체는 이루어지지 않왔고, 종료 직전에 도리어 서기숙사에서 먼저 골이 터졌다. 좋은 체격이 돋보이는 레오 마샬이라는 아이였다. 니스가 일어나서 박수를 보냈다. 제 아들은 경기에 나오지도 못했는데 속 편하게 남의 집 아들을 향해 박수를 치는 니스가 러너는 내심 못마땅했다. 물론 위원장의 행동을 주시하는 주변 눈들을 생각하면 잘한 일이지만.

그때 루미가 말했다.

"자기 아빠한테 보여 주려고 더 열심히 뛰나 봐요. 버즈 아저씨가 놓치지 말고 찍으셨어야 할 텐데."

"버즈?"

"레오 아빠요. 버즈 마샬, 모르세요? 제이 삼촌의 친구이자 니스 아저씨의 친구이기도 하신데."

러너는 니스 쪽으로 고개를 돌리며 "그러냐?" 하고 물었다. 니스는 고개를 끄덕거리더니 "잘 모르실 거예요, 한 번도 만난 적 없으시니까."라고 대답했다.

러너는 그것이 은연중에 자신을 향한 비난이라는 것을 알아챘다. 사업을 하느라 입학식, 졸업식에 한 번도 참석하지 못하고 자기 어릴 적 친구 하나 모르는 무신경을 책잡는 것이었다.

이제 와 과거를 되돌릴 수도 없는 노릇이니, 러너는 짐짓 태연한 척 말했다.

"네 어릴 적 친구라서 그런지 버즈라는 이름이 왠지 익숙하구나."

"방송이나 신문에서 종종 보셨겠죠. 유명한 다큐멘터리 감독이니까. 지금도 프라임스쿨 다큐를 찍으러 와 있고요."

러너는 그제야 경기 시작 전부터 보였던 카메라 촬영이 학교 측에서 하는 것이 아니라 다큐멘터리 제작용이라는 것을 알았다.

"그래? 훌륭한 친구로구나. 아무튼 니스 너한테 제이가 아닌 다른 친구가 있었다는 걸 아니 참 새롭구나. 앞으로도 종종 그랬으면 좋겠다."

레오가 넣은 한 골로 전반전은 서기숙사의 승리로 끝났다. 러너는 자기 아들이 골 넣는 장면을 카메라에 담았을 버즈가 한없이 부러웠다. 더군다나 그 카메라가 가족들끼리나 돌려 보는 일반 카메라가 아니라 수많은 사람들이 보게 될 방송용 카메라라고 하니, 다윈이 저 골의 주인공이 되지 못한 게 더 속상했다. 아쉬움으로 속을 태우는 중에 후반전 시작을 알리는 안내말이 흘러 나왔다.

루미가 말했다.

"다윈이 나오면 좋을 텐데, 그렇죠?"

"그러게 말이다."

러너는 운동장으로 입장하는 선수들을 초조한 눈길로 바라보았다. 그러나 이번에도 다윈의 모습은 보이지 않았다.

실망과 기대

다원은 전광판 시계를 바라보았다. 경기 종료까지는 15분밖에 남지 않았다. 전반전 레오의 골로 서기숙사가 계속 1대 0으로 앞서고 있는 상황이었다. 그때 코치가 마지막 선수 교체를 요청했다. 다원은 무의식적으로 허리를 곧추세웠다. 그러나 코치가 호명한 선수는 옆에 앉아 있는 카터였다.

다원은 다른 후보 선수들과 함께 카터의 등을 두드리며 격려해 주었고, 교체되어 나온 친구에게도 똑같이 칭찬해 주었다. 코치는 운동장에 있을 때보다 벤치에 앉아 있을 때의 태도가 프라임스쿨 학생의 진정한 격을 드러낸다고 했다. 다원은 코치의 가르침에 충실했다.

관중석에 아버지, 할아버지, 루미가 나란히 앉아 있는 모습이 보였다. 아버지는 주전으로 뛰지 못한 상황을 충분히 이해할 것이고, 할아버지도 아쉬워하긴 하겠지만 결국에는 다음에 잘하면 된다는 식으로 격려해 줄 것이다. 그러나 루미는 자신이 없었다. 기껏 왔는데 경기에 한 번도 나오지 않는 것을 보고 벌써 실망했는지도 모른다. '너는 왜 그라운드에서 뛰지 않고 거기에 앉아 있는 거야?'라고 묻는 목소리가 들리는 것 같았다. 물론 자신이 만들어 낸 환청이지만, 그것의 진실성은 환청이 아닐 수도 있었다. 잠시 뒤, 경기 종료 휘슬이 울렸다. 1대 0. 작년에 이어 또 서기숙사의 승리였다.

다원은 서기숙사의 승리 세리머니가 끝날 때까지 기다렸다가 레오에게 달려갔다. 레오는 누군가를 찾는 것처럼 주위를 두리번거리고 있었다. 다원은 레오의 뒤로 가 어깨동무를 했다.

"축하해. 정말 멋졌어."

레오가 고개를 돌리며 대답했다.

"고마워. 다원 네가 유일하게 날 축하해 주는 사람이야."

"무슨 소리야, 너희 팀 모두 저렇게 기뻐하는데."

"경기에서 이긴 걸 기뻐하는 거야. 내가 골을 넣은 건 전혀 기쁘지 않을걸."

그렇게 말하는 레오 역시 승리의 주역치고는 크게 기뻐 보이지 않았다. 다원은 레오의 무거운 표정이 전후반전을 모두 소화한 선수가 겪는 피로 때문인지 아니면 자신이 뱉은 말이 의미하는 무게 때문인지 알 수가 없었다. 지난번 학생회 멤버들과 대립한 이후로 레오가 축구 클럽에서 소외되고 있다는 소문을 들은 적은 있지만, 다원은 학생회가 그렇게 비겁한 집단은 아닐 거라고 생각했다. 그러나 진실이 무엇이든 레오는 이미 그렇게 느끼고 있는 것 같았다.

"어쨌든 네 덕분에 서기숙사가 이겼잖아. 2년 연달아 패배한 우리로서는 널 우리 팀으로 데려오고 싶은 심정이야. 우리 쪽에서 보낼 선수가 없다는 게 문제지만."

레오가 그제야 승리자답게 웃었다.

폐회식에서는 각 경기의 승자들이 단상 위로 올라 메달을 받았다. 1대 1이었던 양 기숙사의 승부를 결정짓는 골이자 90분 축구 경기에서 유일한 골을 넣은 레오가 '최우수 선수'가 되었다. 시상식 수여자로 나선 아버지가 레오의 목에 새로운 메달을 하나 더 걸어 주며 축하 인사를 전했다.

다원은 힘껏 박수 쳤다. 이로써 아버지를 포함한 모든 사람들이 레오가 그간 저지른 잘못을 잊고 레오를 새롭게 볼 것이다.

관중들이 하나둘 운동장으로 내려와 기념 촬영을 했다. 다들 즐거워 보였지만 한편에서는 심각한 얼굴로 머리를 맞대고 패착 요인을 논의하는 부자도 있었다. 주로 몇 대를 이어 프라임스쿨 졸업생을 배출한 가문에서 연출하는 풍경이었다.

다원은 인파 속에서 자신을 향해 걸어오는 할아버지와 아버지, 그리고 루미를 발견하고 뛰어갔다.

"아쉬우셨죠? 저도 출전을 못 하고 우리 기숙사도 져서."

아버지는 예상대로 별일 아니라는 듯 말했다.

"두 팀이 겨루면 당연히 지는 팀이 나올 수밖에 없지. 누가 이기든 상관없이 다들 최선을 다해 뛰어 줘서 재미있었단다."

이어서 할아버지가 말했다.

"그래, 재미있었지. 우리 다원이 출전해서 골을 넣으면 훨씬 더 재미있었겠지만. 아직도 이해가 안 간단 말이야, 난 분명 다원 네가 역전 골을 넣어서 최우수 선수가 될 줄 알았는데."

"애한테 그런 부담 주지 마세요."

"그런 부담이라니?"

"축구는 다들 골을 넣으려고만 하는 순간 파멸하는 스포츠예요."

"또 쓸데없이 예민하게 반응하는구나. 할아비로서 손자가 골 넣는 모습을 보고 싶다는데 파멸이란 단어를 쓰다니."

아버지는 자신의 실수를 인정하듯 입을 다물었다. 할아버지도 더는 아쉬움을 토로하지 않았다. 두 분 사이에 기본적으로 늘 존재하는 의견 차였지만, 다원은 이번엔 자신이 원인이 된 것 같아 난감했다.

그때 코치가 다가와서 아버지에게 인사를 청했다.

"안녕하셨어요, 위원장님. 오랜만에 뵙네요."

아버지는 코치에게 악수로 화답하며 말했다.

"오늘은 다원의 학부모로 온 것이니 말씀 편하게 하세요."

코치는 선생님에게 변명하는 학생처럼 말했다.

"선수 기용에 관해 설명이 필요할 것 같아서 말씀드리려고요. 아시겠지만 전략상 카터를 투입할 수밖에 없었어요. 우리가 리드하고 있었다면 다원을 출전시켰겠지만, 지고 있는 상황에선 공격수를 선택해야 하잖아요. 그런데 다원은 수비수고……."

아버지는 산뜻하게 대답했다.

"선수 선발은 전적으로 코치님 권한이죠. 아무 유감 없습니다."

코치가 돌아보며 물었다.

"다원, 실망했니?"

다원은 할아버지 옆에 서 있는 루미를 보았다. 루미의 눈빛을 의식하는 순간 그런 기분이 꿈틀댄 것은 사실이지만, 감정을 그대로 표출한다고 해서 달라질 것은 없었다. 경기는 이미 끝났고 승자는 정해졌으니까.

다원은 아버지처럼 산뜻하게 웃었다.

"아뇨, 내년에 또 기회가 있잖아요."

코치는 한쪽으로 가서 아버지에게 축구 클럽의 전반적인 상황에 대해 더 설명했고, 할아버지도 함께 그 이야기를 경청했다.

다원은 드디어 루미와 단둘이 있을 기회를 갖게 된 것이 기뻤지만, 동시에 자신의 부족함을 이야기해야 하는 상황이 조금은 부끄러웠다.

"기껏 초대해 놓고 벤치에 앉아 있는 모습만 보여 줘서 좀 우습지?"

루미는 고개를 저으며 말했다.

"전혀. 누가 프라임스쿨 학생을 비웃을 수 있겠어."

다원은 루미와 운동장을 걷는 동안 친구들은 물론이고 그들의 부모님들까지도 루미를 힐끔거리며 관심을 표하는 것을 느꼈다. 루미는 실버힐에서뿐만 아니라 프라임스쿨 안에서도 눈길을 끌었다. 다원은 그것이 단지 외부인이 잠시 내뿜는 신선함 때문이 아니라 루미가 가진 존재감 때문이라는 것을 알았다. 수많은 프라임 보이들 사이에서도 루미는 조금도 움츠러드는 기색 없이 주변의 시선을 자연 풍경 정도로 받아들이며 운동장을 거닐었다. 너무나 자연스러운 루미의 그런 태도 때문에 다원은 프라임스쿨로 초대받은 쪽이 루미가 아니라 자기인 것 같은 기분마저 들었다.

그러던 중 루미의 눈동자가 어느 한곳을 지그시 응시하는 게 느껴졌다. 하늘을 날던 새가 목표물을 정한 것 같은 눈빛이었다. 다원은 루미의 시선이 향한 곳을 따라가 보았다. 그 한가운데에 레오가 서 있었다. 다원은 지금이야말로 자신의 마음을 에워싸고 있는 불확실한 안개를 걷어 낼 순간이란 것을 알았다.

다원은 "레오." 하고 불렀다. 레오는 금방 이쪽으로 뛰어왔다. 햇빛이 부딪치자 레오의 목에 걸려 있는 메달들이 작게 축소된 태양 그 자체로 보였다. 다원은 한 걸음 물러서서 레오와 루미가 인사 나누기를 기다렸다. 레오가 루미를 향해 먼저 "안녕, 오랜만이네."라고 인사했다. 루미는 조금 차가운 태도로 "최우수 선수 된 거 축하해."라고 말했다. 그러고는 서로 아무 말도 없었다. 두 사람 다 이 자리를 달가워하지 않는 것 같았다.

다원은 열지 말았어야 할 상자를 연 대가를 치르고 있는 기분이었다. 루미와 레오가 지나치게 반가워하는 모습을 보고 싶었던 건 아니지만, 자신은 알지 못하는 많은 일이 두 사람 사이에 있었던 것처럼 서로 시선을 피하는 모습을 보니, 그 역시도 똑같이 괴로웠다.

다원은 분위기를 바꿀 겸 말했다.

"레오, 왜 혼자 있는 거야? 버즈 아저씨는 어디 가셨어? 아까 보니 관중석에서 촬영하고 계시던데."

"벌써 다른 곳으로 가셨겠지. 여기 말고도 프라임스쿨에 찍을 데는 많으니까."

"최우수 선수가 된 널 안 찍고 말이야?"

"우리 아버지한테 그런 건 안중에도 없을걸."

그때 루미가 레오에게 쏘아붙이듯이 말했다.

"넌 아직도 옛날이랑 똑같은 생각을 하고 있구나."

레오도 비슷한 어조로 루미에게 말했다.

"너도 별로 변한 건 없어 보여. 휴일에 여전히 프리메라 교복을 입고 다니는 걸 보니까."

"그걸 싫어하는 점까지도 여전히 똑같고."

"변화가 심한 사람은 믿을 수 없는 사람이라고 네가 그랬던 것 같은데?"

냉소적으로 주고받는 두 사람의 대화 속에서 다윈은 파도에 휩쓸려 바다 쪽으로 점점 떠밀려 가는 조난자가 된 것 같았다. 둘만 간직하고 있는 이야기가 깊이를 알 수 없는 수심이 되어 숨을 막히게 했다.

그때 레오가 목소리에 담긴 긴장을 풀며 말했다.

"그만두자. 봐, 우리 때문에 다윈이 곤란해하고 있잖아. 난 여기서 그만 퇴장해 줄 테니까 재밌게 놀다 가. 다윈, 그럼 나중에 보자."

레오는 인파 속으로 금세 사라졌다.

루미가 돌아보며 물었다.

"내가 널 곤란하게 했어?"

다윈은 웃으며 고개를 저었지만 곧 솔직한 마음을 털어놓았다.

"너희 둘이 어떤 사이인지 궁금한 건 사실이야. 나는 전혀 알수 없는 말들을 주고받으니까."

"우리?"

루미는 스스로에게 되묻듯 고개를 갸웃거리더니 이어 말했다.

"2년 전까진 친한 친구였지. 날 프라임스쿨 체육대회에 초대해 줄 정도로. 하지만 그 후로는 만난 적이 없어서 지금은 친구인지도 모르겠어."

충분한 설명은 아니었지만 앞을 가로막고 있던 안개는 어느정도 걷혔다. 다원은 남은 시간을 더 이상 그 안에서 헤매는 데 쓰고 싶지 않았다. 최소한 자신이 두 사람을 방해하는 존재가 아니라는 것만큼은 확실해졌으니, 루미를 향한 마음을 거둬들이지 않아도 되고, 레오에게 상처 입힐 일도 없었다. 오늘은 그 정도로 만족해도 좋을 것이다.

그때 코치와 이야기를 끝낸 아버지와 할아버지가 멀리서 자신을 찾아 두리번거리고 있는 게 보였다. 다원은 손을 높이 들며 그쪽으로 걸어갔다.

가는 길에 루미가 물었다.

"다원, 아저씨께 다음 주 외출 허락은 받았어?"

그 말을 듣고서야 다원은 오늘 만남이 루미가 말한 외출을 대체한 것이 아님을 깨닫고 당황했다. 어쩌면 루미가 자기 이야기를 소홀히 했다고 생각할지도 몰랐다.

"아, 그게, 아직 이야기할 기회가 없어서…… 미안."

"아냐, 오히려 잘됐어. 우리 둘이 함께 얘기해서 허락받는 게 더 좋을 거야."

아버지는 코치에게 오래 붙들려 있어 피곤했는지 "열의가 많은 건 좋은데 나에게 말고 너희에게 쏟아부었으면 좋겠구나."라

고 했다. 옆에서 할아버지가 "위원장 직함을 단 사람이 그 정도
는 감수해야지. 덕분에 유익한 소식도 많이 듣고 좋던데 뭘 그러
냐."라고 대꾸했다.

다원은 한번 붙잡히면 앞머리가 침으로 젖을 때까지 설교를
듣고 있어야 한다고 해서 코치의 별명이 분무기라고 알려 주었
다. 이번에는 할아버지와 아버지가 아무 의견 차이 없이 동시에
웃었다.

웃음이 그칠 즈음 루미가 말했다.

"아저씨, 다음 주 일요일에 다원하고 같이 외출하고 싶은데
괜찮을까요?"

아버지는 약간 놀란 것 같았다. 지금까지 한 번도 특별 외출
허락을 받은 적이 없으니 당연한 반응이었다.

"외출?"

"네, 프라임스쿨은 일주일 전에 부모님 허락을 받으면 일요
일에 외출이 가능하잖아요."

"잘 아는구나. 그런데 무슨 일 때문에? 이제껏 다원은 한 번
도 외출을 신청해 본 적이 없고 어차피 이제 곧 있으면 휴가라서
집에 올 텐데……."

"인류사 박물관에서 선사 시대 전시회가 열리고 있어요. 학
교에서 둘째 주 금요일까지 견학 보고서를 써 오라고 했는데 혼
자보다는 친구랑 같이 가고 싶어서요. 다원도 보면 좋을 전시회
잖아요."

"인류사 박물관? 다음 주 일요일이라면…… 첫째 주에?"

"네, 같이 가려고 미리 티켓도 끊어 놨어요."

다원은 전혀 모르는 내용이었지만, 선사 시대 전시회에 가는 거라면 아버지도 충분히 납득하고 허락해 줄 거라고 생각했다.

아버지가 물었다.

"다원 너도 가고 싶니?"

"네, 가고 싶어요. 박물관에 가 본 지도 오래됐잖아요."

아버지는 잠시 생각에 잠긴 얼굴을 했는데, 그때 할아버지가 도움을 주었다.

"뭘 그런 걸 갖고 고민하고 그러냐. 가게 해 줘라. 인류사 박물관에 간다지 않냐. 일요일에 박물관 데이트라니, 귀엽구나."

다원은 데이트라는 말이 부끄러웠지만, 할아버지와 아버지에게 루미와의 관계를 공식적으로 인정받는 것 같아 기뻤다. 다원은 아버지의 최종 허락이 떨어지기만을 기다렸다. 잠시 뒤, 아버지는 "그래, 알았다. 학교에 전화해 주마."라고 말하면서 격려까지 해 주었다.

"다원 너도 일요일엔 좀 쉬는 게 좋겠지. 바깥바람도 쐬고. 이왕 나가는 것 인류사 박물관만 보지 말고 다른 곳들도 더 둘러보고 오렴."

루미가 "네, 그럴게요. 고맙습니다."라고 인사하며 웃었다. 루미의 웃는 얼굴을 본 순간, 다원은 남은 7일이 통째로 사라져 바로 내일이 첫째 주 일요일이었으면 좋겠다고 생각했다. 그러나 지루한 기다림도 루미를 만나기 위한 것이라면 황홀하게 즐길 수 있을 것이다.

조금 다른 점심시간

오전 내 책상에 앉아 판결문 사본을 만들던 조이는 점심시간이 됐다는 동료의 말을 듣고 함께 직원 휴게실로 갔다. 늘 그렇듯 도시락은 오늘도 역시 집에서 싸 온 샌드위치와 채소 샐러드였다. 동료들이 꺼낸 도시락 역시 법원 서기관 메뉴가 따로 있나 싶을 정도로 비슷했다. 간혹 늘 같은 휴게실에서 같은 도시락만 먹는 것을 불평하는 동료도 있지만, 조이는 자신의 점심 식사에 만족했다.

아내가 정성 들여 준비해 주는 도시락은 1지구의 어느 훌륭한 식당 메뉴보다도 믿을 수 있었다. 제아무리 최고급 호텔 식당이라도 처음부터 끝까지 곁에서 요리 과정을 지켜보지 않는 한 뒤에서 무슨 짓을 할지 알 수 없는 법이었다. 요리사의 침이 섞였을지도 모를 스테이크를 비싼 값 내고 먹느니, 아내의 소박하고 정결한, 그래서 믿을 수 있는 샌드위치가 훨씬 나았다.

부가적인 재미도 있었다. 아내는 날마다 도시락에 조금씩 변화를 주었다. 직접 간 과일 주스를 더한다든가, 샐러드 드레싱을 바꾼다든가, 종류가 다른 치즈를 한 장 더 넣는다든가 하는 식으로. 베이컨만 예상하고 있다가 갑자기 그 사이에서 치즈의 풍미를 느낄 땐 꼭 그 샌드위치만 한 크기로 축소된 앞으로의 자기 인생과 대면하는 것 같기도 했다. 예상된 베이컨과 갑작스럽지만 놀랍지는 않은 치즈. 그 정도 조합만으로도 인생은 변하며 충분히 의미가 있었다.

"들었어? 곧 인사 이동이 있을 거라던데."

"그래 봤자 창가 자리에서 문 쪽으로 옮겨 가는 정도겠지."

"그래 봤자라니. 그 정도면 급격한 인사 이동이지. 문 쪽에서 복사기 쪽으로 이동한 나도 있잖아."

조이는 잔잔하게 웃는 동료들을 따라 웃었다. 동료들은 일반인들이 법원 서기들에게 가지고 있는 고정관념 그대로의 모습을 하고 있었다. 유행과는 한참 동떨어진 품이 큰 정장, 사회생활에 지장받지 않을 만한 최소한의 유머 감각, 작은 철자 실수도 잡아내는 꼼꼼함, 출세에 대한 열망과 맞바꾼 일상의 안정감……. 조이는 자기 역시 다른 사람 눈에 그렇게 비친다는 것을 잘 알고 있었다. 그리고 그렇게 보이는 것에 아무런 불만도 없었다. 남은 인생도 이대로만 흘러간다면 더 바랄 게 없을 것이다.

웃음이 멎고 잠시 침묵이 돌자 동료 한 명이 새로운 화제를 꺼내야 한다는 의무감을 느꼈는지 "그런데 조이, 그 10년짜리 판결문은 다 끝냈어?"라며 지금 맡고 있는 일에 관해 물어 왔다.

"다 끝난 판결이긴 하지만 그래도 좀 꺼림칙하지 않아? 부인을 죽였는데 고작 10년이라니."

동료가 말하는 10년짜리 판결문이란 2지구에서 일어난 살인 사건의 판결로, 남편이 부정을 저지른 부인을 살해해 10년 형을 받은 사건이었다. 징역 10년은 고액 사기범들이 받는 형량 정도로 살인죄를 가장 엄중한 벌로 다뤄 온 법원 판례에 비하면 굉장히 적은 형량이었다. 판사는 판결문에서 "부부간의 신뢰를 저버린 부인의 행동은 남편 개인에 대한 정신적인 살인이자 오랜 시간 상위 지구가 구축한 도덕관념에 대한 살인이므로, 그 점을 감형 사유로 참작한다."라고 했다. 조이는 판사의 의견에 동의했다. 나쁜 것은 살인이 아니라 먼저 신뢰를 깨뜨린 행동이었다. 어머니에게 전화를 걸어 그 말을 할까 몇 번 망설였지만 끝내 하지 않았다.

조이는 동료에게 말했다.

"나야 뭐, 틀린 글자 없게 그대로 옮겨 치면 되지, 판사 열 명이 모여서 합의한 결정에 꺼림칙하고 말 게 뭐 있나? 10년을 100년으로 잘못 칠 때나 꺼림칙하지."

동료들이 "하여튼 타고난 서기라니까." 하며 웃었다. 조이도 따라 웃었다. 신선하고 위생적인 음식과 간간이 웃음이 나오는 대화. 매일 그렇듯 오늘도 아무 일도 일어나지 않는, 꼭 바로 앞의 샌드위치 도시락 같은 점심이었다.

아직 시간이 남았지만 조이는 먼저 자리로 돌아와 다시 업무를 시작했다. 동료들과 어울리기 위해 마음에도 없는 '법원 서기 유머'를 계속할 바엔 점심시간을 다소 손해 보더라도 최고 재판관들의 판결문을 읽는 게 더 편하고 유익했다.

법원 서기 일은 복잡해 보이면서도 간단했다. 주 업무는 최종심까지 끝난 사건의 판결문을 각 심리에 따라 정리하는 것인데, 상위 지구에 비해 중위 지구와 하위 지구에서 올라온 판결문이 압도적으로 많았다. 세 지구별로 각기 다른 절차를 적용하는 현행법 체계에 따른 결과였다.

현행 헌법은 7, 8, 9 하위 지구에는 7지구 지방법원을 거친 뒤 4지구 고등법원과 1지구 최고법원에 두 번 항소심을 제기할 수 있는 3심제를, 4, 5, 6지구에는 4지구 재판 뒤 1지구 법원으로 항소심을 보내는 2심제를, 그리고 1, 2, 3지구에는 항소심 없이 1지구 법원이 내린 판결이 최초 판결이자 최후 판결이 되게 하는 단심제를 보장하고 있었다.

어린 시절 법의 기초에 대해 배웠을 때 조이는 이것이 상위 지구의 권리를 극단적으로 제한하는 잘못된 체계라고 생각했다. 법의 기본 정신은 평등에 기반한 것이라 했는데 정작 헌법은 법이라는 이름으로 불평등을 정당화하고 있기 때문이었다. 근본이 잘못된 체제가 어떻게 지금껏 유지될 수 있는지 의문이었다. 흔히 반역자들이라고 하는 9지구 사람들이 1지구보다 더 많은 법의 보호를 누리고 있다는 사실은 또 다른 무형의 반역 같았다. 무엇보다 전 지구를 통틀어 가장 많은 권력을 가지고 있으면서 법적인 권리에 있어서만큼은 심각한 불평등을 받아들이고 있는 상위 지구 사람들이 이해되지 않았다.

지금 생각하면 어린아이답게 표면적인 평등에만 몰두한 짧은 생각이었다. 어른이 되어서야 비로소 이 불평등한 체제의 최고 수호자가 바로 법을 바꿀 권력이 있음에도 기꺼이 권리를 제한당하는 상위 지구, 특히 1지구인들이라는 것을 알게 되었다.

1지구인들은 정체성의 뿌리를 단심제에서 찾았다. 정의란 번복될 수 없고, 번복되어서도 안 되는 불변의 가치라고 믿기 때문이었다. 3심제와 2심제는 하위 지구와 중위 지구의 법원이 '정의'를 판단할 때 실수할 수 있음을 전제로 이루어지는 것인데, 1지구 법원에서는 결코 그런 실수가 전제될 수 없었다. 상위 지구의 유일한 재판장이자 모든 항소심의 최종 판결지인 1지구 법원의 실수를 가정하는 순간 정의는 영원히 실종돼 버릴 것이기 때문이다.

1지구 법원은 상위 지구의 사건인 경우 전원 합의체를 구성해 3심제를 거치는 것보다 더 많은 시간과 노력을 심리에 쏟아부었고, 상위 지구 주민들은 그렇게 이루어진 판결을 절대적으로 존중하고 신뢰했다. 엄밀히 말하면 신뢰할 수밖에 없기도 했다. 4지구, 7지구 법원에 자신들의 심리를 맡길 수도 없는 상위 지구 사람들이 1지구 법원을 믿지 못하겠다며 법원의 권위에 도전하는 순간 사법 체계의 피라미드는 무너지게 돼 있기 때문이었다. 사법 체계의 붕괴는 곧 사회의 붕괴와 직결되고, 그 종말론에서 가장 많은 것을 잃게 될 피해자들은 현재 가장 많은 것을 소유하고 있는 상위 지구 사람들이었다. 그런 의미에서 오직 하나의 절대적인 재판장에게 자신들의 판결을 맡기도록 돼 있는 상위 지구 사람들의 운명은 오랜 세월 생존에 가장 유리한 방식을 찾아 그들 스스로 개척해 얻은 수확물인 셈이었다.

그러나 상위 지구, 특히 1지구 주민들의 운명이 재판장에서 좌지우지될 일은 실제로 많지 않았다. 1지구를 관통하는 기본 정신은 법원을 절대적으로 신뢰하되, 생활 면에서는 법원과 최대한 멀리 떨어져 지내는 것이었다. 그 정신이 수치로 나타나듯 1지구가 관련된 소송 비율은 다른 지구들에 비해 현저히 낮았다. 1지구 사람들은 소를 제기하는 쪽이든 당하는 쪽이든 법원을 들락날락거리는 것을 개인과 가문의 크나큰 수치로 여겨 법원으로 가기 전 먼저 자기들이 받은 교육의 지혜를 빌려 협상하고 중재하고, 심지어는 손해를 감수하고 양보하는 쪽을 택했다. 그리고 그 정신을 중위·하위 지구, 암묵적으로는 상업 지구인 2, 3지구와도 차별된 자신들만의 정통성으로 자부했다. 갖가지 자질구레한 문제들까지 법에 호소하는 사람들을 지켜보는 법원 직원으로서 조이는 법에 의해 다스려지기 전에 스스로 법이 되고자 하는 1지구인들의 자부심을 높이 샀다. 그러나 같은 1지구인으로서 그러한 자부심이 자신의 피 속에도 흐르는지는 아직까지 확신하지 못하고 있었다.

점심시간이 20분쯤 남았을 때 사무실 입구 쪽에서 작은 소란이 이는 것이 느껴졌다. 조이는 점심 식사를 마치고 돌아오는 동료들이 만드는 소음이라고 생각해 별 신경을 쓰지 않았는데, 곧이어 누군가가 "조이, 손님이 오셨어."라고 외쳤다.

조이는 이 시간에 직장으로 자신을 찾아올 사람이 누가 있을까 싶어 사람을 착각한 건 아닌지 하는 생각이 들었다. 그런데 고개를 들어 손님의 정체를 확인한 순간, 하던 일을 놓고 자리에서 벌떡 일어날 수밖에 없었다.

"어쩐 일이세요, 여기까지."

조이는 놀라움과 반가움이 뒤섞여 얼른 다가가 인사했다. 그는 창밖을 쳐다보더니 "지나가는 길에 네 생각이 나서."라고 대답했다. 하루 종일 분 단위로 짜인 일정을 소화해야 하는 문교부 차관이 지나가는 길에 갑자기 친구 동생이 생각나서 법원 건물 중에서도 가장 후미진 곳에 위치한 서기 사무실까지 직접 찾아왔다는 말을 액면 그대로 받아들일 순 없었지만, 조이는 그가 찾아온 것이 진정으로 기뻐 "영광이네요." 하며 웃었다.

그가 왔다는 소식에 다른 사무실 직원들까지 주위로 몰려들었다. 연예인의 연예인이 있듯, 공무원 사회에도 공무원의 공무원이 있었다. 차기 문교부 장관으로 낙점된 것이나 다름없는 그역시 공무원들의 선망을 받는 관료들 중 한 명이었다. 문교부는 여러 행정청 사이에서도 가장 독립적이고 독점적인 지위를 누리는 기관이었다. 대통령이 장차관을 임명하는 보통의 다른 기관들과 달리 문교부의 장관은 부 내에서 투표로 선출했다. 정권교체에 휘둘리지 않고 일관성 있는 교육을 펼치기 위해 국가 수립부터 이어져 온 전통이었다. 건국 영웅들은 국가 업무에서 가장 중요한 것은 경제나 군사가 아닌 교육이라고 믿었다. 교육은 퇴보나 거짓이 없고, 최악의 상황에서도 늘 미래를 약속하기 때문이었다.

문화와 교육이 선진사회의 정수로 추앙받는 사회 분위기 속에서 대통령과 같은 임기의 문교부 장관은 암묵적으로 '작은 대통령'으로 불렸고, 그가 직접 임명하는 차관은 후계자나 다름없었다. 마흔 명에 달하는 역대 대통령 중 반 이상이 문교부 장관 출신이고, 그들 모두 이전엔 차관의 직위를 거쳤다는 것은 잘 알려진 사실이었다. 그러니 갑자기 서기관을 찾아온 그를 보고 직원들이 흥분하는 것은 당연한 일이었다.

그가 싱글임을 알고 있는 젊은 여직원들이 특별히 인사를 나누고 싶어 하는 눈치였다. 조이는 혹시라도 그가 불편해하는 상황이 만들어질까 봐 주위에는 개인적인 만남이라고 양해를 구한 뒤, 얼른 다른 방으로 그를 데리고 갔다. 동료들이 문교부 차관과의 '개인적 만남'을 어떻게 추리할지는 모르지만, 아무리 상상력을 펼쳐 본들 '샌드위치 속에 든 예상치 못한 치즈' 이상의 깊이에는 닿지 못할 것이다.

전체 회의를 할 때만 사용하는 회의실이 다행히 비어 있었다. 문을 닫자 그가 재킷 안주머니에서 담배를 꺼냈다. 품에 넣고 다닌 지 오래된 듯 케이스가 낡아 있었다. 불을 붙이려던 그는 머뭇대며 "아, 여기도 금연 구역인가?"라고 물었다. 금연 구역이었다. 그러나 조이는 그런 자잘한 법규로 그의 행동을 규제하고 싶지는 않았다. 평소의 그라면 다른 사람 앞에서 절대 담배를 꺼내 들지 않았을 테니까.

조이는 "이러면 괜찮을 거예요, 어차피 잘 안 들어오는 방이니까."라고 말하며 얼른 창문 한쪽을 열었다. 그는 마저 불을 붙이면서 "걸리면 내가 그랬다고 해."라고 했다. 10대 중반 아이나 쓸 법한 말투여서 조이는 살짝 웃음이 나오기도 했고, 웃음이 가신 뒤엔 왠지 모르게 또 살짝 슬퍼지기도 했다. 그때 담배 연기를 창밖으로 내뿜으며 마당의 주차 구역을 살펴보던 그가 선을 넘어 주차해 놓은 한 차를 보고 "저러면 안 되지."라고 혼잣말처럼 말했다.

"저러면 다른 사람이 불편해지잖아. 다 같이 쓰는 곳인데 피해를 주면 안 되지."

조이는 그가 말하는 차로 슬쩍 시선을 던졌다. 동료인 미켈의 차였다. 그는 평소에도 주차 실력이 꽝으로 알려져 있기 때문에 오늘 이 정도면 그나마 훌륭한 편이라고 할 수 있었다.

그때 그가 엷은 웃음을 띠며 다시 말했다.

"그러고 보니 내가 이런 말을 하는 게 너는 무척 우습겠다. 다른 사람도 아닌 내가 조이 너에게."

그의 웃음은 스스로를 향해 있었다. 조이는 조금 전에 문득 슬퍼진 까닭이 바로 이런 점 때문인지도 모르겠다는 생각이 들었다. 그는 중년이 된 지금까지도 자신의 언행을 매번 그 10대 어린아이에게 확인받고 있는 것 같았다. 조이는 얼른 "무슨…….그런 생각은 전혀 안 해요."라고 대답했다. 그는 아무 말도 없었다. 피우지 않은 담배가 말 대신 타들어 갔다.

잠시 뒤, 그가 뜸을 들이며 다시 입을 열었다.

"……요즘 들어 루미랑 우리 다윈이 종종 연락하고 지내는 것 같던데, 알고 있어?"

조이는 그제야 비로소 오늘 그가 자신을 찾아온 진짜 목적이 무엇인지 알아챘다. 얼마 전 다윈이 집으로 전화해 온 것처럼 만약 루미도 그의 집으로 연락한 적이 있다면 자신이 느꼈던 당혹감을 그는 몇 배로 더 느꼈을 터였다.

"그러는 모양이에요."

"어렸을 땐 추도식 때 만나도 서로 데면데면하더니. 역시 애들은 한순간에 친구가 되나 봐."

"동갑인 데다가 저희끼리 아는 사이이기도 하니……."

그는 다시 담배를 입에 문 뒤 고통스러워 보이는 표정으로 연기를 빨아들였다. 조이는 그가 담배를 즐기는 게 아니라 스스로를 괴롭히는 도구로 이용하는 것 같은 느낌이 들었다. 친구들 앞에서 어른인 척 굴기 위해 눈물을 참아 가며 매운 연기를 삼키는 소년처럼.

"그런데 너에게 이런 말을 해선 안 되겠지만……. 난 왜 다윈과 루미가 가깝게 지내는 게 달갑지가 않을까?"

창밖에서 차가 지나가는 소리와 사람들의 말소리가 희미하게 들려왔다. 조이는 그 소음들이 모두 사라지기를 기다렸다가 말했다.

"이해해요."

이해한다. 사람들이 일상적으로 너무 많이, 생각 없이 쓰는 말이었다. 그러나 조이는 심사숙고해서 그 단어를 골랐다. 그것 말고 자신의 마음을 알릴 다른 말은 찾을 수가 없었다. 그가 씁쓸하게 웃었다.

"아니, 이해해 줄 필요는 없어……. 너에게 그것까지 바라진 않아. 그건 말도 안 되는 일이야."

조이는 자신을 믿지 않는 그에게 확신을 주기 위해 단호하게 말했다.

"아니요, 형. 난 정말 형을 이해해요. 물론 이런 말이 어떤 면에선 형의 기분을 더 상하게 할 수 있다는 건 알아요. 어떻게 한 인간이 다른 인간을 완전히 이해할 수 있겠어요……. 하지만 제가 생각하고 상상할 수 있는 영역 안에서 전 진심으로 형을 이해해요. 그래서 그때 형에게 그런 말을 했던 거예요. 제 말에 어떤 빈정거림이나 다른 의도가 없다는 걸 알아주셔야 해요. 그때나 지금이나 제 마음은 한결같아요. 이젠 형이 조금 편해지셨으면 좋겠어요."

그가 부드러운 미소를 지었다.

"넌 어렸을 때부터 참 착했지. 지금도 기억나. 우리가 못된 장난을 쳐도 부모님께 절대 고자질하는 법이 없었어."

조이는 고개를 저었다.

"형이 잘못 기억하고 있는 거예요. 저한테 못된 장난을 친 건 제이 형이었고, 형은 그때마다 늘 저를 달래 줬죠. 초콜릿이나 장난감을 주기도 하고, 아깐 너무 아팠겠다며 머리를 쓰다듬어 주고요."

"그랬던가."

"그랬어요."

기억의 밑바닥까지 가지 않고 중간에서 대충 중얼거리다 말아 버리는 그의 말을 조이는 그렇게 확실한 사실의 세계로 마저 끌어냈다. 그러나 그에게 받은 것은 초콜릿이나 장난감 따위만이 아니었다. 다정한 손길이 다가 아니었다. 그는 공부를 가르쳐 주고, 함께 진로를 고민해 주고, 공무원이 되는 데 필요한 추천서도 써 주었다. 1지구에서 공무원이 되기 위해선 비혈연관계에 있는 기존 공무원의 추천서를 받아야 하는데 대개는 부모가 아는 인맥을 이용해 손쉽게 해결했다. 그러나 부모님은 어떤 도움도 주지 않았다. 아버지도 어머니도 4지구 출신 여자와 결혼해 고작 법원 말단 공무원이 된다는 아들을 자랑스러워하지 않았다. 그러나 조이는 하급 공직 사회의 조용하고 안정적인 분위기가 좋았고 일생을 그 속에서 보내고 싶었다. 부모님은 결코 한 번도 주지 못한 것이었다.

그때 그는 벌써 행정 고시에 합격해 5급 사무관이었는데, 연락은 꾸준히 하고 있었지만 차마 추천서를 써 달라고 부탁하기는 어려웠다. 자질 없는 자에게 함부로 추천서를 써 주는 것은 추천인의 신뢰도와 이후의 출세에 큰 타격을 주는 일이기 때문이었다. 조이는 자신이 그다지 우수한 사람이 아니라는 것을 스스로 잘 알고 있었다. 그런데 서기직에 지원서를 냈다는 것을 어떻게 알았는지 그가 선뜻 먼저 추천서를 써서 보내 주었다. 조이는 지금껏 그것에 감사하고 있었다. 그러나 그에게서 받은 것을 생각하면 그 추천서 역시 사소한 것에 지나지 않았다. 그는 삶을 선물해 주었다.

"이제 가야겠다. 더 늦었다간 보좌관이 잡으러 올 거야."

조이는 시계를 확인하는 그를 보며 다시 열여섯 살 소년을 마주하는 것 같은 기분이 들었다. 그가 인지하고 있는지는 모르지만 그의 입에선 종종 어린아이나 쓸 법한 말투가 배어 나왔다. 보좌관이 잡으러 올 거야. 그는 꼭 이곳에서 도망치고 싶어 하는 어린 소년 같았다. 조이는 자신에게 그럴 능력만 있다면 그를 쫓는 두려움을 완전히 소멸시켜 주고 싶었다. 그가 미신을 믿는 사람이라면 거실 벽에 걸어 둔 호두알 정물화라도 선물했을 것이다. 그러나 실질적으로 자신이 할 수 있는 거라곤 고작 부모라는 권위를 이용해 루미를 통제하는 것뿐이었다. 비참하게도 그 통제마저 잘 이루어지지 않을 때가 많지만.

"루미한텐 제가 잘 말할게요. 다윈은 특수한 환경에 있는 아이니 시간 빼앗지 말라고요."

그는 뒤늦게 자신이 한 말에 부끄러움이 느껴지는 듯 고개를 저었다.

"아니, 그냥 둬. 그 나이 때는 원래 부모님이 하지 말라고 하면 더 하고 싶어지잖아. 더군다나 내 일방적인 감정인걸. 루미에겐 미안해. 너에게도."

"미안하긴요. 아무튼 너무 신경 쓰진 마세요. 잠깐 어울리다가 얼마 못 가 싫증 낼 거예요. 원래 금방 뜨거워졌다가 식는 애니까."

조이는 바깥까지 배웅 나가고 싶었지만, 그는 엘리베이터 앞에서 그만 작별 인사를 하자고 했다.

"힘든 일 있으면 연락해. 요즘 일은 할 만해?"

"지금껏 신경 써 주신 것만 해도 감사해요. 머리도 안 좋은 제가 여기까지 올 수 있었던 것도 다 형 덕분이에요."

"머리가 안 좋다니. 위대한 해리 헌터 씨 아들이 지나치게 겸손하네. 넌 좀 더 자만해도 돼."

"아버지 피는 제이 형한테로만 쏠렸으니까요."

"사춘기 소년 같은 말을 하는구나. 내가 보기엔 너도 아저씨를 그대로 닮았어. 네가 카메라에 흥미만 느꼈다면 아버지 뒤를 이어 훌륭한 사진작가가 되었을 거야."

1층에 멈추어 있던 엘리베이터가 한 층마다 멈춰 서며 느리게 올라오고 있었다. 법원 서기관 건물답게 엘리베이터도 꼼꼼했다. 조이는 그가 오늘처럼 개인적으로 찾아오는 일은 다시 없을 것 같아 오래전부터 마음속에 품어 두었던 말을 입 밖으로 꺼냈다.

"어렸을 땐 형이 제 친형이었으면 얼마나 좋을까 하는 생각을 종종 했어요."

"난 널 친동생으로 생각하고 있어."

"영광이에요. 형 같은 대단한 사람에게 그런 말을 듣다니."

엘리베이터가 열리며 안에 있던 사람들 여러 명이 내렸다. 조이는 문 열림 버튼을 누르면서 그를 돌아보았다. 그의 얼굴은 순간적으로 어둠에 잠겨 있었다. 조이는 어쩌면 자신이 방금 한 말이 그에게 잘못 번역됐을지도 모른다는 생각이 들었다. '형 같은 대단한 사람.' 아무리 진심을 다해도 그와의 사이엔 운명적으로 굴곡진 거울이 존재했다. 자신이 제이 헌터의 동생인 한 자기 입에서 나오는 모든 말이 그에겐 다른 의미로 비쳐질 수밖에 없을 것이다. 조이는 자기 기분에 취해 괜한 말을 했나 싶었다. 역시 그를 가장 편하게 해 주는 길은 이런 시덥잖은 진심을 전하는 게 아니라, 지금껏 그래 왔듯 그의 삶에서 최대한 멀리 떨어져 없는 사람인 척 있어 주는 것이었다.

그때 그가 굳었던 얼굴을 풀며 물었다.

"참, 이번 주 일요일에 루미가 다윈이랑 인류사 박물관에 갈 거라던데, 들었어?"

"그래요? 전 금시초문인데. 그런 얘기까지 알고 있다니, 역시 문교부 차관 정보력이 대단한데요."

"정보력은 무슨. 지난 토요일에 다윈이 축구 경기 하는 걸 보러 루미가 학교에 왔었어. 그때 나한테 외출을 허락해 달라고 하더군."

"그 녀석, 언제 또 프라임스쿨까지. 부모인데도 자식이 하고 다니는 일을 전혀 알 수가 없다니까요."

사람들이 다 내린 뒤 그가 엘리베이터에 올랐다. 조이는 버튼에서 손을 뗐다. 그가 말했다.

"조만간 너한테 얘기하면 추궁하지 말고 속는 셈 치고 그냥 넘어가 줘. 어차피 둘이 만나 봤자 음반 가게나 영화관을 가는 정도겠지."

영문을 모르겠는 말에 조이는 엘리베이터 문이 닫히기 전 얼른 물었다.

"속는 셈 치라니, 그게 무슨 말이에요?"

엘리베이터가 닫히면서 그가 한 말이 문틈으로 들려왔다.

"무슨 말이긴, 첫째 주 일요일엔 인류사 박물관이 휴관이잖아."

유인

10월 첫째 주 일요일, 루미는 옷장에서 교복을 꺼냈다. 인간이 있는 모든 곳이 잠재적인 전쟁터라면 프리메라 여학교 교복은 꽤 훌륭한 전투복이었다. 학교의 상징인 초록 리본을 목에 두르는 것만으로도 일단 모든 싸움에서 우위를 점할 수 있으니. 학교엔 교복을 입어야 하는 교칙을 불평하는 아이들이 더러 있었다. 그 애들은 하나같이 고위 공무원이나 정치인의 딸들로, 자신들의 존재감을 확인받는 데 굳이 초록 리본이 필요하지 않은 태생적 행운아들이었다.

그러나 자신은 달랐다. 루미는 거울 앞에 섰다. 자신은 초록 리본에서부터 새싹이 그려진 학교 배지, 프리메라 전용 양말까지 모두 필요했고, 그것들을 하나도 빠뜨리지 않고 완벽하게 갖춰 입었을 때에야 간신히 그 애들과 어깨를 나란히 하고 서서 최소한의 공정한 평가라도 받을 수 있는 존재였다. 준비를 마친 루미는 방에서 나와 1층으로 내려갔다.

현관문을 나서려는데 아빠가 물었다.

"아침부터 어딜 가니?"

며칠 전 저녁 식사를 하면서 이미 얘기한 주말 계획을 다시 묻는 것에 루미는 자신의 정직성을 시험당하는 기분이 들었다. 물론 아빠는 그러한 의도 없이 단순히 그날 일을 잊어버려서 묻는 것이겠지만.

"말했잖아요, 아침엔 교회에 갔다가 오후에는 인류사 박물관에서 열리는 전시회를 보러 간다고."

그것이 아빠의 간섭 없이 일요일을 가장 오래 밖에서 보낼 수 있는 일정이었다. 성탄절 같은 기념일을 챙기는 면에선 기본적으로 기독교인이지만 아빠가 교회에 가는 것은 한 번도 본 적이 없는 데다 어른들 누구도 인류사 박물관에 가는 것을 반대할 리 없기 때문이었다. 자신을 탐탁지 않아 하는 것 같은 니스 아저씨조차 인류사 박물관이란 말에는 결국 외출을 허락해 주었으니.

"그런데 왜 교복을 입고 가니? 일요일인데."

"이게 저한테 가장 잘 어울리니까요."

"아무리 잘 어울려도 일요일에 교복을 입고 다니는 것은 남들 보기에 우스운 일이야."

"일반 학교 교복일 때는 그렇겠죠. 하지만 프리메라 교복을 우습게 생각하는 사람은 아무도 없어요."

"글쎄다, 나는 좀 우습구나."

비아냥거리는 아빠의 말투에 루미는 안간힘을 쓰고 기울이는 자신의 모든 노력이 하찮아지는 모멸감이 들었다. 따지고 보면 일요일까지 프리메라 교복의 도움을 받을 수밖에 없는 근본적인 원인은 아빠에게 있었다. 아빠가 프리메라 여학생의 일반적인 아빠들처럼 사회적 명성이 있는 사람이었다면 딸이 초록색 리본 따위에 의지해야 할 일은 없었을 테니까. 딸에게 학교 교복만큼의 자랑스러움도 주지 못하는 아빠가 저런 말을 할 자격이 있을까.

"당연히 그러시겠죠. 아빠는 우리 학교와 이 교복의 가치를 절대 알 수 없는 사람이니까."

루미는 그대로 현관문을 닫아 아빠와 그 지루하기 짝이 없는 호두 정물화를 함께 가둬 버렸다.

일요일을 맞은 문화 거리는 어느 곳이나 인파로 북적였다. 그중에서도 자연체험 박물관, 현대 미술관 같은 인기 문화 시설 앞은 입장을 기다리는 사람들로 도로까지 긴 행렬을 이루고 있었다. 루미는 그들을 힐끔거리며 지나쳤다. 평소라면 문화생활에 적극적인 교양인들이라고 생각됐을 사람들이 오늘은 벽에 걸린 그림밖에 쳐다볼 줄 모르는 나태한 방관자들로밖에 보이지 않았다.

그런데 뜻밖에도 인류사 박물관으로 가는 길은 텅 비어 있었다. 평소대로라면 학습 견학을 온 아이들과 부모들로 가장 북적이고 있어야 할 곳이었다. 어떻게 된 일인지 몰라 루미는 주변을 둘러보았다. 그때 박물관 앞까지 갔다가 되돌아오는 듯한 사람들이 몇몇 눈에 띄었다. 무엇 때문인지 다들 실망한 얼굴들을 하고 있었다. 루미는 일단 그들을 지나쳐 박물관 가까이 가 보았다.

그러나 계단을 다 오르기도 전에 자연히 그들과 같은 얼굴이 될 수밖에 없었다. 계단 위로 보이는 입구에 출입을 막는 쇠사슬이 걸려 있고, 그 안쪽으로 '첫째 주 일요일은 정기 휴관일입니다.' 라는 푯말이 서 있었다.

그제야 루미는 아카이브의 휴관일만 신경 쓰다가 인류사 박물관 휴관일까지는 미처 생각하지 못했다는 것을 깨달았다. 작은 것까지 치밀하게 계산하지 못한 자신에게 잠깐 실망감이 들었지만 어차피 인류사 박물관은 다윈을 불러내기 위한 구실에 불과했으니, 휴관이래도 상관없었다. 아빠와 니스 아저씨에게 한 말 역시 문제될 건 없었다. 거짓말을 광고하는 격이 돼 버리긴 했어도 박물관 직원이 아닌 이상 어른들 중 박물관 휴관일을 일일이 알고 있는 사람은 아무도 없을 테니.

다윈과 만나기로 한 약속 장소는 인류사 박물관을 지나 문화 거리의 상징인 거대 지구본 구조물이 있는 광장이었다. 먼저 도착해 기다리고 있는 다윈의 모습이 멀리서 눈에 들어왔다. 실제 지구의 형상을 똑같이 축소해 만든 지구본 구조물 앞에 서 있으면 일시적이면서도 암시적으로 그 사람이 이 세계와 어떤 관계를 맺고 있는지가 연상되는데, 지구본을 등지고 선 다윈은 부모의 품에 안겨 있는 아이처럼 평화롭고 조화로워 보였다. 다윈은 자신이 태어난 이 세계를 사랑하고 있고, 이 세계 역시 다윈을 무척 아끼는 것 같았다.

그때 지나가던 사람들이 호기심과 존경심이 뒤섞인 눈빛으로 다윈을 힐끔거렸다. 한 무리의 여자애들은 아예 가던 길까지 멈추고 다윈의 근처를 서성였다. 모두 다윈이 입고 있는 프라임스쿨 교복 때문이었다.

　다원도 교복을 입고 나오긴 했지만, 루미는 다원이 자신과 같은 목적으로 교복을 입은 게 아니란 것쯤은 알고 있었다. 다원은 단지 일요일 특별 외출 시에는 반드시 교복을 착용해야 한다는 학교 규율을 성실히 따른 것뿐이었다. 루미는 프라임 강령 책자 중 특별 외출에 관한 내용을 서술해 놓은 조항이 정확히 몇 번이었는지를 떠올려 보았다. 아마 32조 2항쯤이었던 것 같았다. 1항이 외출 일주일 전까지 부모님이 학교에 미리 통보를 해 주어야 한다는 내용이었으니. 루미는 웬만한 프라임 보이들보다 자신이 더 프라임스쿨의 규율을 자세히 알고 있으리라 자신했다. 다 레오가 신입생 때 받은 프라임 강령 책자를 여러 번 읽은 덕분이었다.

　겉표지에 프라임스쿨 독수리 문장이 찍혀 있는 그 책자를 읽을 때마다 자기의 세계관에 부합하는 법전을 찾은 것 같아 가슴이 두근거렸다. 자신이 남자였다면 분명 그 규칙이 지배하는 세계에 속해 있었을 것이었다. 정작 진짜 프라임 보이인 레오는 그 책을 펼쳐 보지도 않은 채 "가지고 싶으면 가져." 하며 쓸모없는 물건인 양 줘 버렸지만.

　네 명의 여자애들은 떠날 기미 없이 서로를 밀쳐 가며 계속 다원의 주변을 맴돌았다. 길거리에서 프라임 보이를 우연히 만나는 행운을 쉽게 지나칠 수 없는 모양이었다. 드디어 용기를 내 말을 걸기로 결정했는지 여자아이들이 다원에게로 몇 발짝 다가갔다. 루미는 다원이 다른 여자애들에게 어떻게 반응하는지 보고 싶어 걸음을 멈추고 기다렸다.

그런데 여자애들이 말을 건네려는 순간, 다원이 이쪽으로 먼저 손을 흔들며 인사했다.

　　"루미야."

　　다원의 시선을 따라 고개를 돌린 여자애들은 곧 프리메라 교복을 알아채고 자기들끼리 몇 마디 수군거리더니 기가 죽은 얼굴로 발길을 돌렸다. 루미는 그 여자애들에게서 약간의 승리감을 느끼긴 했지만, 그보다는 다원의 '순수한 무지'에 다시 한번 놀랐다. 다원은 자신을 둘러싸고 흐르는 기류를 전혀 감지하지 못하고 있었다. 아니, 애초에 그런 것이 존재한다는 사실조차 모르는 것 같았다. 사람들이 자신을 어떻게 생각하는지, 자신의 교복에 얼마나 선망의 눈길을 보내는지, 자신의 존재에서 얼마나 깊은 열등감을 느끼는지 조금도 인식하지 못했다. 저렇게 많은 걸 가진 인간이 어떻게 자기 스스로에게 저렇게까지 무감각할 수 있을까. 루미는 다원이 좋았고 그런 특성이 다원의 장점이란 것도 알았지만, 마음 깊은 곳에선 다원이 마냥 어린애처럼 느껴지기도 했다.

　　다원이 달려와 인사했다.

　　"잘 지냈어? 그런데 루미 너도 교복을 입고 나왔네."

　　"네가 교복 입고 나올 거란 걸 알고 있었거든."

　　다원이 웃으며 말했다.

　　"내가 혼자만 교복을 입고 다니면 창피할까 봐?"

　　바로 이런 점이었다. 다원 영 외에 어느 누가 감히 프라임스쿨 교복에 창피하다는 감정을 연결 지을 수 있을까. 루미는 근본적으로 다원이 자기와는 다른 부류의 인간이라는 것을 인정할 수밖에 없을 것 같았다.

다원이 물었다.

"그런데 오늘 인류사 박물관은 휴관이던데? 혹시 날짜를 잘 못 안 거 아니야?"

체육대회 때 만난 이후로 다원은 거의 매일 저녁 집으로 전화를 걸어 왔다. 루미는 인류사 박물관 핑계 뒤에 숨은 진짜 계획을 다원에게 모두 이야기해 줄 준비를 하고 있었다. 그런데 그때마다 늘 아빠가 감시하듯 주변을 지키고 서 있었다. 소파에 앉아 신문을 보는 척하고 서랍에서 무언가를 찾는 시늉을 했지만, 사실은 다원과의 통화에 귀를 기울이고 있다는 것이 어색한 몸짓에서 그대로 느껴졌다. 아빠에게 괜한 트집을 잡히지 않으려면 '인류사 박물관에 가면 가장 먼저 뭘 보고 싶어?' 같은 시시한 대화 외에는 일절 꺼내선 안 됐다. 제이 삼촌의 죽음에 관해 조사하고 있고 그 일에 다원까지 끌어들이고 있다는 사실을 아빠가 알면 비아냥 정도로 넘어가지는 않을 테니.

루미는 한적한 길로 다원을 이끌며 말했다.

"처음부터 인류사 박물관에 갈 생각은 없었어. 물론 표도 끊지 않았고."

다원은 순간적으로 놀란 얼굴이 되긴 했지만 '그럼 오늘 무슨 일 때문에 만나자고 한 거야?'라고 물어 오지는 않았다. 곧 평정을 되찾은 게 아마도 머릿속에서 자기 나름대로 추측을 하고 있는 것 같았다.

루미는 그 추측을 바르게 이끌어 줄 가이드가 돼 줄 겸 준비한 이야기를 시작했다.

"다원, 너랑 니스 아저씨는 아주 특별한 관계지?"

갑작스럽게 들릴 수밖에 없는 질문에 "나랑 아버지?"라고 되물은 다원은 곧 "그래, 특별한 관계지."라고 인정하면서 동시에 덧붙였다.

"하지만 나뿐만 아니라 이 세상 부모와 자식은 모두 특별한 관계잖아. 그런데 갑자기 그건 왜?"

루미는 자기가 정해 놓은 방향으로 다원을 계속 이끌었다.

"불행하게도 꼭 그렇지만은 않아. 알고 보면 서로 말도 하지 않고 지내는 부자지간도 꽤 많은 게 현실이니까. 다원 넌 당사자라 잘 모르겠지만 삼자의 눈으로 보면 너와 아저씨의 관계는 일반적인 아버지와 아들보다 훨씬 끈끈해 보여."

다원이 머뭇거리듯 대답했다.

"엄마가 일찍 돌아가시고 아버지가 날 혼자 키우셔서 더 그렇게 보일지도 몰라."

다원의 동의에 힘입어 루미는 준비했던 가장 중요한 말을 꺼냈다.

"그럼 다원 넌 전적으로 니스 아저씨의 영향을 받고 자란 거라고 할 수 있겠네? 아저씨가 세상을 바라보는 사고방식에 말이야."

다원은 고개를 끄덕이며 "그럴지도."라고 대답했다.

루미는 다시 구체적으로 물었다.

"사고방식을 공유한다는 것은 서로의 생각을 예측할 수도 있다는 뜻이겠지?"

다원이 주변을 둘러보며 말했다.

"말을 끊어서 미안한데, 난 루미 네가 무슨 말을 하려는 건지 잘 모르겠어. 어디로 가고 있는지도. 조금만 더 걸어가면 문화 서리 끝이잖아."

루미는 다원의 팔을 가볍게 잡아끌며 말했다.

"걱정 마, 제대로 가고 있으니까. 다 왔어. 그보다 내 질문에 답을 해 봐. 넌 아저씨가 무슨 생각을 하는지도 유추할 수 있어?"

다원은 걸어온 길을 잠깐 뒤돌아 본 뒤, 다시 걸음을 옮기며 말했다.

"사안에 따라 다르겠지."

"예를 들면?"

"예를 들면…… 식당에 가서 아버지가 어떤 메뉴를 주문할지는 대충 짐작할 수 있겠지만, 잠들기 전 아버지가 무슨 생각을 하는지까지는 알 수 없겠지."

"그렇다면 이 질문에 대해 한번 생각해 볼래?"

"어떤 질문인데?"

루미는 조금 뜸을 들인 뒤에 물었다.

"니스 아저씨는 과연 날 좋아하실까, 싫어하실까?"

다원은 조금의 지체도 없이 대답했다.

"그건 너무 쉬운 질문이야. 당연히 좋아하시지."

다원의 목소리엔 한 치의 의심도 깃들어 있지 않았다.

루미는 그 안전한 세계에 날카로운 핀을 꽂듯이 물었다.

"그래? 그런데 난 왜 아저씨가 날 싫어하는 것 같지?"

다원은 "그럴 리가."라며 웃었다. 루미는 웃지도 않고 자신의 발언을 취소하지도 않은 채 걸음만 옮겼다. 침묵이 길어지자 그제야 다원도 단순한 농담이 아닌 것 같은 생각이 들었는지 빠르게 몇 걸음을 뛰어와 앞을 가로막고 섰다.

"진심으로 하는 말이야?"

루미는 다원과 정면으로 마주 보고 선 채 대답했다.

"아저씨가 진심으로 날 싫어하신다면 나도 진심일 수밖에 없겠지."

다원은 당황한 기색으로 목소리를 높였다.

"다른 건 몰라도 그것만은 100퍼센트 확신해서 루미 네가 틀렸다고 말할 수 있어. 왜 그런 생각을 하는 거야? ……아, 혹시 지난번에 할아버지 집에 갔을 때 아버지가 별로 말씀을 안 하셔서 그래? 그런데 그건 아버지가 일요일까지 일하시느라 피곤해서 그랬던 거지 네가 싫어서 그랬던 건 절대 아니야. 루미 네가 이런 생각을 하고 있다는 걸 알면 나보다도 아버지가 더 놀라실걸. 정말이야. 아버지는 널 초대해서 기쁘다고 하셨어."

다원은 아버지를 변호하려고 지난 일을 거론했지만, 루미는 오히려 그 때문에 한쪽에 덮어 두었던 그날의 감정이 다시 되살아나고 말았다. 차를 타고 오갈 때 한 마디도 말을 걸어 주지 않았던 것은 다원 말대로 아저씨가 피곤했기 때문이라고 이해할 수 있었다. 그러나 거실에서 처음 마주쳤을 때 순간적으로 니스 아저씨 얼굴에 스쳐 지나갔던 불쾌한 표정……. 그것은 단순히 깜짝 손님을 보고 놀란 감정만은 아닌 것 같았다. 그보다 훨씬 본능적이고 원초적인 감정이었다. 마치 자기 집에 들어와서는 안 되는 사람이 들어와 있는 것에 대한 적대감 같은. 자신이 올 줄 전혀 모르고 있었다고 한 말로 미루어 보건대, 차 키를 못 찾겠다는 거짓 핑계를 대 가며 다원을 서재로 불러들인 것 역시 자신을 초대한 것을 급하게 추궁하기 위해서였을 것이다. 잃어버렸다면 그 전날 밤 이전에 잃어버렸을 차 키가 아침에 입은 옷 주머니 속에 들어 있고, 그 사실을 차 키를 직접 챙긴 당사자인 아저씨가 잠깐 사이 착각했을 리 없으니까. 만약 전날과 같은 옷을 입은 거라면 아저씨의 말을 믿을 수도 있었을 것이다. 그러나 그날 아저씨가 방에서 입고 나온 정장은 어디를 봐도 구김 하나 없는, 아침에 새로 꺼내 입은 옷이었다. 거기다가 정말 차 키를 찾는 거라면 굳이 닫지 않아도 될 문까지 일부러 닫고……. 그렇다고 니스 아저씨에게 화가 나거나 한 것은 아니었다. 다만 아저씨가 거짓말과 위장에 너무 서툴러서 조금 더 비참한 기분이 들긴 했다.

단지 그날 하루만의 느낌으로 얻은 결론이 아니었다. 지난번 체육대회에서 말을 걸었을 때도 아저씨는 다른 사람에겐 다 친절하면서 유독 자신에게는 차가웠다. 조금이라도 사이가 가까워질 것을 경계하는지 일부러 러너 할아버지한테까지 퉁명스럽게 굴면서. 시간을 거슬러 올라가 보면 의심은 더 넓고 깊게 번질 수 있었다. 매년 제이 삼촌의 추도식에 참석하면서도 자신에게는 한 번도 다정하게 말을 걸지 않았던 일, 가끔 눈이 마주치면 얼른 다른 곳으로 시선을 피해 버린 일, 형식적인 인사치레라도 다원과 친구로 지내라고 권유한 적이 없었던 일……. 그 모든 게 정말 다 오해일 수 있을까?

오해가 아니라면 니스 아저씨가 자신을 싫어하는 이유에 대해서도 어느 정도 짐작하는 바가 있었다. 비록 제이 삼촌과의 우정으로 추도식에 참석하고 자기 집과 관계를 맺고 있긴 하지

만, 니스 아저씨는 자신의 사회적 지위에 '조이 헌터와 그 가족'
은 너무 수준 미달이라고 생각하는 것이다. 그래서 추도식 이외
에는 한 번도 가족끼리 만날 자리를 만들지 않고 자신과 다원이
특별한 사이가 될지도 모를 가능성까지 모두 차단하고 싶은 것
이다.

이 초라한 짐작이 모두 사실이래도 루미는 니스 아저씨를 미
워하기는커녕 누구보다도 이해할 수밖에 없다고 생각했다. 자
신이 문교부 차관이래도 자기 아들이 7급 법원 서기 딸보다는
권력가 집안의 딸을 만나길 원할 테니까.

루미는 마주 보고 선 다원의 눈동자를 바라보았다. 이런 것들
에 대해 이야기한다 해도 어린아이 같은 다원은 아저씨의 마음
도, 자신의 마음도 전혀 이해하지 못하고 세상 모든 사람들의 마
음이 자기와 같다고만 얘기할 것이다.

루미는 앞을 가로막고 선 다원의 곁을 스쳐 지나가며 말했다.
"그냥 그런 느낌이 들어. 난 날 싫어하는 사람은 본능적으로
느낄 수가 있거든. 우리 아빠 엄마처럼 날 별로 안 좋아하는 부모
님 밑에서 살다 보니까 자연스럽게 터득하게 된 능력 같아."

다원은 잘못된 학설을 수정하려는 학자처럼 열성적으로 해
명했다.

"루미 네 느낌을 내가 강제할 순 없지만, 그래도 그건 분명 네
가 잘못 생각하고 있는 거야. 우리 아버지도, 너희 부모님도, 아
무도 널 싫어하지 않아. 어떻게 널 싫어할 수 있겠어? 루미 널 아
는 이 세상 모든 사람들은 다 널 아끼고 좋아해."

눈앞에 드러난 걸 그대로 믿는 어린아이나 할 법한 이야기였

지만 듣기에는 기분 좋은 말이었다. 루미는 웃으며 다원에게 물었다.

"넌 정말 아저씨가 날 좋아한다고 생각해?"

다원은 한 점의 의심도 품지 않은 목소리로 말했다.

"내 생각이 아니라 사실이야."

"네 말이 맞았으면 좋겠어. 나도 이유도 모르는 채 아저씨한테 미움받긴 싫으니까. 난 아저씨를 많이 좋아하고 존경하거든. 그런데 다원, 만약 아저씨가 날 싫어하는 게 사실이라면 내가 아저씨 생각을 바로 읽었다는 거겠지? 반대로 아저씨가 날 좋아한다면 네가 아저씨 생각을 바로 읽은 거고."

"난 아버지 아들이야. 아까 루미 네가 아버지와 내 관계가 특별하다고 했지? 독선적으로 굴고 싶지는 않지만 이번만은 전적으로 내가 옳다고 말할 수 있어."

루미는 걸음을 멈추었다.

"그럼 증명해 볼래? 다원 네가 얼마나 아저씨 생각을 읽을 수 있는지."

"증명이라니? 어떻게?"

어느새 길이 아카이브 입구에 다다라 있었다.

종합 자료실로 들어가자 지난번 그 데스크의 여자가 알아보고 "다시 왔네요. 학생." 하며 아는 척을 했다. 루미는 여자의 눈길이 뒤이어 들어서는 다원에게 완전히 압도당하는 것을 느꼈다. 프라임 보이 앞에선 나이 든 여자도 서로 먼저 말을 걸어 보라며 떠미는 10대 여자애들과 다를 바가 없었다. 여자는 프라임 보이를 특별 외출 시킬 수 있는 프리메라 여학생의 위상을 오늘 다시 한번 실감했을 것이다. 일요일에 교복을 입고 외출하도록 한 프라임스쿨 규율은 아무튼 훌륭한 것이었다.

루미는 여자의 존재를 무시한 채 방명록에 이름만 적고 개인 검색실로 향했다. 뒤에서 다윈이 "안녕하세요."라고 인사하는 소리가 들렸다. 저 정도의 여자에게 건네기엔 지나치게 다정한 인사였다.

검색실의 컴퓨터 자리는 모두 비어 있었다. 화창한 일요일까지 이 구석진 아카이브에 틀어박혀서 옛 자료를 파헤치고 싶은 사람은 없는 모양이었다. 루미는 가운데 컴퓨터 자리에 앉은 뒤 옆의 의자를 끌어 다윈을 앉게 했다. 시계는 열 시 삼십 분을 넘어가고 있었다. 다윈의 복귀 시간까지 남은 시간은 일곱 시간 삼십 분. 길지 짧을지 지금으로선 전혀 알 수 없었다. 자료 검색란을 클릭하니 일반 검색과 특별 검색으로 나뉘었다. 루미는 지난번엔 있는지도 몰라서 들어가 볼 시도조차 하지 않았던 특별 검색란을 클릭했다. 곧 아이디와 비밀번호를 입력해야 하는 두 개의 칸이 나타났다.

루미는 마우스에서 손을 뗀 뒤 다윈에게 말했다.

"바로 여기야. 과연 네가 아저씨 생각을 얼마나 잘 읽는지 증명할 수 있는 곳이."

"여기서 어떻게?"

루미는 다윈 쪽으로 몸을 틀며 말했다.

"다윈, 우리가 찾고 있는 그 잃어버린 사진 있지, 그 사진이 이곳에도 저장돼 있어. 그런데 그 사진을 볼 수 있는 사람은 아이디를 발급받은 3급 이상의 공무원들뿐이래. 말도 안 되는 일이지? 우리 할아버지가 찍은 사진을 가족인 내가 볼 수 없다니."

말을 하다 보니 지난번의 억울함이 다시 치밀어 올랐다.

다원이 물었다.

"정말로 그 사진이 여기 저장돼 있어?"

"확실해. 분명히 있어."

"하지만 3급 이상 공무원들에게만 아이디가 발급된다면 우리가 볼 수 있는 방법은 없다는 뜻이잖아."

"맞아, 우린 볼 수 없어."

"그런데 여긴 왜?"

루미는 다원을 향해 몸을 기울이며 말했다.

"우린 볼 수 없지만 니스 아저씨는 볼 수 있지. 아저씨가 볼 수 있다는 건 우리도 볼 수 있다는 거고. 우리가 아저씨의 아이디와 비밀번호만 알아낼 수 있다면 말이야."

순간, 다원의 갈색 눈동자가 흔들리는 것이 느껴졌다.

"아버지 아이디를 도용하자는 거야?"

루미는 말없이 고개만 끄덕였다.

다원이 당황한 얼굴로 고개를 저으며 말했다.

"아무리 우리 아버지라도 그건 불법이야."

다원의 정직한 성격상 처음에 반발할 거라는 건 충분히 예상한 일이었다.

루미는 데스크 여자가 듣지 못하도록 목소리를 낮췄다.

"나도 알아. 그런데 다원, 한번 생각해 봐. 과연 아저씨가 우리 할아버지 사진을 손녀인 내가 보는 걸 싫어하실 것 같은지. 아저씬 우리 할아버지가 훈장을 받으실 수 있도록 힘써 주신 분이라고 아빠가 그랬어. 할아버지 사진이 더 많은 빛을 받을 수 있도록 해 주신 거야. 그렇다면 난 이번에도 분명히 아저씨가 이 문제를 해결해 주시려고 할 것 같다는 확신이 들어. 다원 넌 그렇게 생각하지 않아?"

다원은 잠깐 대답을 머뭇거렸지만 곧 수긍할 수밖에 없다는 듯 고개를 끄덕거렸다.

"하지만 난 아직 아저씨에게까지 도움을 요청하고 싶진 않아. 정 방법이 없으면 최후엔 아저씨께 사진을 확인해 달라고 부탁하는 수밖에 없겠지만, 할 수 있는 한은 내 힘으로 알아내고 싶어. 그래야 의미가 있는 거잖아. 또 아직 사진과 제이 삼촌의 죽음이 어떻게 연결된 건지 확실히 모르는데 섣불리 얘기를 꺼내서 아저씨를 신경 쓰게 하고 싶지도 않고. 그러니까 지금 시점에서 아무에게도 피해를 주지 않고 그 사진을 확인할 수 있는 유일한 방법은 우리가 아저씨 생각을 유추해서 아이디를 알아내는 것뿐이야."

다원의 눈동자 위로 많은 생각이 스쳐 지나가고 있는 게 느껴졌다. 겉으로는 잘 드러나지 않지만 사진 한 장에 의지해 9지구까지 함께 가 준 것을 보면 다원은 분명 호기심과 모험심을 가진 아이였다. 지금 이 순간 다원의 그 특성을 최대한 이끌어 내는 말을 해야 했다.

"다원, 나를 도와줄 사람은 이 세상에 너밖에 없어."

아버지의 문

컴퓨터가 내뿜는 더운 공기 때문인지 갑자기 검색실 안이 답답하게 느껴졌다. 다윈은 창문이라도 열려 있으면 좋겠다는 생각에 뒤를 힐끗거렸다. 그런데 다시 보니 모든 창문이 활짝 열려 있고 정원에서 꽤 신선한 바람이 불어오고 있었다. 잎이 우거진 곳에서는 작지만 새소리도 들렸다. 일요일을 즐기기에 더없이 좋은 날씨였다. 약간의 기분 전환을 느낀 다윈은 원래 있던 곳으로 시선을 돌렸다. 그 순간, 숨 막히는 기분이 다시 몰려왔다. 다윈은 자신이 느끼는 기분의 출처에 당황스러웠다. 사람을 가두는 것 같은 폐쇄적인 공기는 외부가 아닌 루미의 눈동자에서 전해져 오고 있었다.

닫혀 있는 인류사 박물관 문을 봤을 때부터 계획과 다른 하루가 되리라는 예감은 어느 정도 했었다. 아무것도 모르는 채 9지구에 가게 됐을 때처럼 오늘도 루미는 예상하지 못한 다른 일을 계획하고 있는 것 같았다. 일주일 간의 전화 통화 내용이 모두 거짓이었다는 것이 드러났는데도 이상하게 속았다거나 놀림을 당했다는 기분은 들지 않았다. 오히려 루미의 속도에 맞추지 못하고 있는 자신이 조금 실망스러웠다. 음악으로 말하자면 '루미 헌터'는 변주였고, 계획과 다른 음을 짚는 예측 불가능성은 늘 즐거운 긴장감을 주었다. 루미 아닌 다른 사람에게서는 한 번도 느껴 보지 못한, 오로지 루미만이 줄 수 있는 감정이었다. 다원은 오늘도 기꺼이 루미가 들려주는 그 변주에 몸을 맡길 준비를 했다. 날씨가 좋으니 어쩌면 박물관 같은 곳 대신 네온 강에 보트를 타러 가자고 하는 건 아닐까 추측하면서.

그러나 루미가 느닷없이 아버지 얘기를 꺼내며 "난 왜 아저씨가 날 싫어하는 것 같지?"라고 묻는 순간 귓가에 맴돌던 왈츠 선율은 난데없는 큰북 소리로 바뀌었다. 가슴이 뛰었다. 아무리 루미에게 즉흥성이 허용된다 하더라도 그것은 변주의 범위에 속할 수 있는 변화가 아니었다. 주제에서부터 악기 선택, 연주 방식까지 모두 틀린, 완전히 잘못된 음악이었다. 다원은 루미가 왜 갑자기 그런 공감 안 가는 연주를 하는지 이해할 수가 없었다.

"다원, 나를 도와줄 사람은 이 세상에 너밖에 없어."

확고한 의미를 가진 루미의 눈동자를 마주 보고 있는 지금, 다원은 여태껏 루미의 연주를 잘못 이해한 쪽은 자신이었다는 것을 깨달았다. 루미는 처음부터 변주곡을 연주하고 있던 게 아니었다. 오히려 추도식 때부터 지금까지 늘 일관된 주제로 연주하고 있었다. '제이 헌터'라는 불멸의…….

"다원, 왜 아무 말이 없어? 생각하고 있는 거야?"

언뜻 피곤한 기분이 살갗을 스치고 지나갔다. 다원은 지난주 내내 가슴 설렜던 자신이 한심하게 느껴졌다. 매일 저녁 전화를 걸며 자신이 일요일의 만남을 기대하고 있었던 동안 루미는 오직 사진 찾을 방법만 연구하고 있었던 것이다. 다원은 루미의 눈동자를 피해 시선을 다른 쪽으로 옮겼다. 할 수만 있다면 이 자리에서도 옮겨 가고 싶었다. 루미와 함께 있는 시간에서 벗어나고 싶다는 생각을 하게 될 줄은 상상도 하지 못했다.

"응? 다원, 어서. 네가 아니면 날 도와줄 사람은 아무도 없어."

다원은 쉽게 고개를 들 수가 없었다. 루미의 얼굴을 마주하는 순간 자기 눈에 담긴 피곤함을 그대로 들켜 버릴 것 같았다. 자신이 느끼는 부정적인 감정을 루미가 알아차리게 하고 싶지 않았다. 그렇게 되면 모든 것들이 한순간에 끝나 버릴 것 같았다. 무엇이 시작되었고, 무엇이 진행되고 있고, 앞으로 무엇이 일어날지 모르는 채.

"다원."

루미의 간절한 목소리가 다시 들렸다. 이대로 마냥 시선을 회피한 채 앉아 있을 수만은 없어 다원은 굳은 얼굴을 풀지 못한 채 루미에게로 천천히 시선을 돌렸다. 얼굴을 마주하고 나면 분명히 서로가 서로에게 실망하게 될 것이다. 어쩌면 오늘이 루미를 이렇게 가까이에서 보는 마지막이 될지도 몰랐다. 다원은 그 순간이 어떻게 각인될까 생각하며 천천히 루미를 마주 보았다.

그런데 루미의 두 눈을 다시 보는 순간, 다원은 신기하게도 방금 전까지 복잡하게 얽혀 있던 감정의 매듭이 단숨에 풀리는 것을 느꼈다. 숨을 짓눌렀던 무거운 공기는 온데간데없이 사라지고 상쾌한 나무 향기가 바람결에 실려 왔다. 그 향기에 다원은 불순했던 자신의 마음이 정화되는 것을 느꼈다. 조금 전의 낯선 감정은 예상과 다른 상황에 직면한 데서 오는 일시적 피로였을 뿐, 루미를 향한 마음의 본질은 조금도 달라진 게 없었다. 루미의 짙은 속눈썹은 여전히 마음을 설레게 했고, "다원."이라고 발음하는 입술은 그것이 요구하는 모든 것을 들어주고 싶게 만들었다.

루미 헌터라는 마법에라도 걸린 것처럼 다원은 자신의 입에서 나올 것이라 예상했던 말과 완전히 반대되는 말을 내뱉었다.

"좋아, 뭐부터 시작할까?"

그 순간 루미의 얼굴 위로 아침이 오는 듯한 미소가 번졌다. 철자 몇 개를 추측해 내는 것으로 이런 감동적인 웃음을 볼 수 있다면야.

루미가 들뜬 목소리로 말했다.

"아이디는 보통 자신에게 의미 있는 단어로 만들잖아. 체육대회 때 여쭤 봤더니 아저씨에게 가장 소중한 사람은 다원 너래. 먼저 네 이름을 입력해 볼까?"

다원은 아버지라면 충분히 그럴 수 있다는 데 동의하며 자기 이름을 입력했다. 그러나 확인 버튼을 누르자 바로 '존재하지 않는 아이디입니다.'라는 문구가 떴다.

"너희 엄마 이름은?"

루미가 곧바로 다음 후보를 말했다. 다원은 무척 오랜만에 엄마 이름을 떠올리며 자판을 눌렀다. 그러나 그것 역시 아니었다. 루미는 지체 없이 "그럼 아저씨 본인이나 너희 할아버지 이름." 이라고 제안했다. 그러나 결과엔 변함이 없었고, 네 명의 이름을 여러 가지로 조합한 합성어도 모두 마찬가지였다.

루미가 말했다.

"여기까지가 내가 생각해 낼 수 있는 전부야. 내가 이름 말고 아저씨에 대해 아는 게 뭐가 있겠어."

연이은 실패에도 루미의 목소리는 전혀 활기를 잃지 않았다. 애초에 이름 몇 개로 관문을 넘을 수 있을 거라고는 기대하지 않은 모양이었다. 루미가 "이젠 다윈 네 차례야."라고 말했다. 다윈은 숨겨진 보물을 찾으러 가는 배의 키를 물려받은 기분이었다. 이제는 자신이 이 배의 선장이 되어야 했다. 루미가 "뭐가 가장 먼저 떠올라?"라고 물었다. 다윈은 루미의 기대에 빨리 부응하고 싶었지만 어느 쪽으로 키를 틀어야 할지 아직 감이 잡히지 않았다. 사방으로 뚫린 바다가 오히려 거대한 벽에 가로막혀 있는 것 같은 고립감을 주었다. 좀처럼 진척이 없자 루미가 "다윈, 네가 한번 니스 아저씨라고 생각해 봐."라고 했다.

"넌 지금 막 문교부 차관이 됐어. 큰 사무실이 생겼고, 거느리는 부하 직원들도 많지. 첫 번째로 할 일은 사무를 보기 위한 아이디와 패스워드를 만드는 거야. 네가 아저씨라면 지금 상황에서 어떤 단어를 쓸 것 같아?"

루미의 목소리가 최면을 걸듯 아버지의 사무실 문 앞으로 배를 이끌었다. 다윈은 손잡이를 돌려 문을 열었다. 그러나 문이 열린 순간 눈앞에 펼쳐진 것은 목적지로 인도하는 항로가 아니라 출항 전에 가능했던 상상치를 훨씬 뛰어넘는 무한한 세계였다.

언어란 평생의 시간을 쏟아부어도 절대 그 깊이와 넓이를 헤아릴 수 없는 망망대해다. 처음과 끝이 불분명하고 방향성조차 없다. 그 푸른 무한함 속에 던져진 다원은 타고 있던 배에서마저 떨어져 아득한 수평선 너머로 실종되는 기분이 들었다. 그런데 마지막 순간, 표류를 멈추게 해 주는 작은 부표 하나가 손에 잡혔다. 바다가 아무리 넓대도 평범한 인간의 유영에는 한계가 있는 것처럼, 한 인간이 다루는 언어에도 일정한 경계가 있을 수밖에 없다. 그 범위를 결정짓는 것은 그를 둘러싼 환경일 것이다. 그렇다면 이 까마득한 바다에서도 길은 보였다. 아버지를 둘러싼 환경이 바로 자신을 둘러싼 환경이므로. 다원은 루미 말대로 정말 아버지가 돼 보기로 했다.

일단 자신이 아는 아버지라면 업무와 관련이 적은 일상의 의미 없는 단어들로 아이디를 만들지는 않을 것 같았다. 다음은 정신적이고 추상적인 단어와 물리적이고 구체적인 단어. 아버지는 두 지점 중 어느 쪽에 더 가까이 서 있을까. 가령 누군가를 만났을 때 아버지는 그를 단순히 육체라고 느낄까, 아니면 영혼이라고 느낄까. 다원은 후자 쪽을 택했다. 아버지는 사랑이 있는 분이었다. 그렇게 해서 추려진 단어가 프라임, 교육, 다음 세대, 노력, 자아실현, 신뢰였다. 다원은 차례대로 그것들을 입력했다. 그러나 모두 차례대로 문 앞에서 거절당했다.

지켜보고 있던 루미가 말했다.

"다른 식으로 접근해 보는 건 어때? 좀 더 아저씨의 사생활과 관련된 걸로 말이야."

다원은 루미의 제안대로 아버지의 사적인 인생을 차지하는 비중이 높은 것들을 생각해 보았다. 아버지의 하루는 집에서 출발해 관청에서 여덟 시간 혹은 더 오랜 시간을 보낸 뒤, 다시 집으로 돌아오는 것으로 이루어져 있다. 그 반복되는 일상의 사적인 시간을 채우고 있는 것은 호두나무 거리, 가족, 벤이 있다. 다원은 기대와 긴장을 반반씩 느끼며 그것들의 철자를 눌렀다. 그러나 1분도 채 안 돼 기대와 긴장은 쓰고 있던 허물을 벗고 덩그러니 실망감이 되어 서 있었다.

루미는 쉬지 않고 말했다.

"이것도 다 아니야. 다음은?"

시계는 벌써 세 시를 넘어가고 있었다. 어깨가 무겁게 짓눌리는 느낌에 다원은 잠깐 쉬고 싶었지만, 루미의 눈빛이 모니터에서 떨어질 줄을 몰라 그런 말을 꺼내기가 어려웠다. 제이 아저씨일에 관한 한 루미는 조금도 지치지 않는 것 같았다. 그때 데스크에서 봤던 직원이 다가와 "도움이 필요한가요?"라고 물어 왔다. 검색실에 지나치게 오래 있는 것에 마음이 쓰여 일부러 들른 모양이었다. 다원은 친절이 고마웠지만, 그래서 더 미안한 마음이 들기도 했다. 자신과 루미가 지금 하고 있는 일은 직원을 속이고 그의 업무를 방해하는 것이었다.

"감사하지만 괜찮아요. 도움이 필요하면 말씀드릴게요."

직원은 무척 상냥한 태도로 "그래요. 나중에라도 도움이 필요하면 부르세요."라고 말하며 돌아갔다. 그런데 직원이 나가고 나자 루미가 퉁명한 목소리로 "쓸데없이 관심은." 하고 혼잣말을 했다. 다원은 루미가 다른 사람을 그런 태도로 대하는 것을 처음 보는 터라 조금 뜻밖으로 느껴졌다. 그러나 긴장과 스트레스로 인해 자신답지 않은 면모가 나온 것이라 이해하고 잊어버리기로 했다. 겉으로 드러내진 않지만 루미도 몇 시간 동안 계속되는 실패로 당연히 피로해졌을 것이다.

다윈은 루미를 위해 이 지루한 탐색을 얼른 끝내고 싶었지만 머릿속 자원은 거의 고갈된 상태였다. 바닥이 드러나 더는 캐낼 수 있는 것들이 없어 보였다. 지금까지 찾아낸 것들 말고 아버지의 인생에서 큰 비중을 차지하고 있는 것이 뭐가 더 남았을까…….

다윈은 그런 생각을 하며 무심코 루미를 바라보았다. 그런데 루미의 눈동자와 마주치는 순간 정전기 같은 것이 일더니 실제로 물리적 자극을 받은 것처럼 눈이 움찔거렸다. 쉬지 않고 열쇠 꾸러미를 뒤적이면서도 지금껏 눈앞에 바로 보이는 가장 가능성 높은 키를 외면해 온 자신의 부주의에 실소가 나왔다. 왜 가족 못지않게 아버지의 마음과 시간을 차지한 그를 잊고 있었을까. 자기 역시 태어나서 지금까지 매년 하루씩은 그를 추모하는 데 할애했는데.

"그러고 보니까 제이 아저씨일 수도 있지 않을까?"

"우리 삼촌?"

반짝이는 루미의 눈이 더 반짝였다. 루미 역시 그 전기가 통한 것이다. 다윈은 서둘러 제이 헌터라는 철자를 입력한 뒤 확인 버튼을 눌렀다. 판결이 나길 기다리는 짧은 시간 동안 제이 헌터가 문에 들어맞는 열쇠이기를 바라는 열망으로 심장이 두근거렸다. 한시라도 빨리 아버지의 생각을 읽는 일에서만큼은 자신이 전적으로 옳다는 것을 루미에게 증명하고 싶었다. 그것만 증명되면 루미도 다시는 아버지가 자기를 싫어하는 것 같다는 잘못된 생각을 하지 않을 것이다.

그런데 그 열망이 정점에 닿는 순간, 다윈은 요동치던 심장의 두근거림이 갑자기 멎는 것을 느꼈다. 이윽고 그 진공 속으로 낯선 물음들이 몰려와 새 심장인 양 뛰기 시작했다. 만약 제이 헌터가 아버지의 문을 여는 열쇠가 맞다면 그 사실을 어떻게 받아들여야 할까……? 망망대해의 단어들 중에서 오직 제이 헌터라는 존재를 선택할 만큼 아버지에겐 제이 아저씨가 소중한 사람인 걸까? 엄마보다도? 할아버지보다도? 나보다도? 아버지 자신보다도?

그러나 화면 속 모래시계가 회전을 끝내는 순간 그 의문은 쓸데없는 고민이었던 것으로 밝혀졌다. 화면에 뜬 문구는 이번에도 '존재하지 않는 아이디입니다.'였다. 성을 빼고 이름만 입력해 보았지만 결과는 마찬가지였다. 제이와 아버지 이름을 합한 합성어 역시 실패였다.

루미가 아쉬움이 담긴 목소리로 말했다.

"이번엔 맞을지도 모른다는 느낌이 왔었는데."

다원은 조금 전 느꼈던 공백 상태의 기분을 금세 떨쳐 버리고 가장 유력해 보였던 답이 거부당한 것을 루미와 함께 아쉬워했다. 아무도 풀 수 없는 수수께끼를 내는 스핑크스가 문 앞을 지키고 있는 것 같았다. 다원은 다시 생각에 잠겼다.

이것은 어디까지나 루미의 일이었다. 자신은 루미에게 도움을 주는 부수적인 역할에 지나지 않았다. 솔직히 루미만큼 그 사진의 존재를 확인하고 싶은 것도 아니었다. 아버지가 자신을 싫어한다는 루미의 오해 역시 다음번 만남에서 아버지가 다정하게 대하는 것으로 충분히 풀어 줄 수 있었다. 그런데 아버지의 생각을 읽었다고 확신했던 단어들이 보기 좋게 모두 실패하면서부터 다윈은 이 일이 반드시 자기가 해결해야 하는 본연의 임무로 느껴지기 시작했다. 그리고 가장 가능성이 높았던 '제이 헌터'까지 무너진 다음에는 루미를 기쁘게 해 주고 싶다는 단순한 바람이 아예 아버지의 생각을 읽고 싶다는 본질적인 소망으로 바뀌었다. 아버지의 생각을 읽는 데 성공해 안정적인 무언가를 이끌어 내고 싶다는 열망. 지금은 그 열기가 온 마음을 차지해 자신이 하고 있는 일이 루미와는 전혀 상관없는 일처럼 느껴지기까지 했다.

다윈은 모든 정보를 동원해 아버지가 선택했을 법한 단어 몇 개를 더 생각해 냈지만, 결과적으로는 아무 의미도 없는 것들이었다. 열쇠가 아무리 많아도 문을 열 수 있는 것은 정확히 들어맞는 단 하나의 열쇠였다. 시간이 지나면 성의 높이가 낮아질 것이라는 기대와 달리 관문을 통과하지 못한 단어들이 시체처럼 쌓여 더 높은 벽을 만들어 냈다. 다윈은 아버지의 성 밖에서 맴돌고 있는 기분이 들었다. 그 성 앞에선 자기도 다른 사람들과 다를 것 없이 굳게 닫힌 문을 열어 달라고 호소해야 하는 주변인에 지나지 않는 것 같았다. 다윈은 자신이 아버지에 대해 이렇게나 모른다는 사실이 당혹스러웠다.

시간이 얼마나 흘렀는지 아까 왔던 직원이 다시 들어와 "주말에는 한 시간 일찍 폐관이라 40분 후에는 나와야 해요."라고 알려 주었다.

다윈은 아버지의 사고 체계에 이성적으로 접근해서 아이디를 추측한다는 기본 전제를 포기하고 떠오르는 아무 문구나 입력해 보았다. 아버지가 졸업한 학교들, 가지고 있는 자동차 모델, 좋아하는 영화, 관청이 위치한 거리 이름, 직함, 즐겨 마시는 위스키 이름…….

한낮의 열기가 점점 가시고 있었다. 너무 오래 키보드에 손을 올려놓고 있던 탓에 손목이 저려 왔다. 다원은 그만 키보드에서 손을 거뒀다. 통증 때문이 아니라 더 이상 앞으로 나아갈 수 없게 바닥이 드러난 웅덩이 때문이었다. 자신이 아버지에 대해 알고 있다고 생각한 세계는 바다가 아니라 웅덩이였고, 그 안을 누비는 자기 몸짓도 키를 쥐고 떠나는 항해가 아닌 잠깐 물 몇 방울이 튀고 마는 첨벙거림에 불과했다.

다원은 루미에게 말했다.

"더 이상 떠오르는 게 없어……. 미안."

루미는 실망감을 애써 숨기는 표정으로 웃었다.

"미안하긴. 다원 너라면 바로 아저씨 아이디를 알아낼 거라고 생각한 내가 너무 단순한 거였지. 지금 생각하면 이상해. 그렇게 많은 단어들 중에서 오직 하나를 다원 네가 찾아낼 수 있을 거라고 확신했다니."

"루미 너만 그랬던 건 아냐. 나도 어느 정도 시도해 보면 결국엔 성공할 줄 알았으니까. 아버지 아이디를 알아내는 게 이렇게 어려울 줄은 몰랐어."

"아저씨는 단순한 분이 아니잖아. 만약 우리 아빠 같은 사람이었다면 분명 자기 이름으로 아이디를 만들었을 거야. 복잡한 걸 싫어하니까."

"조이 아저씨 아이디를 알아내는 거였다면 좋았을 텐데."

"우리 아빠는 아이디를 만들 기회도 갖지 못했는걸, 뭐. 말단 공무원의 비애지. 본인이 거기에 만족하고 있는 건 더 큰 비애고."

데스크 직원에게 보였던 루미의 냉소적인 얼굴이 자기 아빠 이야기를 하는 순간 다시 드러나는 것을 보고 다원은 당혹스러웠다. 그러나 생각해 보면 이번이 처음이 아니었다. 추도식 날 제이 아저씨 방에서나 지난번 할아버지와의 대화에서나 루미는 자기 아빠에 대해 지나치게 냉정한 평가를 하고 있었다.

다원은 조심스럽게 말했다.

"부모님에 대해 너무 신랄하게 말하는 것 아냐?"

루미는 별일 아니라는 듯 반응했다.

"신랄하긴. 부모가 자식에게 바라는 기대치가 있듯이 자식도 부모한테 바라는 기대치가 있는 건 당연한 거야. 다원 넌 아저씨에게 바라는 거 없어?"

다원은 갑작스러운 질문에 머뭇거렸다.

"아버지에게 바라는 것? 글쎄……. 그런 건 생각해 본 적이 없는 것 같은데."

"생각해 본 적이 없는 게 아니라 생각해 볼 필요가 없었던 거 아냐? 아저씬 완벽한 분이시니까."

"이 세상에 완벽한 사람은 없어."

"그래? 그럼 아저씨가 완벽하지 않은 점을 한 가지라도 찾을 수 있어?"

루미는 그렇게 물으면서 "아, 거짓말에 서툴다거나 하는 식의 단점은 제외야."라고 덧붙였다. 다원은 루미가 왜 '거짓말'이라는 예를 특정한 건지 알 수 없었지만 아마도 궁극적으로는 장점이 될 부분을 단점으로 치부하지 말라는 얘기인 것 같았다.

다원은 '인간은 완벽하지 않다.'는 이 세계의 일반 명제를 증명하기 위해 생각에 잠겼지만, 아버지가 어떤 결점이 있는지 금방 떠오르는 게 없었다. 아버지가 기억에 남는 실수를 한 적도, 자신이 아버지에게 지금의 아버지와 다른 아버지가 되기를 바란 적도 없었다. 한 인간이라는 존재로 생각할 때는 아버지 역시 자신이 모르는 나약한 점이 있겠지만, 적어도 아버지라는 존재만으로 봤을 땐 눈에 띄는 흠결 없이 완벽했다. 그러나 루미에게 그대로 얘기할 수는 없었다. 다원은 간신히 아버지의 시시한 습관 하나를 생각해 냈다.

"그러고 보니까 아버진 정리 정돈에 서투르셔. 옷도 아무렇게나 대충 던져 놓고 책도 제자리에 두는 경우가 별로 없어. 그래서 어렸을 때는 아버지 서재를 정리하는 게 내 일이었어. 아버지가 읽고 난 책을 아무렇게나 꽂아 놓으면 내가 같은 분야의 책들은 한곳에 모아 두고 전집은 번호대로 정리해 드리는 거야."

다원은 지금처럼 해가 지고 있던 어느 주말 오후를 떠올렸다. 아버지는 책상에 앉아 무언가를 읽고 있었고, 자신은 책장 앞을 왔다 갔다 하며 제자리를 벗어난 책을 원래 자리에 돌려놓고 있었다. 일이라고는 했지만 사실은 좋아하는 놀이에 가까웠다. 다원은 잊고 있던 그날이 기억나 자기도 모르게 미소 지었다.

"그런데 내가 그렇게 정리를 해 놓아도 아버지는 얼마 안 가 맘대로 책을 흩뜨려 놓으시는 거야. 어떤 건 아예 일부러……."

그때였다. 정리를 끝내 놓은 책장에서 어디 숨어 있었는지 모르는 책 한 권이 툭 떨어지듯, 평평했던 기억 속에서 특별한 대화 한 토막이 돌출했다.

"아버지, 『종의 기원』은 16번이에요. 왜 자꾸 이 책을 맨 앞에 놓으시는 거예요."

"그게 보기가 훨씬 좋아서. 『종의 기원』이 첫 번째에 있어야 모든 순서가 바로 잡히는 기분이 들거든. 출판사에 전화해서 번호를 다시 매겨 달라고 부탁할까 봐."

"이게 아버지가 가장 좋아하는 책이에요?"

"그렇게 말하고는 싶지만 그러면 안 되겠지? 한 번도 읽지 않은 책을 가장 좋아한다고 말했다가 다윈 네가 내용을 물어보면 곤란해질 테니까."

"한 번도 읽어 보지 않은 책을 이렇게 특별 취급 하신단 말이에요?"

"제목만으로도 완벽한 책이니까. 종의 기원이라니, 꼭 이 세상 모든 질문의 해답이 되는 문구 같지 않니? 업무를 보다 보면 가끔 그 문구를 입력할 일이 있는데, 그럴 때마다 꼭 내가 인류의 비밀을 푸는 학자가 된 것 같은 기분이 든단다."

"다윈처럼요?"

자신의 농담에 아버지도 함께 웃었다.

그날의 웃음이 귓가에서 울리는 것을 느끼며 다윈은 다시 키보드에 손을 올렸다. 루미가 "왜? 뭔가 생각나는 게 있어?"라고 물었다. 다윈은 '종의 기원' 철자를 천천히, 그리고 완벽하게 누르는 것으로 대답을 대신했다. 입력을 끝내고 확인 버튼을 누르는 순간 멈춰 있던 커서가 저절로 패스워드로 넘어갔다.

"아!"

루미가 짧은 비명을 질렀다가 데스크 쪽을 살피며 얼른 입을 막았다. 다원은 루미의 흥분에 동참하고 싶었지만 아직 스핑크스를 완전히 물리친 것은 아니었다. 화면엔 '비밀번호 네 자리를 입력해 주세요.'라는 새로운 수수께끼가 제시되어 있었다. 숫자를 알아내는 것은 어쩌면 문자로 된 아이디를 추측하는 것보다 더 막연하고 불가능한지도 몰랐다. 그러나 첫 번째 답을 맞힌 순간 다원은 자신이 이미 두 번째 답을 알고 있다는 생각이 들었다.

그 답을 입력하려는데 루미가 먼저 물었다.

"다원, 『종의 기원』 출간 연도가 언제인지 알아?"

다원은 루미가 말한 텔레파시란 게 정말 작동하고 있다는 확신이 들었다.

"1859년."

다원은 루미를 위해 키보드에 올려놓았던 손을 비켜 주었다. 이제부터는 루미의 차례였다. 루미가 키보드에 손을 올리고 특별 검색란에 '해리 헌터' 이름을 쳤다. 다원은 완벽한 호흡으로 루미와 협연하고 있는 기분이 들었다. 곧 해리 헌터의 이름으로 저장되어 있는 폴더의 일련번호가 떴다. 막대한 양의 폴더가 있을 거라는 예상과 달리 단 한 개로, 앞자리 번호가 60년 전 연도로 시작되고 있었다.

루미가 흥분한 목소리로 말했다.

"이거야, 12월의 폭동 사진. 역시 있을 줄 알았어. 도대체 이걸 왜 일반인이 못 보게 통제해 놓은 걸까?"

다원은 지난 법학 시간 때 레오가 '12월의 폭동' 이야기를 암시하자마자 엄하게 굳어졌던 교수님 얼굴이 떠올랐다.

"사회적으로 민감한 문제여서 그런 것 아닐까? 어른들은 그때 이야기를 꺼내는 것조차 불편해하니까."

"60년이나 지난 일인데?"

"9지구에 가 봐서 알잖아. 어떤 면에선 아직도 현재 진행형인 것 같지 않아?"

루미는 고개를 끄덕거리면서도 반대 의견을 제시했다.

"그걸 끊어 내기 위해서라도 하루빨리 공개해야 하는 거 아니야? 이렇게 계속 숨기고만 있으니까 60년이 지난 지금까지도 현재 진행형의 문제가 되고 있잖아."

루미의 질문에 다원은 지금껏 한 번도 생각해 보지 않았던 것들을 생각해 보게 되었다.

"나도 잘은 모르겠지만…… 일반인들이 이런 자료에 무방비로 노출되면 각 지구 간에 분열이 더 조장될까 봐 그러는 거 아닐까? 폭동을 겪은 사람들 일부는 지금도 살아 있잖아. 앞으로 몇십 년 더 지나서 이 사건과 관련된 사람들이 모두 사망하고 나면 일반 공개로 돌릴 계획인지도 모르지. 그때는 좀 더 객관적인 시각으로 이 기록들을 대면할 수 있을 테니까."

루미는 납득했다는 듯 고개를 끄덕거리며 폴더를 클릭했다. 곧 크기가 축소되어 있는 사진들이 화면 한 가득 떴다. 루미가 사진 한 장 한 장을 눌러 크기를 키웠다. 다원은 사진에 시선을 집중했다. 60년 전의 겨울이 파노라마처럼 지나갔다. 이 황량한 전경은 역사적 기록이면서 동시에 해리 할아버지의 기억이기도 할 것이었다. 다원은 노쇠한 노인으로만 느껴졌던 해리 할아버지가 젊어서는 얼마나 치열한 삶을 산 행동가였는지 비로소 알게 돼 존경심이 들었다.

해리 할아버지가 문화 훈장을 받을 때 감사장을 장식했던 한 문구는 '1지구인이 가진 정의로운 사명감과 헌신을 대표하는 인물'이라는 것이었다. 다원은 그때 해리 할아버지가 폭동의 조짐이 보인다는 소식을 듣고 유일하게 9지구로 달려간 사진 작가였다는 이야기를 들었다. 그래서 다른 작가들은 찍지 못한 '12월의 폭동' 초창기 모습을 유일하게 역사로 남길 수 있었다고. 다원은 사진을 보며 자신의 일에 사명감을 가진 한 인간이 인류를 위해 얼마나 귀중한 유산을 남길 수 있는지를 실감했다. 역사는 해리 할아버지에게 큰 빚을 지고 있었다.

"다원, 그 후드 입은 사람들 사진이야."

루미의 말대로 제이 아저씨 앨범에서 보았던 사진들 두 장이 나타났다. 그리고 그 뒤로 본격적인 폭동 현장이 이어졌다. 불타는 건물들, 군인들과 폭도들의 격렬한 대치, 도망가는 민간인들, 길에 방치된 시신들……. 끔찍한 모습에 다원은 자기도 모르게 시선을 피하고 말았다. 사진을 보기 전에는 막연히 '분열을 막기 위해서'라고만 추정했던 생각이 당시의 실상을 담은 사진을 직접 목격하고 나자 지금의 통제를 적극적으로 지지하는 쪽으로 바뀌었다. 이런 잔인한 사진이 일반인과 어린아이들에게까지 무차별적으로 공개된다면 세대를 이어 끝없는 증오심만 불러일으킬 것이다. 과거로 인해 현재와 미래가 상처 입는다면 사회적으로 너무나 큰 손해였다.

수복한 땅에 다시 깃발을 올리고 있는 정부군의 사진을 마지막으로 파일은 끝이 났다. 제이 아저씨 앨범에서 사라졌을 것으로 추정되는 사진은 없었다. 다원은 허탈감과 후련함이 동시에 밀려왔다.

"지난번에 말했던 대로 역시 그 빈 자리는 그날과 상관없는 사진을 잘못 끼워서 제이 아저씨가 나중에 떼어 버린 거였나 봐."

루미는 아무 말 없이 뒤에서부터 앞으로 다시 사진을 돌렸다. 기대가 컸던 만큼 후련함보다는 허탈감을 더 크게 느끼는 모양이었다. 다원은 어떻게 루미를 위로해 줘야 할까 생각했다.

그런데 그때 루미가 손으로 화면 한 지점을 가리키며 말했다.

"아니야, 다원. 여길 봐. 여기 파일 일련번호 옆에 쓰여 있는 pt1~pt108은 1번부터 108번까지의 사진이 있다는 뜻이야. 그래서 사진을 보면 아래쪽에 번호가 다 매겨져 있잖아."

루미는 화면을 내리면서 계속 말했다.

"그런데, 보여? 후드를 입은 애들이 찍힌 13번 사진까지는 순서대로 있는데 갑자기 14번과 15번은 없고 다시 후디 사진인 16번으로 이어져 있어."

다원은 루미가 가리키는 지점을 확인했다. 루미의 말대로 정말 번호가 두 개 비어 있었다. 다원은 늘어졌던 자세를 바로 잡았다. 알 수 없는 긴장감이 몰려왔다.

루미가 말했다.

"후드를 입은 사람들의 사진을 같이 모아 놓은 흐름대로라면 9지구에서 그 할아버지들이 얘기했던 사진이 14번이나 15번에 있어야 해. 그런데 여기엔 그 사진마저도 없어."

"왜 없는 거지?"

루미는 잠시 입을 다물었다가 말했다.

"삭제된 거야."

"삭제?"

"그래, 다원. 누군가 고의적으로 삭제한 거야. 앨범에서 사라진 사진 한 장에, 우리가 9지구에 가져갔던 사진 세 장 중 한 장까지 더해서 두 장을. 사진은 삭제했지만 파일 번호까지는 수정하지 못했어. 그렇게까지 하는 데에는 프로그램을 다시 짜는 게 너무 복잡했거나 부주의했거나 해서."

"그런데 네 말대로라면 왜 그 사진들만 삭제한 거지? 같은 날 찍힌 다른 사진 두 장은 그대로 두고 말이야."

"모르겠어. 그 사진들에만 뭔가 다른 점이 있었는지, 아니면 그날의 사진들을 다 삭제하면 너무 눈에 띌 것 같아서 부담스러웠던지……. 그건 더 생각해 봐야 해. 그런데 다원, 나 지금 무서운 생각이 들었어."

루미답지 않게 목소리가 떨리고 있었다. 다원은 이유도 모르는 채 자기까지 초조한 기분이 들었다.

"무서운 생각이라니?"

"전에도 말했지만 이걸로 확실히 알겠어. 제이 삼촌을 죽인 범인은 절대 9지구 사람이 아니야. 1지구…… 그것도 상당히 높은 권력을 가지고 있는 사람이 분명해."

구름이 해를 가렸는지 삽시간에 창으로 그늘이 졌다. 다원은 아이디를 찾는 작업이 끝나고 나면 루미에게 당당히 '아버지가 널 싫어하는 게 아니라는 내 생각이 맞다는 게 증명됐지?'라고 말하려고 했다. 그러나 그럴 타이밍은 이미 지난 것 같았다. 아니면 처음부터 아예 있지 않았거나.

아버지와 아들의 시간

　　10월의 둘째 주 일요일, 아침 운동 삼아 마을을 한 바퀴 돌던 러너는 문득 길에서 뛰고 있는 사람이 자기 한 명뿐이라는 것을 깨달았다. 지나가면서 이웃들 집을 둘러보니 얼마 전까지만 해도 훤히 열어 두고 지냈던 창문들이 어느새 모두 닫혀 있었다. 그제야 러너는 바뀐 계절을 실감했다. 확실히 며칠 사이에 아침 저녁 공기가 부쩍 차가워지긴 했다. 어제와 같은 날이려니 하고 외투 없이 산책에 나섰다간 폐로 들어차는 찬 바람에 황급히 집으로 발길을 돌려야 할 판이었다. 여기서 조금 더 지나면 어디에 사는 누가 벌써 감기에 걸렸다든가 하는 얘기가 주민 센터를 오가는 노인들의 인사말이 될 테고.

　　그러나 러너는 이 정도의 선선한 바람도 무서워 벌벌 떠는 약골들이 한심해 속으로 비웃어 주었다. 라디에이터를 틀기만 하면 언제든 따뜻한 김이 솟아나오고 매일 뜨거운 물로 목욕할 수 있는 집에 살면서 저렇게들 몸을 사리다니. 러너는 지켜보는 사람이 없는 것을 알면서도 보란 듯이 속력을 높였다. 자신이 뛰는 발소리를 듣고 다들 정신을 차려야 했다. 고작 뒷목에 서늘한 느낌이 드는 이런 추위는 추위라고 할 수도 없었다. 진짜 추위는 칼바람에 피부가 찢어지고, 동상으로 발가락이 썩고, 덮을 것도 없이 12월의 밤을 지새워야 하는 것을 말하는 것이다.

달려가면서 보니 실버힐의 나무들도 가을 날씨에 어울리는 옷으로 바꿔 입을 준비를 하고 있었다. 찬바람이 따뜻한 공기를 빌어 내는 깃 따위는 조금도 아쉽지 않지만 한 가지, 여름이 끝나면서 바비큐 파티 시즌도 함께 막이 내렸다는 것은 조금 서운했다. 이번 여름에는 이런저런 이유로 다른 해보다 파티를 적게 했다. 파티를 적게 했다는 건 그만큼 이웃들에게 자랑스러운 아들과 손자를 보여 줄 기회도 적었다는 것을 의미했다. 노년의 삶에서 느낄 수 있는 가장 큰 즐거움이 사라진 것이다.

그러나 러너는 지난 일에 오래 붙들려 있지 않기로 했다. 아쉽긴 해도 이번 여름이 끝이 아니었다. 다음 해도 있고 그다음 해도 있다. 해가 갈수록 니스와 다윈은 더 훌륭해질 테니 그때는 지금보다 더 성대한 파티를 할 일이 많이 생길 것이다. 그 자리에 함께하기 위해선 무엇보다 자신이 지금만큼의 건강을 계속 유지하는 게 중요했다. 러너는 저 앞에 아들과 손자의 원대한 미래가 있는 상상을 하며 힘을 내 달려갔다. 쉬지 않고 달리다 보면 어느새 상상이 현실이 돼 있다는 게 이 두 발로 직접 체득한 삶의 교훈이었다.

정오가 되기 전 니스의 차가 집 앞에 도착했다. 러너는 미리 정원에서 기다리고 있다가 차에서 내리는 아들과 손자를 반갑게 맞이했다. 품에 안기는 다윈은 언제나처럼 사랑스러웠다. 러너는 내심 기대하고 있던 깜짝 손님이 없는 것을 보고는 조금 아쉬워서 다윈에게 말했다.

"오늘은 루미가 같이 안 왔구나. 같이 오는 줄 알았는데."

"루미가 요즘 좀 바쁜 것 같아서요."

"공부하느라?"

"아마 그렇겠죠?"

"역시 프리메라 학생답구나."

러너는 다윈과 앞서 걸으며 뒤에서 걸어오는 니스를 힐끗거렸다. 눈이 마주치자 니스는 다른 곳으로 시선을 돌렸다. 아무튼 무뚝뚝한 건 여전했다. 그러나 뜨겁게 끓어오르던 한여름의 기세가 시간에 자연히 꺾이는 것처럼, 지난여름 아들을 사로잡았던 영문을 알 수 없는 분노도 차츰 사그라드는 것 같았다. 러너는 그간 니스가 보인 과격한 언동을 자연의 일부인 인간이 계절의 흐름에 반응한 것으로 이해하기로 했다. 그렇게 생각하면 모든 게 무리 없이 받아들여졌다. 문교부 차관으로서 책임져야 할 막중한 업무와 바른 생활의 모범이 돼야 한다는 압박감이 작렬하는 태양처럼 아들을 극한의 열기로 몰고 갔고, 순진하게 부하 직원들에게 터뜨릴 성격은 못 되니 자기편이라는 절대적인 믿음이 있는 아버지에게 그 스트레스를 해소한 것이리라. 러너는 자신이 희생양이 돼서 아들이 편안한 가을을 맞이할 수만 있다면 언제든 기쁘게 그 역할을 자처하리라 생각했다.

점심 식사를 하며 러너는 니스와 다윈에게 물었다.

"오후에는 낚시를 가는 게 어떠냐? 지난번에 낚시를 가려다 못 가서. 장비들도 미리 다 손질해 두었는데."

예상대로 다윈은 단번에 "좋아요."라고 대답했다. 문제는 아들이었다. 러너는 니스의 눈치를 살피며 긴장 속에서 답을 기다렸다. 만약 니스가 자기는 그냥 집에 있을 테니 두 사람만 갔다 오라고 한다면 낚시를 가는 의미의 반은 줄어들 것이다.

"……그러죠."

오래 뜸을 들이던 니스가 고개를 끄덕였다. 러너는 아들의 동의가 간절한 기도에 대한 하느님의 응답이나 되는 것처럼 기뻤다. 물론 실제로도 하느님보다 아들이 훨씬 소중하고 대단한 존재였다.

실버힐에서 차로 40분쯤 걸리는 낚시터는 낚시터 본연의 목적보다도 인근 주민들을 위한 명상 센터 역할을 하는 곳이었다. 애써서 물고기를 낚으려는 사람은 없었다. 다들 고요한 수면과 기약 없이 기다리는 행위, 정적을 일시에 깨뜨리는 움직임에서 물고기 한 마리보다 더 큰 무언가를 얻어 갔다. 낚싯대를 물속에 던져 두긴 했지만 러너 역시 큰 욕심은 부리지 않았다. 삼대가 이렇게 나란히 앉아 시간과 생각을 공유하고, 먼 훗날 이 오후를 각자의 기억 속에서 추억이라는 이름으로 더듬게 된다면 더 바랄 것이 없었다. 물론 운 좋게 월척까지 낚는다면 그 추억이 한층 더 빛을 발하겠지만.

"좋네요. 나오길 잘했어요."

호수를 바라보던 니스가 말했다. 아들은 별 의미 없이 흘린 말이겠지만, 러너는 그 한마디에 뿌듯함을 넘어 감격스러운 기분까지 들었다. 아들에게서 이런 공감을 얻은 지가 언제인지 기억도 나지 않았다. 명상적 인간인 아들이 낚시를 좋아하리란 것은 충분히 짐작 가능한 일이었다. 이렇게 편안해하는 니스의 얼굴을 보고 있으니 아들이 어렸을 때 이런 시간을 많이 갖지 못한 것이 다시 후회됐다. 젊었을 땐 사업가로 바깥에서 바쁘게 보낸 시간들이 러너 영이라는 인간을 쌓아 올리는 것이라 자신했는데, 지금 와서 보니 그 자신만만했던 시간의 이면에서 아들과 쌓았어야 할 유대감에 금이 가고 아버지라는 기반이 흔들리면서 결국엔 인간 러너 영마저 허물어지고 있었다. 아들이 아이에서 소년으로 성장할 때 곁에 있어 주면서 무엇을 좋아하고, 무슨 생각을 하고, 어디에 가고 싶은지 들었으면 좋았을 것을……

러너는 쓸쓸한 기분이 드는 것을 굳이 숨기지 않고 대답했다.

"그래, 정말 좋구나. 시간만 좀 더 예전으로 돌아가면 바랄 게 없을 텐데."

"……돌아가고 싶은 때가 있으세요?"

다른 때 같으면 별 대꾸가 없었을 아들이 웬일인지 순순히 대화를 이어 나가는 것에 러너는 더 감상적이 되었다.

"네가 다윈 나이였을 때로 돌아갔으면 좋겠구나."

니스는 다시 평소대로 말이 없어졌다. 러너는 그럼 그렇지 싶어 이어 말했다.

"그때로 돌아간다면 너에게 더 좋은 아버지가 될 수 있을 것 같은데 말이야. 한 번 시행착오를 겪었으니까. 니스 네가 열여섯이었을 때라니…… 생각만 해도 좋구나."

니스가 호수에 시선을 둔 채 말했다.

"전 싫어요. 지금이 좋아요."

"부럽구나. 그만큼 넌 지금껏 다윈에게 좋은 아버지였다는 뜻이니까."

"좋은 아버지는 무슨. 그냥 지나간 시간을 돌아보면서 후회하는 일에 현재의 시간을 쓰고 싶지 않다는 뜻이에요. 시간을 되돌리고 싶다는 건…… 아무리 바라 봤자 결국엔 불가능한 일이니까."

"아니, 넌 얼마든지 자신감을 가져도 돼. 누가 봐도 니스 너는 훌륭한 아버지니까. 다윈, 어떠니? 할아비 말이 맞지?"

러너는 다윈의 동의를 구할 겸 고개를 돌렸다. 그런데 다윈은 호수에 시선을 고정한 채 아무 반응도 없었다. 무슨 생각을 그리 골똘히 하는지 아예 자기에게 말을 걸고 있다는 것조차 모르는 것 같았다. 그러고 보니 호수에 낚싯대를 걸쳐 놓고 앉은 뒤로는 다윈의 목소리를 한 번도 듣지 못했다.

러너는 "다윈." 하고 조금 큰 목소리로 불렀다. 그제야 다윈이 고개를 돌렸다.

"무슨 일 있니? 아무 말이 없으니까 다윈 너답지가 않은 게 걱정이 드는구나."

다윈이 당황한 얼굴로 입을 열었다.

"아, 죄송해요. 호수를 보고 있으니까 그냥 잠깐 딴생각이 들어서……. 그런데 제가 평소에 엄청난 수다쟁이인가 봐요. 이 정도로 할아버지가 걱정하시는 걸 보면."

"수다쟁이는 쓸데없는 말까지 떠드는 사람을 말하는 거고, 우리 다윈은 시인이지. 언어로 우리 인생을 풍부하게 해 주니까."

"오늘 루미가 같이 안 와서 다행이에요. 할아버지가 하시는 말을 루미가 들었으면 정말 창피했을 거예요."

"이 정도로? 시인은 아무것도 아니지. 판단을 할 땐 법률가이고, 노래를 부를 땐 가수가 부럽지 않은데."

"할아버지, 전 노래에 전혀 소질이 없는걸요."

"그럴 리가. 다윈 넌 니스의 좋은 목소리를 그대로 이어받았는데. 아버지가 기자회견을 할 때의 목소리는 참 훌륭하지 않던? 어렸을 땐 가수가 되고 싶다고 성화였단다. 그러고 보니 누구더라, 무슨 헐크인가 그랬는데, 특히나 그 가수를 좋아했지. 성이 하도 특이해서 아직도 기억나는구나."

"정말요? 가수인 아버지라니 상상이 안 가요."

다윈의 호기심 어린 반응에 니스가 난감한 표정으로 말했다.

"성화는 무슨. 그만한 나이 때 가수 꿈 한번 안 꿔 본 애들이 있어요? 다윈, 오해하지 마렴. 너보다 더 어렸을 때 잠깐 스쳐 갔던, 그야말로 하룻밤 꿈이니까."

다윈이 물었다.

"그럼 진짜로 진지하게 생각하신 꿈은 뭐였는데요? 지금 꿈을 이루신 거예요?"

러너는 다윈이 참 좋은 질문을 던졌다고 생각하며 아들이 어떤 대답을 할지, 질문을 한 다윈보다도 더 기대에 차서 두 귀를 바짝 기울였다. 니스는 제 소년 시절을 떠올리는지 아득한 눈길로 호수를 바라보다가 한참 만에야 입을 열었다.

"다윈 네 나이 땐 아카이브 관장이 되어야겠다고 생각했지.

대학교에 들어가선 문교부의 직원이 되어야겠다고 생각했고, 문교부 직원이 되고 나니까 더 높은 직급에 올라가야겠다 싶더구나. 지금 그렇게 살고는 있지만 글쎄, 꿈을 이루었는지는 잘 모르겠다."

러너는 "아카이브요?"라고 묻는 다원을 얼른 앞질러 끼어들었다.

"그건 문교부 차관이 네 최종 목적지가 아니어서 그런 거다."

아들이 또 스스로를 괴롭히는 유약한 생각에 빠지기 전에 아버지인 자신이 강인하게 이끌어 주어야 했다.

"왜 여기서 멈출 거로만 생각하냐? 넌 아직 한창 나이인 데다 지금보다 더 높은 자리에 앉을 능력도 충분한데. 그뿐이냐? 대중 인지도도 올라가고 있고 정가에서 호감도도 높지. 이게 다 뭘 뜻하는 것이겠냐? 문교부 차관이 끝이 아니라 장관에 오른 다음 대통령이 되는 게 네 목적지라는 거야. 그 자리에 오르고 나면 비로소 꿈을 이루었다는 느낌이 들 거다."

러너는 아들에게 늘 해 주고 싶었던 이야기를 좋은 분위기에서 자연스럽게 꺼낼 수 있게 된 것에 흡족했다. 아들도 하루빨리 자기 운명을 깨닫고 그 꿈을 이루기 위해 차근차근 길을 닦아 나가야 했다. 그런데 니스는 농담이라도 들은 양 피식하고 비웃는 소리를 냈다.

"무슨 말씀을 하시는 거예요, 대통령이라니. 그런 생각은 한 번도 해 본 적 없어요."

"넌 없더라도 네가 차관이 된 순간부터 다른 사람들은 다 하고 있는 생각이란다. 아직 시간이 있으니 너도 지금부터 생각하면 되지."

"저 같은 사람이 대통령이 된다면 그건 이 나라 사람들에게
불행한 일이에요."

이제는 웬만한 일에선 아들의 말에 반박하지 않고 좋게좋게
기분을 맞춰 줄 생각이었지만, 아들의 장래 문제에 있어서만큼
은 절대 물러설 수가 없었다.

"대중 앞에서 스스로 대통령이 될 만한 자격이 있다고 떠드
는 사람만큼 뒤가 지저분한 인간도 없지. 원래 가장 정직하고 양
심적인 사람이 죄책감도 가장 많이 느끼는 법이란다. 그런 면에
서 니스 넌 공직에 최적이지. 네가 내 아들이 아니더라도 네가 대
통령 선거에 나온다면, 나는 너를 뽑을 거다. 내 친구들도 늘 그
렇게 말하고."

니스가 뒷머리에 손깍지를 끼더니 먼 곳으로 시선을 돌렸다.

"됐어요. 이제 그런 얘기는 그만해요. 오늘은 가족끼리 보내
는 시간이잖아요. 대통령이 되는 게 뭐가 중요해요."

러너는 흥분한 자신과 달리 한 점 흐트러짐 없는 목소리로 그
렇게 말하는 아들의 초연함에 약간 부끄러웠다. 역시 훌륭한 아
들이었다. 대통령이 될 자격을 충분히 갖춘.

호숫가에 노을이 내리는 풍광이 꼭 하늘에서 붉은 와인을 흘
려 보내는 것 같았다. 물기를 머금은 바람이 제법 차가웠지만 러
너는 전혀 추운 줄 몰랐다. 아들과 손자가 양옆에 앉아 있으니 바
람 한 점 침입할 수 없는 성벽에 둘러싸인 것보다 더 든든했다.
물론 약골처럼 아들과 손자에게 보호만 받고 있을 생각은 없었

다. 자신 역시 두 사람이 언제나 편히 쉴 수 있는 듬직한 성벽이 되어 모든 어려움을 막아 줄 것이다. 물고기를 넣어 갈 통은 텅 비었지만, 살진 물고기들이 그 안에서 떼 지어 헤엄치고 다니는 듯한 충만감이 들었다.

풍경이 점차 어둠에 묻혔다. 이제 그만 낚싯대를 걷을 시간이었다. 밤낚시를 즐기는 몇몇 사람들만 빼고는 다들 짐을 챙겨 집으로 돌아갈 채비를 했다.

러너는 차 뒷좌석에 올라타 등받이에 편안히 몸을 기댔다. 좋은 시간을 보낸 만족감이 따뜻한 이불이 되어 온몸을 덮어 주었다. 그 아늑한 기분 때문인지 출발하고 얼마 안 돼 바로 졸음이 쏟아지기 시작했다. 이 행복한 시간을 잠 따위로 허비하고 싶지 않아 정신을 차리려 애썼지만, 늙고 무거워진 눈꺼풀은 계속 밑으로 처지기만 했다. 앞에서 니스와 다원은 무슨 이야기인가를 나누고 있었다. 둘의 다정한 목소리가 꿈과 현실 사이를 왔다 갔다 하며 어렴풋이 들려왔다.

"실버힐에 들렀다 가면 열 시나 돼서 집에 도착하겠구나. 내일 학교로 돌아가려면 일찍 일어나야 하는데 피곤해서 어쩌지?"

"피곤하긴요, 오랜만에 야외에 나오니까 기분 전환도 되고 좋은걸요."

"그래, 좋긴 하더구나. 겨울엔 힘들겠지만 봄이 되면 더 자주 나오자꾸나."

"아버지…… 그런데 아까 아카이브 관장이 되는 게 어렸을 때 꿈이었다고 하셨죠?"

"꿈이라기보단 그냥 그래야 한다고 생각했다는 거지."

"왜 아카이브 관장이 돼야 한다고 생각하셨는데요?"

"글쎄다, 왜였는지는 잊어버렸구나……. 아마 어린 마음에 오래된 역사 기록물들을 지키는 일이 멋있어 보여서였겠지."

"그래요? 그럼 뭐 하나만 여쭤 봐도 돼요?"

"물론이지."

"아카이브에 저장된 자료를 삭제하는 게 쉬운 일인가요?"

"……무슨 말이니?"

"개인이 국가 기록물을 임의로 지우는 것 말이에요. 그게 쉬운 일인가요?"

"왜 갑자기 그런 게 궁금해졌는지 모르겠구나."

"아, 그게…… 요즘 학교에서 배우는 내용이라서요."

"그런 걸 다 배우다니 꽤 실무적인 수업인가 보구나. 쉬운 일이고 어려운 일이고를 따지기 전에 중한 범죄지."

"가능은 하고요?"

"가능은 하겠지."

"실제로 하는 사람도 있고요?"

"글쎄다……. 살인이 중한 범죄라고 법률서에 쓰여 있어도 살인을 저지르는 사람은 있으니, 그런 일을 하는 사람도 있을 수는 있겠지."

"그렇지만 아무래도 일반인들에겐 어려운 일이겠죠? 보통 사람은 그런 것에 접근할 권한이 없으니까요. 공무원 중에서도 고위직 공무원에게나 가능한 일인 거 맞죠?"

"무슨 과목에서 그런 걸 배우는 거니? 법률? 사회? 아무래도 수업의 목적이 뭔지 학교에 한번 문의를 해 봐야 할 것 같구나."

"그게, 사실은요…… 루미가 개인적으로 궁금해해서요."

"루미가? 그 애가 그걸 왜?"

"사실 루미는 제이 아저씨의 죽음에 의문을 품고 있거든요."

"……의문이라니?"

"아직 확실히 말할 수 있는 단계는 아니에요. 나중에 뭔가 알아내면 말씀드릴게요. 루미에게도 비밀을 지키겠다고 했거든요. 조이 아저씨는 루미가 제이 아저씨의 죽음에 관해 얘기하는 것을 싫어하시는 모양이에요. 혹시라도 아저씨께 제가 이런 말했다고 알려 주시면 안 돼요. 아무튼 아카이브 자료를 삭제하는 건 고위 공직자나 할 수 있는 일인 게 맞는 거죠?"

러너는 귓가에 희미하게 들리는 '제이의 죽음'이라는 소리를 듣고 얼른 눈을 떠 이야기에 끼어들고 싶었지만, 끝이 보이지 않는 바닥에 닻을 내린 졸음이 말이 나오지 않는 깊은 곳으로 의식을 끌어내렸다.

얼마나 지났을까. "할아버지, 다 왔어요."라는 다윈의 목소리를 듣고 러너는 잠이 깼다. 그런데 눈을 뜬 순간 호수에 낚시를 갔던 일도, 거기서 행복한 대화를 나누었던 일도, 아들의 장래를 떠올리며 가슴 설렜던 일도 모두 잠깐 꾸고 만 꿈처럼 느껴졌다. 몽롱한 정신보다도 니스의 얼굴이 그런 혼란을 더 부추겼다. 호수를 떠날 때만 해도 분명 평온기에 접어들었다고 생각했던 아들의 눈빛이 다시 예민한 원래 모습으로 돌아가 있었다.

나침반이 가리키는 곳

정부 종합 청사 단지에 있는 행정부 건물로 들어온 루미는 정보 공개 청구 자료 발급을 담당하는 부서를 찾아갔다. 조금이라도 불안해하는 모습을 보였다가는 의심을 살지도 모르니 최대한 당당하게 행동해야 했다. 물론 프리메라 여학교 교복을 입고서는 당당하지 않게 행동하는 게 더 어려울 테지만.

루미는 발급 업무를 보는 데스크로 가 신분증을 내밀었다. 본인 것이 아닌 조이 헌터, 아빠의 신분증이었다.

"아빠가 정보 공개 청구를 신청한 게 있는데 오늘 나온다고 해서요. 아빠가 출장 때문에 시간이 안 나서 저보고 대신 찾아 달라고 하셔서 왔어요."

루미는 담당자를 유심히 살폈다. 수수한 넥타이를 매고 있는, 30대 초반으로 보이는 남자였다. 말단 민원 업무를 맡고 있는 것으로 추정컨대 1지구 출신이 아닐 확률이 높았다. 루미는 남자의 호감을 사기 위해 의식적으로 미소를 지어 보였다. 제이 삼촌을 위해서라면 무엇이든 할 각오가 되어 있지만, 잘못된 법 때문에 자신이 범법자가 되고 이런 시시한 남자의 환심까지 얻어야 한다는 게 너무나 부당하게 느껴졌다.

제이 삼촌을 살해한 사람이 1지구에 사는 3급 이상의 고위직 공무원이라는 확신이 든 순간, 루미는 오랫동안 소득 없이 어둠만 휘젓던 손이 드디어 무언가를 움켜쥐는 기분이었다. 잡은 것을 놓치지 않기 위해선 신중히 계획을 세워야 했다. 가장 먼저 해야 할 일은 3급 이상 고위직 공무원들에 대한 신상 정보를 확보하는 것이었다. 분명히 그들 중에서 제이 삼촌과 접점이 있는 사람이 있을 테니. 루미는 아카이브를 다녀온 다음 날 바로 행정부를 찾았다. 그러나 손에 쥔 것의 실체를 확인해 보려는 순간, 아카이브의 불합리한 시스템이 그랬듯이 이번에도 부당한 법이 앞을 가로막았다.

꼼꼼해 보이는 인상의 담당자가 말했다.

"어떤 형태의 정보든 행정부를 통한 정보 공개 청구는 스무 살 이상의 성인에게만 자격이 있는 거예요."

루미는 아카이브에서 했던 것처럼 그 법의 부당함에 항의할 논리적 근거를 충분히 갖추고 있었다. 극비 정보도 아닌, 국민을 위해 일하는 공무원의 인사 정보를 국민인 자신이 보지 못하는 것은 알 권리에 대한 침해이며, 죽을 때까지 정보 공개 청구를 한 번도 시도해 보지 않은 사람이 태반인 현실에서 정보 공개 청구에 관심을 가질 만큼 사회적으로 성숙한 시민에게는 나이에 상관없이 성인과 동등한 자격을 주는 것이 진정한 민주주의라고. 그러나 루미는 목까지 치민 그 뜨거운 목소리를 애써 다시 삼켰다. 아무리 합리적인 항의라 해도 법적인 근거가 없는 한 결국엔 큰 목소리로 떠드는 불평에 불과하다는 것을 지난번 경험을 통해 배웠다. 재량권이 없는 말단 공무원과 대립하는 것 역시 아무 소득 없이 적대감만 자처하는 일이었다. "용건이 남았나요?"라고 묻는 직원에게 루미는 "충분해요."라며 일단 물러섰다.

어둠 속에서 무언가를 움켜쥐었던 손이 불합리한 힘에 의해 강제로 펼쳐지면서 다시 빈손이 돼 있었다. 마치 모든 법들이 의도적이고 악의적으로 삼촌의 죽음을 밝힐 길을 가로막고 있는 것 같았다. 청사 공원에 앉은 루미는 사방이 막힌 곳에 둘러싸여 있는 답답함에 공원 풍경으로 눈길을 돌렸다. 공무원들의 휴식처답게 나무 한 그루 한 그루가 규칙적으로 정렬되어 있었다. 잎색깔이 변하기 시작한 나무들에서 시간의 흐름이 느껴졌다. 시간의 흐름……. 루미는 지난 석 달간의 시간을 천천히 되돌아보았다. 다른 세상이나 다름없던 9지구를 지나 불가능해 보였던 아카이브의 벽을 뚫고 드디어 범인의 그림자가 비쳐 보이는 문 앞까지 도달한 지금까지의 과정이 역사 지도에 남은 정복자의 행군 경로처럼 머릿속에 한 줄로 그려졌다. 그러자 이 위대한 전진이 시시하고 불합리한 법 조항 하나에 막혀 좌절되는 것을 순순히 받아들일 수는 없다는 생각이 들었다. 바로 눈앞에 보이는 땅의 정복을 스무 살이 될 때까지 미루는 한심한 짓은 더욱더.

법을 숭상하는 1지구인으로서 수치스러운 일이긴 하지만,

루미는 이 세계의 법이 완벽하지 않다는 사실을 인정하기로 했다. 그러고 나니 이후의 명제들은 자연적으로 형성되었다. 완벽하지 않은 것은 잘못된 것이다. 잘못된 것은 보완되어야 한다. 다행히도 잘못되고 완벽하지 않은 법을 보완하는 방법은 이미 존재하고 있었다. '편법'이라는 다소 명예롭지 못한 이름으로.

　루미는 아빠가 샤워하는 틈을 타 아빠 지갑에서 몰래 신분증을 꺼냈다. 하루 정도 신분증이 없어져도 아빠는 전혀 눈치채지 못할 것이다. 아침과 저녁만으로 모자라 점심까지 집에서 싼 도시락으로 해결하는 지루한 일상에 신분증을 꺼내 보일 만한 사건이 생길 리 없으니. 루미는 다시 행정부를 방문해 조이 헌터의 이름으로 3급 이상 공무원들의 신상 정보를 요청하는 신청서를 작성했다. 그러고는 지난번 봤던 꼼꼼한 인상의 직원을 피해 다소 졸린 듯한 얼굴을 한 직원에게 신청서를 내밀었다. 직원은 "본인이 직접 접수하셔야 해요."라며 서류를 돌려주려 했다. 루미는 방금 전까지 아빠와 같이 있었는데 아빠가 주차 문제로 자기에게 맡기고 급히 자리를 비웠다고 둘러댔다. 그러자 직원은 더 이상의 추궁 없이 신청서를 접수해 주었다. 학생이 이런 정보 공개 청구를 할 이유가 없다고 생각하는 것에 프리메라 교복의 신뢰가 더해진 결과였을 것이다. 청구 자료를 받기까지는 열흘이 걸린다고 했다. 루미는 저녁에 아빠가 씻는 틈을 타 신분증을 제자리에 돌려놓았다. 아무 말이 없는 걸 보면 아빠는 역시 신분증이 없어진 것을 전혀 눈치채지 못하고 있었다.

　드디어 청구한 정보를 수령하는 날이었다. 신청은 비교적 수월하게 해냈지만 수령 시에는 본인이 직접 정보 공개 청구 수취실에 와서 신분증을 제시하고 서명한 뒤 받아 가야 한다고 했다. 루미는 다시 한번 아빠 지갑에서 몰래 신분증을 꺼냈다. 이것만으로 충분할지는 모르지만 일단은 부딪쳐 보는 수밖에 없었다.

시선이 부딪치자 루미는 남자의 눈길을 피하지 않고 계속 응시했다. 만약 '청구 자료는 반드시 본인이 와서 수령해야 합니다.'라고 단호하게 나오거나 아빠의 직장 전화번호를 물어 출장 사실 관계를 확인한다면, 아빠 신분증 도용을 책임져야 할 뿐 아니라 손만 뻗으면 닿을 거리에 있는 이 자료를 눈앞에서 잃게 될 것이다. 그렇게 되면 몇 년 치 신문을 뒤져 공무원들의 인사 현황 공고를 일일이 수집하는 방법밖에는 없었다. 물론 절대적으로 불가능한 일은 아니었다. 그러나 신문에는 이름과 나이, 최종 학력, 현재 거주지 외에는 출신 지역이나 학교가 상세하게 소개되지 않는다. 정보 공개 청구로 쉽게 알아낼 수 있는 신상 정보를 개인적으로 수집하려 했다가는 얼마 남지 않은 공소시효가 허무하게 끝나 버릴 것이다.

남자가 지나치게 오래 신분증을 확인하는 것 같았다. 루미는 남자의 관심을 돌리기 위해 얼른 프리메라 학생증을 꺼냈다. 그럴 리는 없겠지만 남자는 1지구 출신이 아니어서 어쩌면 프리메라 여학교 교복을 못 알아보는 것인지도 몰랐다.

루미는 데스크 위로 학생증을 내밀며 말했다.

"필요하시면 아빠 직장에 전화해 보세요. 전 루미 헌터고요, 프리메라 학생이에요."

모험을 감수하고 한 말인데 그 순간 남자의 얼굴에 이전까지와는 다른 기색이 감돌았다. 다른 사람들에게서 늘 받아 온, 인정과 호의의 감정이었다. 남자는 정말로 프리메라 교복을 못 알아본 모양이었다.

남자가 웃으며 말했다.

"부모님이 자랑스러워하는 딸이겠네요. 이렇게 심부름도 하고."

남자는 지체 없이 서류를 넘겨 주며 서명을 요청했다. 루미는 '헌터'라고만 적었다. 가족을 대표해 옳은 일을 하고 있는 것이기에 죄책감은 들지 않았다.

뛰다시피 해 공원으로 온 루미는 인적이 드문 벤치를 골라 앉은 뒤, 숨을 고르며 품에 안고 온 서류를 천천히 넘겼다. 열 명씩 한 장에 추려 백 장 가깝게 정리된 서류에는 이름과 나이, 직급, 학력, 경력, 출신 지구 등이 상세히 기재돼 있어 한 장을 살펴보는 데만도 꽤 오랜 시간이 걸렸다. 중간 정도에서 니스 아저씨 이름을 발견하고는 잠시 반가운 기분이 들었지만, 다른 사람의 이력을 살펴보는 시간의 반도 쓰지 않고 바로 다음 사람으로 관심을 옮겼다. 삼촌을 죽인 범인을 찾는 일에서만큼은 가장 의미 없는 이름이었다.

바람이 쌀쌀하게 느껴지기 시작할 즈음, 루미는 한 시간에 걸친 명단 조사를 끝내고 서류의 마지막 장을 덮었다. 눈에 피로감이 들었다. 루미는 지난번처럼 공원의 풍경으로 시선을 돌렸다. 일렬로 늘어선 나무들이 서류 속 이름들을 연상시켰다. 이제는 앨범 속에서 사라진 사진과 아카이브에서 삭제된 사진들과의 관계를 논리적으로 유추해야 할 때였다. 잘 다듬어진 나무들이 생각을 정리하는 데 도움을 주는 것 같았다. 루미는 나뭇가지의 형상처럼 생각의 연결 고리를 이어 나갔다.

지금까지 해 온 모든 조사의 기본 전제는 범인이 삼촌을 죽이고 사진을 가져갔다는 것이었다. 그 전제를 지키기 위해선 사진이 사라진 날을 삼촌이 살해당한 날로 고정하고, 그 전후로 사진이 사라졌을 가능성은 완전히 배제해야 한다. 다른 가능성을 조금이라도 허용하는 순간 사라진 사진과 삼촌의 피살은 완전히 별개의 사건이 돼 버리기 때문이다.

범인은 그 밤에 삼촌을 죽이고 사진을 훔쳐 갔다. 그러면 앨범에서 사진이 사라진 시기는 30년 전으로 고정되고, 아카이브에서 사진이 삭제된 시기는 디지털 작업이 시행된 이후이니 최대한 5년 전이다. 그것이 의미하는 게 뭘까? ……범인은 삼촌을 죽인 당시뿐만 아니라 25년이 넘어서까지 그 사진에 집착했다는 뜻이다. 그렇게 긴 시간 동안 사진에 집착할 만한 동기를 가진 사람이 누굴까? 아니, 그 전에 먼저 다른 질문을 해야 한다. 누가 애초에 삼촌이 그 사진을 가지고 있다는 사실을 알았을까? 이 질문은 삼촌과 범인을 서로 아는 사이로 추정한 것과 연결되기도 한다.

범인은 30년 전 삼촌이 그 사진을 가지고 있었다는 것을 알았던 사람이자 한밤중에 삼촌 방에 들어가고도 별 문제 없이 삼촌과 대화할 수 있을 만한 사람이면서, 아카이브에서 사진을 삭제할 당시 고위 공무원이었던 사람이다.

이 파일에 포함돼 있지 않은, 예전엔 고위 공무원이었지만 지금은 은퇴한 사람이 범인일 가능성도 있을까? ……그러면 65세가 정년인 공무원 퇴직 시기를 고려했을 때 범인의 나이를 현재 66세에서 70세, 삼촌을 살해할 당시에는 36세에서 40세로 추정하게 되는데, 가능성이 전혀 없는 건 아니지만 지극히 낮았다. 삼촌 집 근처에 살던 할아버지는 그날 밤 후디가 골목을 뛰어가는 것을 봤다고 했다. 경찰은 그 증언을 범인이 9지구 사람이라고 특정하는 근거로 삼았지만 1지구 고위 공무원으로 범인을 지목한 지금의 성과를 적용하기 위해선 범인의 출신지보다는 범인의 나이를 '후드를 입어서 신분을 위장할 수 있을 만한 연령'으로 제한하는 데 활용해야 한다. 일반적 시각에 따르면 그 연령은 10대에서 20대로 한정될 테고, 그렇게 되면 범인이 이 명단에 없는 은퇴한 공무원일 수도 있다는 추측은 힘을 잃게 된다.

범인은 어떻게든 삼촌의 16년간의 삶과, 그것도 삼촌이 할아버지로부터 사진을 선물받은 열여섯 살 생일 이후의 짧은 삶과 집중적으로 맞물린 적이 있는 사람일 것이다. 1지구 출신 중에서 제이 삼촌과 가까운 지역에 살았거나 같은 학교 출신인 사람, 그리고 그 당시 삼촌을 제압해 목 졸라 살해할 만한 힘이 있었을 것으로 보면 최소한 삼촌보다 크게 어리지는 않았을 테니 현재 나이는 40대 중반에서 50대 후반.

루미는 다시 서류를 펼치고 그 조건에 해당하는 사람들을 표시해 나갔다. 천 명이라는 막대한 숫자를 떠받치고 있던 기둥이 세찬 바람에 잎을 떨구는 나무처럼 금세 앙상해졌다. 최종적으로 남은 사람은 단 여섯 명이었다. 물론 거기서 니스 아저씨는 제외해야 하니 결국엔 다섯 명뿐이었다. 루미는 그 다섯 용의자들 중에서 특히 리암 로이드라는 검사에 주목했다. 삼촌과 나이도 같고 같은 중학교 출신이었다. 루미는 파일을 품에 안고 자리에서 일어났다. 오랜 시간 멈춰 있던 나침반이 드디어 움직이며 제대로 된 방향을 가리키고 있었다.

해소

10월 하순 무렵이면 프라임스쿨 교복은 흰 와이셔츠 위에 네이비블루 색 조끼와 재킷을 덧입는 춘추복으로 바뀌었다. 각각의 상의 가슴께에는 프라임스쿨을 상징하는 P 자가 가는 금실로 새겨져 있어 세 벌을 모두 갖춰 입고 나면 심장 부근에서 같은 글자가 세 번 겹치게 되었다.

푸르렀던 나무의 색이 바랠 즈음해 일어나는 변화여서인지 새 옷으로 갈아입은 학생들 얼굴에는 푸른 활력 대신 무채색의 우울 같은 것이 아른거렸다. 그러한 정서는 실제 생활로까지 이어져 학교 풍경에 활기를 줄 만한 야외 활동이 찾아볼 수 없게 줄어들었다. 눈에 띄는 신체 활동만 그런 게 아니었다. 식당이나 휴게실에서 주고받는 대화도 짧아지고 점점 드물어지더니, 결국엔 침묵 상태가 되었다. 대화가 사라진 대기는 무거운 숨소리로, 활력 넘치는 다리들의 경쟁이 사라진 운동장은 가끔가다 쓰러질 것처럼 무릎을 휘청대는 실수로 채워졌다. 한데 모아 저울 위에 올려놓아 봤자 눈금 '0'도 넘기지 못할 금실의 중량이 프라임 보이 한 명 한 명의 가슴을 쇳덩어리처럼 짓누르고 있는 것 같았다.

겉으로는 계절병에 시달리는 것으로 여겨질 만한 모습이었다. 집에서 멀리 떨어져 있다 보면 쉽게 흐려지는 하늘이나 짧아진 낮 시간, 잎을 떨어뜨릴 준비를 하는 나무가 더 쓸쓸해 보이기 마련이었다. 그러나 유심히 살펴보면 프라임 보이 중 누구도 자연에 눈 돌리고 있지 않다는 사실을 알게 될 것이다. 오히려 자연은 완전히 배제돼 있는 것이나 마찬가지였다. 1년 중 가장 다양한 감상을 일으키는 계절이 눈앞에 다가왔지만 떨어지는 잎에 특별한 관심을 주거나 바람의 방향이 바뀐 것을 실감하는 프라임 보이는 한 명도 없었다. 그러한 외면은 물론 개인적 선택에 따른 것이었지만 얼마간은 특별한 공동체의 일원으로서 보여야 하는 의무적인 일이기도 했다. 이맘때 프라임스쿨에서 계절의 변화를 즐기고 있는 한가한 모습은 자신의 지적 능력과 시간 활용 능력에 대한 엄청난 과신으로 여겨질 것이기 때문이었다. 불필요한 질투와 비웃음을 살 일은 피하는 게 현명했다. 그에 더해 일반적인 수준보다 조금 더 현명한 아이들은 자기 과신이 운명적으로 실패와 짝지어져 있음을 간파하고 있었다. 실패. 프라임 보이들의 얼굴을 그늘지게 만드는 것은 일찍 내려오는 땅거미가 아닌, 바로 그 실패에 대한 두려움이었다.

11월 중순에 시작돼 15일간 토요일, 일요일도 없이 이어지는 프라임스쿨 학년말 고사는 매년 입학시험을 새로 치른다는 말이 있을 만큼 혹독하기로 악명이 높았다. 시험 기간 동안 프라임 보이들이 느끼는 중압감은 종종 그들의 선배 격인 수도사들이 치렀던 고행에 비견되기도 했다. 물리적인 과제를 수행하는 것을 넘어서 정신까지 단련하도록 요구하는 시험의 속성이 그 옛날의 수련과 비슷한 데가 있었기 때문이다.

주위엔 온통 선택받은 수재들뿐이었고, 어떤 해에는 고학년보다 훨씬 뛰어난 신입생이 들어오기도 했다. 그런 아이를 보다 보면 아무리 노력해도 태생적으로 특별한 빛을 가지고 태어난 존재는 따라잡을 수 없다는 두려움에 사로잡히게 되었다. 중압감이 너무나 큰 나머지 자신 또한 그 특별한 빛을 부여받은 행운아 중 한 명이라는 사실을 잊어버리는 것이었다. 아무 죄 없는 훌륭한 동료를 미워하지 않기 위해선 자신에 대한 믿음을 더 갈고 닦는 수밖에 없었다. 오래전 이곳의 선배들이 그랬던 것처럼.

프라임 보이들은 실패에 대한 두려움을 이겨 내기 위해 매일 밤 창가 빛을 밝혔지만 사실 프라임스쿨에서도 실패는 허용되었다. 점수가 기준에 도달하지 못한 경우 다음 해에 같은 수업을 다시 한번 들을 기회를 주는 재수강 신청이 그랬다. 그러나 학생들 중 그것을 진짜 기회로 받아들이는 사람은 아무도 없었다. 똑같이 주어진 조건에서 혼자만 도태돼 그 부진을 공개적으로 만회해야 한다는 것은 기회가 아니라 오히려 벌의 속성을 띠었다. 재수강은 개인의 자존심뿐만 아니라 집안의 명예까지 떨어뜨리는 일이었다. 당사자 못지않게 프라임스쿨의 일원이 되었다는 우월감에 취해 있는 가족들에게 겨울방학을 앞두고 학교에서 보내온 재수강 통지서는 법원에서 보낸 압류 통지서만큼이나 수치스러운 것이었다. 그래서 밤늦게까지 꺼질 줄 모르는 프라임스쿨의 불빛은 단순히 책을 비추는 도구를 넘어서 자신과 집안의 명예를 지키고자 하는 아이들의 무기이기도 했다.

　다원은 인적이 드문 전화실에 앉아 수화기 너머로 들려오는 루미의 이야기에 귀를 기울였다. 조이 아저씨에게 들키지 않으려고 루미가 속삭이다시피 목소리를 낮춰 이야기하는 탓에 온 신경을 작은 수화기 구멍에 집중해야 했다.

　"그래서 로이드 검사에 대해 조사를 좀 해 봤는데, 제이 삼촌과 같은 중학교 출신이기만 한 게 아니라 3학년 때 삼촌과 같은 반이었던 거 있지?"

　"정말?"

　"그래. 우연치고는 너무 공교롭지 않아? 3급 이상의 고위직 공무원 중에서 범인이 될 만한 인물을 찾고 있었는데, 삼촌이 죽은 해에 같은 반이었던 사람을 발견하다니 말이야. 이 사람이라면 충분히 삼촌 앨범에 그 사진이 있었다는 걸 알았을 가능성도 있고, 아카이브에 있는 사진들을 삭제할 능력도 되잖아. 또 살해된 그날 새벽, 삼촌이 자기 방에 들어온 침입자를 보고도 소리 지르지 않고 이야기를 나누었던 것까지 다 설명이 돼. 다른 용의자가 몇 명 더 있긴 한데, 그 사람들은 조사할 필요가 없을 것 같아. 로이드 검사보다 범인일 가능성이 더 높은 사람은 한 명도 없거든. 다원, 분명해. 이 사람이야."

　"그럼 이제부터는 어떻게 하려고?"

　"당연히 직접 만나 봐야지. 벌써 면담을 요청해 놨어. 프리메라에서 진로 탐색을 위해 인터뷰를 하고 싶다니까 다음 주 금요일에 잠깐 시간을 내주겠대. 자기가 죽인 친구의 조카가 올 줄은 상상도 못 하고 있다가 내가 갑자기 삼촌 얘기를 꺼내면 분명 당황해서 뭔가 실마리가 될 만한 실수를…… 아, 다원, 아빠가 와. 그럼 휴가 때 만나. 그만 끊을게."

급하게 끊긴 전화에 다원은 흥미롭게 보고 있던 영화가 중단된 것 같은 아쉬운 기분이 들었다. 전화기를 내려놓고 둘러보자 전화실에는 자기 혼자뿐이었다. 다원은 전화실에서 나왔다. 다시 도서관으로 가야 할 시간이었다. 그러나 도서관으로 가기엔 마음이 산란했다. 이 파동을 도서관의 침묵 속에 가라앉히고 공부에 몰두할 자신이 없었다.

다원은 휴게실 의자에 잠시 앉았다. 전화실처럼 휴게실 역시 텅 비어 있었다. 다원은 루미가 한 이야기를 한 줄기로 이어 보았다. 조각조각을 잇는 고리가 자연스럽게 연결돼 무작정 9지구 후디를 범인으로 지정한 경찰의 발표보다 훨씬 더 논리적으로 여겨졌다. 무엇보다도 루미의 추리에는 경찰 발표엔 없었던 '이야기'가 있었다. 다원은 어두워져 가는 창밖으로 시선을 옮겼다.

살인은 인간이 다른 인간에게 가하는 행위이다. 가장 극단적인 방법으로 인간들끼리 이어지는 일인 것이다. 그 사이엔 필연적으로 그들을 연결하는 이야기가 존재할 수밖에 없다.

창밖의 나무들이 바람에 부딪쳐 거세게 흔들렸다. 시험에 집중하려고 다들 극도의 평정심을 유지하고 있는 이 프라임스쿨에서 다원은 유일하게 저 나무들과 이 순간의 인간적인 감정을 공유하는 기분이었다.

루미의 추리가 맞는다면 로이드 검사는 왜 제이 아저씨를 살해한 걸까. 왜 30년 전 앨범에서 사진을 가져가고 그걸로도 모자라 아카이브에 있는 사진들을 삭제한 걸까. 왜 1지구에서 친구가 친구를 죽이는 그런 비극이 일어난 걸까. 그 안에 어떤 사연이 숨겨져 있는 걸까…….

다원은 처음으로 프라임스쿨에서 지내는 것이 조금 답답하게 느껴졌다. 루미와 공유했던 전율에서 단절된 채 루미가 밖에서 혼자 사건을 해결해 나가는 과정을 전해 듣고만 있는 게 무기력한 방관으로 여겨졌다. 할 수만 있다면 로이드 검사를 만나러 갈 때 동행하고 싶었다. 루미가 제이 아저씨의 조카임을 밝히는 순간 그의 얼굴이 어떻게 변하는지 보고 싶었다. 루미가 만들어 가는 이야기 속에서 가장 중요한 일원이고 싶었다.

그때였다. 어디선가 "다원." 하고 부르는 소리가 들렸다. 입구 쪽으로 고개를 돌려 보니 기숙사 사감 선생님이었다.

"무슨 일 있는 거니?"

다원은 얼른 자리에서 일어나며 "아니요."라고 대답했다.

"그런데 왜 거기 그렇게 혼자 앉아 있니?"

"잠깐 생각할 게 있어서……. 이제 도서관에 가려고요."

다원은 선생님에게 인사한 뒤 서둘러 도서관을 향해 뛰어갔다. 밖으로 나오자 머릿속에서 맴돌던 의심과 아쉬움이 바람을 타고 더 세게 소용돌이쳤다.

다음 날, 마지막 수업을 마친 뒤 기숙사로 올라오던 다원은 상담실로 오라는 호출을 받았다. 상담실은 학습 태도가 불량하거나 기숙사에서 다른 학생들의 생활에 피해를 주는 행동을 지속적으로 한 경우에 불려 가는 곳이었다. 징계를 내리기 전에 주는 '마지막 기회'인 셈이었다. 다원은 자신이 어떤 경우에 해당하는지 알지 못한 채 학생 상담실로 향했다. 사감 선생님이 먼저 와 기다리고 있었다.

"요즘 전화 통화가 너무 잦은 것 같던데 집에 거는 것은 아닐 테고…… 좋아하는 친구가 생겼니?"

예상하지 못했던 선생님의 돌발적인 질문에 다원은 당황스럽기도 하고 사생활을 침해받은 것 같아 불쾌하기도 했다. 선생님에게 학생의 생활을 지도할 권한과 의무가 있다는 것은 알지만, 자신의 전화 통화가 그러한 지도하에 놓여야 할 일이라고는 생각되지 않았다.

"전화는 자유롭게 걸어도 되는 거라고 알고 있는데 문제가 되는 거였나요?"

"먼저 다원 네 생각을 들어 보고 싶구나. 어떠니, 문제가 될 것 같니?"

"아니요."

"아니라고 대답하는 근거는?"

"전화 통화가 제 생활에 지장을 준 적은 없으니까요."

"학년말 고사도 잘 준비하고 있고?"

"네."

"그렇게 자신감 있게 대답하니 좋구나. 하지만 다원, 자기 확신이란 건 이따금 눈먼 상태에서 내리는 판단일 때도 있단다. 지금껏 수많은 학생들을 지켜봐 온 선생님 입장에선 바깥 친구와 나누는 대화가 네 마음을 조금도 흩뜨리지 않았을 거라고 생각하긴 어렵구나. 네 스스로는 똑바로 걸어가고 있다고 자신하더라도 주위에서 볼 땐 흔들리는 게 보일 수도 있지. 선생님 말이 이해가 가니?"

다원은 고개를 끄덕였다. 어제 잠시 휴게실에서 생각에 잠겨 있던 일이 선생님 눈에는 시험공부에 몰두하지 못한 산만한 모습으로 보인 모양이었다.

"걱정 끼쳐 드려서 죄송해요. 앞으로는 주의할게요."

"그래, 좋아. 앞으로 지켜보마. 선생님은 다원 네가 현명하게 행동할 거라고 믿는단다."

다원은 그 말이 당분간 전화 통화는 삼가야 한다는 부드러운 경고임을 알아챘다. 그만 돌아가도 좋다는 말을 듣고 상담실을 나가려는데 선생님이 등 뒤에 대고 말했다.

"아버지께 안부 전해 드리렴."

상담실을 나오고 난 뒤의 기분은 아주 묘해서 이해를 받음과 동시에 거부를 당한 것 같았다. 다원은 잠시 교정을 거닐었다.

그때 누군가 뒤로 다가와 어깨에 손을 올렸다.

"상담실에 불려 갔다는 소문이 돌던데?"

친근한 목소리에 다원은 고개를 돌려 얼굴을 확인할 것도 없이 그대로 걸음을 옮기며 대답했다.

"소문이 아니라 사실이야."

레오가 발을 맞춰 곁에서 함께 걸으며 물었다.

"무슨 일로?"

"전화 통화를 너무 자주 했다고."

"선생님들 총애를 받는 사람은 역시 다르구나. 전화를 거는 시시한 일까지 문제 삼다니."

다원은 유쾌하지 않았던 상담실 일화가 역설적으로 지금껏 애매한 영역에 남겨 두고 있던 감정을 해소할 문을 열어 주고 있음을 느꼈다. 이 기회를 빌려 레오의 진심을 듣고 싶었다. 다원은 레오에게 "문제가 될까?" 하고 물었다. 레오는 "전혀."라고 대답하고는 덧붙였다.

"규율로 금지돼 있지도 않은 걸 가지고 상담실로 부르는 선생들이야말로 문제 아냐? 왜, 그런 것도 '프라임스쿨 학생으로서의 품행'에 위배되는 거래? 그럴 거면 강령 책자를 지금처럼 쓸데없이 두껍게 만들 게 아니라 한 페이지에 딱 그 한 줄만 집어넣었어야지. 그럼 나도 최소한 한 번은 들여다볼 생각을 했을 테니까 말이야."

다원은 걸음을 멈추고 레오의 얼굴을 바라보았다.

"아니, 레오. 난 너에게 문제가 될지를 묻는 거야."

레오도 걸음을 멈추고 물었다.

"무슨 뜻이야?"

"내가 매일 전화 통화를 하는 사람은 루미야. 그게 너와 나 사이에 문제가 될까?"

입을 다문 채 아무 말도 없던 레오는 잠시 후 미소를 지으며 다시 걸음을 옮겼다.

"너희 둘이 잘돼 가고 있다는 건 지난번에 보고 알았어. 그런데 왜 나를 신경 쓰는 거야? 루미가 무슨 말이라도 했어?"

다원은 이번엔 자신이 레오의 걸음에 맞춰 걸으며 말했다.

"그냥 예전에 친구였다는 정도만. 자세한 얘기는 못 들었어.

나 혼자 추측으로 서로 사귀었을지도 모른다는 생각을 하긴 했지만. 레오 네가 재작년 체육대회 때 루미를 초대한 건 맞지?"

"알고 있었구나. 맞아. 그런데 그건 루미가 먼저 초대해 달라고 부탁해서 그랬던 거지 내 생각은 아니었어. 이번엔 어떻게 된 거야? 루미가 부탁한 거야, 아니면 네가 먼저 초대한 거야?"

"내가 먼저 와 달라고 했어."

"엄청 좋아했었겠네. 또 프리메라 교복을 입고 프라임스쿨에 들어와서 온갖 사람들 주목을 끌 수 있었을 테니."

"어쩐지 말에서 가시가 느껴지는 것 같은데?"

"실제로 가시가 돋아 있으니까."

"가시는 꽃을 보호하기 위해 있는 것 아니야?"

"꽃이라니. 다윈, 남자들이 다 너처럼 로맨틱한 건 아니야."

레오는 근처에 있는 벤치에 앉았다. 다윈도 그 옆에 앉았다.

레오가 말했다.

"루미랑은 열세 살 때 프라임스쿨 입학시험 준비를 하다가 도서관에서 우연히 알게 됐어. 개도 프리메라 시험을 준비하고 있었지. 사귀었다거나 하는 그런 관계는 아니야. 그냥 친구였지. 물론 가끔은 좋아하는 감정을 느낀 적도 있어. 한동안은 늘 함께 공부하며 같이 있었으니까. 하지만 그건 여자로서 좋아했다기보다는 당시에 루미가 유일한 친구였기 때문이야. 지금도 그렇지만 그때도 난 친구가 별로 없었거든. 꼭 루미가 아니더라도 진지하게 이야기를 나눌 상대가 있었다면 누구라도 좋아했을 거야."

다윈은 조심스럽게 물었다.

"현재의 감정은 어떤데? 지금은 친구로서 좋아하지 않아?"

"지금?"

레오는 그날의 루미처럼 스스로에게 반문하는 표정을 짓더니, 자신의 감정을 표현할 적절한 단어를 고르는지 잠시 머뭇거리다가 대답했다.

"난 기본적으로는 루미가 좋은 애라고 생각해. 똑똑하고 활기차고 다른 1지구 여자애들에 비해 생각도 열려 있어서 얘기를 나누는 것도 재미있지. 하지만 그건 모든 사람이 자기에게 우호적이고 자신을 특별한 사람으로 봐 줄 때까지만이야. 만약 누군가 자기 존재감을 조금이라도 흔드는 것 같으면 그 순간부터는 완전히 적대적으로 변해 버려. 그럴 땐 꼭 자신이 우위에 있다는 존재감을 드러내야 직성이 풀리지. 그 잘난 프리메라 교복을 이용해서 말이야. 루미를 좋아하기는 했지만 그런 점은 정말 참기 힘들었어. 만약 루미가 변한다면 다시 친구가 될 수도 있겠지. 하지만 체육대회 때 보니까 그동안 전혀 변하지 않았더라고. 루미 역시 나에 대해 같은 생각을 하는 모양이고."

객관적인 것을 넘어 신랄하게 느껴지는 레오의 평가에 다원은 당황스러웠다.

"레오 네가 말하는 루미랑 내가 알고 있는 루미랑은 다른 사람 같아. 우위에 있다는 존재감이라니, 난 한 번도 루미에게서 그런 걸 느껴 본 적이 없는데."

레오는 어깨를 으쓱하더니 물었다.

"하지만 제이 아저씨에 대해서는 동감할 것 같은데?"

다원은 여기서 왜 갑자기 제이 아저씨가 나오는지 알 수 없었다.

"제이 아저씨? 어떤 의미에서?"

"다원 너도 루미에게서 제이 아저씨 이야기를 많이 들었을 거 아냐. 안 했을 리가 없지. 자기 인생에서 가장 중요한 사람이니까."

"그래, 많이 해. 사실은 그게 요즘 전화 통화가 잦아진 이유이기도 하고. 루미는 제이 아저씨의 죽음을 조사하고 있거든. 그런데 그게 무슨 문제가 되는 거야?"

그 순간 레오의 얼굴 위로 루미의 프리메라 교복 이야기를 했을 때 드러났던 표정이 다시 드러났다.

"조사라니, 안 보고 지내는 동안 더 심해졌나 보네. 다원, 나는 루미가 자기 삼촌과 그 죽음에 그렇게 집착하는 것도 뭐랄까…… 좀 비정상이라고 생각해."

"비정상이라니? 가족 일이니까 당연한 거 아냐?"

"단순히 가족이기 때문인 것 같아? 아니, 다른 평범한 가족이었다면 자기가 태어나기 한참 전에 죽은 사람에게 그렇게까지 집착하지 않았을 거야. 루미 걔한테 중요한 건 '프라임스쿨에 합격해 놓고도 가지 않은 천재 삼촌'이라는 타이틀이야. 자기 아빠에 대한 콤플렉스랑 결합돼서 자신의 높은 기준에 부합하는 우상을 만들어 놓은 거지. 우연히 생일 하나 똑같은 걸 가지고 자기가 삼촌의 환생이라고 믿어 가면서 말이야. 굉장한 아이러니 아니야? 루미 헌터같이 자존감 높은 애가 다른 사람을 통해서 자기 존재감을 확인하려고 한다는 건."

다원은 지난 체육대회 때 알 수 없는 대화를 주고받는 레오와 루미를 옆에서 지켜보면서 느꼈던 그 쓸쓸함을 다시 맛보았다.

"레오 넌 루미를 잘 아는구나."

"잘 안다기보단 네가 아직 못 본 루미의 다른 면을 안다고 하는 게 맞겠지."

그러면서 레오는 "다윈 넌 루미를 좋아하지?"라고 물었다. 다윈은 고개를 끄덕였다. 레오가 웃으며 말했다.

"난 조금도 신경 쓰지 않아도 돼. 내가 현재 가장 좋아하는 사람은 루미 헌터가 아니라 다윈 영이니까."

다윈은 프라임스쿨에서 가장 거친 행동을 하면서도 동시에 프라임스쿨에서 가장 순수하게 감정을 표현하는 레오가 좋았다.

"영광이네."

"진심이야."

"그래, 고마워. 나도 프라임스쿨에서 레오 널 가장 좋아해."

레오가 벤치에서 일어나며 장난스러운 얼굴로 물었다.

"하지만 루미보다는 한참 밑이겠지?"

다윈도 함께 일어나며 대답했다.

"그런 건 비교할 수 없어."

레오가 어깨에 손을 올리며 웃었다.

"그래, 나도 친구의 여자 친구를 이기려 들 생각은 없어."

서늘한 바람이 불어왔다. 시험공부에 몰두해 있는 사이 프라임스쿨 교정은 온통 가을빛에 물들어 있었다. 붉게 물든 나무 한 그루 한 그루가 햇빛의 특별한 사랑을 받고 있는 것처럼 보였다. 다윈은 모두가 시험공부에만 몰두해 있는 이 시기에, 함께 교정을 거닐며 계절이 바뀌어 가는 모습을 감상할 수 있는 동행자가 있다는 사실이 기뻤고, 그 친구가 레오여서 더 기뻤다. 레오와 서먹한 사이가 될지도 모른다던 걱정은 레오의 솔직하고 진정 어린 태도 덕분에 잠깐 열기를 내뿜다 자취를 감춘 계절처럼 어느새 지나간 감정이 되어 버렸다.

그때 풍경을 둘러보며 말없이 걷던 레오가 갑자기 물었다.

"다윈, 지난번 학생회 애들이 왜 나에게 할아버지 대로 거슬러 올라가면 떳떳한 가문은 아니라고 했는지 궁금하지 않아?"

다윈은 대답을 머뭇거렸다. 잠깐 호기심이 들었던 것은 사실이지만 학생회 멤버가 레오를 모욕하기 위해 별것 아닌 일을 극단적으로 표현한 것 이상으로는 생각하지 않았다. 설령 근거가되는 이야기가 숨겨져 있더라도 그것을 레오에게 물을 마음은 없었다. 자신의 흥미 때문에 가족사를 고백하도록 요구한다면 학생회 애들이 그런 것처럼 레오에게 상처를 주는 게 될 것이다.

대답을 미루고 있자 레오가 먼저 발에 걸리는 작은 돌멩이를 툭 차며 이야기했다.

"난 지금껏 할아버지를 한 번도 만나 본 적이 없어. 어디 살고 계신지는 알지만 우린 완전히 의절했거든. 물론 내가 태어나기도 전에 아버지 혼자 내린 결정이지만…… 우리 할아버지는 알코올 중독이래. 아버지가 어렸을 때부터 그랬다는데, 지금은 더 심해져서 사회 활동도 없이 완전히 고립됐다나 봐. 물론 이것도 아버지한테 직접 들은 게 아니라 친척들이 몰래 하는 얘기를 내가 눈치껏 엿들어서 알아낸 거야. 아버지는 단 한 번도 할아버지 이야기를 한 적이 없어. 마치 본인이 마샬 가문의 시조인 것처럼…… 다윈, 사람들이 그러지? 1지구는 완벽한 세계라고. 하지만 이 완벽한 세계에도 이렇게 보이지 않는 얼룩은 있어. 어쩌면 우리가 모르는 곳은 훨씬 더 짙게 얼룩져 있는지도 모르지."

다윈은 레오에게 어떤 말을 해 줘야 할지 알 수 없었다. 할아버지와 의절한다는 것은 자기 집에선 상상도 할 수 없는 일이었다. 다윈은 한참 동안 생각한 끝에 "유감이야."라는 한마디를 겨우 꺼냈다. 어렵게 고백한 레오에게 형식적인 위로밖에 해 주지 못하는 자신이 너무나 부족하게 느껴졌다.

레오가 엷게 웃으며 말했다.

"내가 다윈 너에게 이 이야기를 하는 이유는 혹시라도 내가 너에게 뭔가를 일부러 숨기고 있다는 생각을 하지 않았으면 해서야. 내가 할아버지 얘기를 하지 않으면 넌 당연히 그 뜻이 뭔지 궁금해할 수밖에 없을 테니까. 그러다 보면 혼자서 실체와 전혀 다른 것들까지 상상하고 의심하고……. 암튼 뭐, 그렇게 되잖아."

"그런 생각은 한 번도 한 적 없어."

"그럼 다행이고. 괜한 자격지심이었나 봐……. 사실은 내가 그렇거든. 아버지가 한 번도 할아버지 이야기를 꺼내지 않으니까 항상 뭔가를 숨기고 있는 것 같고, 할아버지가 그렇게 이상한 사람인가 의심하게 되고, 덩달아 이젠 나까지도 할아버지의 존재를 감춰야 할 것 같은 기분이 들어. 다른 사람에겐 절대 들키면 안 되는 흠결처럼 말이야. 나는 만나 본 적도 없는 분이고, 할아버지가 그렇게 된 게 내 책임도 아니니까 할아버지를 내 흠결로 생각하진 않아. 그런데 다른 사람들이 보기엔 할아버지의 흠이 나에게까지 연결된 것처럼 보이나 봐. 그래서 지난번에 학생회 애들도 나에게 상처 주려고 일부러 할아버지 이야기를 꺼낸 거겠지. 1지구의 온갖 소문들을 저녁 시간마다 얘기하는 게 취미인 자기 부모님에게서 들은 얘기가 한두 개가 아닐 테니까."

다원은 이제야 레오에게 해 줄 위로의 말을 찾은 것 같아 자신 있게 목소리를 높였다.

"말도 안 되는 얘기야. 버즈 아저씨나 너에게서 할아버지의 흠결이 전혀 보이지 않는데, 어떻게 그게 이어진다고 할 수 있겠어?"

"하지만 흔히들 그러잖아. 우리들이 지금 여기에서 누리는 것들은 아버지 세대가 이뤄 낸 영광 덕분이니까, 영광과 함께 흠결도 이어받아야 하는 게 정당한 거라고."

"무슨 뜻인지는 알겠지만 영광과 흠결을 같은 방향에 두는 건 인간의 발전을 전혀 인정하지 않는 퇴보적인 관점이야. 인간이 더 나은 존재가 되기 위해 최선의 노력을 기울인다면 이전 세대의 영광은 이어지고 흠결은 사라진다고 하는 게 문명의 발달에도 부합되는 것 아니겠어? 모든 인간은 과거에서 유래했지만, 그럼에도 모든 인간은 새로운 존재잖아."

이야기를 끝내는 순간 레오가 과장되게 박수를 쳤다.

"내가 프라임스쿨에서 들은 모든 얘기들 중에 제일 감탄이 나오는 이야기야. 학생회 애들도 여기서 네 강의를 들었어야 하는 건데."

"너무 그러니까 꼭 놀리는 것 같은데?"

"놀리다니, 진심이야. 몇십 년이 지나도 기억에 남을 만한 명언이야. 물론 그런 말을 다원 네가 한다는 데서 좀 위화감이 들긴 하지만."

"어째서?"

"다윈 넌 영광으로만 이어진 사람이잖아."

"내가?"

"그래. 체육대회 때 너희 할아버지와 아버지와 네가 함께 있는 걸 봤어. 삼대가 같이 있는 모습이 보기 좋더라. 두 분 다 너에게 정말 다정하시던데?"

"그래 봤자 난 경기에 출전도 못 했는걸. 할아버지와 아버지 모두 레오 너를 칭찬하셨어. 인사를 나눴으면 좋았을 텐데."

"그땐 내가 낄 자리가 아닌 것 같아서. 다음에 또 기회가 있겠지."

"그래, 분명히. 그때는 내가 널 먼저 부를게."

레오와 마주 보고 서서 미소를 주고받는 짧은 순간, 다윈은 앨범 속에 영원히 간직해 놓고 싶은 사진 한 장을 얻은 기분이었다. 시간이 흐르고 많은 일들을 겪으며 지금 이 시절을 잊는다 해도 오늘 가을빛이 스며드는 나무 아래서 레오와 나눈 이 대화와 눈빛만은 절대 지워지지 않는 기억으로 남아 있을 것 같았다. 물론 레오는 기억만으로가 아니라 가장 좋아하는 친구로서 인생을 함께할 테지만.

전진과 후퇴

　　　　　　학년말 고사가 가까워질 무렵이면 프리메라 여학교 내 위계질서는 사관학교를 연상시킬 정도로 한층 엄격해졌다. 그 체계적인 도식을 가장 충실히 따르는 곳이 스터디 그룹이었다. 프리메라 학생은 입학과 동시에 자율적으로 한 개의 스터디 그룹에 가입하게 되는데, '어떤 동질성'으로 형성된 각각의 그룹은 정식 기관 못지않은 서열과 지휘 체계를 갖추고 있었다. 스터디 그룹에서 이루어지는 선배, 동기, 후배 간의 관계는 6년간의 성적뿐만 아니라 전반적인 학교생활, 진로, 미래의 사회 활동에까지 막대한 영향을 끼쳤다. 재학생들만 이 관계에 종속된 게 아니었다. 오래전에 학교를 떠난 졸업생들도 스터디 그룹과 지속적인 연락을 주고받으며 때로는 지원을, 때로는 개입을 했다. '스터디'라는 이름을 달긴 했지만 본질은 프리메라 동창회라는 큰 우산 아래에 형성된, 더 친밀하고 폐쇄적인 사교 조직인 셈이었다. 때문에 가입이 의무 사항이 아니라고 해서 스터디 그룹에 들어가지 않거나 그 안에서 이루어지는 인간관계에 소홀한 사람은 없었다. 학생들 사이에서 무리를 이루지 않고 혼자라는 것은 어떤 '결격'을 의미하는 것이었다. 프리메라 여학교에서 결격자가 되고 싶어 하는 사람은 아무도 없었다.

루미는 학교 안에서 이루어지는 어떤 대결에도 지지 않을 자신이 있었지만 스터디 그룹의 기준에서만큼은 자신이 결격자라는 것을 알았다. 수십 개에 이르는 그룹들 중에 7급 법원 서기 딸이 환영받으며 들어갈 수 있는 곳은 하나도 없었다. 물론 뻔뻔하게 행동한다면 장관이나 교수 딸들이 주축이 된 그룹에 들어가는 게 아예 불가능한 것은 아니었다. 스터디 그룹은 명목상으로는 선택과 자율을 보장하는 곳이니까.

그러나 그 문을 열고 들어가 그들과 같은 책상에 앉아 있기 위해선 아빠와 같은 7급으로 취급받는 대가를 치러야 했다. 부모의 지위만 제외하면 자신보다 뛰어날 게 전혀 없는 후배의 말까지도 순순히 경청해야 하는 것이었다. 그런 수모를 당할 바에는 혼자가 되는 편이 훨씬 나았다. 루미는 스터디 그룹에서 동떨어져 도서관에서 혼자 공부했다. 외롭다는 생각은 들지 않았다. 마음속에선 늘 제이 삼촌이 함께했기 때문이다. 프라임스쿨 입학시험에 합격한 삼촌보다 더 훌륭한 스터디 파트너는 어디에도 없었다.

하교 시간, 루미는 자율 학습을 하러 가는 스터디 그룹 무리에서 벗어나 혼자 교문 밖으로 향했다. 그룹에 속해 있지 않은 덕에 그들이 정해 놓은 규율과 시간에서 자유롭다는 것은 혼자일 때의 가장 좋은 점이었다. 유감스럽게도 프리메라 여학교에서 가장 평가절하된 가치가 그 자유이긴 하지만. 루미는 11번 버스에 오르며 다른 사람은 누리지 못하는 지금의 시간을 자유로 격상시키기 위해선 이 시간을 의미 있는 일에 써야 한다고 생각했다. 안 그러면 아무리 시간이 많이 주어져도 타의에 의한 소외, 기득권을 가진 무리에 의한 제외에 지나지 않았다.

버스 안 공기가 유독 무거워지고 있다고 느낄 때쯤, 길게 뻗은 진입로를 지난 버스가 오늘의 방문지와 가까운 정류소에서 멈추었다. 루미는 버스에서 내려 바로 앞에 서 있는 건물을 올려다보았다. 일반적인 건물들에 비해 창 크기가 유난히 작고 그 수가 적어서인지 비밀스럽고 위압적인 거석처럼 느껴졌다. 루미는 경비실에서 방문증을 받아 건물 내부로 들어갔다. 드디어 30년간 죽음의 미로에 갇혀 있던 삼촌을 자유롭게 해 줄 시간이 되었다.

"루미 헌터 양 맞죠? 검사님이 기다리고 계시니 들어가 봐요. 프리메라 학생이어서 특별히 일정을 빼 준 거니까 약속한 20분을 넘기면 안 돼요."

루미는 프리메라 학생의 특권을 솔직하게 인정하는 비서에게 호감을 느꼈다. 검찰청에서 일하는 직원답게 사실 관계를 분명히 따지는 태도가 좋았다.

검사실로 들어가니 책상에서 서류를 보고 있던 남자가 인기척을 느끼고 자리에서 일어났다. 루미는 남자의 첫인상을 놓치지 않기 위해 여러 각도로 변하는 그의 얼굴을 주시했다. 이 사람이 제이 삼촌을 죽인 범인이 맞다면 잠깐 스치는 눈빛만으로도 단번에 그의 죄를 느낄 수 있을 것이다. 자신의 눈이 바로 제이 삼촌의 눈이니까.

그러나 로이드 검사가 정면으로 얼굴을 들고 자신을 향해 점점 가까이 다가오고 있는 이 순간, 루미는 그가 범인인지 아닌지 확실한 느낌이 들지 않았다. 30년은 범인의 얼굴에서 죄책감을 씻어 버리기에 충분한 시간이었던 걸까.

루미는 남자에게 먼저 악수를 청했다.

"안녕하세요, 리암 로이드 검사님이시죠? 전 루미 헌터라고 해요. 만나 뵙게 돼서 영광입니다."

남자가 악수에 응하며 말했다.

"나도 만나서 영광이에요. 어쩌면 머지않은 미래에 같이 일하게 될지도 모르니까. 검찰 쪽엔 뛰어난 활약을 하고 있는 프리메라 선배들이 많지. 학생도 이쪽 일에 관심이 많은가 보지?"

루미는 신경에 전달되는 그의 행동 하나하나와 말 한 마디 한 마디를 재빨리 해석했다. 잠깐 잡았다가 놓은 손길에서는 빨리 본론으로 들어가고 싶어 하는 추진성이, 존대에서 바로 하대로 넘어가는 말투에서는 우위를 점한 자신의 위치를 상대방에게 인지시키고 그에 순응케 하려는 노련함이 느껴졌다.

루미는 "네, 관심이 많아요."라고 대답한 뒤 덧붙였다.

"어쩌면 오늘이 제가 이뤄 낸 첫 성과가 될지도 모르죠."

검사는 그 말뜻을 완전히 이해하지 못한 것 같았지만 다른 질문 없이 "일단 자리에 앉지." 하며 소파를 가리켰다. 프리메라 여학생에게는 자기 같은 검사를 만난 것 자체가 성과로 여겨질 수 있는 일이라는 뜻 정도로 가볍게 받아들인 모양이었다. 루미는 그가 권한 자리에 앉았다. 검사도 곧 맞은편 소파에 앉았다.

손님을 앞에 두고 소파에 편하게 등을 기대는 모습이 조금은 거만하게 보였다.

"오늘 면담 신청 이유가 직업 탐방 때문이라고 들었는데, 난 웬만해선 학생들과의 스케줄은 잡지 않지만 프리메라 학생의 요청은 거절하기가 힘들더군. 다른 학교 학생들이라면 검사와의 만남이 단순한 해프닝이겠지만 프리메라 여학생에게는 현실적으로 미래의 직업과 연계되는 일일 테니까. 그래, 오늘 인터뷰 준비는 잘해 왔나?"

루미는 이야기의 주도권을 잡기 위해 검사의 말을 끊었다.

"검사님, 그 전에, 제 이름을 말씀드렸을 때 생각나는 사람이 없었나요?"

루미는 검사의 얼굴이 순간적으로 굳는 것을 포착했다. 생각나는 사람이 없다면 절대 나타날 수 없는 감정의 잔여물이었다. 루미는 바로 전까지 호탕하게 대화를 주도하던 검사가 갑자기 머뭇거리는 모습을 보이는 데는 반드시 삼촌이 연관돼 있을 것이라 확신하며 검사의 대답을 기다렸다.

검사가 어정쩡한 미소를 띠며 입을 열었다.

"아, 저…… 그런데 이름이 뭐라고 했지? 보고 있던 서류 때문에 하도 정신이 없어서 듣고도 금방 잊어버렸군."

우습게도 검사의 당황스러운 얼굴은 이름 자체를 기억하지 못한 실수에서 비롯된 것이었다. 루미는 불쾌했지만 오히려 이 기회에 자신의 이름을 들은 검사가 어떤 반응을 보일지 더 직접적으로 살펴볼 수 있겠다는 생각이 들었다.

"루미 헌터라고 합니다."

"아, 그래, 루미 헌터. 그런데 글쎄…… 누가 생각나야 하는 건가?"

일부러 '헌터'에 힘을 주어 말했는데 검사는 대수롭지 않다는 듯 말했다. 루미는 방심한 모습을 보이는 검사에게 기습적으로 물었다.

"제이 헌터라고, 30년 전에 열여섯 살의 나이로 죽은 소년을 알지 않으세요?"

그 순간 검사가 뒤로 비스듬히 기대고 있던 몸을 세우면서 "아!" 하고 소리쳤다. 예상했던 것보다 훨씬 더 극적인 반응이었다. 루미는 그 외침의 정체가 무엇인지 파악하기 위해 검사의 행동을 면밀히 관찰했다. 조금이라도 초조해하거나 떨리는 기색이 보인다면 이 남자가 삼촌을 죽인 범인이라는 의심에 확정판결을 내릴 수 있을 것이다. 예상대로 검사의 얼굴에 표정 변화가 생기기 시작했다. 루미는 판결문의 첫머리를 욀 준비를 했다. 그런데 이윽고 검사의 얼굴에 번진 것은 처벌받지 않은 자신의 죄를 뒤늦게 물으러 온 집행인을 만난 공포가 아니라, 오래 헤어졌던 옛 친구를 만났을 때 보일 법한 환한 웃음이었다.

검사가 격앙된 목소리로 말했다.

"제이 헌터, 알다마다. 중학교 때 같은 반 친구였지. 그런데 루미 양하고는 어떤 관계지? 딸일 리는 없을 테고 제이에게 형제가 있었던가?"

예상치 못한 검사의 친근한 태도에 루미는 심문자인 자신과 피의자인 검사의 위치가 역전된 기분이었다. 루미는 별로 내키지 않는 관계를 설명하기 위해 입에 머금은 판결문을 일단 뒤로 삼켰다.

"아…… 네, 전 제이 헌터의 남동생인 조이 헌터의 딸이에요. 제이 헌터가 제 삼촌이 되죠."

"제이의 조카라니, 이거 다시 한번 정식으로 인사를 해야겠군. 만나서 반가워요. 이제 보니 삼촌하고 닮은 것도 같군. 특히 그 눈매가."

루미는 검사의 환대를 어떻게 해석해야 할지 갈피를 잡을 수 없었다. 그는 죄의식을 능수능란하게 다루는 철면피인 걸까, 아니면 무고하게 용의 선상에 오른 사람인 걸까.

"제이 삼촌과 많이 친하셨나요?"

"친했지. 물론 제이에겐 늘 같이 어울리는 친구들이 따로 있었기 때문에 베스트 프렌드라고까진 할 수 없겠지만. 아, 그런데 그 친구들이 지금은 모두 사회 명사가 됐군. 한 명은 문교부 차관에 다른 한 명은 이름만 대면 아는 다큐멘터리 감독. 이럴 줄 알았으면 나도 진즉 그 그룹에 끼는 건데 말이야, 하하하. 아무튼 난 처음부터 제이에게 호감을 품고 있었지. 중학교 입학 전부터 프라임스쿨에 합격하고도 가지 않은 엄청난 녀석이라고 학교에 소문이 파다했거든. 실은 나도 프라임스쿨 입학시험 날 하필 감기에 심하게 걸리는 바람에 시험을 못 치러서 말이야. 제이는 어땠을지 모르지만 아무튼 나는 속으로 같이 프라임스쿨에 안 간 일종의 동병상련을 느끼고 있었지. 그런데 뭐, 사실 나뿐만 아니라 제이는 누구나 선망하는 친구였지. 훌륭한 아버지에 명석한 두뇌, 어린아이 같지 않은 카리스마까지 갖추고 있었으니."

"저 때문에 너무 좋은 얘기만 해 주시는 것 같은데요?"

"있는 그대로의 기억을 끄집어 냈을 뿐이야. 이래 봬도 검사라고, 없는 사실을 꾸며서는 말 못 하거든."

루미는 검사의 눈치를 살피며 신중히 물었다.

"삼촌의 친구 관계까지 알고 계실 정도로 기억력이 좋으시다면 제이 삼촌의 죽음에 대해서는 더 잘 기억하고 계시겠군요?"

검사가 자기 손목시계를 확인하며 말했다.

"그런데 잠깐, 오늘 만남의 목적은 직업 탐방이 아니었던가? 내가 할애할 수 있는 시간은 20분. 벌써 4분이 지났군. 이렇게 계속 제이 얘기만 하면서 시간을 허비해도 되는 건지 모르겠군."

"그건 걱정하지 마세요. 제가 알고 싶은 것은 진실이고, 검사님의 일은 진실을 밝히는 거잖아요. 그러니까 검사님이 제 질문에 답을 해 주신다면 제 직업 탐방 과제에 큰 도움이 될 거예요."

"뭐, 루미 양 본인이 괜찮다면야 나야 어떻게 시간을 보내든 상관없긴 하지. 그래, 그러면 루미 양이 알고 싶은 진실이란 게 뭐지? 방금 전에 제이의 죽음에 대해서 잘 기억하느냐고 물었던가?"

"네. 제이 삼촌이 어떻게 죽었는지 기억나세요?"

"기억나다마다. 9지구 후디에게 살해됐지. 끝내 범인은 잡지 못한 걸로 알고 있는데, 검사로서 이런 말 하긴 부끄럽지만 9지구 사람이 범인인 이상 잡는 건 불가능하다 봐야지. 7지구 밑으로는 블랙홀이거든."

루미는 조심스럽게 물었다.

"그럼 혹시 그때 사진도 함께 사라진 건 모르세요?"

"사진이라니? 무슨 사진……? 아, 혹시 제이 아버지가 찍은 사진을 말하는 건가?"

루미는 자신이 친 덫을 향해 거침없이 달려드는 검사의 말에
도리어 깜짝 놀랐다.

"어떻게 저희 할아버지가 찍은 사진인 줄 아셨어요?"

검사는 평정심을 조금도 잃지 않은 채 여유로운 표정으로 대
답했다.

"뭘 그렇게 놀랄 것까지야. 제이 하면 바로 아버지 사진이 연
상되는 건 당연한 일인데. 범인이 사진을 가져갔다는 얘기는 못
들은 것 같은데 9지구 후디치고는 꽤나 안목 있는 자였나 보군.
확실히 돈 몇 푼보다는 사진이 더 값질 수도 있지. 아무튼 해리
헌터, 맞지? 우리 시대 최고의 사진작가. 그러고 보니 몇 해 전에
문화훈장도 받지 않으셨던가? 제이가 살아서 함께했다면 정말
자랑스러워했을 텐데. 제이는 늘 아버지를 세상에서 가장 존경
한다고 했으니까."

"삼촌이요?"

"그래. 보통 그 나이라면 친구들 앞에서 부모님 자랑하는 걸
창피해하기 마련인데 제이는 무슨 발표가 있을 때마다 늘 당당
하게 그렇게 말했지. 그런 점에서 제이와 나는 공통분모가 있었
지. 나도 아버지를 존경한다고 공공연히 말하곤 했으니까. 실제
로 아버지 길을 그대로 밟아서 지금 이 자리에 있는 거기도 하고.
살아만 있었다면 어떤 식으로든 제이도 분명 자기 아버지의 뜻
을 잇는 일을 했을 거야."

검사가 지나치며 한 말에 호기심이 일어 루미는 잠깐 삼촌 이
야기를 미뤄 두고 물었다.

"검사님 아버지도 검사였나요?"

질문을 들은 검사의 얼굴 위로 자부심 어린 표정이 떠올랐다.

"나 같은 일반 검사는 명함도 못 내밀 특수부 검사셨지. 별명이 무려 특수부 저승사자였으니까 대충 감이 잡히지? 아버지가 평생 동안 잡아들인 반동분자들만 세워 놔도 이 검찰청이 꽉 찰 거야."

"반동분자들이라뇨?"

"아, 그러고 보니 루미 양 세대에게는 조금 생소한 말이겠군. 12월의 폭동에 가담했던 자들을 그땐 그렇게 불렀지. 내가 루미 양 나이였을 땐 세상이 폭동의 후폭풍에서 완전히 벗어나지 못해서 반동분자들이 암암리에 퍼져 있었거든. 그래서 세상을 정화하는 게 그 시대의 가장 큰 과제였지. 제이 아버지가 카메라를 들고 사회 부정을 고발하는 데 앞장섰다면 우리 아버지는 그들을 처벌하는 데 일생을 바쳤지. 제이는 그런 면에서 아주 조숙했어. 대부분 사춘기 소년들은 자기 안의 세계에만 빠져서 사회 문제에는 무심하기 마련인데, 제이는 늘 그들을 척결해서 세상을 깨끗이 해야 한다고 했으니까."

루미는 삼촌이 했다는 '척결'이란 말을 머릿속에 각인시켜 놓았다.

그때 말을 이어 가던 검사가 잊고 있던 기억이 떠오른 듯 가볍게 무릎을 쳤다.

"아, 그래! 그러고 보니까 제이가 언젠가 우리 아버지를 한번 뵙고 싶다고 했던 게 기억나네. 보통은 친구 아버지라면 일단 피하고 싶기 마련인데 제이는 특수부 저승사자라는 별명을 가진 우리 아버지를 꼭 만나고 싶다고 하는 거야, 하하하. 아무튼 보통 녀석이 아니었지. 웬만큼 자신에게 당당하고 떳떳하지 않은 이 상 그럴 순 없을 텐데. 심지어 아들인 나조차도 아버지 앞에선 가 끔 오금이 저리곤 했으니까 말이야."

자신이 주도적으로 검사를 추궁하리라던 본래의 계획과 달 리 루미는 검사가 주도하는 이야기에 점점 빠져들고 있음을 느 꼈다.

"삼촌이 왜 검사님 아버지를 만나고 싶어 했는데요?"

"아마 지금의 루미 양 같은 이유 아니었을까? 고등학교 진학 을 앞두고 진로를 고민할 때였으니 우리 아버지에게 조언을 구 하고 싶었나 보지. 제이도 내심 검사가 되고 싶었던 모양이야. 뭐, 워낙에 칼 같아서 별명도 재판관 제이였으니 말 다 했지."

루미는 속으로 '재판관 제이'라는 말을 되뇌며 물었다.

"그래서 삼촌이 검사님 아버지를 만났나요?"

"아니, 아버진 만나고 싶다고 쉽게 만날 수 있는 분이 아니 었지. 나도 집에서 얼굴 본 날을 손에 꼽을 정도로 바쁘셨으니 까. 그렇다고 학교 행사에 따로 와 주신 적이 있었던 것도 아니 고⋯⋯."

검사는 과거의 시간으로 들어가기 위해서는 기억의 퍼즐을 맞출 시간이 더 필요하다는 듯 잠시 입을 다물었다. 루미는 조급 한 기분이 들었지만 그의 생각을 방해하지 않으려고 잠자코 기 다렸다.

침묵이 길어져 혹시 이대로 기억이 끊긴 건 아닐까 하는 걱정 이 드는 찰나, 검사가 다시 입을 열었다.

"아, 그런데 딱 한 번 만날 뻔했던 적은 있었지. 불행히도 그 만남을 몇 시간 앞두고 제이가 살해돼서 무산됐지만."

처음 듣는 놀라운 이야기에 루미는 자기도 모르게 교복 치마를 꽉 부여잡았다.

"검사님 아버지를 만나기 몇 시간 전에 삼촌이 살해됐다고요?"

검사는 그 반응을 별일 아니라는 식의 손짓으로 잠재우며 말했다.

"아니, 그건 공교롭게 그렇게 됐다는 거지, 꼭 우리 아버지를 만나기 전에 제이가 죽었다는 뜻은 아니니 오해 마렴. 이런 우연을 운명으로 치부해 버리면 우리 동창 중 어떤 애는 자기 생일날 제이가 죽었다고 말할 수도 있을 테니까. 아무튼 7월 10일이 제이의 기일 맞지?"

루미는 다시 미심쩍은 생각이 들어 검사에게 물었다.

"네, 맞아요. 그런데 30년 전 사건의 날짜를 어떻게 그렇게 정확하게 기억하세요? 삼촌 추도식에서 뵌 적은 한 번도 없는 것 같은데…….그날이 검사님께 뜻깊은 날인가요?"

검사는 이번에도 대수롭지 않다는 식으로 말했다.

"물론 친구의 기일이니 뜻깊은 날이라고 할 수도 있지만, 솔직히 이렇게 선명히 기억하는 진짜 이유는 7월 10일이 '아버지의 날'이었기 때문이지."

루미는 신문 박물관에 갔을 때 있었던 한 기사를 기억해 냈다.

"아, 그리고 보니까 삼촌 기사가 실렸던 신문에서 그런 문구를 본 것 같아요. 아버지의 날에 일어난 살인 사건이어서 유가족들이 더 비통해했다는……."

"그래, 지금은 부모님 날로 통폐합돼서 사라진 기념일이지만 당시엔 꽤 의미 있는 날이었지. 1지구 학교에는 그날 아버지들을 학교로 초대해 아버지의 직업에 관한 이야기를 듣는 전통이 있었을 만큼. 그 전엔 늘 바빠서 불참했던 아버지가 그해만은 가까스로 시간을 내 학교에 오시기로 해서 내가 얼마나 기대에 부풀었는지. 친구들이 특수부 저승사자라는 우리 아버지 별명을 들으면 얼마나 무서워하고 대단하게 볼까 속으로 우쭐대면서 말이야. 뭐, 결과적으론 제이의 죽음으로 아침에 갑자기 행사가 취소돼 못 오시게 돼 버리긴 했지만……. 아무튼 아버지와 제이가 실제로 만났다면 분명히 나이를 초월해서 서로에게 좋은 영향을 끼쳤을 거야. 어쩌면 지금 제이가 내 옆방에 있을지도 모르지. 아니, 나 같은 시시한 일반 검사가 아니라 특수부 저승사자가 됐으려나. 그래, 제이 헌터라면 분명 그 정도는 돼야 성에 찼을 거야, 하하하."

검사는 무죄다. 루미는 마주 앉아 검사의 웃음소리를 듣고 있는 이 현장에서 바로 그렇게 새로운 즉결 심판문을 써 내려갔다. 뒤집지 않을 자신이 있는 절대적 판결이었다. 과거에 죄를 지은 사람은 이렇게 유려하고 막힘없이 옛날이야기를 할 수 없을 것이다. 사람을 죽인 사람은 이렇게 그리운 눈빛과 산뜻한 웃음을 지으며 자신의 희생양을 추억할 수 없을 것이다. 친구의 숨을 끊은 사람은 결코 그 친구와 옆방에서 지내길 바랄 수 없을 것이다. 사람을 죽인 사람은 농담으로라도 그가 검사가 되길 바랐다는 말은 하지 않을 것이다.

그 순간 노크 소리가 들리더니 비서가 문을 열고 들어와 "검사님." 하고 불렀다. 루미는 시계를 보았다. 약속한 시간보다 5분이 더 지나 있었다. 눈이 마주치자 비서가 싱긋 웃었다. 프리메라 학생에게만 특별히 추가해 준 시간이라는 뜻일 것이다.

검사가 젖혔던 재킷을 여미며 자리에서 일어났다.

"이런, 내 옛 추억만 이야기하다가 시간을 다 보내 버렸군. 난 오래간만에 어린 시절로 돌아갈 수 있어서 좋았지만, 루미 양 진로를 설계하는 데는 아무 도움도 안 됐을 것 같은데 어쩌지?"

루미는 일어나서 검사에게 악수를 청했다. 아까 같은 도전의 악수가 아니라 지금껏 삼촌을 훌륭한 친구로 기억해 준 데 대한 진정 어린 감사의 악수였다.

"아닙니다, 검사님. 정말 유익한 시간이었어요. 이 짧은 시간에 삼촌 얘기뿐만 아니라 그 시대 역사에 관해서까지 들었잖아요. 검사님 아버님 얘기도 감명 깊었어요. 저희 할아버지와 검사님 아버님 같은 분들 덕분에 지금 저희가 이런 깨끗한 세상에서 살 수 있는 거겠죠? 몇 년 뒤에 검사님과 함께 일할 기회가 생긴다면 정말 영광일 거예요."

검사가 처음 만났을 때보다 더 오래 손을 잡아 주며 말했다.

"과연 제이 헌터의 조카답군. 그 눈빛 잃지 말고 프리메라에서도 최고가 되어야 해."

환한 사무실과 달리 검찰청 복도에는 채도가 낮은 등이 드문드문 켜져 있었다. 해가 지고 있는 데다 미미한 빛이라도 받아들일 창들까지 크기가 작아서 회색 복도 위로 의도적인 음울함이 어른거렸다. 문이 닫힌 사무실들 너머에서는 죄인과 심판관이

한방에 자리해 죄와 처벌에 관한 이야기를 나누고 있으리라. 루미는 그런 문들이 수없이 난 좁고 긴 복도를 조용히 걸어갔다.

밖으로 나온 순간 루미는 갑자기 자신을 둘러싼 세상이 너무 이질적으로 느껴졌다. 빌딩들은 지나치게 높았고, 지나쳐 가는 사람들은 너무 미래적인 차림을 하고 있었다. 거리도 완전히 새로 설계된 것처럼 보여 방향을 잡을 수가 없었다. 아무 이상도 감지하지 못하고 있는 사람들을 보니 자기 혼자만 이 세상에 스며들지 못하고 겉도는 기분이었다. 그런데 그런 이탈이 불안하기보다는 오히려 다른 차원에서 이 세상을 바라보는 것 같은 특별한 감상을 주었다. 경계를 뛰어넘은 초월자가 된 것처럼.

루미는 곧 그 이질감이 자신이 제이 삼촌 쪽으로 한 걸음 더 걸어갔기 때문이라는 것을 깨달았다. 로이드 검사의 이야기를 통해 제이 삼촌의 존재감이 더 선명해졌고, 자신이 그 선명한 색을 받아들임으로써 제이 헌터가 되고 있는 것이었다. 루미는 목적지를 정하지 않은 채 어둠이 내리는 거리를 무작정 걸어갔다. 가장 유력했던 용의자를 잃은 이상 다음 수사를 어떻게 해 나갈지 고민해야 하는데도, 오히려 답을 얻은 것처럼 안심이 되었다. 그냥 이렇게 몸을 맡기고 있으면 몸속에 깃든 제이 헌터가 올바른 길로 이끌어 줄 것 같았다.

루미는 손목시계를 확인했다. 따분한 집과 지루한 호두 정물화를 보는 순간 제이 삼촌이 자신을 떠나가 버릴 것 같아 집에 오는 시간을 계속 미루었는데, 그러다 보니 어느새 열 시가 넘어 버렸다. 루미는 조심스레 현관문을 열었다. 시험 기간이니 이 정도

늦은 것으로는 큰 추궁을 당하지 않을 것이다. 현관 조명만 빼 놓고 집은 불이 모두 꺼져 있었다. 아빠 엄마는 벌써 잠이 든 모양이었다. 밤에 아무 할 일도 없는 재미없는 사람들이라는 게 이럴 때는 다행이었다. 루미는 바로 2층 계단으로 발을 내디뎠다.

그때였다.

"어디 갔다 오는 거니?"

루미는 어둠 속에서 들리는 무거운 목소리를 듣고 깜짝 놀라 소리가 들리는 쪽으로 시선을 돌렸다. 아빠가 스탠드 조명도 켜지 않은 채 소파에 앉아 있었다. 창문 너머에서 들어오는 가로등 불빛이 아빠보다도 아빠 머리 위쪽 벽에 걸린 호두알 그림을 도드라지게 비추었다.

루미는 놀랐지만 태연하게 대답했다.

"어디겠어요, 학교에서 시험공부 하다 왔죠."

아빠가 소파에서 일어나 계단 쪽으로 천천히 걸어왔다. 루미는 자신을 향해 다가오는 아빠를 보며 처음으로 긴장감이란 것을 느꼈다. 어둠 때문인지 이 집도, 아빠도 보통 때와는 어딘가 다른 것 같았다. 아빠는 계단 끝에 발이 닿을 정도로 가까이 다가와서야 걸음을 멈추고 말했다.

"루미 헌터, 네 거짓말을 언제까지 참아 줘야 하는지 모르겠구나."

루미는 아빠의 눈을 마주 보는 순간 긴장감을 넘어 두려움을 느꼈다. 의견 대립은 늘 있는 일이었지만 이 순간의 냉정한 눈빛은 부녀 사이의 갈등이 아닌 인간 대 인간으로서 적의를 드러내고 있는 것 같았다. 아빠가 말하는 거짓말이란 게 뭘까. 뭔가 알고서 하는 말일까? 학교에 전화를 해 본 걸까?

루미는 두려움을 누른 채 아빠를 슬쩍 떠보았다.

"제가 거짓말을 할 수밖에 없는 게 누군가가 진실을 안 믿어 주기 때문이라고 생각하지 않으세요?"

"네가 거짓말을 하는 게 결국 나 때문이라는 거니?"

"아빠가 절 안 믿는 건 사실이잖아요. 제가 하는 모든 게 마음에 안 들죠."

"재미있구나. 웬만해선 의견 일치가 안 되는 너와 내가 그 점에서만큼은 같은 생각을 하고 있다니. 그런데 루미 헌터, 네 부모인 날 안 믿고, 내가 하는 모든 게 마음에 안 드는 건 너도 마찬가지 아니니? 잘난 프리메라에 다니는 네 눈에 7급 서기 아빠는 마냥 시시하고 창피한 존재일 테니까."

루미는 아둔하게만 생각했던 아빠의 입에서 자신을 간파하는 말이 나오는 것에 서늘한 기분이 들었다.

"그런데 네가 프리메라에 다닐 수 있는 게 누구 덕분일까? 바로 그 시시한 7급 서기 덕분 아니니?"

루미는 지고 싶지 않았다.

"경제적으로 절 압박할 생각이시라면 내일 당장이라도 할머니에게 제 학비를 부탁드리겠어요."

아빠가 냉소적으로 말했다.

"온갖 똑똑한 척은 다 하고 다니면서 네 눈앞의 현실은 하나도 못 보고 있구나. 할머니가 프리메라와 네 대학 학비까지 감당할 정도로 능력이 있으신 것 같니? 얼른 꿈에서 깨는 게 좋을 거다. 애초부터 할아버지가 가진 건 명예였지 돈이 아니었어. 할머니가 언제나 네 피난처가 되어 줄 거라고 생각하면 오산이다. 그럴 자격도 없고. 이번 기회에 확실히 짚고 넘어가자. 네 부모는 나 조이 헌터고, 내 집에서 내 자식으로 사는 한 넌 내 법칙에 따라야 하는 거야."

그러고는 다짐을 받듯 덧붙였다.

"알았지? 리틀 제이."

루미는 지금까진 한 번도 불러 준 적 없는 '리틀 제이'라는 영광스러운 별명을 이런 순간에 비열하게 사용하는 아빠를 이해할 수가 없었다. 루미는 더 이상 아빠와 이야기하고 싶지 않아 몸을 돌려 그대로 계단으로 뛰어 올라갔다. 그런데 등 뒤로 들리는 아빠의 목소리가 중간에서 발을 잡아챘다.

"지금 이 순간부터 학년말 고사가 끝날 때까지 학교에 가는 것 외엔 외출 금지니까 그렇게 알아라. 전화 통화도 물론이고. 네가 어떻게 하느냐에 따라 그 기간이 무한히 연장될 수도 있겠지."

루미는 계단에 멈춰 서서 소리쳤다.

"아빠 마음대로 그렇게 할 순 없어요!"

"아니, 그렇게 할 거다. 내 봉급의 40퍼센트를 네 학비에 쏟아붓고 있는데, 이 귀중한 시간에 네가 헛짓거리를 하고 다닌다면 나에겐 너무 불공평한 일이잖니. 너만 나에게 부모 노릇 똑바로 하라고 할 게 아니라 나도 너에게 자식 노릇 똑바로 하라고 요구할 권리가 있다. 안 그러니?"

루미는 자신의 머릿속을 속속들이 들여다보면서 하는 것 같은 말에 계단 난간을 꽉 쥐었다.

"내일은 친구와 약속이 있어요. 하룻밤 전에 약속을 깰 순 없어요."

"친구 누구?"

루미는 대답하지 않았다. 대답해도 문제 될 것은 없었지만 아빠에게 자신이 순종하는 것으로 착각하게 하고 싶지 않았다.

그런데 놀랍게도 아빠가 독심술을 부리는 사람처럼 물었다.

"다원이니?"

루미는 침묵을 지켰다. 이번엔 다른 전술적 의도 없이 그저 입이 열리지 않았다.

"걱정 마라. 시험공부 때문에 약속을 못 지키게 됐다고 내가 대신 전화해 줄 테니까."

루미는 간신히 입을 떼어 말했다.

"아빠를 시켜 약속을 취소하라니, 절 완전히 바보로 만들 생각이세요?"

"바보가 되기 싫다면 올라가서 공부나 하렴. 프라임스쿨도 학년말 고사 기간이니 다원은 충분히 이해해 줄 거다. 워낙 착한 아이잖니?"

아빠는 그러더니 콘센트에 꽂혀 있는 전화기 코드를 뺐다.

루미는 그동안 자신이 가장 얕잡아 봤던 무기력한 인물에게 한밤중에 쿠데타를 당한 기분이 들었다. 그동안 누려 왔던 자유와 권리가 한순간에 바닥으로 떨어져 나뒹굴었다. 아빠는 그 전리품들을 기쁘게 밟아 짓이기는 미소를 보이더니 전화기를 가지고 방으로 들어갔다. 루미는 한 발짝도 움직일 수가 없었다.

미약한 빛

　　11월 둘째 주 토요일, 집에 돌아온 다원은
곁으로 달려드는 벤을 떼어 낸 채 옷만 갈아입고 바로 다시 밖으
로 나왔다. 약속 시간까지는 아직 멀었는데도 벌써 늦은 기분이
었다. 어제 루미가 로이드 검사를 만나 어떤 이야기를 나누었는
지, 어떤 느낌을 받았는지, 그래서 그의 정체에 대해 어떤 결론을
내렸는지 궁금해 한시라도 빨리 만나고 싶었다.

　　바쁘게 정원을 지나는데 한쪽 구석에서 나무의 밑동을 짚으
로 싸고 있는 정원사가 보였다. 땅에 무릎을 꿇은 채 두 팔로 나
무를 감싸 안고 있는 모습이 묘하게 인상적이어서 다원은 부산
을 떨었던 것도 잠시 잊고 정원사에게 다가가 물었다.

　　"이렇게 안 해 주면 나무가 죽나요?"

　　정원사는 "도련님!" 하고 외치며 자리에서 벌떡 일어나더니
일을 하느라 들어오는 것을 못 봤다고 했다. 다원은 "괜찮아요."

라고 한 뒤 방금 전에 한 질문을 다시 했다. 그러자 정원사가 나무를 쓰다듬으며 이야기했다.

"안 해 준다고 꼭 다 죽는 건 아니겠지만, 그래도 이렇게 해 줄 수 있는데 안 해 줄 이유가 없잖아요. 이러면 확실히 겨울을 무사히 날 수 있거든요. 부모가 자식에게 춥지 말라고 옷을 입혀 주는 거랑 비슷해요. 옷이 없으면 자기 옷이라도 벗어서 주는 게 부모 마음 아니겠어요. 일기예보를 들으니 올겨울은 다른 때보다 추위가 더 일찍 오고 100년 만의 혹한이 될 거라더군요. 제가 돌보는 한 제 자식이나 마찬가지인데, 자식이 벌벌 떨고 있는 것을 보고만 있을 수는 없죠."

다원은 예상치도 못하게 자기 직업에 높은 자긍심을 가지고 있는 정원사의 설명을 듣고 약간 놀랐다. 아마 그래서 좀 전에 나무를 팔로 감싸 안은 모습이 인상적이었던 모양이다.

다원은 집 밖으로 나서며 정원사에게 말했다.

"아저씨 덕분에 내년엔 호두가 더 많이 열리겠네요."

센트럴 공원은 여름에 왔을 때와는 확연히 달라진 모습이었다. 태양을 향해 높이 솟구쳐 오르던 자연이 이제는 다음 해를 위해 모든 에너지를 땅으로 비축하고 있었다. 붉고 노랗게 변한 잎들은 태양의 노고 앞에 자연이 바치는 마지막 감사 인사 같았다.

루미와 만나기로 한 분수대로 이어지는 오솔길을 걸으며 다원은 한 해가 저물어 가는 모습을 자연의 모든 요소 속에서 목격했다. 울적해질 수도 있는 분위기였지만 다행히도 마음에 남는 특별한 후회나 아쉬움은 없었다. 루미를 알게 된 것만으로도 올해의 수확은 충분했다. 내년은 이보다 훨씬 더 풍성한 해가 되리라는 기대감이 들었다. 흥분으로 걸음이 빨라졌는지 어느새 길이 분수대에 닿아 있었다.

"오랜만이구나, 다윈. 그동안 잘 지냈니?"

분수대 둘레에 앉아 있다가 자신을 보고 일어서 인사를 건네는 사람을 마주한 다윈은 깜짝 놀라 걸음을 멈추었다. 얼른 인사에 응하긴 했지만 당황스러운 마음이 다 숨겨지지는 않았다.

"아…… 안녕하세요, 아저씨."

다윈은 주변을 힐끗 둘러보았다. 루미는 보이지 않았다.

조이 아저씨가 말했다.

"루미는 시험공부를 해야 해서 못 나오게 됐단다. 그래서 대신 아저씨가 나왔지. 많이 놀랐니?"

다윈은 실망스러웠지만 애써 웃으며 "아니에요."라고 말했다. 프리메라의 학업 열기가 프라임스쿨에 뒤지지 않는다는 것은 잘 알려진 바고, 제이 아저씨 사건을 조사하느라 루미가 공부 시간을 많이 빼앗긴 사정도 누구보다 잘 알고 있으니 루미의 선택을 비난할 생각은 전혀 없었다. 다만 자신에게는 학년말 고사를 후순위로 밀어 놓을 만큼 중요했던 만남이 루미에게는 단 두세 시간도 낼 가치가 없는 단순한 약속에 불과했다는 사실이 마음속에 쓴 사탕을 뱉어 놓았다. 루미에게 자신이 차지하는 존재감이 어느 정도인지 알 것 같았다.

"그런데 아저씨가 수고스럽게 나오실 필요 없이 루미가 전화를 해도 됐을 텐데. 죄송해요, 저희 일로 번거롭게 해 드려서."

"번거롭긴. 실은 다윈 너와 얘기를 하고 싶어서 일부러 나온 거란다."

"저랑요?"

조이 아저씨가 분수대 뒤로 난 길로 인도하며 말했다.

"추우니 어디라도 들어가서 얘기하는 게 좋겠구나. 다윈 너도 곧 시험인데 감기에 걸리면 큰일이잖니."

다윈은 의아함에 휩싸인 채로 조이 아저씨가 이끄는 곳으로 따라 걸어갔다. 아저씨 본인은 자신이 상대방에게 그런 의구심을 주고 있다는 것을 전혀 모르는 평온한 얼굴이었다. 공원을 둘러보던 아저씨가 얼굴처럼 평온한 목소리로 말했다.

"예전엔 이 안에도 음식들을 파는 간이식당들이 꽤 있었는데 이제는 정말 하나도 안 보이지? 처음엔 여기저기서 불만스러운 목소리도 나왔는데 지금은 다들 만족하고 이 공원에 더 애정을 갖게 됐다는구나. 덕분에 공원이 더 깨끗하고 더 자연다워졌다고 말이야. 아이들 건강이나 안전 면에서도 훨씬 안심이지. 이게 다 네 아버지가 계시는 문교부에서 추진한 거란다. 아무래도 니스 씨에게는 미래를 보는 눈이 있는 모양이야. 다윈, 아버지가 자랑스럽지 않니?"

머릿속으로 루미에 대해 생각하고 있던 다윈은 동의를 구하려는 듯 자신을 물끄러미 바라보는 조이 아저씨의 눈길을 뒤늦게 느끼고 "아…… 네, 자랑스러워요."라고 답했다. 느닷없이 루미와는 아무 관련도 없는 아버지 업무 이야기를 꺼내는 것에 조이 아저씨가 오늘 어떤 목적으로 자신을 만나러 온 것인지 더 짐작할 수가 없어졌다.

조이 아저씨가 안내한 곳은 공원 근처의 작고 조용한 카페였다. 주문한 차가 나오기를 기다리며 다윈은 어딘지 모르게 어색한 분위기를 감내해야 했다. 조이 아저씨는 시선을 창밖 거리로 돌린 채 앉아 아무 말이 없었다.

잠시 뒤 종업원이 와서 김이 나는 밀크티 두 잔을 테이블에 올려놓았다. 종업원이 자리를 비키고도 얼마가 더 지나서야 조이 아저씨가 굳게 다물었던 입을 열었다.

"시험공부는 잘돼 가니? 아저씨 같은 사람은 프라임스쿨에서 시험을 치르는 압박감이 얼마나 클지 상상도 안 되는구나."

일부러 이런 자리까지 만든 데는 뭔가 더 분명한 목적이 있어서이지 않을까 하는 예상과 달리 아저씨의 첫마디는 이맘때 어른들이 꺼낼 만한 일반적인 화제였다.

"프라임스쿨이라고 특별히 다를 건 없어요. 아마 시험에 관해서는 다른 학교 학생들도 다 비슷한 부담감을 느낄 거예요. 그래서 오늘 루미도 못 나온 것일 거고."

"그래도 명색이 프라임스쿨인데 다른 학교들과 비교할 수 있겠니. 아무튼 별로 지친 기색이 없는 걸 보면 다원은 공부가 적성에 맞나 보구나."

"피할 수 없는 일이니까 이왕이면 즐겁게 하려고요. 그렇게 생각하면 실제로 공부가 더 재밌어지기도 하거든요."

"훌륭한 마음이구나. 다원 같은 아들을 둔 니스 씨는 정말 자랑스러우시겠어. 물론 그 훌륭한 점도 니스 씨를 닮은 거겠지."

다원은 조이 아저씨의 칭찬이 과하다고 생각했지만 덕분에 큰 걱정이 해소되었다. 딸의 남자 친구에게 훌륭하다는 말을 할 정도면 아저씨는 최소한 루미와의 교제를 반대하는 입장은 아닐 것이다.

긴장을 푸는 사이, 차를 한 모금 마신 조이 아저씨가 찻잔을 내려놓으며 말했다.

"그런데 다원, 아저씬 요새 걱정이 좀 드는구나. 이렇게 중요한 시기에 혹시 우리 루미가 네 공부를 방해하는 건 아닌지 해서 말이야."

그제야 다원은 조이 아저씨가 오늘 자신을 만나러 온 목적과 아저씨 마음에 담긴 염려의 정체가 무엇인지 알 수 있을 것 같았다. 자신이 잦은 통화로 선생님에게 주의를 받은 것처럼 루미 역시 전화기 앞에 오래 서 있는 모습이 아저씨의 걱정을 산 게 분명했다. 물론 "루미가 네 공부를 방해하는 건 아닌지"라는 말의 주어와 목적어는 자리를 바꿔야 할 것이다. 아저씨는 사실은 "다원 네가 우리 루미 공부를 방해할까 봐 걱정이구나."라고 말하고 싶은 것을 아버지와의 관계 때문에 돌려 말하고 있는 것이다.

다원은 자신들의 일에 관해선 조금도 걱정할 필요가 없다는 믿음을 아저씨에게 주고 싶어 자신에 찬 목소리로 말했다.

"그 점은 걱정하지 않으셔도 돼요. 루미와 저는 서로가 서로를 방해하는 그런 퇴보적인 관계가 아니니까요."

아저씨가 미소를 지으며 말했다.

"퇴보적인 관계가 아니라……. 프라임스쿨 학생답게 사용하는 단어도 무척 고차원적이구나. 그래, 좋아. 그럼 퇴보적인 관계가 아니라면 두 사람은 어떤 관계지?"

다원은 자신과 루미의 관계를 가장 잘 설명해 줄 표현이 무엇일까 고민하다가 대답했다.

"저흰 서로에게 영감을 줘요."

"영감이라……. 미안하지만 아저씨는 무슨 뜻인지 잘 이해가 안 가는구나. 영감을 준다는 게 어떤 의미인지 자세히 설명해 주겠니?"

"그러니까 그건……. 제가 느끼는 대로 말씀드리자면 서로의 삶에 활기를 준다는 의미예요. 예전에는 보지 못했던 것들을 보고, 다른 사람과는 시도해 보지 않았던 일들을 해 보면서 삶에서 새로움을 느끼는 거죠."

"'예전에는 보지 못했던 것들'과 '다른 사람과는 시도해 보지 않았던 일들'이란 게 구체적으로 어떤 거니?"

다원은 조이 아저씨에게 자신의 생각을 납득시켜야 한다는 의욕이 넘친 나머지 잘못된 방향으로 이야기를 이끌었다는 것을 깨달았다. 전화 통화를 하는 것만으로도 이렇게 걱정을 하는 아저씨가 9지구나 아카이브에 갔던 일을 알게 된다면 루미와의 교제는 절대 인정받을 수 없을 것이다. 아저씨가 재차 "응? 다른 사람과는 시도해 보지 않은 일들이란 게 뭐니?"라고 물었다. 다원은 아저씨의 걱정이 더 커지기 전에 얼른 "거창한 건 아니에요."라며 실수를 수습했다.

"그냥 지난번처럼 인류사 박물관에 가는 평범한 일도 루미와 함께라면 훨씬 새롭고 즐거운 경험이라는 뜻으로 한 말이었어요. 루미는 저와는 다른 눈을 가졌으니까 루미의 이야기를 들으면 제가 미처 생각 못 했던 것들에 대해 생각해 볼 수 있거든요."

조이 아저씨는 "인류사 박물관이라……."라고 혼잣말로 중얼거리더니 그대로 입을 다물고 오랫동안 아무 말이 없었다. 무슨 생각을 하는지는 알 수 없지만 단순히 인류사 박물관을 생각한다고 보기에는 지나치게 심각한 얼굴이었다.

다원은 용기를 내어 조이 아저씨에게 솔직하게 물었다.

"아저씨는 제가 루미를 만나는 게 마음에 들지 않으세요?"

조이 아저씨는 놀란 얼굴이 되더니 곧 웃으며 머리를 내저었다.

"그럴 리가. 딸이 다원처럼 훌륭한 남자 친구를 만난다는데 어느 부모가 마다하겠니? 당연히 환영할 일이지."

"그런데 왜 그렇게 걱정스러운 얼굴을 하세요?"

아저씨가 인자한 미소를 지으며 말했다.

"내가 걱정하는 건 네가 아니라 우리 루미란다. 알다시피 네 아버지와 나는 오랫동안 알고 지낸 사이야. 추도식도 그렇고, 살면서 네 아버지 도움을 많이 받았지. 그런데 혹여 우리 루미가 다원 너에게 해가 되는 일을 하진 않을까 그게 걱정이구나."

다원은 아저씨의 얼굴에서 진심으로 자신이 루미를 방해하는 경우보다 루미가 자신을 방해할 경우를 걱정하고 있는 마음이 느껴져 아저씨의 본심이 헷갈렸다. 그러나 어느 쪽이든 간에 그런 걱정은 잠깐 생겼다가 사라지는 그늘보다도 신경 쓸 일이 못 된다는 것을 알리고 싶었다.

"루미가 저에게 해가 된다니, 그럴 일은 절대 없어요. 아저씬 저에게 훌륭하다고 하셨지만 저보다도 루미가 훨씬 더 용감하고 현명한 사람인걸요."

조이 아저씨는 웃으며 "좋게 봐 줘서 고맙구나." 하더니 잠시 뒤 이어 말했다.

"그런데 다원, 루미한테는 네가 모르는 다른 면이 있을 수도 있단다. 어릴 때부터 봐 왔다고는 하지만, 네가 루미를 본격적으로 알게 된 지는 얼마 안 됐지 않니? 그렇게 짧은 순간이라면 무모한 면이 용감함으로 잘못 보일 수도 있고, 영악한 면이 현명함으로 잘못 이해될 수도 있지. 안 그러니?"

다원은 조이 아저씨의 말을 듣고 깜짝 놀랐다. 본인의 딸을 이렇게나 가혹하게 평가하는 아저씨가 이해되지 않았다. 이제 보니 루미가 때때로 아저씨에게 보였던 냉담함은 다 그럴 만한 이유가 있었던 것이다.

다원은 루미만이 아니라 루미에게서 그런 미덕을 발견한 자기 자신까지 왜곡당하는 것 같아 단호하게 말했다.

"제가 아는 루미는 늘 밝고, 자신감 있고, 진실을 최우선의 가치로 여기는 정의로운 사람이에요. 이것 말고 제가 모르는 루미의 다른 면이란 게 있다면 아저씨께서 말씀해 주시겠어요?"

조이 아저씨는 질문엔 답을 않은 채 시선을 돌려 창밖을 바라보았다.

다원은 다시 물었다.

"네? 제가 모르는 루미의 다른 면이란 게 뭐죠?"

진실을 최우선의 가치로 여긴다……? 내가 법원 서기로 17년간 일하면서 깨달은 게 한 가지 있다면 진실의 가치가 지나치게 과장되어 있다는 사실이다. 나는 매일매일 진실에 입각한 판결문을 기록한다. 그런데 진실이 밝혀지면 모두가 행복해져야 할 텐데 기대와 달리 행복해하는 사람은 그리 많지 않다. 오히려 진실이 묻히고 진실이 아닌 것이 진실로 둔갑할 때 행복이 유지되는 경우를 자주 목격했다. 얼마 전 남편이 부정한 부인을 살해한 사건 역시 진실이 드러나지 않았다면 그렇게 비극적으로 끝나지는 않았을 것이다.

진실이 인간의 행복을 위해 봉사하지 않는다면 무슨 가치가 있을까. 진실 그 자체로 가치 있는 것이라고? 그런 관념론적 주장은 폐기 처분해야 한다. 나는 고통받는 인간의 머리 꼭대기에서 의기양양해하는 진실 따위는 숭배하지 않는다.

아주 오래전, 밝혀지지 말았어야 할 하나의 진실이 있었다. 그 진실로 모두가 고통받았다. 행복했던 한 가족이 파괴되었다.

내가 여덟 살 때쯤, 사랑했던 나의 제이 형이 어느 날 갑자기 폭군으로 돌변했다. 여섯 살이라는 나이 차이로 그 전에도 우리 사이에 상하 관계는 늘 존재했지만, 갑작스럽게 변한 형의 행동은 정상적인 훈계와 처벌을 넘어선 것이었다. 물이 가득 찬 욕조에 나를 빠뜨리고는 무서운 얼굴로 내 어깨를 짓누르기도 하고, 우연을 가장해 나를 2층 계단에서 떠밀고, 언젠가는 정원에서 놀고 있는 내 얼굴을 겨냥해 쇠구슬을 쏘기도 했다. 이마에서 피가 줄줄 흐르는 것을 보고도 형은 미안해하는 기색 하나 없이 "척결한 거야."라며 이죽거렸다.

더 이해할 수 없었던 것은 어머니의 태도였다. 피를 흘린 채 뛰어 들어온 나와, 2층 계단 위에서 거만하게 서 있는 제이 형 사이에서 어머니는 먼저 제이 형 쪽으로 안타까운 시선을 돌렸다. 마치 제이 형 이마에서 피가 흐르고 있기라도 한 듯이.

나중에야 그 모든 것들이 한 남자와 관련되어 있음을 알았다. 아버지의 지인으로 우리 집을 종종 방문했던 자, 내 친아버지였다.

아버지가 사진을 찍기 위해 집을 비운 동안 어머니는 부정을 저질렀다. 어떤 계기로 제이 형은 그 진실을 알게 되었다. 두 사람이 또 집 어딘가에서 밀회를 했던 걸까?

진실이 밝혀진 순간부터 어머니와 나는 형의 먹잇감이 되었다. 나를 향한 제이 형의 분노는 주로 육체적인 폭력의 형태를 띠었다. 나는 내가 괴롭힘을 당하는 이유도 모르는 채 한때 내가 사랑하고 존경했던 형에게 매일 무차별적인 학대를 당했다. 반면에 어머니를 향한 폭력은 물리적이지 않은 대신 더 뒤틀리고 교묘했다.

어느 일요일, 어머니와 내가 교회에서 돌아왔을 때였다. 내가 정원에서 무엇인가 하느라고 잠깐 한눈을 판 사이 어머니는 먼저 집으로 들어갔다. 잠시 후 집으로 들어간 나는 어머니를 부엌 바닥에 무릎 꿇려 놓은 채 의자에 앉아 있는 제이 형을 보았다. 제이 형은 나를 보고도 그 벌을 중단시키기는커녕 오히려 거만하게 턱을 치켜들며 너도 이 모습을 똑똑히 봐 둬야 한다는 식으로 어머니에게 말했다.

"앞으로 교회 같은 덴 다니지 마. 자격 미달이잖아, 그렇지?"

어머니는 노예처럼 제이 형의 명령에 순응했다. 어머니는 뭐가 두려웠던 걸까. 제이 형이 아버지에게 진실을 털어놓는 것? 부정한 여자로 낙인찍혀 1지구의 가정에서 퇴출당하는 것? 그런데 아버지는 정말 몰랐을까? 몰랐다면 아버지는 왜 늘 그렇게 서늘한 눈빛으로 나를 바라보았던 걸까. 왜 내 얼굴에 생긴 상처에 대해 한 번도 묻지 않았던 걸까. 왜 제이 형에게는 허락했던 카메라를 내가 만지는 것은 질색했던 걸까. 왜 내 열여섯 생일에는 제이 형에게 선물했던 것처럼 자신의 사진을 선물하지 않은 걸까. 왜 제이 형이 죽었을 때 자신의 유일한 아들이 죽은 것처럼 허무한 얼굴이 되었을까.

아버지에게서 따뜻한 눈길을 받게 된 건 아버지가 치매를 앓고 난 뒤부터였다. 그때 비로소 내 아버지가 된 것 같았다. 그럼에도 내 아버지는 아니었지만…….

어느 순간부터 제이 형에게는 병적일 만큼 도덕적 결벽증이 생겼다. 그는 세상이 모두 흰색이어야 한다고 믿는 것 같았다. 조그만 흠결도 봐주는 법이 없었다. 모든 사람들은 떳떳해야 했고, 매일매일을 재판장에서 선서하듯 살아야 했다. 뒤로 감추고 얼버무리는 건 모두 척결의 대상이었다.

언젠가 무척 중요한 아버지 손님이 집에 왔다가 근처에 불법 주차를 해 놓은 일이 있었다. 손님은 아버지에게 "가끔은 법을 지키는 것보다 편한 게 더 좋지."라고 했다. 그런데 그 대화를 들은 제이 형이 경찰서에 전화해 불법 주차 차량을 얼른 견인해 가라고 신고했다. 경찰이 낮 시간에는 탄력적으로 운영한다고 하자, 제이 형은 그 발언을 한 경찰의 신원을 물으며 직급이 더 높은 윗사람에게 신고하겠다고 협박했다. 당황한 경찰은 바로 경찰관을 보내겠다고 했다. 얼마 뒤, 자신의 차가 견인되었다고 연락받은 손님이 헐레벌떡 집 밖으로 뛰어나갔다. 제이 형은 계단에 서서 심판관처럼 그 모습을 지켜보며 흐뭇해했다.

형을 기억하는 사람들은 그가 태양을 닮았고, 지휘자이며, 어른이 되었으면 큰일을 하는 사람이 되었을 것이라고 말하곤 한다. 그가 프라임스쿨에 합격하고도 가지 않은 일화를 영웅의 일대기 중 서론 부분이라도 되는 것처럼 생각하는 것이다. 그러나 형의 성향을 가까이서 느껴 본 사람이라면 그의 눈빛에 배어 나오는 잔혹한 본성에 때때로 소름이 끼쳤을 것이다. 프라임스쿨에 가지 않은 이유를 말할 때도 남들 앞에선 "친구들이랑 놀고 싶어서."라고 초연한 척 으스댔지만, 사실은 악랄하게 어머니와 나를 곁에서 더 괴롭히기 위해서 그랬던 것이다.

　　제이 형의 학대를 더는 참을 수 없을 지경이 됐을 때, 나는 형을 이 세상에서 없애기로 결심했다. 방법은 간단했다. 약점을 들키는 게 싫어서 다른 사람들한테는 숨기거나 싫어서 안 먹는 것뿐이라 둘러댔지만 사실 형은 호두에 심한 알레르기가 있었다. 조금만 먹어도 바로 숨이 막혔다. 호두를 빻아서 가루로 만들어 파스타 소스 속에 섞어 놓으면 저녁 식탁에서 형은 바로 질식사할 것이었다. 나중에 돌이켜 보니 그 생각을 했던 때가 열 살 때였다. 열 살에 살인을 계획하다니……. 나라는 존재에 지금까지 두고두고 비참함이 느껴진다. 그런데 그렇게 하루하루 살인을 꿈꾸며 지내던 어느 날, 제이 형이 진짜로 살해돼 죽었다. 나는 내가 그를 죽인 것이라는 의심을 지울 수가 없었다. 내 강렬한 염원이 힘센 유령을 만들어 내 형의 목을 조른 것 같았다.

　　경찰 조사에서 섣불리 그날 밤 형 방에서 말소리를 들었다고 진술한 것을 두고두고 후회했다. 왜 범인을 특정 지을 수도 있는 힌트를 내 스스로 흘린 것일까. 나 대신 형을 죽여 준 그 사람은 나의 은인이나 다름없는데 왜 그런 멍청한 짓을 벌인 걸까. 나는 어렸고 겁쟁이였다. 경찰도, 가족도, 그 누구도 형을 잃은 불쌍한 열 살 꼬마를 의심하지 않는데 나 혼자 지레 살인자로 몰릴까 봐 겁을 먹고 입을 잘못 놀린 것이다. 다행히도 경찰은 내 증언에 큰 의미를 두지는 않았다.

사건은 신원 불명의 9지구 후디의 소행으로 마무리되었고, 그렇게 제이 형은 내 인생에서 떠나갔다. 가끔은 울적한 마음도 들었지만 새로 얻은 삶이 그 슬픔을 가볍게 몰아냈다. 이젠 더 이상 밤에 잠이 들면서 내일 또 형에게 맞을 걱정을 하지 않아도 되고, 형에게 비굴하게 구는 어머니를 보지 않아도 되었다. 형에게 그토록 증오를 받는 내 존재의 근원을 고민하고 의심하지 않아도 되었다. 나는 더 이상 제이 헌터의 사냥감이 아니었다.

대학에 입학할 무렵 생물학적 아버지가 나를 찾아왔다. 2지구의 건축가인 그는 내가 자신의 혈육인 게 대단한 진실이라도 되는 양 엄숙한 목소리로 나와의 관계를 재건하고 싶다고 했다.

나는 그에게 말했다.

"재건이란 무너진 무언가를 다시 일으켜 세울 때 쓰는 말 아닙니까? 그런데 당신과 나 사이에 무엇이 무너졌던 적이 있습니까? 아니요, 아무것도 무너진 게 없습니다. 애초에 당신과 나 사이에는 견고한 무언가가 세워졌던 적이 없으니까요. 가세요."

그랬다. 내 황폐한 마음속에 쌓인 잔해는 오로지 나 혼자만의 세계에서 허물어져 내린 것들이었다. 그는 그곳에 발 디딜 자격이 없었다. 돌조각 하나라도 새로 쌓을 권한이 없었다. 나는 그에게 다시는 나를 찾아오지 말라고 했다. 아버지가 간절히 필요했던 시기를 나는 아버지 없이 혼자 보냈고, 그 기간이 지나자 더이상 생물학적 아버지든 서류상의 아버지든 필요하지 않게 되었다. 진실은 그런 것이다. 적기가 지나고 나면 유효기간이 지난 쿠폰보다도 쓸모없는 것이 된다.

그렇게 두 사람을 보내고 사귀던 여자와 대학 졸업반 때 결혼해 일찍 가정을 꾸림으로써 마침내 나는 내 유년 시절을 불행하게 만든 진실에서 빠져나올 수 있게 되었다.

"네? 제가 모르는 루미의 다른 면이란 게 뭐죠?"

그런데 여기, 아직 밝혀지지 않은 또 하나의 진실이 있다.

제이 형의 13주기 추도식 때 나는 우연히 2층으로 올라가는 그를 보았다. 이전까지는 그가 2층에 올라간 적이 한 번도 없어서 어쩌면 제이 형 방에 대한 설명이 필요할지도 모르겠다는 생각에 뒤따라 올라갔다. 어머니는 내 옛날 방은 잡동사니를 넣어두는 창고로 쓰면서 제이 형 방은 요절한 왕자의 방처럼 보존해 두고 있었다. 13년 전과 똑같은 제이 형의 방 모습에 그는 타임머신이라도 탄 아이처럼 충격받은 얼굴이었다. 방을 둘러보는 그에게 나는 "좀 지나치죠?"라고 말하며 반년 뒤 태어날 그의 아이로 화제를 돌렸다.

"아직 아이를 가질 생각이 없어선지 전 상상이 안 가요. 아버지가 된다는 게 도대체 어떤 기분인지."

"나도 마찬가지야. 전혀 실감이 안 나. 어떨 땐 심지어 무섭기도 하고……."

"형답지 않게 자신 없는 소리를 하네요. 나에겐 늘 자신감이 제일 중요하다고 하면서."

"그러게. 아마도 부모가 된다는 건 자신감과는 별 관계가 없는 일이어서 그런가 봐."

"그럼 뭐랑 관계가 있는데요?"

"아마도…… 자격 아닐까?"

"그런 거라면 형은 자식을 스무 명은 낳아도 되겠어요. 내가 장담해요. 형은 분명 세상에서 가장 훌륭한 아버지가 될 거예요."

"……난 자격 미달이야. 세상에서 가장 훌륭한 아버지가 될 사람은 제이였지."

잘못된 믿음에 뿌리내린 그의 한결같은 우정에 나는 조금 비위가 상했다.

"너무 확신하진 마세요. 사람에겐 누구나 다른 사람은 모르는 면이 있으니까."

"동의해. 하지만 제이는 달랐지. 네 형은 정말 특별한 사람이었어. 유리처럼 투명했지."

"형은 가끔 제이 형을 지나치게 미화해서 생각하는 것 같아요."

"그래 보여? 하지만 난 이제껏 살면서 제이만큼 내면과 외면이 일치한 사람은 만난 적이 없어."

"그건 제이 형이 일찍 죽었기 때문이겠죠. 지금까지 제이 형이 살아 있었으면 생각이 완전히 바뀌었을지 또 알아요?"

"그런 일은 일어날 수 없어. 제이는 천성적으로 스스로에게 엄격하도록 태어난 사람이니까. 나이를 먹는다고 그런 본질이 바뀌진 않지."

"제이 형을 보면 어릴 때 죽는 것도 나쁘진 않은 것 같네요. 사람들에게 좋은 기억으로만 남을 수 있으니까."

그가 엄한 얼굴로 말했다.

"조이, 그건 너무 고약한 말이야."

나는 물러서지 않고 내 생각대로 반박했다.

"하지만 사실이잖아요. 사람은 오래 살수록 고통도 더 많이 당하게 되어 있는데, 제이 형처럼 고통 없이 한순간에 죽어서 오랫동안 사람들의 추모를 받는 것도 나쁘진 않잖아요?"

그는 갑자기 지나칠 정도로 흥분해서 말했다.

"넌 제이가 어떻게 죽었는지 알면서도 그런 소리를 하는 거야? 제이는 살해당했어. 살해당했다고."

"그래요, 교살이었죠. 그래도 형을 검시한 의사가 그러던걸요. 목에 난 흔적으로 보아 오래 고통을 당하다 죽은 건 아닌 것 같으니 그나마 다행이라고."

그 순간 그가 고함 치듯 목소리를 높였다.

"오래 고통을 당하지 않았다고? 본인이 당했어도 과연 그런 소리를 할 수 있을까? 그가는 후드 끈으로 숨을 끊으려고 할 때 얼마나 많은 힘을 주어야 했는지 그걸 의사가 알기나 해? 다음 날 손바닥에 빨간 끈 자국이 남아 있는 걸 보고 얼마나 처참한 기분이 들었는지 그자가 알기나 하난 말이야. 그 고통의 백분의 일이라도 느낄 수 있다면, 다행이니 뭐니 하는 헛소리는 절대 못 할 거야."

말을 마친 순간 그의 얼굴엔 숨이 끊어지기 직전의 고통이 서려 있었다. 한여름이었는데도 그의 입에서 하얀 김이 새어 나오는 것 같았다. 나는 그의 가슴이 조금씩 진정되어 아예 영원히 멎을 것처럼 가라앉았을 때 입을 열었다.

"제이 형은 교살당해 죽은 것으로 드러났지만 범행 도구는 아직도 미궁으로 남아 있어요. 경찰도 저희 가족도 아마 노끈 같은 게 아니었을까 추측만 했죠. 그런데 후드 끈이었군요."

그와 나는 몇 분쯤 아무 말 없이 그대로 방 안에 있었다. 더 이상 말은 필요 없었다. 침묵이 모든 것을 밝혀 주었다. 잠시 뒤 그가 먼저 방을 나갔다.

월요일, 나는 그의 사무실로 찾아갔다. 그의 자리는 비어 있었다. 그의 상사가 그가 갑자기 사직서를 내서 다시 생각해 보라며 며칠 휴가를 주었다고 했다. 집으로 찾아갔더니 그의 부인이 울며 그가 아이를 지우자고 했다고 말했다. 그는 모든 것을 포기할 생각이었던 것이다. 그는 어두운 서재에 혼자 앉아 있었다.

나는 그에게로 가 말했다.

"만약 사건의 진실이 드러나게 된다면, 그건 내가 아니라 어제처럼 형의 입에서일 거예요. 다시는 실수하지 마세요. 전 절대 실수 안 해요. 이 방에서 나가는 즉시, 전 아무것도 모르는 거예요. 오늘 이 시간이 우리가 그 일에 대해서 얘기하는 마지막이 될 거예요. 추도식에도 더 이상 오지 마세요. 가족들도 납득할 거예요. 그동안 과분했던 거죠. 이제부터 우리 가족한테서 천천히 멀어지세요, 형 자신을 위해서……. 그리고 제가 이런 말 할 자격은 없지만 그래도 한 가지만 부탁할게요. 꼭 훌륭한 아버지가 되어주세요……. 저도 한 명쯤은 훌륭한 아버지를 보고 싶거든요."

나는 그가 후드 끈으로 제이 형의 목을 조른 이유에 대해 한 번도 묻지 않았고, 한 번도 궁금해하지 않았다. 알아 봤자 누구에게도 도움이 안 되는 쓸모없는 진실이기 때문이었다. 그렇게 나는 다시 한번 진실과 작별했다.

지금 와 이 진실이 밝혀진들 누가 행복해질까? 과거를 묻고 제이 형을 이상적인 아들로 둔갑시킨 어머니가? 부정한 부인과 죽은 아들에 대한 기억을 잃은 아버지가? 지금의 인생에 만족하는 내가? 삼촌의 진짜 모습을 모르는 루미가?

30년 전에 죽은 제이 형? 형을 위해서?

그런데 형, 죽은 사람을 위해 산 사람들의 행복을 깨뜨릴 수는 없어요. 그건 정의로운 게 아니라 어리석은 거예요. 나는 비록 형처럼 똑똑하진 않지만 그래도 형이 퍼부었던 악담처럼 저능아는 아니에요.

내 머리에 쇠구슬을 던졌던 당신을 위해, 울고 있는 나에게 사탕을 건네줬던 그를 배신하지는 않을 거예요. 아버지와 나의 친어머니까지 방치했던 나를 돌봐 주고 공부를 가르쳐 줬던 그를 배신하진 않을 거예요. 아버지 대신 내 진로를 걱정하고 지금의 직장을 얻을 수 있도록 힘써 준 그를 배신하진 않을 거예요. 형보다 더 나를 친동생으로 생각해 주는 이 사람을 배신하는 그런 일은 결코 없어요. 핏줄 같은 건 아무 상관 없어요. 나는 친아버지도 거부한걸요. 이 사람이 내 진짜 형이에요. 형은 내가 형이라고 부르는 것도 끔찍하게 싫어했잖아요.

이제 그만 우리를 놔주고 제발 떠나 주세요. 앞으로 계속 살아가야 하는 우리 인생을 더는 휘젓지 마세요. 사람들의 기억 속에서 그만 발을 거두세요. 나는 1년에 한 번 형을 추모해야 하는 그

하루만으로도 진절머리가 나요. 열여섯에 죽은 고약한 소년을 30년 동안이나 추모해 줬다면 충분하지 않나요? 이 정도면 형의 허락 없이도 하느님이 대신 모든 죄를 용서해 주셨을 거예요. 해가 바뀌면 이번에는 기필코 형의 추도식을 그만하겠다고 모두에게 통보할 거예요. 의논이 아니라 일방적인 통보예요. 명령이고 선언이에요. 내가 우리 헌터 가문의 후계자예요. 후계자의 자격으로 아직도 죄책감에 시달리는 그 불쌍한 사람을 자유롭게 해 줄 거예요. 그리고 나도 자유로워질 거예요.

제이 형이 우리 삶 속에 불쑥불쑥 나타날 때마다 나는 이런 기도 아닌 기도를 드리곤 한다.

"아저씨, 제가 모르는 루미의 다른 면이란 게 어떤 건데요?"

계획에 없던 아내의 임신 소식과 공교로운 임신 추정 날짜만으로도 당혹스러웠는데, 출산 예정일에서 사흘이 지나 제이 형의 생일날에 태어난 나의 딸 루미. 마치 일부러 그 날짜를 맞추려고 배 속에서 나오지 않고 기다리고 있었던 것처럼……. 몸서리치게 끔찍한 그 상상이 어머니가 '리틀 제이', '우리 아기 호랑이'라고 부를 때마다 유령이 되어 나를 덮친다. 나는 루미의 발뒤꿈치에 끌려 다니는 제이 형의 그림자를 떨쳐 낼 수가 없다. 루미의 눈동자는 나를 학대했던 제이 형의 것을 그대로 닮았다. 프리메라에 집착하는 성향마저 전생에서 가지 않은 길을 이번 생에서 시도해 보려는 그의 잔상으로 여겨진다. 그래서 나는 어리석게도 종종 내가 형에게 당했던 것을 루미에게 그대로 되돌려 주고 싶은 충동에 사로잡힌다. 억누르려 애써 봐도 그 망상에서 완전히 벗어날 수가 없다. 나는 결코 훌륭한 아버지는 될 수 없을 것이다. 아니, 그 길은 진즉에 포기했다.

내 딸이 진실을 최우선의 가치로 여기는 사람이라고? 아버지인 내가 폐기 처분하고 싶은 진실을?

다원, 아저씨는 절대 그렇게 두지 않을 거란다. 루미가 내 신분증을 훔쳐 정보 공개 청구를 하고 아카이브에서 네 아버지 아이디까지 도용한 걸 보면 뭔가를 알아 가는 중인 것 같지만 절대 원하는 대로 되진 않을 거야. 왜냐하면 내가 가진 '아버지'라는 유일한 권력을 이용해 진실을 밝히려는 루미를 굴복시킬 거니까. 그 진실은 더 이상 이 세계에서는 아무짝에도 필요 없는, 행복한 삶을 갉아먹는 해충일 뿐이지.

진실의 가치는 지나치게 과장되어 있다. 그것이 내가 믿는, 이 세상에서 유일하게 가치 있는 진실이다.

다원은 초조하게 조이 아저씨의 답변을 기다렸다. 아저씨의 시선은 지나치다 싶을 정도로 오래 창밖에만 머물러 있었다. 루미는 아저씨가 본인 이름으로 아이디를 만들 만큼 단순한 사람이라고 했지만, 오늘 아저씨는 실제 이름 외에 다른 이름을 하나 더 숨기고 있다 해도 믿겨질 만큼 복잡한 사람으로 보였다.

다원은 아저씨의 관심을 돌리기 위해 할 수 없이 같은 질문을 다시 한번 했다.

"아저씨, 제가 모르는 루미의 다른 면이란 게 어떤 건데요?"

그제야 아저씨가 창 쪽에 두었던 시선을 천천히 돌렸다.

"다원, 아저씨가 너한테 충고 한 가지를 해야 할 것 같구나."

"무슨 충고인데요?"

"루미가 하는 말을 너무 믿지는 마렴. 아니, 그 애가 하는 말뿐만이 아니라 루미 헌터라는 그 애 존재 자체를 신뢰하지 마렴."

다원은 아저씨가 하는 말을 점점 더 이해할 수가 없었다. 부모가 자기 자식을 두고 그런 말을 한다는 것이 도무지 믿기지가 않았다.

"그게 무슨 말씀이세요? 왜 루미를 신뢰하면 안 되는데요?"

"루미 그 애는 말이다…… 뭐랄까, 어딘가 좀 붕 뜨고 허황된 면이 많단다. 아무것도 아닌 일도 크게 부풀려서 재해석을 하지. 지나가는 사람과 잠깐만 눈이 마주쳐도 그 사람이 자기를 우러러보고 있다거나 반대로 얕잡아 보고 있다는 착각을 하는 식으로 말이야. 어렸을 때부터 그러더니 프리메라에 들어간 뒤로는 더 심해져 버렸단다. 그동안은 제법 눈에 띈다는 소리를 듣다가 프리메라에 들어가서 자기보다 월등한 아이들에게 묻히다 보니 그 면이 잘못된 방향으로 왜곡돼 버린 모양이야. 사람들이 프리메라 학생인 걸 몰라볼까 봐 휴일에 교복을 입고 다니질 않니. 부모로선 창피한 노릇이지. 아저씨 생각엔 루미가 다원 너까지 자기의 그 허황된 판타지 속으로 끌어들이려고 했을 것 같은데, 어떠니? 루미 때문에 난처한 적은 없었니?"

다원은 단호히 고개를 저었다.

"아저씨가 무슨 말씀을 하시는 건지 이해가 안 가요. 학교 교복을 좋아하는 게 잘못된 건가요? 전 오히려 루미의 그런 모습이 좋은걸요."

"고맙구나, 좋게 봐 줘서. 그런데 교복에서 그 판타지가 멈춘다면 아저씨도 이렇게까지 걱정은 안 할 거다. 진짜 문제는 다른 데 있지."

"다른 데라뇨?"

"루미의 삼촌, 제이 헌터 말이야."

다원은 입을 다물었다. 이 지점에서 갑자기 제이 아저씨 이름
이 거론된다는 게 뜻밖이면서도 어딘가 모르게 이미 한 번 일어
났던 일처럼 느껴졌다.

아저씨가 웃으며 말했다.

"네 얼굴을 보니 루미가 그동안 너에게 꽤 많은 이야기를 한
모양이구나. 그래, 안 했을 리가 없지. 그렇다면 너도 한 번쯤은
느꼈을 거 아니니? 다른 가족들은 오래전에 묻은 일을 당시에
태어나지도 않은 루미가 혼자서 그렇게 집착하는 게 이상하다
고 말이야. 이유가 뭔 것 같니? 정의? 진실? 아니, 그런 고상한
가치 때문이 아니라 이제는 자기의 그 허황된 판타지를 제이 형
한테로 돌린 것뿐이란다. 프리메라 생활도 3년쯤 되니까 슬슬
지루해지고, 도저히 학교 안에서는 자기가 돋보일 만한 일이 없
으니까 새 활력소가 필요해진 거지. 그때 마침 제이 삼촌이 눈에
들어온 거고. 다원, 루미는 제이 삼촌을 위해서가 아니라 자기 자
신을 위해서 그러는 거란다. 자기 판타지 속에 '죽음에 얽힌 비
밀'이라는 미로를 만들어 놓고 자신이 그 비밀을 푸는 주인공이
되고 싶은 거지. 어렸을 때 보던 탐정 만화 주인공이나 된 듯이
말이야. 물론 어린애들한텐 어딘가 흥분되는 일이기도 하겠지.
자기 집안에 살해된 사람이 있는 내력이란 게. 철없게도 그 일을
직접 겪은 다른 가족들의 상처가 얼마나 큰지는 헤아리지도 못
하고……. 제이 삼촌 방에 들여보내 준 뒤로 사라진 사진 한 장이

어쩌고 저쩌고 해도 그냥 그러다 말겠거니 하고 내버려 두었는데 최근엔 정도가 점점 심해지더구나. 보아하니 진짜 탐정이나된 것처럼 여기저기 들쑤시고 다니는 것 같은데, 이러다간 루미가 마지막 선까지 넘는 건 아닐지 불안하구나. 내가 모르는 데선벌써 그랬는지도 모르지. 다원, 혹시 알고 있는 게 있다면 아저씨에게 말해 줄 수 없겠니? 루미가 뭔가 문제 될 만한 행동을 한 적이 있는지 말이야. 가령 어른들에게 거짓말을 했다거나 법을 어겼다거나 하는 식의…….'

아저씨의 말이 유도 심문이나 되는 것처럼 지난여름 9지구에 갔던 사실과 아카이브에서의 아이디 도용, 루미가 조이 아저씨의 신분증을 이용해 자료 공개 청구를 했던 일이 줄지어 머릿속에 그려졌다. 다원은 아까처럼 무심결에 그 일들을 암시하는 이야기를 하게 될까 봐 입을 꼭 다물었다.

그러자 조이 아저씨는 더 묻는 대신 씩 웃으며 말했다.

"물론 네 성격에 나에게 말해 줄 거란 기대는 하지 않았단다. 그런데 어쩐지 그 침묵은 긍정의 뜻으로 이해되는구나."

다원은 루미와 먼저 의논을 하지 않은 이상 그동안 있었던 일들에 관해선 무조건 묵비권을 행사하는 게 안전할 것이라 판단했다. 그러나 조이 아저씨의 그 묘한 미소를 보는 순간, 아저씨의상상이 지나친 비약으로 이어지기 전에 그만 입을 열어 루미와자신을 변호하는 게 이로울 것이라는 쪽으로 생각이 움직였다.

"아저씨, 전 아저씨가 루미에게 조금만 더 믿음을 가져 주셨으면 좋겠어요. 아저씨는 제가 루미를 모르기 때문에 이런 말을한다고 하셨지만, 역으로 제가 알고 있는 루미를 아저씨가 모르고 있는 것일 수도 있잖아요. 전 한 번도 루미가 판타지에 사로잡혀 있다는 생각을 해 본 적이 없어요. 제가 보아 온 루미는 늘 합리적이고 이성적이었어요. 설득당하고 감탄이 나올 만큼요."

"그런 말을 하는 걸 보니 다원 넌 루미가 제이 삼촌의 죽음에 대해 조사하는 근거가 타당하다고 생각하는 모양이구나, 그러니?"

다원은 고개를 끄덕였다. 아저씨가 반박하듯 물었다.

"그런데 그렇게 자신이 있다면 루미는 왜 자기가 하고 있는 일들을 아버지인 나에게는 숨기려 드는 걸까? 정당하지 못한 일을 몰래 꾸미고 있는 것처럼 말이야. 만약 형의 죽음에 일말의 의문이라도 있다면 그걸 가장 밝히고 싶은 사람은 당연히 동생인 나이지 않겠니? 그런데 루미는 왜 나에게 아무 도움도 청하지 않는 거지? 그건 스스로 생각해도 떳떳하지 못한 구석이 있다는 방증 아니겠니?"

다원은 자기가 제이 삼촌 이야기를 꺼낼 때마다 아빠는 늘 회피하거나 화를 내기 일쑤라는 루미의 말을 떠올리며 루미의 입장을 대신 변호해 주었다.

"그건 아마 아직 확실한 증거를 찾지 못했기 때문일 거예요. 어른들께 말하기에는 아직 준비가 덜 됐다고 생각하는 거겠죠. 섣불리 말했다간 괜한 걱정만 사게 될 테니까요. 모두를 납득시킬 만한 확실한 증거를 찾고 나면 분명 아저씨에게 제일 먼저 이야기할 거예요. 그때까지 조금만 더 기다려 주시면 안 될까요?"

아저씨는 한숨을 내쉬며 고개를 가로저었다.

"아저씬 잘 모르겠구나. 하나밖에 없는 소중한 딸이 길이 아

닌 곳으로 걸어가는 것을 뻔히 보면서도 더 기다려 주어야 한다
니……. 제이 형을 죽인 게 9지구의 후디라는 경찰 발표엔 조금
도 의심의 여지가 없단다. 그 시대를 살아 보지 않은 너희들에겐
9지구에 사는 사람이 1지구까지 침범했다는 게 의아하게 들리
겠지만, 당시엔 그런 일들이 비일비재했어. 제이 형 말고도 신원
불명의 후디에게 죽음을 당한 사람이 여럿 있었지. 신문에도 자
주 나왔고. 교통 체계를 이용해 지금과 같이 상위, 중위, 하위 지
구를 분리시킨 것도 그런 사건들이 생긴 이후의 일이란다. 덕분
에 다른 지구 사람에 의한 범죄율이 확연히 낮아졌지. 이젠 더
이상 9지구 사람이 1지구에 침입하는 일도 없고 말이야. 이렇게
모든 정황이 확실한데 도대체 왜 그런 쓸데없는 일로 시간을 낭
비하는지 모르겠구나. 얼마 안 있으면 학년말 고사인데 무슨 생
각인 건지. 제 시간만 낭비하면 자기 선택에 따른 대가로 생각하
고 그러려니 하겠지만, 너까지 방해하는 걸 보니 이대로 가만히
있으면 안 되겠다는 생각이 들어서 오늘 여기에 나온 거란다. 아
저씨는 루미 때문에 다원 네가 상처 입는 일은 절대 없었으면 싶
거든."

다원은 조이 아저씨의 눈빛에서 진심으로 자신을 걱정하는
마음을 읽었다. 그런 애정은 물론 감사하게 생각할 일이었지만
마음속에서 선뜻 받아들여지지 않았다. 다른 친밀한 만남 없이
1년에 단 한 번 추도식에서 얼굴을 보는 다른 가문의 아저씨가
자신을 이토록 신경 써 주고 있으리라고는 생각지도 못했기 때
문이다. 얼마간의 침묵이 더 흐른 뒤 조이 아저씨가 "시간을 너
무 뺏었구나. 이제 그만 공부하러 돌아가야겠지?" 하며 자리에

서 일어났다. 다원은 아저씨를 따라서 밖으로 나왔다.

카페 앞에서 헤어지기 전, 아저씨가 마지막 당부처럼 말했다.

"다원 네가 태어나기도 전부터 지금까지 네 아버지와 난 아무 문제 없이 잘 지내 왔단다. 이제 와 괜히 어색한 사이가 되고 싶지는 않구나. 네가 루미 때문에 성적이 떨어지거나 곤경에 처한다면 내가 어떻게 네 아버지 얼굴을 볼 수 있겠니? 지금까지 제이 형을 잊지 않고 매년 추도식을 열어 주는 것만으로도 네 아버지는 우리 가족에게 은인이나 다름없는데 말이야. 아버지는 이런 쓸데없는 일이 아니라 더 큰 일을 고민하셔야지. 우리나라의 교육과 미래를 위해서. 그렇지?"

아버지를 위하는 아저씨의 마음에 다원은 고개를 끄덕일 수밖에 없었다.

집으로 돌아가기 위해 다시 공원을 지나면서 다원은 조금 전에는 기대와 설렘으로 걸었던 길을 지금은 의문과 실망으로 걷고 있다는 것에 전혀 다른 두 사람이 된 것 같은 기분을 느꼈다. 다원은 조이 아저씨가 품고 있는 걱정의 본질을 이해할 수는 있었다. 다른 일에 관심이 생겨 공부를 소홀히 하지 않을까 하는 염려는 1지구 모든 부모님의 공통된 근심이었다. 그러나 아저씨의 말과는 다르게 과대망상의 면모를 가지고 있는 사람은 루미가 아니라 오히려 아저씨 본인이라는 생각이 들었다. 아저씨는 마치 루미가 모두의 인생을 뒤흔들 대단한 위험 분자라도 되는 것처럼 생각하고 있었다. 아버지가 딸에게 그렇게 공격적이고 방어적이라는 것이 도무지 믿기지 않았다.

물론 다원은 루미가 종종 돌풍처럼 자신을 휘감아 버릴 때가 있다는 사실은 인정했다. 그럴 땐 자기 역시 속수무책으로 일방적이고 편향된 기류에 끌려 들어가는 느낌을 받기는 했다. 1지구에서 갑자기 9지구로 이동했던 날이나, 인류사 박물관을 기대했다가 그 전까지는 한 번도 생각해 본 적 없는 아버지 아이디를 추적하게 된 날처럼. 그러나 그러한 돌풍도 결코 루미를 향한 마음의 방향을 바꾸게 하지는 못했다. 비예측성과 돌발성은 오히려 루미를 루미답게 하는 가장 큰 매력이었다.

바닥에 누워 있던 나뭇잎들이 갑작스러운 바람에 휩싸여 땅 위에서 작게 소용돌이치는 게 보였다. 다윈은 지금까지 루미가 밝혀 낸 것들과 앞으로 밝혀 낼 것들을 과연 조이 아저씨가 감당할 수 있을까 하는 의구심이 들었다. 루미의 추측대로 3급 이상의 고위 공무원이 제이 아저씨를 살해한 것으로 드러난다면 조이 아저씨는 헌터 가문의 명예를 걸고 그와 싸워야 한다. 지금 누리고 있는 허위의 평화를 진실된 혼란과 맞바꾸어야 한다. 그런데 아저씨는 진실은커녕 루미가 진실에 다가가려 한다는 사실만으로도 벌써 힘에 부쳐 하고 있었다. 머리로는 진실이 불멸의 가치라는 것을 이해해도 실제로 두 발로 서서 그 진실이 불러오는 위험에 맞서기엔 루미 말대로 너무 안전 지향적인 것이다. 다윈은 이제야 루미가 자기 아빠에게 가진 불만의 본질을 이해할 수 있었다. 태양처럼 빛나는 루미를 감당하기에 아저씨가 가진 빛은 너무 미약했다.

루미는 책 속에 나오는 혁명의 여전사처럼 혼자 싸우고 있었다. 혁명이 일어날 때 자신은 과연 어디에 있을 것인가? 대답은 간단했다. 다윈은 한결 가벼워진 발걸음으로 공원을 빠져나갔다.

다른 길, 다른 목적지

　　　　　다원은 창 쪽 조명을 하나 더 켰다. 시간
가는 줄 모르고 책상에 앉아 있는 사이 호두나무 거리에 어느새
어둠이 내려와 있었다. 조이 아저씨의 불신과 염려는 시험공부
에 전념하는 데 좋은 동기가 되어 주었다. 루미와의 만남을 인정
받고 루미에 대한 자신의 판단이 옳다는 것을 증명하기 위해선
전보다 더 뛰어난 성적을 받아야 했다. 흠결 없는 성적표는 루미
와 자신을 지키는 단단한 방패가 되어 줄 것이다.

　　다원은 외국어 교재를 펼쳤다. 그때였다.

　　"쉬어 가면서 해. 너무 혹독하게 자신을 몰아세울 필요 없어."

　　어깨를 쓰다듬는 따뜻한 손길을 느끼고 돌아보니 아버지가
등 뒤에 서 있었다. 공부에 열중한 나머지 노크 소리도 듣지 못한
모양이었다.

　　다원은 아버지의 얼굴을 보고 말했다.

"그 말은 제가 아버지에게 해야 할 것 같은데요."

11월은 정부 중앙 기관이 감사 준비에 들어가는 기간이어서 토요일인데도 이른 아침부터 저녁까지 모든 공무원들의 추가 근무가 당연시되었다. 아버지 역시 일종의 시험 준비를 하고 있는 셈이었다. 격무에 시달린 아버지의 얼굴은 한 달 전보다 많이 야위어 보였다.

아버지가 날카로워진 턱 선을 쑥스러운 듯 매만지며 말했다.

"엉망이지?"

다원은 사랑과 존경을 담아 "전혀요."라고 대답했다. 조이 아저씨 말대로 아버지는 이 나라의 교육과 미래를 짊어지고 있었다. 사명감을 가지고 일하는 아버지의 눈동자에는 수척한 얼굴마저 명료함으로 끌어올리는 빛이 흐르고 있었다. 다원은 그 빛을 보는 게 좋았다.

아버지가 책을 덮으면서 말했다.

"이제 그만 저녁 먹으러 내려가자. 이 정도 했으면 휴식 시간도 있어야지."

시험 이야기는 되도록 삼가려고 했지만 어쩔 수 없이 저녁 식탁의 주된 대화는 학년말 고사로 흘러갔다. 다원은 아버지가 자신에게 지나친 관심이나 부담을 주는 말은 일부러 자제한다는 것을 알았다. 그렇지만 헷갈리는 이론을 명확히 해 주거나 대립되는 두 주장 중 자신이 취하지 않은 반대 입장에서 제기할 수 있는 논거들을 제시해 시선을 넓혀 주는 데는 적극적으로 도움을 주었다. 아버지는 프라임스쿨 교수들 못지않은 훌륭한 과외 선생님이자 세상에서 가장 신뢰할 수 있는 상담자였다.

평소보다 저녁 식사가 길어지는 게 지루했는지 벤은 어느새 식탁 밑에서 잠들었다.

아버지가 말했다.

"학년말 고사만 치르고 나면 금방 새해가 되겠구나. 2월이면 네 생일이고. 열일곱은 열여섯과는 많이 다를 거야. 프라임스쿨에서도 고학년에 속하는 거니까."

"중간에 중요한 날을 하나 빼먹으신 거 아니에요?"

"중요한 날?"

"크리스마스요."

"참, 그래. 크리스마스를 빼먹으면 안 되지. 그런데 크리스마스를 기대하고 있는 걸 보니 아직도 확실히 어린아이구나. 고학년이라는 말은 취소해야겠어."

다원은 자신을 어린아이처럼 바라보며 웃음 짓는 아버지에게 자기가 진짜로 기대하고 있는 것을 이야기했다.

"이번 크리스마스엔 버즈 아저씨가 제작한 다큐멘터리가 방영되잖아요. 제가 다니는 학교가 다큐멘터리로 만들어지는 게 신기해서 그래요. 아저씨가 바라보는 프라임스쿨은 어떤 곳일지 궁금하기도 하고요."

아버지는 그제야 생각난 듯 "아, 그래. 그 일이 있었지."라고 고개를 끄덕이며 말을 이었다.

"너희들에게 좋은 자극제가 될 거야. 한곳에 오래 머물다 보면 자기가 있는 곳이 어떤 덴지 객관적으로 볼 수 없을 때가 있으니. 이번 기회를 통해 그동안 알려지지 않은 프라임스쿨의 새로운 면을 전 국민이 알게 되는 것도 의미가 있겠지. 물론 외부의 시각이라고 해서 그것이 늘 진실인 것은 아니니까 스스로 가려서 보는 분별력은 있어야겠지만."

'전 국민'이라는 표현에 다원은 기차를 타고 1지구에서 9지구까지 횡단했던 여정이 생각나 아버지에게 물었다.

"그런데 다큐멘터리가 전국에 방송되면 위화감이 더 커지는 건 아닐까요?"

"위화감이라니?"

"다른 지구에선 프라임스쿨을 귀족 학교라고 좋지 않게 보는 시각도 있잖아요. 그런 학교에 관한 다큐멘터리를 크리스마스에 방영하는 게 혹시 위화감을 키우는 촉발제가 되진 않을까 싶어서요."

"지나친 걱정이구나. 어디에나 다른 목소리는 존재하는 법이니 아직 어린 너희들이 그런 것에 일일이 신경 쓸 필요는 없단다. 게다가 애초에 다큐멘터리를 먼저 제안한 것도 프라임스쿨이 아닌 버즈였잖니. 오히려 학교는 전례 없는 일이라며 난색을 표했지. 이런 사정을 모르는 사람들이 위화감 운운하는 말들을 만들어 내는 거란다."

"하지만 어쨌거나 그런 시각을 가진 사람들도 우리나라 국민이잖아요. 지금도 각 지구 간의 이동이 적은데 이 이상으로 단절이 되는 건 바람직하지 않은 것 같아요. 울타리를 조금씩 낮춰서 동질성을 회복하는 게 국가의 미래를 위해선 장기적으로 더 바람직하지 않을까요? 꼭 1지구만 사과의 핵이 되란 법은 없으니까요."

"사과의 핵이란 게 무슨 뜻이니?"

"1지구에 집중된 사회·경제·문화 기반의 정당성을 설명하는 법학 교수님식 표현이에요. 교수님은 1지구가 전 지구의 핵 역할을 맡고 있다면서 사과의 씨앗은 늘 옳기 때문에 설령 가장자리가 부패해도 그것을 씨앗 책임으로 돌릴 순 없다고 하셨어요. 물론 수업을 들은 모든 학생이 그 의견에 동의한 건 아니지만요."

"다윈 너도 그 의견에 동의하지 않니?"

"그때는 이의를 제기할 분위기가 아니라서 가만있었지만, 복잡한 사회 시스템을 사과 씨앗에 빗대어서 정당성을 획득하려는 건 너무 단면적인 시각 같다는 생각이 들어요. 비유는 문학에선 좋은 영감의 도구지만 사회 현상을 설명하기에는 무모한 측면이 있잖아요. 아버지는요?"

"글쎄다, 네 생각에도 동의하지만 교수님이 어떤 의미로 말씀하신 건지도 이해되는구나. 그 나이쯤 되면 이 복잡한 세상을 설명할 단 한 줄의 간단한 문구를 만들고 싶은 욕망이 생길 테니. 어떤 의미에선 꽤 훌륭한 비유라는 생각도 드는구나. 인간이든 국가든 어떤 한 개체가 성장하기 위해서는 핵 역할을 하는 구심점이 필요한데, 지금으로선 어느 모로 보나 1지구가 그 역할을 하고 있지 않니?"

"하지만 그 시각을 받아들이기엔 핵의 크기가 너무 작다고 생각하지 않으세요? 나머지 지구들과 균형이 맞지 않잖아요."

"원래 핵이란 건 크기가 아니라 그 안에 깃든 에너지가 중요한 것이잖니. 인간도 마찬가지지. 단순히 몸에 비해 뇌의 크기가 너무 작다고 뇌의 역할을 경시하거나 비난할 순 없지 않니? 그리고 너는 아직 어려서 잘 모르겠지만 지금의 국가 균형은 다른 선진국들에 견주어도 좋은 편이란다. 사회, 경제, 문화 모든 면에 걸쳐 적절한 배분과 긴장감을 유지하고 있지. 사회 정치 활동은 1지구가 주도적인 지위에 있지만 경제 활동 같은 경우엔 2, 3지구가 더 활발하고, 중위·하위 지구에 비해 상위 지구가 내는 세금이 월등히 많은 식으로 말이야. 타 볼 일은 없겠지만, 일례로 중위 지구의 철도 요금은 상위 지구에 비해 훨씬 저렴하고, 하위 지구를 오가는 철도 요금은 아예 무료란다. 공정한 배분을 통해 각 지구 간의 경제적 균형감을 유지하기 위해서지. 또 사법 체계에서도 중위 지구와 하위 지구에 비해 상위 지구가 훨씬 무거운 책임을 지고 있고. 이런 정책들을 통해서 모든 지구가 각자에게 부여된 역할을 충실히 해내고 있는 거란다. 교수님의 비유를 따라 하자면 '훌륭한 사과 한 알'을 만들기 위해서 말이야."

다원은 아버지와 이야기를 나누는 시간이 즐거웠다. 아버지와 주고받는 대화는 서로 다른 길로 걸어가더라도 최종적으로는 같은 목적지에서 만나게 되는 여정과 비슷했다. 목적지로 향하는 길이 다르면 다를수록 서로 더 많은 가능성과 다양성을 발견할 수 있을 것이다.

다원은 아버지에게 물었다.

"그럼 아버지는 9지구가 부여받은 역할은 뭐라고 생각하세요?"

그런데 9지구 이야기를 꺼내는 순간 모든 길을 허용해 줄 것 같았던 아버지가 갑자기 폐쇄되는 철문처럼 엄격하게 말했다.

"9지구는 예외지."

아버지의 대답은 틈 하나 없이 닫힌 문만큼이나 단호했다.

"왜요?"

"왜냐니. 다윈 네가 그런 기본적인 질문을 한다는 게 조금 놀랍구나. 정말 몰라서 묻는 거라면 오늘 밤엔 역사, 특히 근현대사 부분을 더 집중적으로 공부해야 할지도 모르겠다."

"9지구가 12월의 폭동이 일어난 곳이라서요? 하지만 엄밀히 말해 9지구만을 폭동의 근거지로 매도하는 것은 불공평한 일이잖아요. 상위 세 지구만을 제외하고는 모두가 그 움직임에 동참했으니까요. 폭동이 진압되자 모두가 등을 돌리고 9지구만 통제하고 억압하는 것은 사회정의에도 어긋나는 일 아니에요? 그리고 그건 벌써 60년이나 지난 과거의 일이에요. 두 세대가 바뀔 만큼 오랜 시간이 지났다면 이젠 화해와 포용 정책을 펼칠 때가 아닌가요? 게다가 폭동의 전개나 의의에 대해서는 논란이 있는 부분도 있고요."

아버지가 조금 격앙된 목소리로 말했다.

"논란이 있는 부분이라니? 다윈 네가 무슨 말을 하는 건지 모르겠구나. 논란은 있을 수 없어. 12월의 폭동은 9지구가 주축이 된 하위 지구 세력이 국가 체제를 전복하려고 했던 반역으로 역사적 평가가 끝난 사건이야. 그 평가의 잣대로 주동자들은 모두 처벌되고 9지구는 죄의 대가를 치르고 있는 거란다. 그렇다고 지금 9지구에 반인륜적인 처사가 이뤄지고 있는 것도 아니야. 국가 전복을 시도한 자들의 근거지를 계속 놔두는 것만으로도 네가 말한 포용을 펼치고 있는 것 아니겠니? 또 네 말대로 중위 지구까지 그 폭동에 가담했음에도 각 지구 간의 이동이 자유로운 것은 국가 차원의 화해 의지이기도 하고 말이야. 이 나라 어디에도 통제와 억압은 없어."

"12월 폭동의 정의 자체를 부정하는 건 아니에요. 하위 지구엔 아직도 그걸 '전쟁'이라고 믿고 있는 사람도 있다지만 폭동은 폭동이죠. 하지만 세계사적으로 봤을 때 하층 사회에서 촉발된 모든 폭동엔 사회 전환적인 요소가 있잖아요. 그렇다면 12월의 폭동 역시 보편적인 권리를 확장하려고 했던 민중 운동으로 볼 여지가 있는 것 아니에요? 자기 울타리를 세울 기회조차 갖지 못한 사람들이 이미 견고한 울타리를 만들어 놓은 기존 권력에 항거하는 운동으로요."

말을 마쳤을 때 다원은 자신을 물끄러미 바라보는 아버지의 눈에서 처음으로 따뜻한 빛이 사라졌음을 느꼈다.

"프라임스쿨에서 그런 것을 공식적으로 가르칠 리는 없을 테고……. 누구에게 들은 얘기니? 역사를 왜곡하는 선동에 대해서는 문교부의 일원으로서 분명한 책임을 물어야겠구나."

아버지의 질문에 다원은 9지구에서 본 황폐한 풍경과 자신을 멸종해 가는 9지구의 마지막 세대라고 일컬었던 아저씨, 법학 수업 시간, 그리고 "바퀴가 아무것도 밟지 않고 전진할 수 있을까?"라고 물었던 레오의 얼굴 등 여러 모습이 동시다발적으로 떠올랐다. 그러나 스스로의 사고를 거쳐 발언한 이상 최종적으로 그것을 책임져야 할 사람은 자기 자신이었다.

"어디서 들은 얘기가 아니라 역사책을 읽으면서 제가 생각한 거였어요. 9지구 사람들도 우리와 똑같은 얼굴을 한 똑같은 사

444

람들이잖아요. 한 나라에 속해 있으면서 지난 60년간 동떨어진 섬처럼 취급받고 있는 건 너무 설망적인 것 같지 않으세요? 아버지는 통제와 억압이 없다고 하셨지만, 눈에 보이는 벽을 세우는 것보다 갈 수 있는 곳을 사람들이 자발적으로 가지 않게 만드는 것이야말로 가장 강력한 통제이고 억압 아닌가요? 그건 대중의 무의식을 지배하고 있다는 뜻이니까요. 또 아버지는 하위 지구의 철도 요금이 무료라는 점을 그들에 대한 배려와 균형적인 배분으로 설명하셨지만, 그건 오히려 하위 지구를 고립시키기 위한 고도의 장치인지도 몰라요. 아예 사회 시스템 자체를 다르게 만들어서 자기가 태어난 곳 외의 지구로 진출할 욕구를 차단하는 거죠. 지구 간의 환승역을 일부러 불편하게 만들어 놓은 것처럼요. 사법 체계 역시 그런 물리적인 구분을 정신적으로 형상화한 것이라 볼 수 있지 않나요?"

아버지는 아무 말도 없었다. 그러다 한참 뒤 물을 한 모금 마시고는 잔을 내려놓으며 말했다.

"그런 생각까지 하고 있었다니 놀랍구나. 그런데 다윈, 너의 그 훌륭한 공감 능력을 9지구의 폭도들이 아니라 어느 날 밤 갑자기 폭도들에게 모든 걸 빼앗길 뻔했던 상위 지구 사람들에게 적용한다면 더 정당할 것 같지 않니?"

"상위 지구의 피해를 무시하는 게 아니에요. 다만 지금까지의 피해 산출이 상위 지구 사람들이 잃은 것 위주로만 이루어졌으니 한 번쯤은 9지구 사람들이 잃은 것에 대해서도 생각해 보면 어떨까 싶은 것뿐이에요."

"그 사람들은 아무것도 잃지 않았단다. 애초에 아무것도 갖고 있지 않았으니까."

"애초에 가진 게 아무것도 없었다는 말은 그만큼 더 우리 사회에 잘못과 책임이 있다는 뜻 아닌가요? 그리고 눈에 보이는 것들만 생각한다면 잃은 게 없을 수도 있지만 눈에 보이지 않는 희망 같은 건요? 미래에 대한 기대, 꿈 같은 것은요?"

"다원, 지금 내 기분이 어떤지 아니? 내 아들이 아니라 꼭 9지구에서 온 소년과 함께 식사하는 것 같구나. 이 얘기는 이제 그만하자."

다원은 자신에게 늘 유연하고 열린 사고를 제시해 주던 아버지가 오늘은 편협하게 느껴질 정도로 교점 없는 의견을 고수하는 것이 이해가 가지 않았다. 아버지는 반대를 무릅쓰고 전례 없이 많은 2, 3지구 출신 아이들을 프라임스쿨에 입학시켜 주신 분이었다. 그런데 9지구와 12월의 폭동을 바라보는 시각에서만큼은 아버지도 법학 교수님과 별다를 게 없었다. 다원은 그 이유가 교수님이 그렇듯 아버지 역시 9지구를 경험할 기회가 전혀 없었기 때문이라고 생각했다. 만약 아버지가 자신처럼 9지구의 실상을 직접 눈으로 본다면 그들에게 관용을 베풀지 않을 수 없을 것이다.

"아버지, 언제부턴가 9지구에선 살인도 일어나지 않는대요. 왜인지 아세요? 아무 의지도 없을 땐 사람을 죽일 이유도 없기 때문이래요. 아무 의지도 없다는 건 이 세상에서 아무런 희망도 느끼지 못한다는 거잖아요. 같은 나라 한편에 그런 절망감을 안고 사는 사람들이 있다는 것에 책임감을 느끼지 않으세요?"

"도대체 그런 말들은 어디서 듣고 오는 건지 모르겠구나. 방

금 의지가 없어서 사람을 죽이지 않는다고 그랬니? 그렇다는
건 의지가 넘칠 땐 사람을 많이 죽인다는 얘기가 되겠구나. 과연
9지구에서나 통용될 법한 대단한 궤변이야. 의지가 넘쳐서 사람
을 죽이고들 다니면 결국엔 지금처럼 모든 희망이 사라진 9지구
가 될 테니."

아버지는 그러면서 "다원." 하고 불렀지만 평소와 같은 다정
함은 전혀 느껴지지 않았다.

"그게 바로 그들의 사고가 가진 맹점이란다. 넌 그들이 우리
와 똑같은 사람들이라고 했지만, 악마적인 면은 결코 겉으로 드
러나는 게 아니야. 아무리 똑같은 인간의 얼굴을 하고 있어도 그
런 사고 체계를 가진 사람들이 우리와 같은 사람들이라고는 도
저히 생각할 수 없구나."

'악마적인 면'이라는 말을 듣는 순간, 다원은 비로소 아버지
의 적대감이 어디에 뿌리내린 것인지 알 수 있을 것 같았다. 평소
의 관용적이고 진보적인 아버지의 성향에 위배되는 극단적 편
협함에는 역시 그럴 만한 이유가 있었던 것이다.

다원은 아버지의 기색을 살피며 조심스럽게 물었다.

"아버지답지 않게 다른 사람에 대한 평가가 가혹하신 이유가
혹시 제이 아저씨 때문인가요? 제이 아저씨가 9지구 사람에게
살해당했기 때문에. 제 말이 맞죠?"

"……이상한 데로 이야기가 튀는구나."

다원은 아버지의 증오가 잘못된 사실에 근거한 편견일 수도
있다는 것을 알리고 싶었다. 조이 아저씨에게는 말하지 못했지
만 아버지에게라면 안심이었다.

"아버지, 그런데 제이 아저씨는 어쩌면 9지구 사람에게 살해당한 게 아닐 수도 있어요."

역시 아버지의 눈빛이 예리하게 빛났다.

"……그게 무슨 말이니?"

"지난번에 잠깐 말씀드렸죠? 루미가 제이 아저씨의 죽음에 의문을 가지고 있다고. 루미는 9지구 사람이 아니라 1지구, 그것도 어쩌면 상당한 권력을 가진 사람이 범인일지도 모른다는 추론에까지 도달했어요."

"……상당한 권력을 가진 사람이라니?"

"저도 자세한 얘기는 아직 잘 몰라요. 오늘 만나서 이야기를 더 듣기로 했는데 갑자기 약속이 취소됐거든요. 궁금해서 루미네 집에 전화를 해 볼까 싶은데 왠지 조이 아저씨 눈치가……. 아, 그런데 사실은 오늘 약속에 루미 대신 조이 아저씨가 나오셨어요."

"조이? 조이가 무슨 일로?"

"아저씨는 저와 루미가 만나는 게 별로 마음에 들지 않으신가 봐요."

"……조이가 무슨 말이라도 했니?"

다윈은 조이 아저씨에게서 받지 못했던 공정한 평가와 이해를 아버지에게 받고 싶었다. 아버지는 아이들을 가혹하게 평가하는 어른들에게 천성적인 반감을 갖고 있는 분이었다.

"제가 루미에게 실망하길 바라시는지 루미에 대해 지나치다 싶을 정도로 하향된 평가를 하시더라고요. 루미가 허황된 판타지에 사로잡혀 있다느니, 제이 아저씨의 죽음을 재밋거리로 생각한다느니 하시면서 루미가 하는 말을 너무 믿지 말라고 하셨어요. 루미가 제 공부 시간을 방해해 제 성적이 떨어지면 아버지에게 폐를 끼치게 될까 봐 하시는 말씀이라지만, 그렇게 생각해도 너무한 것 같지 않으세요? 아저씨 딸인데 말이에요."

말이 끝났는데도 아버지가 아무 반응을 보이지 않아 다원은 "네? 그렇죠?"라며 동의를 구했다. 아버지 역시 조이 아저씨에게 너무 실망한 나머지 어떻게 대응해야 할지 모르고 있는 것 같았다. 아무리 화가 나도 자신 앞에서 아저씨를 노골적으로 비난할 순 없을 테니 루미와 조이 아저씨를 공평하게 중재할 말을 찾는 데 시간이 필요한 것이다. 아버지가 드디어 적당한 말을 찾았는지 한참 만에 입을 열었다.

"부모가 자기 자식을 그렇게 평가한다면 뭔가 그럴 만한 이유가 있어서겠지. 다원 너보단 조이가 루미를 잘 알 테니까 아주 틀린 관점이라고 할 순 없을 것 같구나."

논리적으로 쌓은 자신의 예상을 단번에 허물어 버리는 뜻밖의 대답에 다원은 조이 아저씨에게서 왜곡된 평가를 들었을 때보다 더 당혹감이 들었다.

"하지만 누군가를 잘 안다는 게 언제나 시간에 지배받는 것은 아니잖아요. 조이 아저씨는 루미에 대해 너무나 잘못 알고 계세요. 16년간을 함께 살고도 제가 발견한 루미의 장점을 하나도 모르고 계셨어요. 돌아오는 길에 생각해 보니 자신을 믿어 주지 않는 아버지와 사는 루미가 불쌍했어요. 부녀지간인데도 루미와 조이 아저씨는 조금도 닮지 않은 것 같아요."

"나만 그렇게 느끼는 게 아닌가 보구나."

"아버지도 그렇게 생각하셨어요? 그렇죠? 루미랑 조이 아저씨는 너무 다르죠?"

"그래. 내가 조이한테서 발견한 온화함, 신중함, 성실성 같은 좋은 점이 루미한테서는 잘 보이지 않더구나."

다원은 다시 한번 자신의 기대에서 완전히 비껴 간 의견을 펼치는 아버지에게서, 자신이 사랑하는 아버지와 얼굴만 같을 뿐 영혼은 완전히 다른 낯선 존재를 느꼈다. 아버지는 자신이 아들에게 그런 기분을 느끼게 하고 있다는 것을 아는지 모르는지 냉담한 목소리로 말했다.

"아무튼 조이가 그렇게까지 말했다면 너도 루미를 만나는 데 신중해야 할 것 같구나. 아직은 둘 다 부모의 조언에 귀를 기울여야 할 나이잖니?"

다원은 아버지가 자신이 알고 사랑하는 그 아버지이길 바라는 기대를 버리지 않은 채 물었다.

"아버지도 저와 루미가 만나는 게 마음에 안 드세요? 아니죠?"

"잘 모르겠구나. 마음에 들고 말고 할 만큼 그 애를 잘 아는 것도 아니니."

"그런데 왜 루미에게서 온화함이라든가 신중함, 성실성 같은 게 보이지 않는다고 하신 거예요? 루미를 충분히 아시는 것도 아니면서."

아버지는 가벼운 말투로 "글쎄다, 그냥 느낌 같은 것이겠지."라고 대답했다. 아버지 입에서 나왔다는 게 안 믿기는 그 무책임한 대답에 다원은 문득 아버지가 자신을 싫어하는지도 모른다고 했던 루미의 말이 떠올랐다. 그때 루미 역시 특별한 근거를 대지 못한 채 그저 그런 느낌이 들 뿐이라고 했다. 당시엔 절대 있을 수 없는 일이라고 생각해 루미가 아버지를 오해한 것이라고만 여겼는데 어쩌면 루미는 아버지의 이런 감정을 통찰했던 것인지도 모른다.

다원은 루미의 예리한 감각에 새삼 놀라며 아버지에게 말했다.

"왜 그런 느낌이 드신 건지 이해가 안 되지만, 루미를 잘 알게 될 기회가 생긴다면 아버지도 분명 루미에 대한 생각이 달라지실 거예요."

다원은 아버지와 루미를 만나게 할 기회를 어떻게 만들까 궁리하다가, 그러고 보니 바로 내일이 할아버지 집에 가는 날이라는 사실이 생각났다. 비록 오늘은 시간을 내주지 않았지만 내일 할아버지 집에 가서 함께 공부하자고 하면 루미도 분명히 찬성할 것이다.

"아, 그래요. 내일 할아버지 집에 갈 때 루미도 함께 가는 게 어때요? 지난번엔 이야기할 시간이 별로 없었잖아요. 아버지가 루미의 진짜 모습을 알면 루미에 대한 오해도 모두 풀릴 거예요."

"그건 어려울 것 같구나."

"왜요? 내일도 바쁘세요? 할아버지 집에 안 가실 거예요?"

"그게 아니라 우리 가족 시간에 외부인이 끼어드는 게 달갑지가 않아서 그런단다. 돌발적인 초대는 지난 한 번으로 충분하지 않니? 아, 그러고 보니까 체육대회 때도 있었지."

직접적이진 않았지만 다원은 난생처음으로 아버지가 자신

을 비난하고 있음을 느꼈다.

"루미는 외부인이 아니라 제가 좋아하는 친구예요."

"네가 좋아하는 친구래도 우리 영 가문의 사람은 아니잖니?"

"만약 제가 루미와 결혼한다면요? 그러면 루미 영이 되잖아요."

그 순간 아버지 얼굴이 단번에 굳어졌다.

"다원 네가 이렇게 경솔한 아이인지 미처 몰랐구나. 홧김에라도 그런 말을 함부로 하다니. 날 굴복시키기 위해 루미와 결혼한다는 거니?"

다원은 지금 식탁 맞은편에 앉아 자신을 향해 '굴복'이란 말을 쓰는 아버지를 어떻게 이해해야 할지 알 수가 없었다. 자신이 알고 있는 아버지가 아니었다.

"아버지답지 않게 오늘따라 왜 이렇게 극단적이신지 모르겠어요. 아버지를 굴복시키려고 하는 말이 아니라 아버지가 제 친구를 외부인이라고 표현하시니까 저 역시 외부인과 내부인의 경계란 건 언제든 유연해질 수 있다는 뜻으로 말씀드린 거였어요."

"그래, 네 뜻은 잘 알겠다. 머리가 아프니 그만하고 일어나자."

"그럼 루미를 초대해도 되는 거죠?"

아버지가 식탁에서 일어나며 말했다.

"조이가 반기지 않을 것 같구나. 너를 찾아와서 그렇게까지 당부했는데 바로 다음 날 초대를 하면."

"아버지가 전화를 해서 부탁하시면 조이 아저씨도 허락해 주실 거예요."

"미안하지만 그렇게까지 하고 싶진 않구나."

아버지는 더 얘기할 여지를 주지 않고 등을 돌려 식탁을 떠나려 했다.

"아버지, 잠깐만요."

다원은 돌아서는 아버지를 급히 붙들었다. 다시 몸을 돌린 아버지는 잠시 아무 말 않고 미동 없이 서 있더니 갑자기 묘한 미소를 지으며 물었다.

"……이것도 루미가 부탁한 거니?"

"무슨 말씀이세요?"

"다원, 부디 현명하게 행동하길 바란다. 루미 그 애가 원하는 걸 다 해 줄 필요 없어. 판단은 네가 내리는 거야."

"루미랑은 아무 상관 없는 일이에요. 갑자기 제가 생각나서 말씀드린 거예요."

"슬프지만 네가 하는 말을 처음으로 믿을 수가 없구나."

"정말이에요. 저야말로 왜 절 믿지 못한다고 하시는지 모르겠어요."

아버지는 다시 침묵한 채 물끄러미 바라보기만 했다. 다원은 자신에게 늘 사랑과 신뢰의 빛을 주던 아버지의 눈동자가 지금 전혀 다른 식으로 빛나는 것을 느꼈다. 아버지에게서 보게 될 거라고는 상상도 해 본 적이 없는 눈빛이라 그 느낌을 어떻게 정의해야 할지 알 수가 없었다. 그 눈빛을 정의하는 순간 아버지에 대한 정의가 달라질 것 같았다.

그때 아버지가 물었다.

"그럼 아카이브에서 내 아이디를 도용한 것도 네 판단이었니?"

생각지도 못한 질문에 아버지 팔을 붙들고 있던 손이 저절로 풀렸다. 대답을 하려고 입을 열었지만 아무 말도 나오지 않았다.

아버지가 다시 물었다.

"응? 네 판단이었어?"

다원은 잘 나오지 않는 목소리로 간신히 되물었다.

"……알고 계셨어요?"

"모를 거라 생각했니?"

"……어떻게요?"

"어떻게 알았는지보다는 아버지가 당한 곤혹을 더 궁금해해야 하지 않니? 감사 기간의 좋은 먹잇감이 될 거다. 문교부 차관의 아들이, 그것도 프라임스쿨 학생이 아버지의 개인 정보를 도용해 통제된 국가 기록물에 접근하는 범죄에 가담했으니 말이야. 나에게 조그만 흠결이라도 없나 눈을 부릅뜨고 있는 사람들이 한둘이 아니니, 국정감사장에서 아주 좋은 볼거리가 펼쳐질 거다."

다원은 자신이 모르고 있는 곳에서 생각지도 못한 방향으로 불거진 사태에 어떻게 대응할지 알 수가 없었다. 아버지에게 사과하고 용서를 구해야 한다는 것밖에는 떠오르지 않았다.

"잘못했어요. 아버지에게까지 문제가 될 줄은 정말 몰랐어요. 그냥 그때는 루미 할아버지가 찍은 사진이니까 손녀인 루미가 봐도 될 거라고 간단하게만 생각해서…… 죄송해요."

"이제 잘 알겠구나. 내가 왜 그 애를 싫어하는지."

아버지는 그 말을 입 안에서 만들어 낸 무기처럼 내뱉더니 거실을 지나쳐 침실로 걸어갔다.

다원은 아버지를 쫓아가며 말했다.

"아버지, 잠깐 제 말 좀 더 들어 보세요."

아버지는 걸음을 멈추지 않은 채 대꾸했다.

"이 정도면 서로의 입장은 충분히 알지 않았니? 머리가 아파서 그만 쉬어야겠다."

"루미를 도와주고 싶어서 그랬어요. 아버지도 루미의 설명을 들었다면 충분히 이해하셨을 거예요. 어떻게 된 건지 제가 다 말씀드릴게요."

"이 집에서 그 되바라진 계집애 얘기는 더 듣고 싶지 않구나."

다원은 아버지 앞을 가로막고 섰다.

"아버지, 아무리 그래도 말씀이 지나치세요."

"그러니 더 지나친 말이 나오기 전에 그만두자."

"아버지, 이것만 들어 보세요. 그게 어떻게 된 거냐면, 제이 아저씨의 앨범에서 사라진 사진이 한 장 있는데 루미가 그걸 보고……."

그 순간 아버지가 손을 뿌리치며 버럭 큰 소리를 질렀다.

"그만두자니까! 머리가 아프다고 하지 않니!"

식탁 밑에서 자고 있던 벤이 밖으로 튀어나오며 시끄럽게 짖어 댔다. 다른 곳에서 일을 보고 있던 마리 아주머니도 깜짝 놀란 얼굴로 달려왔다. 다원은 손이 허공에 뜬 채로 몸이 굳어 더 이상 아무 말도 할 수가 없었다. 아버지는 눈길 한번 돌리지 않고 그대로 침실로 걸어가더니 온 집 안 창문이 울릴 정도로 문을 거칠게 닫아 버렸다.

갑작스러운 비

시제와 인칭에 따라 달라지는 불규칙 동사의 수십 가지 변화를 외우는 것은 무척 까다로운 일이었다. 그 동사들은 정해진 법칙에 순응하지 않으면서도 동시에 그 법칙에서 완전히 벗어나지 않는 양면성을 띠었다. 그 변화들을 한데 집대성해 놓으면 다시 '불규칙 동사의 규칙 변화'라는 새로운 법칙을 설명하는 책이 생길 정도였다. 심지어 전혀 다른 뜻을 가진 두 동사의 과거형 시제가 인칭 변화까지 완벽하게 일치하는 경우도 있는데, 그 뿌리를 이해하는 것은 전혀 접점이 없어 보이는 어떤 두 사람의 과거가 알고 보니 한집에서 쌍둥이로 태어나 자란 것만큼이나 똑같다는 이야기를 듣는 것처럼 아리송한 일이었다.

외국어 교수님은 사람들 입에 많이 오르내리는 동사일수록 불규칙 동사로 변화할 여지가 많다고 했다. 인간의 언어 습관과 시간이 상호작용을 하면서 동사에 조금씩 변형을 가한다는 설명이었다. 다윈은 그 설명이 잘 납득되지 않았다. 사람들이 많이 사용하는 동사라면 오히려 원활한 소통을 위해서 시대와 장소를 가리지 않고 더 철저하게 규칙을 따라야 하는 게 아닌가 하는 의문이 들었기 때문이다. 인간이 규칙보다 불규칙에 치우쳐 언어를 변화시킨다는 것은 인간 자체가 규칙보다는 불규칙으로 진화한다는 말이나 다름없는 것 같았다.

그것이 자연에서의 생존 가능성을 더 높일 수 있을까? 이를 뒷받침하는 생물학적 발견이 있었던가? 인류학적인 시각에서는 어떨까? 규칙에 의거해 집단을 이룬 무리와 규칙을 어기고 집단에서 뛰쳐나간 한 이탈자 중 어느 쪽의 생존 능력이 더 강할까? 기존의 집단에서 뛰쳐나갔다는 사실 자체가 애초에 가장 우수한 능력을 가진 자였다는 것을 증명하는 걸까? 아니면 단순히 무리의 질서에 순응하지 못하고 도태된 낙오자에 불과한 걸까?

각 교과목의 경계를 뛰어넘는 상념에 사로잡힌 채 불규칙 동사들의 변화를 노트 가득 써 내려가던 다윈은 문득 창밖에서 울리는 둔탁한 소리를 듣고 펜을 멈추었다. 비가 내리고 있었다.

비 예보는 듣지 못했는데 곧 천둥까지 동반한 요란한 비가 쏟아지기 시작했다. 시간은 어느덧 자정에 가까워져 있었다. 다윈은 펜을 내려놓고 빗줄기가 창을 때리는 소리에 가만히 귀를 기울였다.

……아버지는 왜 그렇게 화를 내신 걸까.

다윈은 다른 날보다 유독 오늘 더 동사 변화가 이해되지 않는 이유가 아버지에게 있을지도 모른다는 생각이 들었다. 도무지 아버지를 이해할 수 없었다. 아버지가 자신을 향해 그렇게 방어적이고 공격적인 모습을 드러낸 적은 처음이었다. 이제껏 자신에게 안심과 확신을 주었던 규칙 동사들이 한순간에 모두 불규칙 동사들로 변해 버린 것 같았다.

물론 먼저 아버지를 실망시키고 화나게 한 건 자신이란 걸 잘 알고 있었다. 자신의 잘못으로 아버지의 경력에 큰 흠이 생기게 된 상황은 그 사실을 알게 된 것 자체가 가장 무거운 벌로 여겨질 만큼 고통스러운 일이었다. 다원은 잘못 판단한 자신의 선택을 후회했다. 아버지에게만은 그날 낚시터에서 돌아오는 길에 루미가 생각하고 있는 바와 아카이브에서 있었던 일을 모두 솔직히 이야기했어야 했다. 그랬다면 아버지도 이해하고 어떻게든 도움을 주었을 것이다. 아버지가 화난 것은 다른 것보다도 아들이 자신을 속였다는 사실 때문일 것이다. 다원은 아예 창 쪽으로 돌아앉아 유리창에 비가 맺혔다가 떨어지는 모습을 처음 보는 자연현상인 양 감상했다.

그러나 단지 그 문제가 전부라고만은 할 수 없었다. 아버지와는 이미 12월의 폭동과 9지구 이야기를 나눌 때부터 서서히 어긋나고 있었다. 사회의 약자들에게 아버지가 그렇게까지 폐쇄적이고 권위적인 생각을 가지고 있을 줄은 몰랐다. 자신이 알던 아버지가 아닌 것 같았다.

게다가 되바라진 계집애라니…….

그건 결코 자신이 사랑하고 존경하는 아버지의 입에서 나올 법한 말이 아니었다. 루미를 판단하는 일에서만큼은 언론에서 붙인 '문교부의 혜안'이라는 별명이 무색할 정도로 아버지의 두 눈에 검은 천이 드리워져 있는 것 같았다. 다윈은 빗소리를 덮을 정도로 무거운 숨을 뱉었다. 한 번이라도 루미와 진실되게 이야기할 수 있는 기회가 생긴다면 아버지는 자신이 얼마나 편견에 치우쳐 있는지를 깨닫고 곧바로 루미를 사랑하게 될 텐데…….

그때였다. 노크 소리가 들렸다. 다윈은 의자를 돌려 문 쪽을 바라보았다. 아버지일 거라는 예감이 들었다. 아버지 역시 이 늦은 시간까지 잠 못 이루고 괴로워하다가 이야기를 나누러 올라온 것이 분명했다. 문이 열리면 다윈은 아버지가 화해의 손길을 내밀기 전에 자신이 먼저 아버지의 믿음을 저버린 행동을 한 것에 정식으로 다시 용서를 구하리라 생각했다. 그러면 아버지는 오히려 위로해 주며 자신 역시 지나치게 반응한 부분이 있었음을 사과할 것이다. 그러나 그 진지한 각본은 마리 아주머니가 간식이 든 접시를 들고 방으로 들어오는 순간 혼자만의 우스운 상황극이 되어 버렸다.

"이 시간쯤 되면 배가 고플 것 같아서."

"고맙습니다. 안 그래도 내려가서 먹을 것 좀 찾아보려고 하던 참이었어요."

식욕은 없었지만 밤늦게까지 신경 써 주는 아주머니의 정성을 생각해 다윈은 감사 인사를 했다. 그런데 책상 위에 접시를 내려놓은 아주머니가 방을 나가지 않고 빈 쟁반을 든 채 옆에 서서 머뭇거렸다.

"왜요? 저한테 무슨 하실 말씀이라도 있으세요?"

아주머니가 기다렸다는 듯이 이야기했다.

"실은 조금 전에 차관님이 다시 나오셔서 위스키 병을 들고 가셨어. 머리가 아프다고 하셔서 일찍 주무시는 줄 알았는데 잠기운이 없는 게 지금까지 계속 깨어 있으셨나 봐. 내가 한 잔만 드시라고 했는데도 못 들은 척 그냥 방으로 들어가 버리시는구나."

"위스키는 가끔 드시잖아요."

"병째는 아니지. 게다가 차관님이 오늘처럼 화를 내는 모습은 처음 보기도 해서……. 그렇다고 내가 끼어들 일은 아닌 것 같고. 다원, 급한 공부가 아니면 네가 잠깐 내려가서 좀 들여다봐 줄 수 없겠니?"

"제가 내려가 볼 테니 아주머닌 걱정 마시고 그만 주무세요. 걱정 끼쳐 드려서 죄송해요."

마리 아주머니는 다정한 눈길로 "그래, 그럼 부탁하마."라는 말을 남기고 방을 나갔다. 아주머니가 나가고 난 뒤 다원은 창가로 갔다. 1층을 내려다보니 아버지 방 쪽 불은 꺼져 있었다. 아주머니가 올라온 사이 위스키 한 잔을 마시고 이미 잠을 청한 것 같았다. 다원은 동사 변화를 마저 외우려고 책상으로 돌아와 앉았다. 똑같은 것 같으면서도 자세히 보면 미묘하게 조금씩 다른 글자들의 나열이 암호문처럼 느껴졌다. 그렇게 생각해서인지 아무리 집중하려고 해도 새로운 단어들의 동사 변화가 머릿속에 잘 들어오지 않았다.

잠시 뒤, 다원은 도무지 진도가 나가지 않는 책을 그만 덮고 1층으로 내려갔다. 거실에 켜진 보조등이 계단을 헛디디지 않을 만큼의 옅은 빛을 바닥에 비추고 있었다. 1층으로 내려오니 땅을 때리는 빗소리가 더욱 거세게 들려왔다. 다원은 아버지 침실로 가까이 걸어가 문에 귀를 기울였다. 아무 소리도 들리지 않는 것 같았다. 아버지가 깨지 않게 노크 없이 살그머니 문을 열었다. 방에 불은 꺼져 있고 비에 젖은 정원등 불빛이 어스름하게 방을 밝히고 있었다.

살짝 열린 문틈으로 방을 둘러보던 다원은 순간 깜짝 놀랐다. 검은 형체가 아버지 침대 근처에 우두커니 서서 자기 앞의 전신 거울을 마주 보고 있었다. 거울 표면에서 발산되는 둥근 빛이 다른 곳으로 이어지는 통로처럼 느껴지려는 찰나, 검은 형체가 거울을 향해 말하는 소리가 들려왔다.

"뭐야, 어떻게 날 찾아온 거지?"

술에 잔뜩 취한 목소리였다.

"넌 죽었잖아. 제이가 죽은 30년 전 그날 새벽, 함께 죽었잖아."

다원은 숨소리를 죽였다.

"그런데 뭐야, 이제 와 그 낡아 빠진 후드까지 꺼내 입고 다시 나타나다니…… 그 후드……. 도대체 그 빌어먹을 후드는 왜 버리지 못하는 거야?"

다원은 숨소리가 작아지다 못해 멎는 느낌이었다.

"많이 작아졌네……. 아니, 후드가 작아진 게 아니라 네가 커버린 거지……. 네가 일방적으로 혼자 커 버린 거야."

위스키를 병째로 들이켜는 검은 형체가 거울 속에 비쳐 보였다.

"제이를 죽이고 나오던 그날 새벽……. 그땐 이 후드가 손등을 다 가릴 정도로 컸었지……. 덕분에 떨리는 온몸을 가릴 수 있

었어……. 후드가 눈앞을 가린 덕분에 아무것도 보지 않아도 됐
지……. 죽어라 도망치기만 했어……. 나만 보지 않으면 남들도
나를 못 보는 줄 알고…….모래 속에 머리를 처박은 멍청한 새처
럼."

빗소리를 관통하는 웃음소리가 터져 나왔다가 순간 뚝 그
쳤다.

"문교부? 위원장? 대체 어디까지, 언제까지 사람들을 속일
셈이지?"

검은 형체는 거울 앞으로 가까이 다가가 그 위에 비쳐 보이는
반사체를 손으로 더듬었다.

"니스 영……. 아무리 발버둥을 쳐 봐도 넌 살인자야……. 친
구를 죽인 살인자. 자, 들어 봐, 지금도 들리지?"

문교부 실무진들이 모두 참여하는 전체 회의를 하다가도, 전
화로 장관과 후임 인사를 논의하다가도, 기자들 앞에서 정례 브
리핑을 하다가도, 월요일 아침 프라임스쿨로 돌아가는 다윈을
배웅해 주다가도 그 목소리는 문득문득 들려온다.

"니스 영, 그래 봤자 넌 살인자일 뿐이야."

그러면 난 다정하게 미소 지으며 고개를 끄덕인다. "알아, 내
가 그 사실을 한 번이라도 부인한 적 있어?" 그러면 그 목소리는
비위가 상한 아이처럼 "쳇!" 하고 혀를 찬 뒤 "잊고 있는 것 같아
서 다시 한번 말해 주러 온 것뿐이야."라고 투덜대며 슬그머니

사라진다.

맨 처음 그 목소리를 들은 건 고등학교 입학식 날 자기소개를 하는 자리에서였다. 이름에 이어 "즐겨 하는 취미는……." 하고 말하려는 순간, 누군가 귀에 대고 "살인자."라고 속삭였다. 난 그대로 교실에서 정신을 잃고 쓰러졌다.

그날을 시작으로 그 목소리는 때를 가리지 않고 불쑥불쑥 나를 찾아왔다. 나는 사색이 되어 도망쳤다. 한동안 아무것도 할 수가 없었다. 제이의 죽음 이후 멎었던 구토도 다시 시작돼 어머니의 걱정이 무척 컸다.

그런데 어느 순간, 내가 도망가지 않고 다정하게 미소를 지으면서 "알고 있어. 그래, 난 살인자야."라고 인정하면, 그 목소리가 별다른 위협 없이 스스로 물러난다는 것을 알게 되었다. 이후 아무리 당황스럽고, 무섭고, 화가 나는 순간일지라도 감정을 억누른 채 미소 짓는 법을 수천 번 연습했다. 덕분에 이제는 "살인자, 살인자, 살인자."라고 외치는 소리가 귓가에서 한 시간 넘게 울려도 입으로는 '다음 세대 교육이 나아가야 할 길'을 유려하게 발표하고, 기자들이 덫처럼 던지는 질문에도 자료를 확인하지 않고 재치 있게 대답할 수 있는 경지에 이르렀다. 극복할 수 없을 것 같던 고난을 극복해 낸 이 경험은 내가 재능이 부족하다고 느끼는 학생들에게 연습의 중요성을 강조하는 근거가 돼 주었다. 누구든 연습하면 숙련될 수 있고, 숙련되면 위장할 수 있다.

그날 이후로 30년이 흘렀다. 평범한 소년으로 16년, 살인자로 30년을 살았으니 산술적으로 봐도 내 본질은 살인자이다.

1년, 5년, 10년, 20년……. 시간이 아무리 흘러도 죄는 결코 옅어지지 않는다. 살인자로서의 삶만 더 늘어날 뿐이다.

다른 선택은 없었을까? 부질없는 질문이란 것을 알면서도 나는 한 번씩 지나간 시간을 괴롭힌다. 꼭 제이를 죽여야만 했나. 침착하게 다른 방법을 찾았으면 어땠을까. 그러나 중년이 된 지금 생각해 봐도 별다른 방법이 떠오르지 않는다. 다른 사람에게 의견을 구할 수도 없는 일이다. "제이를 죽이지 않고 그 일을 해결할 수 있는 방법이 있었을까요?" 그런 상담을 누구에게 할 수 있을까. 이 일에 관한 한 오직 열여섯 살의 내가 묻고 열여섯 살의 내가 답하는 길밖에는 없다. 그리고 그때마다 나는 매번 같은 결론에 도달한다. 7월 10일을 알리는 괘종 소리가 천 번 울리면, 나는 그때마다 매번 지하실로 들어가 그 낡아 빠진 후드를 집어 입는 것이다.

만약 제이에게 모든 걸 털어놓고 용서를 구했으면 어땠을까. 그러면 내 아버지를 용서해 주었을까. 친구인 나를 봐서 죄를 눈감아 주었을까. 제이가 용서만 해 준다면 나는 평생 동안 그에게 복종했을 텐데. 그가 언짢아하는 눈빛만 보여도 쩔쩔맸을 텐데. 그를 왕처럼 모셨을 텐데……. 그런데 잠깐, 왜 나와 아버지가 제이에게 용서를 구해야 하는 거지? 우리가 그 애에게 무슨 짓이라도 했던가? 그를 때렸나? 물건을 빼앗았나? 목숨을 위협했나? 아니, 그런 적은 한 번도 없다. 다만…… 들켰을 뿐이다. 아버지라는 존재를, 더불어 아버지에게서 분리될 수 없는 나라는 존재를.

제이는 태양이었다. 살다 보면 자연스레 친구와 동료들의 중

464

심에 서게 되는 사람이 있는데, 제이가 바로 그런 사람이었다. 제이는 1지구의 적통 '도련님'이면서도 늘 모험을 꿈꿨다. 프라임스쿨 입학시험에 합격했으면서도 "너희들이랑 노는 게 더 좋아."라며 그 명예를 간단히 비웃어 버렸을 때는 친구지만 우러러볼 수밖에 없었다.

인생이 선사하는 모든 행운을 가지고 태어난 내 친구 제이 헌터. 단 한 번이라도, 한순간이라도 제이는 고통이란 걸 겪은 적이 있을까. 마음이 무너지는 느낌을 받은 적이 있을까. 아버지가 저지른 죄 때문에 자신의 존재가 더럽혀지는 기분을 맛본 적이 있을까. 뿌리 없는 존재가 되어 어딘가로 날아가 버리고 싶었던 적이 있었을까. 그럴 리가…….

제이는 순결했다. 그리고 자기가 순결한 만큼 다른 사람들도 순결하기를 바랐다. 열세 살 겨울이 거의 끝나갈 무렵 제이는 "세상 모든 사람들은 1년에 한 번씩 재판장에 서야 해."라고 말했다.

"한 해의 마지막 날이 되면 모든 사람들은 각 지역에 있는 재판장으로 모여야 해. 거기에는 특수하게 고안된 저울이 있지. 과학자들과 철학자들, 법학자들이 함께 고안해서 만든 완벽한 저울이야. 모두 신발과 양말을 벗고 맨발로 저울에 올라야 해. 그러면 아무리 숨기려고 해도 그가 지난 1년 동안 저지른 죄의 값이 저절로 나와. 3그램 이상인 사람은 새해를 즐길 자격이 없어. 그런 사람들은 죄질에 따라 사형에 처해지거나 감옥에 가거나 9지구로 퇴출돼서 노역을 해야 해. 간통을 하거나 살인을 저지르거나 반역을 하는 따위의 눈에 보이는 죄뿐만이 아니야. 부정한 생각을 하는 것만으로도 죄의 무게는 올라가. 그러고 나면 이 세상이 좀 더 깨끗해질 거야."

나는 날카로울 정도로 명료한 제이의 의견에 감탄하며 물었다.

"면제되는 3그램은 뭐야?"

"그건 인간이 타고난 원죄 같은 거야. 호두가 인간의 뇌를 닮았다고 하지? 호두 한 알을 3그램으로 보고 그 정도는 인간으로 태어난 죄로 봐주는 거야."

"그럼 어느 정도의 죄를 지었을 때부터 저울 눈금이 올라가는데?"

"남이 해 준 숙제를 자기가 한 것처럼 대신 내거나, 길에 몰래 쓰레기를 버리거나, 남의 배우자를 곁눈질로 흘깃거리는 정도가 되겠지."

"그랬다간 이 세상 모든 사람들이 죄인이 될 것 같은데?"

"난 아니야."

제이는 자신 있게 대답했다. 그리고 나에게 물었다.

"니스, 너는 죄인이야?"

나는 대답했다.

"아니, 나도 아니야."

길에 쓰레기를 버리는 정도로도 저울의 눈금이 올라간다면 제이가 말한 간통, 살인, 그리고 반역은 과연 몇 그램이 나오는 건지, 그때는 깊이 생각하지도 않은 채 그렇게 대답했다. 그럴 필요가 없었다. 나에게 내가 짓지도 않은 죄가 있을 것이라고는 조금도 의심하지 않았으니까.

사춘기를 겪는 또래 친구들이 어떻게 학교와 부모에게 들키지 않고 부정한 짓을 저지를까 골몰하는 사이, 제이는 위대한 인간처럼 어떻게 하면 순결무구한 사람이 될까를 고민하고 있었다. 제이는 모든 인간관계에서 정직했다. 그 나이 때는 가장 많이 부딪치고 거짓말을 하게 되는 대상이 부모님인데, 제이는 단한 번도 부모님을 속이려 든 적이 없었다. 집에 돌아오면 학교에서 있었던 시시콜콜한 얘기까지 어머니에게 모두 얘기했다. 마마보이라서가 아니라 그렇게 함으로써 어머니의 신뢰를 얻는 것이었다. 헌터 부인은 그런 아들을 자랑스러워하며 자신 역시 아침부터 낮까지 있었던 일과를 모두 이야기했다. 그런 제이를 통해 나는 어머니와 아들이 친밀한 관계를 가지는 것이 결코 부끄러운 일이 아니라는 것을 알게 되었고, 전에도 사랑했던 어머니를 더욱 당당하게 사랑할 수 있게 되었다. 제이가 정한 기준에 도달하지 못한 아이들은 제이를 '재판관 제이'라고 부르며 멀리했지만, 나는 제이의 그런 면이 매력적이라고 생각했다.

그렇다고 제이가 꽉 막힌 고리타분한 인간이었던 것은 아니다. 제이는 기본적으로 장난꾸러기였다. 특히 동생인 조이에게는 어리다는 이유로 짓궂은 장난도 자주 쳤다. 한번은 밧줄로 동생을 나무에 묶어 놓은 적도 있었다. 조이가 우는 것을 보고 내가 "제이, 이런 건 죄가 되지 않는 거야?"라고 물었더니, 제이는 길에 몰래 쓰레기를 버리는 건 죄가 되지만 야구를 하다가 남의 집 유리창을 박살 내는 건 죄가 되지 않는 것과 비슷하다고 말했다. 제멋대로식 재판같이 여겨지기도 했지만, 제이는 유리창을 박살 내는 것엔 '숨길 의도'가 없기 때문이라고 설명하며 숨길 의도가 있는 일만이 벌을 받는 것이라고 했다. 실제로 야구를 하다

남의 집 창문을 깨뜨린 일이 여러 번 있었는데, 공을 찾으러 가서 사과하면 화를 내는 집주인들은 하나도 없었다. 그들은 잘못을 고백하러 온 우리를 오히려 기특하게 여겼다. 제이는 우리가 잘못을 숨기지 않았기 때문이라면서 동생을 놀리는 것 역시 숨길 의도가 전혀 없는 순수한 놀이이므로 죄가 되지 않는다고 했다. 현명한 제이는 인간의 죄의식이 '숨김'에서 태동한다는 것을 벌써 깨닫고 있었던 것이다.

제이와 나는 서로의 재판관이 되어 주기로 했다. 우리들의 목표는 하느님의 도움 없이 인간의 힘만으로 깨끗한 세상을 만드는 것이었다. 맨발로 저울에 올라도 3그램에서 숫자가 멈추는 순결무구한 인간.

그러나 순결무구한 인간이 되겠다는 약속을 지키는 게 태생적으로 불가능하다는 것을 알게 된 순간부터 나의 친구 제이는 무시무시한 재판관으로 돌변했다.

제이가 자기 아버지에게서 받은 사진들로 만든 앨범을 자랑하며 보여 주었을 때 나는 12월의 폭동 사진들 중 한 장에 찍혀 있는 어린 후디가 나의 아버지라는 것을 단번에 알아보았다. 30년의 시간이 흘렀지만 왼쪽 뺨에 길게 난 물방울 모양의 점은 그대로였다. 그 순간 나는 왜 아버지가 할머니 할아버지와 전혀 안 닮았는지, 왜 아버지가 어린 시절 친구들과의 일화를 하나도 이야기해 주지 않는지, 왜 아버지가 다른 아버지들과 다르게 넥타이를 잘 매지 않는지, 왜 아버지의 입에서 가끔 투박하고 거친 말이 튀어나오는지, 왜 지하실 상자에 9지구 범죄자들이나 입는 후드가 있는지 전부 알게 되었다. 한 장의 사진으로 내 아버지에게 궁금했던, 그러나 결코 의심은 하지 않았던 질문이 모두 풀렸다. 그리고 불안의 폭풍이 몰아쳤다.

그날부터 나는 제이가 평생 그 사실을 모르고 지나가기만을 기도했다. 그러던 어느 날 아침, 제이가 헐레벌떡 복도를 뛰어오며 말했다.

"너희들, 내가 어제 누구를 봤는지 알면 기절할 거야."

"지붕에 올라간 빌리 조라도 본 거야?"

빌리 조는 당시 최고의 인기를 누리던 3지구 영화배우였는데 심각한 알코올 중독자였다. 그는 술에 취해 자기 집 지붕에 올라갔다가 떨어져 사망했다. 신문 기사에는 그가 술만 마시면 새처럼 날 수 있다는 착각을 했다는 뒷이야기가 실렸다. 그 뒤로 기이한 일을 보면 '지붕에 올라간 빌리 조'라고 빗대는 게 한동안 유행이었다.

"빌리 조는 아무것도 아니야. 앨범 속에 있던 그 특이한 모양의 점이 난 남자를 봤어. 어제 버스를 타고 시내에 가는데 그 남자가 쇼핑몰에서 나오고 있었어. 믿어져? 폭동을 주도했던 후디가 살아서 버젓이 1지구를 걸어 다니고 있다니 말이야. 잘난 금목걸이까지 걸고 있더군. 그런데 젠장, 얼른 버스에서 내려서 쫓아가 봤는데 벌써 사라지고 없었어."

"……잘못 본 거 아냐? 그럴 리가 없잖아."

"날 믿어. 그런 모양의 점이 있는 사람은 이 세상에 단 한 명밖에 없어."

제이는 그러고는 문득 내 새 운동화를 발견하고 "새로 샀나 보네? 멋진데."라고 말했다. 어제는 사업으로 늘 외국에 나가 있던 아버지가 오랜만에 귀국해 나에게 줄 운동화와 옷을 사 온 날이었다. 나는 훔친 물건처럼 한 발을 다른 발 뒤로 감춰야 했다.

"앞으로 우리의 사명은 그 특이한 점이 난 남자를 찾아서 재판장에 세우는 거야. 척결 대상 2호."

나는 등으로는 식은땀을 잔뜩 흘리면서도 아무렇지도 않은 척 1호는 누구냐고 물었다. 제이는 "첫 번째는 그냥 상징적으로 비워 두는 거니까."라며 대충 지나갔다.

척결 대상 2호.

나에겐 그 말이 아버지와 나, 두 사람을 의미하는 것처럼 들렸다.

그러고 나서 무슨 일이 있었지? 불면증, 구토, 고열, 증오, 두려움, 비굴함…… . 밤이 지나면 다시 밤이 오고, 그 밤이 지나도 또 밤이 오고…… .

나는 왜 제이의 추도식에 갓 태어난 다원을 데려갔던 걸까. 제이와 그 가족에게 절대 내 아들을 보여 주고 싶지 않아 했으면서…… . 그러나 웃고 있는 제이의 사진이 놓인 제단에 다원을 안고 선 순간, 나는 왜 내가 다원을 제이 앞으로 데리고 갈 수밖에 없었는지 깨달았다.

다원은 한 마리의 양이었다. 내가 저지른 죄를 속죄하기 위해 제물로 바치는 양.

제이, 여기 내 아들 다원이야. 너를 살해했던 내가 어느새 결혼을 해 아들을 낳고 아버지가 되었어. 내가 널 죽이지 않았다면 너도 지금쯤 한 아이의 아버지가 되었겠지. 네 아이는 너를 닮아 완전무결했을 거야. 맨발로 저울에 올라도 숫자판엔 3그램조차 안 뜨겠지. 제이, 그럼 내 아들은? 내 아들 숫자판엔 몇 그램이 뜨지? 97883423849584……. 잠깐 제이, 그건 내 아들의 무게가 아니야. 내가 아이를 안고 함께 올라가 있잖아. 아직은 혼자 힘으로 일어서지 못하니까. 그건 내 죄의 무게야. 절대 내 아들의 무게가 아니야.

그 신고식이 처음이자 끝이라고 다짐했으면서도 나는 해마다 다윈을 추도식에 데리고 갔다.

제이, 다윈이 한 살이 되었어. 며칠 전 처음으로 내가 한 말을 따라 했어. 올해 유치원에 입학했어. 초등학교를 졸업했어. 네가 합격하고도 가지 않은 프라임스쿨에 우리 다윈이 들어갔어.

내 죄를 알고 있는 조이가 날 빤히 지켜보고 있는 앞에서 나는 매년 그렇게 고해성사를 했다. 그때 조이는 왜 나를 용서해 준 걸까. 왜 한 번도 자기 형을 죽인 이유를 묻지 않은 걸까. 내 약점을 쥐고 있다고 생각하는 걸까. 그걸 빌미로 언젠가 날 무너뜨릴 계획인 걸까. 훌륭한 아버지? 훌륭한 아버지가 돼 달라고 했었나? 아버지 같은 건 정말 되고 싶지 않았는데…….

내 아들 다윈, 너에게만은 절대 내 죄를 물려주지 않을 거야. 내가 저지른 죄로 네가 괴로움을 당하는 일만은 절대 없게 할 거야. 너는 아무 죄의식도 없는 가문의 선조가 될 거야.

……잠깐.

내가 왜 이런 옷을 입고 있는 거지? 뭐야, 누가 나한테 이 후드를 입혀 놓은 거야. 바닥에 엎어져 있는 저 위스키 병은 뭐지? 내가 마신 건가. 아, 그러고 보니 방 안에서 술 냄새가 진동하잖아. 아침이 되기 전에 환기를 시켜야 할 텐데. 술 냄새에 찌든 방을 보면 마리가 괜한 걱정을 하며 다윈에게 말할 테니까. 그런데 이 소리는 뭐지? 비가 오는 건가? 환기는 하지도 못하겠군. 바닥에 쓰러진 술병이라도 치워 놔야 할 텐데. 아니, 다른 것보다도 먼저 이 후드를 벗어야 해. 후드를 입은 모습을 누군가에게 들키기라도 했다간……

그런데 뭐지…… 이 평온함은. 난파당한 배의 파편에 간신히 올라타서 아무도 없는 바다를 혼자 떠다니는 것 같은 이 평온함은……. 척결 같은 건 없어, 이 바다에. 죄를 감지하는 저울도 없어. 배 조각이 떠받드는 무게는 오직 내 육체의 무게야.

피로 얼룩진 이 후드가 나에게 이런 평온함을 선사할 줄이야. 그런데 저 거울 속의 사람, 양복을 입을 땐 늘 거적때기를 걸친 허수아비로 보였는데, 몸에 맞지도 않는 이 작고 후줄근한 후드를 입고 있는 지금은…….

꽤 괜찮잖아.

"왜냐면 그게 너니까. 니스 영…… 살인자."

안개에 휩싸인 실버힐

아침 조깅을 하러 밖으로 나온 러너는 정원에 잠깐 멈춰 서서 걱정스러운 눈길로 하늘을 올려다보았다. 짙은 안개가 실버힐을 뒤덮고 있었다. 간밤에 예보도 없던 비가 내려 잠깐 지나가는 것이라고만 생각했는데 기어이 이 좋은 아침에 찌꺼기를 남겨 두고 떠났다. 흐린 날이 반갑지 않은 러너는 그렇게 하면 실제로 물리칠 수 있기라도 하는 것처럼 손으로 안개를 휘저었다. 니스와 다윈이 오는 날이니 이왕이면 날씨가 화창하면 좋으련만…….

답답한 시야에 위축되던 기분이 아들과 손자의 얼굴을 떠올리자 먹구름이 가신 하늘처럼 금세 밝아졌다. 지난번 낚시 여행은 참 좋았다. 집에 돌아와서도 자꾸만 생각이 났다. 이따금 보석함을 열어 보며 행복을 느끼는 여자들의 심정이 어떤 것인지 이해할 수 있을 것도 같았다. 아마도 그녀들은 보석 그 자체보다는 보석에 담긴 추억을 회상하며 기쁨을 느끼는 것이리라.

낚시터에서 보낸 그날 오후도 한 알의 붉은 루비가 되어 주었다. 러너는 그것을 마음속 보석 상자에 넣어 두고 아들과 손자가 그리울 때마다 이따금 꺼내 보곤 했다. 젊었을 땐 진짜 금과 다이아몬드를 좇았지만 나이가 들어서 보니 손에 잡히는 재물보다 함께 기억하고 이야기 나눌 수 있는 좋은 추억 한 조각이 훨씬 더 값졌다. 그것을 깨닫고 나니 니스가 어렸을 때 함께 많은 일을 해 보지 않은 것이 새삼 다시 후회되었다. 왜 당시에는 설령 빈 통만 들고 돌아올지라도 낚시터에 가서 함께 시간을 보내는 것보다 1년에 한 번씩 귀국해 쇼핑몰에서 원하는 것을 잔뜩 사다 주는 것이 더 아버지다운 일이라고 생각했던 걸까……

농무 탓에 회상이 지나치게 길어지고 있었다. 러너는 하늘을 더듬던 시선을 그만 땅으로 내렸다. 지나간 과오를 되짚고 후회하는 데 시간을 쓰는 것은 어리석은 자들의 습성이었다. 이제는 후회할 시간조차 넉넉히 남아 있지 않았다. 그 귀한 시간은 뒤를 돌아보는 데가 아니라 어머니가 지어 준 '러너'라는 이름에 걸맞게 앞으로 달려가는 데 써야 했다. 몇 시간 후면 아들과 손자가 올 것이다. 러너는 운동화 끈을 단단히 당겼다. 휑한 보석 상자를 아쉬워하고만 있을 게 아니라 오늘부터 그 상자를 가득 채울 보석을 하나씩 캐고 세공하면 된다.

러너는 몸을 풀며 정원 밖을 향해 뛰듯이 걸어 나갔다. 일각에선 안개 낀 날에 운동을 하면 건강에 해롭다고들 하지만, 그런 자질구레한 건강 상식에까지 귀를 기울일 마음은 없었다. 안개가 끼든 혹한이 오든 몸이 허락하는 한 뛰는 것이 자신이 생각하는 최선의 건강 요법이었다. 그 증거로 이런저런 핑계를 대며 집에 틀어박혀 있는 치들보다 안개를 뚫고 마을을 한 바퀴 뛰는 자신이 어느 모로 보나 훨씬 건강했다.

울타리 밖으로 나온 러너는 집 앞에 있는 벤치를 지나쳐 산책로로 접어들었다. 그러다가 잠시 후, 뭔지 모를 미심쩍은 기분에 다시 벤치 쪽으로 발걸음을 돌렸다. 자세히 보니 벤치에 마치 안개가 빚어 낸 혼령 같은 사람 형상이 어른거렸다. 몇 걸음 더 가까이 옮긴 러너는 그 혼령의 정체를 확인하고 소스라치게 놀랐다. 다원이었다.

"어떻게 된 거냐, 다원. 이렇게 일찍 무슨 일이야. 그리고 왔으면 들어오지 왜 거기에 앉아 있는 거니?"

러너는 서둘러 다원 곁으로 뛰어가 말했다. 다원은 교복 차림에 가방까지 메고 있었다.

"……잠이 일찍 깨서 버스를 타고 왔어요. 너무 일찍 오면 할아버지가 놀라실 것 같아서 좀 기다렸다 들어가려고 했는데……. 더 놀라게 해 드렸나 봐요."

다원은 웃으며 말했지만 러너는 어딘가 모르게 손자의 얼굴이 수척해져 있다는 느낌이 들었다. 뿌연 안개 탓일 수도 있고, 너무 이른 시간 탓일 수도 있을 것이다.

"니스는? 니스는 뭘 하기에 너 혼자 버스를 타고 오게 해?"

"아버진 어젯밤에 술을 많이 드신 것 같아요……. 아침에 방에 가 봤더니 술 냄새가 진동하더라고요. 아마 오전엔 일어나기 힘드실 거예요. 마리 아주머니에게 저 혼자 할아버지 집에 왔다가 내일 아침 학교로 바로 갈 테니 아버지에게 그렇게 전해 드리라고 말해 놓고 왔어요."

아비 집에 오는 날이란 걸 뻔히 알면서도 전날 밤에 몸을 못 가눌 정도로 술을 마시다니. 러너는 아들의 행동이 괘씸하고 못마땅했지만 때가 때인 만큼 곧 걱정스러운 마음이 커졌다. 요즘 이 공무원들이 가장 스트레스를 많이 받는 국정감사 준비 기간이라는 것을 모르는 바가 아니었다.

"얼마나 술을 마셨기에 일어나지도 못할 정도야. 무슨 일 있는 거냐?"

다윈은 "잘 모르겠어요." 하며 고개를 가로저었다.

"아버진 본인 일에 대해서는 말씀을 잘 안 하시잖아요."

러너는 혀를 쯧쯧 차며 다윈의 어깨를 끌어안았다.

"그래, 그게 네 아버지 어렸을 때부터의 천성이지. 아무튼 잘 왔다. 이른 아침에 보니 더 반갑구나. 니스 없이 우리끼리 재미있게 하루를 보내 보자. 그런데 다윈, 아까 그 생각은 완전히 잘못된 거란다. 할아비는 네가 새벽 두 시에 창문을 깨고 들어와도 반겨 줄 준비가 돼 있는 사람이야. 할아비가 놀랄지 말지까지는 신경 쓸 필요 없단다. 네가 오고 싶은 시간에 언제든지 와도 돼."

집으로 발길을 돌리는 것을 보고 다윈이 물었다.

"운동 나가시려던 참 아니었어요?"

"지금 운동이 문제냐, 네가 밖에서 지금껏 기다렸는데. 몸이 딱딱하게 굳었구나. 어서 들어가 몸을 녹여야겠다."

러너는 추위로 잔뜩 움츠러든 다윈의 어깨에서 가방을 벗겨 대신 어깨에 둘러멨다. 어깨를 묵직하게 누르는 가방 무게에 묘한 자부심이 들었다. 아침 조깅을 취소할 사유라면 역시 프라임스쿨을 다니는 손자가 이른 아침 방문한 정도는 돼야 할 것이다. 해가 뜨면 사라질 이 허깨비 같은 안개 따위가 아니라.

러너는 한시라도 빨리 다윈을 따듯한 곳으로 들이려고 종종걸음으로 정원을 지나 얼른 현관문을 열었다. 그런데 안개가 장난을 부리지 못하는 선명한 조명 아래에서 다시 다윈을 보니 수척해 보였던 느낌이 자신의 일시적인 착각이 아니었음을 알게 되었다. 흐르는 계곡물처럼 늘 반짝이던 눈동자가 물이 마른 듯 흐려져 있고, 선홍색 입술은 사포로 된 피리라도 분 것처럼 부르터 있었다. 무엇보다도 이마에서 뺨으로 이어지는 얼굴 선에서 이때껏 한 번도 본 적 없는 그늘이 어른거렸다. 러너는 가방을 소파에 내려놓으며 지독하기로 소문난 프라임스쿨 학년말 고사를 원망했다. 생기 넘치던 아이를 이 지경이 되도록 혹사시키다니.

얻는 명예가 큰 학교인 만큼 학년이 높아짐에 따라 학생들이 짊어지는 돌의 무게가 무거워지는 것은 당연한 일이었다. 그래도 이때까진 다윈이 한 번도 학업에 대한 고충을 토로한 적이 없어서 자신의 손자만큼은 그 고단한 과업에서 면제되는 행운을 부여받았다고 생각했다. 그러나 이제 보니 그것은 자신의 과한 기대이고 얕은 소망이었다. 위대한 건설의 일원이 된 이상 다윈 역시 제 몫의 돌을 짊어져야 하는 것이었다. 러너는 혼자 착잡한 마음을 달랬다. 그것이 프라임스쿨의 통과의례라면 아무리 안타까워도 그 의례가 끝날 때까지 지켜보는 수밖에는 달리 도리가……

그때였다. 다윈이 갑자기 입을 틀어막으며 화장실로 뛰어갔다. 러너는 영문을 몰라 잠시 우왕좌왕하다가 곧 화장실로 쫓아

따라가 보았다. 다윈이 채 닫지 않은 문이 한 뼘쯤 열려 있었다. 조심스레 들여다본 러너는 눈앞에 펼쳐진 광경을 두 눈으로 보고도 믿을 수가 없었다. 다윈이 변기에 머리를 박고 구토를 하고 있었다. 프라임스쿨 교복을 입은 채 변기 앞에 앉아 있는 모습이 어느 전위적인 그림보다도 충격적이었다.

러너는 얼른 다윈에게로 가 등을 두드려 주며 "어디가 아픈 거니?"라고 물었다. 다윈은 일어나 세면대에서 얼굴을 닦으면서 "어젯밤에 너무 많이 먹었나 봐요."라고 했다. 물을 내리기 전 토사물에 음식물 찌꺼기가 하나도 없는 것을 봤지만 러너는 짐짓 모르는 척 "마리 음식 솜씨가 훌륭한가 보구나."라고 대꾸했다. 시험 스트레스 때문이라는 것을 알리고 싶지 않아 하는 어린 손자의 앙양한 자존심이 애달프면서도 한편으로는 기특했다.

오한이 나는지 다윈이 몸을 떨기 시작했다. 러너는 아직 난방을 하지 못한 2층 방 대신 자기 방으로 다윈을 부축해 데려가 교복을 편한 옷으로 갈아입힌 뒤 침대에 누였다. 평상복을 입고 와도 되는데 몸이 이렇게 축난 와중에 군이 프라임스쿨 교복을 챙겨 입고 오다니. 시험에 임하는 정신 무장이 보통이 아니었다. 안타깝게도 그 무게를 이기지 못해 결국 몸이 상해 버렸지만. 러너는 밖으로 나와 애나에게 얼른 의사를 부르라고 했다.

실버힐에 입주해 있는 의사와 간호사가 바로 방문해 다윈의 상태를 진찰했다.

"너무 걱정하진 마세요. 계절을 타는 거예요. 날씨가 갑자기 추워졌으니."

의사는 오늘 하루 따뜻한 곳에서 몸을 잘 보살피고 나면 금방 회복될 것이라고 했다. 그래도 러너는 걱정이 가시지 않아 약을 먹이거나 주사를 놓아야 하지 않겠느냐고 물었다.

의사가 웃으며 말했다.

"아이들은 어른들과는 달라서 한숨 깊게 자는 것만으로도 금방 회복된답니다. 약보다도 자생적인 회복력이 면역 체계에 훨씬 도움이 되죠. 물론 저희 아이들도 다 그렇게 키웠고요."

전문가가 자기 경험까지 내세워 확신을 주니 일단은 안심이 되기는 했다. 아이를 길러 본 부모로서 충분히 공감할 수 있는 의견이었다. 니스 역시 다윈만 했을 때 한동안 고열과 구토에 시달렸지만, 어느 순간 언제 그랬냐는 듯 건강을 되찾았으니.

의사가 가고 난 뒤 애나가 다윈에게 줄 단호박 수프를 만들기 시작했다. 여자 혼자의 힘으로 손질하기에는 단호박이 꽤나 단단해 보였다. 러너는 손자 먹일 생각에 의욕이 넘쳐 "이제부터 단호박 손질만은 내가 해 주지." 하며 칼을 받아 들었다. 애나가 "다윈은 아픈 와중에도 절 도와주네요."라며 웃었다.

열한 시쯤 되었을 때 전화벨이 울렸다. 벨 소리만 듣고도 단번에 누군지 알 것 같아 러너는 애나에게 하던 일을 계속하라고 이른 뒤, 직접 거실로 가 전화를 받았다. 수화기 너머에서 들려오는 아들의 목소리는 다윈 말대로 숙취에 잔뜩 찌들어 있었다.

"다윈이 거기 갔다면서요?"

인사도 없이 다짜고짜 묻는 말에 러너도 똑같이 꾸짖는 말로 응수했다.

"넌 도대체 얼마나 마셨기에 애를 혼자 오게 만드는 거냐. 안 그래도 공부 때문에 몸이 축나 있는 애를."

그러나 실은 기분이 그리 상한 건 아니었다. 오지 않은 아들은 서운하고 열이 나는 손자는 염려스러워졌지만, 그래도 덕분에 다원을 자신의 둥지 안에서 오롯이 돌볼 수 있어서 은근히 설레기도 했다. 아들에게 큰소리를 친 것은 할아비로서 자신이 가지고 있는 세를 드러내 보이려는 일종의 과시욕이었다. 그러나 그 호기마저도 오래가지 못했다. 쓴소리를 뱉어 내자마자 곧 아들의 사정이 어떤지도 모르고 너무 윽박지른 것 같아 마음이 쓰라렸다.

러너는 미안함에 목소리를 가라앉히고 물었다.

"뭐 안 좋은 일이라도 있는 거냐? 누가 힘들게 해?"

아들은 그 마음도 몰라주고 늘 그랬듯 빈정거리는 식으로 대꾸했다.

"이제 와 안 좋은 일이랄 게 뭐가 더 있겠어요. 걱정 마세요. 안 좋은 일이란 건 옛날에 다 끝났으니까."

"무슨 말을 하는 거냐. 아직도 술에 취해 있는 거야?"

"그런가 봐요."

"그러면 더 자려무나. 나는 괜찮지만 월요일 아침에 부하 직원들에게까지 그런 흐트러진 모습을 보여서는 안 될 테니."

"다원은 어디 있어요? 전화 좀 받으라고 해 주세요."

"잔단다."

"이 시간에요?"

"술 취한 아버지 덕분에 아침 일찍 혼자 버스를 타고 왔지 않냐. 피곤할 만하지. 시험 준비고 뭐고 오늘 하루는 푹 자게 놔둘 거란다."

"······기분이 안 좋아 보이던가요?"

어딘가 조심스러움이 느껴지는 말투였다. 러너는 할아버지와 아버지의 역할을 동시에 수행할 좋은 기회라는 생각이 들어 일부러 더 다정한 목소리로 물었다.

"다윈이 기분이 안 좋아질 만한 일이 있었던 거냐? 네가 술을 마신 이유도 그 일과 관계가 있는 거고? 뭔지 나한테 한번 말해 보려무나. 내가 중재해 줄 수 있는 일이면 해 줄 테니."

"신경 쓰실 필요 없어요. 저희 둘 일이에요."

러너는 자신의 진심을 빈 깡통보다 못하게 내팽개치는 아들에게 서운함과 함께 분노가 일었다.

"내가 꼭 너희들이랑 전혀 상관없는 외부인인 것처럼 말하는구나. 내 아들 일이 내 일이 아니고, 내 손자 일이 내 일이 아니라면 이제 와 내 일이랄 게 뭐가 있겠냐. 이젠 날 네 아비로도 생각 안 하는 거냐?"

니스는 그제야 자신의 경솔함을 깨달았는지 "그런 뜻으로 한 말은 아니에요."라면서 이어 말했다.

"어쨌든 알겠어요. 아버지 말씀대로 오늘은 푹 자게 놔두세요. 일어나는 대로 저한테 전화하라고 해 주시고요."

니스는 끊는다는 말도 없이 먼저 전화를 끊어 버렸다. 러너는 그런 버릇없는 태도 역시 심기에 거슬렸지만 오늘만은 마음에 담아 두지 않기로 했다. 이 무뚝뚝한 아들이 세상에서 가장 사랑하는 존재가 바로 자신의 방에 누워 잠을 자고 있었다. 그것만으로도 오늘은 아들과의 대립에서 유리한 고지를 점한 셈이었다. 러너는 어느 왕국의 왕자를 인질로 붙들고 있기라도 한 것처럼 의기양양한 기분이 들었다. 이제 자신의 임무는 아픈 왕자를 완벽하게 회복시켜 월요일 아침, 어느 때보다 건강한 모습으로 프라임스쿨로 돌려보내는 것이었다. 그게 사랑하는 아들에게 자신이 할 수 있는 가장 근사한 복수였다.

러너는 방문과 시계를 몇 번이나 번갈아 확인했다. 분침은 같은 트랙을 벌써 세 바퀴째 돌고 있는데 방문은 꼼짝할 기미가 보이지 않았다. 다윈이 충분히 숙면을 취하고 스스로 방을 나오도록 깨우지 않고 기다릴 생각이었는데 예상보다도 그 시간이 너무 늦어지고 있었다. 애나가 와서 "뭐든지 먹게 하고 다시 재우는 게 낫지 않을까요?" 물었다. 같은 생각을 하고 있던 참에 러너는 자기가 가서 보고 오겠다며 조심스레 문을 열고 방으로 들어갔다. 그러고는 살그머니 침대로 다가갔는데, 자는 줄만 알았던 다윈이 눈을 뜬 채로 천장을 바라보고 있었다.

"벌써 일어나 있었구나. 일어났으면 밖으로 나오지 않고. 배도 고플 텐데. 아침부터 굶고 속에 것을 게워 내기까지 했는데 허기지지 않아?"

다윈이 아무 말도 없어 러너는 침대 곁에 앉으며 재차 물었다.

"아직도 속이 불편한 거냐. 어디, 열은 내렸는지 한번 보자."

그런데 이마에 손을 올려놓으려는 순간, 다윈이 이불을 뒤집어쓰며 반대편으로 돌아누웠다. 뜻밖의 거절에 러너는 뻗은 손을 다시 거두지도 못할 만큼 몸이 굳었다. 단순히 서운하다는 정도로 넘기기에는 마음이 너무 황량했다. 자신이 아는 손자라면 절대 하지 않을 행동이었다. 설령 열 때문에 자기도 모르게 그런 행동을 했다 치더라도 평소의 다원이라면 곧 잘못을 깨닫고 "죄송해요, 컨디션이 안 좋아서."라며 바로 품에 안겼을 것이다. 그러나 다원은 아무 말 없이 계속 이불 속에만 틀어박혀 있었다. 꼭 온몸으로 나가 달라고 말하는 것 같았다. 낯설고 서먹한 감정이 방안을 휘감았다.

러너는 다원에게 향했던 손을 초라한 기분으로 거두며 창밖으로 시선을 돌렸다. 한낮이 됐는데도 안개는 물러설 생각이 없어 보였다. 안개 하나로 실버힐이 이제까지와는 전혀 다른 장소가 된 것 같았다. 다원 역시 마찬가지였다. 손을 한 번 뿌리치더니 꼭 어릴 때 제 아버지가 돼 버린 것 같았다.

러너는 쓸쓸함을 느끼며 말했다.

"다원 너는 니스랑 다른 줄 알았는데, 오늘 보니 네 아버지 어렸을 때랑 똑같구나."

그 말에 다원이 이불을 걷고 밖으로 얼굴을 내보였다. 입은 여전히 닫혀 있었지만 눈빛은 이야기를 더 해 주길 바라고 있었다.

"열여섯 살, 그래, 지금의 네 나이였지. 명랑하고 건강했던 녀석이 갑자기 매일 구토를 하고 묻는 말에 대답도 안 하면서 갑자기 다른 사람으로 바뀌어 버린 게. 다원 너를 보니 갑자기 그때가 떠오르는구나."

드디어 다원이 입을 열었다.

"열여섯 살이면⋯⋯ 제이 아저씨가 죽은 뒤였겠네요."

러너는 기억을 되짚은 다음 머리를 내저었다.

"아니, 제이의 죽음과는 상관없는 일이었단다. 구토를 하고 말을 안 하는 반항을 한 건 그 전부터 시작된 거였으니까. 사춘기 한번 참 제대로 겪었지. 물론 제이가 죽은 뒤로 잘 다니던 교회까지 안 간다 할 정도로 힘들어하긴 했지만, 시간이 흐르고 나자 니스는 오히려 훨씬 올곧아졌단다. 그 전까진 아무 흥미 없어 하던 공부도 열심히 하면서 모범생으로 탈바꿈했지. 물론 고등학교 입학식 날 다시 기절해 쓰러지는 바람에 간담을 서늘하게 한 적은 있었지만……. 의사가 성장기 아이들한테서 종종 일어나는 일이라고 하더구나. 육체의 성장을 정신이 따라잡지 못하다 보니 갑자기 고꾸라져 버리는 경우도 있다는 거야. 그런 일들을 몇 번 겪고 나니 이젠 도리어 정신이 훌쩍 성장해 버린 건지, 어느 날 보니 니스가 갑자기 어른이 되어 서 있더구나. 하나뿐인 아들의 어린 시절이 너무 일찍 사라진 것 같아서 아비인 나로서는 많이 서운하기도 했지."

다윈이 몸을 일으켜 세워 앉았다. 땀에 젖은 머리칼이 막 태어난 새끼 동물의 털처럼 이마에 엉겨 붙어 있어 러너는 손으로 일일이 머리카락을 떼어 주었다.

다윈이 물었다.

"아버지가 어렸을 때도 이렇게 다정하게 해 주셨어요?"

"그랬으면 좋았겠지만, 그랬다고는 말 못 하겠구나."

"왜요?"

"그땐 그냥 풍토가 그랬단다. 아버지는 다정하기보다는 엄격해야 한다는 게 사회 분위기였지. 하지만 지금 와 생각해 보면 그건 핑계고……. 사실은 아버지 노릇을 어떻게 해야 하는지 잘 몰랐던 것 같구나. 아버지가 되어 본 게 처음이라서 우왕좌왕했지. 특히나 니스가 어렸을 땐 더욱더 그랬단다. 어떻게 안아 줘야 하는지조차 몰랐지. 그래도 니스가 열여섯 살 정도가 되면 좋은 아버지가 될 자신이 있었는데…….”

“왜 열여섯이에요?”

러너는 옛 생각에 미소를 띠며 대답했다.

“내가 열여섯 살이 되었을 때 비로소 부모님의 가치와 사랑을 느꼈으니까. 그래서 아버지가 나한테 한 그대로 나도 내 아들에게 해 줄 수 있다고 생각했지.”

“그 전엔 할아버지 부모님이 사랑해 주지 않으셨어요?”

러너는 어깨를 으쓱해 보이고는 대답했다.

“그건 잘 기억이 나지 않는구나. 물론 사랑해 주셨겠지. 자기 자식을 사랑하지 않는 부모가 어디 있겠니. 다만 그때 내가 철이 들어서 뒤늦게 부모님의 사랑을 깨달았다는 게 맞겠지. 아무튼 니스가 열여섯이 되면 정말 좋은 아버지가 될 자신이 있었어. 내가 부모님께 받은 사랑을 그대로 전해 주면 되니까. 사업에 성공하고 사회적으로도 인정받아서 자랑스러운 아버지가 되고 싶었지. 그런데 그때가 되니 이번엔 니스가 나를 필요로 하지 않더구나. 아버지랑 시간을 보내기에는 이제 어른이 되어 버린 거지.”

다원이 혼잣말처럼 “열여섯에 어른……?” 하고 나지막이 중얼거렸다.

러너는 그 말을 흘려듣지 않고 설명해 주었다.

“30년 전이니까. 그 시절엔 지금보다 훨씬 더 일찍 어른이 됐단다. 나는 그보다도 더 일찍 어른이 됐다고 생각했지.”

“할아버지도요?”

단번에 “그럼.” 하고 대답한 러너는 곧 자신이 뱉은 말에 스스로 어이가 없어 웃으며 고개를 내저었다.

"지금 생각하니까 기가 막히는구나. 어떻게 그때는 열두 살, 열세 살에 다 큰 어른이 되었다고 생각했는지……. 이 할아비는 말이다, 오히려 열여섯이 되니까 다시 아이로 돌아가고 싶었단다. 어른인 척 뻐기고 다니는 동안 잃어버렸던 것을 도로 다 찾고 싶었지. 시간이란 지독하게 비정해서 한번 지나가고 나면 절대 되돌아오지 않지만."

러너는 장밋빛으로 달아오른 다윈의 뺨을 쓰다듬으며 말을 이었다.

"그러니 너는 부디 천천히 자라서 가능한 한 아이로 오래 있어 주렴. 네가 갑자기 어른이 돼 버리면 할아버지도 아버지도 너무 외로워질 것 같구나. 겉으론 혼자 세상을 다 상대할 수 있는 것처럼 굴지만, 어쩌면 니스도 가끔은 후회하는지도 모르지. 굳이 서두르지 않아도 자연히 가게 될 그 길을 너무 빨리 갔다고 말이야. 그래서 사사건건 이 할아비랑 그렇게 의견 차이를 보이는 거 아니겠니? 너무 일찍 어른이 되어 버렸기 때문에 아직 마음속에 덜 자란 아이가 있는 거지. 이제 와 부끄러워 말은 못 하지만 니스도 속으론 이 할아비한테 기대고 싶은 건지도 모른단다. 딴에는 자존심이 강해서 그러진 못하겠으니 대신 어제처럼 술로 해결하려 드는 거고. 어떠냐, 할아버지의 추론이. 그럴싸하지 않니?"

러너는 아무 말 없는 다윈의 뺨을 톡톡 두드린 뒤 침대에서 일어났다.

"이제 그만 나가자꾸나. 우리가 언제 나올지 애나가 노심초

사 기다리고 있을 테니까. 맛있는 단호박 수프가 준비되어 있단다. 이 할아버지도 같이 만들었지. 오늘 안 건데 여자 혼자 자르기에는 단호박이 꽤 단단하더구나. 그래서 앞으로 단호박은 꼭 할아버지가 잘라 주기로 약속했지."

문을 여는데 다윈이 "할아버지." 하고 불렀다. 여윈 목소리에 러너는 다시 침대로 돌아가 다윈을 살펴보았다.

"왜, 못 일어나겠니? 일으켜 줄까?"

"제이 아저씨는 어떤 사람이었어요?"

뜬금없는 질문에 러너는 다시 침대 한쪽에 걸터앉았다.

"제이? 갑자기 제이는 왜?"

"그냥…… . 할아버지가 아버지 어릴 적 이야기를 하시니까 갑자기 궁금해져서요. 제이 아저씨는 아버지 어린 시절에 큰 부분을 차지하는 친구였잖아요. 아저씨가 어떤 사람이었는지 알고 싶어요. 특별한 사람이었나요?"

러너는 머리를 갸웃거리며 대답했다.

"글쎄다, 난 그 애를 만난 적이 없어서 딱히 해 줄 말이 없구나."

"아버지랑 제일 친한 친구인데 집에 자주 안 왔어요?"

"그건 잘 모르겠구나. 그런데 왔어도 나는 사업 때문에 외국에 나가 있을 때가 많아서 마주칠 기회가 없었을 거다. 너에게 이런 말 하긴 부끄럽지만 니스의 교우 관계에 대해선 깜깜부지나 마찬가지였지. 네 아버지에게 제이 말고 버즈라는 다른 친구가 있었다는 것도 지난 체육대회 때야 처음 알았는데, 하물며 30년 전에 죽은 제이는 더 알 기회가 있었을 리가……. 아, 아니지. 그러고 보니 언젠가 내가 국내에 좀 오래 머물러 있었을 때 니스가 제이를 한 번 집에 데리고 와서 잠깐 본 적이 있구나. 그러다 얼마 지나서 제이가 죽었다는 소리를 듣고 어찌나 놀랐는지."

"그날이 기억나세요……? 제이 아저씨 첫인상은 어땠어요? 아버지랑은 많이 친해 보였어요?"

러너는 문득 걱정스러운 마음이 들었다. 쇠약해진 몸으로 종일 침대에 누워 있기만 했던 아이가 느닷없이 죽은 사람에게 흥미를 가지는 게 바람직해 보이지는 않았다.

"왜 그러는 거냐, 다윈. 니스가 너에게 무슨 말이라도 하던?"

다윈이 고개를 저으며 "아니에요."라고 하더니 되물었다.

"아버지는 아무 말씀 없으셨어요. 왜 그렇게 생각하세요?"

"아니, 난 또 니스 말고는 너에게 제이 애기를 할 사람이 없으니까 니스가 무슨 애기라도 해서 널 혼란스럽게 해 놓은 줄 알고……. 솔직히 말해서 나는 제이 그 애가 다윈 너에게 조그만 영향이라도 끼치는 게 반갑진 않단다. 니스는 자기 친구였으니 어쩔 수 없다지만, 너는 아무 상관 없지 않니? 네가 매년 추도식에 가는 것도 다른 사람 눈엔 지나쳐 보일 거야."

"할아버지는 제이 아저씨가 마음에 안 드셨어요?"

"아니, 그런 의미에서 하는 말은 아니란다. 그저 죽은 사람의 영혼이 너무 가까이 있는 게 좋은 것 같지가 않아서 말이다. 제이가 훌륭한 아이란 건 네 할머니한테 들어 알고 있었단다. 속도 없이 니스가 친구 자랑을 꽤나 한 모양이야. 아버지는 위대한 사진작가에 본인은 프라임스쿨에 합격해 놓고도 가지 않은 천재라나 뭐라나……. 그런데 막상 만나 보니 그렇게 대단한 점이 눈에 띄지는 않았던 것 같구나. 그러니까 여태껏 만난 적이 있다는 것도 까맣게 잊고 있었던 거겠지. 지금 생각해 보면 오히려 인사도 없이 겁먹은 얼굴로 날 한참이나 쳐다보던 게 조금 어수룩해 보이기도 했던 것 같고."

"왜 할아버지를 보고 겁을 먹었는데요?"

"그게 그러니까…… 아, 그래, 지난번에 루미가 왔을 때 내 뺨에 있는 흉터에 대해 잠깐 얘기했잖니. 정확히는 기억 안 나지만 아마 제이가 놀러 온 날이 하필이면 그 사고를 당하고 얼마 지나지 않아서였을 거다. 얼굴 한가득 반창고를 붙이고 있는 모습이 어린 녀석 눈엔 무서워 보였던 모양이야……. 아, 그런데 인사를 하는 둥 마는 둥 그리고 가더니 복도에서 다시 마주쳤을 때 나보고 뜬금없이 뭐라더라? 나랑 내 목걸이가 안 어울린다고 했던가? 그래, 그랬지. 나랑 내 금목걸이가 안 어울린다고 했어. 신기하구나. 만났던 사실도 잊고 있었는데 그때 들은 말이 어제 들은 것처럼 생생하게 떠오르다니. 아무튼 좀 황당한 애였지."

"무슨 목걸이였는데요?"

"뭐, 그냥 평범한 금목걸이였단다. 사업 파트너에게 선물받은 건데 마음에 들어서 당시엔 늘 하고 다녔지. 지금 생각해 보면 자기가 갖고 싶어서 그랬던 건지 뭔지. 그렇게 말하면 내가 줄 줄 알았던 걸까? 아무튼 아직도 어린 시절 친구의 환상에 빠져 있는 니스에겐 미안하지만, 내 기억엔 그렇게 특출한 아이는 아니었던 것 같구나. 처음 만난 친구 아버지에게 그런 버릇없는 말을 한 걸 보면 오히려 좀 생각이 없는 편이었던 것 같기도 하고……."

혹시 몰라 러너는 검지를 입술에 갖다 대면서 다윈에게 단단히 당부해 두었다.

"니스에게는 비밀이란다. 네 아버지 앞에서 제이를 안 좋게 말하면 큰일 나잖니. 니스는 제이가 하느님이라도 되는 줄 아니까."

그때 애나가 문을 열고 들어와 "말소리가 들리는 걸 보니 이젠 식사할 준비가 되었다는 뜻이겠죠?"라고 물었다. 좋은 타이밍이었다.

"이젠 애나를 그만 기다리게 해야 할 것 같구나. 자, 다윈, 어서 나가자."

오래 누워 있어서 다리에 힘이 빠졌는지 다윈은 이제 막 걷기 시작한 새끼 동물처럼 힘겹게 걸음을 내디뎠다. 러너는 그런 손자가 안타까우면서도 더욱 사랑스러워 손을 내밀었다. 역시 아직은 다들 자신의 도움이 필요했다. 손자도, 그리고 필시 아들도.

패배

　　　　　　　　새로운 주가 시작되는 아침마다 프리메
라 여학교에서는 정기 조회가 열렸다. 반 대표를 필두로 학생들
은 일제히 자리에서 일어나 학교가 추구하는 명예, 진리, 봉사에
일생을 바칠 것을 선서했다.

　"프리메라 학생으로서 명예를 지키며 진리를 밝히는 길에 앞
장서 인류의 번영을 위해 봉사할 것을 맹세합니다."

　초록색 리본을 목에 단 순간부터 학생들은 진정한 프리메라
인이 되기 위해선 명예, 진리, 봉사를 내면화하는 삶을 살아야 한
다는 교육을 받았고, 1기 졸업생부터 현재 기수에 이르기까지
활발하게 활동하고 있는 프리메라 여학생 클럽은 그 정신을 실
현하는 실천적 장이 돼 주었다. 루미도 오른손을 들고 선언문을
따라 읊었다. 그러나 여학생 클럽에서 하는 방식으로 프리메라
의 정신을 계승할 생각은 조금도 없었다. 두 세대가 클럽에 모여

서 하는 이야기란 고작 이번에 시음하는 차가 얼마나 귀한 것인지, 어떤 미술 전시회가 인기인지, 후원하는 아이들이 얼마나 가련한지 하는 것뿐이었다.

루미는 비슷한 차림으로 앉아 차를 마시면서 미술 작품 이야기를 하고 가난한 아이들에게 한 달에 한 번씩 후원금을 보내며 뿌듯해하는 일에 인생을 바쳐도 좋을 만한 명예와 진리, 봉사가 깃들어 있다고는 생각하지 않았다. 명예란 문명인으로서 행해야 할 의무를, 진리란 밝혀지지 않은 진실을 향한 탐구를, 봉사란 인류가 수천 년 동안 보전해 온 가치에 대한 헌신을 의미하는 것이었다. 루미는 마음속으로 자신만의 선언문을 따로 낭독한 뒤 손을 내렸다. 훌륭했던 한 인간의 죽음에 얽힌 비밀을 푸는 일이야말로 프리메라의 정신을 가장 올바르게 계승하는 일이 될 것이다.

조회가 끝나고 쉬는 시간이 됐지만 움직이는 사람은 없었다. 다들 책상에 책 한 권씩을 올려놓고 앉아 고개를 숙인 채 시험공부에 몰두했다. 학년말 고사가 다가오자 프리메라는 볕이 들지 않는 거대한 정원으로 변했다. 이 기간엔 새싹을 상징하는 밝은 초록색 리본도 아무 소용이 없었다. 때에 맞지 않는 싱그러운 색은 본연의 활기를 주기보다는 오히려 잎을 다 떨어뜨린 겨울나무에 인공 잎을 달아 놓은 것처럼 보여 더 깊은 황량함만 자아냈다.

루미는 겉으로는 자신 역시 그 암울한 정원의 메마른 겨울나무 중 하나인 척했다. 그러나 마음속에선 자신만의 빛으로 싹을 틔우고 있었다.

학년말 고사만 끝나면 아빠의 통제도 풀릴 테니 그때부터 다시 제이 삼촌에 대한 조사를 벌이면 된다. 일단은 다윈과 다시 약속을 잡아야 했다. 다윈이 검사를 만난 후일담을 무척 궁금해하고 있을 것이다. 직접 만나 보니 로이드 검사는 삼촌을 살해한 범인이 아닐뿐더러 삼촌과의 소중한 추억을 간직하고 있는 좋은 친구였다고 말하면 다윈은 다행이라고 생각할까, 아니면 가장 유력한 용의자를 잃었다고 실망할까…….

갑자기 교실 여기저기서 가벼운 탄식이 터져 나왔다. 루미는 하던 생각을 멈추고 고개를 들었다. 생활지도를 맡고 있는 선생님이 앞문을 열고 교실로 들어오고 있었다. 한 달에 한두 번씩 예고 없이 이루어지는 소지품 검사였다.

선생님이 교탁 앞에 서서 말했다.

"쓸데없는 물건을 숨기는 데 프리메라 여학생의 명예를 걸지 않길 바란다."

루미는 선생님이 그 말을 하며 어쩐지 자기 쪽을 흘깃거리는 것 같은 느낌이 들었지만, '프리메라 여학생의 명예'라는 말에 자신이 지나치게 반응한 탓이라 생각하며 더는 신경 쓰지 않았다.

"위반 물품을 자진해서 신고하는 사람과 끝까지 숨기려다가 적발되는 사람 사이엔 당연히 차이가 있겠지? 물론 행실 평가서에도 그대로 기록될 테고."

행실 평가서에 남는 한 줄의 부정적인 평가는 여학생 클럽에서의 나쁜 평판과 더불어 프리메라 학생들이 가장 두려워하는 것들 중 하나였다. 곧 하나둘 자발적으로 교칙에 위반되는 물품들을 책상 위에 꺼내 놓았다. 립스틱, 본인의 이니셜이 새겨진 팔찌, 다른 학교 남학생의 클럽 배지…….

고개 숙인 학생들 사이를 천천히 걸어가던 지도 선생님은 향수병을 꺼내 놓은 학생 앞에 멈추어 서서 공중으로 향수를 한 번 분사한 뒤 "네 몸에선 이 향으로 가려야 할 고약한 냄새가 나니?"라고 물었다. 질문을 받은 학생은 아무 말도 못 하고 고개만 더 푹 숙였다. 지도 선생님은 향수를 제자리에 내려놓고 뒤쪽으로 걸어갔다. 학교에 향수를 가져오지 못하게 하려면 매번 향수를 압수하는 것보다 얼굴이 붉어질 정도로 모욕을 주는 게 훨씬 효과적이라고 생각하는 모양이었다.

루미는 지도 선생님의 걸음이 자기 책상 앞에서 멈추는 것을 느끼고 선생님을 올려다보았다. 책상은 깨끗했다. 화장품도, 액세서리도, 인기를 증명해 보이기 위해 가지고 다니는 남학생들 배지도 없었다. 그런 시시한 물건들을 숨겨 가지고 다니며 얻는 자기만족이 선생들 앞에서 고개를 숙이는 굴욕감보다 결코 크다고 생각하지 않았다. 흔해 빠진 향수에 자기 정체성을 부여하는 건 자신이 센트럴 백화점에서 파는 공산품 정도밖에 되지 않는다는 것을 인정하는 것과 마찬가지였다. 프리메라 여학생에 걸맞은 가장 우아한 치장은 어떤 물건으로도 자신의 취향을 드러내지 않는 것이었다. 학교에서 허용하는 머리띠와 무릎 아래까지 올라오는 검은 양말, 학생용 구두를 철저히 따르는 한 아무도 자신을 완전히 파악할 수 없고 쉽게 침범할 수 없었다.

지도 선생님이 물었다.

"루미 헌터, 신고할 물건이 하나도 없니?"

루미는 자신 있게 대답했다.

"네, 없습니다."

"그래? 그럼 가방을 한번 열어 볼래?"

루미는 꼼짝 않은 채 눈만 더 높이 치켜들었다. 팔짱을 낀 선생님이 꽉 조인 그 팔짱만큼이나 고압적인 눈빛으로 말했다.

"루미 헌터는 가방을 열어 보라는 말을 한 번 더 들어야 말뜻을 이해할 수 있나?"

루미는 그 눈빛에 맞대응하며 대꾸했다.

"말뜻은 이미 알아들었습니다. 다만 다른 학생들과 차별적으로 이뤄지는 선생님의 지시에 따라야 할지 말지를 판단하는 중입니다."

"차별인지 아닌지는 네 가방을 확인해 보면 알겠지. 마지막으로 말하마. 가방을 열어 봐."

루미는 선생님이 자신의 가방에 대해 이렇게까지 강한 확신을 하고 있는 것이 이해가 가지 않았지만, 대항해 봤자 얻을 것은 없었다. 오히려 시간을 끌면 끌수록 이 불공평한 지시에 명분만 주는 꼴이 될 것이다. 루미는 가방을 책상 위에 올려놓고 지퍼를 열었다. 가방 속은 책으로 꽉 차 있었다. 쓸데없는 물건도, 교칙에 위반되는 소지품도 없었다. 학년말 고사 기간에 요구되는 프리메라 여학생의 표준적이고 모범적인 모습 그대로였다. 루미는 지도 선생님이 표적을 정하는 데 실수가 있었음을 깨닫고 학생들 앞에서의 무안함을 거만한 얼굴로 감추며 자리를 뜰 것이라 생각했다. 그런데 선생님은 그 예상의 정반대를 요구했다.

"가방에 든 것들을 모두 책상 위에 꺼내 놓으렴."

루미는 자신을 향한 주변 아이들의 호기심 어린 눈초리를 느꼈다. 다들 가방 속에서 어떤 이상하고 특별한 물건이 나올지 기대하며 타인이 당하는 부당함을 지루한 학년말 고사 기간의 오락거리로 삼고 있었다.

소지품을 다 꺼내 놓자 지도 선생님이 책들 사이에 끼워져 있는 파일을 집어 들며 물었다.

"이건 뭐지?"

루미는 잠시 머뭇거린 뒤 대답했다.

"서류 파일입니다."

"열어 봐도 되겠니?"

내내 권위적인 통치를 해 오다가도 프리메라 선생들은 한 번씩 이렇게 본인들이 대단히 민주적인 것처럼 의사를 물어 오는 경향이 있었다. 그러나 실질적으로 학생들에게 허용된 대답은 선택권이 없었던 때와 똑같았다.

"네, 열어 보세요."

지도 선생님은 대답도 전에 이미 파일을 열고 그 안의 서류들을 훑어보고 있었다. 파일을 넘기는 선생님의 손가락을 유심히 지켜보며 루미는 검사가 끝난 뒤 선생님이 자신에게 어떤 결정을 내릴지 궁금했다. 잠시 뒤, 지도 선생님은 서류를 덮더니 아무 말 없이 그대로 파일을 들고 뒤로 걸어갔다. 뒷줄의 몇몇 학생들에게도 잠깐 멈추어 서서 "이게 학교생활에 필요한 건가?"라고 물었지만, 루미는 자기 선에서 이미 이 불시의 소지품 검사가 끝났다는 것을 알 수 있었다. 임무를 끝낸 지도 선생님이 교실을 나가면서 한 말이 그 의심에 확신을 주었다.

"루미 헌터는 하교 전에 지도부실로 내려오도록."

긴장감에서 벗어난 아이들이 주변으로 모여들며 소란스러운 소음을 일으켰다. "선생님이 왜 저러시는 거야?", "무슨 파일이었니?", "시험문제라도 입수한 거야?" 루미는 누구의 질문에도 대꾸하지 않은 채 바로 1교시 수업 준비를 했다. 이 중에 진실을 들려줄 만한 가치가 있는 사람은 한 명도 없었다.

루미는 복도 끝에 있는 지도부실 앞에 섰다. 입학한 이래 한 번도 와 본 적 없는 곳이었다. 와서는 안 되는 곳이었다. 프리메라에 들어온 이상 결점 없는 완벽한 학교생활로 스스로를 지켜야 한다고 생각했다. 그것이 자신의 선택이 옳았음을 부모님에게 증명해 보이는 유일한 방법이자 선생님들에게 굴복하지 않아도 되는 최선의 길이었다. 루미는 그 길을 막아서는 이 문 앞에 자신이 어떤 이유로 불려 온 것인지 알 수가 없었다.

루미는 숨을 한 번 깊게 내쉰 뒤 문을 노크했다. 안에서 들어오라는 선생님의 목소리가 들렸다. 루미는 문을 열고 들어갔다. 이 소환의 목적이 무엇인지는 모르지만, 선생님이라고 해서 무조건 순순히 굴복할 생각은 없었다. 자신감만 잃지 않는다면 오히려 자신이 선생님을 굴복시킬 수도 있을 것이다.

"이게 뭐지?"

자리에 앉자마자 지도 선생님이 아침에 가져갔던 파일을 책상 위에 올려놓으며 물었다.

루미는 자세를 똑바로 해 선생님과 시선을 맞추며 대답했다.

"서류 파일입니다."

"내가 그걸 몰라서 묻겠니? 무슨 파일인지를 묻고 있는 거잖아."

"제 삼촌에 대한 자료입니다."

"3급 이상 공무원의 신상에 대한 정보 공개 청구 자료가 어떻게 네 삼촌에 대한 자료라는 거지?"

"그건 말하지 않을래요. 선생님께 제 가족사를 낱낱이 밝힐 필요는 없으니까요."

지도 선생님은 입을 다문 채 아무 감정도 느껴지지 않는 눈길을 하고 있다가 한참 만에 고개를 끄덕였다.

"좋아. 나 역시 루미 헌터 가족사를 낱낱이 알고 싶은 생각은 없으니까. 그럼 지금부터는 우리 둘 사이에 얘기할 필요가 있는 질문을 하지. 루미 헌터, 이 자료는 어떻게 입수한 거니?"

그 순간 루미는 선생님이 자신이 한 질문에 대한 답을 이미 알고 있다는 것을 직감했다. 선생님은 답을 구하기 위해서가 아니라 상대방의 정직성을 시험하려고 묻는 것이었다. 조금의 거짓말이라도 했다가는 바로 그 함정에 걸려들게 될 것이다.

루미는 솔직하게 대답했다.

"정보 공개 청구를 신청했습니다."

"정보 공개 청구라 함은 스무 살 이상의 성인에게만 허용된 제도를 말하는 건가? 그런데 어떻게 아직 열여섯 살인 루미 헌터가 그것을 신청할 수 있었지?"

"아빠의 신분증을 잠시 빌렸어요."

지도 선생님이 기다렸다는 듯 말했다.

"그 말은 곧 위법으로 얻은 자료라는 얘기군."

"어쩔 수 없었어요."

"뭐가 어쩔 수 없었다는 거지?"

루미는 충분히 정상참작 받을 수 있는 자신의 입장을 변호했다.

"삼촌의 죽음과 관련 있는 사람을 알아내기 위해선 그렇게 할 수밖에 없었어요. 저희 가족 중 그 일에 관심이 있는 사람은 저밖에 없으니까요. 전 헌터 가문을 대표해서 그 자료를 청구한 거예요. 공소시효가 다 되어 가는데 부모님은 전혀 범인을 밝혀낼 노력도 하지 않고 있기 때문에 제가……."

지도 선생님이 손을 들어 말을 중단시켰다.

"그만, 그만. 조금 전에는 가족사는 밝히고 싶지 않다더니, 본인이 불리한 상황이 되니까 바로 입장을 바꾸는구나. 그런 기회주의적이고 교활한 태도는 프리메라 여학생답지 않지."

루미는 얼굴이 붉어졌다. 향수로 모욕을 당한 아이보다 훨씬 더 냄새나는 구정물을 뒤집어쓴 것 같았다.

"헌터 가문을 대표해서 한 일이라면 위법에 대한 벌 역시 헌터 가문을 대표해서 받을 각오가 돼 있겠네, 그렇지?"

"벌을 내리신다면 받겠지만 그게 절 뉘우치게 하지는 못할 거예요, 조금도."

"어째서?"

"잘못한 게 없으니까요."

"위법한 방법으로 국가 정보를 얻은 것이 잘못이 아니란 말인가?"

"대단한 기밀 자료도 아니고 공무원들의 단순 인적 정보였을 뿐이에요. 신문 인사 발령란에 매일 공개적으로 게시되는 정보를 한데 모은 것에 불과하다고요. 제가 그 정보를 얻음으로써 누군가에게 피해를 주기라도 했나요? 피해를 입은 건 오히려 저예요. 진실을 밝히는 데 방해가 되는 잘못된 법 때문에 원치 않게 위법을 저질러야 했으니까요."

말을 마친 루미는 흥분으로 뜨거워진 숨을 들키지 않으려고 입을 굳게 다물었다. 선생님은 팔짱을 낀 채 몸을 조금 뒤로 기울였다. 예상 밖의 강공에 대한 후퇴의 표현인지, 아니면 다음 공격을 위한 숨 고르기인지 선생님의 생각이 잘 읽히지 않았다.

아무 말도 없이 물끄러미 바라만 보고 있던 선생님은 잠시 뒤 몸을 다시 앞으로 기울이며 입을 열었다.

"그렇다면 아카이브의 기밀 자료에 접속한 건 어떠니? 그 사안에 대해서도 지금과 같이 누구에게도 피해를 주지 않았으므로 불법이 아니라는 궤변을 떳떳하게 주장할 수 있겠니?"

루미는 이로 입술 안쪽을 세게 깨물었다. 세상에서 그 일을 알고 있는 사람은 자신을 제외하고는 다원뿐인데…… 약속이 어긋난 주말 사이 다원에게 무슨 일이라도 생긴 걸까? 혹시 다원이 누군가에게 비밀을 얘기한 걸까?

"어디 한번 좀 전의 자신감으로 말해 봐. 그 일도 잘못한 일이 아니니? 조금도?"

루미는 입 속에서 뜨겁게 데워진 숨을 내뱉으며 물었다.

"……어떻게 아셨어요?"

"너한텐 문제의 본질보다 어떻게 알았는지가 더 중요하니?"

"네, 저한텐 중요해요."

선생님은 비웃듯 어깨를 으쓱하며 말했다.

"아카이브에서 학교로 연락이 왔단다. 국정감사 기간에 맞춰 시스템 점검을 하던 중에 고위 공무원이 아카이브에서 자료 검색을 한 기록을 발견했다면서 말이야. 3급 이상 공무원이 자료 검색을 위해 아카이브를 직접 방문하는 경우는 드문 일이고, 직접 오는 경우에도 기밀상 담당자에게 검색을 할 별도의 장소를 요청하는데 최근엔 전혀 그런 일이 없었다며 이런저런 설명을 하는데, 처음엔 그게 우리 학교와 무슨 상관이냐 싶었지. 물론 잘 알겠지만 뒤이은 설명에는 고개를 숙일 수밖에 없었단다. 아카이브에서 접속 기록을 조사한 결과 그 시간에 아카이브 검색실 컴퓨터가 사용된 건 딱 한 대뿐인데, 그곳 담당자가 프리메라 여학생과 프라임스쿨 남학생이 그날 하루 종일 검색실에 머물러 있는 걸 봤다더구나. 공교롭게도 둘 다 교복을 입고 와서 확실히 기억에 남았고, 여학생은 두 번째 방문이라서 특히나 인상적이었다며. 물론 방문 일지 기록에도 두 사람의 서명이 남아 있었고."

루미는 다시 한번 입술을 깨물었다. 데스크에 있던 그 여자, 어쩐지 처음부터 마음에 들지 않았는데 기어코……

선생님의 목소리가 높아졌다.

"타인의, 그것도 고위 공무원의 아이디를 도용하는 건 단순히 아빠 신분증을 훔쳐 내는 것과는 또 다른 심각한 불법이야. 그 정도는 알고 있겠지? 그것도 무려 문교부 차관의 아이디를 도용했더구나."

루미는 지지 않고 반박했다.

"아카이브에 저장된 저희 할아버지 사진을 보기 위해서였어요. 할아버지가 찍은 사진을 손녀가 못 보게 막아 놓은 게 정당한 법인가요?"

그 순간 선생님이 손으로 책상을 내리치며 외쳤다.

"변명은 그만해. 자꾸만 법이 정당하냐를 따지는데, 이 나라 법에 그렇게 불만이 많거든 네가 훗날 의회에 입성한 다음 고치도록 해. 법을 준수하지 않은 자가 과연 법을 제정할 권리를 가지는 게 네 말대로 정당한 일인지는 의문이지만 말이야."

선생님이 위압적인 목소리로 이야기를 이어 나갔다.

"루미 네가 저지른 일탈은 단순히 프리메라 여학교의 명예만 먹칠한 게 아니라 이 사회의 규칙을 무너뜨리는 심각한 위법 행위야. 처벌이 내려진다면 학교에서도 막아 줄 수 없지. 막아 줘서도 안 되고. 신분증 도용과 아이디 도용, 이 두 가지 범죄는 목적을 이루기 위해서라면 수단과 절차쯤은 아무 죄의식 없이 위배해 버리는 루미 헌터의 일관된 인성을 보여 주는 것이니까. 아마학교를 떠나는 것까지 각오해야 할 거야."

자신의 인성에 대한 단편적인 평가에 항의하고, 수단과 절차는 그것들이 떠받드는 주인이 정의로울 때만 존중받을 수 있는 것이라 주장하려던 루미는 학교를 떠나야 한다는 얘기를 듣는 순간, 온몸이 굳어 준비한 그 말 중 어느 것도 입 밖으로 꺼낼 수가 없었다.

선생님은 마치 그런 표정이 만족스럽다는 듯 빤히 바라보다가 물었다.

"그런데 루미 헌터, 이보다 더 심각한 일이 무엇인지 아니?"

루미는 아무 생각도 나지 않았다. 상상력을 발휘하는 것에서 만큼은 누구보다도 뛰어날 자신이 있었지만, 법적으로 징계를 받고 프리메라에서 퇴학당하는 것보다 더 심각하고 나쁜 일은 이 세상에 없는 것 같았다.

　선생님이 말했다.

　"아이디 도용 사실을 통보받은 니스 영 차관께서 두 학생 중 프라임스쿨 남학생이 자신의 아들임을 밝히시며 본인이 아이들에게 아이디를 알려 줬다고 말씀하셨다더구나. 학교 숙제를 하는 데 필요한 자료가 있다기에 별생각 없이 알려 주셨다고. 이런 경우엔 아이디를 빌려준 영 차관도 함께 처벌받을 수밖에 없지. 국정감사 기간엔 티끌만 한 잘못도 바위처럼 거대해지기 마련이니까. 우리나라 교육을 책임지고 있는 공무원이 겨우 아들 숙제를 위해 국가 기밀 자료를 함부로 누출시켰다는 사실이 알려지면 여론이 얼마나 들끓을지……. 물론 프라임스쿨에서 국가 기밀 자료에 접속해야지만 해결할 수 있는 숙제란 것을 정말 내줬는지 조사하면 니스 영 차관의 말이 사실인지, 아니면 자제분을 보호하기 위해 한 거짓말인지도 밝혀지겠지. 후자라면 영 차관의 신뢰도에 큰 타격이 갈 거야. 대중은 위법한 행동보다도 그걸 모면하기 위한 거짓말을 훨씬 싫어하니까. 그 당사자가 고위 공무원인 경우엔 특히 더."

　루미는 책상 밑에서 치마를 꽉 움켜쥐었다. 니스 아저씨가 자신을 위해 거짓말을 했다는 사실도 놀라웠지만, 자신이 한 일로 아저씨까지 피해를 입었다는 것은 벌써 퇴학 통지서를 받은 것만큼이나 충격적이었다. 충격은 곧 두려움과 죄책감으로 변했다. 어떤 말이라도 하고 싶은데 말은 나오지 않고 입술만 떨렸다.

"어때, 네가 한 행동이 얼마나 무모하고 경솔한 일이었는지 이제 좀 실감이 나니?"

루미는 말없이 고개를 떨어뜨렸다. 완전한 패배였다. 더 이상 선생님 주장에 반박할 힘도, 스스로를 변호하고 싶은 의욕도 생기지 않았다. 이 부끄러운 자리에서 그만 퇴장하게 선생님이 어서 심문을 끝내고 판결을 내려 주면 좋겠다는 생각만 들었다. 무모함과 경솔함에 더해 자신이 이렇게 나약한 인간이었음을 처음으로 깨달은 순간이었다.

선생님은 자신의 승리를 조금 더 맛보려는 건지 판결을 미룬 채 불필요한 사견을 더했다.

"참 안타까운 일이야. 개인적으로 존경하는 분인데 아이들이 벌인 이런 사소한 일로 경력에 흠집이 나다니. 자제분이라는 프라임스쿨 학생도 마찬가지지. 루미 네 할아버지 사진을 확인하려고 했다는 걸로 보아 호의로 널 도와주려고 한 것 같은데, 이런 결과가 나올지 어떻게 알았겠니. 프라임스쿨은 우리 프리메라보다 규율이 더 엄격하니 분명 강력한 징계를 내리겠지. 어때, 너의 부적절한 행동으로 인한 출혈이 너무 크지 않니?"

루미는 자신의 게임이 이미 끝났다고 생각했다. 그런데 그 순간, 아직 쓸 수 있는 마지막 패가 떠올랐다. 바로 손에 들고 있는 모든 카드를 내려놓고 순순히 '죽는 것'.

루미는 고개를 숙인 채로 말했다.

"선생님 추측대로 니스 아저씨, 아니 차관님은 저희를 위해 거짓말을 하신 거예요. 차관님은 이 일과는 아무 상관도 없으세요. 다윈 역시 제가 졸라서 어쩔 수 없이 도와준 거고요. 그러니 벌은 저 혼자 받겠어요. 국정감사장이든 프라임스쿨 징계위원회든 제 자백이 필요한 곳이면 어디든 가서 사실대로 말할게요. 다 제 잘못이라고."

선생님의 냉소적인 목소리가 귓가에 들려왔다.

"각오가 대단하네."

평소 같으면 그런 비웃음을 그대로 듣고만 있지는 않았겠지만 오늘은 모든 모욕을 받아들여야 했다.

그런데 그때, 선생님이 방금 전의 목소리와는 완전히 다른 어조로 말했다.

"그런데 만약 그 각오로 다른 선택을 할 수 있다면 어떻게 하겠니, 루미 헌터?"

루미는 고개를 천천히 들었다.

"……다른 선택이라뇨?"

지도 선생님이 몸을 앞으로 기울이며 속삭이듯 말했다.

"루미 네가 이 모든 일에 책임을 지는 것이 아니라, 이 일을 처음부터 끝까지 아예 없었던 일로 만드는 거지."

믿기지 않는 제안이었다.

"……그게 어떻게 가능해요?"

"그래, 가능하지 않은 일이지. 루미 네가 저지른 잘못과 네 입장만 생각한다면 말이야. 그런데 고맙게도 아카이브 측에서 먼저 그런 제안을 해 왔단다."

그건 더 믿을 수 없는 이야기였다.

"……어째서요?"

"자기네 소관에서 아이들이 벌인 장난 때문에 문교부 차관 자리가 위태로워지는 걸 보고 싶진 않은 거겠지. 그쪽 역시 문교부 산하기관인데 지휘 계통상 자기들 위에 있는 분을 고발하는 게 쉽겠니? 엄밀히 말해선 방문객 관리를 제대로 하지 못한 아카이브 측도 상당 부분 책임이 있고. 학생 관리를 잘하지 못한 우리 프리메라에도 책임이 있듯이."

지도 선생님은 책상 앞으로 몸을 더 가까이 내밀며 말을 이었다.

"다만 이 일이 완벽하게 성사되려면 니스 차관님도, 아카이브 담당자도, 프라임스쿨 학생도, 그리고 무엇보다도 루미 네가 서로를 지켜 주는 방패막이가 되어야 해. 한 명이라도 일탈을 해선 안 되지. 그 말은 즉, 루미 너는 아카이브에 간 적도 없고, 아이디를 도용한 적 없고, 기밀 자료에 접속한 적 없다는 뜻이야. 무슨 말인지 이해가 되니?"

루미는 지도 선생님이 미처 짚지 못한, 아니 짚을 수 없는 점을 속으로 되뇌었다. '그리고 사진이 삭제된 사실 역시 없어요.'라고.

지도 선생님은 피고의 심리를 관조하려는 재판관처럼 다시 몸을 뒤로 빼며 말했다.

"어때, 감히 상상할 수도 없는 대단한 자비 아니니? 모든 죄를 사면, 아니 아예 없었던 것으로 만들어 주겠다니. 그러면 이제 우리 영리한 루미 헌터가 어떤 선택을 내릴지 한번 들어 보자꾸나. 학교를 떠나고 법적 징계를 받는 한이 있더라도 타협 없는 진실을 추구할지, 아니면 자신과 다른 사람들의 이익을 위해 진실을 덮을지. 자, 어느 쪽이니? 네 선택에 따라서 내일 아침 교실에 책상을 하나 치울지 그대로 둘지가 결정될 거야."

잠시 뒤, 루미는 고개를 끄덕였다. 지도 선생님이 "그게 무슨 뜻이니?"라고 물었다. 고약하게도 이미 답을 알고 있으면서 확실한 패배감을 안겨 주기 위해 언어를 고문 도구로 삼고 있었다.

루미는 선생님이 바라는 대로 해 주었다.

"······아카이브에서 제안한 대로 하겠어요."

패배 선언이 끝나자마자 지도 선생님이 책상 위에 있는 서류 파일을 집어 들며 말했다.

"그렇게 선택했으면 불법으로 얻은 이 자료도 마땅히 폐기하는 게 맞겠지?"

선생님은 시간을 들여 서류를 한 장 한 장 일일이 찢었다. 루미는 선생님이 찢고 있는 게 단순한 종이가 아닌 자신의 자존심이라는 것을 알았다.

선생님은 일어나 조각난 종이들을 쓰레기통에 버린 뒤 책상 바로 앞에 서서 말했다.

"머리는 프리메라 여학생이라는 자부심으로 꽉 차 있으면서 하고 다니는 행동은 실망스럽기 짝이 없어. 비단 외부에서 일어난 일들만을 두고 하는 말이 아니야. 3년 동안 지켜봤는데 루미 너는 스터디 그룹도, 클럽 활동도 거의 참석하고 있질 않더구나. 왜, 그 모임에 섞이기에는 너 스스로 너무 뛰어나 보이니? 아니면 그런 자리에 가서 들러리로 있는 게 죽기보다 싫어? 잘 들어. 루미 헌터는 그 교복을 입고 있을 자격이 없음에도 모든 사람의 아량으로 한 번 더 기회를 얻은 거야. 이 순간부터 너는 친구들보다 한 계단 아래 있다는 것을 늘 명심하고, 앞으로는 그 교복 차림에 걸맞은 행동을 해서 스스로의 격을 높이도록 해야 할 거야. 옳은 행동이 따르지 않는 자부심은 꼴사나운 교만에 불과하다는 걸 명심하고, 다신 이 지도실에서 볼 일이 없길 바라마. 부모님을 걱정시키는 일은 더 이상 하지 않아야겠지?"

저녁이 다 돼 집으로 돌아온 루미는 거실 소파에 앉아 있는 아빠와 마주쳤다. 아빠의 얼굴을 본 순간 따져 묻고 싶은 기분이 잠깐 들기도 했지만 그대로 말없이 2층으로 올라갔다. 아빠 역시 계단을 올라가는 모습을 지켜보기만 할 뿐, 아무 말도 하지 않았다. 마치 학교에서 무슨 일이 있었는지 다 알고 있는 것처럼.

루미는 방문을 닫은 뒤 잠시 문에 기대섰다. 창이 어둠에 물들고 있었다. 바깥 풍경이 사라진 창 위로 자기 얼굴이 비쳤다. 루미는 순간 자기도 모르게 시선을 피했다. 처음 느껴 보는 자기혐오였다. 모든 것을 그대로 지켰는데도 아이러니하게 자신에게 남은 건 아무것도 없는 것 같았다. 공무원들의 이름을 나열한 종이 뭉치를 잃은 건 손실 축에 끼지도 못했다. 진실을 밝히는 것을 최우선의 가치로 믿어 온 신념, 다원과 니스 아저씨의 신뢰, 프리메라 학생으로서 지켜 온 자부심, 제이 삼촌의 죽음을 밝힐 용기…… 이것들을 잃은 것이야말로 진정한 상실이었다. 루미는 어디서부터 이 상처를 회복해야 할까 생각했다. 문제는 복잡해도 답은 간단했다. 한시라도 빨리 다원과 니스 아저씨에게 사과해야 한다.

구토

          책 속 글자가 거꾸로 뒤집히더니 반박할 수 없는 진리가 아무 가치도 없는 낙서가 되어 버렸다. 책을 시작으로 눈앞에 있는 것들이 모두 뒤섞여 가장행렬 무리처럼 빙글빙글 돌아가기 시작했다. 다윈은 괴이한 가면을 쓴 무리에 손이 붙들려 점점 그 속으로 끌려 들어가는 기분이었다. 무엇이 빛이고 무엇이 어둠인지, 어디가 안이고 어디가 밖인지, 누가 사람이고 누가 사람인 척하고 있는 건지 분간할 수가 없었다. 가까운 어디선가 이상한 냄새가 풍기고 어떤 무리는 알 듯 모를 듯한 말을 돌림노래처럼 쉬지 않고 반복했다. 다윈은 어지럼증을 견뎌내려고 손에 쥔 연필을 지지대 삼아 세게 움켜쥐었다. 그 힘을 이기지 못한 연필에서 금 가는 소리가 들렸다. 다윈은 빛 한 줄기도 새어 들어올 수 없게 두 눈을 감았다. 이대로 눈을 감고 버티면 가장행렬 무리는 손을 놓아주고 퇴장할 것이고 어지럼증도 가라았을 것이다.

실제로 눈에 보이는 것들이 다 사라지자 회전이 느려지고 얼룩덜룩해졌던 색들도 원래의 무채색으로 돌아오기 시작했다. 안심한 다원은 목에 고인 침을 삼켰다. 그런데 그 순간, 역류를 막고 있던 둑이 붕괴하듯 목 안의 무언가가 무너져 입 속으로 세찬 물이 밀려 들어왔다. 다원은 참지 못하고 입을 틀어막은 채 화장실로 달려갔다.

한번 시작된 구토는 멈출 기미를 보이지 않았다. 학교로 복귀한 뒤로는 증상이 더 심해져 일상을 장악해 버렸다. 기숙사, 교실, 도서관……. 엄숙한 장소일수록 강도가 높아졌고 아침, 낮, 밤, 어둠이 몰려올수록 빈도가 잦아졌다. 아무도 알 리가 없는데 모두가 알고 있는 것 같았다. 어느 저녁, 도서관에서 나와 기숙사로 이어지는 회랑을 혼자 걸어가고 있는데 그림자 진 벽 가득 "살인자, 살인자, 살인자."라는 글씨가 휘갈겨 있었다.

다원은 변기를 붙들고 속에서 밀려 나오는 것들을 모두 게워 냈다. 끼니를 연이어 거른 탓에 나오는 것이라곤 산성화된 물뿐이었다. 식도가 타 들어가는 것 같았다. 다원은 벽에 기대 앉아 가쁜 숨을 진정시켰다. 숨에서도 구토 냄새가 났다. 더럽고 수상하고 불안한 냄새였다. 다원은 무릎에 얼굴을 묻고 다리를 끌어안았다. 자기 몸에서 이런 냄새가 난다는 게 참을 수 없게 싫었다. 발원지가 있다면 못 나오게 틀어막고 싶었다.

그때 밖에서 문 두드리는 소리가 들렸다.

"뭐 해? 괜찮은 거야?"

"아……. 응, 금방 나가."

다원은 일어나 세면대 앞으로 갔다. 거울 속에 잘 모르겠는 사람이 서 있었다. 얼굴과 이름과 존재감이 각기 다른 거울에서 깨진 조각을 가져와 붙여 놓은 것처럼 어긋나 있었다. 그날 밤, 그 거울 속에 비쳐 보였던 것도 이런 것이었을까……. 그 순간 거울이 빙그르르 돌기 시작했다. 다원은 얼른 입을 씻어 내고 화장실에서 나왔다.

문을 열자마자 에단이 기다렸다는 듯이 의료실에 가 보라고 했다.

"시험 때문에 스트레스 받는 건 이해해. 그런데 솔직히 네가 토하는 소리까지 들어야 하는 나는 더 괴롭다고."

이 기간에 구토가 시작된 건 어떤 면에선 행운인지도 몰랐다. 11월에 프라임스쿨 학생에게 발생하는 모든 신경학적 증상은 학년말 고사로 원인을 돌릴 수 있으니까.

"그래, 가 볼게……. 미안해."

비밀이라고 생각했던 자신의 구토 증상을 다른 사람이 알고 있다는 사실에 다원은 얼굴을 들 수가 없었다. 그동안 학교 여기저기서 만났던 사람들이 자신의 몸에서 이 냄새를 맡았을 거라고 생각하니 숨을 쉴 수 없게 부끄러웠다. 다원은 기숙사를 나왔다. 어쩌면 답답한 공기 때문에 더 구토가 밀려오는지도 모른다는, 가능성 없는 희망을 품고서.

날카로운 바람이 바짝 야윈 나뭇잎을 더욱 혹독하게 채찍질했다. 땅엔 말라붙은 시체들이 그득했다. 자연은 가장 힘든 계절을 겪어 내고 있었다. 다원은 해가 지는 쪽을 바라보고 앉아 노을이 만들어 내는 풍광을 유심히 지켜보았다. 자연 역시 수많은 눈들을 가지고 이쪽을 바라보았다. 다윈은 자신이 자연을 감상하고 있는 것인지, 아니면 자연이 자신을 감시하고 있는 것인지 모르겠다는 생각이 들었다.

그러고 얼마가 더 흘렀을까, 근처를 지나가던 누군가가 큰 소리로 농담을 거는 소리가 등 뒤에서 들려왔다.

"다윈, 진화론에 대해 생각하고 있는 거야?"

다윈은 뒤돌아보지 않았다. 목소리의 주인공은 더 말을 걸지 않고 그대로 지나쳐 갔다.

종탑 주변으로 번지는 노을의 모습이 꼭 첨탑에 찔린 하늘이 흘리는 피 같았다. 자연을 오래 감상하다 보면 한 순간 십계명이 아닌, 하늘을 물들인 노을이나 한 줄기 소슬바람에서 하느님의 존재와 뜻을 느끼게 된다고 했다. 다윈은 문득 이때까지 자신이 하느님의 유무와 존재 방식에 대해 한 번도 깊게 생각해 본 적이 없었다는 것을 깨달았다. 하루 종일 종교적인 건물에 둘러싸여 있는데도 유리창에 채색된 성화나 수도사들이 남긴 책 속 어록을 자세히 들여다본 기억이 없었다. 역사학의 일부로 배우는 신학에도 특별히 흥미를 느끼지 못했다. 신을 부정해서였을까……. 다윈은 고개를 저었다. 신을 부정해서가 아니라 신에 대해, 그 보이지 않는 전지전능한 힘에 대해 생각할 필요가 없었다. 자신을 세상에 태어나게 해 주고, 먹여 주고, 걷게 도와주고, 언어를 가르쳐 주며 절대적인 사랑을 전해 준 사람은 보이지 않는 하늘 위가 아니라 바로 자기 곁에 있었으니까.

기억이 안 나는 시간들까지 포함해 16년 10개월의 하루하루를 천천히 되돌아본 다윈은 '필요가 없었다'고 하는 것보다는

'겨를이 없었다'고 하는 것이 더 옳은 표현일지도 모르겠다고
생각했다. 다원은 눈을 감았다. 그 말이 맞았다. 아버지의 사랑
을 받는 것만으로도 하루하루가 바빠 신에 대해 생각할 겨를이
없었다. 하느님이 존재한다면 존재하는 것이고, 존재하지 않는
다면 아버지가 하느님이었다. 아버지라는 존재로 인해 아무런
갈등 없이 유신론자이면서 무교이고, 무신론자이면서 신자일
수 있었다.

　'……그런데 하느님과 동격인 아버지가 사람을 죽였다. 그것
도 가장 친한 친구를……'

　머릿속에 떠오른 그 문구를 성서 속 한 구절로 받아들인 순간,
다원은 시들어 가는 풀밭에 대고 또 구토를 하고 말았다. 신물이
바닥을 드러냈는지 이제는 쓴맛이 느껴졌다. 다원은 입술을 손
등으로 쓸며 자신이 뱉어 낸 것을 바라보았다. 그 물질의 정체가
무엇인지 알 수 없었다. 왜 계속해서 쉬지 않고 구토가 나오는 걸
까. 이걸 멎게 하려면 어떻게 해야 하는 걸까. 오래 보고 있으니
문득 뱀의 몸에서 흘러나온 진액 같다는 생각이 들었다. 자기 아
버지가 지은 죄로 뱀도 지금까지 고통을 당하고 있는 걸까. 이 광
활한 자연의 인자들 중에서 그런 괴로움을 겪고 있는 존재는 자
신과 뱀 단 둘뿐인 것 같았다.

　그때였다.

　"뭘 찾고 있는 거야?"

　목소리만 듣고도 뒤에 서 있는 사람이 누구인지 단번에 알 수
있었다. 허리를 숙인 채 토사물을 살피는 모습이 풀밭에서 뭔가
를 찾고 있는 걸로 보였다고 생각하니 조금 우스웠다.

다원은 등을 일으켜 세우며 대꾸했다.

"별거 아냐……. 그냥 신기한 곤충을 본 것 같아서."

레오가 가까이 다가와서 말했다.

"역시 다원답네. 우리 아버지도 내 이름을 레오 말고 니체나 아인슈타인으로 지었어야 하는 건데. 물론 그러려면 자기 아들이 정신병에 걸릴 위험까지 감수해야겠지만."

얼마 만인지도 모를 정도로 오랜만에 처음으로 웃음이 나왔다. 다원은 레오를 마주 보았다. 모든 프라임스쿨 학생들이 피곤하고 예민한 눈초리를 하고 있는 기간이지만, 레오의 얼굴엔 신경증적인 흔적이 조금도 배어 있지 않았다. 다원은 문득 외국어의 불규칙 동사가 생각났다. 프라임스쿨의 일원으로 있으면서도 이 분위기에 완전히 지배당하지 않는 레오가 과거 현재 미래에서 자유롭게 변화하는 하나의 불규칙 동사 같았다.

레오가 물었다.

"얼굴이 안 좋아 보이는데 무슨 일 있어?"

다원은 고개를 가로저으며 가볍게 미소 지었다.

"요즘 같은 때에 생기가 도는 게 더 이상한 일 아니야?"

"그렇다고 결핵에 걸린 수도사처럼 하고 다닐 필요는 없잖아. 11월만 되면 내가 학교에 있는 건지, 수도원에 있는 건지 헷갈릴 정도야."

"시험을 당한다는 의미에선 별로 다를 것도 없잖아."

"재밌는 말이네. 그래, 그게 우리 학교의 뿌리지. 그런데 기왕 이렇게 시험을 당할 바에는 수학, 문법, 철학 같은 시시한 것 말고 절도, 배신, 살인으로 시험을 당하면 그 뿌리에 더 부합할 수 있을 텐데. 수도원이야말로 온갖 범죄의 온상이었으니까."

나원은 자신이 토한 흔적이 있는 수풀 쪽을 바라보았다. 그렇다면 프라임스쿨의 이 많은 나무들은 죄를 지은 수도사들과 그 사실을 알게 된 수도사들이 서로 모르게 뱉어 낸 토사물을 비료 삼아 오늘날까지 무럭무럭 자란 걸까.

레오가 얼굴을 가까이 갖다 대며 말했다.

"아무튼 기운 좀 내. 다윈 너까지 녹슨 청동상 같은 얼굴을 하고 있으니까 난 누구랑 말을 해야 할지 모르겠어. 넌 성적에 목매는 그런 얼간이들이랑은 다르잖아."

"……다르지 않아. 아니, 어쩌면 내가 프라임스쿨에서 가장 얼간이인지도 모르지."

"다윈 영 입에서 그런 말이 나오다니. 아무리 시험 스트레스 때문이라도 네가 그런 말 하는 걸 알게 되면 위원장님께서 충격받으실 것 같은데. 다윈 네 덕분에 시험 과목이 좀 줄어드는 거 아냐?"

다윈은 다시 속이 메슥거리는 것을 겨우 참아 내며 말했다.

"그러시진 않을 거야."

"그러시진 않을 거라고? 왜?"

"말 그대로 얼간이라는 말 정도로 충격받지는 않으실 거라는 뜻이야. 그동안 훨씬 더 충격적인 일도 많이 겪으셨을 테니까."

레오는 대수롭지 않게 여기며 "뭐, 그렇긴 하시겠지. 우리보다 세 배의 인생을 더 사셨으니까."라고 대꾸했다. 세 배의 인생이라는 말에 다윈은 자신이 모든 걸 안다고 생각해 왔던 아버지가 사실은 '니스 영'의 삼분의 일밖에 되지 않는다는 것을 깨달왔다. 그러자 어쩌면 아버지들끼리 친구였다는 사실을 자기보다 먼저 알고 있던 지난번처럼 이번에도 레오가 자기는 모르는 아버지의 남은 부분을 더 알고 있진 않을까 하는 생각이 들었다.

다원은 걸음을 옮기며 물었다.

"레오, 혹시 너희 아버지가 제이 아저씨 이야기 한 적 있어?"

"제이 아저씨? 갑자기 제이 아저씨는 왜?"

"그냥…… 충격적인 일이라고 하니까 갑자기 떠올라서."

"그렇대도 너무 과거로 거슬러 간 거 아니야?"

레오가 웃더니 이어 말했다.

"하긴, 너희 아버지 인생에서 제이 헌터의 죽음이 가장 충격적인 사건 중의 하나일 수도 있겠지. 그러니까 지금까지도 널 데리고 추도식에 참석하시는 걸 테고…… 그런데 우리 아버지한테는 그렇게까지 인생에 영향을 끼칠 만한 충격적인 일은 아니었나 봐. 루미를 처음 만났을 때 옛날 친구였다고 말한 것을 제외하고는 우리 아버지가 제이 아저씨 이야기를 한 적은 한 번도 없거든. 너도 알다시피 우리 아버지는 지금껏 추도식에도 가지 않았잖아. 이번에 간 것도 사실은 너희 아버지를 만나려는 불순한 의도가 있었던 거고."

다원은 레오의 이야기 뒤로 그 이야기 길이만큼의 공백이 생길 때까지 침묵하다가 입을 열었다.

"그럼 우리는 세 분 사이가 진짜 어땠는지는 알 수 없는 거네."

"세 사람 사이가 어땠는지가 궁금해?"

"……정확하게는 우리 아버지와 제이 아저씨 사이가."

"왜?"

다원은 자신이 거짓말을 하는 건지, 아니면 진실을 말하는 건지 헷갈리는 기분으로 말했다.

"네가 지난번에 그랬잖아. 아무리 아버지 친구라도 한 번도 만나 본 적 없는 사람의 추도식에 내가 가는 게 놀랍다고. 나도 생각해 보니까 갑자기 내가 30년 전에 죽은 아버지의 친구 추도식에 간다는 게 놀라워서."

레오가 장난기 어린 얼굴로 말했다.

"학년말 고사 스트레스가 심하긴 한가 보네. 그런 생각까지 다 하고. 이래서 사람은 너무 오래 앉아 있으면 안 되는 거야."

그러고는 금세 진지한 목소리로 덧붙였다.

"그런데 다원, 그건 이미 네 말 속에 답이 있는 거 아니야? 30년 전에 죽은 친구 추도식에 아들까지 데려갈 정도면 너희 아버지와 제이 아저씨가 얼마나 진실된 친구였는지 바로 보이잖아."

동감을 바라는 레오의 푸른 눈동자에 다원은 고개를 끄덕거릴 수밖에 없었다. 너무나 선명하게 보였던 빛이 사실은 따라가서는 안 됐던 속임수였음을 알게 된 지금에도 여전히 그 빛의 위력에서 벗어나지 못하고 있는 것 같았다.

그때 갑자기 레오가 물었다.

"다원, 만약에 내가 제이 아저씨처럼 죽는다면 너도 내 추도식에 네 아들을 데리고 참석해 줄 거야?"

다원은 순간 또 목으로 치밀어 오르는 힘이 느껴져 그것을 억누르기 위해 무거운 목소리로 말했다.

"제이 아저씨 같은 일이 너에게 일어날 일은 없어."

"그래서 만약이라고 했잖아. 나도 당연히 제이 아저씨처럼 죽고 싶은 생각은 추호도 없지. 하지만 생각해 봐. 자신을 잊지 않고 30년간이나 추도해 주는 친구가 있다는 건 굉장히 멋진 일이잖아. 그것도 아버지가 돼서 자기 아들과 함께. 응? 다원 넌 내 추도식에 참석해 줄 거야?"

다원은 그 질문을 돌려 주었다.

"레오 넌? 내 추도식에 참석해 줄 거야?"

레오는 단번에 "물론이지."라고 답하더니, 곧 쑥스러운 얼굴로 어깨를 으쓱했다.

"그런데 별로 신용 있는 대답은 아니지? 우리 아버지의 행적으로 내 미래를 따져 보면 말이야."

"너랑 아저씨는 별개의 사람이잖아. 아저씨가 그러셨다며? 자식이 아버지를 닮는 건 가장 하찮은 일이라고."

레오가 웃으며 대꾸했다.

"그래, 자식이 아버지를 닮는 건 가장 하찮은 일이지. 그 투박한 말을 프라임스쿨 누군가의 격식 있는 말로 바꾸면, 인간은 과거에서 유래하긴 했지만 완전히 새로운 존재라는 명언이 되는 거고. 그렇지?"

다원은 레오를 따라 가볍게 웃었다.

잠시 뒤 대화의 여운이 사라질 무렵, 레오가 덧붙였다.

"그런데 내 추도식에 참석해 줄 여부만 따져 보면 난 너랑 너희 아버지가 별개의 존재가 아니길 바라야겠는데."

시험 준비로 다들 실내에 머무르고 있는 탓에 프라임스쿨 교정은 버려진 장소에서나 느껴질 법한 특유의 운치가 풍겼다. 인적이 없어서인지 숨을 쉴 때마다 새어 나오는 입김이 유난히 더 짙게 느껴졌다. 다윈은 자기 숨과 레오의 숨이 한데 섞이는 걸 보는 게 괴로웠다. 그 오염을 방관하고 있는 것만으로도 레오에게 죄를 짓는 것 같았다. 진실을 숨긴 채 어정쩡한 미소와 어설픈 질문들로 레오를 속이고 있는 것은 차마 죄목으로도 넣을 수 없어 아예 눈을 감아 버렸다.

동기숙사까지 함께 걸어와 준 레오가 현관에 이르러 말했다.

"다윈, 난 어쩌면 프라임스쿨을 그만둘지도 몰라."

갑작스러운 이야기에 다윈은 레오를 돌아보았다. 레오는 별일 아니라는 식의 미소를 지었다.

"그렇게 놀랄 거 없어. 오래전부터 생각해 온 거니까……. '단편 다큐멘터리 필름 콘테스트'라고 들어 본 적 있어? 아마추어들을 위한 경연인데 작년까진 성인들만 참가할 수 있다가 올해부터 연령 제한이 없어졌어. 우리 아버지가 이곳을 통해 데뷔했는데, 나도 여기에 출품해 보려고."

다윈은 레오의 결정이 홧김이 아니라 진지한 계획에 따른 것임을 알고 안심했지만 그렇다고 학교를 떠난다는 결정까지 지지해 줄 수는 없었다.

"굳이 학교를 그만둘 건 없잖아. 졸업한 뒤에도 얼마든지 할 수 있는 일인데. 정 하고 싶으면 방학 동안에도 기회가 있을 거고."

"사실 학교를 그만두는 건 이것과는 별개야. 이 상태로 프라임스쿨을 계속 다녀 봤자 뭐하겠어? 교수님들 스트레스만 쌓이고, 나는 내 시간만 낭비하는 거지. 그것보단 이제라도 하고 싶은 일을 찾아서 시작하는 게 나을 것 같아."

"그 말은 지금까지 프라임스쿨에서 너를 붙잡을 만한 게 하나도 없었다는 뜻이야?"

"다원 네가 그렇긴 할 거야. 프라임스쿨에 오지 않았으면 너와 친구가 되지 못했을 테니까. 하지만 우린 학교를 벗어나도 계속 친구일 거잖아. 그럼 아무 문제 없어. 그렇지?"

"물론이야. 그런데 너희 부모님이랑 의논은 하고 결정한 거야? 많이 놀라실 텐데."

"아직. 겨울방학 동안 작품을 어느 정도 만들어 놓은 다음 얘기할 생각이야. 괜히 입으로만 떠드는 사람이 되긴 싫으니까."

"그래도 너희 아버지한테는 조언을 구해야 하지 않아? 그 분야에서 아저씨만 한 멘토도 없잖아."

그러자 레오는 마치 성숙의 단계에서 한 계단 위에 선 사람처럼 웃었다.

"다원 넌 한 번도 아버지가 네 적이라고 생각해 본 적이 없나 보구나."

"……적이라니?"

"평생에 걸쳐 싸워야 하는 상대 말이야. 아버지는 나에게 꿈을 불러일으켜 준 사람이기도 하지만, 내가 이겨 내야 하는 적이기도 해. 적에게 배울 순 있지만 도움을 기대할 순 없잖아. 버즈마샬의 아들이라서 수상했다는 이야기는 절대 듣고 싶지 않으니까. 물론 아버지 역시 나를 도와줄 생각 같은 건 전혀 없을 테고. 아버지는 내가 이런 생각을 하고 있다는 것도 모르셔. 우린 거의 얘기를 안 하니까."

"무슨 문제라도 있는 거야?"

"모르겠어. 무슨 문제가 있는지는……. 그냥 처음부터 우리는 늘 이래 왔어. 아마 아버지는 이런 상태가 문제라고 생각하지도 않으실걸."

다원은 레오의 이야기에서 아버지를 떠올렸다. 아버지에게 연락하지 않은 지 일주일이 되어 가고 있었다. 할아버지가 아버지에게 다시 전화를 걸어 주라고 했을 때 "감기 걸린 목소리를 들으면 걱정하실 거예요. 할아버지가 대신 공부하고 있다고 전화해 주세요."라고 둘러댄 이후 쭉 아버지와의 연락을 피해 왔다. 아버지 역시 식탁에서 나눈 언쟁만 기억할 뿐, 무엇이 진짜 문제인지는 전혀 모르고 있을 것이다.

그때였다. 레오가 "다원, 저기를 봐." 하며 서쪽 하늘을 가리켰다. 다원은 아버지 얼굴을 미처 지우지 못한 채 레오가 보고 있는 곳으로 시선을 돌렸다. 그곳엔 짙은 노을 속으로 날아가는 커다란 새 한 마리가 있었다.

레오가 감탄한 목소리로 말했다.

"자유로워 보이지? 나도 저런 작품을 만들고 싶어. 보는 것만으로도 사람들에게 다른 세상으로 날아가고 싶도록 만드는 작품 말이야."

다원은 "레오 너라면 충분히 그럴 수 있을 거야."라고 격려해 주었다. 그러나 자신의 눈에는 아무리 봐도 죄를 지은 새가 괴로움을 이기지 못하고 스스로 불길을 향해 뛰어드는 것으로밖에는 보이지 않았다.

재발

　　　　　외부 일정을 마치고 집무실로 돌아온 니스는 방문객 소파 앞에서 걸음을 멈추었다. 짧은 찰나, 자기도 모르게 눈살이 찌푸려졌다. 약속도 잡지 않고 불시에 찾아오는 불청객이 하루에 몇 명쯤은 늘 있지만, 대개는 이 9층에 닿기 전 경비실과 비서실에서 먼저 걸러지기 마련이었다. 그 관문을 뚫고 집무실 문 앞까지 이르렀다는 것은 교육정책과 관련해 비서를 설득할 정도의 절박한 문제가 있거나 어떤 식으로든 거짓말을 했다는 것을 뜻했다. 당황스러웠던 감정은 곧 불쾌감으로 깊어졌다. 이 반갑지 않은 방문객은 당연히 후자일 터였다. 일개 프리메라 여학생에게 문교부 차관과 시급히 만나야 할 교육 이슈 같은 게 있을 리가 없으니. 또 어떤 능란한 거짓말로 경비와 비서를 속이고 여기까지 온 걸까.

　　니스는 무거워진 숨을 속으로 삼켰다. 너무 오래 한자리에 멈춰 서 있었는지 뒤따라온 보좌관이 "차관님?" 하고 부르며 주의를 환기시켰다. 다른 때 같았으면 보좌관에게 눈짓을 해 바로 돌려보냈을 것이다. 거짓말쟁이, 특히 어린 거짓말쟁이는 상대하고 싶지 않았다.

"아저씨, 아, 여기선 차관님이라고 불러야 맞는 거겠죠?"

그러나 자신을 "아저씨."라고 부르며 반갑게 인사하는 지인의 딸을 문전 박대할 순 없는 노릇이었다.

니스는 한참 만에 걸음을 옮기며 입을 열었다.

"웬일이니, 루미야? 넌 늘 예고 없이 나타나는구나."

"놀라셨다면 죄송해요. 집에 몇 번이나 전화를 했는데 아주머니가 전해 드리지 않는 건지 아무 연락도 못 받아서요. 비서실도 일정이 꽉 찼다면서 약속을 안 잡아 주고요. 집으로 찾아갈까 하다가 그러면 안 좋아하실 것 같아서 사무실에 한번 와 봤어요. 막상 와서 다원 일로 차관님을 찾아왔다고 하니까 바로 여기로 안내해 주던걸요?"

니스는 마리와 달리 일처리를 제대로 못한 비서를 힐끗거렸지만 그를 탓할 순 없었다. 다원과 관련해서 오는 연락은 사안과 시기를 불문하고 바로 연결하라고 지시했던 게 자기 자신이었으니.

"다원 때문이라니? 무슨 일 있니?"

"다른 약속이 있으신 게 아니면 안으로 들어가서 얘기하면 안 될까요?"

마뜩잖았지만 이제 와 마땅히 거절할 구실도 없었다. 이 자리를 피하려 든다면 이 집요한 아이는 퇴근 시간까지 문 앞에서 버티고 있다가 집으로 따라올 게 분명했다. 이 아이를 다시 집 안에 들이고 싶은 마음은 추호도 없었다. 어떻게 알았는진 모르지만 제 추측대로 꼭 만나야 한다면 집보다는 사무실이 차라리 나았다. 게다가 이번에도 분명 꾸며 낸 말이긴 하겠지만, '다윈 일'이란 게 뭘지 내심 궁금하기도 했다. 아무리 시험 기간이라지만 학교로 복귀한 후 지금껏 한 번도 연락이 없으니······.

"그래, 들어가자. 다윈 얘기라니 잠깐이라도 안 들을 수가 없구나."

지금으로선 바쁜 일정을 쪼개 시간을 내는 거라는 인상을 주어 빨리 돌려보내는 게 최선일 것이다. 니스는 보좌관에게 "10분만 쉬지."라고 말한 뒤 먼저 집무실로 들어갔다. 뒤따라 들어온 루미는 청사 전경이 내다보이는 유리창으로 한달음에 달려가 "와, 멋져요."라고 감탄하더니, 또 금세 책상 근처로 관심을 돌려 위에 올려져 있는 액자들을 들여다보았다.

"다윈 입학식 때네요. 지난번에 할아버지 댁에서도 똑같은 사진을 봤는데. 아저씨 집안의 유대감은 정말 특별한 것 같아요. 보통은 집에 여자가 없으면 남자들은 데면데면하게 지내면서 이런 소소한 것들은 잘 안 챙기잖아요. 그런데 아저씨랑 할아버지랑 다윈이 함께 있는 거 보면 전혀 빈 자리가 안 느껴져요. 이건 승마장에서 찍은 사진이에요? 다윈이 승마도 하는 줄은 몰랐는데."

니스는 먼저 자리를 잡은 뒤 자신의 오른편 소파를 가리키며 "여기 앉으렴." 했다. 아버지 집에선 어쩔 수 없었다지만 자신의 공간까지 제멋대로 들여다보게 하고 싶지는 않았다. 곧 비서가 차를 가지고 들어와 테이블에 놓고 나갔다.

니스는 루미가 차를 한 모금 마시기를 기다리고 있다가 찻잔을 내려놓자마자 지체 없이 바로 물었다.

"그런데 정말 무슨 볼일이니? 다윈과 관련한 일이란 건 뭐고?"

"그보다 먼저 아저씨께 사과를 드리고 용서를 구해야 할 것 같아요."

"사과와 용서라니……. 루미가 나에게 사과하고 용서 구할 만한 일을 한 게 있던가?"

"보고받지 않으셨나요? 아카이브에서 있었던 일 말이에요. 먼저 그게 어떻게 된 건지 설명을 드린 다음……."

니스는 루미의 말을 중단시켰다.

"그 얘기라면 안 하는 게 좋겠구나. 그건 그렇게 끝내고 더 이상 거론하지 않기로 한 거 아니니?"

"네, 알고 있어요. 처음부터 끝까지 없던 일로 만들어야 한다고. 하지만 그건 공식적인 관계에서의 약속이고 저 개인적으로는 아저씨께 사과를 드리지 않고서는 도저히 없던 일로 할 수가 없어요. 아저씨를 뵐 때마다 빚진 기분이 들 텐데 어떻게 정말 아무 일도 없었던 척할 수 있겠어요? 아저씨, 믿으실지는 모르겠지만 전 정말 아저씨와 다윈한테까지 피해가 갈 거라곤 조금도 생각하지 못했어요. 이렇게 일이 커질 줄 알았다면 당연히 다른 방법을 생각했을 거예요. 제가 얼마나 멍청한지 이번에 처음으로 뼈저리게 느꼈어요. 용서해 주세요."

진심이 느껴지는 루미의 사과에 니스는 약간 죄책감이 들었다. 하긴 아무리 강단이 있는 아이라도 이제 겨우 열여섯 살인데, 징계위원회니 국정감사니 하는 말을 듣고서 겁이 안 날 순 없었을 것이다. 물론 모두 허풍이었다. 다윈이 아카이브에 관한 얘기를 꺼낸 뒤 국정감사 기간인 것을 핑계로 아카이브에 먼저 연락해 불법으로 접속한 기록이 있는지 확인해 보라고 했던 것과 아카이브 측에서 프리메라 여학교 측에 제안하는 모양새를 취해 엄한 훈계 정도에서 사건을 마무리하자고 했던 것 모두 외부에 알려지지 않고 조용하게 처리되었다. 그날 저녁 다윈에게 한 얘기들 역시 다 거짓이었다. 큰 잘못을 저지른 줄 알고 떠는 다윈의 모습에 미안한 마음이 들긴 했지만 어쩔 수 없었다. 두 사람이 다시는 아카이브와 사진에 관해 얘기할 수 없게 하려면 온갖 심각한 말들을 끌어모아 겁을 주어야만 했다.

"루미 네 기분은 알겠지만 교육계에 몸담고 있는 사람으로서 학생 입에서 멍청하다는 말을 듣는 게 유쾌하지는 않구나. 그것도 프리메라 여학생에게서. 결국엔 큰 문제 없이 잘 해결됐으니 너무 자책할 필요는 없단다."

니스는 일단 루미를 진정시킨 뒤, 마음에 걸리는 점을 짚었다.

"그런데 루미야, 약속은 그냥 약속인 거지 공식적인 것과 사적인 것으로 구별하는 게 아니란다. 약속을 지키는 조건으로 모두에게 용서를 받은 거라면 그걸 성실히 지켜야 하지 않겠니? 아저씨는 네가 이렇게 찾아온 것부터가 약속을 지키지 않겠다는 뜻으로 생각되는구나."

루미가 고개를 내저으며 강하게 부정했다.

"약속을 깨겠다니, 그건 절대 아니에요. 이제 와서 제가 어떻게 그러겠어요. 그건 다른 사람들뿐만 아니라 저 자신을 망치는 일이기도 한걸요. 제가 이 프리메라 교복을 입고 있다는 건 약속을 지키겠다는 뜻이에요. 절 믿으셔도 돼요."

"그래, 루미 너는 그 교복이 무척 잘 어울린단다."

루미는 "감사해요."라고 인사하더니 왜인지 곧 쓸쓸한 웃음을 지었다.

"예전 같으면 당연히 칭찬으로 받아들였을 그 말이 솔직히 지금은 마냥 기쁘지만은 않아요. 제 모든 위선을 알고 던지는 조롱처럼 느껴지거든요. 물론 아저씨 때문이 아니라 제 자격지심 때문이지만."

"조롱이라니, 그게 무슨 말이니?"

"지난번 체육대회 때 제가 말씀드렸죠? 저에게 가장 소중한 건 진실이라고. 그런데 막상 선택에 맞닥뜨리자 전 이 초록색 리본을 위해 그 신념에 위배되는 결정을 했어요. 요즘엔 선생님도 친구들도 모두 절 비웃고 있는 것만 같아요."

"루미 넌 지나치게 스스로를 의식하는 것 같구나. 아무도 널 조롱하고 비웃지 않는단다."

루미는 고개를 젓더니 "한 사람은 분명해요."라고 말했다.

니스는 약속을 지키겠다는 다짐을 받은 이상 이쯤에서 이야기를 마치고, 이 말 많은 아이를 그만 내보내고 싶었다. 아까부터 줄곧 대화를 끝낼 적당한 타이밍만 노리고 있었다. 그러나 유난히 확신에 차 하는 말에 호기심을 이기지 못하고 그만 "그 한 사람이 누구니?"라고 묻고 말았다.

루미가 어깨를 으쓱하며 대답했다.

"저희 아빠요."

생각지도 못한 인물에 니스는 깜짝 놀라 되물었다.

"조이?"

"네. 저희 아빠는 분명히 절 비웃고 있어요. 제가 이런 꼴이 된 게 우스워서 어쩔 줄 모르실걸요."

"조이가 널 비웃는다니, 왜 그런 생각을 하는지 이해할 수 없 구나. 세상에 자식을 비웃는 부모는 없어."

"아저씨는 당연히 이해가 안 되실 거예요. 아저씨는 다윈을 이 세상에서 가장 사랑하시니까…… 그런데 저는 어릴 때부터 항상 그런 느낌을 받아 왔어요. 추도식에 참석하실 때마다 그런 분위기를 못 느끼셨나요?"

"전혀."

니스는 일말의 여지도 없이 고개를 내저었다. 착하고 가정에 충실한 조이가 제 딸이 곤경에 처한 것을 비웃다니, 상상도 할 수 없는 일이었다. 그러나 루미는 이미 자신의 세계를 확고하게 구 축해 놓은 것처럼 이야기했다.

"아빠는 절 싫어하세요. 아니, 단순히 싫어한다기보다는 뭐 랄까…… 저에게 라이벌 의식 같은 것을 가지고 있는 것 같아요. 늘 제가 남들보다 못하고 평범해지기를 바라시죠. 그래서 제가 프리메라에 간다고 했을 때도 그렇게 반대하셨던 거고요."

니스는 열여섯 여자아이의 머릿속이 얼마나 제멋대로의 망 상으로 부풀 수 있는지를 깨닫고는 어이가 없다 못해 두렵기까 지 했다. 조이를 위해서라도 잘못된 오해를 풀어 줄 필요가 있 었다.

"그건 싫어해서 그러는 게 아니란다. 루미 너는 아직 어려서 모르겠지만, 1지구엔 엘리트 교육을 부담스럽게 느끼는 학부모들도 많단다. 여러 가지 면에서 또래보다 더 일찍 상처받고 더 일찍 좌절할 일도 많으니까 말이야. 아저씨 역시 다윈이 프라임스쿨에 진학하겠다고 했을 때 선뜻 응원하고 기뻐해 주지만은 못했단다. 그게 얼마나 힘든 길인지 아니까 부모 된 심정에서 조금 쉬운 길을 갔으면 싶었지. 너는 아저씨가 다윈을 싫어해서, 아니 라이벌 의식을 느껴서 그런 마음을 먹었을 거라고 생각하니?"

루미는 웃으며 "절대 아니에요."라고 대답했지만 얼마 못 가 금세 굳은 얼굴로 돌아왔다.

"그런데 아빠는 그런 게 아니에요. 아저씨랑은 근본적으로 달라요. 사실 제가 이번에 학교에서 곤욕을 치른 것도 아빠 때문이거든요. 이 이상 문제를 크게 만들고 싶지 않아서 아무 말도 안 하고 있긴 하지만."

"그게 무슨 말이니? 아빠 때문이라니?"

"사실은 이번 일로 지도실로 불려 갔을 때 먼저 계기가 된 게 갑작스러운 소지품 검사 때문이었거든요. 선생님은 제 가방을 보지도 않고 그 안에 뭐가 있는지 다 알고 계셨죠. 누가 말해 주지 않은 이상 그걸 어떻게 아셨겠어요?"

"루미 네 말은 그 누군가가 아빠라는 거니?"

"아빠가 맞아요. 아빠가 몰래 제 가방을 훔쳐본 다음에 선생님께 대신 지도해 달라고 부탁한 거예요. 본인이 직접 했다가는 제가 말을 들을 것 같지도 않으니까 이번 기회에 공개적으로 제 콧대를 납작하게 만들고 싶으셨겠죠. 공교롭게도 그게 아카이브 사건과 들어맞아서 일이 더 커진 거고요."

니스는 시계를 흘낏거렸다. 한계치로 생각해 두었던 10분은 진즉에 지나고 아예 시각이 바뀌어 있었다. 니스는 모르는 사이 자신이 루미가 이끄는 쪽으로 상당 부분 끌려 들어와 있음을 깨달았다. 더 깊은 곳으로 끌려가기 전, 언제 묶어 놓았는지 모르는 그 교묘한 끈을 얼른 잘라 내고 이만 나가 보라고 하고 싶었다. 그러나 이 상태로 루미를 내보낸다면 오히려 남은 하루 동안 손에 남은 끈 자국만 더듬으며 뒤에 숨겨진 이야기를 궁금해할 것 같았다. 잠들기 전에 이 아이의 얼굴을 떠올리는 것은 절대 하고 싶지 않은 일 중 하나였다. 이왕 시작된 이야기라면 차라리 이 방에서 완전하게 끝내 다시는 되새길 여지를 두지 않는 것이 현명했다.

"여학생의 소지품을 함부로 물어보는 건 예의가 아니지만, 이쯤 되니 도대체 가방 안에 뭐가 들어 있었던 건지 묻지 않을 수가 없구나."

"그건……."

루미는 잠시 머뭇거리더니 곧 "아저씨께 또 거짓말을 하고 싶진 않으니까 사실대로 얘기해야겠죠?"라며 말했다.

"사실 아빠 신분증을 이용해서 정보 공개 청구를 요청한 자료가 있었어요. 그런데 별건 아니고 3급 이상 공무원에 대한 신상 자료예요. 굳이 정보 청구를 하지 않더라도 몇 년간 신문에 보도된 인사 현황을 모두 스크랩하면 얻을 수 있는. 시간을 절약한다는 게 결국 위법이 되긴 했지만요."

니스는 팔걸이를 세게 움켜쥐었다.

"아카이브가 다가 아니었다니. 당황스럽고…… 솔직히 말해 화도 나는구나."

루미가 재빨리 말했다.

"예상했어요. 아카이브 사건에 이 얘기까지 알게 되면 아저씨가 저에게 실망하고 화를 내실 거라고. 그래도 이제는 아저씨께 모두 사실대로 말하고 싶어요. 왜냐하면 아저씨는 아빠랑 다르니까요. 아빠는 제 말을 들으려고도 하지 않지만, 아저씨는 자초지종을 들으시면 절 이해하고 도와주실 거잖아요. 아저씨는 정의롭고 용감한 분이시니까. 또 제이 삼촌의 가장 친한 친구였기도 하고요……. 아저씨, 사실 전 삼촌을 죽인 범인은 9지구 후디가 아니라 1지구의 고위직에 있는 사람이라고 생각해요. 제가 아카이브에서 아저씨 아이디를 도용한 것도, 또 아빠 신분증으로 정보 공개 청구를 한 것도 다 그 사람을 알아내기 위해서였어요."

아무 반응도 보이지 않자 루미가 "놀라지 않으세요?"라고 물었다. 니스는 평온하게 대답했다.

"……이번 아카이브 일로 다윈에게 대강은 들었단다."

"정말요? 그럼 제 추측이 맞는 것 같으세요?"

팔걸이를 매만지며 대답을 미루는 사이 루미가 다시 물었다.

"아, 그러고 보니까 아저씨는 그 사라진 사진이 뭔지 아실 수도 있겠네요. 삼촌이 할아버지한테 선물받은 사진들로 만든 앨범에서 12월의 폭동 때 찍힌 사진들 기억 안 나세요? 후디 애들이 모여 있는……."

니스는 이번에는 지체 없이 대답했다.

"앨범은 뭔지 알겠지만 워낙 사진들이 많아서 특정한 사진은 잘 기억나지 않는구나……. 제이가 워낙 그 앨범을 보물처럼 여겨서 잘 보여 주지도 않았고."

"그래요?"

루미가 아쉬운 목소리로 말했다.

니스는 그만 여기서 대화를 끝내고 싶었다.

"아무튼 어떤 방식으로든 네가 제이를 잊지 않고 관심을 가져 주는 것은 고맙구나."

그런데 루미는 인사치레에 불과한 그 말로 또 새로운 대화의 물꼬를 텄다.

"그렇죠? 아이가 자기 가족 일에 관심을 가지면 어른은 아저씨처럼 당연히 칭찬해 주는 게 일반적인 반응인 거죠? 그런데 아빠는 삼촌의 죽음에 관해 조금만 물어봐도 쓸데없는 일에 관심 갖는다고 화부터 내세요. 왜 그렇게 화를……. 아니, 겁을 내시는지 모르겠어요. 아저씨, 아저씨는 아빠가 뭘 두려워하는 것 같으세요? 형의 죽음에 얽힌 의문을 제가 해결하는 걸 겁내시는 걸까요? 제가 아빠를 또 이길까 봐? 로이드 검사님이 아니었으면 전 삼촌이 어렸을 때 검사가 되고 싶어 했다는 것도 몰랐을 거예요. 아빠는 너무 어려서 기억이 나지 않는다는 핑계를 대면서 삼촌과 관련한 옛날얘기는 거의 안 해 주시거든요. 열 살 정도면 모든 걸 기억할 나이인데……."

니스는 루미의 말을 중단시키며 물었다.

"로이드? 로이드 검사라면……."

"네, 아저씨가 생각하시는 그 리암 로이드 검사님이 맞아요.

아저씨랑 중학교 동창이고 삼촌과 3학년 때 같은 반이었던."

"네가 리암 검사를 어떻게 아는 거니?"

루미가 웃으며 이야기했다.

"실은 바보같이 제가 한동안 검사님을 삼촌을 살해한 진범으로 의심하고 있었거든요. 그런데 만나고 보니 그런 의심이 모두 걷혔어요. 검사님은 정말 다정하시고 좋은 분이었어요. 삼촌을 살해하기는커녕 아저씨처럼 여전히 삼촌을 그리워하고 계시더라고요. 살아 있었으면 삼촌도 훌륭한 검사가 되었을 거라는 얘기도 하시고……. 아, 그런데 검사님 말로는 삼촌이 그렇게 죽지만 않았다면 아버지의 날 학교 행사 때 검사님 아버님이랑 만나기로 돼 있었다던데, 혹시 아저씨도 아세요? 검사님 아버지도 검사였는데 별명이 특수부 저승사자였대요. 반동분자들을 색출하는 저승사자요. 검사님 아버님이 잡아들인 반동분자들을 모두 줄 세우면 검찰청이 1층부터 꼭대기 층까지 꽉 찰 거라고 하셨어요. 대단하죠? 제이 삼촌도 어른이 돼서 그런 일을 하고 싶었나 봐요. 그래서 삼촌이 리암 검사님께 꼭 한 번 검사님 아버지를 뵙고 싶다고……. 아저씨, 왜 그러세요?"

니스는 사력을 다해 소파 팔걸이를 붙들었다. 조금만 힘이 약했어도 테이블 위로 쓰러졌을 것이다. 니스는 눈을 한 번 힘주어 감았다가 떴다. 학창 시절 이후 이런 강도의 어지럼증을 느껴본 적은 거의 처음이었다. 목 바로 위까지 구토가 치밀어 올랐지만 안간힘을 써 가며 그 신물을 다시 목 뒤로 삼켰다. 귓가에서 "괜찮으세요?"라는 말소리가 들려왔다. 니스는 목소리가 들리는 쪽을 향해 시선을 돌렸다. 그 순간 바로 앞에 제이가 앉아 있었다. 온몸에 식은땀이 흘렀다. 그러나 그런 일이 가능할 리 없었다. 니스는 다시 한번 눈을 감았다가 떴다. 역시 제이가 아니었다.

"어디 아프세요? 안색이 안 좋아 보이시는데."

루미가 곁으로 다가와 걱정스러운 눈길로 살펴보며 "누구를 좀 부를까요?"라고 물었다. 니스는 고개를 내저었다. 루미는 "하지만 힘들어 보이세요." 하며 얼굴을 바짝 갖다 댔다. 어지럼증에 의한 착시라고 생각했는데 가까이서 보니 루미는 제이와 더 닮아 있었다.

니스는 무심코 말했다.

"루미야······. 넌 정말 제이를 많이 닮았구나."

"정말요?"

"그래······. 널 볼 때마다 제이를 보고 있는 것 같은 착각이 든단다."

루미가 활짝 웃었다.

"할머니도 늘 그러시긴 하는데, 아저씨가 그런 말을 해 주시니 더 기뻐요."

"어째서?"

"아저씨는 가족의 일원으로서가 아닌 독립체로서의 제이 헌터를 가장 잘 아시는 분이니까요. 아저씨가 그렇게 생각하실 정도면 제가 삼촌을 닮은 게 확실하다는 거겠죠?"

"루미 넌 제이를 닮았다는 말이 좋은가 보구나."

"네. 어느 정도냐면 삼촌의 딸로 태어날 것을 삼촌이 일찍 죽는 바람에 할 수 없이 아빠의 유전자를 빌려서 태어난 거라는 생각을 할 만큼요."

"조이가 들으면 무척 서운해할 말이구나."

"전혀요. 아빠는 아예 제가 아빠 딸이 아니길 바라실 거예요."

"같은 아버지로서 장담컨대 그건 네가 잘못 생각하고 있는 거란다. 세상 모든 부모에게 가장 소중한 존재는 자식이야. 인간으로 태어난 이상 누구도 그 법칙을 거역할 순 없어."

"전 늘 제 느낌이 맞는다고 생각하지만 이번엔 아저씨 말이 맞았으면 좋겠어요. 그럼 다른 사안에서도 제가 틀렸을 가능성이 생기니까요."

"다른 사안?"

"아저씨가 절 싫어하신다는 생각요."

"……내가 널 싫어한다고 생각했니?"

루미는 대답 없이 고개만 끄덕였다.

"어째서?"

"그냥…… 느낌이 그랬어요."

니스는 물끄러미 루미의 얼굴을 바라보았다. 제이를 닮은 강한 눈빛 밑으로 어른 마음에 들고 싶어 애를 쓰는 연약한 아이의 마음이 비쳐 보였다.

니스는 천천히 입을 열었다.

"그렇다면 조이에 대해 네가 가지고 있는 생각도 역시 오해한 게 맞겠구나."

"그건 아저씨가 절 싫어하시지 않는다는 뜻인가요?"

"싫어할 이유가 뭐가 있겠니? 아니…… 내가 어떻게 널 싫어할 수 있겠니? 이렇게 제이를 닮았는데……."

니스는 어떤 힘에 끌리듯 자기도 모르게 손을 뻗어 루미의 뺨을 쓸어내렸다. 루미는 순간 당황한 것 같았지만 곧 환하게 웃으며 품에 안겼다.

"오늘 아저씨를 만나러 오길 정말 잘했어요."

니스는 가만히 루미의 등에 손을 올렸다.

"그래…… 정말 잘 왔단다."

손바닥에서 루미의 맥박이 느껴졌다. 작고 따뜻한 게 꼭 어린 새 같았다. 죄책감……. 그래, 어리석은 죄책감 때문이었다. 정상적 사고를 마비시키는 그 어리석은 힘이 아무 죄도 짓지 않은 이 작은 아이를, 자기만의 눈부신 생명력을 가진 이 어린 여자아이를 그렇게 두려워하고 미워하게 만든 것이다. 니스는 신뢰감이 깃든 눈동자로 자신을 바라보는 루미의 눈빛에서 그동안 자기가 얼마나 치졸하고 유치했는지를 깨달았다. 단순히 생일이 같고 얼굴이 닮았다는 이유로 죽은 사람이 환생한다는 미신을 믿다니, 어린아이처럼…….

수행원 없이 루미와 단둘이 1층으로 내려온 니스는 인사를 건네 오는 직원들에게 가볍게 눈인사를 했다. 직원들은 차관의 에스코트를 받는 여학생에게 흥미를 느끼는 것 같았다. 여기저기서 "프리메라 학생이네."라고 속삭이는 소리가 들렸다. 니스는 그들의 객관적인 시선에서 확답을 얻었다. 그렇다. 여학생이었다. 루미도 사양했고 보좌관 역시 난처한 기색을 비쳤음에도 굳이 직접 1층까지 배웅을 나온 것은 스스로에게 그 사실을 확인시키고 싶어서였다. 옆에서 걸어오는 루미 헌터는 30년 전에 죽은 사람의 혼령이 아니라 명석하고 열정이 넘치는 귀여운 여자아이일 뿐이라는, 살아 있는 모든 인간의 눈이 증명하는 명확한 진실. 얼굴을 마주하는 것을 두려워할 필요도, 함께 걸으며 이야기를 나누는 것에 긴장할 필요도 없다. 미워할 이유는 더더욱 없다. 더 이상 죄를 늘리지 않을 것이다.

루미가 정문에 서서 말했다.

"정말 감사드려요. 아저씨 덕분에 마음이 조금은 홀가분해졌어요."

"다행이구나. 곧 학년말 고사인데 마음이 무거우면 안 되지."

"다원은 시험공부 잘하고 있나요? 혹시 전화가 오면 저에게도 연락 좀 달라고 해 주시겠어요? 지난번에 만나기로 한 약속을 못 지켜서인지 그 이후로 연락이 안 와요. 다원에게도 사과해야 하는데."

니스는 방금 자신과 한 다짐을 이 자리에서 증명해 보이기 위해 주저 없이 말했다.

"그래, 전해 주마. 그런데 요즘은 나에게도 연락이 없단다. 아마 시험이 끝날 때까진 기다려야 할 것 같구나."

루미는 아쉬운 표정을 지으면서도 "어쩔 수 없죠, 프라임스쿨이니까."라고 수긍했다. 그때 나이 든 관료 무리가 차를 타고 이동하느라 주차장 쪽에서 어수선한 분위기가 만들어졌다. 의전 격식을 따지느라 간단한 길을 놔두고 비효율적인 동선대로 움직이는 것이었다. 늘 겪는 일이긴 하지만 니스는 여전히 그런 격식을 이해할 수 없었다.

그런데 그쪽을 응시하던 루미가 문득 물었다.

"아저씨, 저 사람들은 다 자격이 있는 사람들일까요?"

"자격이 있는 사람들이라니, 어떤 기준에서?"

"사법적 관점이나 자기 양심의 기준 모두에서요. 더 이상 범인을 추적할 단서는 없지만, 1지구 고위직 중에 범인이 있다는 생각엔 지금도 변함이 없어요. 그래서 관공서를 나오는 사람들만 보면 혹시 저 사람이 삼촌을 죽인 사람은 아닐까 생각해요. 범인이 절 보면 분명 두려워서 도망갈 거예요. 전 아저씨도 착각할 만큼 제이 삼촌과 닮았잖아요. 자기가 30년 전에 죽인 사람이 그대로 살아나 있는 걸 보면 얼마나 놀라겠어요. 저와 마주치고 뭔가 안색이 변하는 사람, 그 사람이 범인일 가능성이 높겠죠? 지금은 잠깐 쉬어 갈 수밖에 없지만 저희 집안을 위해서도, 또 30년 동안이나 삼촌을 추모해 준 아저씨를 위해서도 전 반드시 범인을 잡을 거예요. 절대 이곳에서 편안하게 살게 두지 않아요. 기필코 잡아서……."

니스는 루미가 끝맺지 않은 말을 되뇌었다.

"……잡아서?"

루미가 턱을 살짝 들어 올렸다가 내리며 말했다.

"척결해야죠."

1층 로비를 지나 왔던 길을 되돌아가는 동안 니스는 마주치는 모든 직원들의 인사에 조금 전과 똑같이 성실히 응대했다. 도중에 만난 한 교육정책 사무관과는 5분 정도 멈춰 서서 학년말을 앞두고 시행되는 일선 학교 평가 계획안에 관한 구체적인 이야기도 나누었다. 중위, 하위 지구 교육청에서 평가 기준 완화를 지속적으로 요청해 오고 있어 검토가 필요할 것 같다기에 그건 협상할 대상이 아니라며 원안에서 조금의 수정도 없이 진행하라고 지시했다. 사무실로 들어오자 보좌관이 "장관님께서 전화 달라세요." 했다. 니스는 "그래, 바로 하지."라고 말하며 집무실로 들어갔다. 그리고 문을 잠갔다. 문을 잠금과 동시에 속에 있던 것들이 역류했다. 니스는 입을 틀어막은 채 화장실로 뛰어 들어갔다. 밖에서는 노크 소리와 함께 전화벨이 계속 울렸다.

재발

시험과 변화

학년말 고사 마지막 날 이른 새벽, 촬영 팀과 함께 프라임스쿨에 들어온 버즈는 의식적으로 발소리를 죽여 걸으며, 제작진에게도 촬영 외의 불필요한 이야기는 삼갈 것을 지시했다. 그것이 힘든 시간을 겪고 있는 프라임 보이들에게 자신이 보일 수 있는 최소한의 배려였다. 교정엔 정적이 흘렀다. 체육대회 때 타올랐던 열기는 흔적도 없이 소진돼 같은 장소가 맞나 의심이 들 정도로 적막했다. 아직 학생들의 활동이 시작되지 않은 이른 시각인 탓이 크겠지만 심정적으로는 학년말 고사 마지막 날이 주는 중압감이 프라임스쿨 대기가 상승하는 것을 짓누르고 있는 것 같았다.

제작 초기, 학교 측에서는 시험 분위기를 조금이라도 해칠 우려가 있는 촬영은 절대 허가할 수 없다는 강경한 태도를 취했다. 시험이 치러지는 대강당은 프라임스쿨 관계자들에게도 쉽게 개

방하지 않는 장소인데 그런 곳을 '소란스러운' 방송 관계자들이 함부로 드나들게 할 수는 없다는 것이었다. 다소 거슬리는 표현이 있긴 했지만 이해할 수 없는 입장은 아니었다. 1년간의 수련을 마무리 짓는 의식에 그 의식의 가치를 잘 모르는 외부인을 들여 지금까지 지켜 온 전통에 흠집을 내고 싶지는 않을 테니. 그러나 그 때문에 버즈는 더 물러설 수 없었다. 프라임스쿨의 정수라 할 수 있는 학년말 고사를 빼놓고 프라임스쿨 다큐멘터리를 만들라는 것은 전기 작가에게 인물의 고난기를 거론하지 않고 그의 인생을 기술하라는 것이나 마찬가지였다. 버즈는 그런 실패작을 만들 바에는 아예 학교의 촬영 협조를 구하지 않고 '프라임스쿨이 나오지 않는 프라임스쿨 다큐멘터리'를 찍는 것으로 제작 방향을 바꾸겠다고 맞섰다. 그 안에 어떤 내용이 담길지는 장담할 수 없다는, 위기 때마다 늘 사용해 온 말을 덧붙이면서.

협의 끝에 중재안으로 합의한 것이 학년말 고사 마지막 날, 시험이 치러지는 대강당 안에 카메라만 설치해 놓고 촬영 인력은 전부 철수하는 것이었다. 통제 불능의 자연 다큐멘터리를 찍는 팀들이나 사용하는 방법이었지만, 버즈는 그 정도에서 타협하기로 했다. 학생들이 1년간 힘들여 쌓아 온 탑의 마지막 층을 올리는 날에 혹여 방해가 될 일을 하고 싶지 않기는 마찬가지였다.

버즈는 교직원의 안내를 받아 대강당으로 들어갔다. 학교를 몇 차례 방문하긴 했지만 대강당을 둘러볼 기회는 이때껏 한 번도 없었다. 프라임스쿨의 가장 큰 보물이라고 알려진 대강당은 학교 측이 설명했던 대로 학년말 고사를 제외하면 입학식이나 졸업식, 종업식 같은 큰 행사 때만 개방되는데, 그조차도 프라임 보이들에게만 입장이 허락돼 있어 학부모들은 식이 진행되는 동안 학교가 마련한 다른 장소에서 기다려야 했다. 프라임스쿨을 졸업한 학부형에게는 당연한 전통이었지만, 어려서나 나이를 먹어서나 문 너머의 공간을 상상하는 것으로 만족해야 하는 비프라임 출신 학부모들에게는 적잖은 소외감을 주는 정책이었다. 물론 그러한 폐쇄적인 특권들이 프라임스쿨의 정통성을 유지하는 방책이라는 것은 모두 잘 알고 납득하는 바였다.

교직원이 불을 켜는 순간, 버즈는 왜 이곳이 프라임스쿨의 보물로 불리는지를 온몸의 감각으로 느낄 수 있었다. 단순한 회합 장소를 넘어선 종교적인 유적이었다. 사방에서 내뿜는 신성성에 압도되어 감탄조차 선뜻 나오지 않았다.

예상했던 반응이라는 듯 교직원이 자부심이 깃든 표정으로 말했다.

"아름답죠? 수도원 시절의 벽화와 조각이 그대로 보존돼 있어요. 처음 이곳에서 시험을 치르는 신입생들 중 일부는 눈물을 흘리기도 한답니다. 물론 시험이 주는 압박감이 겹쳐서 그러기도 하겠지만."

팀원들이 카메라 장비를 꺼내는 동안 버즈는 교직원과 대화를 이어 나갔다.

"이렇게 굉장한 곳에서 치르는 시험이라면 충분히 눈물이 날 만도 하겠네요. 서품식을 하는 수도사들 중에도 몇몇은 분명히 눈물을 흘렸을 테니까."

"1지구 전통에 냉소적인 의견을 가진 분이라고 생각했는데 공감을 해 주시니 뜻밖인데요. 레오 때문이겠죠?"

버즈는 어깨를 으쓱하며 말했다.

"아들과는 상관없이 그냥 제가 열네 살 소년으로 돌아가서 여기에 와 있다고 생각하니, 그 환희와 두려움이 전해지네요. 이에 비하면 일반 학교 고사장에서 치른 프라임스쿨 입학시험은 쪽지 시험으로 여겨질 정도예요. 그 정도로도 떨려서 긴장을 완화해주는 약을 먹은 애들이 있었는데 하물며 이런 곳에서는⋯⋯."

"프라임스쿨 출신은 아니신 걸로 알고 있는데, 꼭 그 고사장에서 입학시험을 본 분처럼 얘기하시네요?"

"시험만 보고 떨어졌죠."

교직원이 "저런." 하며 탄식 섞인 대꾸를 했다.

버즈는 곤란한 얼굴이 된 그에게 웃으며 말했다.

"그러실 것 없어요. 어머니 성화에 억지로 시험장까지 끌려가 반항심에 일부러 시험을 망친 것이었으니까. 그땐 기숙사에서 6년을 지내야 한다는 걸 상상도 할 수가 없었죠. 프라임스쿨의 엄격한 규칙을 지킬 자신은 더욱더."

교직원은 자칫 불편해질 수 있었던 상황을 피한 것에 안도했는지 "과연 1지구의 반항아 버즈 씨답네요."라며 웃었다. 버즈도 어깨를 으쓱대며 따라 웃었다. 교직원은 이어서 시험이 어떻게 진행되는지 간략하게 들려주었다.

"프라임스쿨 학부형이시기도 하니 대강은 아시겠지만, 학생들은 하루에 세 과목 혹은 한 과목씩 시험을 치르는데, 매번 시험이 시작되기 전에 손을 들고 선서를 합니다. 물론 신에게는 아니고 프라임스쿨에서 배출한 세계적 학자들을 향해서죠. 역사에 영원히 이름을 남긴 선배들 앞에서 자신 역시 학문에 헌신할 것을 선서하는 겁니다. 시험 시간은 과목에 따라 다른데 한두 시간인 게 있는가 하면 오늘처럼 하루에 한 과목만 보는 경우엔 정해진 시간 없이 무제한입니다. 원한다면 밤 열두 시까지도 앉아 있을 수 있죠. 물론 그동안엔 화장실과 식사를 포기해야 하지만요. 필수 법학 과목들이 이렇게 하루씩 단독 시험으로 배정되는데 그래도 평균적인 시험 시간은 서너 시간 정도입니다. 이 경우 학생들은 답안지를 작성하는 대로 시험장에서 먼저 나갈 수 있습니다. 보이시죠? 모든 책상마다 스탠드가 있어요. 시험이 시작되면 지금의 조명은 꺼지고 저 스탠드 불빛만으로 이곳을 비추게 됩니다. 학생들은 펜을 드는 것과 동시에 자신의 불을 켰다가 답안 작성이 끝나면 직접 불을 끄고 나가게 되죠. 세 시간 정도 흘렀을 때 처음 문이 열리기 시작해서 이후로 쉴 새 없이 문이 여닫히면서 자리가 빕니다. 이때부터 학생들은 서서히 압박감을 느끼기 시작하죠. 그리고 좀 더 지나 이 큰 강당에 겨우 서너 개 불빛만이 켜져 있게 되면 갈등은 절정에 이릅니다. 각자 선택해야죠. 불완전한 답안지를 내고 친구들을 따라 나갈지, 아니면 마지막까지 시험장에 머무르는 부끄러움을 이겨 내고 답안지를 완벽하게 완성할지."

버즈가 혀를 내두르며 말했다.

"시험에 또 시험이군요."

교직원은 당연하다는 듯 "그게 프라임스쿨이죠."라고 대꾸했다.

두 시간에 걸쳐 카메라를 설치하고 밖으로 나오니 이제야 막 동이 트려 하고 있었다. 대강당을 둘러보는 것 못지않게 프라임스쿨에서 막 떠오르는 태양을 보는 것도 아무나 경험할 수 없는 특권일 것이다. 버즈는 신을 믿지는 않지만 오늘만은 프라임 보이들을 위해 우주에서 가장 너그러운 신이 존재했으면 좋겠다고 생각했다.

오전 아홉 시 반, 드디어 이 해의 마지막 시험을 위한 학생들의 입장이 시작되었다. 과목은 3, 4학년이 많이 수강하는 법학통론이라고 했다. 이백여 명에 이르는 학생들이 일정한 간격을 이루어 대강당 안으로 걸어가는 모습이 언뜻 고행에 들어가는 수도사들 같은 인상을 주었다. 버즈는 자신의 상상력에 씁쓸한 웃음이 나왔다. 비록 땅에 끌리는 긴 수도복을 입고 있진 않지만, 일시적으로 약해진 아이들의 다리는 언제 어디서나 무릎을 꿇기에 손색이 없어 보였다.

열 시가 되자 종지기의 타종으로 시험이 시작되었다. 버즈는 종소리에 귀를 기울였다. 오래전 시간에서 온 것 같은 청동 소리 때문인지 한순간 프라임스쿨이 엄숙함을 미덕으로 여기던 수도원 시절로 돌아간 것 같았다. 그때와 다른 점이라면 무조건적인 확신보다는 의문에 대한 끊임없는 질문이 한 인간을 완성시키는 데 더 크게 기여할 거라는 정도랄까.

버즈는 학생들의 눈에 띄지 않는 꼭대기 층 강의실 창을 통해 대강당의 육중한 문이 닫히는 장면을 촬영했다. 직접 대강당 안에 들어가 시험 문제를 받아 든 학생들이 내뱉는 한숨과 한곳에 멈추어서 움직일 줄 모르는 펜, 답안지를 제출하고 나오는 순간 얼굴에 교차되는 자신감과 자책의 감정을 카메라에 담을 수 있다면 더 바랄 게 없을 테지만, 아쉬운 대로 대강당을 둘러싼 외부의 풍경을 더 관심 있게 지켜보면 됐다. 버즈는 대강당 주변으로 카메라 렌즈를 돌렸다. 전날에 먼저 시험을 마친 학생들이 대강당 안과 대비되는 자유를 만끽하고 있으리라는 예상과 달리, 교정 어디에서도 소란스러운 분위기는 감지되지 않았다. 마지막 시험이 끝날 때까지 모두 시험에 임하는 자세로 도서관이나 기숙사에서 조용하게 시간을 보내고 있었다.

버즈는 수첩을 꺼내 이 풍경에 어울리는 문장을 신중하게 적었다.

시험 첫째 날, 우리는 실수 없는 완벽한 답을 찾기 위해 싸웁니다. 둘째 날엔 전날보다 나은 답을 찾기 위해 싸웁니다. 셋째 날엔 가장 훌륭한 답을 찾기 위해 싸웁니다. 넷째 날에도, 다섯째 날에도, 여섯째 날에도 그 싸움은 계속됩니다. 그러다 마지막 날, 문득 깨닫게 됩니다. 우리가 찾아내야 하는 것은 시험지 속 문제에 대한 답이 아니라 자신에 대한 답이라는 것을. 수학은 자신의 논리적 체계성에 대한 물음입니다. 외국어는 자신의 포용 능력에 대한 물음입니다. 과학은 자신의 세계관의 범위에 대한 물음입니다. 법학은 자신의 인간관의 근원에 대한 물음입니다. 매년 겨울 우리는 이 15일간의 여정을 통해 스스로를 찾아가고 있습니다.

버즈는 펜을 놓고 다시 창밖으로 눈길을 돌렸다. 고사장 안 학생들이 느낄 중압감에는 비할 바가 아니겠지만, 닫힌 문을 오래 보고 있으려니 어쩐지 자기까지 초조하고 우울해지려고 했다.

마음속에 무거운 추가 내려앉는 것 같았다. 추는 점점 깊숙한 곳으로 가라앉더니 30년 넘게 헤쳐 보지 않은 밑바닥까지 도달했다. 첫덩어리가 단단한 바닥을 헤집자 프라임스쿨 입학시험이 치러지는 고사장에 앉아 시험지가 나오기를 기다리며 손톱 끝을 다 물어뜯은 한 소년이 떠올랐다. 어머니에게는 아침에 5분 늦게 깨웠다고 버럭 화를 냈던가……. 떠올리고 싶지 않은 옛날 일이 꿈틀대자 버즈는 얼른 카메라를 세팅하는 일로 기억을 물리쳤다.

한 시쯤 버즈는 필립을 데리고 대강당 계단 앞으로 갔다. 교직원의 귀띔대로라면 이제 곧 문이 열릴 것이다. 버즈는 긴장하며 촬영을 준비했다. 심리적으로나 체력적으로나 위축됐던 아이들이 시험을 마친 뒤 고사장 밖에서 첫 숨을 들이쉬며 다시 팽창하는 모습을 놓쳐서는 안 된다. 20분가량 흘렀을 때, 드디어 첫 학생이 시험장 밖으로 걸어 나왔다. 남아 있는 친구들에게 방해가 되지 않게 조심히 문을 닫는 손짓에서부터 공중으로 길게 피어오르는 하얀 입김까지 버즈는 모든 장면을 세심하게 포착했다. 그러나 주변을 살피지 않고 빠르게 어딘가로 걸어가는 모습이 자신감의 표출인지, 아니면 미련을 두지 않으려는 방어기제인지까지는 카메라 렌즈로 분간하기 어려웠다.

첫 번째 탈출자를 필두로 학생들이 속속 대강당을 빠져나왔다. 아침에는 과하게 엄숙해 보이던 얼굴들이 시험장을 나오면서부터는 서서히 제 나이들을 찾아가고 있었다. 학생들은 식당으로 가 늦은 점심을 먹든지 기숙사로 돌아가 쉬든지 할 것이다. 필립이 도중에 "레오가 나오네요."라고 알려 주었지만, 버즈는 다른 쪽을 찍느라 미처 레오를 보지 못했다. 원하는 그림을 얻은 후 뒤늦게 고개를 돌렸을 때는 금세 어디로 가 버렸는지 보이지 않았다. 세 시가 지나면서 해는 빠르게 기울었고, 바람은 더 날카로워졌다.

필립이 어깨에 짊어지고 있던 카메라를 내려놓으며 말했다.

"이만하면 시험장 스케치는 다 된 것 같은데요?"

버즈는 꼼짝 않고 서서 말했다.

"스케치가 아니야. 단 한 번만 그릴 수 있는 그림이지. 그러려면 어떡해야겠어?"

필립이 한숨을 뱉으며 다시 카메라를 짊어졌다.

"마지막 한 명까지 기다려야 하는 거겠죠."

매서운 바람에 교정의 나무들이 휘청댔다. 프라임스쿨 하늘에 막 내린 노을을 걷어 내 버릴 만한 강풍이었다. 대강당 근처로는 인적이 끊겼다. 시험을 마친 수험생들은 진즉에 점심 식사를 마친 뒤 따뜻한 기숙사로 돌아가 밀린 잠을 자고 있을 것이다. 그러나 시험은 분명히 계속되고 있었다. 한 시간 전에 나온 학생이 지친 기색으로 "아직 한 명 남아 있어요."라고 알려 주었고, 시험 감독을 맡은 선생들 역시 아직 나오지 않은 상태였다.

필립이 냉소적인 목소리로 투덜거렸다.

"지금까지 남아 있는 걸 보면 지독하게 멍청한 녀석인가 보네요."

버즈는 프라임스쿨 학생을 얕잡아 보는 필립이 신경에 거슬려 핀잔을 주었다.

"말 같지 않은 소리. 프라임스쿨에 멍청한 애가 들어올 수나 있어?"

필립은 지지 않고 투덜거렸다.

"그럼 그냥 지독한 녀석이든지요."

그때 드디어 대강당 문이 열리면서 마지막 학생이 나타났다.
버즈는 재빨리 카메라에 얼굴을 붙이고 렌즈가 그 모습을 잘 포
착하고 있는지를 살폈다. 위엄 넘치는 거대한 문이 그나마 있는
빛마저 가려 아직은 아이의 존재감이 확실히 드러나지 않았다.
뒤이어 나온 선생 한 명이 애정과 격려의 표시인 듯 그 아이의 어
깨를 가볍게 두드렸다.

선생이 지나가고 아이의 얼굴이 렌즈에 확실히 드러난 순간,
버즈는 깜짝 놀라 카메라에서 비켜 나와 외쳤다.

"다윈! 다윈이구나."

버즈는 카메라를 필립에게 맡긴 뒤 얼른 다윈에게로 달려갔
다. 다윈은 무척이나 지친 기색으로 "안녕하세요."라고 인사했
다. 버즈는 다윈의 어깨에 팔을 두르며 말했다.

"설마 다윈 네가 마지막으로 나온 학생일 줄이야……. 그래,
그러고 보니 제이 추도식에서 만났을 때 레오랑 같은 법학 과목
을 수강한다고 했던 것도 같구나."

"오늘 마지막 촬영을 한다는 이야기를 듣긴 했는데, 제가 나
올 때까지 기다리고 계셨던 거예요?"

"그게 너일 줄은 몰랐지만 결과적으론 너를 기다린 게 돼 버
렸구나."

"죄송해요. 제가 너무 오래 있었죠?"

"무슨 소리. 네 덕분에 프라임 학년말 고사의 정수를 보게 돼

서 큰 수확이었단다."

그때 필립이 끼어들었다.

"여기서 춥고 배고픈 사람은 저뿐이에요?"

버즈는 그제야 다윈이 지금까지 내내 굶었을 거라는 생각이 들었다. 그런 마음으로 바라보아서인지 다윈의 얼굴이 지난 첫 촬영과 체육대회에서 봤을 때와는 달리 유독 가냘퍼 보이는 것 같기도 했다. 아니, 단지 외형적인 모습뿐만이 아니었다. 바람에 머리칼을 날리며 서 있는 분위기가 왠지 모르게 금방 꺼져 버릴 것 같은 촛불처럼 위태롭게 느껴졌다. 언뜻 제이가 죽고 난 뒤의 니스 같기도 했다.

식당엔 이른 저녁을 먹으러 온 학생들이 더러 있었다. 버즈는 다윈과 함께 창가 쪽 작은 식탁에 자리를 잡은 뒤 필립에게는 적당히 눈치를 줘서 자리를 비키게 했다. 무슨 일 때문에 이렇게 얼굴이 수척해진 건지 아무래도 다윈과 단둘이 이야기를 해 봐야 할 것 같았다. 필립은 "전 저기 학생들한테 시험이 끝난 소감을 물어봐야 할 것 같아서, 그럼."이라고 말하며 자연스럽게 다른 식탁으로 옮겨 갔다. 학년말 고사로 고생하는 학생들을 위해 특별한 메뉴가 준비되어 있었지만, 다윈은 숟가락을 낯선 도구처럼 손에 쥐고만 있을 뿐 입으로 가져갈 생각을 하지 않았다.

버즈는 다윈의 안색을 살피며 물었다.

"배가 많이 고플 텐데 입맛이 없니?"

다윈이 기운 없는 미소를 지으며 대답했다.

"잘 모르겠어요, 배가 고픈지……."

"너무 지쳐서 그런 거야. 아무튼 밥도 안 먹여 가면서 시험을 보게 하다니, 대단한 학교야. 정말 애들을 수도사로 만들 생각인 건지."

다원은 고개를 저었다.

"제가 문제를 빨리 풀었으면 일찍 나와서 점심을 먹을 수 있었을 거예요."

수프를 휘젓는 다원의 숟가락은 여전히 접시 속에서만 맴돌고 있었다.

버즈는 다원 쪽으로 몸을 기울이며 넌지시 물었다.

"그런데 정말 얼마나 어려운 문제였기에 이 시간까지 애를 먹은 거니? 먼저 나온 애들은 다들 시험을 포기한 건가?"

"그 애들에겐 쉬운 문제였나 봐요."

"너에게만 어렵고?"

"아마도요."

"그럴 리가 있나. 시험 문제가 뭐였는데?"

다원은 말없이 시선을 내리더니 잠시 뒤 "결국 적어 내긴 했어요."라고 대답했다. 얘기하고 싶지 않다는 간접적인 거부나 마찬가지였다. 시험장에 마지막으로 남아 있었다는 사실이 프라임 보이의 높은 자존감에 상처를 준 걸까. 버즈는 만날 때마다 순수의 결정체 같은 모습으로 자신을 즐겁게 했던 아이 안에 이렇게 굴곡진 면이 있었다는 것에 놀랐다. 그러나 시험만으로도 충분히 힘들었을 아이를 자신의 이기적인 호기심으로 괴롭히고 싶지 않아 대답하기 수월한 것으로 화제를 돌렸다.

"그래, 아버지는 요즘 어떠시니? 잘 계시지?"

그런데 다윈의 얼굴에 미소를 되찾아 올 최적의 질문이라고 생각해서 한 그 질문에 웬일인지 다윈이 그나마 들고 있기는 했던 숟가락마저 내려놓더니 아무 대답도 않고 시선을 창밖으로 돌렸다. 버즈는 혼란에 빠진 나라의 반군 지도자와도 무리 없이 인터뷰를 진행했던 자신이 질문을 하면 할수록 제한된 환경 속에 사는 모범생의 입을 다물게 하고 있다는 사실에 당황스러웠다. 니스와 다윈 사이에 무슨 일이 있었던 걸까? 아니면 아버지라는 단어가 주는 부담감이 시험에서 입은 상처를 더 깊게 건드린 걸까?

버즈는 더 이상 다윈의 근황을 중심으로 대화를 이끄는 건 어려울 것 같아 자기 쪽으로 이야기를 돌렸다.

"너희들이 시험을 끝낸 것처럼 나도 오늘로 촬영을 다 끝냈단다. 물론 내 경우엔 진짜 끝이라곤 할 수 없지. 이제 겨우 장만 봐 놓은 거니까."

그제야 다윈이 다시 대화할 마음이 생겼는지 시선을 이쪽으로 돌리며 "요리가 남았군요."라고 거들었다. 버즈는 다윈의 적절하고도 아이 같은 반응에 다소 안도가 돼 "그래, 요리가 남았지."라며 재킷 안에 넣어 두었던 수첩을 꺼냈다.

"이게 내 레시피란다."

촬영 정보와 그때그때 떠오르는 영감을 적어 놓은 문구들은 쉽게 공개하지 않는 비밀 일기에 가까웠지만, 버즈는 다윈에게 선뜻 먼저 수첩을 보여 주었다. 이렇게라도 다윈의 관심을 끌어 대화를 이어 나가다 보면 좀 전에 실패한 질문들을 다시 시도해 볼 수 있을 거라는 전략이 세워졌기 때문이다. 그러나 사실 마음

깊은 곳에선 그런 복잡한 계산보다는 단순히 어린 시절의 니스와 이야기를 나누는 것 같은 기분이 들어서인지도 몰랐다.

다원이 수첩을 살펴보며 물었다.

"내레이션도 아저씨가 직접 쓰시는 거예요?"

"물론."

"읽어 봐도 되나요?"

"영광이지. 이제 막 시험을 끝낸 너에게 또 활자를 들이미는 게 미안하긴 하지만."

다원은 곧 몰두하는 눈빛으로 조심스럽게 수첩을 한 장 한 장 넘겼다.

버즈는 다른 사람의 소중한 것을 진지하게 대할 줄 아는 다원의 신중한 태도가 더욱 마음에 들었다.

"다큐멘터리에서 영상 못지않게 중요한 게 소리란다. 내레이션을 어떻게 하는지에 따라 분위기가 완전히 달라지거든. 이번엔 특히 고민이 많단다. 과연 프라임스쿨을 대변하는 목소리를 어디서 어떻게 구할지. 후보자들은 몇 명 있는데 다들 뭔가 부족해서 말이야."

그때 다원이 '기숙사 풍경에서'라는 제목이 붙은 장에서 손을 멈추더니 혼잣말 같은 나지막한 목소리로 읊조렸다.

나는 한순간 외롭고, 고독하고, 쓸쓸해졌습니다. 부모님과 친척들, 선생님들, 친구들, 수많은 사람의 축하와 격려를 받고 들어온 이 높은 성이 어느 날 갑자기 세상에서 가장 훌륭한 시설을 갖춘 고아원으로 돌변해 버렸기 때문입니다. 가까이 있던 사람들 모두 제 삶에서 물러나고 나는 아직 길도 다 외우지 못한 이곳에서 완전히 혼자가 됩니다. 토요일 밤, 멀리 마을이 내다보이는 창밖을 바라보고 있으면, 모두의 사랑을 받고 있으면서도 모두에게 잊히고 있다는 슬픔이 몰려옵니다. 그럴 땐 프라임스쿨의 가치를 묻지 않을 수 없습니다. 나는 무엇을 이루기 위해 여기와 있는 걸까 하고요.

읽기를 마친 다윈이 말했다.

"여기 '가장 훌륭한 시설을 갖춘 고아원'이라는 문장이 인상적이에요. 학교에서는 싫어할지도 모르겠지만요."

그 순간, 버즈는 수첩을 돌려주는 다윈의 손을 덥석 잡으며 자기도 모르게 외침과 같은 소리를 질렀다.

"다윈 너였구나!"

다윈이 당황한 듯 물었다.

"무슨 말씀이세요?"

버즈는 가슴을 달구는 흥분을 진정하지 못하고 목소리를 높였다.

"프라임스쿨의 목소리가 돼 줄 사람 말이야. 이렇게 가까이 있었는데 왜 이제껏 몰랐을까. 다윈, 우리 다큐멘터리의 내레이션을 맡아 주지 않겠니? 아니, 꼭 해 줘야 한단다."

다윈이 머리를 내저었다.

"전 어떻게 하는 줄도 모르는걸요."

"모르긴, 지금과 똑같이 읽기만 하면 되는데."

"잘 모르겠어요. 너무 갑자기 얘기하셔서……."

버즈는 느닷없는 제안을 받은 다윈의 입장이 충분히 이해가 돼 "그래, 내가 너무 뜬금없긴 했지."라며 바짝 들이밀었던 몸을 뒤로 뺐지만 거절을 당할지도 모른다는 초조함에 붙들고 있던 손만은 더 꼭 쥐며 말했다.

"다원, 그런데 너에게 조금도 해가 되는 일이 아니니 머뭇거릴 필요 없단다. 해가 되기는커녕 너를 더 빛나게 해 줄 일이지."

"하지만 저 혼자 결정할 수 있는 일이 아닌 것 같아요. 학교에서 허락을 안 해 줄 수도 있고…….'

"그거라면 나에게 맡겨라. 이 철옹성 같은 프라임스쿨 문을 열게 한 것처럼 단번에 허락을 받아 낼 테니까. 그런데 아마 허락을 받고 말고 할 것도 없을 거야. 학교에서는 자기 학생이 이런 영광스러운 역할을 맡게 된 것에 보나마나 환영일 테니까."

다원은 그래도 마음을 정할 수 없는지 시선을 피했다. 버즈는 아무나 받을 수 없는 이 영광스러운 제안을 기꺼이 받아들이지 않는 다원이 잘 이해가 가지 않았다. 정식으로 후보 공모를 낸다면 도리어 후원금을 내고서라도 하겠다 할 사람이 프라임스쿨 교문 밖까지 줄을 설 것이다. 버즈는 다원이 이렇게까지 신중할 수밖에 없는 이유가 니스에게 있을 거라는 데 생각이 닿았다. 프라임스쿨 위원장이라는 아버지의 특수한 지위가 다원에게 부담감을 주고 있는 게 분명했다.

"아버지 때문에 그러니? 하긴 니스는 처음에 이 다큐멘터리에 소극적이긴 했지. 물론 이해는 한단다. 매사에 많은 생각을 해야 하는 자리에 있으니 당연히 신중해질 수밖에 없겠지. 그런 거라면 걱정 말고 나한테 맡겨 주렴. 혹시 반대한다고 해도 설득할 자신이 있으니. 프라임스쿨 위원장이라는 직함만 제외하면 한 명의 학부형으로서 니스도 당연히 기뻐할 일이잖니."

그런데 뜻밖에도 그 순간, 다윈이 방금 전까지의 모든 머뭇거림을 일시에 떨쳐 버리는 명료한 목소리로 말했다.

"아뇨, 아버지 허락은 필요 없어요. 제가 결정한 다음 아저씨께 연락드릴게요."

버즈는 단호함을 넘어서 냉정함이 느껴지는 다윈의 말에 내심 큰 충격을 받았지만 "아…… 그래, 그럼 그렇게 할래?"라고 대수롭지 않게 반응하는 것으로 놀란 기색을 감추었다. 그러고는 곧 다윈은 느끼지 못하는 은밀한 시선으로 찬찬히 다윈을 살폈다. 머리칼에 그늘진 이마, 야윈 뺨, 이곳에 있으면서도 다른 데를 보고 있는 것 같은 눈동자……. 버즈는 오늘에야 비로소 다큐멘터리 해설자에 맞는 다윈의 특성을 알아본 것이 어쩌면 이런 모습 때문일지도 모르겠다는 생각이 들었다. 여름까지만 해도 마냥 빛이 난 길로만 걷는 소년인 줄 알았던 다윈이 겨울을 눈앞에 둔 지금은 그늘에 잠겨 잘 보이지 않게 된 길에서 잠시 걸음을 멈추고 자기가 있는 세계를 둘러보는 관찰자가 돼 있었다. 몸은 여위고 눈빛은 아직 흔들렸지만 단호한 목소리에서만큼은 기필코 아버지의 성안에서 벗어나겠다는 결연함이 느껴졌다.

버즈는 그것이 무엇을 의미하는지 알았다. 다윈은 지금 애써 어른이 되려 하는 것이다. 아무 씨앗도 날아들지 않는 정체된 하늘과 아직 충분히 영양이 차오르지 않은 마른 토질에서 어떻게 갑자기 그런 변화의 욕구를 싹 틔웠는지는 모르지만, 버즈는 다시 한번 다윈이 프라임스쿨을 대변할 목소리의 적임자임을 확신했다. 홀로 서기 위해 내면에서 조용히 분투를 치르는 소년은 자신이 구현해 내고자 하는 프라임스쿨의 이상적인 모습 그대로였다.

식사를 마치고 밖으로 나온 버즈는 다윈의 어깨에 손을 얹으며 말했다.

"연락 기다리고 있으마. 물론 반가운 연락을."

다윈은 대답 없이 인사만 하고는 발길을 돌렸다.

버즈는 기숙사로 걸어가는 다윈의 뒷모습을 지켜보면서, 니스가 그랬던 것처럼 다윈도 머지않아 오늘과는 다른 사람으로 도약하리라는 것을 예감했다. 소년 시절이 저무는 것을 지켜보는 건 슬픈 일이지만, 그 하강이 결국엔 상승이 될 소년의 삶을 위해선 축복해 줘야 할 일이었다.

버즈는 학교 밖에서 대기하고 있던 팀원들을 불러 카메라를 철수하기 위해 다시 대강당으로 갔다. 직접 목격하진 못했지만 그러기에 더 자신의 분신인 카메라 렌즈가 프라임 보이들을 어떤 모습으로 담아냈을지 기대가 됐다. 미지의 필름을 재생시켜 볼 생각을 하니 이제부터 몇 주간 스튜디오에 꼼짝 않고 갇혀 지내야 할 시간도 마냥 즐겁게만 느껴졌다.

그때 곁에서 걸어가던 필립이 손을 들어 올리며 "레오!" 하고 외쳤다. 버즈는 필립이 가리킨 곳을 바라보았다. 대강당 문 앞에서 레오가 서성이고 있었다.

"어쩐 일이야? 아버지를 뵈러 온 거니?"

"그냥 지나가다가요."

"이제 막 카메라를 철수할 참이었어. 시험도 끝났는데 시간 있으면 구경할래?"

버즈는 필립의 경솔한 제안에 혀를 쯧 찼다. 조심스럽게 진행해야 할 작업에 아무나 들였다가 문제라도 일으키면 큰일이었다. 버즈는 세찬 바람에 옷깃을 여미며 레오에게 "춥다, 어서 기숙사로 돌아가서 쉬렴." 하고 말했다. 레오 역시 구경할 생각은 애초에 없었는지 단번에 "수고하세요." 하고는 발길을 돌렸다. 대강당으로 들어가며 스태프들에게 다시 한번 주의 깊게 행동할 것을 당부하던 버즈는 문득 조금 전 다윈에게서 답을 못 들었던 질문이 생각나 "잠깐만." 하고 레오를 불러 세웠다. 걸음이 빨라 벌써 저만치까지 갔던 레오는 뒤돌아 금세 뛰어왔다.

"왜요?"

"오늘 법학 시험 문제가 뭐였니?"

"법학 시험 문제요? 그건 왜요?"

"다윈이 가장 마지막으로 시험장에서 나왔는데, 도대체 무슨 문제이기에 그렇게까지 어려워했는지 궁금해서 말이야. 물어봐도 확실하게 대답을 안 해 주더구나."

레오는 아무 대답도 없었다. 시험장을 나온 지가 언제라고 벌써 시험 문제를 까먹은 모양이었다. 버즈는 레오의 기억을 되살리기 위해 재차 "응? 시험 문제 말이야."라고 물었다.

재촉을 받고서야 레오가 입을 열었다.

"인간이 저지르는 범죄 중 자신이 생각하는 가장 용서받기 어려운 범죄에 대해서 변론과 반론, 판결을 하는 거였어요."

"말하자면 변호사와 검사, 판사가 다 되어 보는 거로구나. 과연 프라임스쿨답다. 그런데 그렇게 난해한 문제 같지는 않은데,

다윈이 왜 그렇게 어려워했을까. 가장 용서받기 어려운 범죄라면 당연히 살인일 텐데."

"모든 범죄가 다 용서받기 어려워 보여서 하나만 고르는데 시간이 걸렸나 보죠. 살인 같은 건 생각도 못 하는 순수한 애니까."

제 딴엔 친구라고, 제법 설득력 있는 추측이었다. 버즈는 알았다고 하고는 대강당 문을 열었다. 궁금했던 것을 알아낸 덕에 한결 후련한 마음으로 작업할 수 있을 것 같았다. 훗날 내레이션을 쓸 때 영감을 줄지도 몰랐다.

그때 아직도 뒤에 서 있었는지 레오가 "제가 뭐라고 썼는지는 궁금하지 않으세요?"라고 물었다. 버즈는 강한 바람이 밀고 있는 문을 지탱하고 있기가 힘들어 "그만 가 봐라." 하며 문을 닫고 안으로 들어갔다.

뜨거운 감자

학년말 고사 마지막 날, 집에 돌아와 책상 정리를 하던 루미는 서랍 속 한쪽 모퉁이가 비어 있는 것을 발견했다. 제이 삼촌 앨범에서 가져온 사진들을 놓아 두었던 자리였다. 집에서 이런 일을 꾸밀 사람은 한 사람밖에 없었다. 저녁 식사 자리에서 루미는 아빠의 움직임을 유심히 살피다가 물었다.

"서랍에 있던 제 사진 가져가셨어요?"

아빠는 샐러드를 찍은 포크를 입에 가져가면서 태연하게 대답했다.

"네 사진은 아니고 제이 형의 사진을 가져갔지."

"왜요?"

"말했잖니, 네 사진이 아니고 제이 형의 사진이라고. 허락도 없이 네가 앨범에서 사진을 떼어 갔으니 나도 똑같이 한 거란다. 형의 유품을 물려받을 사람은 네가 아니라 동생인 나니까."

루미는 포크를 쥔 손에 힘을 주며 물었다.

"그게 무슨 사진인지는 알고 그러세요?"

"알고 싶지 않구나. 알아야 할 이유도 없고. 아무것도 아닌 사진 몇 장 때문에 다른 사람들에게 그만큼 피해를 줬으면 너도 이쯤에서 그만 정신을 차려야 하지 않겠니? 프리메라에 계속 다닐 거라면 말이야."

루미는 포크를 소리나게 내려놓으며 식탁에서 일어났다. 아빠가 자신을 곤란하게 만든 장본인이라는 것은 알고 있었지만, 밀고자임을 숨기기는커녕 그걸로 위협까지 하는 태도에는 섬뜩함이 느껴졌다. 가족도 아니고 부모도 아닌, 그냥 적 같았다. 그러나 이 자리에서 그 일을 따져 묻는다면 아빠 역시 자신의 신분증을 도용한 사실을 거론할 것이다. 더불어 니스 아저씨와 다윈을 곤란하게 만들고 다시는 사진 이야기를 꺼내지 않기로 맹세한 것까지…… 승산 없는 싸움이었다. 루미는 아직 반도 먹지 않은 음식을 그대로 두고 방으로 올라갔다. 달래거나 붙잡는 사람은 아무도 없었다.

학년말 고사가 끝난 학교에는 잃었던 활기가 다시 돌았다. 그러나 루미는 그 생기 속에서 자유로움보다는 허전함을 느꼈다. 시험이 일시적으로 가려 주었던 빈 자리가 시험이 끝나자 오히려 전보다 더 횅하게 드러나 버린 것 같았다. 이 모든 게 다 빼앗긴 사진과 아빠 때문이었다. 딸을 위험에 빠뜨린 사람과 아무 일도 없던 것처럼 얼굴을 마주하고 있어야 하는 저녁 식탁은 연극 무대 위에 있는 것 같은 공허함을 주었다.

루미는 집을 나와 진짜 자기가 될 수 있는 곳으로 피신했다.

그러나 몇 달 새 급격하게 악화된 할아버지 병세로 더 이상 삼촌 방도 예전의 고요한 안식처가 아니었다. 할아버지가 느닷없이 할머니를 향해 폭언을 퍼부을 때면 루미는 마음속에 할아버지에 대한 사랑과 존경으로 세운 성이 조금씩 허물어져 가는 것을 느꼈다. 그 난폭한 말이 할아버지의 의식이나 의지와는 아무 상관 없이 이루어지는 발작이라는 것을 알지만 할머니에게 "매춘부" 운운하는 인격 모독은 도저히 참아 줄 수 없었다. 루미는 수치심과 분노로 몸을 떠는 할머니를 위해 조용히 집을 나왔다. 위대한 사진작가 해리 헌터의 영혼은 더는 이 세상에 존재하지 않았다.

12월로 접어든 하루하루가 의미 없이 흘러가고 있었다. 다른 아이들보다 한 계단 밑에 있는 거라는 선생님의 말 때문인지, 이전보다도 더 친구들에게서 동떨어진 기분이었다. 그러던 중 복도를 지나는데 우연히 어디선가 "그 애랑은 끝났어." 하는 말소리가 들려왔다. 루미는 그제야 시간이 지나도 채워지지 않는 마음속 빈 자리가 어디에서 연유한 것인지 알게 되었다.

한 달이 다 돼 가도록 다원에게서는 아무 연락이 없었다. 처음에는 니스 아저씨 말처럼 학년말 고사 때문일 거라고만 생각했다. 그러나 시험이 끝남으로써 그것이 이유가 아니었음이 자연스럽게 밝혀졌다. 다원이 연락을 끊은 데에는 시험 말고 다른 이유가 있었던 것이다. 단기간에 마음을 바꿔 놓을 만한 결정적인 이유가.

그러나 루미는 다원의 부재와 소식을 궁금해하고 여전히 다원에게 연락이 오기를 기다리면서도 사실은 다원이 연락하지 않는 진짜 이유를 어느 정도는 짐작하고 있었다. 만나기로 한 날 일방적으로, 그것도 아빠를 통해 전화로 약속을 취소하고, 아카이브 일로 학교생활에까지 문제를 일으킨 '루미 헌터'에게 다원은 실망한 것이다. 어쩌면 루미 헌터를 멀리하는 게 자신의 인생에 이롭겠다는 판단을 벌써 내렸는지도 모른다. 비록 그 가정은 이득을 따져 가며 행동하는 건 지금껏 자신이 알고 있는 다원의 성품과 어긋나는 것이라는 의문을 낳지만.

이런 식으로 이별을 고한 사람이 다원이 처음은 아니었다. 레오 역시 한동안은 가장 가까운 친구였지만 어느 순간 말도 없이 그 관계에서 발을 거둬 버렸다. 그때와 다른 점이 있다면 레오에게는 아무 잘못도 하지 않았지만 다원에게는 분명 사과할 점이 있다는 것. 루미는 시간이 더 흘러 오해가 깊어지기 전에 다원에게 사과를 해야 한다고 생각했다. 진심으로 사과하면 다원은 니스 아저씨가 그랬던 것처럼 따뜻하게 받아 줄 것이다.

학교에서 돌아온 루미는 수화기를 든 채 잠시 고민하다가 지난번 실버힐에 갔을 때 받은 번호를 눌렀다. 다원에게 직접 전화를 걸지 못하는 상황에서 이야기를 전해 줄 사람은 니스 아저씨와 러너 할아버지뿐인데, 바쁜 니스 아저씨에게 더는 폐를 끼칠 수 없었다. 벨이 울린 지 얼마 안 돼 러너 할아버지가 직접 전화를 받았다. 할아버지 목소리는 다원에게 연락을 전해 달라는 부탁을 위해 전화한 게 미안해질 정도로 다정했다.

"오, 루미구나. 어쩐지 반가운 손님일 것 같더니만, 예감이 들어맞았어."

"잘 계셨어요?"

"그럼, 그럼. 나야 잘 지내지. 루미는 어떠니?"

"이제 조금 한가해졌어요. 학년말 고사가 끝났거든요."

"그래? 그러면 여기에 한번 놀러 오는 게 어떠니? 다윈이 올 때까지는 통 손님이 없는데 루미가 와 준다면 정말 큰 활기가 생길 것 같구나."

자신을 이토록 반겨 주는 사람의 초대는 정말 오랜만이었다. 루미는 고민할 것도 없이 그 자리에서 흔쾌히 "좋아요, 갈게요." 라고 답했다.

다음 날, 학교가 끝나는 길에 바로 실버힐로 향하는 버스를 탔다. 차창 너머로 보이는 실버힐의 전경은 계절의 속성을 노골적으로 보여 주고 있었다. 노인들이 압도적으로 많은 주민 구성 때문인지 잎을 잃은 나무가 하늘로 앙상한 가지를 뻗고 있는 모습이 다른 곳보다 더 쓸쓸해 보였다.

바람이 쌀쌀한데 러너 할아버지는 울타리 앞까지 마중 나와 있었다. 루미는 할아버지의 따뜻한 환대에 감사를 표한 뒤 함께 정원으로 들어섰다. 그런데 지나치면서 보니 우편함이 아무 장식도 하지 않은 예전 그대로였다.

루미는 돌아서서 할아버지에게 물었다.

"그때 저희가 간 다음에 조각을 완성하지 않으셨어요?"

할아버지는 "그게 말이다……."라며 머뭇거리는 기색을 보이더니 말했다.

"비둘기가 날아가 버렸단다."

루미는 그것이 자신보다 한참 어린 아이에게 일을 끝내지 못한 것을 들킨 어른이 겸연쩍어서 한 농담이란 것을 알아채고 그에 맞게 응대했다.

"하긴, 여기 겨울은 너무 추우니까요."

현관문을 열자 기분이 좋아지는 향긋한 냄새가 풍겼다. 루미는 할아버지에게 외투를 맡긴 뒤 소파에 앉았다. 곧 애나 아주머니가 향긋한 냄새의 진원지였던 차를 테이블에 놓으면서 "루미양은 지난번보다 더 예뻐졌네요."라고 인사했다. 훌륭한 집과 친절한 사람들, 따뜻한 말. 루미는 집이 아닌 곳에서 자신이 그렇게나 원하던 인정과 위로를 받는 기분이 들어 무심코 말했다.

"다원이 부러워요."

코트를 옷걸이에 걸고 온 할아버지가 맞은편 소파에 앉으며 물었다.

"부럽다니, 무슨 말이니?"

"다원은 항상 이렇게 자신을 아껴 주는 사람들에게 둘러싸여 있잖아요."

"어쩐지 루미는 그렇지 않다는 말로 들리는구나."

루미는 대답 없이 쓴웃음만 지은 뒤 자신의 원래 목적으로 이야기를 돌렸다.

"그래서 다원은 저 같은 애 한 명쯤하고는 연락을 끊어도 아무렇지 않은 걸까요?"

할아버지가 미간에 걱정스러운 주름을 만들며 물었다.

"다원이 연락을 끊었다니 그럴 리가. 다퉜니?"

"다툰 건 아니고요, 지난달 다원이 휴가 나왔을 때 만나기로 했는데 제가 약속을 못 지켰어요. 아빠가 시험 기간이라고 전화도 못 하게 하고 외출 금지까지 시켰거든요. 그랬더니 지금까지 쭉 연락이 없어요. 다원이 먼저 연락을 하지 않으면 제가 연락할 수 있는 방법이 없잖아요. 다음 휴가 때까지 이렇게 무작정 기다리는 수밖에는."

할아버지는 혼잣말로 "지난달이라면······." 하고 중얼거리더니 "뭐가 문젠지 알 것 같구나."라며 문제를 해결한 것 같은 표정으로 말했다.

"다원이 루미 너에게 연락을 하지 않은 게 그런 이유 때문은 아닐 거다. 실은 네가 말한 그 한 달 전 일요일에 다원이 아버지도 없이 아침 일찍 혼자서 여기에 왔단다. 열이 나고 꽤 아팠지. 보아하니 제 아버지와 무슨 일이 있는 것 같더구나. 월요일에 프라임스쿨로 돌아갈 때까지도 썩 개운한 얼굴이 아니었지. 그런 일에 시험까지 겹쳤는데 너에게 기분 좋게 연락할 마음의 여유가 있었겠니? 루미 네가 이해해 주렴."

루미는 놀라 물었다.

"무슨 일요?"

"뭐, 말로는 아무 일도 없다고 하는데, 그런 건 느낌으로 알 수 있지. 말보다 피가 먼저 반응하니까."

"상상이 안 가요. 다원과 니스 아저씨 사이에 문제가 생기다니. 두 사람처럼 사이가 좋은 부자지간은 본 적이 없는데."

"나도 여전히 궁금하기는 마찬가지란다. 니스는 아침까지 못 일어날 정도로 술에 취해 있지를 않나, 다원은 아픈 와중에 느닷없이 제이에 대해 물어보지를 않나 이상한 게 한둘이 아니었지만, 다원은 모르는 나와 니스만의 일이 있듯 니스와 다원에게도 내가 모르는 둘만의 일이 있을 테니까 일단은 그대로 묻고 지나갔단다. 슬프긴 해도 조부는 한 다리 건너에 있는 거 아니겠니."

생각지도 않은 부분에서 거론되는 제이 삼촌의 이름에 루미는 몸을 앞으로 바짝 끌어당겨 앉았다. 다원과의 일을 해결할 때까지 한쪽으로 밀어 두려 했던 제이 삼촌이 도리어 다원의 근황을 통해 등장하고 있다는 게 아이러니했다.

"다원이 제이 삼촌에 대해 물었어요? 뭐라고요?"

"별건 아니고 제이가 어떤 아이였는지 묻더구나. 니스 어렸을 때 얘기를 나누던 중이었는데 아버지의 유년 시절에 큰 영향을 끼친 사람이니 궁금하다면서 말이야."

"그래서 뭐라고 말씀하셨어요?"

"뭐, 말하고 말 것도 없었단다. 내가 제이를 직접 만나 본 건 딱 한 번뿐이었으니까."

루미는 러너 할아버지가 제이 삼촌을 만난 적이 있다는 사실에 깜짝 놀랐다. 여태껏 할아버지와 제이 삼촌을 직접적으로 연결해 본 적은 한 번도 없었다. 그러나 생각해 보니 삼촌과 가장 친한 친구였던 니스 아저씨의 부친인 할아버지가 제이 삼촌을 만난 것은 당연한 일이었고 오히려 한 번밖에 만난 적이 없다는 것이 더 놀라운 일인지도 몰랐다. 루미는 삼촌을 만나 본 사람과 마주 앉아 있다는 사실에 즐거운 호기심이 일어 할아버지에게 물었다.

"하지만 어쩔 땐 오랜 만남보다 순간의 만남이 그 사람의 더 진실된 면을 보여 주기도 하잖아요. 할아버지가 보신 제이 삼촌은 어떤 사람이었는지 궁금해요."

"그게 정말 말하고 말 게 없단다. 잠깐 인사만 나눈 정도였으니까. 내 목걸이를 보고 나와 어울리지 않는다는 말을 했다는 것만 기억에 남아서 다윈에게도 그대로 이야기해 줬지."

"목걸이요? 무슨 목걸이였는데요?"

할아버지가 웃으며 말했다.

"다윈과 똑같은 질문을 하는구나. 그런 게 있단다. 젊어서 하고 다녔던 금목걸이였는데, 제이 녀석이 보기엔 별로였던 모양이야."

그러나 루미는 아무 일도 아니라는 듯 웃어 넘기는 할아버지와 달리 그냥 지나칠 수 없었다.

"제 생각엔 삼촌이 아무 의미 없이 그런 얘기를 하지는 않았을 것 같아요. 할머니는 삼촌의 눈빛이 맹수처럼 모든 걸 꿰뚫어 보는 능력이 있다고 하셨거든요. 그래서 별명도 아기 호랑이였다고요. 분명 무슨 의미가 있어서 한 말일 거예요."

그제야 할아버지도 호기심이 동한 얼굴로 물었다.

"오호, 그러면 루미 생각엔 그 말 속에 어떤 뜻이 담겨 있을 것 같니? 나도 그 의미를 알 수 있으면 좋겠구나. 30년 만에 오해도 풀고, 다윈에게 진짜 이유도 말해 줄 겸."

루미는 곰곰이 생각에 잠겼다. 이런 순간이야말로 '아기 호랑이'라는 별명을 이어받은 후계자답게 제이 헌터가 되어 제이 삼촌의 머리로 생각하고, 제이 삼촌의 감각으로 느껴야 할 때였다. 그렇게 삼촌의 이미지에 오래 집중하고 있자 잠시 뒤 누군가 자신이 해야 할 말을 귓속에 속삭여 주는 기분이 들었다. 루미는 그 말을 전달하듯 천천히 입을 뗐다.

"단순히 외형적인 모습을 보고 그런 얘기를 한 게 아니라……

뭐랄까, 좀 더 본질적인 문제였을 것 같아요. 그러니까 예를 들면, 삼촌은 할아버지를 만나기 전 니스 아저씨의 얘기를 통해 할아버지에 대해 나름대로의 이미지를 만들었을 거잖아요. 인자하다든가, 무섭다든가, 어떤 직업을 가졌다 같은, 친구 아버지에 대해 일반적으로 해 보는 생각요. 그런데 실제로 만나 보니 삼촌이 생각했던 것과 할아버지의 실제 모습에서 어긋난 부분이 컸던 거죠. 목걸이는 그걸 상징하는 거고요."

"루미 얘기를 들으니 더 궁금해지는구나. 내 어떤 점이 제이 녀석의 기대에 그렇게 어긋났던 건지."

"아, 제 말을 오해하진 마세요. 전 기대가 아니라 이미지라는 말씀을 드린 거였어요. 가령 니스 아저씨가 평소에 할아버지를 아주 수수한 학자 타입의 아버지로 묘사했다면 화려한 금목걸이를 하고 있는 모습이 삼촌에게는 이질적으로 보였을 수도 있잖아요. 좋다 싫다 같은 가치 판단을 떠나서요."

할아버지가 천천히 고개를 끄덕거렸다.

"그래, 무슨 말인지 알 것 같다. 납득이 되는 부분도 있고. 니스는 그때나 지금이나 사업가인 아버지를 별로 자랑스러워하지 않으니까. 확실히 1지구에서는 사업가를 낮추어 보는 풍토가 있으니 말이야. 루미 네 말대로 니스가 어린 마음에 친구에게 자기 아버지를 수수한 학자 타입으로 소개했다면 니스도 꽤나 괴로웠던 모양이구나. 하긴, 그 친구의 아버지가 위대한 사진작가 해리 헌터라면 아무리 친한 친구여도…… 아니, 친한 친구이기에 더 열등감을 느꼈을 수 있지. 잘나가는 사업가의 상징이라고 생각해서 자랑스럽게 하고 다녔던 목걸이가 내 아들에게 그런 부끄러움을 일으켰을 줄이야…….”

러너 할아버지의 얼굴빛이 점점 어두워지고 있었다. 루미는 제이 삼촌을 축으로 펼친 자신의 추측이 의도치 않게 할아버지에게 상처를 준 것 같아 당혹스러웠다.

“어디까지나 제 상상이에요. 삼촌이 진짜로 어떤 생각을 했는지는 아무도 몰라요. 그리고 사실 전 제이 삼촌에 관한 한 상상력이 지나치다는 충고를 종종 듣기도 하거든요. 이번에도 제 상상이 선을 넘었나 봐요.”

할아버지가 미소를 지으며 손을 내저었다.

“아니, 아니, 전혀 과하지 않았단다. 충분히 설득력 있는 얘기야. 난 오히려 루미 덕분에 니스와 제이의 마음을 이해할 수 있어서 좋았단다. 이제 보니 루미는 사람 심리를 파악하는 데 탁월한 능력이 있구나. 탐정이 되어도 좋겠어.”

“집안에 의문사한 사람이 있으면 저절로 그런 능력을 갖게 되나 봐요. 이상하게도 저희 집안에는 저 한 명에게만 그 능력이 전해졌지만요.”

“의문사라니? 루미 너희 집안에 의문사한 사람이 있니?”

“제이 삼촌 말이에요.”

“의문사라니. 루미야, 아무래도 네가 뭘 오해하고 있는가 보구나.”

할아버지는 노인이 아이에게 잘못 알고 있는 점을 일러 줄 때의 인자한 미소를 지으며 말했다.

“제이는 의문사한 게 아니라 살해당한 거란다. 9지구 강도 소행이었지. 제이 말고도 여러 사람이 당해서 당시 신문에는 9지구 사람들의 강도 짓이 심해지고 있으니 문단속을 잘하라는 기사가 지속적으로 실리기까지 했단다. 그 무렵엔 내가 잠시 사업을 쉬고 국내에 들어와 있을 때라서 정확히 기억하지."

루미는 제이 삼촌 일에 관한 한 자신이 일흔 살 중반의 노인보다도 훨씬 노련할 것이라는 자신감을 그대로 목소리에 담아 말했다.

"알고 있어요. 불행히도 그런 분위기에 합류되는 바람에 삼촌의 죽음이 많은 강도 사건 중 하나로 치부돼 버렸다는 것까지도요."

"그 말은 뭐니……. 그렇다면 루미 너는 제이가 강도에게 살해당한 게 아니라고 생각한다는 거니?"

루미는 고개를 끄덕였다. 할아버지가 놀란 얼굴로 "아니라면?" 하고 이어 물었다. 비밀 상자에 담아 놓은 제이 삼촌 이야기를 이렇게 갑작스럽게 꺼내게 될 줄은 몰랐지만, 그 비밀 상자를 들여다보고 싶어 하는 사람이 자신이 존경하는 니스 아저씨의 아버지이고 다윈의 할아버지라면 기꺼이 보여 줄 수 있었다.

"전 당시 제이 삼촌의 주변에 있던 사람들 중에 범인이 있다고 생각해요. 지금은 정부 고위직에 있고요."

할아버지가 충격받은 얼굴로 물었다.

"믿을 수가 없구나. 근거가 있는 얘기니?"

"당시의 범행에 대해선 아마 할아버지가 저보다 잘 아실 거예요. 1지구의 다른 집에서 일어난 강도 사건에는 모두 절도 행위가 있었지만, 삼촌 방에선 없어진 게 아무것도 없었어요. 심지어 책상 위에 있던 지갑까지 그대로였죠."

"그래, 알고 있단다. 경찰에서는 제이가 최종 목표가 아니었기 때문이라고 발표했던 것 같구나. 강도는 헌터 씨 침실에 침입할 생각으로 제이의 방을 거쳐 간 것인데, 제이가 잠에서 깨는 바람에 제이를 죽였고, 당황한 나머지 그대로 도망친 것이라고."

"경찰은 1지구 사람들은 절대 사람을 죽이지 않는다는 맹신 속에서 모든 정황을 끼워 맞춘 거예요. 1지구 사람이 살인자라는 뼈아픈 진실을 밝히는 것보다 이미 죄로 얼룩진 9지구 사람에게 한 가지 죄를 더 덮어씌우는 게 사회 안정에 훨씬 도움이 되니까요. 간단하죠?"

이번에는 할아버지가 아무 대꾸가 없어서 루미는 이어서 얘기했다.

"그런데 알고 보면 아무것도 없어지지 않은 게 아니었어요. 삼촌에게는 할아버지에게 물려받은 사진들로 만든 앨범이 하나 있는데, 그 앨범 속 사진 한 장이 비어 있었거든요. 그 사진이 유일하게 삼촌 방에서 없어진 물건이자 삼촌을 죽인 범인이 가져간 거였어요."

그때 애나 아주머니가 와서 "식사 준비가 다 됐는데요."라고 알렸다. 루미는 되도록이면 지금의 긴장된 분위기를 해치지 않는 상태에서 이야기를 이어 가고 싶어 할아버지를 물끄러미 바라보았다. 다행히 할아버지도 같은 생각인지 "괜찮으면 식사는 조금 이따 할까?"라고 물어 왔다. 루미는 기쁘게 고개를 끄덕였다.

아주머니가 자리를 비키고 나자 할아버지가 머리를 갸웃대며 끊겼던 이야기를 이어 나갔다.

"그런데 잘 모르겠구나. 사진이라니. 앨범에 빈 자리가 있는 건 그렇게 드문 일도 아니잖니? 범인이 아니라 제이가 떼어 낸 것일 수도 있고, 또 애초에 사진이 없을 수도 있는 거고……."

정보가 부족해 평이한 수준의 추론밖에 도달하지 못하는 할아버지를 위해 루미는 자신이 알고 있는 정보를 나눠 주었다.

"범죄 사건을 수사할 땐 눈에 보이는 것만이 아니라 인간의 행태, 심리까지 모두 고려해서 봐야 하는 거잖아요. 프라임스쿨 시험에 합격한 것에서 알 수 있듯이 삼촌은 완벽주의자였어요. 평소 생활도 마찬가지였죠. 할머니는 삼촌이 뭐든지 깨끗한 것을 좋아했다고 하시고, 아빠는 결벽증이 있었다고 할 정도로요. 그런 사람이 과연 완벽하게 줄이 맞춰 있는 앨범에서 거칠게 뜯은 흔적까지 남기면서 사진을 떼어 내거나 애초에 빈 자리를 만들어 두었을까요?"

그러나 할아버지는 여전히 설득되지 않은 얼굴이었다.

루미는 할아버지를 완벽하게 포섭하기 위해 할 수 없이 이번 한 번만 침묵의 카르텔을 깨기로 했다. 영 가문의 일원인 할아버지에게라면 니스 아저씨와 다원에게 아무런 해가 되지 않을 것이다.

"삼촌의 앨범에서만 그 사진이 사라진 거라면, 그래요, 삼촌을 모르는 다른 사람에게는 제 근거가 약하게 들릴 수도 있을 거예요. 그건 저도 인정해요. 그러면 이건 어떠세요? 똑같은 사진이 국가 기록물을 보관해 놓은 아카이브에서도 삭제되었다면요."

그제야 할아버지가 다시 흥미를 보이며 말했다.

"더 자세하게 듣고 싶구나."

"아카이브에서는 할아버지가 찍은 사진들 중 역사적 가치가 있는 사진들을 저작권 계약을 맺어 보관하고 있었는데, 5년 전쯤 그 자료들을 디지털화했어요. 그 과정에서 일부는 3급 이상 고위 공무원들만 열람할 수 있는 특별 검색으로 지정이 됐고 삼촌의 앨범에서 사라졌을 것으로 추정되는 사진도 그 목록에 포함되었죠. 그런데 제가 조사를 해 보니 앨범에서 사라진 것처럼 그 사진이 아카이브에서도 똑같이 삭제돼 있었어요. 그것만이 아니라 앨범에서 바로 옆에 있던 사진까지 한 장 더요. 그게 누군가의 개입 없이 단순히 우연으로 일어날 수 있는 일일까요?"

"이쯤 되니 도대체 그 사라진 사진이란 게 어떤 건지 묻지 않을 수가 없구나. 아카이브에서까지 사라진 사진이라니, 이제 와서 볼 수도 없는 노릇이고."

"네, 그 사진을 보는 건 불가능해요. 하지만 그 사진이 뭐였는지 추측은 할 수 있어요. 왜냐하면 옆에 있는 사진들과 연속적으로 찍힌 사진들 중에 하나였으니까요. 사실은 얼마 전까지만 해도 제가 그 옆에 남은 사진들을 따로 떼어서 보관해 놨는데……."

루미는 그제야 아빠가 사진을 가져간 일에 무기력하게 대처한 것이 후회됐다.

"아, 할아버지랑 이런 얘기를 하게 될 줄 알았으면 사진들을 더 깊숙이 숨겨 놨을 거예요. 그랬다면 할아버지에게 보여 드릴 수도 있었을 텐데. 제 가방을 뒤지긴 했지만 그래도 설마 아빠가 책상까지 뒤져서 사진을 가져가 버리리라고는 생각도 못 했거든요."

"그동안 많은 일이 있었던 모양이구나. 아빠가 책상을 뒤져 사진을 가져갔다니, 왜 사진을 가져간단 말이니?"

"아빠는 제가 쓸데없는 혼란을 일으킨다고 제이 삼촌의 죽음에 대해 밝히는 걸 싫어하거든요. 아빠뿐만이 아니에요. 학교에서는 범인으로 추정되는 사람들에 관해 모은 자료를 일방적으로 폐기했어요. 다들 지금의 평온함을 지키기 위해 진실이 자살하길 바라는 것 같아요."

"겁쟁이들이라서 그렇단다. 겁쟁이들은 자신이 모르는 것에 대해 듣는 것조차 겁을 내지."

루미는 처음으로 자신과 같은 부류의 사람을 만난 것 같아 기뻤다.

"맞아요. 그런 의미에서 할아버지가 제가 만난 사람들 중에 진실을 알길 가장 두려워하지 않는 분이세요."

"두려워할 이유가 없지. 자, 그러면 나머지 진실에 대해서도 두려움 없이 들어 보자꾸나. 루미 네가 가지고 있던 사진들이 무엇을 찍은 사진이었니? 해리 헌터 씨의 사진들 중에서도 아카이브, 그것도 3급 이상 공무원들만 볼 수 있는 특별 목록에 저장될 정도라면 예사 사진은 아니었을 텐데."

"네, 일반적인 사진은 아니에요. 12월의 폭동 때 모습을 찍은 사진이니까."

할아버지가 "12월의 폭동?"이라고 되물었다. 루미는 "네."라고 대답하며 할아버지의 관심과 흥미를 배가시키기 위해 지난여름 사진의 배경인 고아원에도 다녀왔다는 이야기를 하려했다. 그러나 고아원의 첫 글자가 혀에 닿는 순간 멈칫했다. 아무래도 그날 자신이 먼저 다원에게 당부한 대로 9지구에 다녀왔다는 얘기는 누구에게든 숨기는 것이 좋을 것 같았다. 9지구에 다녀온 이야기는 아무리 지난 일이라고 해도 어른들에겐 지나친 걱정을 불러일으킬 테니. 만약 그 사실이 할아버지를 거쳐 니스 아저씨의 귀에 들어갔다가 혹시라도 다원이 자신도 함께 갔었다고 털어놓으면 지난번에 아저씨에게 용서받은 게 모두 물거품이 될지도 모른다. 아저씨가 아무리 너그러워도 다원을 위험한 하위 지구, 그것도 9지구로 이끈 것만은 쉽게 용서해 주지 않을 것이다.

루미는 나중에 아빠에게 사진을 되돌려 받아 할아버지한테 보여 줄 것을 대비해, 직접 가 보지 않았다면 어디인지 알 수 없는 고아원이라는 단어 대신 새빨리 다른 적당한 말로 바꾸어 대답했다.

"후디들이 근거지에 함께 모여 있는 사진들 중에 하나였어요."

그러고는 그 시대에 역시 10대였을 할아버지의 공감을 얻고자 물었다.

"할아버지, 할아버지는 12월의 폭동 때 몇 살이셨어요?"

"열다섯……? 열여섯……? 아니, 열넷쯤이었나."

할아버지는 식은 찻잔을 입으로 가져가면서 기억을 더듬었다.

"그 사진 속에 있던 애들도 모두 그 정도 나이로 보이는 애들이었어요. 책으로 읽었을 때와 달리 그 애들의 얼굴을 보니까 너무 이상한 느낌이 들었어요. 할아버지도 그 사진을 보셨다면 믿을 수 없으셨을 거예요. 어떻게 그런 어린 애들이 나라를 뒤흔드는 폭동에 참여할 수 있었던 건지 하고요."

할아버지가 찻잔을 내려놓으며 말했다.

"멍청해서 그랬겠지."

"할아버지는 12월의 폭동을 그렇게 평가하세요?"

"평가라고 하고 말 게 있니. 앞뒤 분간도 할 줄 모르는 애들이 사악한 사람들의 꼬임에 넘어가서 꼭두각시 노릇을 한 것, 그뿐인데."

"하지만 그렇게 폄훼할 수만은 없지 않나요? 왜냐하면 그 애들은 실제로 9지구에서 출발해 중위 지구까지 진격할 정도의 전투 능력이 있었으니까요. 만약 폭동이 성공했다면 어땠을까요? 그 애들이 새로운 세계를 만들어서 지금 이곳에 살고 있을 거예요. 그 힘을 무조건 평가절하하는 건 오히려 1지구 사람들이 그들을 두려워하고 있기 때문이란 생각은 안 드세요? 상위 지구에선 절대 그런 식의 변혁은 일으키지 못할 테니까요."

그때 할아버지가 갑자기 낮은 목소리로 "루미야."라고 부르며 말을 중단시켰다. 방금 전과는 확연히 달라진 할아버지의 목소리가 의아해 루미는 남은 말을 중단하고 할아버지를 바라보았다.

"너는 지금 네가 누리고 있는 것들이 얼마나 소중한 것인지 모르는 것 같구나. 아무렇지 않게 폭동이 성공했을 때의 일들을 떠올리고 그것을 새로운 세계라고 부르는 걸 보니……. 단언컨대 그 멍청한 꼭두각시들이 새로운 세계를 창조해 냈을 가능성은 없어. 역사에는 만약이 없다는 말이 있지? 단지 상상으로라도 그 폭도들이 지배하는 만약의 세계를 추정하는 건 폭동으로 희생당한 많은 사람들에 대한 모욕이란다."

지금까지 유연하게 의견을 주고받았던 할아버지가 갑자기 타협 같은 건 절대 염두에 두지 않는 그 시대의 정부군처럼 말하는 것에 루미는 약간 반발심이 일었다. 할아버지 나이대의 상위 지구 사람들이 12월의 폭동에 깊은 적대감을 가지고 있다는 건 알지만, 진보적인 생각을 조금도 허용하지 않는 모든 종류의 완고함에는 거부감이 느껴졌다.

"제가 이렇게 말할 수 있는 게 그 시대에서 많이 떨어져 있기 때문이라는 건 알아요. 하지만 원래 역사는 후대에 의해 평가되는 거잖아요. 불에서 막 꺼낸 뜨거운 감자를 바로 손에 올려놓고 살펴볼 순 없으니까요. 껍질을 까서 본질을 제대로 파악하기 위해선 감자가 식을 때까지 기다려야죠."

할아버지가 바로 반박했다.

"그래, 루미 네 말대로 식은 감자를 전해 받은 사람이 감자를 더 잘 살펴볼 순 있겠지. 그러나 그 감자가 얼마나 뜨거웠는지는 절대 알 수 없을 거야. 살가죽이 벗겨지는 화상을 입고 아파하는 사람을 보고는 뭐가 그리 뜨거웠냐 싶겠지."

"할아버지는 꼭 그 뜨거운 감자를 직접 만져 본 사람처럼 얘기하시네요. 하지만 엄밀히 말하면 할아버지도 식은 감자를 전해 받은 사람 아니신가요? 폭도들은 3지구에 몰려오기 전에 모두 진압됐으니까요. 정부나 군대, 저희 할아버지 같은 저널리스트를 제외하면, 당시 1지구 주민들은 폭동이 일어났는지도 모를 정도로 평온한 생활을 했다고 들었어요. 할아버지도 시간이 많이 흘러 사건이 다 진정된 뒤에 그런 일이 있었다고 알게 되신 거잖아요, 그렇죠?"

할아버지는 그제야 인정할 수밖에 없다는 태도로 "그래……
그랬지."라고 고개를 끄덕였지만, 그것이 자신의 주장을 후퇴시
킬 수는 없다는 듯 덧붙였다.

"그래서 더 두려웠을 수도 있지. 한번 생각해 보렴. 바로 저 너
머에서 이 세계를 무너뜨리려는 약탈범들이 몰려오고 있는데
아무것도 모르고 일상생활을 하고 있었다는 걸 나중에 알고 얼
마나 두려웠을지."

"할아버지처럼 겁이 없는 분도 두려우셨나요?"

"……두려웠지."

"어떤 점이요?"

할아버지는 팔짱을 낀 채 아무 대답도 없었다.

루미는 재차 물었다.

"어떤 점이 가장 두려우셨는데요?"

두렵지 않았다. 두려워할 게 뭐가 있나? 애초에 난 아무것도
가진 게 없는 빈털터리 고아였는데. 부모가 없고 집이 없듯, 나는
그 흔한 두려움조차 갖고 태어나지 못했다. 오늘 밤 길가에서 그
대로 얼어 죽는대도 겁날 게 없었다. 목숨 걸 일이 없다는 게 오
히려 시시하게 여겨졌다. 아무도 나 같은 고아의 목숨은 원하지
않았으니까.

"목숨 걸 만한 가치가 있는 일이란다. 잘못 만들어진 세상을

바꾸는 일이지. 다들 우리랑 같이 가자."

어디에서 온 건지 모르는 정체불명의 남자들이 어느 날 우리를 모아 놓고 그렇게 얘기했을 때, 나는 주저하지 않고 가장 먼저 그들의 손을 잡았다. 그들이 한 번도 먹어 본 적 없는 부드러운 빵과 우유를 주었기 때문만은 아니었다. 별 볼일 없는 내 목숨도 어딘가에 쓰일 데가 있다는 게 신기하고 감격스러웠다.

그런데 지독하게 멍청했던 당시의 내가 과연 '가치'라는 어렵고 고귀한 말을 이해하기는 했을까?

고아원은 곧 우리의 본부가 되었다. 모든 후원금을 착복해 우리를 종처럼 부려 먹던 원장은 진즉에 고아원을 버리고 도망갔다. 남자들은 우리를 군대처럼 조직해 지위와 무기를 주었다. 나는 가장 열성적으로 충성을 맹세했고, 그들은 나를 우리 부대의 대장으로 임명했다. 태어나 처음으로 영리하다는 칭찬도 받았다. 칭찬을 받은 날엔 빵을 실컷 먹었을 때보다도 훨씬 더 배가 불렀다.

우리는 삽시간에 9지구를 점령했다. 굳이 머리에 총을 들이밀 필요도 없었다. 우리의 외침을 들은 사람들이 저절로 몰려들었다. 세상을 바꾸자! 어떻게 바꾸겠다는 건지는 모르지만, 지금처럼 한겨울에 맨바닥에서 자는 생활만 아니라면 좋을 것 같았다.

어느 때보다도 추운 혹독한 겨울이었다. 후드 한 장을 걸친 채로 강풍에 맞서 달려가는 건 인간의 능력을 뛰어넘는 일이었다. 여기저기서 얼어 죽는 사람이 속출했다. 본부에서는 자금 사정이 좋아지면 우리에게 따뜻한 군복을 지급해 주겠다고 약속했다. 우리는 그들의 지도에 힘입어 쉬지 않고 진격했다. 나는 아홉 살 남짓한 어린아이들한테도 직접 나무를 깎아 만든 작살을 손에 쥐여 주며 "너희도 너희 몫을 해내야 해. 군인이니까."라고 격려했다.

우리의 세력은 점차 8지구, 7지구까지 퍼져 나갔다. 모두 우리의 주장에 동조했다. 나는 판자를 엎어 만든 연단 위로 뛰어 올라가서 외쳤다.

"이렇게나 많은 사람이 세상이 바뀌기를 원하고 있는데, 아무것도 바꾸고 싶어 하지 않는 인간은 대체 어떤 놈들이야!"

나처럼 멍청한 아이들이 우레와 같은 박수를 보냈다. 나는 황홀한 기분에 취해서 날마다 뭐라도 아는 척 더 크게 외쳐 댔다.

6지구에 입성하는 순간부터 정부군과 교전이 벌어졌다. 장갑차로 바리케이드를 만든 그들에게 맞설 수 있는 방법은 두 다리를 바퀴 삼아 똑같이 장갑차가 되어 달려가는 것뿐이었다. 우리는 얼마 안 되는 총과 얼기설기 만든 작살을 가지고 주저 없이 그들의 대포로 뛰어들었다. 대포 한 대를 무력화하기 위해서라면 기꺼이 목숨을 바칠 각오가 되어 있었다. 치열한 격전 끝에 우리를 얕본 정부군은 꽁무니를 내빼며 도망갔고, 우리는 환호성을 지르며 6지구에 깃발을 꽂은 뒤 5지구, 4지구로 올라갔다.

승리가 거듭될수록 본부에서는 나를 좋아하고 믿어 줬다. 그들은 내가 이미 어른이며 대장의 칭호를 받기에 부족함이 없다고 칭찬해 주었다. 나는 그들의 기대에 부응하기 위해 가장 격식을 차려 거수경례를 했다. 며칠 뒤, 진격을 끝내고 쉬고 있던 밤중에 우리 부대에 자원하고 싶다는 아이들이 수십 명 찾아왔다.

나는 반갑게 그들을 맞이했다. 또 칭찬받을 일이 생긴 것이다. 나는 이 사실을 보고하려고 서둘러 간부들이 지내는 막사를 찾아 갔다.

문을 열려고 하는 찰나, 안에서 말소리가 들려 왔다.

"1지구까지 진격하고 난 다음에 저 후디들을 어떻게 할 셈이 십니까?"

"제거해야지."

"달리 이용할 방법이 있지 않을까요?"

"이용은 무슨. 두고 보라고, 새로운 세상에 저 멍청한 애들이 분명 걸림돌이 될 테니까. 지금 가진 권력만으로도 저렇게 뭐라도 된 것처럼 의기양양하게 구는 걸 보면 우스워 죽을 지경이야. 하루살이보다 못한 총알받이 신세라는 것도 모르고. 지금은 실컷 날뛰게 놔둔 다음에 최후 입성을 하고 나면 대충 아무 죄목이나 씌워서 제거하면 돼. 굳이 죄목 같은 건 만들지 않아도 될 테지만, 그래도 1지구의 새로운 주인이 되었으면 그에 상응하는 합리적인 모습도 보여 줘야지. '본부의 통제권에서 벗어나 불필요하게 무력을 행사한 죄', 어때? 이 정도면 괜찮지 않겠어? 백 명씩 줄을 세운 다음에 한꺼번에 갈겨 버리면 보기도 좋고 오래 걸리지도 않을 거야. 9지구 바퀴벌레들이 1지구 땅에서 죽는 것보다 더 큰 영광도 없지."

"과연 전략가세요."

나는 막사 뒤에 숨어 내내 구토를 했다. 눈물이 얼어붙어 눈을 뜰 수가 없었다.

그래…… 그때 처음으로 두려웠던 것 같다. 인간이 두려웠다.

토할 것을 다 토하고 나자 머릿속을 떠돌던 앙금들도 깨끗하게 가라앉았다. 나는 이가 갈리는 추위 속에서 손에 잡히는 후드 끈을 만지작거리며 여러 가지 계획을 구상했다. 그들이 가르쳐 준 대로 발생 가능한 여러 경우를 철저히 따졌다.

구상을 끝낸 뒤 참모가 부대를 살피러 나간 틈을 타 막사 안으로 들어갔다. 백 명씩 줄을 세운 다음 나를 갈겨 버릴 거라고 말했던 대대장이 혼자 책상 앞에 앉아 전술 지도와 문서들을 살펴보고 있었다.

그는 아무 의심 없이 나를 반겨 주었다.

"우리의 충성스러운 대장이 이 밤중에 웬일이지?"

"긴히 보고할 게 있어서 왔습니다."

"무슨 보고?"

"대원들 중에 스파이가 있는 것 같습니다."

그는 놀라서 나에게 가까이 오라는 표시로 손을 까닥거렸다. 나는 그의 곁으로 천천히 걸어갔다. 걸음과 함께 후드 끈이 흔들리는 게 느껴졌다.

"스파이라니? 대체 어떤 놈이야?"

그 순간 나는 등 뒤로 가 후드 끈을 한쪽으로 길게 빼 그의 목을 졸랐다. 꽉 막힌 하수구로 힘겹게 물이 지나가는 것 같은 소리가 들리더니 곧 숨이 끊어졌다. 나는 책상 위에 있는 자료들을 둘둘 말아 바지 허리춤에 꽂은 뒤 옷으로 가리고 밖으로 나왔다. 내 몸집보다 훨씬 큰 후드 덕분에 아무 의심도 사지 않고 자연스럽게 행동할 수 있었다.

낮엔 숨고 밤에는 미친 듯이 달려 3지구, 2지구까지 올라갔다. 상위 지구는 다른 세상처럼 평온했다. 목적지는 2지구에 있는 어느 사업가의 집으로, 우리가 침입해 자금을 확보하려던 집들 중 한 곳이었다. 나는 왜 그 많은 후보군 중 그 집을 골랐을까? 운명이었을까, 아니면 그저 그들의 성인 'Young'이 내가 읽을 줄 아는 몇 안 되는 단어들 중 하나였기 때문일까. 나는 어쩐지 그 단어가 마음에 들었다.

문을 두드렸다. 만약 사업가가 나를 죽인다면 죽고, 살려 준다면 살 생각이었다. 어느 쪽이건 백 명씩 줄을 서서 총에 맞아 죽는 것보다는 나았다. 곧 문이 열렸다. 사업가는 없고 부인만 있었다. 나는 부인 앞에 무릎을 꿇고 숨김없이 내 정체를 털어놓으며 지금 하위 지구와 중위 지구에서 일어나고 있는 일들에 관해 얘기했다. 겁을 먹고 나를 그냥 내쫓으면 어떡할까 걱정했는데 부인은 침착하게 내 이야기를 들어 주었다.

그리고 내 이야기가 끝났을 때 나를 안아 주며 이렇게 말했다.

"가엾어라……. 아직 이렇게나 어린데."

그 한마디로 나는 구원받았다.

그때껏 폭도들의 게릴라식 전투에 무기력하게 당했던 정부군은 이후 그들의 이동 경로를 정확하게 찾아 폭동 지도자들을 사살하고 남은 추종 세력을 진압했다. 지휘 체계가 무너지니 후디들은 순식간에 오합지졸이 돼 속수무책으로 와해됐다. 모든 작전이 내가 사업가에게 전해 준 지도와 전술 문서를 바탕으로 이루어졌다. 시간이 흘러 모든 소요가 진정된 뒤 내가 '전쟁'이라고 믿으며 목숨을 바치려 했던 싸움은 '폭동'이라는 역사적 평가를 받아 상위 지구 언론을 통해 보도됐다. 상위 지구 사람들은 평화와 정의를 되찾은 것에 환호했다. 사업가 부부는 나를 안아 주며 모두 내 덕이라고 했다.

사업가 부부에게는 자식이 없었다. 그들은 내 신분을 '최근에 부모를 잃고 혼자가 된 먼 친척'이라고 속여 나를 양자로 맞아들였다. 어머니는 내가 달리기를 잘한다며 러너라는 이름도 새로 지어 주고, 생일이 뭔지도 몰랐던 나에게 내가 찾아온 날을 생일로 정해 주었다. 얼마 뒤, 우리 영 가문은 폭도들을 진압하는 데 결정적인 정보를 제공한 공으로 1지구로 옮겨 가게 되었다. 부모님은 나에게 행운을 몰고 온 아이라고 했다. 그렇게 9지구의 바퀴벌레였던 나는 열여섯 살에 러너 영, 인간으로 다시 태어났다.

"네? 할아버지."

무슨 얘기를 하고 있었지……? 아, 두려웠냐고.

그러고 보니 그때 또다시 두려웠던 것 같다. 그 사악한 사람들에게 끝까지 이용만 당하다가 이렇게 맛있는 음식 한번 못 먹어 보고, 따뜻한 침대에서 잠 한번 못 자 보고, 이 세상에 부모님처럼 훌륭한 사람들도 있다는 걸 모르고 길거리에서 그대로 죽었으면 어쩔 뻔했을까 하고.

그 뒤로 나는 가치라는 단어의 뜻을 막연히 이해만 하는 게 아니라 두 눈으로 직접 목격할 수 있었다. 1지구에서 새로 얻은 모든 것들이 목숨을 걸 만한 가치가 있는 일이었다. 존경하는 부모님, 사랑하는 아내, 목숨 같은 아들과 손자, 좋은 집, 사람들의 인정. 그러나 이렇게 행복한 삶도 이따금 불안에 휩싸일 때가 있다. 잊고 있던 나의 까마득한 과거가 불쑥 찾아와 내 뿌리를 흔들어

댈 때면…….

아니…… 아니, 그것은 더 이상 내 과거가 아니다. 내가 아니다. 결혼 전 아내에게 모든 사실을 털어놓았을 때 아내가 그러지 않았던가. 자기가 결혼하려는 사람은 9지구의 이름 모르는 고아가 아닌 1지구 남자 러너 영이니, 두 번 다시 그 누구에게도 내가 아닌 나에 대해 고백할 필요가 없다고. 훌륭한 남편과 훌륭한 아버지가 되어 자기와 함께 '새로운 과거'를 만들자고.

세상에서 가장 아름답고 강인한 여자를 만난 덕분에 나는 새로운 과거뿐만 아니라 미래까지 얻었다. 그러니 이 정도 가벼운 침울함쯤은 당연히 치러야 하는 거겠지. 소중한 것이 너무 많은 삶을 누리고 있는 것에 대한 대가이니까. 두려워할 필요 없다. 울적해질 이유도 없다. 무성하게 자란 나무가 드리우는 잠깐의 그늘일 뿐이다.

루미는 대답을 기다리며 러너 할아버지를 유심히 바라보았다. 감다시피 잠긴 할아버지의 눈꺼풀이 마치 잠을 자다 격렬한 꿈을 꿀 때처럼 움찔대고 있었다. 옛 추억에 너무 깊이 빠져든 나머지 그 시절에서 쉽게 헤어 나오지 못하는 모양이었다.

루미는 할아버지를 꿈속에서 빠져나오게 하려고 말을 걸었다.

"두려웠던 게 너무 많아서 대답을 못 하시는 거예요, 아니면 아무리 생각해도 두려웠던 게 떠오르지 않으시는 거예요?"

할아버지가 한참 만에 눈을 뜨고서는 "잘 모르겠구나. 하도 오래전 일이라 기억들이 뒤죽박죽돼서……."라며 입을 열었다.

"그런데 루미야, 이것 한 가지는 분명하게 말할 수 있단다. 인생에서 두려운 게 많다는 것이 결코 비겁하거나 나약한 것을 뜻하진 않는다는 것을. 이 세상에 태어나 땅 위에 아무것도 짓지 않은 사람은 무서울 것 역시 아무것도 없겠지. 그런 치들은 자신의 태만함을 용기로 착각하며 인생을 낭비하게 될 거야. 그러나 매일 성실하게 건축물을 차곡차곡 쌓아 올린 사람은 필연적으로 두려워해야 할 것도 많이 생기게 되는 법이란다. 행여 아이들이 그 속에서 놀다가 다치지는 않을지, 이웃들이 내 건축물 때문에 피해를 입지는 않을지, 갑자기 폭풍우가 몰려와서 기둥이 무너져 내리는 건 아닐지 끊임없이 염려해야 하니까 말이야."

다소 단정적이긴 하지만 노인으로서의 성찰이 돋보이는 의견에 루미는 미소 지었다.

"그럼 할아버지는 가장 많은 두려움을 가진 분이시겠네요. 땅 위에 이루신 게 많으니까."

"나야 이제 후손들을 위해 땅을 비워 줄 때지. 지금은 나보다도 아들과 손자가 뭘 쌓아 올릴지를 지켜보는 게 낙이란다. 물론 루미 너도 마찬가지고. 오늘 보니 루미의 건축물은 굉장히 흥미진진한 모양을 띠고 있을 것 같구나."

그때 애나 아주머니가 다시 와서 "더 기다리게 하셨다간 차갑게 식거나 까맣게 탄 스테이크를 드시게 될 거예요."라며 위협이 섞인 농담을 했다. 할아버지가 "그래선 안 되지. 귀한 손님이 오셨는데."라고 말하며 자리에서 일어나 식탁으로 안내했다. 루미는 할아버지를 따라갔다. 따듯함이 느껴지는 음식 냄새가 현관문을 열었을 때처럼 환영받는 기분이 들게 해 주었다.

그런데 식탁이 있는 곳으로 막 들어서기 전 할아버지가 걸음을 멈추며 물었다.

"이야기가 다른 데로 새는 바람에 가장 중요한 걸 빠뜨렸구나. 루미 네 추측이 모두 사실이라면 도대체 그 범인이 사진을 가져간 이유는 뭐라니?"

루미는 러너 할아버지가 잊지 않고 제이 삼촌의 죽음에 관심을 가져 주는 것이 기뻤다. 그러나 얼른 기대에 부응하는 대답을 할 수가 없었다. 그것은 자신 역시 아직 답을 구하지 못한 질문이었다. 무엇보다도 12월의 폭동 때 찍힌 사진이라는 사실 말고는 사라진 사진의 실체가 무엇인지 확실하지 않다는 게 가장 큰 문제였다. 물론 범위를 좁힐 수는 있었다. 인물 사진을 주로 찍은 할아버지의 작품 성격이나 주변 사진들과의 통일성, 아카이브에서 삭제된 다른 사진과의 연결에 기반해 삼촌 앨범에서 사라진 사진 역시 군중이나 소규모 무리 혹은 특정인 한 명의 근접 사진일 가능성이 컸다. 그러나 그 추측을 범인의 정체와 연계하는 끈이 약했다.

삼촌을 죽인 범인이 9지구나 다른 하위 지구 출신이라면 사진에 찍힌 폭도의 과거 행적을 숨기기 위해서라고 추정해 볼 수 있을 것이다. 로이드 검사가 30년 전에 12월의 폭동에 가담한 반동분자들을 처벌하는 막바지 작업이 이루어졌다고 했으니 동기도 뚜렷했다. 그러나 범인을 1지구의 주민이자 현재는 고위직에 있는 권력자로 추정하는 순간, 그 가설은 백지로 돌아간다. 아무리 생각해 봐도 1지구 주민에게, 그것도 그 시절에 태어나지도 않았을 고위 공무원에게 12월의 폭동 때 찍힌 사진을 숨겨야 할 이유가 없었다. 동기를 고수하기 위해선 범인을 포기해야 하고, 범인을 고수하기 위해선 동기를 포기해야 하는 모순에 맞닥뜨리게 되는 것이다. 그러나 그 이중의 벽 속에서도 루미는 두려움에 대한 러너 할아버지의 확고한 논조처럼 한 가지는 확실하게 말할 수 있었다.

"저도 아직 그 이유는 모르지만 이것만은 분명해요. 범인은 삼촌의 목숨보다 그 사진 한 장을 더 중요하게 생각했다는 사실요."

할아버지가 기가 막히다는 얼굴로 머리를 저었다.

"믿기 힘들구나. 이 세상에 사람 목숨보다 사진 한 장을 더 중요하게 생각하는 사람이 있다는 게."

"그렇죠?"

보통 사람들은 그 윤리적 비대칭성을 절대 이해할 수 없을 것이다. 그러나 범인은 실제로 그렇게 생각했고, 그 생각을 행동으로 옮겼다.

루미는 할아버지에게 질문을 돌렸다.

"할아버지는 어떤 절박한 상황에 처해야 사람 목숨보다 사진한 장이 더 중요할 것 같으세요?"

할아버지는 조금의 머뭇거림도 없이 단번에 대답했다.

"아무리 절박해도 사람을 죽여야 할 만한 상황 같은 건 있을수 없단다."

"물론 저도 그렇게 생각해요. 그래도 범인이 그런 결정을 내렸다고 가정했을 때, 어떤 이유라면 조금이라도 납득할 수 있을 것 같으세요?"

재차 묻자 할아버지는 심각한 얼굴로 곰곰이 생각하더니 입을 열었다.

"글쎄다, 만에 하나……. 그래, 만에 하나 그 사진 한 장에 가족의 목숨이 달려 있다면 어쩔 수 없이 그런 선택을 할 수 있을 것도 같구나. 물론 그 전에 내 목숨을 먼저 내놓겠지만."

할아버지의 결연한 말투에 루미는 친근했던 할아버지가 갑자기 자신과는 풍습과 사고방식이 전혀 다른 타 종족처럼 느껴졌다.

"대단하세요. 전 아무리 가족이라도 아빠 엄마를 위해 그렇게까지 할 순 없을 것 같은데."

할아버지가 호탕하게 웃으며 말했다.

"전혀 대단할 것 없단다. 이 세상 부모들은 다 나와 같은 선택을 내릴 거니까. 그게 부모와 자식의 차이지."

할아버지는 그러면서 "자, 이제 무거운 이야기는 여기서 다 털어 버리고 가벼운 기분으로 식탁에 앉자꾸나. 식사 시간만은 오직 살아 있는 사람들을 위한 것 아니겠니."라며 의자에 앉았다.

루미는 '세상 모든 부모들은 아닐 거예요.'라고 말하고 싶은 충동을 속으로 삼킨 채, 할아버지를 따라 아늑한 빛이 감도는 식탁에 자리했다.

가까이 갈 수 없는 빛

　　12월 둘째 주 토요일, 한 해의 마지막 휴가
를 맞아 집에 돌아온 다원은 현관 앞에 서 있는 아버지를 마주하
고 자기도 모르게 걸음을 멈추었다. 토요일이지만 공무원들이
가장 바쁜 시기이니 아버지는 당연히 집에 없을 거라 생각했다.

　다원은 시선을 돌렸다. 아버지 얼굴을 똑바로 볼 수가 없
었다.

　"이리 주렴."

　"안 무거워요."

　다원은 자기 가방으로 향하는 아버지의 손길을 거부하고 곧
장 2층으로 올라갔다. 벤이 크게 짖으며 계단으로 뒤따라왔다.
다원은 아버지의 시선이 계속 자신을 좇고 있음을 느끼고는 의
도적으로 문을 세게 닫아 버렸다. 피해자인 양 상처받은 빛을 띠
고 있는 아버지의 시선에도 손이 당한 것과 같은 굴욕감을 주고

싶었다.

빨라진 심장 박동이 진정될 때까지 문에 기대서 있던 다윈은 잠시 후 천천히 창가로 걸어가 정원을 내려다보았다. 집에 올 때마다 일을 하고 있던 정원사가 오늘은 보이지 않았다. 확실히 여름보다는 정원 일이 줄어들었을 테니. 다윈은 정원사가 1년 내내 가꾼 나무들로 눈길을 돌렸다. 잎을 다 잃고 앙상한 가지를 드러낸 나무들이 고통스러워 보였다. 정원사가 정성 들여 감싸매 준 볏짚은 아무 쓸모도 없어 보였다. 봄이 오기 전에 나무들은 모두 죽어 버릴 것 같았다. 추위와 강풍 때문이 아니라 이 집에 깃들어 있는 거짓과 위선 때문에. 창밖에서도 창 안에서도 예전과 같은 아늑하고 안정된 위로는 전혀 받을 수 없었다. 집이 낯설었다.

어젯밤, 집으로 돌아가지 않고 이대로 기숙사에서 주말을 보내길 얼마나 바랐던가. 집에 못 가는 벌을 받으려면 어떤 큰 잘못을 저질러야 하는 걸까 따위의 생각으로 밤새 뒤척였을 정도로. 언제나 설레는 마음으로 기다렸던 둘째 주 주말이 이제는 가장 건너뛰고 싶은 날이 되어 버렸다. 가기 싫은 집으로 돌아가느니 차라리 집 없는 고아가 되고 싶었다.

집에 와서 이틀 동안 무엇을 해야 할지 알 수 없었다. 아버지가 있는 집에서는 잠을 잘 수도, 밥을 먹을 수도, 앉아 있을 수도 없을 것 같았다. 그리고 싶지 않았다. 그렇게 해선 안 되었다. 스스로의 생각에 감시라도 당하는 것처럼 다윈은 창가에 서서 꼼짝도 하지 않았다.

그때 노크 소리가 들렸다. 다윈은 아무 대답도 하지 않았다.

잠시 뒤 문이 열렸다.

"얘기 좀 할까?"

아버지의 목소리, 아버지의 발걸음, 아버지의 죄. 등 뒤에서 느껴지는 아버지의 존재감에 다원은 숨을 죽였다. 가장 피하고 싶은 시간이 오고야 말았다.

아버지가 침대 한쪽에 걸터앉으며 말했다.

"여기 좀 앉아 보렴."

다원은 시선도 돌리지 않은 채 그대로 창가에 서서 말했다.

"서 있는 게 좋아요."

아버지의 낮은 한숨 소리가 들려왔다. 다원은 아버지가 내뱉은 숨만큼 자신이 들이마실 수 있는 공기가 줄어드는 느낌이었다.

"시험 때문에 다른 데 신경 쓸 여유가 없다는 거 알아서 그냥 기다렸는데, 설마 한 달 동안 전화 한 통 안 할 줄은 몰랐다. 덕분에 내 아들한테 이렇게 냉정한 면이 있는지 처음 알았단다."

다원은 조금 전 벤을 방으로 못 들어오게 한 것을 후회했다. 이제라도 벤을 방으로 들여 이 끔찍한 대면을 엉망으로 만들고 싶었다. 벤이 짖는 소리에 '내 아들'이라는 말이 움츠러들고, 그대로 겁에 질려 도망가게 하고 싶었다. 그러나 벤은 어디로 갔는지 아무 소리도 들리지 않았다.

"지난번엔……. 그래, 그땐 내가 심했지? 루미에 대해서 그렇게 말하는 게 아니었는데. 나도 왜 그런 말이 내 입에서 나왔는지 모르겠구나. 아마 국정감사 때문에 신경이 예민해졌던 모양이야."

다원은 아버지의 시선이 닿지 않는 내면에서 할 수 있는 만큼 아버지를 비웃어 주었다. 아버지 같은 사람이 한 달 전의 언쟁을 아직까지 신경 쓰고 있다니. 아들이 전화하지 않은 이유가 단지 아들의 여자 친구를 험담했기 때문이라고 믿고 있다니. 그날 아버지 입에서 무슨 말이 나왔지? 되바라진 계집애? 되바라진 계집애라고 했던가?

다원은 아예 겉으로 드러내 놓고 조소했다. 과연 그 정도 말이 아버지 인생에서 티끌만 한 죄라도 될 수 있나. 그 작은 실언이 얼룩으로 남을 깨끗한 공간이 아버지에게 남아 있기라도 한가. 아버지의 내면은 발 디딜 수 없을 정도로 온통 진창일 텐데. 다원은 아버지가 자신의 잘못을 뒤돌아보지 않길 바랐다. 아버지가 반성할 줄 모르는 야만인이길 바랐다. 진짜 죄를 감춘 고해성사를 듣느니 차라리 지난번보다 더 심한 비난과 욕설을 듣는 게 나았다.

그런데 아버지는 자신의 위선에 조금의 갈등도 느끼지 않는지 더 진지하게 말을 이었다.

"아니, 더 솔직히 말하면…… 좀 두려웠던 것 같기도 하다. 네가 처음 사귀는 여자 친구인데 자칫 관계가 일방적으로 흘러 네가 상처라도 받진 않을까 하고 말이야. 말해 놓고 보니 우습구나. 설령 그런 일이 생긴다 해도 내가 개입할 문제는 아닌데. 아들 여자 친구 일에 간섭하는 아버지라니. 최악이지. 인정하마. 완전히 판단 착오였어. 이제부터 루미와 만나는 일은 너에게 전적으로 맡기마. 나는 다원 네가 스스로 잘 판단할 수 있다고……."

"그만하세요."

다원은 아버지의 말을 끊었다. 더는 아버지를 위해 너그러운 신부님 역할을 하고 있을 수가 없었다.

"루미에게 신경 쓰실 것 없어요. 이제 그 애랑은 만나지 않을 생각이니까. 연락 안 한 지도 벌써 꽤 됐어요. 앞으로도 안 할 거 고요."

아버지가 놀란 얼굴로 물었다.

"무슨 일 있었니?"

다원은 대답하지 않았다. 그러자 아버지가 대신 그 이유를 찾 듯 말했다.

"아카이브 일 때문이라면 그럴 것 없단다. 아카이브 측과 잘 협의가 돼서 이번 한 번은 조용히 넘어가기로 했으니까. 너희 들이 잘못한 건 사실이지만, 아이들은 누구나 잘못을 하지."

"그거랑은 상관없어요."

"그럼 왜?"

"그냥……. 질렸어요."

"질리다니, 그게 무슨 말이니?"

"지난번에 조이 아저씨가 그러셨다고 했죠. 루미 그 애는 허 황된 면이 많다고. 그걸 이제 깨달았어요. 루미의 허황된 생각에 질렸어요."

아버지가 굳은 목소리로 말했다.

"다원 너답지 않은 말이구나. 네 입에서 사람한테 질렸다는 말을 듣게 될 줄은 몰랐다."

다원은 새어나오는 비웃음을 참지 못하고 집에 와 처음으로 아버지 얼굴을 정면으로 바라보았다.

"왜 실망한 것처럼 말씀하세요?"

"뭐?"

"기뻐하셔야 하는 거 아니에요? 전 아버지가 당연히 기뻐하실 줄 알았어요."

아버지는 당황한 얼굴이 되었다.

"무슨 말을 하는지 모르겠구나."

"아버지한테 루미 헌터는 반갑지 않은 존재잖아요."

"……어떤 뜻으로 하는 말이니?"

다원은 다시 창밖으로 시선을 피하며 말했다.

"루미가 아버지 마음에 드는 애가 아니라는 뜻이에요…….
그 애는 전형적인 프리메라 여학생은 아니니까."

"네가 뭔가 오해하고 있는 것 같구나. 나는 너와 루미 성향이
맞지 않을까 봐 걱정했던 거지, 루미 자체를 마음에 안 들어 했던
게 아니란다."

"알아요. 아버진 이유도 없이 누군가를 싫어할 분이 아니시
잖아요."

"……어쩐지 말에서 가시가 느껴지는구나."

"아버지 예상이 맞았다는 말씀을 드리려던 것뿐이에요."

아버지가 다시 얕게 한숨을 쉬는 소리가 들렸다.

"그래, 알겠다. 네 마음이 그렇다는데 내가 왈가왈부할 순 없
지. 그런데 루미는 그렇다 쳐도 프라임스쿨 다른 친구들에게는
그러지 않았으면 좋겠구나. 인생을 살면서 친구만큼 소중한 존
재도 없는데, 갑자기 질렸다는 이유로 끊어 내 버리는 건 너무 경
솔한 생각인 것 같다. 시간이 흘러 친구를 사귀기 어려운 어른이

되고 나면, 그렇게 잃어버린 한 명 한 명이 무척 그리워질 거야."

다원은 온몸의 피가 차갑게 식는 것 같았다. 아버지는 자신이 무슨 말을 하고 있는지 알기나 하는 걸까.

다원은 다시 아버지를 향해 정면으로 시선을 돌렸다.

"아버지는 한 번도 그런 선택에 맞닥뜨린 적이 없으셨어요?"

"그런 선택이라니?"

"자기 인생에서 친구를 내몰지 말지 결정해야 하는 선택 말이에요."

다원은 입을 다문 채 자신을 바라보고 있는 아버지를 향해 다시 물었다.

"한 번도 그런 선택을 하신 적 없으세요?"

척결, 척결, 척결.

확성기 소리가 집 안으로까지 파고들어 사방 벽이 척결이라고 외쳐 댔다. 나는 화장실로 뛰어 들어가 토를 했다. 며칠간 계속된 구토로 목이 타 버릴 것 같았다. 나는 이대로 계속 당하고 있을 수만은 없어 항의를 하려고 창문을 열었다. 그 순간 집 앞에서 유세 중이던 1지구 의원 후보가 나를 발견하고 반갑게 손을 흔들었다. 나는 방금 전까지의 분노를 숨기고 열렬히 손을 흔들었다. 손을 흔들지 않으면 척결 대상자와 같은 편으로 보일 것 같았다.

척결을 부르짖는 정치인들의 인기는 식을 줄 몰랐다. 폭동은

30년 전에 끝났지만 정치인들은 여전히 사람들의 분노와 두려움을 이용해 표를 얻고 있었다. 그들은 선거 기간만 되면 매일 밤 뉴스에 나와 폭동의 죄에서 유일하게 자유로운 상위 지구, 특히 1지구가 사회 도처에 남아 있는 폭동의 잔재들을 척결하고 정화하는 데 앞장서야 한다고 주장했다. 아버지는 말없이 뉴스를 보고만 있었다.

제이가 '세상에서 유일한 모양의 점을 가진 남자'를 목격한 이후, 나는 아버지가 어서 다시 외국으로 나가기만을 기다렸다. 헌터 아저씨도 해외 촬영을 마치고 귀국해 있을 때라 더 불안했다. 그러나 사업 파트너 측에서 제기한 소송으로 아버지는 국내에 발목이 잡혀 법원만 오가고 있었다. 아버지가 조정을 위해 법원에 가는 날은 하루 온종일 불안에 떨었다. 만약 검사가 아버지의 과거를 조사하면 어떡하지? 판사가 해리 아저씨의 사진을 본 사람이면 어떡하지? 경찰들이 집으로 들이닥쳐서 아무 죄도 없는 어머니를 잡아가면 어떡하지?

아버지가 무사히 법원에서 돌아오고 나면, 아버지에 대한 사랑과 증오로 밤새 울었다.

그러던 중 아버지가 외국에서 돌아왔다는 얘기를 들은 제이가 아버지에게 인사를 하고 싶다고 했다. 나는 이런저런 핑계를 대며 매번 약속을 미루었지만, 더는 피할 수 없는 순간이 왔다. 한 번 더 거부했다간 제이의 눈빛이 변할 것 같았다.

왜 너는 네 아버지를 당당히 소개시켜 주지 않는 거지? 응? 말해 봐, 니스 영. 나에게 뭘 숨기는 거야?

나는 아버지에게 넌지시 "그 점은 없애는 게 좋지 않아요?"

라고 몇 번이나 제안했지만 아버지는 내 말엔 전혀 귀 기울이지 않았다. 아버지는 오히려 그 점에 자부심까지 갖고 있었다.

"네 할머니가 얼마나 좋아하셨는데. 내 얼굴에 높은음자리표가 있다면서 날 볼 때마다 노래를 부르셨지."

제이와 약속한 날이 점점 다가오고 있었다. 나는 완전히 절망해서 자포자기 상태에 빠졌다. 이대로 제이가 내릴 처분을 순순히 받아들일 수밖에 없을 것 같았다. 그렇게 불안감이 극에 다다라 가던 어느 날, 과학 선생님이 자유롭게 실험 주제를 정해서 보고서를 써 오라는 숙제를 내 주었다. 그 순간 머리가 번뜩였다. 나를 구원해 줄 목소리를 들은 것 같았다.

제이가 집에 오기로 한 전날 밤, 나는 아버지를 지하실로 불렀다. 자전거 공기 펌프를 찾다가 우연찮게 아버지의 과거와 맞닥뜨린 그곳에서 나는 아버지 얼굴에 남아 있는 과거의 흔적을 아예 없애기로 결심했다. 나는 아버지에게 '산의 부식'을 알아보는 과학 실험 숙제를 도와 달라고 부탁했다. 아버지는 아무런 의심 없이 내가 바닥에 늘어놓은 각종 실험 도구들을 살펴보았다.

잠시 뒤, 모든 준비를 마친 나는 "아버지." 하고 불렀다. 아버지가 내 쪽으로 고개를 들어 올렸다. 그 순간 나는 재빨리 유리병에 담아 두었던 강산을 아버지의 왼쪽 뺨 위에 떨어뜨렸다. 아버지가 비명을 질렀다. 조금만 잘못 겨냥했다간 실명할 수도 있었다. 나는 그 모든 위험을 감수하고 일을 저지른 것이다. 척결을 당하는 것보다는 눈이 머는 게 나았다.

강산이 흐른 아버지의 얼굴 피부는 녹아내렸고, 그와 함께 점도 사라졌다. 아버지는 나에게 무척 화가 났지만 실험을 하던 중에 일어난 사고라고만 생각해 금방 용서해 주었다.

다음 날, 약속했던 대로 제이가 우리 집에 찾아왔다. 아버지는 얼굴에 반창고를 붙이고 있었다. 점이 사라지자 역시 제이는 아버지를 알아보지 못했다. 드디어 척결의 공포에서 해방된 것이다.

그날 밤, 나는 잠자리를 살피러 온 어머니를 끌어안으며 "이젠 다 괜찮아졌어요."라고 말했다. 아버지가 9지구 후디 출신일 거라고는 감히 상상도 못 한 채 사랑과 신뢰를 준 불쌍한 어머니. 이젠 어머니가 아버지 때문에 척결 대상자로 몰리는 걱정을 하지 않아도 됐다. 어머니는 따듯한 손길로 내 등을 쓰다듬었다. 그동안의 불안이 한순간에 녹아내려 나는 오랜만에 구토를 하지 않고 깊은 잠을 잘 수 있었다. 창 너머에서 평생 벗어날 수 없는 불안이 나를 지켜보며 웃고 있다는 것도 모르는 채.

아버지의 날. 누가 맨 처음 아버지의 날 같은 것을 만들 생각을 했을까. 얼마나 결점 없는 훌륭한 아버지를 둔 사람이기에…….

아버지의 날이면 1지구 학교들에서는 학교로 아버지를 초청해 아버지가 무슨 일을 하는지 자녀가 발표하는 행사를 가졌다. 선생님들은 떳떳하게 신분을 밝히기 어려운 남자를 아버지로 둔 학생이 있을 수 있다는 가능성은 전혀 고려하지 않았다. 당연했다. 1지구는 세상에서 가장 훌륭한 아버지들이 모인 곳이니까.

발표회 하루 전날, 나와 버즈는 학교가 끝난 뒤 여느 때처럼 제이의 집으로 갔다. 버즈가 먼저 "그런 발표는 정말 질색이야. 난 하지 않을 거야. 애초에 신청서도 안 냈고."라고 했다. 나도 같은 생각이었지만 아무 말도 하지 않았다. 정말로 아버지를 감추고 싶은 사람은 절대 아버지를 감추고 싶다고 말할 수 없는 법이었다.

제이가 말했다.

"질색이라니? 넌 사람들에게 너희 아버지를 소개하는 게 싫어?"

버즈가 말했다.

"어머니의 날에 어머니를 소개하는 거라면 훨씬 잘할 수 있을 것 같거든."

그러고는 나를 보고 "니스, 너도 그렇지? 너희 어머니는 성모마리아 같으시잖아."라고 말했다. 어머니 얘기엔 나도 자신 있게 대답할 수 있었다.

"동감이야. 인류학적으로도 아버지보다 어머니가 더 훌륭한 존재인 것으로 밝혀졌으니까. 아마 과학적으로도 입증된 사실일걸?"

나는 인류학이라는 말이 정확히 무얼 뜻하는지 몰랐고, 과학적으로 그런 사실이 입증됐다는 것 역시 지어낸 얘기였지만, 어머니를 치켜세우고 싶은 마음에 제이에게 동의를 구했다.

"제이, 내 말이 맞지?"

제이는 아무 대답도 하지 않았다. 제이에게 어머니냐 아버지냐 하는 것은 하늘과 땅 중에서 고르라는 것만큼이나 힘든 선택이었을 것이다. 그때 조이가 간식을 들고 방으로 들어왔는데 갑자기 제이가 조이가 들고 있던 접시를 내팽개쳐 버렸다. 조이는 울면서 방을 나갔고, 버즈도 웬일인지 그 자리에서 가방을 들고 먼저 집에 가 버렸다.

이해가 안 되는 상황에 내가 제이를 붙잡고 물었다.

"제이, 왜 그러는 거야?"

한참 뒤, 제이가 말했다.

"인류학적으로 어머니가 아버지보다 훌륭하다는 말은 사실일지도 몰라. 이 세상 모든 전쟁과 폭동은 아버지들이 일으켰으니까."

그러더니 갑자기 책장에 꽂혀 있는 사진 앨범을 들고 와서 나에게 물었다.

"니스, 내일 발표회에 누가 오는지 알아?"

순간 냉혹하게 느껴질 정도로 표정 없는 제이의 얼굴을 보자 나는 두려운 마음이 들었다. 그러나 그럴 이유가 뭐가 있겠나 싶어 태연히 "누가 오는데?"라고 물었다.

제이가 대답했다.

"리암의 아버지, 특수부 윌슨 로이드 검사."

나는 아무 말도 하지 않았다. 제이가 말을 이었다.

"생각해 보니까 단순히 아버지가 하는 일을 얘기하는 건 아무 의미가 없을 것 같아. 우리 학교 애들은 우리 아버지에 대해서는 이미 지겨울 정도로 들어 봤잖아. 그래서 난 내일 발표회에서 우리 아버지가 찍은 이 사진을 이용해 자격 없는 아버지 노릇을 하고 있는 한 남자를 고발하기로 마음을 바꿨어. 1지구를 파괴하려고 했던 폭동에 가담했으면서 지금은 버젓이 1지구에서 아버지 노릇을 하고 있는 그 점잖은 남자 말이야. 리암의 아버지는 검사니까 분명 내 발표에 관심을 가지실 거야. 검사님 정보력 정도면 그 남자를 찾아내는 건 시간문제겠지. 진실의 순간을 포착한 아버지와 자기 과거를 위장하고 있는 아버지, 그리고 척결에 나설 아버지까지, 아버지들이 하는 일을 이보다 더 한꺼번에 잘 보여 줄 수 있는 방법이 뭐가 있겠어? 니스, 내일을 기대해."

앨범을 펼친 제이의 손은 정확히 아버지의 얼굴을 가리키고 있었다.

집으로 돌아온 나는 어머니 아버지와 저녁을 먹으면서 속으로 '이게 우리 가족의 마지막 저녁이에요.'라고 말했다. 아버지는 태평한 얼굴로 신문을 보면서 "후디들이 1지구까지 와서 강도 짓을 벌이는군." 하고 걱정했다. 나는 울음과 함께 웃음이 나왔다. 아버지야말로 수많은 가정을 파괴했고, 이제는 어머니와 나의 인생까지 파멸시킬 진짜 강도 아닌가요.

제이의 재판에서 벗어날 방법은 없었다. 로이드 검사님은 사진 속 후디를 1지구에서 목격했다는 제이의 증언을 신뢰할 것이다. 해리 헌터의 아들이자 프라임스쿨 시험에 합격한 수재의 말을 의심할 사람은 아무도 없다.

아무도 모를 거라고 생각한 자신의 과거와 맞닥뜨린 순간, 아버지는 어떻게 반응할까? 부정할 틈이라도 있을까? 한 장도 없는 자신의 어린 시절 사진을 보게 된 것이 반가워서 그게 어떤 사진인지도 모른 채, 본인의 입으로 먼저 '저건 나잖아.'라고 외치는 건 아닐까? 겨우 점 하나 없앴다고 아버지의 과거를 모두 지운 것처럼 안심하고 있었다니. 점이 있었을 때의 아버지 얼굴을 기억하고 있는 사람이 한둘이 아닐 텐데…….

자정이 가까워진 밤, 나는 도무지 잠을 잘 수 없어 방에서 내려와 거실을 서성였다. 아침까지 남은 고작 몇 시간이 내 인생에 남은 마지막 시간으로 여겨졌다. 그런 절망감으로 집 안을 배회하는데 문득 탁자 위에 놓여 있는 신문이 눈에 띄었다. '9지구 후디'라는 활자가 유난히 도드라져 보이는 순간, 괘종시계가 12시를 가리키며 종을 울렸다. 나는 갑작스러운 소리에 깜짝 놀라 걸음을 멈췄다. 어둠 속에서 시계추가 좌우로 왔다 갔다 움직이고 있었다. 그 모습을 계속 보고 있으니, 마치 내가 오늘도 아니고 내일도 아닌 시간 사이로 붕 뜨는 기분이 들었다. 저녁 식사 때 아버지가 했던 말이 귓가에 울렸다.

"후디들이 1지구까지 와서 강도 짓을 벌이는군."

나는 계단을 밟는다는 느낌도 없이 최면에 걸린 것처럼 지하실로 내려갔다. 그리고 구석에 있는 상자 속에서 아버지의 후드를 꺼내 입고 집을 나섰다. 거리에는 아무도 없었다. 1지구인들은 모두 평온히 잠들어 있을 시각이었다. 만약 누가 날 본대도 그건 내가 아닌 9지구 후디일 것이다.

제이의 집에 도착한 나는 비상계단으로 제이의 방까지 들어갔다. 제이는 자지 않고 책상에 앉아 라디오를 듣고 있었다. 날 보고 잠깐 놀라긴 했지만, 비명을 지르거나 하지는 않았다. 짧은 말을 주고받았지만 정확히 어떤 대화였는지는 기억나지 않는다. 억지로라도 그날의 모든 걸 잊기 위해 노력해 온 덕분일까……. 그러나 노랫소리가 귀에 거슬려서 내가 라디오를 끄라고 했던 것만은 생생하다. 정말로 음악이 싫어서 그랬던 건 아니었다. 다만 나에게는 이런 고통을 준 채 자기는 1지구 도련님이라고 태평하게 음악을 듣고 있는 모습에 화가 치밀었던 것 같다. 제이가 투덜대며 라디오를 껐다. 주위가 고요해졌다.

"한 번도 그런 선택을 하신 적 없으세요?"

……그때 나는 '선택'을 한 걸까? 제이를 내 인생에서 몰아내기로?

후드를 입고 집을 나설 때만 해도 나는 내가 이 깜깜한 새벽에 제이를 찾아가서 무엇을 할지 정확히 알지 못했다. 그러나 정신을 차려 보니 후드 끈으로 제이의 목을 조르고 있었고, 제이의 목에서 신음 소리가 새어 나오는 것을 듣고는 더 세게 끈을 당기기까지 했다. 발버둥 치던 제이는 곧 숨이 끊어져 천천히 내 품 안으로 쓰러졌다. 손바닥이 너무 아파 나는 울었다. 끈을 당긴 내가 이렇게 아픈데 목이 졸린 제이는 얼마나 아팠을까……. 나는 정신없이 앨범에서 아버지 얼굴이 클로즈업된 사진을 떼어 가지고 도망쳤다.

그런데 그것을 다원 말대로 '선택'이라고 부른다면, 나는 내 의도에 가장 위배되는 선택을 한 것이 된다. 제이는 물러나기는커녕 내 인생 전부를 장악해 버렸으니까.

"네? 없으세요?"

……다원, 그 대답 전에 다른 우스운 얘기를 하나 해 줄까?

제이가 죽고 얼마 뒤 학교 숙제 때문에 아카이브에 견학을 갔는데, 그곳에서 완전히 사멸시켰다고 생각했던 그 사진과 다시 조우했단다. 숙제를 끝낸 뒤 혹시나 싶어 12월의 폭동을 기록한 사진 필름 열람을 따로 신청해 봤는데, 확대경 아래로 아버지의 점 난 얼굴이 그대로 드러났지……. 하룻밤 동안 쉬지 않고 울고 난 다음 날, 나는 공부를 열심히 해 오직 아카이브 관장이 되는 데 인생을 걸기로 했단다. 아버지의 점도 사라지고, 제이도 사라지고, 아카이브에 저장된 사진 한 장에 관심을 기울이는 사람은 아무도 없었지만, 경험을 통해 티끌 하나가 언제 어떤 형태로 다시 인생을 위협할지 모른다는 걸 배웠거든. 그렇게 목표를 향해 달려가던 중 아카이브가 문교부 소속으로 편입되자 다시 방향을 바꿔 문교부 직원이 되기 위해 행정 고시를 치르고, 아카이브를 통솔하는 직위에 오르기 위해 또 십여 년을 노력했지. 조금만 용기를 냈다면 그 사이에 필름을 없앨 수도 있었을 텐데 워낙 겁쟁이라 어느 누구에게도 추궁 당하지 않을 지위에 오르기까지 기다린 거야. 그러다 아카이브에서 디지털 작업이 시행됐을 때 기회라 여기며 관료들을 설득해 12월의 폭동 자료를 국가 기밀 자료로 전환하고, 드디어 기밀 자료에 접근할 수 있는 자리에 오른 첫째 날, 가장 먼저 그 사진을 삭제했단다. 세이 앨범에서 훔쳐 간 사진 말고 그 옆 사진에도 작지만 아버지 얼굴이 있다는 것을 알았을 땐 내 인생이 얼마나 장난으로 여겨졌는지…… 티끌 하나를 없애려고 애쓰다 우습게도 내가 알지 못하는 다른 티끌이 도처에 존재한다는 것만 배운 셈이지. 그래, 여기에 이르기까지 정말 많은 선택을 하고 또 했지……. 그런데 단 한 번이라도 그게 진정한 '선택'이었던 적이 있었을까.

아버지는 아무 대답이 없었다. 다원은 더는 묻지 않았다. 애초에 아버지에게서 대답을 기대한 것이 아니었다. 괴로움을 주고 싶었을 뿐이었다. 다원은 그만 대화를 끝내겠다는 뜻으로 방 한쪽에 던져 두었던 가방을 풀었다.

한참을 아무 말 않고 있던 아버지가 입을 열었다.

"내가 내몰았는지 아닌지는 모르겠지만, 어쨌건 지금 주위를 둘러보니 어린 시절 친구는 하나도 남아 있시 않더구나. 나는 이런 상태를 되돌릴 방법이 없지만 다원 넌 아직 기회가 많으니 부디 나처럼은 되지 않았으면 좋겠다. 루미와 만나지 않겠다는 결정은 존중하지만, 그래도 친구를 인생에서 내몬다는 표현은 쓰지 않았으면 싶고."

다원은 아무 대답도 하지 않았다. 아버지는 "그럼 난 이만 출근해야겠구나."라며 자리에서 일어났다. 역시 아버지는 일부러 출근을 미루고 있었던 것이다. 예전 같았으면 국정감사 기간처럼 바쁜 때에 일보다 자신을 우선하는 아버지에게 감사와 사랑을 느꼈을 것이다. 그러나 이제는 받아들일 수 없고 받아들여서도 안 되는 사랑이었다. 다원은 아버지 쪽으로 눈길도 주지 않은 채 가방 정리를 계속했다.

아버지가 방을 나가면서 말했다.

"푹 쉬렴. 그리고 다시 한번 사과하마. 지난번엔 미안했다."

문을 닫고 나가는 소리가 들리고 나서야 다원은 의미 없이 뒤적이기만 하던 책 정리를 멈추었다. 잠시 뒤, 아버지가 현관문을 나서는 모습이 창가 언저리에서 언뜻 보였다. 아버지는 잠시 걸음을 멈추고 서서 방을 올려다보았다. 눈이 마주칠 것 같아 다원은 슬그머니 뒤로 물러섰다.

아버지는 나갔지만, 아버지가 남기고 간 향기는 방 안에 계속 머물러 있었다. 숨을 쉬기가 힘들었다. 아버지의 이중적인 향기에 자신마저 감염돼 버릴 것 같았다. 지금껏 가장 편안함을 느끼고 동경해 온 향기가 이제는 푸른 독이 되어 자신을 병들게 하고 있었다.

다원은 방을 나왔다. 그러나 방을 나와도 집의 모든 곳이, 바닥에 놓인 모든 것과 벽에 걸린 모든 것이 아버지의 유산이었다. 벤이 곁으로 달려들었다. 다원은 벤을 끌어안았다. 자신이 그렇듯 벤도 아버지가 이름을 지어 준 아버지의 자식이었다. 유일하게 벤이 이 집에서 자신과 함께 아버지의 죄를 짊어지고 있다는 생각이 들었다. 운 좋게도 벤은 그것을 자각하고 괴로움을 느끼는 일에서 면제되었지만.

아버지가 집에 돌아올 늦은 오후 무렵 다원은 벤을 데리고 집을 나섰다. "이제 곧 아버지가 오실 텐데 어디 가니?"라고 묻는 마리 아주머니에게는 공원으로 산책을 나간다고 둘러댔다. 그러나 집을 나와서는 공원 대신 네온 강 쪽으로 걸어갔다. 벌써 옅은 어둠이 깔리기 시작한 네온 강은 1지구 집들이 내뿜는 불빛을 자기 내면의 빛인 양 수면 위로 흡수하고 있었다.

다원은 강물이 흘러오는 방향을 바라보았다. 루미의 집이 있는 쪽이었다. 루미 때문인지 그쪽은 유달리 빛이 더 밝고 강한 것 같았다. 겉면만 비추고 마는 게 아니라 속에 감추어 둔 것들까지 모두 끄집어내는 빛이었다. 두 눈을 똑바로 뜨고 있기가 힘에 부쳐서 다원은 난간에 머리를 기대고 눈을 감았다.

아버지에게 루미를 험담한 사실이 계속 심장을 할퀴었다. 루미에 대해 그런 식으로 얘기하고 싶지 않았다. 루미가 잘못한 건 아무것도 없었다. 아카이브 사건도 결코 비난받을 일이 아니었다. 루미는 진실을 밝히는 길로 이끄는 빛을 충실히 따라갔을 뿐이었다. 자신의 이름에 담긴 운명적인 빛을……

감은 두 눈에서 강한 통증이 일었다. 루미가 내뿜는 빛이 날카로운 검이 되어 눈을 찌르는 것 같았다. 진실의 편에 선 루미를 나쁘게 말한 것은 아버지가 저지른 죄 못지않게 큰 죄인지도 몰랐다. 아버지를 원망하고 비난하면서도 실질적으로는 루미의 길이 아니라 아버지의 길을 선택한 것 같았다. 아버지의 동조자가 된 것 같았다.

다원은 그 생각을 물리치기 위해 눈을 떴다. 한순간 환한 섬광이 온 시야를 점령했다. 방금 전과 달리 바로 마주 봐도 고통스럽지 않은 부드러운 빛이었다. 다원은 그 빛에 이끌리듯 난간에서 비켜나 강의 상류를 향해 걸어갔다. 한 달 만에 처음으로 근육과 뼈에서 힘이 느껴졌다. 옳은 길로 가고 있다는 확신이 몸을 예전 상태로 회복시켜 주고 있었다. 그런데 얼마 못 가 몸에서 나는 힘만큼 두 발 밑에서 실제로 강물을 거슬러 올라가고 있는 것 같은 거센 저항이 느껴지기 시작했다. 등대처럼 길을 밝혀 주던 빛도 점차 조각조각 부서지더니 어느 쪽으로 가라는지 알 수 없게 희미해졌다. 한 번도 가 본 적 없는 낯선 길이어서인지 옆에서 벤이 시끄럽게 짖어 댔다.

다원은 그만 걸음을 멈추었다. 루미를 찾아가서 무엇을 말하겠다는 것인지 알 수가 없었다. 아버지의 죄를 안 이상 루미 헌터는 이제 가까이 다가가서는 안 되는 세계였다. 다원은 거센 바람을 맞고 있다가 잠시 뒤 방향을 돌렸다. 아버지의 동조자가 된 처참한 기분이 다시 한번 몰려왔다.

집에 닿기도 전에 벌써부터 아버지와 함께할 저녁 식사 시간이 걱정되었다. 억지로 음식을 먹고 또 구토를 하느니 애초에 자리를 피하는 것이 현명했다. 대충 밖에서 사 먹고 왔다고 핑계를 대면 될 것이다. 다원은 집으로 걸어가면서 아버지가 자세하게 물을 때를 대비해 센트럴 공원 안에 있는 매점에서 사 먹었다고 둘러댈 알리바이까지 미리 생각해 두었다. 공원 안에 상업 시설을 금지시킨 당사자이니 단번에 거짓말이라는 것을 알아챌 테지만 상관없었다. 아니, 오히려 자신이 거짓말하고 있음을 아버지가 알기를 바랐다. 믿어 왔던 사람이 자신의 눈앞에서 태연히 거짓말하는 것을 듣고 있는 것만큼 괴로운 일도 없으니까. 그리고 애초에 아버지 본인이 바로 그 거짓 자체니까.

대립

네온 강 가를 지나던 중 니스는 운전기사에게 급히 차를 세우게 했다. 길이 익숙하다 싶었는데 어렸을 때 살던 동네 부근이었다. 니스는 보좌관에게 잠깐만 걷겠다고 하고는 무턱대고 차에서 내렸다. 보좌관이 뒤늦게 "차관님, 잠시만요." 외쳤지만, 니스는 못 들은 척 강변으로 이어지는 계단을 내려갔다.

주말이지만 추운 날씨 탓에 강바람을 쐬려는 나들이객들은 많지 않았다. 네온 강 물결을 휘저은 장난기 많은 바람이 코트 속으로 파고들었다. 한기가 들었지만 니스는 풀어져 있는 옷깃을 여밀 생각도 않고 주머니에 손만 집어넣은 채 강변을 따라 계속 걸어갔다.

문교부 원로 의원들과의 점심 식사는 최악이었다. 여섯 명의 노인들에게 둘러싸여 원탁에 앉아 있는 내내 징계위원회에 회

부된 학생 같은 기분이 들었다. 느리게 씹는 데다 말까지 많은 노인네들 때문에 식사는 예상 시간을 넘겨 한없이 늘어졌다. 니스는 토요일 오후, 그것도 하필이면 아들이 오는 둘째 주 토요일로 식사 약속을 정한 의원들에게 귀찮음을 넘어 적대감을 느꼈다. 겉으로는 온갖 위엄을 부리지만, 알고 보면 다들 주말에 자식들 집에도 초대받지 못할 만큼 가족에게 외면받은, 게다가 그 심술로 자기마저 집에 못 가게 만들 심산인 고약한 노인네들 같았다. 니스는 원로들이 이야기를 나누는 동안 포크를 드는 척하면서 은근슬쩍 계속 손목시계를 확인했다. 다원은 뭘 하고 있을까.

그때 지루해하는 낌새를 눈치챘는지 원로 한 명이 "무슨 바쁜 일 있나?"라고 물었다. 니스는 당황해 얼른 "아닙니다."라고 답했다. 꼭 커닝을 하다가 들킨 학생이 된 것 같았다. 그는 못마땅한 듯 흠흠 소리를 내며 목을 가다듬더니 "영 차관이 올해 나이가 몇이지?"라고 물었다. 니스는 "마흔여섯입니다."라고 대답했다. 그 짧은 한마디를 가지고 여럿이 한꺼번에 떠들어 댔다.

"마흔여섯이라……. 10년 후에도 쉰여섯밖에 안 되다니, 부럽군."

"우리나라도 이제 젊은 대통령을 맞을 때가 됐지."

"그때까지 우리 문교부에서 계속 주도권을 잡고 있어야 해요."

아무 의미 없이 울리는 목소리들을 공허한 메아리처럼 흘려보내고만 있던 니스는 잠시 후 드디어 자신을 주제로 한 대화가 끝났음을 느끼고는 고개를 들었다. 그 순간 자신도 모르게 단말마 같은 탄식이 나왔다. 원로들은 사라지고 열여섯, 스물여섯,

서른여섯 살의 자신과 쉰여섯, 예순여섯, 일흔여섯 살의 자신이 원탁 양쪽으로 빙 둘러앉아 마흔여섯 살인 현재의 자신을 바라보고 있었다. 그들 중 누군가 "왜 그러지? 무슨 문제라도 있나?"라고 물었다. 니스는 아무 대답도 할 수가 없었다. 식은땀을 흘리며 우둔한 학생처럼 입만 뻥긋거렸다. 그것이야말로 변명할 길 없는 가장 혹독한 징계위원회였다.

매서운 강바람이 뜨겁게 엉켜 있던 머릿속 신경을 식혀 주었다. 니스는 괜히 원망하는 마음을 품고 원로들을 '가족에게 버림받은 귀찮은 노인네들'이라고 폄훼했던 것을 뉘우쳤다. 그들을 모욕한 건 진심이 아니었다. 다들 존경받기에 마땅한 훌륭한 인물들이었다. 다만 이렇게 우울한 토요일을 보내고 있는 것에 화살을 돌릴 사람이 필요했던 것뿐이었다. 친구와 다투고 나서 주말 계획이 어그러지자 괜히 부모님에게 화풀이하는 것과 비슷한 심정인지도 몰랐다.

니스는 강변 둘레에 쳐진 난간에 기대어 강물을 내려다보았다. 이해할 수 없는 깊고 아득한 세계가 자신을 올려다보고 있었다. 계속 보니 꼭 다윈 같다는 생각이 들었다. 차가운 수면은 다윈의 얼굴로 분했고, 물결의 마찰음은 다윈의 목소리를 대변했다. 니스는 자신의 손길을 거부한 다윈의 몸짓과 "왜 실망한 것처럼 말씀하세요?"라고 묻는 냉소적인 말투, 자신을 보고 창가에서 뒤로 물러나 버릴 때의 그 차가운 눈빛을 어떻게 해석해야 할지 알 수가 없었다.

그날 밤, 다윈에게 내가 그렇게 상처를 주었나? 진심으로 사과해도 관계를 회복할 수 없을 만큼? ……하긴 처음으로 다윈의 손을 뿌리치긴 했지. 그건 부모가 자식에게 절대 해서는 안 되는 너무나 큰 잘못이었어.

문득 청소년 심리에 관한 논문 하나가 기억났다. 지난 20여 년간 교육계에 있으면서 10대들의 성장 과정에 관한 수많은 논문과 보고서를 접해 왔지만, 유독 그 논문은 지금까지 마음 깊이 남아 있었다. 구체적인 문구까지 생생했다. 청소년들은 부모가 인지하지 못하는 한순간에 부모의 자질을 평가하고 부모를 자신의 적으로 삼는다는.

한 사례로 생일을 앞두고 함께 쇼핑을 갔다가 부모가 지나가는 본인 또래의 비만 아동을 보고 "심하네."라고 험담하는 한마디를 들은 뒤로 부모를 불신하게 되었다는 여학생의 일화가 소개되었다. 그 이야기를 읽으며 새삼 아이들의 감각이란 게 얼마나 예민하고 자의적인지를 깨닫고 놀랐다. 그리고 안이하게도 미리 그 위험성을 알게 된 것에 안도했다. 자신만 주의하고 조심한다면 다원은 절대 그런 불신의 늪에 빠지지 않으리라 확신하면서. 그러나 오늘 보니 결국 자신도 다른 부모들과 똑같은 실수를 저지르고 말았다.

돌이켜 보면 얼마나 교만하고 단편적인 생각이었던지. 어쩌면 그 불신과 결별의 시기는 태어날 때부터 모든 아이들의 DNA에 심어져 있는 것인지도 몰랐다. 잠들어 있는 인자를 폭발시키는 계기만 다를 뿐, 이 세상 모든 자식들은 인생에서 꼭 한 번씩 자기 부모를 적으로 삼게 되는 시기를 겪는 것이다. 자신 역시 열여섯에 그랬던 것처럼…….

열여섯, 그렇다면 다원도 이제 막 그 시기에 접어든 걸까? 그러나 그 이론을 완전히 적용하기에는 앞으로 루미를 만나지 않겠다고 한 다윈의 결정이 지나치게 예외적이었다. 반항기의 일반적 추이대로라면 지금은 가장 격렬한 불길에 휩싸여 있을 때였다. 이미 세워져 있는 탑들은 모두 휘어져 보이고 자신을 제외한 나머지 사람들은 모두 잘못된 쪽으로 향하고 있다는 분노어린 확신에 사로잡혀, 기존의 탑을 모두 부수고 올바른 세계에 적용할 올바른 법을 자신이 직접 제정하려고 해야 했다. 그런데 다윈은 싸워 보지도 않고 먼저 패전 선언문부터 낭독했다. 적에게 당신의 세계는 계속 안전할 것이니 안심하라는 위안까지 주면서.

니스는 머리를 내저었다. 아무리 생각해도 그 싸늘한 냉소를 위안으로 받아들일 수는 없었다. 아무리 생각해도 루미에게 졌다는 말은 다윈의 진심이 아니었다. 다윈은 결코 그런 감정을 느낄 아이가 아니었다. 그런 건 미래가 없다고 생각하는 회의론자들이나 하는 사고방식이지 다윈은 아니었다.

니스는 다윈의 눈빛을 떠올렸다. 무엇보다도 다윈의 눈빛엔 굴복의 의사가 전혀 담겨 있지 않았다. 그렇다면 다윈은 무슨 생각인 걸까? 상대방이 원하는 바를 극단적으로 수용함으로써 오히려 더 큰 적의를 표출하려는 걸까. 아버지가 원하는 대로 하긴 하겠지만 결코 진심을 기대하진 말라는 식으로? 니스는 얼어붙은 대기 속으로 뜨거운 한숨을 내뱉었다. 결국 이렇게 나도 아들이 적으로 삼는 또 한 명의 아버지가 되고 마는 걸까.

니스는 강가를 따라 계속 걸었다. 조금만 더 가면 어렸을 때 살던 마을이 보일 것이다. 기숙사가 있는 대학으로 진학한 뒤 어머니의 죽음으로 이사를 가고, 직장을 얻고 결혼해 집을 마련하고, 다시 지금의 호두나무 거리로 옮겨 오기까지 제이의 추도식 날만 제외하면 이쪽으로는 한 번도 발길을 들이지 않았다. 다니던 중·고등학교에서 졸업식 연사로 거듭 초청했을 때도 이런저런 일정을 이유로 거절해 왔다. 프라임스쿨이 아닌 일반학교 출신인 것에 자격지심을 갖고 있다는 세간의 소문쯤은 그 대가로 담담히 받아들였다.

니스는 자신의 걸음과 역행해 흐르는 강물을 바라보았다. 사람들이 네온 강을 두고 '1지구의 동맥'이라고 부르는 말이 귓가를 스쳐 지나갔다. 다른 사람들에게는 단순히 지형적인 형태만을 의미하는 것이겠지만, 자신에게는 어릴 때부터 지금까지 늘 그 말이, 생명력을 지닌 푸른 물이 눈에 보이지 않는 1지구의 내부를 관통한다는 얘기처럼 들렸다. 지금 이 시간, 토요일을 맞아 이른 저녁 식사 준비를 하고 있을 어느 가정집의 부엌, 별것도 아닌 장난감 때문에 다투고 있는 아이들의 방, 누군가 숨죽이고 있을지 모를 지하실……. 수도 배관과 벽면 틈, 마룻바닥 밑을 타고 흐르며 네온 강은 그 모든 것을 지켜보고 있는 것이다.

니스는 푸른 눈의 목격자에게 묻고 싶었다.

후드를 뒤집어쓴 채 칠흑 같은 어둠 속을 달렸던 아이가 나 하나였나? 당신 곁에서 울었던 사람이 나 하나였나? 이 세상에 있어서는 안 될 것을 당신 속에 영원히 사장해 버린 죄인이 나 하나였나?

멀리서부터 하늘이 어두워지고 있었다. 니스는 그만 걸음을 멈췄다. 강물을 거스르면서까지 계속 걸어야 할 이유가 없었다.

저곳은 이미 떠나온 세계였다. 니스는 방향을 돌려 왔던 길을 되돌아가며 시계를 확인했다. 토요일 다섯 시 반. 혼자만의 기분에 취해 시간을 너무 지체해서는 안 되었다. 운전기사도, 보좌관도, 다른 직원들도 어서 일을 끝내고 가족이 기다리는 집으로 돌아가야 했다.

토요일 저녁이지만 얼마 뒤 있을 예산 심의회 준비로 청사 건물은 대부분 환하게 불을 밝히고 있었다. 니스는 비서가 전해 주는 메모들을 받아 들고 집무실로 들어왔다. 강바람을 오래 쐬서인지 감기 기운이 느껴졌다. 니스는 의자에 앉아 잠시 눈을 붙였다. 이대로 잠을 자고 싶다는 생각이 들었지만 금세 다시 정신을 차리고 책상 위에 쌓인 결재 서류들에 확인 사인을 했다. 토요일 밤까지 나머지 공부를 하며 이 답답한 사무실에 있고 싶지는 않았다.

결재를 마친 서류들을 비서에게 건네준 뒤, 들고 온 메모들을 한 장 한 장 넘기며 확인했다. 급한 일이 없는 이상 이쯤에서 직원들을 퇴근시키고 자신도 집으로 가고 싶었다. 그때 메모지들 중 하나에서 '버즈 미디어 대표가 연락 바람'이라는 글귀가 눈에 띄었다. 버즈였다. 그런데 굳이 이름 대신 버즈 미디어 대표라는 직함을 쓴 것은 공적인 용건이라는 뜻일까?

짚이는 데가 있긴 했다. 얼마 전 프라임스쿨 촬영이 끝났다는 소식을 보고받았으니 아마도 그와 관계된 일일 터였다. 국정감사와 예산 심의회 준비 등으로 뒷전으로 밀리긴 했지만, 버즈의 다큐멘터리 역시 프라임스쿨 위원장으로서 소홀히 할 수 없는 중요한 문제였다.

니스는 버즈에게 전화를 걸었다. 기다리고 있었는지 버즈가 바로 전화를 받았다.

"친구 버즈 마샬보다는 버즈 미디어 대표라고 남겨야 네가 전화를 줄 것 같아서 그렇게 했는데, 역시 내 전략이 먹혔네. 이럴 줄 알았으면 진즉에 이 방법을 써먹을걸. 난 그래도 일개 감독보다는 어릴 적 친구가 더 프리미엄이 있을 줄 알았지 뭐야."

버즈의 말투는 농담이었지만, 피로 때문인지 니스는 유쾌하게 받아들여지지가 않았다. 마음을 완전히 읽힌 것 같은 데다 이전에 번번이 연락에 응답하지 않았던 일들까지 함께 책잡히는 것 같았다. 니스는 통화가 쓸데없이 길어지지 않도록 서둘러 본론으로 들어갔다.

"그래, 버즈 미디어 대표가 전화를 걸 만한 일이 뭐야? 다큐멘터리에 위원회에 보고해야 할 만한 새로운 내용이라도 생긴 거야?"

"니스, 그렇다고 진짜로 그렇게 사무적으로 나오니까 서운해지려고 해. 나는 너한테 아까 주차장에서 본 웃긴 얘기를 해 주려고 준비까지 하고 있었는데 말이야. 주차를 하려다가 다른 차 세대를 연속으로 박아 버린 남자 얼굴을 너도 봤어야 해. 맹인도 그보단 주차를 잘할 텐데."

수화기 너머로 장난꾸러기 소년 같은 버즈의 웃음소리가 들려왔다. 니스는 '그건 웃긴 얘기가 아니라 위험한 일 아니야?'라고 묻고 싶었지만, 굳이 그 생각을 입 밖으로 내지는 않았다. 버즈와는 이미 오래전에 세계를 보는 눈이 달라졌다. 이제 와 계단에서 미끄러진 선생님을 보고 함께 정신없이 웃던 시절로 돌아갈 수는 없었다.

"미안. 이제 그만 집에 가려던 참이어서 나도 모르게 조급한 마음이 들었나 봐. 다윈이 집에 혼자 있거든. 버즈 너도 레오와 저녁 식사라도 같이 하려면 그만 스튜디오를 나와야 하는 거 아니야?"

그 순간 버즈의 목소리가 커졌다.

"실은 내가 전화를 건 것도 다윈 때문이야. 아무래도 니스 너랑도 얘기를 하는 게 좋을 것 같아서."

니스는 무의식적으로 미간을 찌푸렸다. 자신은 모르는 아들의 소식을 버즈가 알고 있다는 것이 신경에 거슬렸다.

니스는 그 불쾌감을 들키지 않도록 최대한 평정심 어린 목소리로 물었다.

"다윈 때문이라니? 무슨 일인데?"

"내가 다윈한테 다큐 내레이션을 해 달라고 부탁했다는 말 못 들었어?"

"내레이션이라니……. 아니, 금시초문이야."

"나는 주말까지 확답을 받으려고 이렇게 목을 빼고 기다리는데 아직 얘기도 안 했다니, 김새네. 할 생각이 없어서 그러는 건가, 아니면 지난번에 말한 대로 진짜 네 허락 없이 자기 혼자 결정할 거라서 그러는 건가."

니스는 통증이 이는 머리 한쪽을 짓누르며 물었다.

"다윈이 그렇게 말했어? 내 허락 없이 자기 혼자 결정하겠다고?"

"그랬대두. 솔직히 나도 좀 이상하게 생각하긴 했어. 다원이 그런 말을 할 아이가 아닌데 싶어서 말이야. 눈빛도 뭔가 예전과 다르게 수심이 있는 것 같고. 혹시 무슨 일 있었어?"

"……일은 무슨. 아무 일도 없어."

"그럼 역시 학년말 고사 때문인가 보네. 다섯 시가 되도록 마지막까지 대강당에 남아 있더니만, 그 시험을 한 번 치르고 나면 저절로 그런 눈빛을 갖게 되나 봐."

다원이 마지막까지 남아서 시험을 치렀다니, 그것 역시 처음 듣는 얘기였다. 니스는 범위를 헤아릴 수 없게 공허한 기분이 들었다. 바로 얼마 전까지 자기 손에 둥지를 틀고 살던 소중한 새가 갑자기 손을 거부하고 멀리 날아가 버린 것 같았다.

"아무튼 말이야, 나는 다원이 꼭 내레이션을 해 주었으면 좋겠어. 지난번 촬영 때 내가 쓴 걸 잠깐 읽었는데 아주 마음에 들었거든. 한번 다원으로 정하고 나니 다른 대안은 눈에 들어오지도 않아. 그러니 혹시 다원이 아직도 고민 중이거든 니스 네가 잘 좀 설득해 줘."

니스는 퉁명스럽게 대꾸했다.

"자식을 아무나 떠들어 대는 품평회에 내놓는 건, 부모로서는 피하고 싶은 일이야."

"품평회라니, 프라임스쿨의 목소리를 맡는 건 다원한테도 영광스러운 일이야."

"그렇게 영광스러운 일이라면 레오에게 맡기는 건 어때? 아버지가 만든 다큐에 아들이 내레이터라면 그림이 더 멋질 것 같은데."

그 순간 버즈의 목소리가 굳어졌다.

"니스, 난 다원이 네 아들이라서가 아니라 그 애의 자질을 발견했기 때문에 이런 제안을 하는 거야. 내 일을 무슨 가족 비즈니스처럼 말하는 건 듣기 불쾌해."

니스는 그제야 자신이 버즈에게 화풀이하고 있다는 것을 깨달았다.

"미안. 그럴 의도는 아니었는데……."

"그럼 이제 진지하게 생각해 보는 거야?"

창밖으로 보이는 사무실들 불이 하나둘 꺼지고 있었다. 니스는 자신이 토요일 저녁 이 시간까지 사무실에 남아 있는 사람 중 하나라는 게 싫었다. 어렸을 때 보충 학습반에 남아 집으로 돌아가는 애들을 창 너머로 바라보면서 느꼈던 불안하고 쓸쓸한 감정이 몇십 년의 세월을 거슬러 다시 몰려왔다. 니스는 그만 집으로 돌아가고 싶은 마음에 긍정적으로 고려해 본 뒤 다시 연락을 주겠다고 말하며 전화를 끊었다.

집에 돌아오니 벌써 일곱 시가 지나 있었다. 현관에 들어서자마자 곧장 2층부터 올라가 보려 했는데, 마리가 다가와 다원은 벤과 함께 공원으로 산책을 나갔다고 알려 주었다. 그 말을 들으니 강가에서 허비한 시간이 후회스러웠다. 쓸데없이 상념에 빠지는 대신 집에 조금 일찍 왔으면 다원의 산책 길에 동행할 수 있었을 텐데. 그랬다면 어둠 속에서 퍼지는 하얀 입김과 벤의 엉뚱한 행동이 서먹한 감정을 지나간 일로 만들어 줄 수 있었을지도 모르는데…….

다원은 여덟 시가 가까워져서야 돌아왔다. 니스는 저녁 식사도 미룬 채 다원이 오기만을 기다렸지만, 다원은 눈길도 주지 않은 채 바로 방으로 올라가려고 했다. 니스는 자신을 없는 사람처럼 대하는 아들에게 처참한 심정을 느끼며 "저녁 먹어야지?"라는 말로 불러 세웠다. 걸음을 멈춘 다원은 등을 지고 선 채 "사 먹었어요."라고 대답했다. 다원에게 심문당하는 기분을 주고 싶지는 않았지만, 묻지 않을 수 없었다.

"어디서?"

다원이 생각할 시간을 버는 것처럼 잠깐 틈을 두고 대답했다.

"센트럴 공원 안에 있는 매점에서요."

처음부터 거짓말인 줄은 알았지만 역시 거짓말이었다. 올봄부터 공원 안에서는 모든 상업 행위가 금지되어 어떤 음식도 팔 수 없게 되었다. 그걸 모르는 다원은 저녁 식사를 피하는 핑계로 프라임스쿨에 입학하기 전 공원으로 함께 놀러 가 간식을 사 먹었던 기억을 이용하려는 것이다. 니스는 태연하게 거짓말을 하는 다원에게 화가 나면서도 한편으로는 용의주도하지 못한 아들의 알리바이에 안타까운 마음이 들었다. 누군가를 속이고 싶다면 지금보다는 훨씬 더 계략적이어야 할 텐데. 완벽하지 못한 거짓말은 서로에게 상처만 될 뿐이니까.

다원은 이제 그만 올라가도 되겠느냐는 뜻으로 위층을 향해 몸을 돌렸다.

니스는 다시 다원을 불러 세웠다.

"버즈에게 들었다. 너한테 내레이션을 부탁했다고."

다원은 대답 없이 듣고만 있었다.

"생각해 봤는데 아무래도 안 하는 게 좋겠구나."

긍정적으로 고려해 보겠다고 했던 말은 진심이었다. 버즈 말대로 프라임스쿨의 목소리를 대변할 기회를 가진다는 것은 영광스러운 일이었다. 자신의 직위 때문에 약간의 구설수에 오르내릴 순 있겠지만, 그렇다 해도 아무나 해 볼 수 없는 특별한 경험을 학창시절에 한 번쯤 해 보는 것은 위험을 감수할 가치가 있었다. 그래서 집으로 돌아오는 차 안에서, 다윈을 보면 "그런 제안을 받다니 굉장하구나."라고 칭찬해 줄 말까지 생각하고 있었다.

그런데 막상 다윈과 대면한 지금, 입에서는 전혀 다른 결정이 나오고 있었다. 이상한 일이었다. 그런데 더 이상한 건 자신의 생각에 완전히 위배돼서 나오는 그 말에 자신이 전혀 당혹감을 느끼지 않는다는 것이었다. 오히려 신중한 사고 끝에 나온 말을 할때보다도 더 침착했다. 어쩌면 즉흥적인 변심이 아니라 아버지 허락 없이 자기 혼자 결정하겠다는 다윈의 이야기를 전해 들은 순간 이미 머릿속에서 내린 결정이었는지도 몰랐다. 해설을 맡을지 말지는 중요하지 않았다. 이건 권위의 문제였다. 니스는 다윈에게 미치는 자신의 영향력을 확인하고 싶었다.

"그럼 안 한다고 버즈에게 연락하마."

아무 말 없이 잠자코 있던 다윈이 말했다.

"하고 싶어요. 할래요."

"……내가 허락하지 않는데도?"

"왜 허락하지 않으시는데요?"

니스는 스스로도 설득되지 않는 궁색한 이유를 늘어놓았다.

"학생 신분엔 맞지 않는 일이야. 무엇보다도 프라임스쿨 학생이 그런 외부 활동을 한다는 것도 적절치 않고."

"프라임스쿨 위원장으로서 하시는 얘기와는 완전히 반대되는 말이네요. 평소에는 공부 외에 여러 활동을 해 보라고 하시잖아요."

"학교 위원장이 아니라 네 아버지로서 하는 말이란다."

"그렇다면 더더욱 반대할 명분이 없으세요."

"어째서?"

"아버지도 제 나이 때 할아버지 허락 없이 여러 일들을 하셨을 거잖아요. 그중엔 내레이션 같은 거랑은 비교할 수 없는 일도 있지 않으셨어요?"

"무슨 말을 하는지 모르겠구나. 내가 할아버지 허락 없이 무슨 일을 했다는 거니?"

"저야 모르죠. 하지만 아버지는 아시잖아요. 아버지 본인이 하신 일이니까."

다원은 그렇게 말한 뒤 더는 대화의 여지를 남기지 않겠다는 듯 2층으로 올라가 버렸다. 니스도 다원을 불러 세우지 못했다. 그럴 만한 명분이 없었다.

영광을 위하여

        둘째 주 일요일, 정오가 가까워진 시각. 러너는 설레는 마음으로 창밖을 지켜보았다. 차가 들어오는 모습이 보였으니 이제 곧 울타리 안으로 아들과 손자가 들어설 것이다. 예상대로 곧 차에서 내리는 니스와 다윈이 보였다. 언제나처럼 다윈이 조금 앞장서 울타리로 들어섰다. 니스도 곧 그 뒤를 따랐다. 그러나 딱 거기까지만이었다. 점점 거리가 벌어지더니 아예 모르는 사람들처럼 따로 떨어져 정원으로 들어서는 두 사람의 모습은 예상에서 완전히 벗어난 새로운 그림이었다.

    러너는 무슨 일인가 싶어 세찬 바람이 부는 밖으로 마중을 나갔다. 각기 다른 나라에서 온 대사들처럼 적당한 거리를 유지하며 걸어온 두 사람은 문 앞에서도 차례를 지켜 "할아버지.", "잘 지내셨어요?"라는 인사만 짧게 하고는 서로를 외면한 채 안으로 들어갔다. 무엇 때문에 이런 묘한 분위기가 만들어졌는지는 모르지만, 저런 상태로 이 먼 곳까지 한차를 타고 왔다는 게 어떤 면에선 둘 다 참으로 용했다. 러너는 걱정 뒤로 약간은 우쭐한 기분을 맛보았다. 아들과 손자가 서로의 감정을 누르고 여기까지 온 것이 자기 때문이라고 생각하니, 정말로 대사들의 예우를 받는 왕이 된 것 같았다.

식탁에 앉아서도 활기는 돌지 않았다. 다윈의 학년말 고사가 끝난 것을 기념해 애나가 특별히 솜씨를 부린 음식도 아무 소용이 없었다. 러너는 조심스레 두 사람 사이에 흐르는 기류를 살폈다. 아들의 무뚝뚝한 태도야 새로울 것도 없다지만, 제 아버지와는 전혀 다른 부류라 생각했던 다윈까지 입을 꾹 다물고 있는 것엔 갈수록 의구심이 들었다. 무슨 깊은 생각을 하는 건지 다윈은 이따금 눈동자를 한곳에 고정한 채 미동도 않고 있었다. 지금껏 본 적 없는 낯선 모습이어서 늘 그러는 아들보다도 훨씬 더 차갑게 느껴졌다.

러너는 신중하게 상황을 살폈다. 한 달 전, 다윈에게 고열과 구토를 일으켰던 그 문제가 아직도 해결되지 않은 것일까. 만약 자신의 추측이 맞다면, 문제가 뭔지는 모르긴 해도 일차적으로는 니스를 탓할 수밖에 없을 것 같았다. 누구보다도 다정한 제 아들이 다른 사람이 된 것처럼 돌변했는데, 그 문제를 풀어 주지는 못할망정 똑같이 냉랭한 태도로 맞서고 있는 것은 전혀 아버지답지 못했다. 그렇다고 러너는 성급히 행동에 나서지는 않았다. 오래된 문제는 시간을 오래 들여 해결해야 하는 법이었다. 섣불리 나섰다간 문제에는 손도 못 대고 사람만 다치게 할 수도 있었다. 러너는 과연 어떻게 행동하는 게 늙기만 한 왕이 아닌 현명한 왕 노릇에 상응하는 것인지를 고민하면서, 일단은 니스와 다윈이 그러는 것처럼 말없이 식사를 계속했다.

애나가 후식으로 차와 단호박 파이를 가져왔다. 양편으로 갈라져 앉은 니스와 다윈은 애나의 성의에 답한다는 표시가 날 정도로만 파이에 손을 댔다. 가운데 자리에 앉아서 두 사람의 눈치를 살피던 러너는 퍼뜩 이 파이가 대화의 물꼬를 터 줄 수 있겠다는 생각이 들어 먼저 다윈에게 말을 걸었다.

"다윈, 지난번 약속대로 이번에도 이 파이에 넣은 단호박을 할아버지가 직접 껍질을 벗기고 잘랐단다."

다윈은 의례적인 미소로 "네."라고만 답했다. 러너는 곧 의도한 진짜 이야기로 대화를 이어 갔다.

"얼마 전에 루미가 왔을 때도 내가 손질한 단호박을 구워 스테이크와 함께 대접했지. 반응이 무척 좋았단다."

예상대로 다윈의 눈빛이 달라졌다. 게다가 기대하지 않았던 니스까지 내내 다른 데로 향하고 있던 시선을 이쪽으로 돌렸다.

다윈이 물었다.

"루미가 여기 왔었어요?"

오늘 이 집에 들어와 다윈이 무언가에 관심을 표한 첫 순간이었다. 역시 다윈의 반응을 이끌어 내는 데는 루미 소식만 한 것이 없었다. 러너는 자신의 판단이 맞았음에 의기양양해졌다.

"그래, 바로 며칠 전에 찾아왔단다."

"왜요?"

"왜긴, 시험도 끝났고 해서 겸사겸사 놀러 온 거지. 처음 봤을 때부터 알아봤지만 할아버지는 루미가 아주 마음에 드는구나.

얘기를 나누다 보면 뭐랄까, 에너지를 받는 기분이 들거든."

러너는 그러면서 자연스럽게 이야기의 본론을 꺼냈다.

"그런데 루미 말로는 다원 네가 그간 통 연락을 안 했다던데?"

다원에게 물은 것인데 어쩐지 다원은 입을 다물고 니스가 대신 말했다.

"학년말 고사 때문에 연락할 겨를이 있었겠어요?"

러너는 아들까지 자연스럽게 대화로 끌어들인 자신의 전술이 만족스러웠다.

"아무리 바빠도 전화 한 통 할 시간은 있지. 루미가 보통 학생도 아니지 않냐. 같이 시험을 치르는 동지로서 고민도 나누고 그러면 얼마나 좋아."

다원이 물었다.

"다른 얘긴 없었어요?"

"다른 얘기? 글쎄다, 뭐, 특별한 건 없었단다."

러너는 별생각 없이 그렇게 말했다가 탁자 주변으로 생긴 침묵의 공간을 감지하고는 곧 자신이 실수했음을 깨달았다. 어렵게 시작된 대화가 이런 식으로 끝나서는 안 되었다. 러너는 가장 중요한 부분을 빠뜨렸다는 듯 재빨리 이야기를 꺼냈다.

"아, 그러고 보니 있었구나. 그것도 엄청난 얘기였지. 아마 듣고 나면 너희 둘이 나보다 더 흥미를 느낄 거다."

러너는 두 사람의 시선이 일제히 자신에게 모아지는 것이 흐뭇했다.

"알고 보니 루미가 제이의 죽음에 대해 제 나름대로 조사하고 있는 모양이더구나. 제이의 죽음에서 발견한 의문과 그간 혼자서 밝혀낸 것들을 얘기해 주는데, 과연 프리메라 학생답게 총기가 대단하더라. 멍청한 경찰 세 명을 자르고 루미 한 명을 대신 채용하는 게 세금을 아끼는 길일 거다. 니스야, 어떠냐. 이건 한 명의 시민으로서 너한테 하는 청원이란다."

"경찰 채용은 제 권한이 아니에요."

장난삼아 한 말이었는데 니스는 지나치게 현실적으로 대답했다.

러너도 그에 맞게 현실적으로 맞대응했다.

"지금은 아니지만 머지않은 미래엔 네 권한일 수도 있지. 그땐 루미도 성인이 돼 있을 테니 그럼……."

그 순간 다윈이 차를 쏟았다. 러너는 놀라서 하던 말을 멈추고 얼른 티슈를 찾았다. 다행히 니스가 벌써 티슈를 뽑아 다윈의 손에 묻은 차를 닦아 주려 하고 있었다. 그런데 그 찰나, 다윈이 은근하지만 분명하게 그 손길을 물리치는 것이 눈에 들어왔다. 니스의 손은 갈 곳을 잃고 그대로 허공에 멈췄다. 도대체 둘 사이에 무슨 일이 있었기에 저러는 건지, 러너는 터져 나오는 한숨을 간신히 삼킨 뒤 니스를 대신해 다윈에게 물었다.

"괜찮니? 데인 거 아니야?"

다윈은 엎질러진 차에는 조금도 신경 쓰지 않은 채 "그래서 루미가 제이 아저씨 죽음에서 뭘 밝혀냈는데요?"라고 물었다. 내내 무심한 얼굴을 하고 있다가 여자 친구 이야기에는 저렇게 금세 흥미를 보이는 걸 보면 역시 사내아이는 사내아이였다. 러너는 다윈의 손등에 별다른 화상 자국이 남지 않은 것에 안심하며 다시 이야기를 이어 나갔다.

"제이 앨범에서 사라진 사진 한 장이 있는데 그 사진의 행방을 근거로 제이를 죽인 진범이 현재 1지구의 고위직 공무원일지도 모른다고 하더구나. 이렇게 들으면 황당하겠지만 직접 들었을 땐 상당히 그럴듯한 얘기였단다. 내가 경찰청장이라면 반드시 재조사를 하게 할 정도로."

러너는 그러면서 니스에게 다시 물었다.

"지금이라도 경찰에서 제이 사건을 공식적으로 재조사할 순 없는 거냐? 시간이 많이 흘러서 뒷전으로 밀리긴 했지만, 네가 힘을 쓰면 그 정도는 일도 아니겠지."

물론 아들이 그렇게 하길 진심으로 바라는 것은 결코 아니었다. 차관이 되자마자 해리 헌터에게 훈장을 수여한 것도 자칫 권력을 사적으로 남용하는 것으로 보일까 봐 못마땅했는데, 또다시 헌터 가문 일에 아들의 권력이 행사되는 것은 보고 싶지 않았다. 다만 그만큼 아들이 가진 권력이 크다는 사실을 이런 기회에 스스로에게 으스대 보고 싶기도 하고, 또 자신이 다윈의 친구인 루미와 니스의 친구인 제이에게 관심이 많다는 것을 은근슬쩍 알림으로써 두 사람의 호감도 얻고 싶어 괜히 한번 해 본 말이었다.

니스가 손에 쥐고 있던 붉은 찻물이 번진 티슈를 탁자 한쪽으로 던져 두며 말했다.

"이미 30년 전에 수사가 끝난 사건이에요."

"누가 그걸 모르냐. 그래도 혹시 새로운 증거가 발견되면 재조사를 할 순 없는 건지 묻는 거다. 루미 말대로 진짜 범인이 따로 있다면 공소시효가 만료되기 전에 어서 잡아야 할 것 아니냐. 이제 공소시효가 얼마나 남았지? 한 1년 남았나?"

니스가 제 친구 일답게 정확하게 정정했다.

"4개월요."

러너는 자기도 모르게 비웃음이 나왔다.

"그러고 보면 법이란 것도 참 웃긴단 말이야. 30년 동안 죄였던 게 어느 날 갑자기 죄가 아닌 게 되다니."

"죄가 아닌 게 되는 게 아니라 법의 안정성 측면에서 처벌을 않는 거예요. 둘은 엄연히 달라요."

"그게 그거 아니냐. 처벌을 받지 않으면 누가 자기 죄가 죄인 줄 알겠냐."

"……본인 양심은 알겠죠. 오히려 그게 더 가혹한지도 모르고요. 처벌을 받은 사람은 자기 죗값을 치렀다고 생각하겠지만, 처벌을 받지 않은 사람은 평생 불안과 죄책감에 시달릴 테니."

"쳇, 기껏 양심이라니. 양심이 있는 놈이 살인 같은 걸 저지르겠냐."

그때 다윈이 대화에 끼어들었다.

"할아버지, 앞으로 루미는 집에 초대하지 마세요. 따로 연락도 주고받지 마시고요."

러너는 깜짝 놀라 물었다.

"그게 무슨 말이니? 왜?"

"앞으론 루미를 만나지 않을 거예요."

러너는 이전보다 더 놀라 물었다.

"만나지 않을 거라니, 루미는 지난번에 만나기로 한 약속을 못 지킨 것 때문에 네가 연락을 안 하는 거라고 하던데, 정말 그 일 때문인 거야?"

다원이 되물었다.

"루미가 자기 삼촌 죽음을 밝히기 위해 저에게 아버지 아이디를 도용해 달라고 부탁했다는 얘기는 하던가요?"

"아이디 도용이라니? 그게 무슨 얘기냐? 그런 말은 전혀 못 들었는데."

"그랬겠죠. 자기한테 불리한 얘기는 안 했을 테니까요. 그런 범법 행위를 하면서까지 그 애를 만날 생각은 없어요. 그러니 할아버지도 루미와 더는 연락하지 않으셨으면 좋겠어요."

다원은 그러더니 피곤해서 자고 싶다며 2층으로 올라갔다. 러너는 어찌 된 영문인지 몰라 계단 위로 사라지는 다원의 뒷모습만 하염없이 좇았다.

그때, 말없이 앉아 있던 니스가 벌떡 일어나 부엌으로 들어갔다. 애나에게 하는 말을 들으니 위스키 한 잔을 달라는 모양이었다.

30분쯤 흐른 뒤 니스가 다시 거실로 돌아와 소파에 앉았다. 술 냄새가 옅게 풍겼다. 얼굴도 약간 붉어져 있었다. 러너는 낮부터 술을 마시는 아들이 마뜩잖았지만 다툼을 하나 더 늘리고 싶지 않아 아무 말 않고 다원에게로 화제를 돌렸다.

"둘 사이에 무슨 일이 있었던 거냐. 다원이 저렇게 생각하는 줄도 모르고 루미는 여전히 다원의 연락을 기다리고 있던데."

"다원 말대로 하세요. 자기 마음이 변했다는데 아버지가 계속 그 애와 가깝게 지내면 다원만 곤란해질 거 아니에요."

"그래도 이렇게 단박에 인연을 끊는 건 좋지 않지. 앞으로도 계속 마주칠 일이 있을 텐데."

"학교도 다르고 다원은 기숙사에서 지내는데, 일부러 만나지 않는 한 마주칠 일이 뭐가 있겠어요?"

"1년에 한 번씩 제이의 추도식에서는 만나야 할 거 아니냐? 너도 마찬가지고."

"형식적으로 잠깐 얼굴을 보는 것뿐이에요. 그리고 다원이 가기 싫다면 내년부턴 추도식에 안 가도 되고요."

"너도? 너도 안 갈 테냐?"

"……가기 싫어지면 저도 안 갈 수 있죠."

"말은 참 쉽게 하는구나. 그렇게 간단하게 그만둘 거였으면 30년 동안이나 매년 출석 체크를 하지도 않았겠지."

러너는 저답지 않게 시원스레 구는 아들의 대답을 반쯤 비웃고 넘겼다. 술기운에 하는 빈말이지 진심일 리가 없었다. 그때 니스가 "아버지." 하고 불렀다. 러너는 니스를 바라보았다.

니스가 능청스럽게 웃으며 물었다.

"아버지, 왜였을 것 같아요? 왜 제가 지난 30년 동안 한 번도 빠지지 않고 제이의 친인척들보다도 더 성실하게 추도식에 참석했을 것 같아요?"

"매년 너에게 그 질문을 하는 사람이 난데, 나에게 질문을 되돌리면 내가 어떻게 알겠냐?"

술에 취해서인지 니스가 과장되게 한쪽 손을 들어 올리며 말했다.

"루미와 했던 탐정 놀이처럼 추리는 해 보실 수 있잖아요. 어디, 아버지가 얼마나 훌륭한 탐정인지 한번 들어 보죠. 대답 여하에 따라선 또 알아요? 멍청한 경찰 세 명을 자르고 아버지를 명예 경찰로 채용할지."

"아비를 놀리는구나."

"놀리긴요, 오히려 진실을 밝혀낼 기회를 드리는 건데요."

"진실이라면 네가 30년 전에 죽은 친구를 아직까지 잊지 못할 정도로 유약하다는 게 진실이겠지. 아비로서 하는 충고인데, 앞으로 그 점은 꼭 고치길 바란다. 장차 이 나라를 위해 더 큰 일을 해내려면."

니스의 얼굴에서 단번에 웃음이 사라졌다. 러너는 어울리지도 않는 광대 같은 웃음보다는 차라리 적대감이라도 자신에게 솔직한 감정을 드러내는 그 군은 얼굴이 마음에 들었다.

"더 큰 일이라니, 도대체 뭘 바라시는 거예요? 정말 제가 대통령이라도 될 거라고 생각하시는 거예요?"

"못 할 게 뭐냐. 문교부 장관만 되면 저절로 가장 강력한 후보가 되는 건데."

"그런 가당치도 않은 생각을 하고 계시다니……. 웃음이 나다 못해 울음이 날 지경이에요."

"봐라, 또 바로 그 유약한 면이 튀어나오잖냐. 너 정도 갖췄으면 겸손보다는 차라리 교만이 미덕이란다."

니스가 삿대질을 하며 말했다.

"분명히 말해 두지만요, 아버지가 기대하시는 그런 일은 절대 일어나지 않아요. 그러니 얼른 꿈 깨시고 지금의 평온한 노년 생활만으로도 감지덕지하고 사세요."

"나야 네 아비로서 이해하고 넘어가겠다마는 네 버르장머리없는 면을 유권자들한테까지는 들키지 않도록 해야 할 거다."

니스가 자리에서 일어나며 소리를 높였다.

"제발, 제발, 그 말도 안 되는 얘기 좀 그만하세요. 제가 언제 대통령이 되고 싶다고 한 적 있어요? 착각하지 마세요. 지금 하고 있는 일만으로도 넌덜머리가 나요. 감사니 예산이니 위원회니, 이런 일을 하는 사람이 되길 원한 적은 단 한 번도 없었어요. 제가 가장 되기 싫어했던 인간이 바로 지금의 저라고요."

러너는 아들의 과민한 자학을 더는 참아 줄 수가 없어 자리에서 일어나 아들과 정면으로 얼굴을 마주했다.

"이제 와서 네 인생을 부정한다는 거냐? 이만큼 이룬 네 인생을?"

니스가 핏대를 세우며 외쳤다.

"아니요, 부정하는 게 아니에요. 부정할 게 없는데 뭘 부정하겠어요. 애초에 열여섯 살 이후로 제 인생이란 게 있었기나 한 줄 아세요? 전 아버지가 저지른 잘못을 숨기기 위해 제 평생을 바쳤어요. 제 온 인생을 바쳤다고요. 그걸 아세요?"

러너는 검지로 아들의 가슴을 찌르며 최대한 침착한 태도로 말했다.

"소리를 낮춰라, 다윈이 깰까 걱정되니. 그리고 더는 너에게 일방적으로 매도당할 수 없으니 이번 기회에 분명히 말해 두마. 난 내 아들과 손자 앞에서 부끄러울 만한 짓은 하나도 하지 않았다. 네 그 유약하고 결벽증적인 기준에선 내 사업 방식이 부정하게 보일 수도 있겠지. 하지만 이젠 그만 이해할 때도 되지 않았냐? 넌 더 이상 풋내기 소년이 아니야. 너도 이만큼 살았으면 세상 돌아가는 방식을 받아들일 줄도 알아야지. 네 위에 있는 장관도, 지금 대통령도 그 자리에 오르기까지 나만큼은, 아니 나보다 훨씬 더 많이 비리를 저질렀을 거다. 그건 나쁜 게 아니야. 환경에 적응해 가는 것뿐이지. 카멜레온이 제 몸 색깔을 바꾼다고 누가 비난하더냐? 이 혼탁한 세상에서 아무 죄도 짓지 않고 아버지가 된다는 게 가능할 것 같으냔 말이야."

물 밖으로 끌려 나온 물고기처럼 격렬히 뛰는 아들의 심장이 손끝에서 느껴졌다. 갈색 눈동자는 숨이 멎기 직전의 생명처럼 붉어져 있었다. 러너는 아들이 괴로워하는 얼굴을 보고 싶지 않았다. 그것은 자신에게도 상처였다. 그러나 아프더라도 한 번은 진실이 주는 고통에 자신을 기꺼이 내어 줄 필요가 있었다. 드러나지 않은 이 세상의 속살이 얼마나 거친지 하루빨리 깨닫고 자기도 그에 맞게 행동해야지만 인생이 주는 궁극의 영광을 맛볼 수 있을 테니. 오래전 자신이 그랬던 것처럼.

무언가 더 할 말이 있는 표정이던 니스는 이내 고개를 돌리더니 코트를 챙겨 밖으로 나가 버렸다. 러너는 구태여 아들을 잡지 않았다. 차가운 바깥 공기에 머리를 식히고 나면 아비가 한 말을 어느 정도는 이해할 수 있으리라.

결정

          다윈은 살짝 열어 둔 문을 소리 나지 않게 가만히 닫으려 했다. 그런데 순간 손에 경련이 일어 문손잡이에서 쇳소리가 나고 말았다. 다윈은 문을 닫고 문에 기대서 떨림이 멈추기를 기다렸다. 머리가 어지러웠다. 높은 산에라도 오른 것처럼 온몸에 힘이 빠져 더 이상 서 있을 수가 없었다. 이제 그만 침대로 가 눕고 싶었다. 다윈은 눈을 떴다. 그런데 침대를 보는 순간 다시 구토가 나오려고 했다. 몇 발짝 거리의, 무릎 높이밖에 안 되는 침대가 이를 수 없는 먼 고지로 보였다. 아득한 침대는 자기 몸 위에 혼란과 불안이 눕는 것을 허락하지 않는 것 같았다.

    다윈은 침대를 포기하고 책상으로 가 앉았다. 흰 벽이 바로 앞에서 온 시야를 가로막고 있었다. 답이 적히길 기다리는 거대한 시험지 같았다. 다윈은 외면해 버리고 싶은 순간적인 충동에 몸을 반쯤 일으켰지만 곧 다시 의자에 앉아 벽을 응시했다. 이제는 생각해야 할 때였다. 언제까지 지금처럼 아버지를 증오하며 구토만 하고 있을 수는 없었다.

수천 수만 번씩 아버지를 살인자라고 되뇌면서도 왜 아버지가 살인한 이유를 찾는 일엔 그렇게 소홀했던 걸까? 논리적으로 사고하는 법을 최우선으로 교육받아 온 그동안의 시간이 헛되게 느껴질 만큼 이상한 일이었다. 그러나 끈질기게 생각을 붙들고 늘어진 끝에 다원은 그 외면에도 나름의 개연성이 있었다는 것을 깨달았다.

아버지 입에서 살인을 했다는 고백이 나온 순간, 신이 살인을 했다는 소식을 들은 최초의 인간이 된 것 같았다. 우러러보고 디디고 서 있던 온 세계가 산산조각으로 무너져 내려 몸을 가눌 수가 없었다. 일단은 그곳에서 도망쳐야 한다는 생각밖에는 아무것도 떠오르지 않았다. 시간이 지나 폐허가 된 터에 서서도 감히 그 이유를 물어봐야 한다는 생각은 고개를 들지 못했다. 신을 원망할 수는 있어도 신에게 이유를 따져 묻는 인간은 진정한 믿음의 아들이 아니었다. '아버지가 살인을 했다.'라는 문장은 그 자체만으로 완벽한 절망감을 주어 다른 부연 설명은 필요치 않았다.

그러나 아버지는 신이 아니었다.

'부정하는 게 아니에요. 부정할 게 없는데 뭘 부정하겠어요. 애초에 열여섯 살 이후로 제 인생이란 게 있었기나 한 줄 아세요? 전 아버지가 저지른 잘못을 숨기기 위해 제 평생을 바쳤어요. 제 온 인생을 바쳤다고요. 그걸 아세요?'

구토가 치미는 대신 처음으로 눈물이 떨어져 내렸다. 다원은 참지 못하고 소리 내 울었다. 할아버지를 향해 대들던 아버지의 얼굴이 머릿속에서 떠나지 않았다. 조금의 위엄도 권위도 없이 오직 상처로만 가득 찬 얼굴이었다. 신도 아니고 아버지도 아닌 …… 그냥 어린아이. 아버지의 열여섯 살 모습이 얼마나 처참했 을지 알 것 같았다. 그 상태로 아버지는 지난 30년을 견뎌 온 것 이다. 그런데 자신은 그런 아버지를 집에 돌아온 순간부터 지금 까지 얼마나 비열하게 괴롭혔던가.

"아버지는 아시잖아요. 아버지 본인이 하신 일이니까."

아버지로 하여금 자신의 지나온 행적을 모두 더듬어 보게 하 는 말을 뱉고는 저급한 만족감을 느꼈다.

그러고도 부족해 홧김에 버즈 아저씨에게 전화를 걸어 해설 을 맡겠다고 승낙하고는 아버지의 권위를 짓밟았다는 승리감에 도취되어 있었다.

아침에 일어나서는 진심이라곤 전혀 담기지 않은 얼굴로 먼 저 다가가 "안녕히 주무셨어요?"라고 아침 인사를 했다. 아버지 스스로 '제이 아저씨를 죽이고 온 날에도 편안히 잠을 잤나요?' 라고 통역하길 바라면서. 자신의 입에서 나오는 모든 말이 아버 지의 죄책감을 건드리길 원했다. 차를 타고 오는 동안의 침묵과 사이사이 일부러 내뱉었던 옅은 한숨까지도…….

다원은 굳이 자기까지 가세해 괴롭히지 않아도 지난 30년간 의 모든 순간이 아버지의 삶에 죄의식으로 작용해 왔음을 이제 야 알게 되었다. 자기까지 나서서 살인자라고 비난하지 않아도 아버지는 매년 7월 10일 추도식에서 새롭게 출생 신고를 하는 것처럼 자신의 정체를 확인해 온 것이다.

다원은 울음을 그치고 뺨에 남아 있는 눈물을 닦아 냈다. 시험 문제로 괴로워하는 건 이것으로 충분했다. 감정의 분출도 절정을 지났다. 이젠 차가워진 머리로 생각하고 판단해 답을 적어 내야 할 때였다. 다원은 물기의 방해가 없는 눈으로 다시 흰 벽을 바라보았다. 잠시 뒤, 백색에 묻혀 보이지 않던 길이 양각처럼 도드라졌다. 다원은 그 길의 의미를 해석할 수 있었다.

아버지의 고통을 이만 끝내 줘야 한다. 아버지에게 열여섯 살 이후의 인생을 되돌려 줘야 한다. 인생이 없었다는 말은 너무 가혹하다. 아버지는 많은 것을 이루어 냈다. 그 많은 결실이 뿌리 없는 나무에서 열린 속 빈 열매가 되게 해서는 안 된다. 아버지의 절규대로 아버지 인생이 열여섯 살에 끝나 버린 것이라면 아들인 자신은 아버지 삶 속에서 존재하지 않는 것이나 마찬가지다. 아버지도, 자신도 그런 허무함을 품에 안은 채 남은 인생을 살 수는 없다. 아버지가 인생을 되찾고 지금껏 키워 온 나무를 부정하지 않아도 될 길은 단 하나…….

다원은 기도하듯 두 손을 맞잡았다.

아버지가 자신의 죗값을 받는 것뿐이다. 아버지를 자수시키자. 모든 진실을 밝히자. 할아버지가 저지른 잘못을 숨기기 위해 평생을 바쳤다는 의미가 무엇인지, 정말 루미 추측대로 앨범의 사진을 가져가고 아카이브에서도 사진을 삭제했는지, 그 일들이 제이 아저씨를 살해한 것과 무슨 관련이 있는지 모든 사람들 앞에서 낱낱이 밝히자. 사람들에게 받았던 신뢰와 존경을 반납하자.

아버지는 많은 것을 잃게 될 것이다. 지금과 다른 아버지가 될

지도 모른다. 그러나 그때가 되면 아버지를 다시 받아들일 수 있을 것이다. 전능한 신이 아니라 죄를 회개한 아버지로서……

결정을 내리고 책상에서 일어난 순간, 다윈은 놀라울 정도로 평온함을 느꼈다. 온 세계가 완벽한 균형과 대칭을 이루며 자신의 두 발을 받쳐 주고 있었다. 한 달간 머리를 맴돌던 어지럼증이 사라지고, 위 속에서 구토를 일으키던 미식거림도 더는 느껴지지 않았다. 세상 모든 방들의 창문이 동시에 열린 것처럼 신선한 공기가 밀려들어 왔다. 맑은 숨이 쉬어지기 시작했다. 더는 자신의 숨이 더럽게 느껴지지 않았다.

다윈은 아버지의 죄를 알기 전의 시간으로 돌아온 것 같은 착각이 일었다. 아버지의 자백을 들었던 그날 밤이 기억 속에서 통째로 사라져 버린 것 같았다. 모든 것들이 제자리로 돌아와 있었다. 그때와 다른 점이 한 가지 있다면 이 평온함은 진실에 바탕을 둔 진짜 안정과 신뢰라는 것.

다윈은 침대로 걸어갔다. 이제는 침대도, 눈을 감는 것도, 어둠에서 밀려오는 환영도 두렵지 않았다. 더 이상 그들에게서 도망 다니지 않아도 되었다. 다윈은 침대에 눕자마자 한 달간의 수면을 한꺼번에 취하듯 바로 잠이 들었다.

대결

        문이 열리는 순간 본능적으로 얼굴이 찌푸려졌지만, 루미는 할머니가 눈치 채기 전에 얼른 반가운 미소를 지었다. 불쾌한 기분을 느낀 건 자기만이 아닌 모양이었다. 할머니와 포옹을 나누는 엄마 역시 숨 쉬기 힘들다는 표정을 할머니 어깨 너머로 가까스로 숨기고 있었다.

    루미는 두르고 온 목도리를 풀며 집 안을 둘러보았다. 크리스마스 시즌의 감미로운 향기로 가득한 보통의 1지구 가정들과 달리, 할머니 집에선 폐쇄된 장소 특유의 고약한 냄새가 풍겼다. 집 어딘가에 고인 빗물이 햇볕에 마르지 못하고 계속 썩어 가고 있는 것 같았다. 그러나 할아버지 병간호로 지친 할머니에게는 그 냄새를 감지할 여력이 없어 보였다. 아니면 알고 있지만 손쓸 방법이 없어 그냥 외면하고 있거나……

    12월 둘째 주 일요일 오후, 루미는 할아버지 집으로 함께 대

청소를 하러 가자는 엄마를 순순히 따라 나섰다. 아빠와 단둘이
집에 있는 게 싫기도 했지만, 무엇보다도 제이 삼촌의 방은 자신
이 직접 청소하고 싶었다. 엄마는 할머니 할아버지를 침실에 머
무르게 한 뒤 가장 먼저 거실 창문을 활짝 열어젖혔다. 도우미도
오지 않는 날이어서 엄마는 혼자 집 안 곳곳을 바삐 움직이며 다
녔다. 가족의 일원으로서 할아버지 할머니에게 헌신적인 엄마
를 보고 있으니, 비록 존경까지는 아니지만 아빠가 엄마에게서
발견한 미덕을 조금은 알 수 있을 것도 같았다. 4지구 출신 여자
가 가정생활에 충실하다는 사회적 인식은 대체로 사실인 듯했
다. 루미는 2층 청소를 맡겠다고 하고는 계단을 올라갔다.

추위 때문에 오랫동안 환기를 안 해서인지 늘 풋풋한 냄새가
풍기던 삼촌 방마저 아래층에서 올라온 공기로 오염되어 있었
다. 루미는 창문을 연 뒤 음악 녹음테이프 중에서 가장 뒤쪽의 것
을 골라 틀었다. 삼촌에게 어울리는 새 숨을 불어넣어 주고 싶었
다. 신선한 겨울 공기와 삼촌이 직접 녹음해 놓은 음악의 혼합이
라면 제이 삼촌의 영혼도 마음에 들어 할 것이다.

경쾌한 기타 선율이 방 안 가득 울려 퍼졌다. 삼촌이 들었을
음악. 루미는 순간적으로 기분이 상승되는 것을 느꼈다. 그러나
말 그대로 순간일 뿐이었다. 음악에 힘입은 기분 전환은 공중으
로 피어올랐다가 금세 바닥에 가라앉아 버리는 먼지만큼이나
힘이 없었다. 루미는 손에 든 먼지떨이를 대충 한쪽에 던져 두고
침대에 걸터앉았다. 발밑에 그늘이 졌다. 루미는 가만히 그 지점
을 응시했다.

여름부터 지금까지 삼촌이 남긴 희미한 그림자를 좇아 사방

으로 뛰어다녔지만 지금 손에 남은 거라곤 그림자는 그림자일 뿐이라는, 손으로 잡을 수도 없는 허탈감 하나였다. 얻어 낸 것에 비해 잃은 것은 막대했다. 프리메라 학생으로서의 자긍심, 선생님의 신뢰, 평등했던 아빠와의 관계, 진실을 밝힐 수 있다는 희망, 그리고 다윈······.

다윈을 떠올린 루미는 아예 침대에 드러누워 버렸다. 다윈이 집에 오는 둘째 주 주말인데, 어제부터 이 시간까지 다윈에게선 아무 연락도 없었다. 할아버지한테서 자신이 찾아왔었다는 얘기를 전해 들었을 텐데도 아무 연락을 않는다는 것은 이대로 관계를 끊겠다는 무언의 메시지인 걸까? 성숙하지 못한 다윈의 대응에 쓴웃음이 나왔다. 이전에도 몇 번씩 그렇게 느끼긴 했지만 역시 다윈은 어린애였다. 학교에서 받은 경고와 아버지의 훈계 정도로 잔뜩 겁을 먹고 무조건 그들이 하라는 대로 자신의 생활을 재조정해야 한다고 믿는 순진하고 나약한 어린아이······. 루미는 여전히 다윈에게 미안했지만, 잘못을 사과할 기회조차 주지 않는 건 실망스러웠다. 다윈 역시 자신에게 사과를 빚지고 있는 것 같았다.

그때였다.

"그럴 순 없어. 역시 그건 안 돼."

루미는 카세트로 눈을 돌렸다. 삼촌 목소리였다. 루미는 침대에서 일어나 되감기 버튼을 눌러 삼촌의 목소리가 녹음된 부분만 반복해서 들었다. 이 테이프는 삼촌이 살해되기 하루 전날에 녹음한 라디오 음악 방송이었다. 무슨 일이 있어서 삼촌은 "그럴 순 없어. 역시 그건 안 돼."라는 혼잣말을 했던 걸까?

루미는 생각에 잠겨 책장 앞을 거닐었다. 책장 선반에 쌓여 있던 먼지들이 햇빛 속으로 어지럽게 흩어지고 있었다. 다 모아 봐야 1그램도 안 나가는 하찮은 티끌이지만, 삼촌 방에 있는 것들은 모두 나름의 의미를 지니고 있는 암호같이 느껴졌다. 아무 가치 없는 이 먼지들마저도 삼촌의 영혼에서 떨어져 나온 부스러기 같았다. 만약 이 티끌들이 낙담한 자신에게 어떤 실마리를 주기 위해 필사적으로 이곳까지 날아 들어온 것이라면? 먼지로 가득 찬 이 공기를 깊이 들이마신다면 삼촌이 한 말을 이해할 수 있을까?

루미는 곧 머리를 내저으며 자신의 미신적인 생각을 밖으로 물리쳤다. 합리성을 포기하는 것은 지금껏 자신이 해 온 추측의 기반을 부정하는 것이나 마찬가지였다. 막다른 길에 몰렸다고 해서 하늘에서 사다리가 내려와 주길 바라는 사람은 되고 싶지 않았다.

루미는 카세트테이프를 원래대로 재생한 뒤 다시 청소를 해 나갔다. 그런데 테이프가 놓인 선반을 닦는데 문득 무언가가 불충분하다는 생각이 들었다. 삼촌 앨범에서 빈 자리를 발견했을 때와 비슷한 느낌이었다. 어떤 연결 고리 하나가 끊어져 있었다. 루미는 유심히 방을 둘러보았다. 방은 예전 그대로였다. 달라진 건 없었다. 그런데 이상하게도 지금의 상태가 완전하게 느껴지지 않았다. 그때 카세트에서 다음 음악이 흘러나왔다. 소년티가 나는 목소리의 남자 가수가 "7월에 눈이 오면……."으로 시작되는 첫 소절을 노래했다. 그 순간 루미는 방에서 달려 나갔다. 끊어진 느낌이 어디에서 오는 것인지 드디어 알 것 같았다.

1층으로 내려와 보니 엄마는 부엌에서 그릇들을 정리하고 있었다. 루미는 말없이 엄마를 지나쳐 할머니 침실 문을 열었다. 할아버지는 휠체어에 앉은 채로 잠들어 있고, 할머니는 뜨개질 중이었다. 루미는 할머니 등 뒤로 가 어깨에 손을 올렸다.

　할머니가 뒤를 돌아보며 다정한 웃음을 지었다.

　"우리 리틀 제이, 이러니 꼭 옛날 생각이 나는구나. 제이도 내가 일을 하고 있으면 이렇게 다가와서 어깨를 주물러 주곤 했지."

　"아빠는 삼촌이 무뚝뚝한 성격이었다고 했는데, 할머니 안마도 해 주었어요?"

　"무뚝뚝하긴. 제이는 천성적으로 다정했단다. 특히 엄마에게는 더."

　루미는 할머니 곁에 앉으며 물었다.

　"삼촌 얘기가 나와서 그러는데, 할머니, 삼촌 방은 예전에 삼촌이 살던 때와 똑같은 거죠?"

　"그럼, 연필 한 자루까지도 그대로지."

　"그러면 혹시 라디오 음악을 녹음하는 전자 제품 같은 건 없었나요? 삼촌 방에 녹음테이프는 많은데 녹음하는 기계는 안 보여서요. 지금 있는 카세트는 제가 집에서 가져온 거잖아요. 바보같이 왜 지금까지 테이프는 있는데 그걸 들을 전자 기기가 없는 걸 이상하게 생각하지 않았는지 모르겠어요."

　할머니가 뜨개질을 잠시 멈추고 말했다.

　"라디오를 녹음하는 전자 제품이라……. 글쎄다, 그런 건 사준 기억이 없구나. 그 시절엔 지금과 다르게 전자 제품들이 비쌌거든. 제이는 일찍 철이 들어서 뭘 사 달라고 조르는 법이 없었지."

"그럼 삼촌은 어떻게 라디오 음악 방송을 녹음했던 거예요?"

할머니는 먼 과거의 일을 떠올리기 위해선 그만한 먼 거리가 필요하다는 듯 허공을 응시했다. 루미는 너무 오래전 일이라 할머니가 기억하지 못하면 어쩌나 하고 초조하게 기다렸다. 그때 할머니가 과거의 한순간을 포착해 낸 듯이 고개를 끄덕였다.

"아, 그러고 보니 제이가 떠난 뒤에 물건 정리를 한 번 했지. 세상에 진 빚 때문에 제이가 천국에 못 가는 건 아닐지 걱정이 됐거든. 도서관 책들도 반납하고 친구들에게서 빌린 물건들도 모두 돌려줬지. 그때 버즈라고, 루미 너도 알지? 이번 추도식에 오랜만에 왔었지. 그 애에게도 뭔가를 돌려줬단다. 무슨 물건인지는 모르고 겉면에 버즈의 이름이 쓰여 있어서 만나서 물어보니 자기 게 맞다고 하더구나. 무슨 물건이냐고 물어보니 음악을 듣는 기계라고 했어. 지금 생각해 보면 그게 요즘은 흔해진 무선 미니 카세트 같은 거였단다. 제이가 버즈의 아버지는 전자 제품을 발명하는 무척 훌륭한 발명가라고 했지. 그래서 버즈는 남들보다 그런 물건들을 일찍 가질 수 있었던 모양이야. 아마 음악 녹음은 그걸로 했을 거야."

"그러면 혹시 돌려주실 때 안에 테이프가 들어 있었나요?"

"그건 잘 모르겠구나. 무슨 물건인지를 모르니까 열어 볼 생각도 하지 않았지."

"무슨 물건인지 모르셨다는 건 삼촌이 살해당한 걸 발견한 아침에 삼촌 방에서 라디오 방송 소리가 들리지 않았다는 말씀이시죠? 그런 소리가 들렸다면 당연히 카세트를 확인하셨을 테니까요."

"라디오 방송? 그런 소리는 전혀 들리지 않았던 것 같은데. 그런데 갑자기 그건 왜?"

루미는 "그냥 삼촌 방을 치우다 보니 궁금해져서요."라고 둘러댔지만, 이미 머릿속에는 할머니가 짜고 있는 뜨개실처럼 체계적인 생각이 생성되고 있었다. 사람들이 삼촌을 발견했을 때 라디오 방송이 나오지 않았다는 건 삼촌이 그날 밤 라디오를 듣지 않았거나 다른 때처럼 '미드나이트 뮤직' 방송을 녹음한 뒤 카세트를 껐다는 것을 뜻했다.

루미는 둘 중에 어느 쪽이 더 가능성이 높은 이야기일지 따져 보았다. 곧 연속적으로 녹음된 그 전날들의 녹음테이프가 있는 것으로 보건대, 그날도 역시 음악을 녹음했을 거라는 쪽으로 생각이 기울었다. 그렇다는 건…….

그때 할아버지가 깨어날 듯 신음소리를 내자, 할머니는 이제 그만 나가는 게 좋겠다는 기색을 보였다. 지난번처럼 모욕을 당하는 모습을 또 손녀에게 보일까 봐 염려하는 것이었다. 루미는 다정한 제이 삼촌이 그랬을 것처럼 할머니의 뺨에 키스를 한 뒤 방을 나왔다.

집에 돌아온 루미는 아빠가 거실에 없는 틈을 타 전화를 걸었다. 2년 가까이 연락을 끊었지만 손가락은 머리보다 더 정확하게 전화번호를 기억하고 있었다. 몇 번 벨이 울린 뒤 누군가가 "여보세요." 하며 전화를 받았다. 레오였다.

"안녕, 오랜만이야."

레오는 처음엔 누군지 모르겠다는 듯 머뭇거리다가 곧 똑같이 "그래, 안녕. 오랜만이네."라고 인사했다. 레오의 목소리를 들으니 문득 날마다 레오와 전화 통화를 했던 예전 일들이 떠올라, 그때처럼 편하게 "뭐 하고 있었어?"라고 묻고 싶은 충동이 일었다. 그러나 조급하게 "어쩐 일이야?"라고 묻는 레오의 무뚝뚝한 목소리는 그때를 조금도 그리워하지 않는 것 같았다.

루미는 혼자만 일방적인 감정에 빠져 있고 싶지 않아 바로 용건을 꺼냈다.

"아저씨께 할 얘기가 있는데 전화 좀 바꿔 줄래?"

"우리 아버지를? 무슨 일인데?"

"제이 삼촌 일로 여쭤 볼 게 있어."

레오가 자세한 이야기를 물어 온다면 자신의 생각과 계획을 기꺼이 공유할 생각이었다. 마음 한구석에선 레오가 관심을 보여 주길 은근히 바라고 있기까지 했다. 그러나 레오는 질문 대신 짧은 숨을 수화기 너머로 소리 나게 내뱉었다. 그 노골적인 한숨 소리를 들은 루미는 레오 마샬에게 변화를 기대해선 안 된다는 것을 다시 한번 깨달았다. 프리메라 교복을 싫어하는 취향만 안 바뀐 게 아니었다. 제이 삼촌 이야기 듣는 것을 지루해하는 점 역시 예전 그대로였다. 언젠가 레오가 했던 말이 떠올랐다.

'루미 넌 네 삼촌을 비추는 데 네가 가진 빛을 다 써 버릴 것 같아.'

그 뒤로 레오는 공전 궤도를 변경한 행성처럼 자신에게서 점점 멀어져 갔다.

레오가 말했다.

"집에 안 계셔. 다큐멘터리 편집 때문에 며칠간 집에 못 오신다고 했대. 지금도 스튜디오에 갇혀 계실 거야."

루미는 그제야 버즈 아저씨가 맡고 있는 중요한 임무가 생각나 레오와 대화도 더 나눌 겸 관심을 보였다.

"참, 아저씨가 프라임스쿨 다큐멘터리를 제작하고 계시지. 어때, 굉장한 작품이 나올 것 같아?"

"별로 좋은 상황은 아니야. 학년말 고사 촬영 때문에 편집 시간도 촉박해진 데다가 아직 내레이터도 못 구한 것 같으니까."

"이해해. 명색이 프라임스쿨 다큐인데 아무나 쓸 순 없겠지. 지성미 없이 목소리만 좋은 성우를 썼다간 졸업생들에게 엄청난 비난을 받을 테니까. 최소한 프라임스쿨 입학시험을 통과할 정도의 지적 능력은 갖춘 사람이어야겠지."

"그런 사람이 누군데? 네 제이 삼촌?"

공격적이고 빈정거리는 말투였지만, 루미는 그 조소를 긍정적으로 수용했다.

"그래, 제이 삼촌이 살아 있다면 내레이션 할 자격을 충분히 갖추고도 남았겠지."

"제이 아저씨의 유일한 약점이자 치명적인 약점은 일찍 죽었다는 것뿐이구나."

루미는 삼촌의 죽음을 가볍게 말하는 레오의 태도가 불쾌했다.

"레오 마샬, 말이 지나쳐."

레오 역시 자신의 경솔함을 깨달았는지 금방 "미안, 기분 나쁘게 하려던 건 아니었는데."라며 사과했다. 그러나 그러면서도 자기 이야기를 중단하지는 않았다.

"하지만 아무리 훌륭한 미래가 보장된 사람도 삶이 끝나면 아무 소용 없다는 걸 제이 아저씨가 극명하게 보여 주는 건 사실이잖아."

"하고 싶은 말이 뭐야?"

"인간이 언제 어디서 어떻게 죽을지 모르는 운명에 맞서는 유일한 방법은 자기 삶을 사는 것뿐이라는 거야."

"제이 삼촌은 그러지 않았다는 거야? 넌 삼촌에 대해 아무것도 모르잖아."

"그래, 모르지. 뭐, 별로 알고 싶지도 않고. 그런데 난 아무것도 모르는 그 제이 헌터가 아니라 내가 아는 루미 헌터에게 얘기하고 있는 거야."

"또 내 빛을 삼촌을 비추는 데 다 써 버리고 있다는 그 얘기인가 보구나."

"잊지 않았네. 아직까지 내가 한 말을 기억해 주고 있다니 놀라운데. 고맙기도 하고."

"고마워할 거 없어. 네가 틀렸다는 걸 알려 주기 위해 기억하고 있는 것뿐이니까. 조만간 레오 너도 알게 될 거야. 삼촌을 비추는 빛이 결국엔 나를 환하게 비추는 빛이었다는 것을. 그때가 되면 나에게 자기 삶을 살지 않았다느니 하는 얘기 같은 건 하지 못할걸."

"조만간 알게 될 거라니? 무슨 일인데?"

"아저씨 스튜디오 전화번호나 알려 줘. 먼저 아저씨께 확인해야 할 게 있으니까."

레오는 또다시 한숨을 뱉었지만 곧 순순히 스튜디오 전화번호를 알려 주었다.

"버즈 감독님이랑 통화를 하고 싶은데요."

전화를 받은 직원이 퉁명스러운 목소리로 감독님은 지금 편집 작업 중이라 하느님이 전화를 걸어도 받을 시간이 없다고 했다. 루미는 그러면 하느님 대신 제이 헌터가 전화를 걸었다고 전해 달라고 부탁했다.

"제이 헌터가 누군데요?"

"그냥 그렇게 전해 주세요. 그럼 하느님 전화는 안 받아도 이 전화는 받으실 테니."

직원은 "아무 소용 없을 텐데."라고 혼잣말을 하더니 "기다려요." 하며 어딘가로 가는 소리를 냈다. 잠시 뒤, 수화기 너머에서 믿기지 않는다는 듯 "제이?"라고 묻는 버즈 아저씨의 목소리가 들렸다.

"안녕하세요, 아저씨. 저 루미예요. 기억하시죠?"

"뭐야, 루미였구나."

버즈 아저씨가 실망과 안도가 뒤섞인 목소리로 말했다.

"설마 진짜 제이 삼촌이 전화를 걸었을 거라고 생각하신 거예요?"

"스튜디오에서 며칠 밤을 새웠더니, 여기가 이승인지 저승인지도 헷갈리는구나."

"아저씨, 바쁘신 건 알지만 아저씨를 만나서 꼭 드릴 말씀이 있는데, 시간 좀 내주실 수 없으세요?"

"무슨 일인데?"

"만나서 말씀드릴게요. 전화로는 제이 삼촌에 관한 아주 중요한 얘기라는 것 정도밖에는 설명이 안돼요."

아저씨가 미안해하면서도 동시에 귀찮아하는 듯한 목소리로 말했다.

"제이 얘기라니 궁금하긴 하지만 당분간은 이 스튜디오를 벗어날 수 없을 것 같구나. 일이 워낙 밀려 있어서. 다음 주까지 영상 편집을 끝내서 토요일에 내레이션 녹음을 따야 하고, 그러고 나면 최종 편집도 다시 해야 하고……. 솔직히 제이 헌터가 아니라 루미 헌터였다는 걸 알았으면 이 전화도 안 받았을 거다."

루미는 버즈 아저씨가 장황하게 스케줄을 늘어놓는 이유가 이만 통화를 끝내자는 뜻이란 것을 알아챘다. 그렇지만 이 기회를 놓치면 한동안 아저씨와 통화할 기회가 없을 것 같아 모르는 척 대화를 이어 나갔다.

"레오는 아직 내레이터를 못 정했다고 하던데 정하셨어요?"

"그래, 어젯밤에 극적으로 승낙을 얻어 냈지."

"누가 하기로 했는데요?"

"프라임스쿨 학생이란다. 다윈 영이라고."

전문 아나운서나 프라임스쿨 출신 학자쯤을 생각하고 있던 루미는 깜짝 놀라 되물었다.

"다윈 영요? 다윈이 내레이션을 해요?"

"그래. 아, 그러고 보니까 루미도 다윈을 알겠구나."

그때 수화기 멀리서 "감독님, 여기 좀 체크해 보셔야 할 것 같은데요."라고 외치는 소리가 들렸다. 버즈 아저씨가 막 전화를 끊을 것처럼 "나중에 다시 얘기하자꾸나."라고 말하는 순간, 루미는 급하게 제안했다.

"아저씨, 저도 녹음하는 날 구경 가도 돼요? 그때 가서 제이 삼촌에 관한 얘기도 해 드릴게요."

버즈 아저씨는 너무 바빠서 거절할 틈도 없는지 "그래, 오렴." 하고 단번에 허락하고는 전화를 끊었다. 카세트의 존재를 발견한 데 이어 중단됐던 제이 삼촌의 죽음을 밝히는 자리에 다윈까지 함께하게 되다니. 루미는 뚜뚜 울리는 통화 종료음이 누군가 자신에게 보내는 신호처럼 느껴져 가슴이 설렜다. 그날 만나서 이야기를 나누면 다윈은 새로운 발견에 놀라워하며 다시 삼촌의 죽음을 좇는 데 합류할 것이다. 확신컨대 그간의 교착 상태는 제이 삼촌에게 어울리는 극적인 해소를 위한 의도적인 장치였던 것이다.

"어디에 전화했니?"

그때 가슴속 설렘을 일시에 멎게 하는 메마른 목소리가 들려왔다. 루미는 수화기를 내려놓으며 뒤돌아섰다. 언제 나왔는지 아빠가 교도소에서 죄수들의 통화 관리를 담당하는 간수 같은 얼굴을 하고 서 있었다.

"레오한테요."

"얼마 전까진 다윈이더니 이젠 또다시 레오니? 루미 넌 프라임스쿨 학생이 아니면 상대도 안 하는가 보구나."

"그런 게 아니에요."

"아니긴. 속물이라는 얘기를 듣지 않으려면 네 주변에서 친구를 사귀는 게 좋을 거다. 프라임스쿨 학생이랑 어울린다고 해서 네가 진짜 프라임 학생이 되는 것도 아니니."

지는 해가 창을 넘어 아빠의 얼굴 반쪽에 짙은 그늘을 드리웠다. 그 순간 루미는 이것이 대결이라는 것을 깨달았다. 진실을 들여다볼 줄 아는 온전한 눈을 가진 자신과 겉으로 드러난 것밖에 보지 못하는 반쪽짜리 눈을 가진, 아빠로 대표되는 무지한 타인들 간의……. 진실이 드러났을 때 그들은 자신들의 그 쓸모없는 한쪽 눈까지 마저 찌르며 무릎 꿇어야 할 것이다. 그날은 멀지 않았다.

다시 돌아온 새

해가 지자 히터를 틀지 않은 차 안에서는 바깥과 다를 바 없는 한기가 돌았다. 니스는 온몸이 바늘에 찔리는 듯한 추위를 느끼면서도 히터를 켜지 않았다. 집을 나와서 벌써 세 시간째였다. 왜 이런 어리석은 짓을 하고 있는지는 스스로도 알 수 없었다. 자기 자신이 우습게 생각되기도 했다. 혹시 이것을 벌이라고 생각하는 걸까. 이 정도 추위에 떠는 것으로 내가 저지른 죄에 대한 벌을 받고 있는 것이라고……?

라디오에서는 최신 인기 음악이 흘러나오고 있었다. 10대 아이들이나 좋아할 노래였지만, 니스는 채널을 바꾸지 않은 채 눈을 감았다.

어떤 면에선 연구소 학자들이 고안한 정책 보고서보다도 인기 가수들이 부르는 대중가요가 시대 흐름을 파악하는 데 더 유용했다. 지금 흘러나오고 있는 노래 역시 그랬다. 4분 남짓한 시간 동안 어린 가수는 집요할 정도로 자기 취향을 이야기하고 있었다. 니스는 이렇게나 개인적인 노래가 대중의 인기를 끌 수 있다는 것이 놀라웠다. 30여 년 전, 자신이 10대였을 땐 이런 노래들이 흔치 않았다. 그때는 음악도 일종의 공공재여서 공동체에서 바람직한 주제라고 합의한 노래들이 인기를 끌었다. 다가올 미래 사회의 희망, 아름다운 자연, 인류애……

니스는 문득 자신이 10대 때 좋아했던 가수를 떠올렸다. 벤 헐크. 뛰어난 뮤지션이었지만 6지구 출신이라는 배경 때문에 자정이 넘은 시간의 라디오 방송에서만 그의 음악을 들을 수 있었다. 특정한 법이 없음에도 암묵적으로 상위 지구에선 상위 지구 출신 가수의 노래만 내보내던 권위적인 시대였다. 그래서 당시 아이들에겐 출신 지구를 가리지 않고 다양한 음악을 내보내는 '미드나이트 뮤직'을 듣는 것이 부모님 눈을 피해 하고 싶은 일 중 하나였다. 자신 역시 가끔은 부모님이 자고 있는 밤에 거실 전축 앞에 앉아서 '미드나이트 뮤직'을 듣곤 했다. 벤 헐크라는 뮤지션도 그렇게 알게 되었다.

당시엔 어려서 잘 인지하지 못했지만 벤이 좋았던 이유를 지금 와 돌이켜 보면 그가 시대를 앞서 한 개인에 대해 노래했기 때문인지도 몰랐다. 니스는 전축 앞에 웅크리고 앉았던 어느 자정을 되살려 보았다. 아직도 '그림자'라는 노래의 가사 속 한 구절이 또렷하게 기억났다.

'땅거미가 질 무렵 날 뒤따라오고 있는 외로운 친구를 봤어. 그와 평생을 같이하게 될 걸 직감했지.'

그러나 그의 노래 속에 나오는 개인은 지금 듣는 팝 음악 속의 개인과는 본질적인 차이가 있었다. 벤 힐크가 노래한 인간은 지극히 개인적이면서도 인류 전체를 아우를 만큼 광범위한 보편성을 띠었다. 분명 모두의 마음속에 존재하는데, 아무도 서로의 내면에 그런 인간이 존재하는지를 모르는 인간이었다. 자신의 모습이 흐릿해질 밤이 오길 기대하는 인간, 거울을 보면서 그 안의 인간에게 질문하고 대답을 기다리는 인간, 죽음에서는 삶을, 삶에서는 죽음을 느끼는 인간. 모두의 인간이면서, 오직 나 하나만의 인간…… 안으로, 더 안으로 들어가던 니스는 문득 궁금증이 일었다. 그런데 숨어 있는 인간은 대개 악惡인 걸까?

그때였다.

똑똑똑.

차창을 두드리는 소리가 났지만 니스는 눈을 뜨지 않았다. 혼자 추억과 상념에 빠져 있는 이 시간을 방해받고 싶지 않았다. 약간의 반항심도 치밀어 올랐다. 학창 시절에 창밖 하늘을 바라보며 다른 세계로 가기 위한 공상에 잠겨 있는데, 갑자기 선생님이 다가와서 긴 막대기로 책상을 두드렸을 때 느낀 그 기분 같았다. 수업에 집중하라는 경고를 내린 선생님처럼, 보나마나 집으로 들어오라는 명령을 내리러 온 아버지일 게 분명했다. 무슨 말을 할지도 뻔했다. '추운 데서 뭐 하고 있냐, 감기에 걸리면 어떡하려고, 그만하고 들어와라, 이제 저녁 먹어야지.'

차 문을 열려는 소리가 들렸다. 니스는 애초에 차 문을 잠가두길 잘했다고 생각하며 아예 반대 차창 쪽으로 돌아앉았다. 아버지는 절대 이해하지 못할 것이다. 아버지의 따뜻한 집보다 추운 차 안이 편하고, 건강하기보단 감기에 걸려 내일 병가를 내고 싶고, 저녁을 먹는 것보다 배고픈 채 음악을 듣는 게 훨씬 좋다는 것을. 니스는 아버지가 자신을 내버려 두고 그냥 가도록 아무 반응도 하지 않았다. 그러자 창밖에서 노크 소리와 함께 말소리가 들려왔다.

"문 좀 열어 주세요."

니스는 깜짝 놀라 얼른 잠금 해제 버튼을 눌렀다. 다윈이 입김을 내뿜으며 차에 올라탔다. 니스는 스스로에게는 과분하다고 생각해서 틀지 않았던 히터를 서둘러 켠 뒤 라디오를 껐다.

차 안이 조금씩 따뜻해지기 시작했다. 니스는 곁눈질로 옆에 앉은 다윈을 힐끗거렸다. 훈훈한 공기와 서로의 숨이 느껴지는 긴밀한 공간 때문인지, 그간의 감정과 오해가 모두 풀려 다윈과 예전의 좋았던 관계로 돌아간 것 같은 착각이 들었다. 물론 아이들의 얼어붙은 마음이 그렇게 쉽게 녹지 않는다는 것은 자신이 가장 잘 알고 있었다. 수십 번 봄이 와도 아이들의 마음 한구석엔 영원히 겨울인 영역이 남아 있을 것이다. 그러나 그렇게 불안하고 불완전한 평화라 할지라도 이 순간만큼은 아들이 먼저 자신을 찾아왔다는 것이 더없이 기뻤다. 니스는 행여 서투른 이야기로 이 좋은 시간을 깨뜨리게 될까 봐 침묵을 지켰다.

그때, 다윈이 먼저 입을 열었다.

"아버지."

니스는 차창 너머로 다윈의 어슴푸레한 모습을 보았을 때보다 더 깜짝 놀랐다. 아버지라고 부르는 다윈의 음성이 불과 세 시간 전의 싸늘했던 목소리와는 완전히 달라져 있었다. 니스는 다윈에게로 천천히 시선을 돌렸다. 어쩌면 자신이 잘못 들은 것일 수도 있었다. 눈동자엔 여전히 냉소와 불신이 담겨 있을 가능성이 컸다. 그런데 다윈의 얼굴과 마주한 순간, 니스는 믿기 어렵지만 자신을 바라보는 아들의 온화한 눈빛에서 예전과 같은 사랑과 믿음을 다시 발견했다. 어떻게 된 일인지 영문을 알 수 없었다. 한번 깨어진 아이의 마음을 복구하기란 시간을 되돌리는 것만큼 불가능한 일이라 생각했는데, 아이들은 때론 낮잠 한숨을 통해서도 상처를 회복하는 걸까.

"왜 여기 나와 계세요?"

"그게…… 바람 좀 쐬려고 잠깐 나왔는데 마침 코트에 차 키가 있어서. 여기 있는 줄은 어떻게 알았니?"

"안 보여서 집에 먼저 가신 줄 알았는데 할아버지가 차에 있을 거라 하셔서요. 지난달에도 설 혼자 오게 했는데 또 혼자 놔두고 가지는 않을 거라면서."

니스는 쓴웃음을 지었다. 아이러니한 일이었다. 늘 자신의 생각과 대척점에 서 있는 아버지가 다윈에 관해선 자신의 생각을 이렇게나 정확히 간파하고 있다니. 아버지 말 그대로였다. 세 시간 전, 가슴이 뛰다 못해 멎어 버릴 정도로 흥분해서 방금 전 위스키를 마신 것도 잊고 그대로 집에 가려고 차에 시동을 걸었다. 그 자리를 계속 지키고 있다간 참지 못하고 9지구 후디 출신인 아버지의 과거를 발설해 버릴 것 같았다.

도무지 아버지를 이해할 수가 없었다. 30년간 쌓인 이 분노가 겨우 자신의 부정한 사업 방식 때문이라고 생각하고 있다니. 한 인간이 저렇게까지 스스로에게 자신의 과거를 속일 수 있다니.

누가 카멜레온을 비난하겠느냐고요? 맞아요. 카멜레온을 비난할 수는 없죠. 이리가 사슴을 물어뜯는다고 비난할 수 없는 것처럼. 그러나 우리는 카멜레온도 아니고 이리도 아니에요. 우린 인간이에요. 며칠 새 말을 바꾼 정도의 변화로도 스스로의 인격이 의심돼 우울해지고, 자신이 물어뜯은 희생양을 평생토록 곱씹으면서 번뇌하는, 우린 인간이라고요. 아무 죄도 짓지 않고 아버지가 된다는 게 가능하겠느냐고 하셨어요? 그럼 아버지 눈엔 이 세상 모든 아버지들이 다 아버지와 똑같은 죄인으로 보인단 말씀이세요? 그런 불신의 눈으로 지금껏 이 세상을 살아오셨던 말이에요?

그러나 마지막 순간, 다윈이 생각나 시동을 껐다. 다윈이 일어나서 자신이 없는 것을 보면 괜한 오해를 더 쌓을 수도 있었다. 아버지가 자신과의 관계 회복에 전혀 관심이 없다고 생각해 아예 마음의 문을 닫아 버릴지도 몰랐다. 니스는 달라진 다윈을 보며 한순간의 기분으로 잘못된 선택을 하지 않은 것에 안도했다.

"피곤한 건 좀 나았니?"

다윈이 고개를 끄덕였다.

"그래, 훨씬 나아 보이는구나. 학년말 고사 때문에 많이 지쳤던 모양이지. 마지막까지 남아서 시험을 치르기까지 했으니. 그런 일은 아마 처음이지?"

다윈이 놀란 기색으로 물었다.

"어떻게 아셨어요?"

"어제 버즈와 통화를 했는데 그때 들었단다. 좀 서운하기도 했지. 내 아들 얘기를 다른 사람에게 전해 들으니. 그런 일이 있었으면 나에게 말하지 그랬니? 난 그런 줄도 모르고 별 어려움 없이 마쳤구나 했지."

"말씀드린대도 이미 끝난 시험을 아버지가 저 대신 다시 치를 수 있는 것도 아니잖아요. 실망만 하시지."

"실망은……. 세상 어느 부모가 최선을 다해 시험을 치르는 자식에게 실망을 하니? 당연히 자랑스러워할 일이지. 그런데 그 정도로 풀기 힘든 문제였으면 적당히 쓰고 나오지 그랬니. 시험이란 게 늘 잘 봐야 하는 것도 아닌데."

"그냥 그 시험만큼은 완벽하게 쓰고 싶었어요. 아니, 완벽하게 써야 했어요."

"많이 좋아하는 과목인가 보구나. 그런 사명감까지 느끼다니. 마지막 날 치르는 과목이 뭐였더라……."

니스는 시험 일정표가 금방 떠오르지 않아서 잠시 생각에 빠졌다. 그런데 답을 찾기 전에 다원이 먼저 "법학 통론요." 하고 알려 주었다.

"아, 그래, 법학 통론. 왜 그렇게 힘들어했는지 알겠다. 확실히 만만한 과목은 아니지. 나도 대학에서 법학 과목을 수강했을 때 꽤나 진을 뺐단다. 필수 과목만 아니었으면 절대 안 들었을 거야."

"어떤 점 때문에요?"

"그냥 적성이 아니어서였겠지. 교수가 그러더구나. 음감이나 운동 신경처럼 법을 해석하는 감각도 타고나는 거라서 머리로만은 다 이해하지 못한다고. 난 그 감각을 타고나지 못한 모양이야. 그래서인지 지금도 뉴스를 보다 보면 도무지 이해가 안 되는 판결도 종종 나오고."

"저도 그 감각을 타고나지 못한 걸까요?"

"그 말을 들으니 내 탓인 것 같아서 미안한걸. 그런데 겨우 한 번 어려움을 겪었다고 속단할 필요는 없지. 아직 열여섯밖에 안 된 어린아이가 재판관 노릇을 너무 훌륭하게 수행한다면, 그건 그것대로 무서운 일 아니겠니?"

어둠이 전술을 예측할 수 없는 적군처럼 몰려오고 있었다. 양쪽 길에 늘어선 앙상한 가지의 나무들이 창을 든 보초병들처럼 보였다. 좁은 공간 탓인지 니스는 문득 어른들은 모르는 비밀 기지에 다윈과 단둘이서 몰래 숨어 들어와 있는 기분이었다. 다윈은 아들이 아니라 자신이 가장 사랑하는 친구 같고, 이 기지 안에서 나눈 이야기들은 영원히 비밀이 보장될 것 같았다.

니스는 천천히 입을 뗐다.

"어렸을 때…… 한 친구가 이런 이야기를 했단다. 한 해의 마지막 날 모든 인간들은 양말을 벗고 자기의 숨은 죄가 측정되는 특수한 저울에 올라가야 한다고. 그래서 만약에 저울에 3그램 이상이 뜨면, 그 사람은 새해를 맞을 자격이 없는 죄인이니 처벌받아야 한다고."

"3그램은 왜 면책되는 건데요?"

"그 정도는 인간이 가지고 태어난 원죄라고 하더구나."

"원죄 이외의 죄는 모두 처벌받아야 한다는 말을 할 정도면, 그 친구는 태어나서 한 번도 죄를 짓지 않은 사람이었나 보네요."

"그래, 무척 순결한 친구였지."

"그 친구는 지금 뭘 하고 있어요? 법관이 되었나요?"

"아니…… 죽었단다."

니스는 그렇게 말하고는 숨을 죽였다. 지나가던 어둠이 차창에 얼굴을 바짝 대고 안에 누가 숨어 있는 건 아닌지 살펴보는 것 같았다. 들켰다간 이대로 끌려 나가 처벌을 받게 될 것 같았다. 계속 침묵을 지키고 있자 다행히도 어둠이 '쳇, 아무도 없잖아.' 하고 포기한 듯 지나갔다.

그때 다원이 물었다.

"혹시 그 친구가 제이 아저씨예요?"

니스는 자기 입으로 답을 준 것이나 다름없는데도 막상 다원의 입에서 제이의 이름이 나오자, 믿었던 아군의 창에 가슴을 찔리는 기분이었다. 그러나 애써 미소를 지으며 말했다.

"그래, 제이란다. 당시 별명도 '재판관 제이'였지. 그러고 보니 제이가 살아 있었다면 네 말대로 훌륭한 법관이 되었을지도 모르겠구나. 숨은 죄인이 한 명도 없는 깨끗한 세상을 만들었겠지."

"그 특수한 저울로 죄를 측정해서요?"

"그래, 그 특수한 저울로 죄를 측정해서."

"그럼 아버지도 그 저울에 올라가야 할 텐데요?"

"물론 올라가야겠지."

"쉽게 말씀하시는 걸 보면 아버지 저울엔 3그램 이상은 나오지 않을 거라고 확신하시는 거예요?"

니스는 웃었다.

"그럴 리가……. 아마 어떻게 읽어야 할지도 모를 긴 숫자들

664

이 뜰 거란다."

"왜요?"

"글쎄다, 왜일까······. 원래 내 나이쯤 되면 누구나 죄인이란다. 이런저런 사람들을 만나면서 자기도 모르는 사이 여러 죄들을 짓게 되지. 어제만 해도 문교부 원로들과 점심 식사를 하는 게 너무 지루해서 누구라도 한 명 아파 버렸으면 좋겠다는 생각을 했으니까."

"그런 것도 죄가 돼요?"

"제이의 이론대로라면. 의원들에게 떳떳이 얘기할 수 없어 마음속으로 숨겨야 하는 부정한 생각이니까."

"아버지도 제이 아저씨의 그 이론에 동의하세요?"

"동의했지."

"지금은요?"

"지금은······ 불가능한 일이지. 말했다시피 지금은 너무 죄인이 돼 버려서 동의를 하고 말고 할 자격부터가 없거든. 제이도 이런 내가 자기 이론의 지지자가 되는 건 달갑지 않을 거야."

"아니요, 가능해요."

제이와 함께 그 이론을 정립한 학자라도 된 양 확신에 차 대답하는 다윈의 대응에 호기심이 일어 니스는 "어떻게?"라고 물으려고 했다. 그런데 그때 밖에서 다윈 쪽 차창을 두드리는 소리가 났다. 니스는 창문을 내렸다. 아버지였다.

"부자간에 할 얘기가 많은 건 좋다만, 그러다 인사도 않고 가 버릴까 걱정돼 나와 봤다. 아직도 못다 한 얘기가 있거든 집에 들어와서 해라. 내가 들으면 안 되는 비밀 얘기라면 얼마든지 자리를 비켜 줄 테니."

니스는 아버지의 얼굴을 보자 다윈 덕분에 가라앉았던 분노가 다시 꿈틀대는 것을 느꼈다. 그러나 다윈 앞에서 아버지에게 맞서는 모습을 보여 주고 싶진 않았다. 어쩌면 자신이 아버지를 대하는 방식대로 다윈도 자신을 대하게 되는 것일지도 몰랐다. 아버지와 인연을 끊을 것이 아닌 이상엔 아까의 대립은 여기서 그만 풀어 버리는 게 모두를 위해서 좋았다. 아무리 분노가 크다 해도 아버지와 평생 의절한다는 것은 가능하지 않은 일이니…….

니스는 아버지식의 화해 신청을 받아들이며 다윈과 함께 차에서 내렸다. 한결 좋아진 기분 덕분에 칼끝 같은 추위도 신선하게만 느껴졌다. 얼마간의 간격을 두고 정원을 걸어가던 니스는 조금 전에 대답을 듣지 못한 말이 생각나서 다윈에게 다가가 물었다.

"그런데 아까 전에 가능하다는 게 무슨 뜻이었니?"

다윈이 걸음을 멈추며 대답했다.

"죄가 있으면 벌도 있잖아요."

"처벌을 받음으로써 순수성을 회복할 수 있다는 얘기니?"

다윈이 고개를 끄덕였다. 니스는 너무 순수해서 너무나 원론적일 수밖에 없는 아들의 생각이 귀여우면서도 한편으로는 슬펐다. 자기 아버지의 죄가 얼마나 큰지 모르기 때문에 저런 생각도 할 수 있는 것이겠지.

"좋아, 그렇다면 나이 든 의원들을 앞에 두고 겉으론 웃으면서 속으론 아파 버렸으면 좋겠다고 생각한 사람은 어떤 벌을 받아야 할까?"

"그 정도 생각에까지 벌을 내릴 필요는 없어요. 다음에 만날 때 진심으로 대하는 것만으로도 잘못을 충분히 만회할 수 있으니까요."

니스는 웃으며 다윈의 머리를 쓰다듬었다.

"우리 아들은 너그러운 재판관이구나."

먼저 현관에 도착한 아버지가 문을 열어 둔 채 앞에서 기다리고 있었다. 따뜻하고 환한 조명이 어두운 정원에 빛으로 만든 좁은 길을 내 주었다. 니스는 다윈의 어깨에 손을 올린 채 그 길 위로 걸어갔다. 천국의 문으로 향하는 길도 이와 크게 다르지 않으리란 생각이 들었다. 물론 마지막에 가선 다윈만 문 안으로 들여보내고 자신은 스스로 비켜나야 하겠지만.

영광의 그늘

        월요일 오선을 기해 급속하게 퍼진 소식은 학년말 고사가 끝나고 다소 한가해진 프라임스쿨에 다시 약간의 긴장감을 만들어 냈다. 소식은 학교 대외처장을 접견하고 나온 학생회 대표에게서 흘러나왔다. 프라임스쿨 다큐멘터리의 해설자로 다윈 영이 발탁되었다는 이야기였다.

    공고에 불과한 단순한 소식은 학생들의 입을 오르내리는 동안 여러 의미를 가진 복잡한 이야기로 부풀어 올랐다. 가장 논란이 된 부분은 역시 선발 과정에 프라임스쿨 위원장의 입김이 작용했는지 여부를 둘러싼 추측이었다. 갑작스럽게 통보된 결과이다 보니 학생들뿐만 아니라 자세한 사정을 모르는 교사들까지 가세해 위원장이 선발에 큰 역할을 했을 것이라는 추측에 한마디씩 보탰다. 일부 학생들은 기회만 주어졌다면 자기들도 얼마든지 프라임스쿨을 대표하는 목소리로 뽑힐 수 있었을 것이라며, 모두에게 공평한 기회를 주지 않은 불투명한 선발 과정에 불만을 표출하기도 했다.

그럼에도 적대적인 여론은 형성되지 않았다. 학생들이 품은 불만의 불씨에는 애초부터 더 커질 수 없는 자가당착적인 한계가 존재했기 때문이다. 가슴의 불꽃을 키우려고 할 때마다 머리 깊숙이 뿌리내린 이성이 차가운 목소리로 물어 왔다.

'모두에게 공평한 기회를'이라는 것은 하위 지구에서 나도는 선거 구호가 아니었던가? 계급화의 정점에 서 있는 프라임스쿨이 다시 내부적으로 계급화되는 것이 부당한 일인가? 시스템의 최대 향유자들에게 그 시스템을 비판할 자격이 있는가? 무엇보다도 다윈 영이 프라임스쿨을 대표하기에 부족한 인물인가?

그렇게 불만의 소리가 타오르진 않되 꺼지지도 않고 한 주간 계속 이어지던 금요일 아침, 학년말 고사 성적이 발표되었다. 과목마다 상위 열 명만을 공개하는 등수 표에는 어김없이 다윈 영의 이름이 적혀 있었다. 불만자들을 가장 놀라게 한 점은 시험을 망쳤다고 소문이 난 법학 통론에서 다윈 영이 1등을 기록했다는 사실이었다. 반박할 수 없는 객관적인 수치에 전의를 상실한 학생들은 프라임스쿨 위원장이 권력을 휘둘렀다 하더라도 그 칼이 바르게 쓰였음을 인정하지 않을 수 없게 되었다.

금요일 오후, 마지막 수업을 끝내고 강의실을 나오던 다윈은 방으로 찾아오라는 법학 교수의 부름을 전해 받았다. 다윈은 어쩌면 시험 점수를 번복하려는 것일지도 모른다고 생각하며 교수관으로 향했다.

방으로 들어가자 교수는 한동안 말없이 생각에 잠긴 모습을 하고 있다가 잠시 뒤 "성적을 확인하고 놀라지 않았니?"라고 물었다. 다원은 고개를 끄덕였다. 다른 과목도 그랬지만 법학 과목만큼은 낙제점에 가까운 성적을 받게 될 거라고 각오하고 있었다. 1등이라는 결과를 가장 이해할 수 없는 사람은 자기 자신이었다.

교수가 물었다.

"주제를 살인으로 잡은 건 다른 애들과 똑같았는데, 넌 아예 변론을 쓰지 않았더구나. 어떤 생각으로 그런 거니?"

다원은 시험 때 몇 시간 동안이나 자신을 괴롭혔던 질문과 다시 맞닥뜨리는 기분이었다.

"문제가 용서받을 수 없는 범죄에 대해 쓰는 것이었으니까요. 아무리 생각해도 그런 범죄에 변론을 해 줄 수는 없었어요."

"그래서 마지막까지 남아 있었던 거구나. 그래, 어려운 문제이긴 하지. 하지만 그럼에도 다른 애들은 모두 공평하게 반론과 변론을 했단다. 아마 그 애들 입장에선 한쪽 역할을 포기한 네가 최고 점수를 받은 걸 납득하기 어려울 거다."

다원은 다른 애들은 차치하고 자기 자신도 납득되지 않는 결정을 내린 이유를 물었다.

"그런데 교수님은 왜 저에게 최고 점수를 주셨어요?"

교수가 미소 지으며 말했다.

"너희들은 가상이 아니라 실제로 변론과 반론과 판결을 맡게 될 사람들이니까. 세상에 한 사람이 반론과 변론을 동시에 수행하는 재판은 없지. 그래서 너에게 최고 점수를 준 거란다. 이 시험을 진짜로 받아들인 사람은 다원 너 하나뿐이었어."

다원은 조금도 기뻐할 수 없었다. 모두가 가상으로 받아들인 시험 문제를 자기만 실제로 받아들였다는 것은 행운이 아니라 비극이었다.

교정에서 마주친 친구들이 "축하해."라거나 "기대할게." 등의 인사를 전해 왔다. 다원은 그들의 인사가 성적이나 내레이션에 대해서가 아니라 아버지의 죄에 내린 자신의 결정을 두고 하는 말처럼 들려 아무 대꾸도 할 수 없었다. 같은 수업을 듣는 한 친구가 내레이션 진행 과정에 대해 물으며 손을 붙들었지만, 다원은 슬그머니 손을 빼고 다른 곳으로 가 버렸다. 거만해졌다는 말을 들어도 어쩔 수 없었다. 결심을 굳힌 이상 예전과 같은 일상에 섞이고 싶지 않았다. 섞여서는 안 되었다. 이전에 하던 대로 친구들에게 친절히 응대했다가는 머지않아 모든 진실이 밝혀졌을 때 지금의 거만한 태도보다 아버지의 죄를 알면서도 태연히 축하를 받았던 모습이 훨씬 더 큰 충격을 주게 될 것이다. 친구들에게 그런 불쾌감을 주느니 차라리 지금부터 미움을 사 혼자가 되는 게 나았다.

그렇게 모두를 외면한 채 기숙사로 돌아왔는데 현관 앞에 레오가 서 있었다. 레오마저 밀어낼 수는 없었다.

"어쩐 일이야?"

다원은 오늘 처음으로 자기가 먼저 다가갔다.

레오가 미소를 지으며 말했다.

"내레이터로 뽑힌 거 축하해 주려고."

오래 기다렸는지 레오 입에서 짙은 입김이 나왔다.

"뭘 축하까지……."

"너무 많이 받아서 벌써 지겨워진 거야?"

"지겹다기보단 그냥 우연히 제안받은 건데 다들 과도하게 축하를 해 주니까 기분이 떳떳하지가 않아서."

"그럴 것 없어. 아버지가 널 선택한 건 분명 특별한 이유 때문이었을 테니까."

"특별한 이유는 무슨……. 내가 그날 그 자리에 있어서 우연히 제안하신 것뿐이야."

"선택에 우연이란 건 없어. 특히 우리 아버지같이 자기 작품을 최우선으로 삼는 사람한테는. 분명 다윈 네가 유일한 적임자로 느껴졌기 때문에 선택하신 거야."

"레오 넌 아저씨 생각을 완전히 꿰뚫고 있구나. 나 대신 네가 내레이터가 됐으면 아저씨 생각을 더 잘 살렸을 텐데."

아버지 일만으로도 머릿속이 가득 차 다른 건 생각도 할 수 없는 이 와중에 홧김에 내린 결정에 얽매여 별로 하고 싶지 않은 일까지 해야 한다는 게 귀찮아서 무심코 내뱉은 말이었는데, 순간 레오의 얼굴이 굳어졌다. 레오답지 않은 모습에 다윈은 "무슨 일 있어?" 하고 물었다. 레오가 신발로 땅바닥을 툭 차며 이야기했다.

"사실은…… 다윈 네가 내레이터로 뽑혔다는 소식은 월요일에 들었는데 바로 축하해 줄 수가 없었어. 법학 수업에서 만났을 때도 마찬가지였고. 왜냐하면…… 그럴 리 없다고 생각하면서도 마음 한구석에선 어쩌면 아버지가 나에게 그 일을 제안할지도 모른다는 기대를 하고 있었거든. 아버지 조수인 필립 형이 프라임 학생 중에서 내레이터를 정할 것 같다고 슬쩍 귀띔해 줬는데, 지난 주말까지만 해도 확실히 정해지지 않았다고 해서 어쩌면 날 선택할지도 모른다고 생각했던 거야. 그만둘 거긴 하지만, 어쨌거나 아직은 나도 프라임 학생이니까. 그런데 다음 날 아침 갑자기 너로 정해졌다는 소식을 듣고 좀 놀랐어. 아니, 더 솔직히 말하면 실망스럽기도 하고, 화가 나기도 하고, 우습기도 하고…… 물론 다윈 너에게가 아니라 말도 안 되는 생각을 하고 있었던 나 자신에게. 아버지는 나 같은 건 염두에 두고 있지도 않았을 텐데 나 혼자 그런 착각을 하고 있었다니. 꼴이 우습잖아. 내일이 녹음 날인데 끝까지 너를 진심으로 축하해 주지 못한다면 나 자신에게 더 실망할 것 같아서 찾아온 거야. 속 좁게 굴어서 미안. 그리고 정말 축하해."

다윈은 아무 말도 할 수가 없었다. 레오는 "지금은 아버지가 선택한 사람이 다윈 너라서 진심으로 기뻐."라고 말한 뒤 "학생회 애들 중에서 골랐으면 어쨌을 거야."덧붙이며 장난스럽게 웃었다.

다윈은 레오를 위로해 줄 말을 찾을 수 없어 레오가 그런 것처럼 신발로 애꿎은 바닥만 툭툭 차 댔다. 자신에게는 아무 의미도 없고 거추장스럽기까지 한 일이 레오에게는 이렇게 큰 괴로움을 일으켰을 줄은 짐작도 못 했다.

"잘하란 말은 따로 필요 없겠지. 아버지는 다윈 네 본연의 모습이 마음에 드신 걸 테니까."

레오는 마지막으로 격려하듯 그렇게 말하고는 서기숙사로 향하는 길로 빠르게 뛰어갔다.

다윈은 어둠 속으로 사라지는 레오의 뒷모습을 지켜보며 충동적으로 버즈 아저씨의 제안을 수락한 것을 다시 후회했다. 마음에 품고 있는 그날이 오기까지 가능하면 다른 사람들 눈에 띄지 않고 조용히 보내는 것이 좋을 것이다. 새로운 일을 시작하기보다는, 예전엔 무심코 지나쳤지만 지금 와선 특별한 뜻이 있어 보이는 지난 일들의 기억을 되살리며, 그 안에 담긴 의미를 찾아보는 것이 현명할 것이다.

무엇보다 남은 시간 동안 아버지를 더 알아야 했다. 앎이 이해로까지 이르진 못하겠지만, 그래도 최선을 다해 아버지가 내린 결정의 과정들을 알려고 노력해야 했다. 그리고 그것이 끝나면 아버지에게 자신을 이해시켜야 했다. 자신이 내린 결정을 아버지가 받아들이도록 최선을 다해 노력해야 했다. 그러나 한순간의 잘못된 결정으로 모두의 주목을 끌게 될 일을 만들어 그 시간들을 해쳐 버리고 말았다. 아버지가 살인자라는 것을 알고도 뻔뻔하게 프라임스쿨을 소개하는 프로그램에 출연했다는 사실이 알려지면 사람들은 어떤 비난을 할까…….

세찬 바람이 불어왔다. 다원은 몸을 떨었다. 신중하지 못한 결정으로 지금은 레오가 상처받았고, 앞으로는 아버지와 자신이 더 상처받게 될 것이다. 만신창이가 된 그때, 이런 작은 상처까지 느낄 수 있을지는 모르겠지만.

복잡한 기분을 떨치지 못한 다원은 전화실로 가 아버지 사무실로 전화를 걸었다. 다이얼을 누르고 벨 소리를 들으며 기다리는 동안, 다원은 자신이 아버지에게 무엇을 바라며 전화를 거는 것인지 알 수가 없었다. 전화를 받은 비서가 "차관님이 기뻐하시겠다."라며 아버지에게 전화를 연결해 주었다.

"다원이구나."

아버지의 목소리는 밝았다.

"바쁘세요?"

"예산 심의에 낼 자료들을 확인하고 있는 중이었단다. 어차피 내일도 나와야 하니 천천히 해도 돼. 너는 뭐 하고 있었니? 내일을 생각해서 목소리를 아껴야 할 텐데."

다원은 이제 와 아버지가 해 줄 수 있는 것은 아무것도 없다는 것을 알면서도 무작정 입을 뗐다.

"내레이션 안 하면 안 돼요?"

아버지가 놀란 목소리로 물었다.

"무슨 일 있니?"

"그냥 갑자기 하기 싫어져서요."

아버지의 뜻을 거스르면서까지 내린 결정을 이렇게 쉽게 번복하는 것에 무책임하다고 야단맞을 게 분명했다.

아버지는 잠시 침묵한 뒤 말했다.

"특별한 이유도 없이 그냥 하기 싫어졌다는 이유만으로 취소할 수 있는 단계는 이미 지났단다. 이미 위원회에서 허락한다는 공문을 학교에 내렸고, 버즈 미디어와도 계약이 끝났으니. 게다가 당장 내일이지 않니?"

다원은 반박할 말을 하나도 찾을 수 없었다. 애초에 가능하다고 생각하며 물었던 것도 아니었다.

"알겠어요. 이제 기숙사로 올라가 봐야겠어요."

다원은 그만 전화를 끊으려고 했다. 그런데 그때 아버지가 다정한 목소리로 "다원." 하고 불렀다. 다원은 다시 수화기를 귀에 갖다 댔다.

"네가 정 하고 싶지 않다면 하지 않아도 되게 해 주마. 공문이니 계약이니, 십계명도 아니고 취소 못 할 것도 없지. 지금 바로 학교와 버즈에게 전화해 줄 테니 그런 일로 괴로워하지 마렴. 알겠지?"

아버지의 대답에 다원은 할 말을 잃었다. 아무리 아버지가 너그럽대도 공식적인 약속을 깨뜨리는 일에 관해선 자신을 엄하게 꾸짖을 것이라 생각했다. 잘해 봐야 '부담스럽게 생각하지 말고 가벼운 마음으로 즐기렴.' 하는 정도의 위로나 받을 것이고. 그런데 아버지는 갑자기 하기 싫어졌다는 말도 안 되는 이유를 깊이 추궁하지도 않은 채, 즉시 이 자리에서 모든 괴로움을 해소해 주겠다고 했다. 그런 식의 해결은 예상을 한참 뛰어넘어 상상도 해 보지 못한 것이었다. 어떤 자비로운 신에게 기도를 한대도 이런 응답은 듣지 못할 것이다. 아버지가 "듣고 있니?"라고 물었다.

"……죄송해요."

"괜찮아, 넌 신경 쓰지 않아도 돼. 이 일로 네가 곤란해지는 일은 절대 없을 테니까."

다원은 이상하게 눈물이 날 것 같았다. 방금 전까지만 해도 전화를 건 목적을 몰랐는데 어쩌면 영광스러운 일을 영광스럽게 받아들이지 못하도록 자신에게 괴로움을 준 아버지에게 화풀이를 하며 똑같은 괴로움을 주려 했던 것인지도 모른다는 생각이 들었다. 그런데 아버지는 그 얄팍한 마음에 깊이를 헤아릴 수 없는 믿음과 사랑으로 응해 주었다.

"아니에요……. 아버지 말씀대로 내일이라고 생각하니까 괜히 긴장돼서 한번 해 본 말이에요. 이제 기분이 훨씬 나아졌어요."

아무리 프라임스쿨 위원장이라 해도 하룻밤 전에 모든 일정을 취소하는 것은 권한과 능력을 한참 벗어난 일이다. 그 한계를 가장 잘 아는 사람은 다른 누구도 아닌 아버지 본인일 것이다. 그런데도 아버지는 자신을 위해 얼마든지 그 한계를 넘어 주겠다고 했다. 더불어 아무것도 걱정할 필요 없다는 위로와 확신까지 주면서……. 다윈은 이번엔 자신이 한 발 뒤로 물러서야 한다는 것을 알았다. 아버지에게 그런 부담과 비난을 지워 줄 수는 없었다. 자신의 선택에 따른 책임은 자신이 져야 했다. 아버지의 선택에 따른 책임은 아버지가 져야 하듯이.

다윈은 "이젠 잘할 수 있을 것 같아요."라고 말했다. 아버지는 "다행이구나. 걱정이 들면 또 전화하렴." 하고 말했다.

열 시 정각이 되자 어김없이 취침 종소리가 울려 퍼졌다. 마지막 종이 울리고 난 얼마 뒤 다윈은 종탑 계단을 내려가는 발소리를 들었다. 교내 중앙에 위치한 종탑과 기숙사 간의 거리는 상당했다. 설령 바로 옆에 붙어 있다 하더라도 나선형 계단을 걷는 걸음 소리 같은 것은 벽을 넘기 전 탑 안에서 사그라지고 말 것이다. 그걸 알면서도 다윈은 자신이 들은 발소리를 확신했다. 스스로의 믿음에 순응하고자 하는 누군가의 한 걸음 한 걸음이 종소리보다도 더 크게 마음에 울렸다.

아주 오래전, 촛불 한 자루를 들고 밤마다 이 종탑을 오르내렸을 수도사는 바람에 흔들리는 촛불에 대고 되뇌었을지도 모른다. 신에게 복종하는 것은 패배하는 게 아니라고.

다원은 바람에 흔들리는 창을 보고 똑같이 되뇌었다. 아버지의 죄를 밝힌다고 해서 아버지를 사랑하지 않는 것이 아니다. 절대적인 복종이 훗날 더 큰 은혜로 보답받듯, 진실 역시 한동안은 고통스럽겠지만 결국엔 잃어버린 신뢰와 사랑을 되돌려 줄 것이다. 그러면 그때 가서는 아버지의 저 무조건적인 사랑을 괴로움 없이 받아들일 수 있을 것이다.

종탑을 내려가는 발소리가 밤새도록 이어졌다. 다원은 그 발소리 수만큼의 재판을 열어 매번 똑같은 선고를 내렸다. 몇만 번의 재심을 통해 얻은 판결이라면 더 번민할 필요가 없었다.

다음 날 아침, 학교를 나서기 전 다원은 교수관으로 불려가 교장 선생님을 비롯한 여러 선생님들에게 격려와 조언을 들었다. 생활지도 선생님은 코트에 단 프라임스쿨 배지를 바로잡아 주며 "우리는 다른 누구보다도 다원 네가 발탁된 것을 아주 기쁘게 생각하고 있단다."라고 말했다. 다원은 선생님들이 하는 말을 묵묵히 듣기만 했다. 면담을 마치고 나오니 버즈 미디어에서 보낸 차가 벌써 교문 앞에 도착해 있었다.

여러 방송국이 밀집한 거리에 위치한 버즈 미디어 스튜디오는 건물 외관이 벌집처럼 생긴 3층짜리 빌딩이었다. 다원은 지하에 있는 녹음 스튜디오로 안내받았다. 무거운 방음문을 열고 들어가자 버즈 아저씨가 반겨 주었다. 며칠이나 해를 보지 못했는지 얼굴이 파리했다.

"컨디션은 어떠니?"

다원은 자신의 어깨에 정답게 손을 얹으며 묻는 버즈 아저씨에게 "좋아요." 하고 고개를 끄덕였다.

목소리 크기와 톤에 맞춰 기계를 세부적으로 조정한 뒤, 바로 녹음을 시작했다. 다원은 녹음 부스 안에 들어가 다큐멘터리 원고를 천천히 읽어 내려갔다. 미리 외워 두기라도 한 것처럼 원고 속 문장들이 자연스럽게 흘러나왔다. 유리 벽 너머에서 버즈 아저씨와 엔지니어 등 여러 사람이 지켜보고 있었지만, 위축되거나 어색한 느낌은 전혀 들지 않았다. 이 영광스러운 기록이 얼마 뒤엔 자신을 상처 입히는 도구가 될 것이라는 좌절감이 우습게도 모든 긴장을 해소시킨 것 같았다.

한 단락을 끝냈을 때 버즈 아저씨가 말했다.

"지나치게 잘하는구나. 이대로라면 생각했던 것보다 훨씬 일찍 끝낼 수 있겠는데."

"원고가 훌륭하니까요."

버즈 아저씨와 엔지니어가 잠깐 얘기를 주고받은 뒤 녹음이 재개됐다. 다원은 물로 입을 축이고 다시 원고를 읽어 내려갔다. 고요한 부스 안에서 자신의 목소리를 자신의 귀로 듣고 있으니 일종의 고해성사를 하는 기분이었다. 1인칭 소년의 시점으로 쓰인 원고가 더욱 역할에 몰입하게 만들었다.

얼마 뒤 버즈 아저씨가 외쳤다.

"좋아, 컷!"

다원은 헤드폰을 벗고 고개를 들었다. 그 순간 유리 벽 너머로 루미가 보였다.

카세트의 행방

        루미는 자신의 느낌이 착각이었는지 확인하려고 콘솔 쪽으로 한 걸음 가까이 가 보았다. 그러나 느낌은 바뀌지 않고 오히려 확신으로 발전했다. 역시 다원의 어딘가가 미묘하게 변해 있었다. 마지막으로 아카이브에서 만났을 때의 그 남자애가 아니었다. 기후가 전혀 다른 환경에서 자란 다원의 일란성 쌍둥이가 있다면 이런 느낌일까. 루미는 다원을 여러 각도로 살피며, 익숙한 사람에게서 이렇게 낯선 느낌이 드는 것이 자신과 다원 사이를 가로막고 있는 녹음 부스의 유리 때문인지, 아니면 태양빛과는 다른 스튜디오 안의 어두운 조명 때문인지를 생각했다.

버즈 아저씨가 다원에게 물었다.

"힘들지 않니? 좀 쉬었다 할까?"

"아니요, 괜찮아요."

다윈이 말했다.

루미는 당연히 다윈이 자신에게 알은척을 할 거라 기대했지만, 다윈은 의도적이라고 생각할 수밖에 없게끔 한 번도 눈길을 주지 않았다. 내레이션에 집중하기 위해 일부러 바깥 상황을 외면하고 있는 것이라 해도 문화 거리 광장에서 자신을 보자마자 손을 흔들며 뛰어왔던 그 남자애라면 절대 하지 않을 행동이었다. 루미는 다윈의 시선을 받기 위해 애쓰는 자기 모습이 결국 그날 다윈의 관심을 끄는 데 실패했던 주변 여자애들 중 한 명 같아 우습고 초라했다.

두 시간 남짓 뒤, 드디어 다윈이 녹음 부스 문을 열고 나왔다. 버즈 아저씨가 "수고했다, 완벽해."라고 칭찬해 주었다. 정면에서 가까이 다가오는 다윈을 기다리는 동안 루미는 이 생경함이 최소한 유리나 조명 때문은 아니라는 것을 확신했다. 다윈이 바로 눈앞까지 다가왔고 그 사이에 굴절을 일으킬 물질은 아무것도 없는데도 다윈은 여전히 미묘하게 변한 다른 사람이었다.

"안녕."

스튜디오에 오는 동안 루미는 오직 두 가지 경우만을 예상했다. 다윈이 자신을 보고는 놀라 당황하든지, 아니면 누구보다도 반갑게 맞이해 주든지. 어느 쪽이든 그동안 연락하지 않은 이유만큼은 최선을 다해 설명해 줄 것이라고 생각했다. 그런데 "안녕."이라고 말한 다윈은 자기가 한 인사에 응답을 듣기도 전에 바로 다른 쪽으로 시선을 돌려 버렸다. 마치 그 짧은 한마디가 하고 싶은 말의 전부라는 것처럼. 루미는 다윈이 자신에게 인사가 아니라 작별을 고하는 것 같았다. 이해할 수가 없었다. 남자애들은 한두 달 사이에도 이렇게 달라지는 걸까?

버즈 아저씨가 물었다.

"루미야, 어떠니? 다원이 아주 잘한 것 같지?"

루미는 말없이 고개만 끄덕였다.

"다원은 좋겠구나. 여자 친구가 여기까지 응원을 와 주고."

다원은 아무 반응도 없었다. 루미는 레오와 만나 왔던 것을 아는 버즈 아저씨한테 '다원의 여자 친구'라는 말을 듣는 것이 편하지만은 않았다. 그런 데다 다원이 여자 친구는커녕 아예 모르는 사이인 것처럼 외면하고 있자 불편함을 넘어 모욕을 당한 기분이었다. 루미는 다원을 좇던 시선을 그만 거두었다. 다원이 이렇게 나온다면 자신도 더는 안달하지 않을 것이다.

루미는 버즈 아저씨 옆으로 가서 말했다.

"제가 오늘 여기 온 건 아저씨를 만나기 위해서예요."

"나를?"

"지난번에 전화드렸을 때 제이 삼촌 일로 여쭤 보고 싶은 게 있다고 말씀드렸잖아요."

"아, 그랬지."

"사실은 지난번에 할머니 집에 가서 청소를 하다가……."

버즈 아저씨가 "잠깐." 하고 이야기를 중단시켰다.

"여기 스태프들이 후반 작업 할 게 남았으니까 우리는 나가서 이야기하는 게 좋겠다. 어차피 점심도 먹어야 하니까. 괜찮지?"

생각했던 것보다 더 유리해진 상황에 루미는 당연히 "좋아요."라고 대답했는데, 그때 다원이 "전 학교로 돌아갈게요."라고 했다. 버즈 아저씨가 말도 안 된다는 듯이 웃으며 다원을 붙들었다.

"무슨 말이야, 당연히 같이 가야지. 나를 일만 시키고 밥도 안 사 주는 몰인정한 사람으로 만들 생각이니?"

"피곤해서요. 가서 쉬고 싶어요."

"그게 다 밥을 안 먹어서 그런 거란다. 먹고 나면 기운이 날 거야. 루미야, 네가 설득 좀 해 보렴. 아무래도 나보단 여자 친구 말을 잘 들을 것 같으니까."

루미는 다원에게 죄책감과 책임감을 동시에 불러일으키려고 일부러 다원을 빤히 응시하며 말했다.

"그러지 말고 같이 가자. 너도 들으면 좋을 얘기야. 어쩌면 우리가 그동안 그렇게 찾아다닌 사람이 누군지 드디어 알아낼 수 있을지도 모르거든."

줄곧 시선을 회피하던 다원이 이번엔 이상하다 싶을 정도로 오래 눈을 마주치고 있더니, 이윽고 고개를 끄덕였다.

버즈 아저씨가 데리고 간 곳은 스튜디오 맞은편 호텔에 있는 고급 레스토랑이었다. 루미는 아저씨를 따라 안으로 들어서며 샹들리에와 그림 같은 실내 장식을 유심히 둘러보았다. 학교 친구들에게 이야기로만 들어 봤을 뿐 한 번도 와 본 적은 없는 곳이었다. 아무리 특별한 날이라도 아빠는 이런 비싼 데는 절대 데려와 주지 않으니까. 버즈 아저씨는 자주 오는 곳인지 종업원들이 무척 친근하게 대했다. 말이 없긴 하지만 다원도 자연스러워 보였다. 루미는 이런 분위기에 소외감을 느끼고 있는 사람은 자기뿐일 거라는 생각에 씁쓸했다.

주문을 하고 음식을 기다리는 동안 버즈 아저씨가 먼저 이야기를 시작했다.

"아까 할머니 집 청소를 했다고 했던가? 그런데 그게 제이랑 관련이 있는 일이니?"

루미는 아저씨에게 되물었다.

"아저씨, 혹시 옛날에 제이 삼촌한테 카세트를 빌려주신 적 있나요? 무선으로 된 미니 카세트요."

"카세트?"

"네, 할머니가 그러셨어요. 아저씨가 제이 삼촌한테 빌려준 카세트로 삼촌이 라디오를 들었다고요. 삼촌 방에 있는 음악 테이프들도 다 그걸로 녹음했을 거라던데요?"

버즈 아저씨는 기억을 떠올리기 위해서인지 얼굴을 약간 찡그리며 말했다.

"아, 그 카세트……. 그래, 생각난다……."

"할머니 말씀으론 제이 삼촌이 죽은 뒤 아저씨에게 돌려줬다고 하시던데, 맞나요?"

"그래, 돌려주셨단다."

"그 카세트는 지금 어디 있어요?"

"글쎄다, 너무 오래전이라……. 그런데 그건 왜?"

루미는 다원을 한 번 흘낏 바라본 뒤 말했다.

"아저씨, 제이 삼촌은 '미드나이트 뮤직'이란 라디오 방송을 아저씨가 빌려준 카세트로 녹음했어요. 월요일부터 금요일까지 5일간 자정에서 새벽 두 시까지 하는 방송이었죠. 5월부터 녹음을 시작해서 6월, 7월 초 방송들까지 30개나 되는 녹음테이프들이 그대로 남아 있어요. 그중엔 삼촌이 죽기 하루 전과 이틀 전

날에 녹음된 테이프들도 있고요. 그렇다면요, 삼촌이 죽은 그날
에도 역시 녹음을 하고 있지 않았을까요?"

그게 무엇을 의미하는지 아직 모르는 버즈 아저씨는 태연하
게 대답했다.

"미드나이트 뮤직이라, 오랜만에 들어 보는구나. 다른 지구
음악까지 틀어 줘서 당시엔 애들 사이에서 인기가 많았지. 제이
는 가끔 나와 니스한테도 녹음한 음악들을 들려주곤 했고."

루미는 그 의미를 바로 읽을 수 있도록 아저씨를 도와주었다.

"그런데 중요한 건요, 당시 제품들이 품질이 좋지 않아서였
는지, 아니면 아저씨가 빌려주신 카세트가 고장 난 건지 음악과
함께 주위에서 들리는 소음까지 같이 녹음됐다는 거예요. 삼촌
이 녹음한 테이프들을 들어 보니까 몇 개엔 선명하게 들릴 정도
의 목소리가 같이 녹음돼 있었거든요. 아저씨가 쓸 때도 그랬나
요?"

아저씨는 여전히 별 흥미 없는 시큰둥한 표정으로 말했다.

"글쎄다, 잘 모르겠구나, 난 녹음을 할 정도로 음악광이 아니
어서……. 그런데 내 기억에도 별로 질 좋은 제품은 아니었던 것
같긴 하다."

루미는 씩 미소 지었다.

"아니요, 저한텐 이 세상에서 제일 품질 좋은 카세트예요. 덕
분에 삼촌이 살해당하던 날 무슨 일이 있었는지 밝혀낼 가능성
이 생겼으니까요."

아저씨가 그제야 흥미로운 구석을 발견했는지 "그게 무슨 말
이니?" 하고 물었다. 루미는 자신이 한 말에 스스로 긴장하며 이

야기를 이어 갔다.

"제이 삼촌이 살해된 추정 시간이 새벽 한 시 정도니까 만약 제이 삼촌이 그날도 녹음을 하고 있었다면 그때의 상황이 카세트에 녹음돼 있을 수도 있어요. 저희 아빠는 분명 그날 제이 삼촌 방에서 흘러나온 말소리를 들었다고 했거든요. 아빠에게 들릴 정도의 대화라면 카세트에는 당연히 녹음되지 않았겠어요? 어쩌면 그 테이프 안에 삼촌을 죽인 범인의 실마리가 있는지도 몰라요."

버즈 아저씨는 놀란 듯 물컵을 든 손을 멈추며 말했다.

"그거, 굉장한 발견이구나."

"네, 그래서 전 꼭 그 카세트를 찾아야 해요. 혹시 아저씨가 할머니께 카세트를 돌려받았을 때 그 안에 테이프가 들어 있진 않았나요?"

"그건 잘 모르겠구나. 열어 볼 생각 같은 건 하지도 않고 그냥 그대로 방 어딘가에 넣어 두었거든."

"어째서요? 아저씨가 빌려준 거긴 하지만 그래도 삼촌이 죽기 전까지 가지고 있었던 거니까 삼촌의 유품이나 마찬가지잖아요. 저 같으면 당연히 안을 살펴봤을 것 같은데."

버즈 아저씨는 물을 들이켠 뒤 컵을 내려놓으며 말했다.

"그러게, 왜 그랬는지……. 그냥 그 당시엔 그걸 마주하고 싶지 않았던 것 같다. 루미 할머니가 제이와 좋은 친구로 지내 줘서 고마웠다며 카세트를 돌려주셨는데……. 솔직히 말하면 난 그런 말들을 자격이 없거든."

"자격이 없다는 게 무슨 뜻이에요?"

버즈 아저씨는 말없이 텅 빈 물컵을 들여다보았다. 어딘가 슬프면서도 쓸쓸한 얼굴이었다. 아저씨는 한참 만에 옅은 웃음을 지으며 입을 열었다.

"루미야, 난 제이에게 좋은 친구가 아니었단다."

"왜요?"

프라임스쿨에서 제이에게 보낸 합격 통지서를 보고 진심으로 기뻐해 주지 못했다. "축하해."라고 인사를 건넸지만, 굳어진 얼굴을 완벽하게 숨길 수는 없었다. 어쩌면 제이도 그런 내 표정을 눈치챘을지도 모른다. 하루 전, 나는 불합격 통지서를 받았다. 동봉된 편지엔 안타깝지만 내 재능이 프라임스쿨과는 어울리지 않으니 더 적절한 곳에서 꿈을 이루길 바란다는 위로의 말이 적혀 있었다. 불합격한 녀석들은 모두 그렇게 토씨 하나까지 똑같은 편지를 받았을 것이다.

이해할 수가 없었다. 내가 제이보다 성적이 뒤떨어졌던가? 체육을 못했던가? 에세이를 못 썼던가? 면접 때 품행이 바르지 못했던가? 얼굴이 못생겼던가? 도대체 내가 제이보다 못한 게 뭐가 있지? 나는 끓어오르는 화를 주체하지 못한 채 씩씩대며 집으로 돌아왔다. 그런데 문을 열자마자 깨달았다. 아, 하나 있구나…….

아버지는 발명가였다. 젊은 나이에 평생 일하지 않고도 먹고 살 수 있을 정도로 많은 특허권을 취득했다. 그리고 알코올 중독자였다. 아버지는 집에서 늘 술을 마셨다. 술을 마신다고 해서 어머니와 나를 육체적으로 학대한 적은 없었다. 단지 술을 마셨을 뿐이다. 그러나 나에게는 집에 돌아왔을 때, 술에 잔뜩 취한 채 소파에 앉아 불그스름한 눈동자로 나를 반기는 모습이 가장 큰 학대였다.

"우리 꼬맹이 버즈, 이제 왔구나."

나는 아버지 말에 아무 대꾸도 하지 않고 내 방으로 뛰어 올라갔다. 그런 형편없는 아버지를 둔 사람은 1지구에 나 혼자였다.

내가 프라임스쿨에 떨어진 것은 아버지 때문이었다. 입학 심사관들은 내 성적보다 집안 내력을 더 자세히 조사했을 것이다. 떨어진 성적은 올릴 수 있지만 더러운 피를 깨끗하게 할 방법은 없었다. 설령 내가 죽을 때까지 술은 입에 대지도 않겠다는 서약서를 피로 쓴다고 해도 그들은 절대 믿어 주지 않고 오히려 비웃기만 할 것이었다. '버즈 마샬, 네 아버지를 보렴. 네 서약서에선 벌써 술 냄새가 풍기는구나.' 하고.

니스에게는 일부러 시큰둥하게 건방을 떨었다.

"사실 나 일부러 시험을 망친 거야. 그런 관료주의 냄새 나는 학교는 질색인데, 엄마가 하도 성화를 부리시는 바람에 시험을 안 볼 순 없었거든. 6년 동안이나 기숙사에 갇혀 살아야 한다니 고급 수용소나 다름없잖아. 니스, 인생에서 가장 중요한 건 자유야. 난 무슨 일이 있어도 그걸 지킬 거야. 제이는 아마도 우리랑은 점점 멀어지겠지? 어쩔 수 없지. 제이는 원래 좀 권위적인 구석이 있으니까 프라임스쿨에 잘 어울릴 거야."

그런데 제이는 프라임스쿨 입학을 취소하고 우리와 같은 일반 중학교에 진학했다. 내가 아는 한 프라임스쿨 시험에 합격해 놓고 입학을 취소한 사람은 학교 역사상 단 한 명도 없었다.

제이는 나보다 더 시큰둥하게 말했다.

"그런 학교는 됐어. 어차피 처음부터 합격할지 못 할지가 궁금했던 것뿐이니까. 난 너희랑 이대로 계속 같이 놀고 싶어. 아버지도 내가 하고 싶은 대로 하라셨고."

……뭐? 고작 우리랑 같이 놀고 싶어서 프라임스쿨을 포기했다고? 그건 마치 교황에게 초대장을 받은 사람이 '그날 야구 연습이 있어서 못 가요.' 하며 아무렇지 않게 초대장을 구겨 버리는 격이었다. 아니, 교황의 초대를 거절한 것보다 더 대단했다. 교황이 사는 성에 한 번 간다고 인생이 바뀌지는 않지만, 프라임스쿨은 인생을 바꿀 수 있는 곳이니까.

그 뒤로 니스는 제이를 우리보다 한 단계 높이 서 있는 사람인 양 대했다. 특수 저울이니 뭐니, 제이가 아무렇게나 떠들어 대는 엉터리 법 이론도 대단한 것으로 착각해서 감명받았다.

그러나 나는 제이의 말을 믿지 않았다. 믿을 수 없었다. 단순히 자신의 능력을 측정해 보기 위해 그 어려운 시험을 치르고, 합격으로 능력이 입증된 것에 만족해하며 모두가 우러러보는 명예와 영광을 거추장스러운 배지인 양 내던져 버리는 그런 사람이 이 세상에 과연 존재할까? 심지어 '너희랑 놀고 싶어서'라는 위대한 말을 해 대면서?

음흉한 사기꾼! 제이의 침대에 누워 농담을 주고받는 와중에도 속으로는 늘 그렇게 생각했다.

거짓말쟁이! 친구들 사이에서 '삼총사'라고 불리면서도 제이의 등 뒤에선 늘 그렇게 곱씹었다.

위선자! 제이가 "버즈, 어서 와." 하고 부르면 "기다려." 하고 손을 흔들며 뛰어가는 순간에도 늘 그렇게 외쳤다.

제이는 프라임스쿨에 가야 했다. 프라임스쿨에만 갔다면 내가 제이를 그렇게 미워할 일은 없었을 것이다. 내가 그렇게 비열한 친구가 되어야 할 일도 없었을 것이다.

그런데 결국 내 의심이 맞았다. 제이가 프라임스쿨에 가지 않은 데에는 다른 이유가 있었다.

제이는 집에 일찍 가는 걸 좋아했기 때문에 우리는 늘 제이 집에서 놀곤 했다. 중학교 3학년 새 학기가 시작되고 얼마 지나지 않은 그날도 나와 니스는 제이의 방에 모여 있었다. 오랜만에 헌터 아저씨도 외국에서 촬영을 끝내고 집에 와 계셨다. 헌터 아저씨는 제이가 가진 자부심의 뿌리였다. 선생님, 이웃, 친구들, 모든 사람들이 그걸 인정했다. 겉으로 드러내진 않았지만, 나도 속으로는 그렇게 훌륭한 아버지의 피를 물려받고 태어난 제이가 부러워 미칠 지경이었다. 내 피에는 알코올만 흐르니까. 그런데 그날 나는 화장실에 가려고 복도로 나왔다가 우연히 1층 계단 근처에서 헌터 아저씨와 제이가 나누는 대화를 엿듣게 되었다.

"아버지, 얼마 전에 학교에서 진학 상담을 해서 고등학교는 비숍 아카데미로 갈 생각이라고 말했는데 허락해 주실 거죠?"

"거긴 기숙사 학교 아니니?"

"네, 맞아요."

"무슨 소리를 하는 거야, 제이. 기숙사 학교는 절대 안 된다고 여러 번 말했잖니."

"알아요. 그래서 프라임스쿨도 포기했잖아요."

"그런데 왜 또 그러는 거니?"

"저도 제 꿈을 이루고 싶으니까요. 일반 학교 교과과정은 너무 평이해요. 이런 학교를 나왔다간 말단 공무원밖에 못 될 거예요. 이번엔 저를 위해 허락해 주세요, 네?"

"제이 헌터."

"……."

"대답해, 제이 헌터."

"네, 아버지."

"너는 우리 집의 장남이고 내 유일한 아들이야. 네가 프라임스쿨에 가면 안 되는 이유를 말해 줬을 때 그게 무슨 뜻이라고 했지? 내가 집을 비우는 동안은 네가 내가 된다는 거랬지? 그러니 두 번 다시는 기숙사 학교에 간다는 말 같은 건 꺼내지 마라. 내가 없는 동안엔 이 아버지를 대신해 네가 엄마를 잘 감시해야지."

나는 그게 무슨 뜻인지 잘 몰랐다. 왜 헌터 아저씨는 조이도 있는데 제이를 유일한 아들이라고 하는 걸까? 왜 엄마를 '돌봐 드려야지.'라는 말 대신 '감시해야지.'라고 한 걸까? 그러나 나는 그 대화의 뜻을 모르면서도, 헌터 아저씨가 먼저 자리를 떠나고 난 뒤 목격한 제이의 표정에서 그것이 제이의 거의 유일한 약점이라는 것을 알아챘다. 제이는 자기 몸속을 휘감고 있는 핏줄을 다 끊어 내고 싶어 하는 얼굴을 하고 있었다. 처참하게 더럽혀진 얼굴이었다. 내가 술을 마시는 아버지와 눈이 마주쳤을 때처럼.

얼마 뒤, 현대 미술관에서 헌터 아저씨의 사진 전시회가 열렸다. 자기 아버지가 생일 선물로 준 사진들이라며 니스와 나에게 사진 앨범을 자랑한 지 얼마 지나지 않아 제이는 또 거들먹대며 친구들에게 입장권을 나눠 주었다. 그날 하루 종일 지나치게 으스대는 제이의 모습이 내 신경을 거슬렀다. 니스가 제이에게 "전시회가 끝나고 나면 아저씨는 또 촬영하러 외국으로 나가시는 거지?"라고 물었다. 제이는 당시 내전 중이던 나라 이름을 대며 "맞아, 며칠 뒤에 떠나셔."라고 했다. 니스가 "위험할 텐데." 하자 제이는 또 잘난 척 턱을 치켜세우며 "위험해도 진실을 밝히는 게 우리 아버지 사명이잖아."라고 대답했다.

나는 아무렇지 않게 제이를 지나치며 혼잣말처럼 중얼거렸다.

"엄마를 감시하는 건 네 사명이고."

주위가 무척 시끄러워서 니스를 비롯한 다른 사람들은 내 말을 듣지 못했을 것이다. 그러나 제이만은 확실하게 내 말을 알아들었다. 뒤에 멈춰 서서 제이가 한참을 안 오자 니스가 "제이, 뭐해?" 하고 불렀을 때, 제이는 감정을 읽을 수 없는 묘한 눈길로 나를 스쳐 지나갔다. 역시 '엄마'와 '감시'는 제이의 아킬레스건이었다.

그렇게 팽팽하게 당겨진 신경 다발 속에서도 제이와 나는 늘 함께였다. 제이는 어땠는지 모르지만 나에겐 그 삼총사 무리에서 먼저 떨어져 나온다는 것이 어쩐지 패배를 시인하는 것처럼 여겨졌다. 나는 제이와의 경쟁에서 또다시 패배자가 되고 싶진 않았다.

제이가 죽기 하루 전날, 우리는 제이 방에 모여 다음 날 있을 발표에 관해 얘기했다. 나는 그런 발표는 정말 질색이라며 애초에 발표 신청서도 내지 않았다고 말했다. 내 말뜻은 아버지들이 지켜보는 앞에서 발표하는 것 자체가 싫다는 것이지 아버지에 대해 이야기하는 게 싫다는 것은 아니었다. 물론 속마음은 그랬다. 그렇지만 나는 그걸 겉으로 드러낼 생각은 추호도 없었다. 죽고 싶을 만큼 아버지가 콤플렉스인 사람은 절대 아버지가 콤플렉스라고 말할 수 없는 것이다. 제이와 니스가 빌리 조를 두고 농담할 때, 속으론 아버지를 두고 비웃는 것 같아 온갖 열등감을 느끼면서도 겉으론 아무렇지도 않은 척 따라 웃었던 것처럼. 니스는 내가 의도한 대로 내 말을 액면 그대로 받아들였다. 그러나 제이는 아니었다.

"어째서? 버즈 넌 사람들에게 너희 아버지를 소개하는 게 싫어?"

제이의 그 말은 지난번 일에 대한 복수인 셈이었다. 나도 똑같이 되갚아 주었다.

"어머니의 날에 어머니를 소개하는 거라면 훨씬 잘할 수 있을 것 같아서. 니스, 넌 어때?"

나는 니스에게 동의를 구했다. 성모 마리아처럼 자애로운 어머니를 둔 니스는 내 의견에 동의했다.

"동감이야. 인류학적으로도 아버지보다 어머니가 더 훌륭한 존재인 것으로 밝혀졌으니까. 아마 과학적으로도 입증된 사실일걸. 제이, 내 말이 맞지?"

제이는 아무 대답도 하지 않았다. 그때 조이가 간식을 들고 방으로 들어왔다. 나는 샌드위치 하나를 집어 들며 말했다.

"대답을 않는 걸 보니 제이는 자기 엄마가 별로 믿음직스럽지 않은 모양이야. 왜 그럴까? 올 때마다 이렇게 맛있는 샌드위치를 만들어 주시는데. 조이, 아주머니께 감사하다고 전해 줄래?"

그 순간, 제이가 갑자기 조이가 들고 있던 접시를 내팽개쳤다. 조이가 울면서 방을 나갔다. 나도 화가 나 가방을 들고 제이네 집을 나와 버렸다. 제이는 드디어 나와의 관계를 끝내길 선언한 것이다. 나도 그런 위선적이고 잘난 체밖에 할 줄 모르는 녀석이랑은 이제 끝이라고 생각했다. 나는 니스가 따라 나와 주길 바라며 문 앞에서 니스를 기다렸다. 그러나 한참을 기다려도 니스는 나오지 않았다. 나는 니스에게도 화가 나 더는 기다리지 않고 씩씩대며 먼저 집으로 왔다.

집에 와선 조금 외로운 기분이 들었다. 나는 저녁에라도 니스가 나에게 전화를 걸어서 내 편을 들어 줄 줄 알았다. 애초에 우리 둘이 먼저 친했으니까. 우리 둘 집이 더 가까웠으니까. 그러나 한밤중까지 기다려도 전화는 걸려 오지 않았다. 제길, 니스 영. 그래, 그렇게 평생 제이 헌터 뒤꽁무니나 따라다니면서 살아라. 너랑도 끝이야, 끝! 그날 밤, 나는 제이와 니스 둘 다 저주하며 잠이 들었다.

다음 날, 제이는 이 세상에 없었다. 학교는 제이의 살해 소식으로 뒤숭숭했다. 나는 두렵고 무서워 니스의 손을 잡으려고 했다. 그런데 그 순간 니스는 나에게서 거칠게 자기 손을 빼 버렸다. 그러고는 나를 노려보더니 곧 등을 돌리고 다른 곳으로 뛰어 갔다.

그래…….니스 너는 늘 나보다 제이를 더 좋아했지.

니스는 제이가 죽기 전에 제이와 싸운 나를 용서할 수 없는 것이었다. 제이가 없으니까 나까지 필요 없게 된 것이다. 제이의 죽음으로 니스는 또 다른 친구였던 나를 그렇게 단번에 떠나 버렸다.

갑자기 혼자가 돼 버린 상황에 어쩔 줄 몰라 하며 하루하루를 보내던 어느 날, 헌터 부인이 찾아와 제이의 좋은 친구로 지내 줘서 고마웠다며 내게 카세트를 내밀었다. 그건 열다섯 살 생일 때 아버지가 나에게 준 선물이었다. 아버지는 술에 취한 채 "버즈, 오늘이 네 생일이지?" 하며 나에게 자신이 직접 조립해 만든 카세트를 선물했다. 술 냄새가 진동했다. 나는 내 이름까지 새겨진 그 선물이 내 미래를 암시하는 것처럼 끔찍하게 느껴져 한 번도 사용하지 않았다. 손을 대고 싶지도 않았다. 그대로 서랍 속에 처박아 두었다가 몇 달 뒤, 제이의 열여섯 살 생일이 되자 나는 그걸 '해치운다'는 마음으로 줘 버렸다. 제이는 무척 기뻐했다. 나는 불운한 내 미래를 제이에게 떠넘긴 것 같아서 속으로 통쾌했다. 헌터 부인에게 고맙다는 인사를 들으며 그것을 되돌려 받는 순간, 그날의 비열했던 내가 떠올라 괴로웠다. 카세트를 받아 가지고 집으로 온 나는 황급히 그것을 책상 서랍에 다시 집어넣어 버렸다. 서랍을 열지 않는 한 제이에게 '불운한 미래'를 선물했다는 죄책감과 다시 마주할 일은 없을 것 같았다.

그리고 몇 년 뒤, 마주하고 싶지 않은 또 다른 관계를 하나 더 정리했다.

대학생 때 어머니가 돌아가시자마자 나는 아무 말 없이 집을 나왔다. 그것이 내가 아버지에게 할 수 있는 최고의 복수였다. 평생 그렇게 술에 취한 채 내가 집에 오지 않는 이유를 생각해 보시지. 지금껏 내 선택에 대해 한 번도 뒤돌아보지 않았다. 앞으로도 그 집에 발을 들여놓는 일은 절대 없을 것이다.

"왜 제이 삼촌에게 좋은 친구가 아니었는데요?"

……루미 너에게는 말할 수 없는 이야기가 하나 있단다.

"네? 아저씨? 어째서 좋은 친구가 아니었는데요?"

서른 살 무렵에 촬영을 하다가 알게 된 한 사진작가로부터 헌터 가문에 숨겨진 소문을 들었다. 헌터 부인이 부정을 저질렀고, 조이는 헌터 아저씨의 친아들이 아니라는……

제이의 장례식 때도 나는 울지 않았다. 내 속에 아직 풀지 못한 매듭이 있었기 때문이다. 그러나 어린 제이가 짊어진 큰 짐을 알게 된 그날, 나는 자신에게 그 짐을 지운 자기 아버지를 향한 제이의 마음이 어땠을지를 생각하며 밤새 울었고, 평생 술을 입에 대지 않겠다는 맹세를 저버리고 처음으로 술을 마셨다.

나는 왜 제이를 그렇게 미워했던 걸까. 왜 제이에게 그렇게 큰 상처를 주었던 걸까. 왜 사진 앨범을 보여 주면서 제이가 "선물이라기보다는 상이지만."이라고 말한 것을 자랑이라고 생각했던 걸까? 그 녀석은 마음 여린 열여섯 아이였을 뿐인데. 나약함을 감추려고 일부러 가시를 드러냈던 것뿐인데. 부끄러운 아버지가 내 수치였듯이, 자랑스러운 아버지가 제이에게는 수치였을 텐데.

내 친구였는데……

오랫동안 침묵하는 버즈 아저씨를 보며 루미는 호기심과 함께 의문이 일었다. 아저씨가 제이 삼촌에게 어떤 큰 잘못을 했기에 30년이 지난 지금까지 쉽게 말을 못 하는 걸까.

웨이터가 주문한 음식을 다 내려놓고 간 뒤에야 버즈 아저씨는 입을 열었다.

"좋은 친구였다면 제이를 그렇게 허망하게 보내지는 않았을 테니까."

오래 기다린 것치고는 너무 시시한 대답이었다. 버즈 아저씨의 침묵은 실제 저지른 잘못 때문이 아니라 일찍 세상을 떠난 친구에게 남은 친구들이 느끼는 보편적인 부채 의식이었던 것이다. 아저씨가 불필요한 죄책감을 가지고 있는 것 같아 루미는 그럴 필요가 없다는 것을 알리기 위해 말했다.

"아저씨가 막을 수 있는 일이 아니었는걸요. 그런 말씀을 하시는 걸 보면 아저씨는 좋은 친구였던 게 분명해요. 전 이렇게 생각해요. 30년 동안 추도식에 와 주시는 니스 아저씨와 삼촌을 아직도 마음속에서 지워 내지 않고 있는 아저씨 같은 분을 친구로 둔 것만으로도 삼촌은 짧지만 의미 있는 삶을 산 거라고요."

버즈 아저씨는 "니스는 진정한 친구지."라고 고개를 끄덕이면서도 자신에 대해서는 여전히 확신하지 못하겠다는 얼굴로 "하지만 난 글쎄……."라고 중얼거렸다. 그렇지만 곧 분위기를 주도해야 한다는 의무감을 느꼈는지 목소리를 활기차게 바꿔 "자, 이제 먹자꾸나." 하며 스테이크를 썰었다.

루미는 아저씨를 따라 포크와 나이프를 들며 다윈을 곁눈질했다. 자기 아버지 얘기까지 나왔는데도 다윈은 좀처럼 이 대화에 낄 생각이 없어 보였다. 그렇다고 식사에 열중하는 것도 아니었다. 다원은 자기 앞의 접시를 먹는 대상이 아닌 관찰 대상인 것처럼 바라만 보고 있었다. 무슨 생각을 하는지 도통 알 수 없는 얼굴이었다. 루미는 도무지 활기가 돌지 않는 다원에게서 그만 관심을 거두고 마음을 졸이며 버즈 아저씨에게 물었다.

"카세트를 버리신 건 아니죠?"

"버리진 않았겠지만…… 어디에 두었는지 정확히 기억나지도 않는구나."

"버리지 않은 것만으로도 희망적이에요. 저를 위해서, 아니 제이 삼촌을 위해서 꼭 찾아봐 주세요. 그러실 거죠?"

버즈 아저씨는 고개를 끄덕였다.

"당장은 힘들 테고 작업이 끝나면 한번 찾아보마."

루미는 마지막 문 하나를 남겨 두고 일이 미루어진 것에 답답한 마음이 들었지만 프라임스쿨 다큐멘터리가 얼마나 중요한지 알기에 일단은 아저씨 일이 끝나기를 기다리는 수밖에는 없을 것 같았다.

아저씨가 식사를 하며 물었다.

"그런데 루미야, 네 말대로 단서가 될 무언가가 녹음됐다고 하더라도 그걸로 범인을 찾는 건 불가능한 일 아니니? 벌써 30년이 흘렀는데 지금 와서 9지구 후디 중 한 명을 어떻게 특정 지을 수 있겠니?"

버즈 아저씨의 의문은 당연한 것이었다. 루미는 그 당연한 의문을 뒤집어엎을 답이 자기에게 있다는 사실이 짜릿했다.

"범인이 9지구 후디라면 그렇겠죠. 하지만 만약 1지구, 그것도 삼촌과 아는 사람이 범인이라면 충분히 가능하지 않겠어요? 최소한 한 번은 이름을 불렀을 테니까요. 예를 들면 '버즈, 뭐 하는 거야?' 이런 식으로요."

버즈 아저씨가 놀란 얼굴로 쥐고 있던 나이프를 내려놓았다.

"그게 무슨 말이니? 제이와 아는 사람이 범인이라니?"

중요한 순간이기에 루미는 냅킨으로 입가를 닦은 뒤 말했다.

"실은요, 저는 삼촌을 죽인 범인이 9지구 후다라는 것을 늘 의심해 왔어요. 그러다 삼촌 앨범에서 사진 한 장이 없어진 것을 보고 삼촌을 죽인 범인이 그 사진을 가져갔다는 걸 직감했죠. 그 걸 시작으로 그동안 여러 가지를 조사해 보았는데, 거기서 제가 얻은 확신은 삼촌을 죽인 범인이 1지구, 그것도 지금은 꽤 높은 자리에 있는 사람이라는 거예요. 제 확신을 증명할 수 있는 유일한 단서가 아저씨의 그 카세트고요."

"앨범 속에서 없어진 사진?"

아저씨가 그렇게 되묻는 순간 루미는 지금껏 자신이 아주 유력한 목격자를 간과하고 있었다는 사실을 깨달았다.

"그러고 보니 아저씨도 아시겠네요. 할아버지가 선물한 사진들로 만든 앨범 말이에요. 삼촌이 보물처럼 여겼다는."

아저씨가 기억이 나는 듯 "그래, 잘 알지." 하며 고개를 끄덕였다.

"그럼 혹시 그때도 사진 한 장이 비어 있었나요?"

"글쎄다, 워낙 앨범이 두꺼워서……. 그런데 그게 제이의 죽음과 어떤 식으로 연결되는 건지 모르겠구나. 뭔가 중요한 사진이니?"

"저도 아직 사진의 정체에 대해선 확실히 몰라요. 하지만 삼촌의 죽음을 배제하고 봐도 의미 있는 사진이란 것만은 분명해요. 12월의 폭동 때 찍힌 사진들 중 하나니까."

"12월의 폭동? 12월의 폭동이라면 혹시 그 특이한 점이 있는 남자가 찍힌 사진을 말하는 거니?"

루미는 고개를 갸웃거리며 되물었다.

"특이한 점이 있는 남자요?"

그런데 그 순간 9지구 노인들이 사진 속의 한 남자를 가리키며 "비둘기 똥."이라고 했던 말이 머릿속을 스치고 지나갔다.

"아저씨도 그 사진을 아세요?"

"알다마다. 제이가 어느 날 헐레벌떡 뛰어와서 그랬거든. 길에서 우연히 그 폭동 사진 속에 있는 남자를 봤다고. 제이는 그 남자를 찾아서 반드시 척결할 거라고 했지."

루미는 갑자기 빨라지는 심장 박동을 애써 진정시키며 물었다.

"아저씨가 말하는 사진이 그 특이한 점을 가진 남자가 다른 사람들과 함께 찍힌 사진이었나요? 작게 옆모습만요."

"아니, 정면 사진이었단다. 초점이 아주 잘 맞아서 거의 독사진이나 다름없었지."

순간 루미는 여기가 예의를 중시하는 고급 레스토랑인 것도 잊은 채 큰 소리를 내질렀다.

"아저씨가 말하는 사진이 바로 그 없어진 사진이에요! 제가 본 앨범엔 그 남자의 측면 사진밖에 없었거든요."

루미는 옆 테이블 사람들이 자신을 향해 따가운 눈총을 보내는 것을 느꼈지만, 미안한 마음이 들기는커녕 진실의 실마리를 잡게 된 순간에 사소한 식사 예절을 더 중시하는 그들이 오히려 한심해 보였다. 루미는 머릿속에 떠오르는 생각들을 논리적으로 연결해 가며 말했다.

"지금까진 범인이 왜 그 사진을 가져간 건지가 가장 불투명했는데, 이제야 알겠어요. 그 사진에 찍힌 남자와 범인은 아주 긴밀한 관련이 있는 사람이었던 거예요. 지금까진 12월의 폭동 가담자가 1지구에서 살 가능성에 대해서는 한 번도 생각해 보지 않아서 그 부분이 설명이 안 됐어요. 그런데 삼촌이 그 사람을 1지구에서 봤다면 모든 이야기가 들어맞아요. 폭동에 가담했던 사람이 1지구에 살고 있다면 당연히 척결 대상이잖아요. 그래서 범인은 그걸 들킬까 봐 사진을 훔쳐 간 거였어요. 그렇다는 건…… 범인이 삼촌이 하는 말을 들을 정도로 삼촌과 가까운 사람이었다는 뜻이에요. 제가 생각했던 것보다 훨씬 더요."

루미는 스스로의 추리가 완벽에 가까워지고 있음을 느끼며 버즈 아저씨에게 물었다.

"아저씨, 제 추측이 어때요? 아저씨는 그 시절을 직접 겪으셨잖아요. 아저씨가 어떻게 생각하시는지 듣고 싶어요."

아저씨는 불확실한 것을 이야기할 때 사람들이 흔히 하는 행동처럼 손으로 턱을 매만지며 말했다.

"글쎄다, 난 아직 뭐라고 단정 짓지 못하겠구나. 네 추측대로 범인이 사진을 가져갔을 가능성보다는 오히려 제이가 사진을 떼어 냈을 가능성을 먼저 생각해 봐야 할 것 같기도 하고……. 사실 그 당시에도 그랬지만 난 제이가 사람을 잘못 본 거라 생각하거든. 9지구 후디가 1지구에 산다니 말도 안 되잖니. 하지만 제이는 자기가 본 걸 확신했으니 그러면 얼마든지 그 사진만 떼어서 따로 놔뒀거나 직접 가지고 다녔을지도 모르지."

"삼촌이 그 사진을 떼어서 가지고 다니는 걸 보신 적이 있으세요?"

"아니, 본 적은 없단다. 그렇지만 내가 제이에 대해 다 아는 것은 아니니……."

루미는 다윈의 눈치를 살폈다. 다윈은 이 엄청난 이야기를 듣고 있는지 아닌지 혼자만 다른 세계에 가 있는 얼굴을 하고 있었다. 만약 여기서 버즈 아저씨에게 아카이브에서도 그 사진이 삭제돼 있었다는 사실을 알린다면, 아저씨도 고위 공무원이 삼촌의 죽음에 연루돼 있다는 추측에 설득될 수밖에 없을 것이다. 그러나 아카이브에서 있었던 일에 관해선 다시는 언급하지 않기로 니스 아저씨와 다윈의 지위를 걸고 약속했다. 그 일로 다윈의 신뢰를 잃었는데 다윈 앞에서 보란 듯이 그것을 다시 입에 올릴 수는 없었다. 물론 버즈 아저씨에게라면 다윈도 아카이브 일에 관해 이야기하는 것을 개의치 않겠지만, 그래도 이 기회에 다윈에게 자신이 그 약속을 얼마나 중요하게 여기고 있는지를 확실하게 보여 주고 싶었다. 자신이 이렇게까지 노력하고 있다는 것을 과연 이 '변해 버린 다윈'이 알아줄지는 모르겠지만.

"아저씨께 더 드리고 싶은 말이 있지만 오늘은 여기서 멈출게요. 카세트를 확인하기 전까진 어쨌든 추측에 불과하니까……. 하지만 아저씨, 오늘 아저씨 이야기를 듣고 나니 100퍼센트에 가까울 정도의 확신이 생겼어요. 삼촌을 죽이고 사진을 가져간 사람은 삼촌과 아주 가까이에 있었던 사람이에요. 삼촌이 척결

할 거라고 말하는 것을 옆에서 들었을 정도로.”

버즈 아저씨는 아무 말도 않다가 잠시 뒤 입을 열었다.

“그런데 루미 네 추측이 전부 맞는다면, 그건 그것대로 참 비극이라는 생각이 드는구나.”

“무슨 말씀이세요?”

“우리가 어렸을 땐 지금과 사회 분위기가 많이 달랐단다. 중위 지구 곳곳에 숨어 있는 12월의 폭동 가담자들을 찾아내느라 늘 긴장 상태였지. 가끔 뉴스엔 경찰이 저녁 식사를 하고 있는 어느 중위 지구 가정을 급습해서 폭동에 가담한 혐의를 받는 남자를 끌고 가는 장면이 나오곤 했단다. 다른 죄와 달리 한번 국가 반역자로 몰리면 구제할 방법이 없었지. 상위 지구는 그 분위기에서 자유로웠지만, 어쩌면 그게 누군가에겐 더 큰 공포를 주었을 수도 있지. 평온한 삶을 살고 있다가 어느 날 갑자기 제이가 자신의 정체를 찾아 척결하겠다는 말을 들었을 때, 얼마나 두려웠겠니?”

루미는 버즈 아저씨가 일반적인 1지구 어른들과 조금 다르다는 점은 이미 알고 있었다. 8지구 아이들에 관한 다큐멘터리를 찍은 감독답게 아저씨의 사고방식은 휴머니즘과 진보적인 정신에 바탕을 두고 있었다. 루미는 물론 아저씨의 그런 시각을 존중했다. 그러나 그 감상적인 눈을 제이 삼촌을 살해한 사람에게까지 돌리는 건 용납할 수 없었다.

루미는 단호하게 말했다.

“두려움은 그 어떤 면죄부도 줄 수 없어요. 폭동을 일으켰을 때도 그렇게 두려워하진 않았을 거잖아요. 자신의 신념에 따라서 한 일이라면 그에 대한 대가도 당연히 떳떳하게 치러야죠. 아저씬 누군가 자신의 과거를 숨기고 싶어서 제이 삼촌을 죽인 걸 이해할 수 있으세요?"

"자신이 저지른 과거의 잘못이라면 물론 책임을 져야겠지. 하지만 제이와 가까운 사람이 범인이라는 네 추측대로라면, 척결하겠다는 제이의 말을 들은 사람은 그 사진 속 남자 본인보다는 그 남자 주변 인물 중에 제이 또래의 아이였을 가능성이 크지 않니? 당시 목격자 증언도 범인이 소년 체구의 후디라고 했으니, 사진 속 남자의 아래뻘 친척이거나 자식이거나……. 나는 당시의 사회 분위기를 알아서 그런지 뭐라 말을 못 하겠구나. 만약 자식이 맞다면 제이가 자기 아버지를 찾아서 척결하겠다는 말을 들었을 때 얼마나 두렵고 처참했을지……. 자신은 아무 죄도 저지르지 않았는데 말이야."

루미는 지나치게 감상에 젖어드는 버즈 아저씨를 분명한 어조로 가로막았다.

"그래서 제이 삼촌을 죽인 거라면 멍청한 데다 비겁하기까지 한 거죠. 저라면 아무 죄 없는 삼촌을 죽이는 대신 죄가 있는 제 아버지를 고발했을 거예요."

버즈 아저씨는 그 말에 설득됐는지 웃으며 말했다.

"그 점에 대해선 나와 의견이 일치하는구나. 그래, 나라도 그랬을 거야. 자기 인생에 독이 되는 사람은 과감히 끊어 내야지. 설령 그게 아버지라 해도."

삼촌을 죽인 범인에 관해서는 잠시 이견이 있었지만 궁극적으로는 자신과 같은 인생관을 가지고 있는 아저씨에게서 루미는 동류의식을 느꼈다. 그런데 잠시 뒤 아저씨가 덧붙이듯 말했다.

"하지만 우리 주위엔 '가족'이라는 딜레마에 빠지는 사람들이 생각보다 꽤 많단다. 특히나 부모 자식 간엔 더……. 다원, 다 먹은 거니? 피곤하다더니 입맛이 없나 보구나. 그럼 이제 그만 일어날까?"

루미는 다원을 돌아보았다. 접시 위 음식은 거의 그대로였고, 이 자리에 있는 걸 무척 지겨워하는 표정이었다. 내레이션에 체력을 다 쏟아부었는지 의자에 앉아 있는 것만으로도 지쳐 보였다. 그러나 아무리 피곤하다 해도 9지구에 함께 가 주고 아카이브 기밀 자료 보는 것까지 도와주었던 남자애가 식사 내내 단 한마디도 끼어들지 않을 정도로 갑자기 제이 삼촌 일에 무심해졌다는 것은 이해가 가지 않았다. 물론 오늘 이해할 수 없는 다원의 태도가 그것 하나만은 아니지만.

밖으로 나오니 호텔 유리창 위로 햇빛이 떨어져 주변의 다른 풍경들이 모두 사라질 만큼 환한 빛이 거리로 번지고 있었다. 루미는 저 빛이 만들어 내는 환희가 곧 자기 인생에도 생길 것 같은 예감이 들었다.

버즈 아저씨가 부른 차가 호텔 앞에 도착했다. 아저씨가 다원의 등을 쓰다듬으며 말했다.

"다원, 고마웠다. 아주 훌륭했고. 덕분에 행복한 크리스마스가 될 것 같구나. 루미도 만나서 반가웠다."

루미는 헤어지기 전 다시 한번 다짐을 놓았다.

"집에 가시면 제일 먼저 카세트를 찾아봐 주실 거죠?"

버즈 아저씨는 "그러마."라고 대답하고는 운전기사에게 숙녀를 먼저 집에 데려다 준 뒤 프라임스쿨로 가라고 지시했다. 루미는 결국 헤어질 때까지 자신에게 말 한마디 걸지 않은 다원에게 더는 기대를 하면 안 될 것 같아 "전 버스 타고 가면 돼요."라고 사양했다. 그러자 아저씨가 억지로 떠밀다시피 차에 태우며 말했다.

"가만 보니 싸운 것 같은데 헤어지기 전에 화해하고 가렴. 애들은 미련을 남기면 안 돼."

아저씨가 문을 닫자마자 운전기사는 지체 없이 바로 도로로 진입했다. 루미는 다시 내릴 것처럼 엉거주춤 앉았지만, 차가 출발하자 더는 어쩔 도리가 없어 차라리 좌석 깊숙이 몸을 기댔다. 운전기사가 "주소가 어떻게 되니?"라고 물었다. 루미는 "빛나무 거리예요."라고 대답했다. 프라임스쿨이나 호두나무 거리였으면 훨씬 좋았을 것이다. 그래도 프리메라 교복을 알아보며 "프리메라 학생 맞지? 교복이 예쁘구나."라고 칭찬해 준 운전기사 덕분에 아쉬움을 조금이나마 달랠 수 있었다. 루미는 "고맙습니다."라고 대답하며 곁눈질로 다원을 살폈다. 겨울 교복을 입은 모습은 처음이니 다원에게도 칭찬을 받고 싶었다. 그러나 다원은 자기 쪽 차창 밖에 시선을 고정한 채 미동도 없었다.

도심을 지나고 나자 차가 빠르게 속력을 내기 시작했다. 이대로라면 얼마 안 가 집에 도착할 것이었다. 루미는 자신의 존재를 무시하는 다원을 더는 참을 수가 없어 입을 열었다.

"안 본 사이 넌 많이 변한 것 같아."

분명히 들었을 텐데 다원은 아무 반응이 없었다. 루미는 힘을 주어 다시 한번 말했다.

"내가 알던 그 다원 영이 아니야."

한참 만에 다원이 입을 열었다.

"맞아, 아닐지도 몰라."

눈길은 여전히 차창 밖을 향한 채였다.

"무슨 뜻이야?"

"네 생각에 동의하는 거야. 루미 네 판단은 늘 적중률이 높으니까."

"아직도 나한테 화나 있구나."

"화나지 않았어."

"그런데 왜 갑자기 연락을 끊은 거야?"

"시간이 나지 않았어."

"말도 안 되는 소리 마. 넌 나한테 화가 나 있어. 이유를 말해볼까? 아카이브 사건 때문이지? 내가 학교에서 문제가 된 것처럼 너도 그랬을 테니까. 그래서 나를 만나기가 싫어진 거야. 다원영은 인생에서 아무 문제도 일으키고 싶지 않은 사람이니까."

뒤를 힐끗거리는 운전기사의 눈초리에 루미는 자기도 모르게 목소리가 격앙된 것을 깨달았다. 다원이 대답했다.

"난 루미 너한테 항상 감탄해. 네가 하는 추측은 언제나 정확하거든. 하지만 이번엔 틀렸어. 난 너한테 화도 나지 않았고, 또 인생에서 아무 문제도 일으키고 싶지 않은 사람도 아니야."

혼자만 감정을 분출한 게 억울하게 느껴질 만큼 단조로운 목소리였다. 루미는 평정심을 되찾고 물었다.

"그럼 어떤 사람인데?"

"새해쯤엔 알게 되겠지."

"새해쯤에?"

"그때가 되면 나에게 화가 나서 연락을 끊을 사람은 루미 너일 거야."

"결국은 나한테 책임을 떠넘기는 거구나. 해가 바뀌는 걸로 어물쩍 관계도 정리하는 게 다윈 영의 거절 방식인가 보지? 그런데 굳이 새해까지 기다릴 필요는 없을 것 같아. 지금도 충분히 네가 어떤 사람인지 알겠으니까."

루미는 다윈이 그러고 있는 것처럼 반대 차창 쪽으로 고개를 돌려 버렸다.

다윈이 한 말은 모두 미로 속에서 들려오는 소리처럼 애매하고 다중적이어서 정확한 의미를 알 수 없었다. 그러나 그 혼돈 속에서도 한 가지 뜻만은 확실하게 파악할 수 있었다. 다윈은 더 이상 '루미 헌터'와의 관계를 지속할 의지가 없다는 것.

루미는 더는 다윈의 미로를 이해하는 데 시간을 허비하지 않기로 했다. 다윈 영 같은 건 없어도 아무 상관 없었다. 이런 답답한 미로는 자신이 먼저 빠져나와 버릴 것이다. 그리고 늘 그래 왔듯 제이 헌터, 그 빛만 좇을 것이다. 벌써 어렴풋이 삼촌의 모습이 보이고 있었다.

프라임스쿨에서의 마지막

프라임스쿨 종업식을 앞두고 며칠간 폭
설이 이어졌다. 눈 속에 파묻힌 프라임스쿨은 오래전 수도원이
었던 시절의 향수를 불러일으켰다. 흰 눈으로 고립된 땅을 힘겹
게 걷는 학생들은 순백의 결정에서 이상향을 발견하려는 젊은
수도사들처럼 보였다. 어쩌면 자신들의 발밑을 붉은 포도주로
물들이고 싶어 하는 숨은 욕망까지 닮아 있을지도 몰랐다. 그러
나 엄연히 길은 달랐다. 겨우내 한곳에서 그 욕망과 싸워야 했던
수도사들과 달리 프라임 보이들은 내일부터 시작될 자유로운
생활을 통해 자신에게 그런 욕망이 있었다는 사실조차 자연스
럽게 잊어버리게 될 것이다. 땅에 쌓인 눈은 양심을 비추는 거울
이 아닌 손으로 갖고 노는 장난감에 불과했다.

남은 짐을 정리하는 학생들로 기숙사는 정신이 없었다. 각 방
에서 내놓은 침대 시트가 복도 벽을 따라 길다랗게 쌓이고, 주인

잃은 소지품들은 오가는 발길에 정처 없이 차였다. 책 꾸러미를 묶은 끈이 끊어지는 바람에 얼마 전까지 성서 취급받던 서적들이 계단을 나뒹굴기도 했다.

전날 밤에 이미 정리를 거의 끝내 놓은 다윈은 잊은 것이 없는지 다시 한번 책상을 살펴보았다. 1년간의 학업 과정이 고스란히 담겨 있던 책상은 주인을 알아볼 수 없게 깨끗이 비워졌다. 물건을 치우는 것만으로도 사람의 흔적을 지울 수 있다는 것이 간편하면서도 어쩐지 쓸쓸하게 느껴졌다.

다윈은 책상 벽에 붙여 놓았던 각종 수식과 문법에 관련된 메모지들을 떼어 냄으로써 책상에 남아 있던 자신의 마지막 흔적을 지웠다. 내년에 이 방을 쓰게 될 후배에게 자신에 관한 것은 아무것도 전해지지 않았으면 싶었다. 이름조차 남아 있지 않길 바랐다. 외국어 동사 변화표를 걷는 순간, 무언가가 바닥으로 떨어졌다. 주워 보니 루미의 사진이었다. 다윈은 다른 쓰레기들과 함께 버릴까 하다가 차마 그럴 순 없어서 그대로 코트 주머니에 집어넣었다.

서랍을 살펴보는데 고장으로 중간까지밖에 안 열리는 마지막 칸 서랍 바닥 안쪽에 뭔가가 납작하게 붙어 있는 게 느껴졌다. 깊숙이 손을 넣어 꺼내 보니 '오래된 것들' 행사 때 레오에게서 받은 놀이공원 입장권이었다. 그 순간이 레오와 처음으로 말을 주고받은 날이라는 게 생각나 다윈은 잠시 입장권을 바라보다가 그것도 함께 코트 주머니에 넣었다. 처음부터 이미 유효기간이 2년이나 지나 있었고, 지금은 그로부터 5개월이 더 흘렀지만, 레오와의 추억이 담긴 이 물건의 가치는 '오래된 것'답게 시간이 흐르면 흐를수록 더 높아질 것이다. 10년쯤 뒤, 다시 책상 서랍에서 우연히 이 입장권을 발견한다면 그땐 어떤 생각을 하게 될까. 그땐 어디서 뭘 하고 있을까. 지금과 몰라보게 달라져 있을까. 주변 사람들은 여전히 함께일까…… 너무 먼 곳까지 내달리는 생각에 다윈은 그만 방을 나가는 게 좋을 것 같아 에단에게 악수로 인사를 전했다.

"1년간 고마웠어. 잘 지내."

"나야말로. 다윈 넌 정말 좋은 룸메이트였어."

"토했던 건 빼고 말이지?"

에단이 웃으면서 맞잡은 손을 과도하게 흔들었다.

"그땐 우리 둘 다 너무 예민했지. 내년에도 같은 방으로 배정받으면 좋을 텐데. 4층은 전망이 더 좋을 거야."

다윈은 말 없이 미소로만 답한 뒤 먼저 방을 나왔다. 아쉽지만 기숙사 4층에서 바라보는 프라임스쿨 전망은 평생 알 수 없을 것이다. 5층도, 6층도.

하늘에 옅은 눈발이 흩날리고 있었다. 독립적으로 세상을 떠돌던 눈송이들이 땅에 닿는 순간 무명의 공동 무덤으로 합쳐져 들어갔다. 눈송이가 묻힐 곳을 고르느라 머뭇거리면 어떨까. 꽃잎이 묘비를 세우고 싶어 하면 어떨까. 바람이 자신의 묘비명을 걱정하면 어떨까. 자연이 명예욕이 없다는 건 인간이 문명을 이룩하는 데에는 무척 다행이었다.

발끝이 얼얼해지고 있었지만 다윈은 프라임스쿨에서의 마지막이 될 산책을 멈추고 싶지 않았다. 자연에서 배우라는 위인들의 가르침은 헛된 게 아니었다. 귓가를 스치는 바람이 냉정해지라고 속삭인 뒤 다른 나라로 떠났다. 티끌 같은 눈은 떨어지는 것을 두려워 말라는 찰나의 유언을 남기고 부스러졌다. 잎과 열매를 다 잃고도 흔들림 없이 한자리를 지키고 서 있는 나무는 온몸으로 이 상실이 끝이 아니라고 위로해 주고 있었다. 다윈은 그들의 충고를 마음에 깊이 새겼다.

다윈은 지금은 일부러라도 '생각하는 일'을 하지 않으려고 애썼다. 할아버지, 아버지와 함께 자리할 그날이 오기까진 머릿속에서 대답을 기다리고 있는 많은 의문들을 이 눈 속에 잠시 묻어 두고 싶었다. 물론 그래도 빛은 눈을 조금씩 녹이고 있었다. 루미의 발견을 통해 이미 진실의 한 모서리는 드러났다. 앨범 속에서 사라진 사진의 정체, 할아버지일 가능성이 높은 사진 속의 그 점 난 소년, 진실을 알게 된 아버지가 겪었을 괴로움, 어쩌면 단순한 부주의로 생긴 게 아닐 수도 있는 할아버지의 얼굴 흉터, 그리고 얼마 뒤 또 다른 진실을 알게 된 모두가 겪을 무한의 괴로움…… 다윈은 한번 생각하기 시작하면 자신의 존재를 휩쓸어 버릴 것 같은 그 모든 생각들을 당분간 불 꺼진 방에 밀어 넣고 문을 닫아 두기로 했다. 루미가 찾고 있는 테이프란 게 진짜 존재하는지는 모르지만, 존재한대도 버즈 아저씨는 프라임스쿨 다큐멘터리 방영이 끝난 크리스마스가 지나서야 찾아 줄 수 있을 것이다. 크리스마스까지는 아직 시간이 남아 있었다. 그때까지는 잠시 눈에 보이는 것만 보고 귀에 들리는 것만 들으며, 아무것도 추리하지 않고 의심하지 않는 시간을 갖고 싶었다. 어차피 이제 남은 일이란 모든 의문에 대해 아버지가 그저 고개를 끄덕이는 것뿐이니까.

다원은 마음속에 프라임스쿨의 마지막 모습을 새기듯이 교정을 한 바퀴 돌았다. 그사이 흩어져 내리던 눈이 완전히 멎고 햇살이 드러나기 시작했다. 종업식을 하기엔 더없이 좋은 날씨였다.

"오늘은 또 무슨 곤충을 찾고 있는 거야?"

서기숙사 근처를 지나는데 친근한 목소리가 말을 걸어왔다.

"곤충은 무슨……. 오늘은 아냐. 이렇게 추운 날에 돌아다니는 곤충이 있다면 자연의 법칙에 위배되는 것 아니겠어?"

가까이 온 레오가 긴 입김을 내뿜으며 말했다.

"그렇긴 해, 자살할 게 아니라면. 그런데 다원, '자연의 법칙에 위배되는 것'이라는 말은 애초에 성립할 수 없는 것 같지 않아? 그 위배조차도 이 지구 위에서 일어나는 한 자연의 섭리인 거잖아."

"죽음이 삶의 일부라는 말처럼?"

"역시 말이 통한다니까. 그럼 곤충이 아니라면 뭘 보고 있던 거야?"

다원은 자신이 걸어온 곳을 뒤돌아본 뒤 대답했다.

"그냥…… 프라임스쿨."

"3년을 살고도 아직까지 볼 게 남았단 말이야?"

레오는 지겨운 표정을 짓더니 곧 앞장서 가며 말했다.

"좋아, 다원 네가 아직 못 봤을 프라임스쿨을 보여 줄게."

다원은 어디로 가는지도 모르는 채 잠자코 레오를 따라갔다.

레오는 눈에 안 띄는 샛길로 계속 걷더니 북쪽에 있는 교수들 숙소에서 걸음을 멈추었다. 암묵적으로 학생들의 출입과 접근이 제한되어 있는 곳이었다. 한 번도 와 본 적 없고 와 볼 생각도 하지 않아 통행 금지 구역이나 다름없었던 장소를 다윈은 흥미롭게 둘러보았다. 그때 레오가 담 중간에 난 쇠창살 문을 부여잡고 세차게 흔들었다. 철이 부딪치는 소리가 시끄럽게 울렸지만, 밖을 내다보는 교수는 없었다. 종업식 날이라 교수들도 진즉에 방을 비운 모양이었다.

레오는 열리지 않는 문을 아쉽다는 듯 가볍게 걷어차며 말했다.

"이 문이 내 비밀 통로였어. 갑자기 이 안에 갇혀 있는 게 못 견딜 지경이 되면 여기로 한 번씩 나갔다 오곤 했지. 아쉽게도 지난번에 발각된 후로 이젠 이렇게 폐쇄돼 버렸지만. 예전엔 슬쩍 밀기만 해도 바로 열렸거든. 교수들은 그래서 날 더 미워했나 봐. 나 때문에 자기들이 편하게 이용하던 문을 빼앗긴 셈이니까."

"용감하구나. 선생님들이 내다보는 뜰에서 선생님들이 다니는 문으로 학교를 나가다니."

"원래 가장 안심하고 있는 곳이 가장 허술한 법이잖아."

다윈은 레오가 그랬던 것처럼 문을 앞뒤로 가볍게 흔든 뒤 물었다.

"내년엔 어떡할 생각이야? 이젠 갇혀 있는 게 못 견디겠는 순간이 와도 그대로 견딜 수밖에 없는 거야?"

"찾아보면 다른 곳에도 또 문이 있겠지. 천 명이 넘는 사람이 사는 곳에 완벽한 폐쇄라는 게 가능하겠어? 그리고 여긴 수도원 건물이었잖아. 몰래 빠져나가는 데 수도사들만큼 지능적인 부류도 없지. 분명 여기저기에 교묘한 비밀 통로를 만들어 놓았을걸. 신입생들 중에 그걸 찾을 만한 괜찮은 녀석이 있으면 좋겠는데."

"레오 네가 찾으면 되잖아."

레오는 어깨를 으쓱하더니 코트 안주머니에서 담배와 라이터를 꺼내 불을 붙였다. 다원은 놀라지 않았다. 프라임스쿨 학생이 흡연을, 그것도 학교 안에서 하는 것은 중징계를 받을 만한 일탈 행위지만, 절대 일어날 수 없는 일은 아니란 것을 이제는 알았다. 한 가지 벌이 있다는 건 이전에 수많은 죄가 있었다는 뜻이니까. 레오는 쇠창살 사이로 바깥을 내다보며 담배 연기를 내뱉었다.

"지난번에 학교를 떠나겠다고 한 말은 빈말이 아니었어. 아마 오늘이 프라임스쿨에서 날 보는 마지막 날일 거야."

코트 주머니 속에 손을 넣고 있던 다원은 손끝에 걸리는 놀이공원 입장권을 느끼며 지난여름 서로의 '오래된 것'을 교환했던 자신과 레오가 겨울이 된 지금 약속이라도 한 듯이 똑같은 생각을 하고 있다는 것에, 운명의 글귀가 새겨진 거울을 반으로 갈라 나눠 가진 것 같은 기분이 들었다. 물론 그 반쪽짜리 거울을 들고 각자가 향하는 길은 다르겠지만.

다원은 레오 옆으로 다가가서 물었다.

"그럼 정말 학교를 그만두겠다는 거야?"

"학년말 고사 성적표가 결정하는 데 도움이 됐지. 특히 법학 과목이. 나름대로는 최선을 다했는데도 낙제 점수를 받은 걸 보면 난 프라임스쿨에선 더 이상 가망이 없는 거 같아."

"낙제를 했어?"

"응. 죄도 용서도 다 인간이 만들어 낸 것이니까 세상에 인간이 인간에게 용서받지 못할 죄는 없다고 썼는데, 교수님한텐 그 답이 영점짜리였나 봐."

다원은 변호하는 한쪽 입장을 포기했음에도 최고점을 받은 자신의 성적에 어쩐지 죄책감이 들었다.

"그런 표정 지을 것 없어. 오히려 미련을 갖지 않게 돼 좋으니까. 카메라를 들고 밖으로 나갈 생각을 하는 것만으로도 얼마나 흥분이 되는데. 프라임스쿨에선 한 번도 못 느껴 본 감정이야."

다원은 굳어진 얼굴을 애써 풀며 물었다.

"뭘 찍을 건지는 정했어?"

레오는 담배 연기가 날아가는 하늘보다 더 먼 곳을 바라보며 대답했다.

"여기서는 볼 수 없는 것들."

다원은 레오의 눈빛이 이미 프라임스쿨을 떠나 있는 것을 느꼈다. 자신의 결심을 돌려 놓을 수 없듯이 레오의 결심도 되돌릴 수 없을 것이다. 다원은 식상하지만 진심을 다해 "너라면 버즈 아저씨처럼 훌륭한 작품을 만들 수 있을 거야."라고 응원했다. 레오가 바깥을 둘러보던 시선을 돌리며 물었다.

"다원, 내가 프라임스쿨을 떠나도 우린 계속 친구인 거지?"

다원은 그대로 질문을 돌려주었다.

"레오 넌? 내가 프라임스쿨을 떠나도 계속 나를 만나 줄 거야?"

레오는 주저하지 않고 대답했다.

"물론이지. 프라임 보이가 아닌 다원 영이라니, 난 훨씬 더 좋은걸."

레오는 그러면서 자신이 피우다 만 담배를 건넸다. 마치 '프라임 보이가 아닌 다윈 영'을 지금 바로 자기 눈앞에서 보여 달라는 듯이. 다윈은 레오에게서 담배를 건네받고 연기를 한 모금 빨아들였다. 아버지도 한번 피우는 것을 본 적 없는 담배를 자신이 피운다는 것에 죄책감이 들었지만, 목으로 들어오는 매캐한 향이 그런 감정을 금방 밀어내 버렸다. 레오는 "하지만 뭐, 네가 프라임스쿨을 떠나는 일은 절대 일어나지 않겠지."라고 말하며 남은 담배꽁초를 받아 담장 너머로 집어 던졌다. 다윈은 아무 말도 하지 않았다.

눈을 한 움큼 집어 손을 씻은 레오가 먼저 발걸음을 옮기며 말했다.

"이제 그만 가자. 마지막 종업식이니까 오늘은 지각하지 말아야지."

종업식이 치러지는 대강당은 인파와 소음으로 북적였다. 학년말 고사의 치열했던 열기가 이제는 집에 갈 즐거운 흥분으로 바뀌어 있었다. 학생들은 기숙사별, 학년별로 지정된 좌석을 찾아 앉았다.

각자의 자리로 헤어지기 전, 레오가 말했다.

"다윈, 전화할게. 방학 동안 한번 만나자. 내가 뭘 찍었는지 보여 줄게."

다윈은 레오의 손을 잡았지만 뒤에서 연이어 들어오는 사람들 때문에 체온을 느낄 새도 없이 금방 헤어져야 했다.

학생회 멤버들이 분주하면서도 경건하게 행사 준비를 하고 있었다. 다윈은 중간 열 정도에 있는 자기 좌석에 앉았다. 학년말 고사 때와 다르게 잠시 주변을 둘러볼 여유가 있었다. 구세주의 상은 오래전에 떼어졌지만, 대강당은 여전히 수도원에 소속된 예배당 모습을 하고 있었다. 창에는 스테인드글라스로 성모의 행적이 새겨져 있고, 천장엔 창조주의 뜻으로 이루어진 세계가 그려져 있었다. 죄를 지은 사람은 견디기 어려운 곳일 것이다. 다원은 자기도 모르게 고개를 숙이고 두 손을 마주 잡았다.

곧 식이 시작되었다. 모두 자리에서 일어나 "진리를 찾아 떠나는 여행자는 외롭지 않으니……."로 시작되는 프라임스쿨의 문장을 낭독한 뒤 이어서 학생회 멤버의 피아노 반주에 맞춰 교가를 부르고 다시 자리에 앉았다. 엄숙한 목소리로 훈화를 시작한 교장 선생님은 프라임스쿨을 떠나 있는 겨울 동안 누가 진정한 프라임스쿨 학생이고 누가 거짓 프라임스쿨 학생인지가 판가름 날 것이라고 했다. 방학 기간 동안 품행에 더욱 신경을 써야 한다는 뜻이었다.

교장이 모두 뜻깊은 휴식 시간을 가지길 바란다는 인사로 훈화를 끝내는 순간, 다원은 일부러 지금까지 외면하고 있었던 연단의 귀빈석 자리를 향해 슬쩍 눈길을 돌렸다. 이제 아버지 차례였다. 다원은 맞잡은 두 손을 더 세게 움켜쥐었다.

집으로 가는 길

　　　　　니스는 교장과 악수를 나눈 뒤 연단 중앙으로 걸어 나왔다. 천이백 명에 달하는 학생들이 대강당 안에 빼곡히 앉아 있었다. 조금이라도 긴장이 누그러질까 싶어 애써 침을 삼켰지만 입안이 말라 더 경직되는 느낌만 들었다. 이상하게도 국회의원들이나 기자들 앞에 설 때보다도 오늘처럼 학생들, 특히 프라임 보이들 앞에 설 때 가장 몸이 뻣뻣하게 굳었다. 아마도 기자들은 작은 흠결이라도 찾기 위해 늘 눈을 번뜩이지만, 순수한 이 아이들은 프라임스쿨 위원장이라는 직함 하나만으로 자신을 전인全人의 표상인 양 우러러보기 때문일 것이다. 아이들과 시선을 마주치는 게 힘겨웠다. 때로는 결점이 드러나는 것보다 결점 없는 인간으로 숭상받는 것이 훨씬 더 괴로운 일이었다.

　　니스는 오늘따라 자신이 더 자아비판적이 돼 가고 있음을 깨달았다. 이유도 어느 정도는 알고 있었다. 이 공간 안에 퍼져 있는 숨 막히는 신성함 때문이었다. 이곳에서 입학식이나 졸업식 축사를 해야 할 때는 늘 이렇게 기분이 가라앉곤 했다. 성화가 그려진 천장 아래 앉아 있는 아이들은 한 명 한 명이 세상의 진실을 밝힐 사명을 부여받은 천상의 배심원들 같았다.

일부러 찾은 건 아닌데 학생들 중 다윈의 얼굴이 가장 도드라지게 눈에 띄었다. 어딘가 모르게 얼굴 한쪽에 그늘이 드리워져 있었다. 아무래도 추운 날씨와 대강당의 부족한 조명이 아들에게는 어울리지 않는 그런 그늘을 만들고 있는 것 같았다. 그래도 다윈의 갈색 눈동자만은 이 많은 아이들 중에서 가장 밝고 선명하게 빛나고 있었다. 니스는 잔뜩 위축됐던 마음이 조금은 편안해지는 느낌이 들었다. 아들의 존재는 이 외로운 심판대 위에서 유일한 위안이었다. 물론 '진짜' 심판대가 아니기에 그런 것이겠지만.

니스는 끝으로 말아 온 축사 종이를 펼쳤다. 며칠 동안 퇴근하는 차 안에서 쓰고 지우기를 반복하며 고민한 것이었다. 이런 일은 비서진에게 맡기는 것이 관행이지만, 프라임스쿨 위원장을 맡게 된 후 늘 직접 축사를 썼다. 현장에서 건네받은 대필 축사를 읽어 내려가기만 하는 것은 프라임스쿨 학생들이 학업에 들이는 진정성과 노력을 배반하는 것이라는 생각에서였다. 아이들을 속이고 싶지 않았다. 자신이 학생이라면 남이 대신 써 준 글을 읽기만 하는 어른은 단번에 알아챌 수 있을 것이다. 그리고 그 정도의 진심도 없는 사람의 이야기는 절대 귀 기울여 듣지 않을 것이다. 니스는 프라임스쿨 모든 아이들의 앞날에 조그마한 등이라도 되길 바라는 마음으로 글을 썼다. 그런데 써 놓고 보니 아들을 위한 헌사 같았다.

"제가 여러분 나이였을 때를 떠올려 보면, 저는 늘 창밖을 내다보면서 내일이 오길 기다리는, 조급하게 어른이 되길 바라던 아이였던 것 같습니다. 저는 당시 제가 인생에서 가장 오르기 힘든 산등성이를 넘고 있는 것이라 생각했습니다. 매일같이 마음속으로 '여기만 지나면, 여기만 지나면'이라고 되뇌었습니다. 산 정상에 오르기만 하면 지금 겪고 있는 고통을 모두 보상받을 거라 믿으면서 말이죠. 그러나 드디어 어른이 된 제가 여러분에게 나눠 줄 지혜가 한 가지 있다면, 인생에 과도기란 결코 없다는 것입니다. 지금 여러분은 내일로 가기 위한 경유지에 있는 것이 아닙니다. 우리들의 머리를 밝히고 있는 이 등과 제가 들려주는 이야기, 그리고 그것에 귀 기울이고 있는 여러분은 지금 이 순간을 위해 존재하는 것입니다. 현재는 늘 그 자체로 완성되어 있고, 그 완전함을 받아들이는 순간, 인생은 새로운 길을 열어 줄 것입니다.

정상이 아닌 산등성이는 그대로 완전합니다. 만개하지 않은 꽃은 그대로 완전합니다. 날개를 접고 쉬고 있는 새는 그대로 완전합니다. 여러분이 남몰래 알 수 없는 불안과 시련을 겪고 있다 해도 역시 그대로 완전합니다. 우리의 삶 가운데 내일을 위해 희생해야 할 것은 아무것도 없습니다. 매 순간, 여러분은 더 이상 아무것도 필요하지 않게 완성되어 있습니다. 오늘을 놓치지 않길 바랍니다."

학생들의 갈채 세례를 받는 동안 니스는 과연 자신이 열여섯이었을 때 지금과 똑같은 연설을 들었대도 이처럼 순진한 얼굴로 박수를 칠 수 있었을까 하는 회의가 몰려왔다. 남몰래 알 수 없는 불안과 시련을 겪고 있다 해도 역시 그대로 완전하다고? 오늘을 놓치지 말라고? 눈물과 번뇌로 휩싸였던 그 나날들이 정말 다시 겪어도 좋을 만큼 가치가 있다고 생각하는 거야? 시간과 정성을 들여 쓴 글임에도 자신은 조금도 믿지 않는 거짓말만 잔뜩 늘어놓은 사기꾼이 된 것 같았다. 그러나 악수를 청하러 올라온 학생회 임원들을 한 명 한 명 환영해 주면서 니스는 마음을 바꾸었다.

아니, 나는 더 이상 열여섯 살이 아니야. 오래전부터 아니었지. 더는 내가 하는 모든 말과 행동을 열여섯 니스 영이 감시하고 있는 것처럼 겁먹지 않아도 돼. 나는 사람을 죽였지만 세상 앞에선 양심적인 시민의 본보기가 될 거고, 나는 사람을 죽였지만 이 아이들에겐 사소한 거짓말도 나쁘다고 가르칠 거고, 나는 살인자이지만 내 아들에겐 풀 한 포기도 함부로 해하지 않게 할 거야.

니스는 귓가에서 끈덕지게 울리는 목소리를 몰아내기 위해 최선을 다해 미소 지었다.

교장을 비롯한 위원회 위원들, 교수들, 친분이 있는 학부모 대표들과 인사를 주고받느라 시간이 계속 지체되고 있었다. 보좌관은 끊임없이 새로운 사람을 이끌고 와서 악수를 시켰다. 니스는 손목시계를 힐끔거리며 "이제 그만 가지. 다윈이 너무 오래 기다리고 있어."라고 속삭였다. 보좌관은 그때마다 역시 귓속말로 "마지막이에요. 이분과는 꼭 인사를 하셔야 해요."라고 속삭이며 은근히 등을 떠밀었다. 그런 식으로 마지막에 마지막이 더

722

해져 결국엔 종업식에 찾아온 방문객들 모두와 악수를 주고받은 것 같았다.

일정을 마친 뒤 니스는 서둘러 밖으로 나왔다. 그사이 학교 정문 앞을 빈틈없이 점령하고 있던 차량들이 모두 빠져나가고 자신의 차만 남아 있었다. 다윈이 차에 타지 않고 주위를 서성이고 있는 게 보였다.

니스는 다윈을 부르며 뛰어갔다.

"추운데 왜 밖에 나와 있니?"

"답답해서요. 이제 다 끝나신 거예요?"

"너무 늦었지? 금방 끝내려고 했는데 인사를 하자는 사람들이 어디선가 계속 나오는 바람에…….""

뒤이어 걸어온 보좌관을 향해 들으라는 듯 말하자, 그는 자신의 책무를 다했을 뿐이라는 듯 능청스럽게 어깨를 으쓱했다.

다윈이 말했다.

"인사할 사람이 많다는 건 좋은 일이잖아요."

아들의 선한 마음에 니스는 단번에 피로가 풀리는 것 같았다.

"역시 우리 아들이 나보다 훨씬 낫구나. 나는 이 친구에게 내내 그만 가자고 툴툴거렸는데. 그래, 다윈 너도 친구들과 인사 많이 나눴니?"

다윈은 고개를 끄덕이며 "이제 작별이라고 생각하니 친하지 않은 애들한테까지 다 인사를 하고 싶었어요."라고 말했다. 니스는 그리 길지 않은 겨울방학을 작별이라고 표현하는 아이 특유의 섬세함에 애틋한 마음이 들었다.

"작별은 무슨. 봄이 되면 그대로 다시 만날 친구들인데."

보좌관이 차 문을 열자 다윈이 "진입로 입구까지만 걸어가실 래요?"라고 제안했다. 니스는 지난번 차 안에서의 대화를 계기로 다윈이 다시 마음을 열어 준 게 더없이 기뻐 흔쾌히 동의했다. 보좌관에게 차를 가지고 먼저 가 있으라고 하니 그는 다음 일정을 상기시키며 "15분 이상 지체하시면 안 됩니다."라고 말했다. 니스는 아들과 산책을 하는 것마저 일일이 시간을 정해 놓고 허락받아야 하는 처지가 우스워 이렇게 늦어진 게 누구 책임인지를 물으려고 했다. 그러다 곧 상사를 위해 책임감 있게 일하는 친구에게 괜한 핀잔을 주고 싶지 않고, 또 그런 일로 다윈과 함께할 일분일초를 낭비하고 싶지 않아 알겠다고 대답했다.

　보좌관이 차를 타고 떠나자 프라임스쿨 교문에서부터 도로로 나가기까지의 긴 가로수 길엔 오직 자신과 다윈 단둘뿐이었다. 길 양옆으로 치워져 높게 쌓여 있는 눈 더미가 꼭 어린아이들이 놀다가 만들어 놓고 간 요새 같았다.

　다윈이 말했다.

　"이 길을 걸어 본 적은 별로 없는 것 같아요."

　"그러고 보니 나는 이게 처음이구나. 늘 차로만 다녔으니."

　"이상하지 않아요? 3년을 지낸 기숙사인데 아직도 낯선 곳이 있다니. 오늘 아침엔 레오가 어떤 길을 알려 주었는데, 전 그곳도 처음 가 보는 곳이었어요."

　몇 주간 프라임스쿨을 떠나 있을 생각을 하니 괜히 더 감상적이 되는 모양이었다. 니스는 방학 동안만이라도 다윈이 학교와 학업을 잠시 잊고 집에서 편히 쉬길 바라는 마음으로 대꾸했다.

　"이상하면서도 흔히 일어나는 일이지. 우리가 사는 집도 그렇잖니? 난 뒤뜰로 나가 본 지가 언젠지 기억도 안 나는구나. 정원사가 없었으면 온 정원이 밀림처럼 무성해졌을 거야……. 그런데 레오는 어떻게 그런 길을 알고 있는 거지? 내년에도 무슨 말썽을 피울 계획이라니?"

"전혀요. 그냥 같이 산책을 하던 중에 제가 모르는 길 하나를 알려 준 것뿐이에요. 레오는 말썽이나 피울 생각을 하는 그런 애가 아니에요. 직접 이야기를 나눠 보시면 생각이 너무 깊어서 아마 깜짝 놀라실걸요. 축구 실력보다 훨씬요."

"네가 그렇게 인정하는 친구가 있다니 기쁘긴 하다만, 가까이 지낸다고 해서 그 사람을 가장 잘 아는 건 아니란다. 프라임스쿨에 네가 한 번도 가 보지 않은 길이 있고, 우리 집에 내가 오랫동안 들여다보지 않은 뜰이 있는 것처럼."

"가장 가까이 지내는 사람 안에도 알 수 없는 길이 나 있을 수 있다는 말씀이세요?"

"비유하자면."

"그런데 저에게 가장 가까운 사람은 아버지인걸요? 그럼 아버지 안에도 제가 모르는 길이 나 있나요?"

니스는 잠시 걸음을 멈추었다가 "물론이지."라고 말하며 다시 발을 내디뎠다.

"다윈 네가 모르는 길과 나조차도 모르는 길이 있지."

"자기 자신조차도 모르는 길이라니……. 그건 좀 무섭지 않나요?"

"원래 인간은 무서운 존재지. 전부 파악되지도 않고 완전히 제어되지도 않는……."

"그럼 인간은 뭘 믿으며 살 수 있는 거죠? 자기 자신조차도 파악할 수 없고 제어할 수 없다면?"

니스는 다윈의 질문을 자기 자신에게로 돌렸다. 나는 뭘 믿으면서 지금까지 살아왔던 걸까? 나 자신조차도 파악하지 못하고 제어하지 못하면서……. 그러나 세상 모든 것이 불확실하고 이중적이고 느닷없이 돌변한대도 흔들림 없이 언제나 같은 자리를 지키고 있는 불멸의 나무 한 그루가 있었다. 쉴 수 있는 그늘을 만들어 주고, 먹을 수 있는 열매를 맺어 주고, 이파리를 부딪쳐 자장가를 연주해 주는.

니스는 싸늘한 바람을 막아 주는 따뜻한 보호막을 느끼며 다윈에게 말했다.

"사랑……. 사랑은 믿어도 된단다. 내 어머니가 나에게 주신 사랑, 엄마가 너에게 주고 간 사랑, 내가 다윈 너에게 주고 싶은 사랑. 거기엔 어떤 의심과 불안도 없지. 아마 너도 나중에 부모가 되면 네 자식에게 그런 사랑을 주게 될 거야."

니스는 들여다본 적 없는 자기 마음 깊은 곳에 그런 생각이 씨앗처럼 심어져 있었다는 것에 스스로도 낯선 기분이 들었다.

"그러고 보면 재미있구나. 마음속에 알 수 없는 길을 품고 사는 무서운 인간도 결국엔 사랑으로 진화한 것이라니."

다윈이 빠뜨린 게 있다는 듯 말했다.

"할아버지가 들으시면 서운하시겠어요."

니스는 말없이 어깨만 으쓱했다. 아버지를 의도적으로 제외시킨 것인지, 아니면 단순한 누락이었는지 자신도 알 수가 없었다. 아무 말도 않고 있으니 다윈이 덧붙였다.

"할아버지도 아버지를 정말 사랑하세요. 아버지가 절 사랑하시는 것처럼."

니스는 중요하지 않다는 듯 "그러시겠지."라고만 했다. 아버지 얘기만 나오면 본능적으로 퉁명스럽게 구는 자신이 다윈보다도 어리게 느껴졌다. 사랑으로 이루어진 그 씨앗 한구석엔 아버지에 대한 사랑 역시 분명 자리 잡고 있다는 것을 스스로가 가장 잘 알면서.

그때 다윈이 뜻밖의 제안을 했다.

"이번 크리스마스엔 저희가 찾아가는 대신 할아버지를 초대하는 게 어때요? 이번엔 우리 집에서 보냈으면 좋겠어요."

"안 될 건 없다만 왜, 무슨 특별한 이유라도 있니?"

"할아버지랑 함께 우리 집에서 지내 본 적이 별로 없잖아요. 이사라도 간다면 앞으로는 아예 기회가 없어질 테고."

"그래, 우리 집으로 초대하자꾸나. 그런데 이사라니, 나는 이사 갈 계획이 전혀 없는데. 왜, 이사 가고 싶니?"

다윈은 고개를 저으며 "할 수만 있다면 지금 집에서 계속 살고 싶어요."라고 대답했다.

니스는 웃으며 다윈의 어깨에 손을 올렸다.

"그건 걱정 마라. 나는 은퇴를 해서도 계속 지금 집을 지킬 생각이니까. 우리의 추억이 가장 많은 집이잖니. 앞으로도 계속 추억이 쌓일 테고."

얼마를 더 걸으니 어느새 길 끝에 다다랐다. 보좌관이 기다렸다는 듯 차에서 내려 뒷문을 열었다. 니스는 길이 조금만 더 길었다면, 아니 애초에 귀찮은 사람들에게 감시당하는 이런 일을 하지 않았다면 좋았을 텐데 하는 생각을 하며 자신이 걸어온 길을 뒤돌아보았다. 눈으로 뒤덮인 프라임스쿨이 아무도 없는 벌판 위에 고독한 성처럼 우뚝 서 있었다.

호두나무 거리의 성탄절

눈이 부시게 화려한 외관으로 쇼핑객들을 유인하는 2, 3지구와 달리 1지구의 크리스마스 풍경은 소박하고 경건했다. 제과점에서 파는 케이크는 장식 없이 수수한 흰색 크림으로만 마감된 것이었고, 거리에는 시끌벅적한 파티 음악 대신 잔잔한 오르간 연주가 흘렀다. 가족끼리도 값비싼 선물 대신 손으로 정성 들여 쓴 카드를 교환하는 것이 훌륭한 풍습으로 여겨졌다.

아들이 보내온 차량 뒷좌석에 느긋한 자세로 앉아 있던 러너는 차가 호두나무 거리에 들어서자 "여긴 바뀐 게 하나도 없군." 하고 말했다. 길이며 집이 예전에 왔을 때 그대로인 것을 보고 무심코 중얼거린 혼잣말이었다. 그런데 그 말을 어떻게 들었는지 운전기사가 "바꾸어야 할 나쁜 점이 없으니까요."라고 거들었다. 이유를 듣길 기대한 건 아니었지만, 러너는 기사의 대답이 마음에 들었다. 그렇지, 나쁜 점도 없는데 구태여 바꿀 이유가 없지.

집집마다 문 앞에 기도하는 성모나 구유 속 아기 예수 같은 소박한 장식품들을 꾸며 놓고 손님을 맞이하고 있었다. 엄격하면서도 따스한 분위기가 느껴지는 호두나무 거리 집들을 보니 흐뭇한 미소가 절로 나왔다.

며칠 전, 아들에게서 "이번엔 저희 집에서 크리스마스를 보내야겠어요."라는 전화를 받았을 때는 아들한테 또다시 이유 없는 무시와 거절을 당한 것 같아 기분이 좋지 않았다. 초대 의사가 들어 있긴 했지만 형식적으로 곁들인 것일 뿐, 실은 '이제부터 크리스마스는 각자의 집에서 보내기로 하죠.'라는 본심을 숨기고 있는 것 같았다. 그러다 "다윈 생각이에요. 아버지가 저희 집에 오신 지 오래됐다고 그렇게 하자네요."라는 설명을 듣고 바로 마음이 풀렸다. 전화를 끊고 나서는 니스에게 미안한 마음도 들었다. 아들이 자신을 오해하고 있는 것 못지않게 자신도 아들을 오해하고 있는 모양이었다.

"저기 차관님이 마중 나와 계시네요."

기사의 말을 듣고 창밖을 내다보니 정말 저 멀리 니스와 다윈이 함께 문 앞에 서 있는 게 보였다. 이윽고 차가 멈추어 서자 니스가 손수 문을 열어 주었다. 다윈은 다가와 다정하게 포옹을 했다. 니스가 운전기사에게 "휴일에 미안해요."라고 말하자, 운전기사는 "별말씀을요." 하며 손을 내저었다.

"행복한 가족이네요. 보고만 있어도 크리스마스 선물을 받은 것 같아요."

러너는 운전기사에게 좋은 인상을 남긴 것이 흡족했다. 큰일을 할 사람은 모름지기 주변의 사소한 사람들에게 먼저 인정을 받아야 하는 법이었다. 가장 중요한 순간에 수행 비서나 운전기사, 가사 도우미의 폭로로 평판이 땅에 떨어진 정치인이 어디 한둘이었던가. 러너는 기사에게 크리스마스를 잘 보내라는 인사를 한 뒤, 아들과 손자를 거느리고 집으로 들어갔다.

안에 들어서자 벤이 수상한 사람을 본 것처럼 시끄럽게 짖어댔다. 마리가 미안한 얼굴로 "벤!" 하고 주의를 주었지만, 러너는 그다지 불쾌하지는 않았다. 다윈이 프라임스쿨에 입학하던 해에 이웃들과 축하 파티를 했던 걸 마지막으로 이 집에 온 적이 없으니, 벤의 경계는 당연한 것이었다. 물론 그런 삼엄한 경계가 애초에 이 호두나무 거리에 필요하겠느냐마는.

이웃들의 부러움을 샀던 그날, 훌륭한 손자를 둔 조부의 위신을 지키며 파티 내내 자부심 어린 태도로 일관했지만 속으로는 걱정이 전혀 없던 게 아니었다. 아직 어린 다윈이 부모의 품을 떠나 기숙사에서 혼자 지낼 수 있을지, 지나치게 엄격한 규율이 아이를 외려 망가뜨리는 건 아닐지, 자칫 자만심에 가득 찬 수재들 사이에서 길을 잃지는 않을지, 근심의 근원이 훌륭한 만큼 그 깊이도 대단했다. 그러나 3년이 흐른 지금, 그때의 걱정은 나이 든 사람의 기우에 지나지 않았다는 것이 분명해졌다. 다윈은 수재 중의 수재였고, 프라임스쿨의 엄격한 규칙은 무정한 칼날이 아닌 조각가의 세심한 손길로 다윈의 내면과 외면을 다듬어 주었다. 주어진 과업을 해낸 것만으로도 충분히 훌륭한데, 다윈이 프라임스쿨을 소개하는 다큐멘터리의 해설자로 발탁됐다는 얘기를 들었을 때는 손자가 가진 재능에 혀를 내두르지 않을 수 없었다. 다윈이야말로 영 가문의 이상향이었다.

그 기쁜 소식을 이웃 친구들에게 전하자 그들은 니스가 프라임스쿨 위원장이라는 사실을 거론하며 선발 과정에 아버지의 입김이 작용했을지도 모른다는 얘기를 진지한 농담처럼 주고받았다. 러너는 처음엔 불쾌했지만 곧 다른 사람들 눈엔 충분히 그렇게 보일 여지가 있음을 수긍했다. 자신이 그런 결정권을 가진 자리에 있었어도 당연히 아들을 최우선으로 염두에 두었을 테니. 그리고 만약 그것이 사실이라 해도 부끄러워할 일이기는커녕 오히려 아들을 칭찬해 주어야 할 일이라고 생각했다. 니스가 다윈을 위해 제 평소 성향에 위배되는 결정을 내렸다는 사실은 다윈에 한해선 니스도 얼마든지 이기적이고 권력적이 될 수 있다는 것을 뜻하기 때문이었다. 그것은 결코 비난받을 일이 아니었다. 자식에게 가장 좋은 것을 주고 싶어 하는 것은 모든 부모의 본능이다. 그 본능이 없었다면 인류는 오늘날처럼 풍요롭지 못했을 것이다.

러너는 시간을 확인한 뒤 다윈에게 말했다.

"드디어 다섯 시간 후면 다윈 네 목소리를 텔레비전에서 듣게 되겠구나."

다윈은 대답 대신 가벼운 웃음만 짓더니 금방 다른 생각에 몰두하듯 시선을 돌렸다. 어쩐 일인지 이 중요한 일에 별 관심이 없는 것 같았다. 해설을 해 본 경험이라든지, 방송을 통해 자신의 목소리를 듣는 기분이 어떨지에 대해 조금 더 이야기를 나누고 싶었던 러너는 의아해서 물었다.

"기대하는 얼굴이 아니구나. 긴장돼서 그러니?"

"······그냥 어서 오늘이 지나갔으면 좋겠어요."

평상시와 달리 밝은 기운이 느껴지지 않는 다윈의 대답에 러너는 더 의아했다.

"대단한 일을 해낸 사람치고는 너무 소극적인 자세구나. 시간이 흘러가기를 바랄 게 아니라 이 시간을 즐겨야지."

"처음부터 잘못 결정한 일 같아요. 아버지가 하지 말라고 했을 때 안 했어야 했던 건데······. 제가 너무 경솔했어요."

러너는 깜짝 놀라서 물었다.

"그게 무슨 소리냐? 니스가 하지 말라고 했다니."

러너는 믿을 수가 없어 니스에게 "네가 정말 그랬나?"라고 물었다. 니스는 그 질문엔 대답을 않고 도리어 다윈에게 물었다.

"왜 잘못 결정했다고 생각하니? 보고받기로는 아주 잘했다고 하던데. 녹음을 하고 와서 너도 별 어려움 없이 끝냈다고 하지 않았니? 혹시 지난번에 전화했을 때 말하지 않은 다른 일이 있었던 거야?"

다윈이 고개를 저으며 대답했다.

"아뇨, 그냥······. 오늘은 가족끼리 보내는 날이어야 하는데 상관없는 일이 끼어든 것 같아서요."

"상관없긴, 프라임스쿨 일인 데다 다윈 네가 출연하기까지 하는데. 처음에 내가 반대했던 건 괜한 구설에 오를까 봐 걱정돼서 그랬던 거지 다른 뜻은 없었단다. 지금은 네 결정이 전적으로 옳았다고 생각해. 시간이 안 나서 최종 편집본을 심의한 날에 직접 못 가 보고 나중에 결재 사인만 했는데, 위원회에서는 평가가 아주 좋더라. 어떤 작품일지 기대가 커."

부자간의 대화를 잠자코 듣고 있던 러너는 기가 차서 말했다.

"농담이지만 내 친구들은 네가 뒤에서 힘을 쓴 거라고 수군 거리던데, 그치들에게 이 사실을 말해 줘도 믿을지나 모르겠다. 아비가 돼서 도와주지는 못할망정 아들의 앞길을 방해하다니. 그건 그것대로 권력 남용이로구나."

그제야 니스가 관심을 이쪽으로 돌리며 말했다.

"사람들 입에 오르내리는 게 얼마나 골치 아픈 일인지 잘 아 니까요."

"명성을 얻는 과정에 구설은 당연히 따라오는 거다. 높은 자 리에 오르려면 그것도 영광으로 받아들일 줄 알아야지. 사람들 이 무서울 게 뭐냐. 결국엔 힘을 가진 자 앞에 다 굴복하게 돼 있 어. 뒤에서 떠들어 대는 것쯤이야 없는 사람들의 소일거리려니 하고 가뿐하게 넘겨 버리면 그만이지. 그게 권력자의 여유고 미 덕인 거야."

니스가 미소를 지으며 말했다.

"아버진 정말로 강인한 분이세요."

"비꼬는 말이라면 오늘은 참아 주려무나. 오랜만에 여기까지 와서 크리스마스를 망치고 싶진 않으니."

러너는 큰불로 번질지 모를 불씨를 보고 미리 진압에 나섰는 데, 걱정과 달리 아들의 얼굴에 평소와 같은 조소의 흔적은 전혀 없었다. 오히려 눈에선 자기 성찰적인 빛이 느껴지고 말하는 투 도 한결 부드러웠다.

"아니에요, 진심으로 드리는 말씀이에요. 아버지의 그 강인 한 면을 제가 조금이라도 닮았다면, 저도 이런 겁쟁이로 살진 않았을 거예요."

러너는 눈살을 찌푸렸다. 아들이 제 아비를 직접적으로 능멸하는 것보다 아들이 아비 앞에서 저 스스로를 비하하는 게 자신에겐 더 큰 모욕이었다. 아들은 자신이 이 세계에서 생산해 낸 가장 '최선'의 존재였다. 그 존재가 칼로 제 가슴을 찌른다면 그 칼날의 끝은 결국 아버지인 자신에게로 향할 수밖에 없는 법이었다. 러너는 힘을 주어 말했다.

"겁쟁이라니, 네 어디가 겁쟁이라는 거냐. 넌 나보다 훨씬 강인한 사람이야. 그러니 나는 꿈도 못 꿀 영예로운 것들을 이렇게 많이 이뤄 냈지. 우리 가문의 다른 훌륭한 선조들과 겨뤄도 네가 으뜸일 거다. 후손이 더 강해지는 건 진화의 법칙이기도 하지 않냐."

"하지만 저에게 늘 어머니를 닮아서 유약하다고 하셨잖아요."

"별걸 다 기억하는구나. 그런데 내가 그 유약한 여인에게 매번 졌던 건 기억나지 않는가 보구나. 난 목소리만 컸지 실질적인 힘은 모두 네 어머니에게 있었어. 단 한 번도 이겨 본 적이 없었지."

니스가 그리운 눈빛을 하며 웃었다.

"맞아요, 아버지가 반대를 하셨어도 결국엔 모두 어머니 뜻대로 되곤 했죠. 가족사진을 어디에 걸지 같은 사소한 일에서부터 아버지 사업까지. 사업을 접고 외국에서 들어오신 것도 어머니 충고 때문이었죠?"

아내를 생각하자 러너는 따뜻한 불빛에 감싸인 것처럼 훈훈한 기분이 들었다. 아내는 아들과의 관계에서 늘 다리가 돼 주었다. 제 아비에게는 퉁명스럽게 구는 아들이지만 어머니의 말이라면 한 번도 거역한 적이 없으니.

"그래, 더 이상 사업에 정신을 뺏겨서 가족을 소홀히 하면 널 데리고 날 떠날 거라고 위협했지. 바로 그 점이란다. 네가 그런 성격을 그대로 물려받았지. 그러니 농담으로라도 겁쟁이라는 말은 하지 말거라. 네 어머니가 슬퍼할 테니."

니스가 추억에 잠긴 듯 허공을 응시하며 말했다.

"그립네요. 오늘 어머니도 함께 계셨으면 좋았을 텐데."

"있지 않냐. 네 피 속에, 다윈의 피 속에. 우리 영 가문이 멸망하지 않는 한 네 어머니는 영원히 이 세상에 있는 거다."

"아버지가 그런 감상적인 말씀을 하실 수 있는 분인 줄 몰랐는데요."

"내 안엔 네가 알지 못하는 면이 아직 많이 숨겨져 있단다."

니스가 아이처럼 호기심 어린 눈동자로 말했다.

"신기하네요. 며칠 전에도 다윈과 그런 얘기를 주고받았는데, 오늘 아버지도 같은 말씀을 하시다니. 안 그러니, 다윈?"

유예의 시간

벽난로 안에서 장작이 재가 되고 있었다. 아무 무게도 없는 무형의 불꽃에 단단한 형체를 가진 나무가 속절없이 허물어졌다. 다원은 무언가를 암시하는 듯한 그 광경에서 눈을 뗄 수가 없었다. 그러나 마음 깊은 곳에선 실은 그것이 암시가 아니라 상징임을 잘 알고 있었다. 드디어 오늘이다. 자신의 입에서 나오는 언어는 저 불꽃처럼 타올라 아버지라는 나무를 허물고 땅속에 박힌 할아버지의 뿌리로까지 번질 것이다. 그렇게 한 그루의 나무가 모두 타고 나면 서로가 서로에게 숨기고 있는 비밀의 결정체가 까만 재 속에서 드러날 것이다.

불꽃 열기에 다원은 얼굴이 붉어지는 느낌이 들었다. 목도 메어 왔다. 눈시울이 뜨거워지는 건 어쩌면 불꽃 때문이 아닐지도 모르지만……. 한참을 그렇게 있는데 귓가에서 "다원?" 하고 부르는 목소리가 들렸다. 다원은 벽난로에서 시선을 돌렸다. 아버지가 아까부터 계속 말을 걸고 있었는지 "무슨 생각을 그렇게 깊이 하니?"라고 물었다. 다원은 다시 벽난로를 슬쩍 쳐다본 뒤 말했다.

"그냥 불꽃이 예뻐서……. 무슨 말씀 중이셨어요?"

"종업식 날 너랑 나눴던 이야기 말이야, 가까운 사람 사이에도 모르는 길이 있을 수 있다는. 할아버지도 방금 전에 그런 비슷한 얘기를 하시는구나. 신기하지 않니?"

다원은 대답을 하듯 아버지에게 되물었다.

"할아버지 DNA가 아버지랑 저에게 공유돼서 그런 거 아닐까요?"

아버지가 진지해진 표정으로 고개를 끄덕였다.

"DNA라……. 난 그저 우연이라고만 생각했는데 꽤 거시적인 이유를 찾았구나."

할아버지가 거들었다.

"다원 말에 일리가 있단다. 그래, 한 핏줄에서 나온 가족이라면 당연히 비슷한 사고방식을 갖게 되는 법이겠지. 역시 다원이구나. 이런 사소한 질문에서도 근원적인 이유를 탐구하다니."

다원은 자신을 자랑스럽게 바라보는 할아버지의 눈빛을 피해 창밖 풍경을 넘겨보았다. 호두나무 거리에 있는 저택 하나하나가 지상을 밝히는 한 개의 등불처럼 빛나고 있었다. 하늘에는 영광, 땅에는 평화라는 찬미는 오늘 밤을 위한 것이었다. 오늘 밤, 1지구에 행복하지 않거나 만족하지 않은 사람은 한 명도 없을 것 같았다. 그러나 다원은 온 세상을 감싸고 있는 이 풍요로운 불빛이 잠깐 나타났다가 사라지는 섬광보다도 못하게 느껴졌다. 남모르는 계획을 품고 세상을 바라보는 사람 특유의 허무함 같은 것인지도 몰랐다.

손은 이미 스위치 위에 올라가 있었다. 이제 남은 일이라고는 파티가 무르익었을 때 스위치를 눌러 주위를 암흑으로 만들어 버리는 것뿐이었다. 빛나는 영광은 순식간에 추락하고, 평화는 유리로 된 바닥처럼 쉽게 산산조각 날 것이다. 할아버지가 그토록 기대하는 프라임스쿨 다큐멘터리는 그 파국 전에 울려 퍼지는 마지막 연주였다. 지금 즐기면 즐길수록 나중엔 더 고통스러울 수밖에 없는…….

불길이 가장자리에 있던 장작 한 개비를 또 품속으로 끌어당겼다. 다윈은 다시 갈등이 일었다. 불길에 던져진 장작이 재가 되는 건 이미 결정되어 있는 운명이다. 프라임스쿨 다큐멘터리 역시 같은 운명. 뜨거운 열기를 내뿜는 이 장작들처럼 잠깐의 환희는 주겠지만 결국엔 처치 곤란한 재가 돼 버릴 것이다. 그렇다면 이렇게 마음 졸이며 기다릴 필요가 있을까…….

귓가에 할아버지와 아버지가 나누는 얘기 소리가 들렸다.

"요즘에 가장 많이 짓는 남자아이 이름은 제이콥이라던데요?"

"제이콥?"

이렇게 기다릴 필요가 있을까. 그냥 지금 밝히는 건 어떨까. 할아버지와 아버지가 최근 태어난 아이들의 이름에 대해 이야기 나누는 지금 이 순간, 자리에서 일어나 "아버지, 할아버지와 제 앞에서 진실을 말해 주세요, 제이 아저씨를 죽인 사람이 누군지." 하고 말하는 건. 그러면 기름진 성탄절 음식을 억지로 먹지 않아도 되고, 할아버지에게 거북한 칭찬을 받지 않아도 되고, 고통을 주기 위해 기쁨이 극에 달할 때까지 기다리는, 세상에서 가장 고약한 심판관이 된 것 같은 이 기분을 더는 느끼지 않아도 될 텐데…….

그러나 그런 갈등에 휩싸이면서도 한편으로는 남은 다섯 시간을 더 기다리는 것이 자신이 가족에게 줄 수 있는 마지막 크리스마스 선물처럼 느껴지기도 했다. 진실을 밝힌 그 순간부터 할아버지와 아버지는 아주 오랜 시간 고통을 겪게 될 것이다. 형기도 정해져 있지 않은 기약 없는 징역을 살게 될 것이다. 지금 남은 이 다섯 시간은 진실이 만드는 감옥으로 들어가기 전 가족이 아무 고통 없이 보낼 수 있는 마지막 평안이자 마지막 영광의 시간인 것이다. 만약 지금 자리에서 일어나 진실을 말한다면 할아버지와 아버지는 다섯 시간 더 일찍, 다섯 시간 더 많이 고통을 당해야 한다.

다원은 스위치를 누르려는 자신의 왼손을 다른 손으로 붙들며 반박했다. 그럴 필요가 있을까. 결국엔 재가 돼 사라질 것들이라 하더라도 재가 될 때까지 기다리는 게 옳은 일 아닐까? 어차피 죽게 될 사형수라 하더라도 사형 집행일보다 먼저 처형하지는 않는 것처럼.

"저희 직원 중 한 명도 최근에 아들을 낳았는데 이름을 제이콥이라고 지었다고 하던데요."

"제이콥이라, 야곱과 같은 이름이지……. 신비로운 일 아니냐? 수천 년이 흘러도 자신의 근원을 찾으려는 본능이 이렇게 이어지고 있다니."

"말 그대로 본능이니까요."

"그래, 따지고 보면 나도 본능대로 네 이름을 지은 거라 할 수 있지."

"제 이름을요?"

"그래. 내가 말한 적 없던가? 네 어머니랑 함께 처음으로 여행 간 해변이 너무 아름다워서 나중에 이 여자와 결혼해서 자식을 낳으면 꼭 그 해변 이름을 붙이겠다는 생각을 했다고. 결국 이렇게 이루어 냈지."

"해변을 보고 이름을 짓는 로맨티시스트셨다니, 오늘은 아버지의 뜻밖의 면을 많이 알게 되어요……. 생각해 보면 저도 본능에 따른 걸지도 몰라요. 미리 이름을 지어 놓았던 것도 아닌데 아들을 처음 안은 순간, 그 자리에서 바로 다원이라고 불렀으니."

"아주 잘 지은 이름이란다. 다원, 넌 어떠니? 나중에 아들을 낳으면 무슨 이름을 지을지 생각해 둔 거라도 있니?"

아버지가 "너무 먼 얘기예요."라며 웃었다. 할아버지도 "그렇지?" 하며 따라 웃었다. 덕분에 다원은 아무 대답을 하지 않아도 됐다. 정말 너무 먼 이야기였다.

시간은 비규칙적으로 흘러갔다. 5분 정도 흘렀을 거라 생각하고 시계를 바라보니 어느새 30분이 지나 있었고, 세 시간도 넘게 소파에 앉아 있는 기분이었는데 시곗바늘은 아까와 똑같은 자리에 멈추어 있었다. 다원은 시간을 아무렇게나 항해하는 배에 탄 것처럼 불안하고 혼란스러웠다. 할아버지와 아버지는 주제를 바꿔 가며 계속 이야기를 이어 갔다. 예전 같은 의견 충돌은 한 번도 일어나지 않았다. 할아버지는 아버지의 의견을 수용해 주었고, 아버지는 할아버지의 의견을 존중해 주었다. 크리스마스 밤이라는 것을 두 분 다 신경 쓰고 있어서인지 날카로운 말은 모두 거둬지고 서로에 대한 사랑만 드러났다. 다윈은 할아버지와 아버지가 늘 이렇게 되길 바랐다. 두 분 사이만 다정해진다면 달리 걱정할 문제는 아무것도 없을 것 같았다. 그런데 그 바람이 현실이 된 오늘, 두 사람을 각자의 유형지로 갈라 놓을 폭로를 자신의 입으로 해야 한다. 다윈은 이런 어긋남이 자신이 알지 못하는 삶의 속성인 걸까 하는 물음이 들었지만 답을 찾을 수 없는 질문이었다.

그때 마리 아주머니가 와서 "이제 식사를 준비할까요?"라고 물었다.

"좀 이르긴 하지만 그래야 일곱 시에 다윈 다큐멘터리를 볼 수 있잖아요."

아주머니는 아예 프라임스쿨 다큐멘터리를 '다윈 다큐멘터리'라고 부르고 있었다. 다윈은 거북했지만 어차피 얼마 후면 아무런 의미도 갖지 않을 일이라서 달리 정정을 요구하지는 않았다. 할아버지가 "그럼, 그럼. 다윈 다큐멘터리를 놓치면 안 되지."라며 먼저 자리에서 일어났다.

아주머니가 꾸민 식탁은 크리스마스 정찬에 있어야 할 것을 모두 갖추면서도 화려함보다는 소박한 것들로 최선을 다한 듯한 따뜻함이 흘렀다. 1지구가 추구하는 전형적인 크리스마스 식탁이었다. 오늘은 아주머니도 가족의 일원으로 함께 자리에 앉았다. 식탁 밑에는 벤을 위한 고기 접시도 준비돼 있었다. 아버지가 일어나 모두의 잔에 포도주를 따라 주었다. 다윈도 잔에 포도

주를 받았다. 오늘 하루만큼은 약간의 술이 허용되었다.

모두의 잔을 채운 뒤 아버지가 대표로 기도했다.

"우리의 죄를 사하기 위해 이 땅에 와 주신 아기 예수의 탄생을 축복드리오며, 그분의 순결한 피를 나눠 마심으로써 마음속 미움은 소멸되고, 자신과 가족과 이웃에 대한 사랑이 더욱 짙어지기를 기원합니다."

기도가 끝나자 할아버지가 잔을 높이 들어 올리며 "사랑을." 이라고 응대했다. 마리 아주머니도 "사랑을!"이라고 외쳤다. 다윈은 자연스레 모든 시선이 자기에게로 모아지는 것을 느꼈다. 그런데 선뜻 입이 열리지가 않았다. 자신의 결정이 아버지를 향한 사랑에 기반한 것이라고 확신하고 있음에도 왠지 이 순간 "사랑을!" 하고 외치는 것과 몇 시간 뒤 아버지의 죄를 폭로하는 것이 이율배반적인 일로 느껴졌다. 그러나 모두가 기다리고 있는 선언을 피해 갈 방법은 없었다. 다윈은 잔을 들고 "사랑을."이라고 말했다. 할아버지와 아버지가 흐뭇한 웃음을 지으며 포도주를 마셨다. 다윈은 천천히 잔을 기울이다가 유리잔 너머로 아버지의 모습이 비쳐 보이자 눈을 감고 단숨에 남은 포도주를 들이켰다.

대화에 적극적으로 참여해 주는 마리 아주머니 덕분에 할아버지와 아버지의 관심에서 조금 벗어날 수 있어 편했다. 다윈은 다른 요리에는 손을 대지 않은 채 오직 자기 접시만이라도 깨끗이 비우려고 애썼다. 그것만이라도 다 먹는다면 최소한 다른 음식을 권유받지는 않을 것이다. 다윈은 주어진 임무를 완수한다는 마음으로 고기를 썰어 입에 갖다 넣었다. 아무 맛도 느껴지지 않았다. 식탁 위에 켜 놓은 초의 길이가 점점 짧아지고 있었다.

식사를 거의 끝내 가던 중 전화벨이 울렸다. 다원은 '실버힐의 운영 방식'에 대해 할아버지, 아버지와 함께 대화를 나누고 있는 마리 아주머니를 대신해 전화를 받으러 거실로 나갔다. 벤이 뒤를 쫓아왔다. 수화기를 들고 "여보세요." 하는 순간 곧바로 "다원, 집에 있었구나."라는 들뜬 목소리가 들려왔다. 다원은 깜짝 놀라면서도 반가웠다. 레오였다.

"어쩌면 너희 할아버지 집에 갔을 수도 있다고 생각했거든. 크리스마스니까."

"원래는 그러는데 이번엔 할아버지가 우리 집에 오셨어. 그런데 넌 어디야? 주변이 시끄러운데?"

"센트럴 역 공중전화야."

그때 아버지가 식탁에서 "다원, 누구니?"라고 물었다. 다원은 "친구예요, 프라임스쿨!"이라고 외친 뒤 다시 수화기를 입에 붙였다.

"센트럴 역? 거긴 왜? 친척 마중이라도 나간 거야?"

"다원, 나 사실 오늘 밤 8지구에 가."

다원은 혹시나 아버지에게 들릴까 봐 목소리를 낮추고 물었다.

"8지구? 거길 왜?"

레오가 무척 들뜬 목소리로 말했다.

"드디어 다큐 주제가 떠올랐거든. 아버지가 예전에 찍었던 8지구 아이들의 삶이 지금은 어떻게 변했는지 찍어 볼 생각이야. 8지구의 크리스마스 밤부터가 시작이지. 어때, 다원 너도 같이 가지 않을래?"

다원은 대답을 망설였다. 할 수만 있다면 레오처럼 이 순간에서 벗어나 8지구로든 어디로든 떠나고 싶었다. 무엇에도 속박되지 않은 채 자유를 즐기는 레오가 한없이 부러웠다. 그렇게 대답을 주저하고 있는데 레오가 큰 소리로 웃으며 "농담이야."라고 했다. 레오의 웃음이 조금만 늦었다면 엉겁결에 "좋아, 갈게."라고 말해 버렸을지도 몰랐다.

"진짜 농담이야. 나도 가족끼리 보내는 크리스마스를 훼방놓을 정도로 정신 나간 놈은 아니거든. 실은 다원 너에게 다른 부탁이 있어서 전화한 거야. 걱정 마, 8지구에 같이 가자는 것에 비하면 아주 시시한 부탁일 테니까."

다원은 침묵으로 괜히 레오에게 거절의 답을 미룬 것 같아 이번엔 단번에 대답했다.

"좋아, 뭐든지 들어줄게. 무슨 부탁인데?"

"루미한테 카세트를 찾았다고 전화 좀 해 줄래?"

"……카세트?"

"응. 그렇게 얘기하면 루미가 알 거야."

다원은 수화기를 꽉 붙들었다. 카세트의 정체는 바로 짐작됐지만 그게 왜 레오에게까지 전해진 건지 알 수 없었다. 다원은 "무슨 일 때문인데?"라고 물었다.

"얘기하자면 좀 긴데 지금 전화 받아도 괜찮아?"

"괜찮아."

레오는 쉬지 않고 빠르게 이야기했다.

"나도 자세한 얘기는 모르는데 루미가 제이 아저씨 일로 우리 아버지한테 옛날 카세트를 찾아봐 달라고 부탁한 모양이야. 며칠 전에 아버지가 잠깐 집에 오셨는데 카세트를 찾아봤지만 결국 못 찾았다고 루미에게 전화하는 걸 들었거든. 그런데 루미는 그 말을 못 믿겠는지 아버지가 제대로 찾아보지도 않고 대충 넘어가려 한다고 수화기가 터져라 화를 내더라고. 암튼 대단한 애지? 그런데 사실은 루미 말이 맞긴 해. 아버지는 집에 와서 뭘 찾거나 한 적이 전혀 없었거든. 완전히 녹초가 돼서 잠만 주무셨지. 루미가 끈덕지게 추궁하다 보니까 결국엔 카세트가 아버지가 어렸을 때 살던 집에 있을지도 모른다는 얘기까지 나왔는데, 아버지는 자기가 살아서 그 집에 갈 일은 없을 테니 다시는 그런 부탁 하지 말라고 화를 내시면서 전화를 끊어 버리셨어.

루미는 할아버지와 아버지의 관계를 모르니까 좀 황당하긴 했을 거야. 그런데 다윈 너도 알다시피 루미 헌터는 자기 삼촌에 관한 한 포기를 모르는 애잖아. 아버지가 안 될 것 같으니까 나한테 대신 그걸 찾아봐 달라고 한 거야. 나는 당연히 싫다고 했지. 걔가 제이 아저씨한테 집착하는 걸 도와줄 마음은 조금도 없고 또 그런 일에 내 시간을 허비하고 싶지도 않으니까. 그랬더니 내가 안 찾아봐 주면 자기가 우리 할아버지 집에 직접 가서 찾겠다는 거야. 나도 얼마든지 그렇게 하라고 하고 싶었는데, 막상 나도 못 만나 본 우리 할아버지를 루미가 만나는 건 좀 꺼려지더라고. 지금 할아버지 상태가 어떤지도 잘 모르고 어쩌면 위험할 수도 있고……. 그래서 일단은 찾아보겠다고 하고 전화를 끊었지. 그때만 해도 찾아봤는데 없었다고 며칠 뒤에 대충 둘러댈 생각이었어. 그런데 오늘 역으로 가는 동안 갑자기 할아버지 집에 한번 가 볼까 하는 생각이 드는 거야. 아버지가 알면 나하고도 의절하겠다고 할지 모르지만, 그래도 오늘은 크리스마스잖아. 어쩌면 할아버지가 날 반겨 줄지도 모른다는 기대도 들고. 그래서 조금은 설레는 마음으로 할아버지 집에 갔는데……. 다윈 넌 1지구에 그런 집이 있다는 걸 상상도 못 할 거야. 한마디로…… 괴기스러웠지. 아예 문도 안 잠가 두고 살더라. 할아버지는 텔레비전을 틀어 놓고 술만 마시고 있는데, 날 보고 자꾸만 버즈라고 하는 거야. 오늘이 크리스마스란 것도 모르는 것 같았어. 할아버지도 좀 시간을 느끼고 살았으면 좋겠어서 내 시계를 크리스마스 선물로 주고 나오긴 했는데…….

우울한 얘기는 그만하고 본론을 얘기하면, 난 솔직히 30년 전 물건을 찾는 건 불가능한 일이라고 생각했어. 그런데 2층으로 올라가 보니까 먼지투성이긴 해도 아버지 방이 그대로 있는 거야. 그리고 정말 책상 서랍에서 카세트를 단번에 찾았어. 어이없을 정도로 쉽게 말이야. 그래서 지금 루미에게 찾았다고 전화하려고 했는데 걔네 집 전화번호가 도무지 생각이 안 나는 거 있지. 뭐, 2년 가까이 전화를 건 적이 한 번도 없었으니까. 엄마 몰래 나온 거라 집에 전화해서 루미네 집 전화번호를 찾아봐 달라고 부탁할 수도 없고. 그러니까 다윈 네가 대신 좀 전해 줄래? 내가 카세트를 찾아서 가지고 있으니까 괜히 우리 할아버지 집에 쳐들어가는 일은 벌이지 말고 내가 돌아올 때까지 기다리고 있으라고. 새해 전엔 돌아갈 거니까 말이야."

언제 왔는지 아버지가 곁으로 다가와서 "누군데 그렇게 오래 얘기를 하니?"라고 물었다. 그 소리가 수화기를 타고 들렸는지 레오가 서둘러 "다윈, 그럼 부탁해. 8지구에 가서 또 전화할게." 하고는 전화를 끊었다. 다윈은 수화기를 그대로 들고 서 있다가 잠시 후 내려놓았다. 머릿속이 어지러웠다.

아버지가 언짢은 표정을 지으며 "친구 누구니?"라고 물었다.

"그 집도 가족끼리 크리스마스 저녁을 보내고 있을 텐데, 이 시간에 전화를 그렇게 오래 하다니. 프라임스쿨 학생답지는 않구나."

다윈은 레오가 아버지에게 오해받는 걸 원치 않아 이름을 대지 않고 얼버무렸다.

"다큐멘터리가 기대된다고 전화를 건 거였어요. 절 축하해주는 건데 먼저 끊으라고 할 수는 없어서요."

아버지는 납득했다는 듯 더 이상의 핀잔 없이 "자, 이제 후식을 먹어야지."라고 말했다. 다윈은 식사에 이어 달콤한 케이크까지 태연히 먹는 것이 모두를 농락하는 일처럼 느껴졌지만 달리 그 자리에서 벗어날 핑계가 떠오르지 않아 잠자코 아버지를 따라 식탁으로 되돌아갔다.

일곱 시 정각을 십여 분 앞두고 모두 텔레비전 앞에 둘러앉았다. 할아버지와 아버지, 마리 아주머니는 기대에 찬 얼굴로 다큐멘터리가 어떤 내용일지에 대해 이야기를 주고받았다. 다윈은 자신에게 쏟아지는 이런저런 질문에 형식적으로만 답했다. 머릿속은 온통 레오가 했던 말로 가득 찼다. 이 집 안에서만이 아니라 집 밖에서도 어떤 힘이 진실을 밝히기 위해 작용하고 있는 게 느껴졌다. 다윈은 자신이 그 힘을 앞질러야 한다는 것을 알았다.

"드디어 시작하는구나."

광고가 끝나자 할아버지가 숨 죽인 작은 목소리로 귓가에 속삭였다. 같은 목적지를 향해 뻗어 나가는 두 개의 평행선과 그 속도를 생각하고 있던 다윈은 '채널 원' 로고가 박힌 텔레비전 화면으로 시선을 돌렸다. 암흑의 배경 위로 익숙한 종소리가 울리더니 이윽고 화면 가득 파란 하늘이 펼쳐졌다. 카메라는 천천히 흰 구름의 흐름을 따라갔다. 그러다 한순간 종소리가 멎고 하늘의 움직임도 멈추더니 정지된 세계에서 나지막한 목소리가 흘러나왔다.

"프라임스쿨은 땅보다 하늘에 가깝다는, 누가 한 것인지 모르는 오래된 말이 있습니다."

자기와의 화해

       수많은 단어들이 입 안에 고였지만, 니스
는 선뜻 어떤 말도 입 밖으로 낼 수가 없었다. 설익은 말들이 나
가는 것을 원치 않는다는 듯 입술이 벽이 되어 혀를 가로막았다.
가슴에 휘몰아친 이 감정을 온전히 표현하기에는 모든 단어가
부족하다고 생각하는 것 같았다. 다른 사람들은 그런 고민이 없
는지 방송이 끝나자마자 여과 없이 감정을 드러냈다. 아버지는
다원의 어깨를 감싸 안고 이마에 키스를 했다.

  "정말 장한 일을 해냈구나."

  마리는 눈물까지 글썽이며 감탄했다.

  "감동이에요. 다원은 정말 대단한 아이네요. 저런 대단한 학
교를 다니는 것으로도 모자라 주인공이 되다니."

  니스는 그 떠들썩한 감상평에 한마디도 보태지 않은 채 텔레
비전에만 시선을 고정했다. 타이틀 자막이 다 올라간 화면에선

벌써 광고가 나오고 있었다. 전혀 집중해서 볼 필요가 없는 젤리 광고였다.

침묵이 지나치게 길었는지 아버지가 물었다.

"넌 왜 아무 말도 없는 거냐? 내가 보기엔 꽤 수작인데 마음에 안 드는 게 있기라도 하는 거냐?"

아무래도 아버지는 자신의 침묵을 잘못 받아들인 모양이었다. 니스는 그제야 텔레비전을 끈 뒤에 말했다.

"마음에 안 들 리가요. 놀라서 무슨 말을 해야 할지 모르겠는 것뿐이에요. 아버지는 수작이라고 하셨지만 제 눈엔 걸작이에요. 버즈는 확실히 아티스트네요. 아니, 대가의 경지에 올랐다고 해야 하나."

아버지는 그제야 안심이 되는지 호탕하게 웃으며 "네 말이 맞다." 하고는 덧붙였다.

"수작을 걸작으로 만든 게 바로 우리 다윈 목소리란다."

아버지나 다윈의 기분을 좋게 해 주기 위한 과장이 결코 아니었다. 하늘을 올려다보고 있던 카메라가 지상으로 내려와 얼굴 없는 한 소년으로 분하는 첫 장면에서부터 그 소년이 무거운 문이 달린 교실에 앉아 제 나이에 이해하기 어려운 학문들과 씨름을 벌이다가 교정의 나무들 속에서 뜨거워진 머리를 식히고 기숙사로 돌아와서는 금세 아이 같은 얼굴로 친구들과 장난을 치고, 양편으로 갈린 운동장에서 승리와 패배를 경험한 후, 세계의 처음과 끝이 그려져 있는 대강당에서 형벌에 가까운 시험을 치르고 나와 어느새 겨울이 돼 있는 프라임스쿨의 한가운데 멈춰서서 다시 하늘을 올려다보는 마지막 장면까지의 한 순간 한 순간을 니스는 숨을 참아 가며 지켜보았다. 학교 안의 모든 공간은 이미 여러 차례 방문했던 곳이었다. 새로울 거라곤 전혀 없었다. 그런데도 니스는 다큐멘터리를 보는 내내 수줍음을 띠면서도 현명한 한 소년의 인도를 받아 한 번도 가 본 적 없는 세계로 처음 발을 들이는 기분이었다. 자신이 이 정도인데 지금껏 한 번도 프라임스쿨에 가 본 적 없는 일반인들, 특히나 프라임스쿨을 동경하고도 가지 못했던 사람들은 어떤 마음이 들까…….

니스는 오늘에서야 비로소 자신의 옛 친구 버즈 마샬이 다큐멘터리의 거장이라고 불리는 이유를 확실히 알 것 같았다. 지금까진 버즈가 제작한 작품을 제대로 본 적이 한 번도 없었다. 버즈의 작품이 해외 영화제에서 권위 있는 상을 받았다는 사실은 알고 있지만, 어디까지나 문화 부문 책임자로서 문서로만 접해 본 소식이었다. 직접 관람하기엔 매번 일이 생겨 시간이 나지 않았다.

……일?

니스는 다른 어른들처럼 일을 변명거리 삼아 태연하게 자신을 보호하려는 비겁함에 쓴웃음이 나왔다. 버즈의 작품을 피해 온 것이 의도적인 외면이라는 것은 스스로가 가장 잘 알고 있다. 흥미 있어 하는 자신을 바빠서 볼 시간이 없다고 억지로 잡아 끌며 결국엔 못 보게 포기시켰던 게 또 다른 자신이었으니…….
니스는 오늘 이 자리에서 버즈의 작품과 마주하는 게 괴로웠다는 것을 솔직히 인정하기로 했다. 그래, 신문에서 버즈의 시사회 소식을 접한 뒤 바로 교육 부처 회의에 참석해야 했을 때, 가기 싫은 곳에 억지로 끌려가는 꼬마가 된 것 같아 괴로웠다. 버즈가 마약 중개상 노릇을 하는 8지구 아이들의 현실을 이야기하는 동안 다과가 마련된 관청 회의실에 둘러앉아 "지금의 교육 시스템은 그 어느 때보다도 효율적으로 운영되고 있습니다."라고 주장하며 1, 2, 3지구의 교육 예산과 만족도의 상관관계를 나타내는 그래프를 보여 주어야 했을 때는 능숙한 거짓말쟁이가 된 것 같아 괴로웠다. 버즈의 다큐멘터리를 전 지구에 방송해 달라는 하위 지구 교육청의 청원에 '극단적인 위화감이 아이들의 교육상 바람직하지 않다.'라는 방송 심의 위원회의 의견을 앞세워 허락하지 않았을 때도 이 모든 불평등을 자신이 조장하고 있는 것 같아 괴로웠다. 자신은 결코 할 수 없는 일을 해내는 버즈를 보는 것이 괴로웠다.

버즈는 얼마든지 자유롭게 하위 지구가 겪고 있는 불평등을 공론화할 자격이 있었다. 아무리 신랄하게 상위 지구를 비판한다 해도 1지구 출신이라는 사실이 변할 리 없고, 집안 내력을 조사당해 이곳에서 쫓겨날 일도 없을 테니. 그러나 자신은 절대 그렇게 할 수 없었다. 9지구 출신 남자를 아버지로 둔 자신이 하위 지구 편에 서서 상위 지구의 특권을 비난한다면 당장에 정체성을 의심받게 될 것이었다. 버즈가 천성적으로 내뿜는 당당함이 자신에게서는 풍기지 않을 테니까. 그리고 그것은 1지구에서 살 자격이 없는 자신이 그간 이곳에서 누려 온 수많은 기회와 혜택을 배신하는 일이기도 했다. 버즈가 추구하는 공평하고 평등한 세계는 자신 역시 2, 3지구 아이들 몇몇에게 프라임스쿨 입학 기회를 주는 것으로 얼마간 이루어 낸 것이라고 자위하면서 버즈가 보내 온 시사회 초대장을 버리듯 다른 직원들에게 양도했다.

버즈를 만나지 않고 그의 작품을 보지 않는 것이 자신은 마음속에서나 꿈꾸었던 길을 현실로 만들어 가고 있는 옛 친구에게 취할 수 있는 가장 어른스러운 처세였다. 어른스럽게만 굴면 최소한 꼴사나운 질투심이 드러날 일은 없었다.

니스는 씁쓸한 웃음을 지었다. 언제부터 이렇게 열등감에 휩싸인 인간이 된 걸까. 어렸을 때도 이렇게 열등감이 많은 아이였나? 아니, 그때는 친구들을 진정으로 사랑했고, 그들을 진짜 형제로 생각했다. 그들의 삶은 바로 내 삶이기도 했다. 일부러 만남을 회피하며 각자의 인생을 사는 지금 같은 모습은 상상해 본 적이 없었다. 30년이라는 세월이 흐른 지금, 니스는 30년 전의 아이보다도 더 못한 인간이 되어 있는 것 같았다. 아니, 같은 게 아니라 사실이었다. 그러나 이제부터는 더 이상 그런 인간에 머물고 싶지 않았다. 조금이라도 나아질 여지가 남아 있다면 더 늦기 전에 아주 조금이라도 나아지고 싶었다.

니스는 아버지에게 말했다.

"오늘은 버즈가 정신이 없을 것 같고, 내일 제가 먼저 전화를 해야겠어요. 축하도 하고 사과도 할 겸. 이렇게 훌륭한 작품을 만들 줄도 모르고 처음에 무턱대고 반대만 했으니."

"그래, 좋은 생각이다. 그런데 그 전에 다윈에게 먼저 사과를 하는 건 어떠냐? 다윈이 이렇게 훌륭하게 해낼 줄도 몰랐던 거 아니냐? 자식의 능력을 과소평가하는 게 부모의 가장 큰 잘못 중 하나지."

니스는 오늘부터는 아버지에게도 한결 너그러워지고 싶었다. 아무리 죄가 크다 하더라도 이 세상에서 아버지만큼 자신을 사랑하고 걱정해 주는 사람은 없었다. 아버지가 강인한 분이라는 말 역시 진심으로 한 말이었다. 9지구에서 태어난 소년이 달리고 달려 지금 1지구의 노인이 돼 있다는 것은 보통의 용기와 정신력으로는 이룰 수 없는 일이다. 아버지가 자신의 괴로움에 대해 전혀 모르듯, 자신 역시 아버지가 겪었을 깊은 괴로움에 대해서 모르긴 마찬가지일 것이다. 자신이 아버지에게서 태어난 것을 원망하고 또 원망했듯이, 아버지 역시 9지구의 부모에게서 태어난 것을 원망하고, 원망하고, 또 원망했을 것이다. 다른 점이 있다면 아버지는 자신의 뿌리를 송두리째 뽑아야 한다는 불가능한 각오를 현실로 이루어 냈다는 것……. 사회적으로 아버지는 반역자이지만, 한 인간으로서 아버지는 자신의 인생을 정점으로 높인 혁명가였다. 세상은 절대 인정해 주지 않겠지만 아들인 자기만큼은 조금이라도 인정해 주어야 했다. 아버지 덕분에 지금의 자신도 있고 다원도 있는 것이니.

니스는 순순히 아버지의 충고를 따라 다원에게 말했다.

"다원 정말 미안하구나. 네가 하고 싶다고 했을 때는 이유가 있는 건데 지난번엔 괜히 걱정만 앞세워서. 네가 이해해 주렴. 아버지가 겁쟁이라서 그래."

아버지가 끼어들었다.

"또, 또 그 겁쟁이 소리. 넌 절대 겁쟁이가 아니래도."

니스는 웃으며 "농담이에요."라고 했다.

다원은 어딘지 모르는 곳에 시선을 고정한 채 아무 말도 없었다. 한층 깊어진 눈동자가 집을 떠나 먼 곳을 유랑하고 있는 것 같았다. 굉장한 작품의 일원이었던 만큼 쉽게 여운에서 빠져나올 수 없는 것이겠지. 니스는 다윈이 혼자서 그 여운을 충분히 느낄 시간을 갖도록 아버지에게로 작품 이야기를 돌렸다.

"그런데 아무리 실력이 좋아도 애정이 없는 한 저런 감성은 만들어 내지 못할 텐데, 신기해요. 어렸을 때 버즈는 프라임스쿨을 별로 좋아하지 않았는데. 아니, 좋아하지 않은 게 아니라 거의 자기 적처럼 대했죠."

"그랬나?"

"네. 저에게 몇 번이나 그랬죠. '니스, 그런 귀족 학교는 정치인들의 계략으로 생긴 거야. 프라임스쿨은 이 세상에서 제거해야 하는 1순위야.'라고."

"별나기도 했구나. 다들 못 가서 안달인 프라임스쿨을 싫어하다니."

"버즈 어머니가 억지로 입학시험을 보게 해서 더 그랬나 봐요. 결국 보란 듯이 시험을 망쳐 버리긴 했지만."

"어렸을 때부터 예술가 기질이 다분했구나. 그런데 그런 사람이 자기 아들은 프라임스쿨에 보내고 다큐멘터리까지 찍어서 헌사하다니, 그거야말로 신기하구나."

"그러게요. 안 본 새 관점이 바뀌었나 봐요. 뭐, 특별한 일도 아니에요. 아이의 눈으로 볼 땐 기존의 제도는 다 억압적으로 보이지만, 나이를 먹고 나서 세상을 보면 그런 제도가 만들어진 상황을 이해하고 받아들이게 되니까요."

"그런데 이해만 한 사람이 만든 것치고는 네 말대로 작품에서 굉장한 애정이 느껴지더구나. 나같이 늙은 사람도 다시 어려져서 프라임스쿨 교복을 입고 학교에 한번 다녀 보고 싶은 생각이 들 정도니."

니스는 아버지 말에 큰 소리로 웃었다.

"정말 그러셨어요?"

아버지는 어깨를 으쓱하며 "그래, 그렇더구나. 넌 그런 생각이 안 들던?" 하고 되물었다. 어린 시절을 돌아보게 하는 질문에 니스는 서서히 웃음이 줄어들었다.

"……전혀요. 어떻게 살다 보니 지금 프라임스쿨 위원장 자리를 맡고 있지만, 저한테 프라임스쿨은 늘 저 너머에 있는 곳이에요. 제가 거길 다닌다는 건 상상도 할 수 없어요."

"그건 네가 어렸을 때 도통 공부엔 관심 없던 아이여서 그런 거다. 너도 부모 등쌀에 밀려서 억지로라도 시험을 봤으면 훨씬 더 현실적으로 느꼈겠지. 1지구 남자애들 중에 프라임스쿨 입학 시험을 치지 않은 아이는 아마 너밖에 없을 거다. 내가 그때 관심을 기울였어야 했는데 일 때문에 집에 붙어 있는 날이 없었으니. 네 엄마도 그런 쪽으론 전혀 욕심이 없는 사람이었고. 물론 크게 후회하지는 않는단다. 지금은 프라임스쿨 졸업생들보다 더 훌륭한 사람이 됐는데 뭐가 아쉽겠냐."

니스는 아버지의 말뜻을 알아듣긴 했지만 그래서 더 아버지와 자신이 각기 다른 방향에 난 창으로 과거를 들여다보고 있다는 사실을 알게 되었다.

"아버지 말씀도 일리는 있어요. 하지만 프라임스쿨이 저 너머에 있는 학교로 여겨지는 건 제가 접해 볼 기회가 없었기 때문은 아니에요."

"그럼 뭣 때문이냐?"

니스는 잠시 입을 다물었다. 어디서부터 이야기가 시작돼 이런 대답을 할 상황에 놓인 건지 알 수 없었다. 왜 아버지 말에 굳이 반박을 한 걸까. 꼭 자기 손으로 직접 풀을 엮어 덫을 만들어 놓고 자신이 걸려 넘어지는 우스운 꼴을 자처하는 것처럼. 아버지가 "뭣 때문이냐니까?"라고 거듭 물었다. 니스는 머릿속의 생각을 중단하고 숨을 쉬듯 자연스럽게 입 안에 머금고 있는 말을 뱉었다. 풀로 만든 덫에 걸려 넘어져 봤자 풀밭이었다. 더 이상 상처 입을 일은 없었다.

"제이 때문이죠. 제이가 합격해 놓고도 가지 않았잖아요. 지내다 보면 아직까지도 프라임스쿨에 안 간 걸 후회하지 않느냐고 물어 오는 사람들이 더러 있는데, 그때마다 웃어 넘기긴 해도 속으로 그런 생각이 들어요. 제이도 안 간 학교를 감히 내가? 제이는 수재 중에서도 수재였으니까요."

"그래, 나도 아직까지 기억하고 있단다. 네가 그 일을 가지고 어지간히 제이 녀석을 치켜세웠지 않냐. 그런데 그 어려운 시험을 쳐 놓고 안 간 이유가 뭐라던?"

"제이는 애초부터 갈 생각이 없었어요. 시험에 시험으로 응수한 것뿐이었죠."

"그게 무슨 말이냐? 갈 생각도 없는 학교 시험은 왜 쳐?"

"자기 능력을 시험하기 위한 수단에 불과했다는 거예요. 시험에 합격한 것으로 자기 능력이 검증됐으니 프라임스쿨은 더 이상 의미가 없어진 거죠."

"어린 녀석이 참 꼬이기도 했구나."

니스는 아버지의 말을 수정해 주었다.

"어린 녀석이 참…… 위대했던 거죠."

제이의 위대함, 그것은 부인할 수 없는 절대적 진실이면서 동시에 두 개의 얼굴을 가진 이중적인 진실이었다. 니스는 종종 제이가 손가락으로 자기가 가야 할 곳을 가리켜 주면서 한편으로는 그 손으로 자신의 목을 죄고 있다고 느꼈다. 제이에게 쫓기듯 달려온 덕분에 지금의 사회적 지위를 얻게 되었지만 돌아서면 제이 때문에 지금까지 이뤄 낸 모든 것들에서 허망함과 불안함을 느꼈다. 제이에 대해 이야기하는 것은 인생에서 만난 가장 훌륭한 사람에 대해 추억하는 것이면서 동시에 인생에서 맞닥뜨린 가장 악마 같은 사람을 떠올리는 것이었다. 니스는 30년간 늘 이 부분에서 고민했다. 자신에게 고통을 주는 줄도 모르고 고통을 주었던 제이를 악마라고 한다면, 친구를 악마라 생각하고 죽인 자신은 얼마나 더 지독한 악마인 걸까…….

그때 갑자기 다윈이 자리에서 벌떡 일어나더니 화장실이 있는 복도 끝으로 빠르게 뛰어갔다. 그 모습에 잠자코 앉아 있던 벤까지 다윈이 장난감 부메랑이라도 되는 것처럼 요란스럽게 뒤를 쫓았다. 아버지가 웃으며 "우리 성우님이 많이 참으셨구나."라고 농담을 했다. 니스도 아버지를 따라서 웃었다. 감상에 빠져서 화장실을 가는 것도 잊어버리다니. 다큐멘터리 안에선 프라임스쿨을 대표하는 역할을 훌륭히 해냈지만, 집에선 영락없는 아이였다.

마리가 "좋은 피아노곡이 있는데 들어 보시겠어요?" 하며 오디오를 틀어 놓고 식당으로 들어가 식탁을 정리했다. 니스는 아버지와의 대화를 잠시 중단한 채 눈을 감고 음악에 귀를 기울였

다. 좋은 저녁이었다. 앞으로는 모든 면에서 조금 수월해질 것 같
은 예감이 들었다. 식을 줄 모르던 아버지를 향한 분노나 가슴 졸
였던 다윈과의 불화, 늘 공허함만 주었던 공무원으로서의 삶이
오늘을 기점으로 모두 극복될 수 있을 것 같았다.

그때 아버지가 난데없이 "재혼은 안 할 거냐?"라고 물었다.
생각할 가치도 없는 질문에 니스는 눈을 감은 채로 "안 할 거예
요."라고 대답했다. 아버지는 공직자에게 아내의 존재가 얼마나
중요한지 설명하며 다윈도 충분히 받아들일 수 있는 나이라는
이유를 곁들여 "인생에서 가능성을 미리 차단하는 게 가장 어리
석은 일이다."라고 충고했다.

"생각지도 않은 일이 일어날 수 있는 거란다. 프라임 출신도
아닌 네가 지금 프라임 학생들을 지도하고 있듯이."

니스는 음악에 집중하고 싶었지만 재혼 이야기가 대통령 운
운하는 헛된 꿈처럼 이후로도 계속 반복될까 봐 이번 기회에 확
실히 못 박아 둘 겸 눈을 뜨고 말했다.

"한 번이면 족해요. 결혼도 아이도…… 친구도. 한 번으로도
충분히 의미를 알 수 있잖아요."

"무슨 소리 하는 거냐. 결혼은 아니라고 해도 아이나 친구는
많을수록 좋은 거지. 네 어머니가 몸만 건강했어도 너한테 형제
가 다섯쯤은 있었을 거다."

니스는 이 이상 대화가 진행되는 걸 원치 않아 자리도 피할 겸
다윈이 화장실에 너무 오래 있는 것 같다는 생각이 들어 "다윈
은 뭐 하는 거지."라고 혼잣말을 하며 거실을 가로질러 갔다. 복
도 끝에 다다르니 화장실 문 앞에 앉아 있던 벤이 일어나 크게 짖

었다. 니스는 "조용." 하고 벤을 진정시킨 뒤 화장실 문을 두드렸다. 그러나 아무 기척도 들리지 않았다. 니스는 "다원?" 하고 부르며 조심스레 문을 열었다. 그 틈을 타 벤이 재빠르게 안으로 들어갔다. 니스는 벤의 기세에 밀려 넘어질 것처럼 몸이 휘청댔다. 니스는 "벤!" 하고 주의를 주며 고개를 들었는데 그 순간 정말 몸이 무너져 내리는 느낌이 들었다. 다원이 바닥에 쓰러져 있었다.

"다원!"

니스는 다원의 얼굴을 핥아 대는 벤을 급히 밀쳐 낸 뒤 다원을 끌어안았다. 다원의 얼굴이 창백하게 말라 있었다. 니스는 다원의 뺨을 두드렸다. 쓰러진 환자 몸에 함부로 손을 대면 위험하다는 구조 상식을 따를 여유가 없었다. 정신을 잃은 아들을 두고 멀찌감치 떨어져 있을 수 있는 부모는 이 세상에 없었다. 어떻게든 자기 손으로 지금 당장 핏기 없는 아들의 얼굴에 생명을 불어넣어 주어야 했다. 비명 소리를 들은 아버지와 마리가 황급히 뛰어왔다.

니스는 뒤도 돌아보지 않은 채 아무에게나 외쳤다.

"얼른 구급차를 불러요, 어서!"

그 순간, 감겨 있던 다원의 눈꺼풀이 천천히 움직이더니 그 사이에서 갈색 눈동자가 드러났다. 니스는 그제야 자신의 목을 조여 오던 손길이 서서히 풀리는 느낌이 들었다.

니스는 떨리는 목소리로 물었다.

"다원, 정신이 드니?"

다원은 아직 초점이 완전히 돌아오지 않은 눈동자로 주변을 천천히 둘러보더니 작은 신음 소리를 내며 몸을 일으켜 앉았다. 니스는 다원의 머리를 받쳐 주며 "어떻게 된 거야?"라고 물었다.

다원이 자기도 잘 모르겠다는 어리둥절한 얼굴로 말했다.

"갑자기 토할 것 같은 기분이 들어서 화장실에 왔는데……
머리가 너무 어지러워서……."

마리가 수건에 물을 적셔 입 주위를 닦아 주며 "포도주 때문
이구나."라고 했다. 다원이 머리를 끄덕거렸다. 니스는 다원의
잔에 직접 포도주를 따라 준 자신을 탓했다. 왜 술을 주었던 걸
까. 다원은 아직 아이인데…….

새로 쌓은 탑

하룻밤 새 수백 번의 잠을 잤다. 하나의 꿈
이 수백 조각으로 나뉘어서 깨우고 재우기를 반복했다. 꿈과 현
실이 화석층처럼 반복돼 쌓이는 동안 알 수 없는 미궁으로 점점
빠져드는 기분이었다. 할아버지와 아버지의 부축을 받고 방으
로 올라왔을 때 침대 머리맡에서 두 사람이 나누는 얘기 소리가
들렸다.

"병원에 가 봐야 하는 건 아닐까요?"

"좀 지켜보자. 괜찮을 거다. 너도 이 나이 때 곧잘 토하며 쓰러
지지 않았냐. 널 닮은 모양이야."

다원은 아버지가 바로 곁에서 자신의 얼굴을 살펴보는 것을
느꼈지만, 자는 시늉을 하면서 아버지를 속였다. 그런데 아버지
가 자신의 앞머리를 이마로 쓸어 올리는 순간 짧은 꿈을 꾸었다.
자신이 무척 위엄 있게 생긴 말의 털을 빗어 주면서 "이제 곧 도

살러 갈 거니까 몸을 정돈해야 해."라고 얘기하고 있는 꿈이었
다. 훌륭한 눈을 가진 말은 꼼짝도 않고 서 있었다. 다윈은 놀라
서 잠에서 깼다. 그러나 눈은 감긴 그대로였다.

할아버지의 목소리가 바로 위에서 들려왔다.

"깊게 잠든 것 같은데 그러다 깨겠다. 그만 나가자."

문 닫히는 소리가 난 뒤 다시 꿈을 꾸었다. 이번엔 한 마리가
아니라 수십 마리의 말들에게 자신이 둘러싸여 있었다. 아버지
도 함께였다. 아버지가 솔을 들고 말 털 빗는 방법을 보여 주면
서 "말은 고귀한 동물이니까 아껴 주어야 한다." 말하고 있었다.
"어떤 점에서요?"라고 물으니 "말은 DNA가 중요한 동물이거
든. 인간처럼 조상과 후손을 엄격하게 따지지."라고 했다. 다윈
은 훌륭한 유전자가 영원히 보존되길 바라며 아버지를 따라 윤
기가 날 때까지 말 털을 열심히 빗어 주었다. 털들의 움직임이 잔
잔히 흐르는 물결처럼 느껴졌다. 다윈은 그 부드러운 감촉을 느
끼며 눈을 떴다.

그런데 그 순간, 분명 눈을 떴는데 또 다른 자신이 바로 앞에
서 말의 털을 빗어 주며 "이제 곧 도살하러 갈 거니까 몸을 정돈
해야 해."라고 꿈속에서 한 얘기를 반복하고 있었다. 다윈은 그
속삭임을 들은 말의 훌륭한 눈동자를 보았다. 말도 자신의 눈동
자를 본 것 같았다. 곧 침대 위로 붉은 피가 번져 흘러내렸다. 다
윈은 화장실로 뛰어 들어갔다. 변기통에 머리를 박고 속에 있는
것을 모두 게워 냈다. 마지막 신음 소리까지 뱉어 내자, 온몸에
힘이 빠졌다. 다윈은 그대로 바닥에 쓰러지고 말았다.

그러나 몸과 달리 정신은 그 어느 때보다 올곧이 서 있었다.

모든 게 합리적으로 정리됐다고 생각했다. 일관되게 한쪽 편을 유지했던 법학 시험 답안지처럼 서론과 본론, 결론을 완벽하게 이끌어 냈다. 아버지는 사람을 죽였다. 그러나 사람을 죽인 데 대한 벌을 받지 않았다. 그러므로 이제 그 벌을 받아야 한다. 세 문장 어디에도 수정할 부분은 없었다. 남은 건 공소사실을 읽어 내려간 뒤, 아버지로부터 확인을 받아 내는 것뿐이었다. 만약 아버지가 "무슨 말도 안 되는 소리를 하는 거니. 내가 제이를 죽였다니, 증거는? 증거는?" 하며 혐의를 부정한다면?

그러나 다원은 친구를 살해한 아버지만큼이나 진실을 담고 있는 판결문에 항의하는 아버지를 상상할 수 없었다. 그런 일은 결코 일어나지 않을 것이다. 아버지는 이미 거울 앞에서 수백 번 자백했다. 온 세상이 듣길 바라는 것처럼 외쳤다.

"살인자, 살인자, 니스 영 년 살인자야."

하지만 절대 상상할 수 없었던 일이 한 번 벌어졌다면 같은 일이 또 다시 일어날 가능성도 인정하는 게 옳을 것이다. 다원은 만약 아버지가 자신의 마지막 신뢰를 저버리고 죄를 부인한다면 아버지에게 영원한 작별을 고하리라 결심했다. 그것은 세상에서 쌓은 명성을 잃는 것 못지않게 아버지에게 큰 벌이 될 것이다. 다원은 아버지가 자신을 잃게 될 선택을 하지 않길 바랐다. 자신 역시 아버지를 잃지 않길 바랐다.

"시작하는구나."

할아버지가 어깨에 팔을 두르며 텔레비전으로 관심을 돌렸을 때 아무도 보지 못하는 마음속에서는 그렇게 한 층 한 층 재판의 과정이 될 탑이 쌓여 가고 있었다. 다큐멘터리가 방송되는 한 시간은 오직 자신만이 아는 마지막 유예 시간이었다. 할아버지와 아버지의 고통을 한 시간 줄여 주기 위해 자신이 홀로 한 시간 더 고통을 짊어지기로 한 것이다. 고통 외에 다른 의미는 아무것도 없었다. 그저 재판장 밖에서 대기하는, 지루하면서도 초조한 지체일 뿐이었다. 진실로 그렇게 믿었다. 프라임스쿨 하늘에서 자기 목소리가 들려오기 전까지는.

다큐멘터리가 끝난 순간, 다원은 몸을 곧추 세우고 있기가 힘들었다. 온몸에서 진동이 느껴졌다. 포도주 탓이 아니었다. 발바닥에서부터 정수리까지 일렬로 굳건히 쌓여 있던 이성, 논리, 법규, 양심의 축이 휘청대고 있었다. 자신의 세계가 무너지고 있었다.

할아버지, 아버지, 마리 아주머니의 입에서 최고의 감탄이 쏟아져 나오고 있었지만, 어느 것 하나 귓속을 파고들지 못했다. 어떤 훌륭한 단어 하나 뇌와 심장에 닿지 못했다. 그들의 말은 멀리서 들려오는 소문, 짧은 축포, 꽃을 맴도는 곤충의 날갯짓 소리에 지나지 않았다.

세 사람은 아무것도 모르고 있었다. 아무것도 모른 채 입으로 경탄만 하고 있었다. 자신들의 눈으로 본 것이 세계의 전부인 양 착각하며 잘못된 얘기를 퍼뜨리고 있었다. 어쩔 수 없었다. 그들은 그저 외부인일 뿐이니까. 영원히 관람객일 뿐이니까. 핵에 도달하지 못한 실패자들일 뿐이니까.

바깥의 찬사가 아무리 대단할지언정 그건 아름다운 꽃을 보고 아름답다고 말하는 것에 불과했다. 그들은 결코 꽃잎 한 장을 틔우기 위한 꽃의 노력을 알 수 없었다. 그 결 사이사이마다 깃든 생명력을 느낄 수 없었다. 절대 꽃을 이해할 수 없었다. 절대 꽃이 될 수 없었다.

무한정으로 펼쳐졌던 세상이 화장실 천장만 한 크기로 점점 줄어들었다. 다윈은 몸을 일으켜 세면대 앞으로 가 찬물로 얼굴을 깨끗이 씻어 냈다. 피부에 닿는 감각이 무언가를 일깨워 주는 것 같았다.

다윈은 고개를 들어 거울 속 자신과 대면했다. 프라임스쿨의 하늘과 운동장, 회랑, 기숙사, 대강당을 들여다보았던 카메라가 이 순간 거울이 되어 자신의 눈과 코와 입과 귀와 목을 세심히 비추었다. 그러자 곧 세면대에 기대어 굽히고 있던 허리가 서서히 펴지면서 자기도 모르게 두 발로 똑바로 서게 되었다.

다윈은 프라임스쿨과 다윈 영이라는 두 개의 다른 개체가 정교하게 합일되어 가는 것을 느꼈다. 존재 양식이 완전히 다른 두 개체가 완전하고 완벽하게 하나로 일치돼 가고 있었다. 다윈은 그 결합의 의미를 하나하나 해석했다.

카메라가 바라본 하늘은 자신이 바라본 이상이었다. 카메라가 걸은 도서관 회랑은 자신이 디디고 선 세계였다. 카메라가 직접 달리지 못한 운동장은 자신이 앞으로 정복해야 할 남은 땅이었다. 문이 닫힌 학년말 고사장은 자신의 내면이었고, 등의 빛을 소비한 것은 자신의 지혜였고, 마지막까지 대강당의 불을 밝힌 것은 자신의 의지였다. 프라임스쿨 속으로 이끄는 한 마디 한 마디가 자신의 숨결이었다. 다윈 영이 프라임스쿨이었다. 프라임스쿨이 다윈 영이었다.

……자신이 자신에게서 떠난다는 것이 가능할까?

아직 답을 내리지 못했는데 거울 속의 사람이 먼저 고개를 젓고 있었다. 다윈은 뒤따라 고개를 저었다. 그가 옳았다. 결코 프라임스쿨을 떠날 수 없었다. 프라임스쿨을 떠나서는 다윈 영이 아니었다.

"어린 녀석이 참…… 위대했던 거죠."

아버지의 목소리가 들린 순간, 다윈은 지난 30년간 아버지가 완전히 잘못된 생각에 사로잡혀 있었다는 것을 알게 되었다. 아버지는 틀렸다. 그건 위대한 게 아니었다. 위대함에 근접하지도 못했다. 입학시험은 프라임스쿨의 가장 쉬운 관문일 뿐이었다. 프라임스쿨의 진수는 그 문을 들어선 다음에 펼쳐졌다. 낙오에 대한 불안감을 이기는 정신적 수련, 선택받은 사람이 아닐지도 모른다는 고독감, 이상에 닿기 위한 초인적인 노력. 그 모든 고통의 시간을 겪어 내야지만 진짜 위대하다는 칭송을 받을 수 있는 것이었다.

제이 아저씨, 아버지를 잘도 속이셨군요. 아저씨야말로 겁쟁이였는데…….

다윈은 제이 아저씨의 추도식 사진 앞에 꽃을 바치며 그렇게 말하는 목소리를 들었다. 그 순간, 속이 뒤집혀 화장실로 뛰어올 수밖에 없었다.

다윈은 계속 거울을 응시했다.

프라임스쿨에 머무는 것. 그건 지금껏 준비한 공소장을 폐기하고 자신의 신념과 정의를 배반할 때만 가능한 일이다. 아버지의 죄를 묻는 대신 그 죄를 묻은 땅 위에 아버지와 함께 서 있을 때만 가능한 일이다.

……그럴 수 있을까?

사방이 고요했다. 수척해진 나뭇가지가 바람에 흔들려 유리창을 두드리는 소리가 들렸다. 잠시 뒤, 다원은 끝까지 파헤쳤다고 생각했던 자신의 머릿속에서 이제껏 한 번도 들어 본 적 없는 새로운 목소리가 들리는 것을 느꼈다.

……아버지가 정말 죄인일까?

살면서 한 번이라도 아버지가 부정한 일을 저지르는 것을 본 적이 있었나. 아버지가 옳지 않은 말을 하는 것을 들은 적이 있었나. 아버지가 사회정의에 역행하는 것을 경험한 적이 있었나. 아니, 아버지는 늘 정의 그 자체였다. 이 세상 누구도, 최초의 헌법을 쓴 학자들도 아버지보다 정의로울 수는 없을 것이다. 그렇다면……. 다원은 거울 앞으로 한 발짝 가까이 다가갔다.

……그렇다면 제이 아저씨를 죽인 것도 아버지가 세운 정의를 실현하기 위한 게 아니었을까.

다시 구토가 나오려고 했다. 끔찍했다. 역겨운 생각이었다. 그러나 다원은 입을 틀어막고 속에서 밀쳐 오르는 것을 끝까지 참아 냈다. 이 죄의식에 굴복해 계속 쓰러지기만 할 수는 없었다. 아버지를 자수시켜야 한다는 해결책을 찾음으로써 구토를 이겨 냈던 지난번처럼 이번에도 계속 생각을 진전시켜 구토를 극복해야 했다.

그날 밤 내가 무엇을 들었지? "니스 영, 넌 살인자야."라는 자백? 그런데 그날 밤 아버지가 온전한 정신이었나. 합리적인 사고를 할 수 있는 상태였나. 아니, 아버지는 몸을 가누지도 못할 만큼 술에 취해 있었다. 거울 속에 보이는 자신을 향해 타인인 양

말을 걸고 고함을 지를 만큼 착란을 일으키고 있었다. 어느 재판관이 술 취한 심신미약자의 자백을 증거로 인정한단 말이지?

다원은 거기서 한 단계 더 나아갔다.

설령 아버지가 살인자라는 것이 진실이라 해도 그게 내가 알아야 하는 진실일까. 내가 책임을 져야 하는 진실일까. 그 살인은 내가 이 세상에 존재하지 않았을 때 일어난 일이다. 자기가 존재하지 않았을 때 일어난 살인이란, 문명 이전에 일어난 살인이나 마찬가지다. 공룡이 지구를 점령하고 있었을 때 일어난 살인과 다를 것이 없다. 살인이 가장 흔한 생존 방식 중 하나였던 시대에 일어난, 평상의 행위에 불과한 것이다. 누구도 기원을 끝까지 밝혀 가며 살 수는 없다. 조상을 거슬러 올라가 보면 살인하지 않은 조상을 가진 핏줄이 과연 단 하나라도 있을까?

다원은 아테네 학당에 새로운 기둥을 쌓아 가고 있었다.

어떻게 내 손으로 아버지를 몰락시킬 생각을 했던 걸까. 어떻게 아버지가 쌓은 것들을 폐허로 만들 생각을 했던 걸까. 어떻게 아버지가 나에게 준 절대적인 사랑을 배신으로 갚을 생각을 했던 걸까. 다원은 이제야 비로소 아버지의 죄를 밝히려던 자신의 결정이 결코 사랑에 기반한 것이 아니었음을 깨달았다. 그것은 냉혹한 재판관이 되어야 한다는 강박관념에서 비롯한 오만이었다. 아버지의 죄를 이용해 자신의 순결성을 드러내려는 얄팍한 이기심이었다. 법학 시험에서 만점을 받기 위한 어리석은 술수였을 뿐이다.

다원은 그동안 자신이 꿈꾸어 온 재판장의 허구성을 실감했다. 판사와 검사와 배심원과 방청객이 모두 철인으로 이루어져 있는 재판장은 꿈속에서도 존재할 수 없는 비현실적인 공간이었다. 죄를 시인하는 것에서부터 형이 집행되기까지의 과정이 오직 차가운 이성에 의해서만 진행될 것이라고 믿는 것은 순진하다 못해 백치 같은 어리석음이었다.

아버지가 받을 현실의 재판은 배심원들과 방청객이 함께 아버지에 대한 가십거리를 수군거리고 문교부 차관의 몰락을 즐거워하는 재판관이 망치를 두드리는 재판이 될 것이다. 살인죄에 선고된 형량을 채우는 것만으로 재판이 끝나리라는 법도 없었다. 정체를 숨기고 30년간 추도식에 참여했다는 사실은 믿음을 배신당한 사람들로 하여금 다시 한번 여론 재판을 열게 할 테니. 그에 더해 만약 루미의 추측이 모두 사실이어서 12월의 폭동과 관련된 집안 내력까지 밝혀진다면 육체에 더해 영혼까지 추방당하게 될 것이다.

소유하고 있는 것들의 무게와 서 있는 곳의 높이를 곱해 산출한 추락의 압력은 얼마일까. 추락하는 동안 보게 될 풍경은 어떤 것들일까. 정원의 호두나무가 뿌리째 뽑혀 잘려 나가고, 문 앞에 돌팔매질 순서를 기다리는 사람들이 줄을 지어 서 있고, 가까운 하늘 위에서 독수리가 발톱을 세우고 있는 그런 모습일까.

다원은 실소를 터뜨렸다. 한순간이라도 자기 손으로 그 재판장에 아버지를 세울 생각을 했다는 것이 믿기지가 않았다. 잠시 뒤 헛웃음이 멈추고 나자, 이번엔 온몸이 떨려 왔다. 겨우내 아버지를 사회적으로 파산시킬 고발장을 자기 손으로 직접 쓰고, 프라임스쿨을 영원히 떠날 각오를 했다는 것이 마치 모르는 적이 저질러 놓은 사고들 같았다.

다원은 거울 속에서 듣고 있을지도 모르는 그 적에게 물었다.

왜 검사가 되려 했지? 왜 아버지를 변호해야 한다는 생각은 하지 못했지? 아버지의 죄를 밝히는 고발장은 잘도 썼으면서 아버지를 위한 변론은 왜 한 번도 준비하려 하지 않은 거지? 인간으로서 가장 용서받기 어려운 죄를 지었다 하더라도 네가 최후까지 변론해 주어야 할 사람은 이 세상에 너를 태어나게 하고 너에게 절대적인 사랑을 준 아버지인데…….

다원은 그만 화장실에서 나왔다.

창 너머 나무들이 바람에 흔들리고 있었다. 잘 정리되어 있는 나뭇가지가 문득 잊고 있던 한 장면을 불러들였다. 여름에는 가지치기를 하고 겨울에는 나무 밑동을 짚으로 정성스레 싸 주던 정원사에 대한 기억이었다. 다원은 자신과 아무 관련도 없어 보였던 그 일화를 이제는 자신의 삶 속에서 해석할 수 있었다. 아버지를 재판장에 세우고 자신은 프라임스쿨을 떠나겠다는 것은 그 이름 없는 정원사가 되어 평생을 살겠다는 의미였다. 무릎을 가리는 긴 법복을 입고 새 법전에 들어갈 단어를 세심하게 조율하는 일 대신 후줄근한 옷을 입고 사다리에 올라가 가위로 나뭇가지를 자르는 일을 선택하겠다는 것이었다. 자신의 존재, 목적, 이상을 고작 남의 집 정원에 있는 나무 한 그루를 다듬는 데 바치겠다는 것이었다.

바깥 풍경과 중첩된 희미한 그림자가 창문에 바짝 얼굴을 들이밀며 물었다.

다원 영, 정말 그런 삶을 살 수 있어?

뒷걸음질로 창가에서 물러난 다원은 그림자의 질문이 다시 들리기 전에 얼른 침대로 들어갔다. 온몸이 떨렸지만 두 입술만은 무언가를 지키듯 단단히 붙어 있었다.

성탄절 밤이 깊어 가고 있었다. 다윈은 이불에 몸을 휘감고 꼼짝없이 누워 미묘하게 변하는 창밖 어둠을 지켜보았다. 움직이지 못하게 묶어 둔 몸과 달리 생각은 끝말잇기를 하듯 쉬지 않고 이어졌다.

밤이 없었다면 죄도 없었을까. 죄가 없었다면 아기 예수가 태어난 오늘 밤도 없었을까. 성탄절 밤이 없었다면 죄의식으로 잠을 이루지 못하는 수많은 다른 밤들도 없었을까. 그랬다면 인간은 좀 더 자유로워질 수 있었을까.

다윈은 아버지의 자백을 들은 그 밤을 후회하고 또 후회했다. 그 밤만 없었더라면 아버지의 죄를 몰랐을 텐데. 그 밤만 없었더라면 오늘 밤 같은 고통을 겪지 않아도 됐을 텐데. 그 밤만 없었더라면 아버지는 예전과 같은 아버지였을 텐데. 다윈은 몽롱한 의식 속에서 계속 되뇌었다.

그 밤만 없었더라면…… 죄도 없는 것인데.

다윈은 그 순간, 다시 꿈인지 자신의 생각인지 모를 환영을 보았다. 폭우가 쏟아지는 가운데 낯선 목소리의 누군가가 안으로 들어가게 해 달라며 문을 두드려 대고 있었다. 다윈은 잠깐 문밖의 소리에 흥미를 느꼈지만, 그가 구사하는 언어가 너무 험악해서 문을 열어 주는 대신 걸쇠를 잠그고 계단을 뛰어 방으로 들어가 버렸다. 문을 울리는 난폭한 목소리는 떠날 줄 모르고 계속 행패를 부렸다. 다윈은 귀를 막은 채 두려움에 떨었다. 그를 막아 내기란 불가능할 것 같았다. 금방이라도 문을 부수고 안으로 들이닥칠 것 같았다. 그러나 차츰 날이 밝아 오자 정체불명의 목소리가 점점 힘을 잃어 가는 게 느껴졌다. 다원은 조금만 더 견뎌 보기로 했다.

마침내 동이 트고 비도 그쳤다. 불청객은 빛에 굴복하듯 들어오려던 것을 포기하고 어딘가로 떠나 버렸다. 집은 순식간에 고요해졌다. 두려움은 안도감으로 바뀌었다. 애초에 비 오던 날 밤 자체가 없었던 것 같았다.

다원은 평온함 속에서 잠이 들었다.

그날의 재구성

얼핏 문이 열리는 소리가 들렸다. 조심스럽게 걸어오는 발걸음이 아버지인 것 같았다. 창가에서 빛이 들어오는 게 느껴졌다. 어느새 아침이 된 모양이었다. 끝나지 않을 것 같았던 지난밤이 끝난 것에 다원은 묘한 승리감이 들었다. 겹겹이 쌓인 그 모든 번뇌를 다 풀어 낸 상으로 성탄절 다음 날 아침을 맞게 된 것 같았다.

침대 가까이로 걸어오는 아버지의 인기척이 느껴졌지만 일부러 눈을 뜨지 않았다. 이대로 자는 척을 하고 있으면 아버지는 얼굴을 한 번 들여다본 뒤 금방 나갈 것이다. 그러면 최소한 몇 시간은 불편한 대면을 하지 않아도 된다. 그런데 그렇게 안도하는 순간 다원은 그 위장이 자신의 최종 선택에 위배되는 것임을 깨달았다.

어젯밤의 판결은 아버지가 이뤄 놓은 세계를 자신이 그대로 승계하기로 했다는 것을 의미한다. 흠결이 있는 세계라 할지라도 그것이 보장하는 안정과 미래를 받아들이기로 선택했다는 뜻이다. 그런데 이렇게 또 아버지를 의도적으로 외면한다면 그 세계는 결코 완전한 정당성을 얻을 수 없다. 하룻밤 새 바뀐 마음처럼 얼마 못 가 다시 금이 가고 무너져 내릴 것이다. 다시 예전처럼 도망치고 싶은 폐허가 될 것이다.

이 세계의 유지와 번영을 위해선 아버지의 죄를 묻지 않는 것으로는 부족했다. 이해하는 것으로도 부족했다. 변호인이 돼 주는 것도 부족했다.

사랑해야 했다. 아버지를 진실되게 사랑해야 했다. 그리고 그 사랑할 대상인 아버지는 예전의 어떤 죄도 짓지 않은 순결무구한 아버지가 아니라 친구를 살해했는지도 모르는, 아니 확실하게 친구를 살해한 죄인인 지금의 아버지였다.

침대를 살펴보던 아버지가 나가려고 하는 순간, 다원은 잠에서 막 깬 듯한 기척을 내며 "아버지." 하고 불렀다. 아버지가 반가운 얼굴로 발걸음을 돌려 다시 돌아왔다.

"일어났구나. 몸은 좀 괜찮아졌니?"

아버지와 대면해도 아무 거부 반응이 일어나지 않았다. 몸은 머리보다 더 빠르게 새로운 환경에 적응을 시작한 모양이었다. 다원은 아버지가 정장 차림을 하고 있는 모습을 보고 물었다.

"오늘도 출근하시는 거예요?"

아버지는 미안하다는 듯 말했다.

"가 봐야지. 1년 내내 서랍에서 잠자고 있던 서류들이 남은 며칠간 한꺼번에 나와 줄을 서서 기다리니까."

"연말인데 아직도 그렇게 바쁘세요?"

"공직 일이란 게 원래 그렇단다. 새해가 되기 전에 새해를 맞이해도 된다는 통과 도장을 받아야 하지."

아버지는 자신이 내뱉는 언어 사이사이마다 제이 아저씨의 그림자가 깃들어 있다는 것을 알기는 하는 걸까?

다원은 의도적으로 물었다.

"1년의 마지막 날 저울 위에 올라가기 위해 줄을 서는 사람들처럼요?"

"그런 셈이 되나……."

아버지는 그렇게 말하면서 은근히 다른 쪽으로 눈길을 비꼈다. 상처받은 얼굴이었다. 예전엔 눈치채지 못했지만 이제 와 보니 아버지는 본인의 입으로는 곧잘 제이 아저씨의 이야기를 꺼내 그를 칭찬하고 추억하면서도 다른 사람 입에서 먼저 제이 아저씨 이야기가 나오면 주눅 들고 예민해졌다. 다원은 더는 아버지의 그런 얼굴을 보고 싶지 않았다. 심판이 끝난 이상, 저울에 올라갈 일을 걱정하며 초조해할 이유가 없었다. 다원은 다시 한번 "아버지." 하고 불렀다.

"드릴 말씀이 있어요."

아버지가 침대 한쪽에 앉으며 물었다.

"무슨 말인데?"

"저 내년부터는 제이 아저씨 추도식에 안 갈래요."

아버지는 아무 생각 없이 걷다 갑작스럽게 무언가에 부딪힌 것처럼 당황스러운 표정을 지었다.

"갑자기 왜 그런 말을 하니?"

"그냥 새해라는 말을 들으니까 생각나서요. 새해부터는 정말 하고 싶고 필요한 일만 하고 싶어요. 4학년이 되면 공부도 더 어려워질 테니까."

"이제껏 가기 싫은데 나 때문에 억지로 갔던 거니?"

"아니에요. 지금도 싫어서 그러는 건 아니에요. 그냥 저한텐 아무 의미가 없는 일인 것 같아서요. 제이 아저씨는 우리 친척도 아니고 개인적으로 저와 특별한 관계를 맺은 사람도 아니잖아요."

아버지는 아무 말이 없었다. 아마 자신의 결정을 단번에 지지할 수도, 설득해 마음을 바꿔 놓을 수도 없어 갈등하고 있는 중일 것이다. 그러나 아버지가 방향을 조금만 돌리기만 하면 그 양단의 선택에서 자유로워질 수 있는 세 번째 길이 있었다. 다원은 그 사실을 아버지에게 상기시켰다.

"아버지도 내년부턴 안 가시는 게 어때요?"

아버지는 무거운 표정으로 계속 침묵만 지켰다.

다원은 할 수 없이 아버지의 반응을 이끌어 낼 만한 강한 자극을 주었다.

"30년이면 충분하잖아요. 엄마 기일도 10주년으로 그만뒀으니까."

예상대로 아버지가 입을 열었다.

"기념일을 치르는 거만 안 할 뿐이지 늘 엄마를 생각하고 있단다."

"알아요. 우리가 함께 결정한 거잖아요. 전 그냥 제이 아저씨한테도 그렇게 했으면 좋겠다는 거예요. 마음속으로만 생각하는."

아버지가 손을 뻗었다. 다원은 자기 앞머리를 쓸어 올리는 아버지의 손길을 가만히 받아들였다.

"불공평하다고 느꼈니?"

"어쩌면요."

아버지가 고개를 끄덕이며 말했다.

"그래, 무슨 말인지 알겠다. 한번 생각해 보마. 어쨌건 너에게 그런 생각이 들게 한 건 미안하구나. 그런데 절대 엄마를 제이 아저씨보다 소홀하게 여겨서 그런 건 아니었단다. 어렸을 때부터 하던 일이라 중단해야 한다는 생각도 없이 그냥 한 해 한 해가 흘렀던 거지. 30년……. 그래, 긴 시간이긴 하구나. 나도 이렇게 오랫동안 이어질지는 몰랐단다."

다원은 아버지를 끌어안았다. 품안에서 옅은 향수 냄새가 났다. 익숙한 아버지의 냄새였고, 기억에 없는 엄마의 냄새였다. 다원은 자신의 존재가 프라임스쿨과 합일됐을 때처럼 아버지와도 합일되는 것을 느꼈다. 아버지가 다시 머리를 쓰다듬으며 "오랜만이구나, 이렇게 안기는 건." 하고 말했다. 아버지의 손길이 평화로움을 주었다. 모든 풍랑이 멈추었다. 배는 더 이상 전복되지 않을 것이다.

아버지는 더 누워 있으라고 말렸지만 다원은 고집을 부려 1층까지 아버지를 배웅 나갔다. 자신이 할 수 있는 모든 방법으로 아버지에게 사랑을 주고 싶었다. 아무 갈등 없이 아버지를 사랑할 수 있음을 스스로에게 증명하고 싶었다.

문을 열자 세찬 바람이 들이닥쳤다. 순간적으로 어젯밤 집에

들여보내 주지 않은 것에 낯선 목소리가 터뜨리고 가는 마지막
앙갚음으로 느껴졌다. 다원은 헝클어진 머리를 가볍게 매만졌
다. 집을 지켜 낸 주인으로서 이 정도 분풀이쯤은 얼마든지 받아
줄 수 있었다. 인사를 한 뒤 문을 닫으려는데 아버지가 잊은 것이
있다는 듯 돌아서서 말했다.

"참, 어젯밤 늦게 버즈에게서 전화가 왔단다. 다큐멘터리를
본 네 감상을 듣고 싶다는데 전화를 바꿔 줄 수가 있어야. 덕분
에 재능 많은 아들을 뒀다며 대신 내가 칭찬을 받았단다. 그런데
레오는 크리스마스도 가족과 안 보내고 혼자 여행을 가 버렸다
고 하던데? 넌 아니라고 했지만 아무래도 레오는 내년에도 중점
적인 관심이 필요할 것 같다. 아무튼 이따가 버즈한테 감사 인사
도 할 겸 전화 드리렴. 네가 아픈 바람에 얘기할 기회가 없었는데
정말 대단한 작품이었잖니. 오늘은 출근해서 할 이야기가 많아
즐겁겠어. 자, 바람이 차니까 어서 들어가라."

방으로 올라온 다원은 무심코 뒷목에 손을 갖다 댔다. 어딘가
문이 열려 찬바람이 들어오는지 뒷목에 서늘한 기운이 감돌았
다. 그러나 방 어디에도 열려 있는 틈은 없었다. 깨끗이 떠난 줄
알았던 낯선 목소리가 방 어딘가에 숨어 계속 호흡하고 있는 걸
까? 뒷목의 서늘한 기운이 신경 줄기를 타고 다른 곳으로 퍼져
나가기 시작했다. 곧 세포 알갱이가 터지는 듯한 전율이 온몸을
휘감았다.

……풍랑은 멈춘 게 아니었나. 나는 포악한 바다의 신처럼 혼
자 격분해 해일을 일으켰다가 다시 혼자 남모르게 세계를 잠재

우지 않았었나.

다윈은 묘한 불안에 휩싸여 방 안을 서성였다. 발밑이 계속 진동하고 귓가에선 무언가가 몰려오는 소리가 울렸다.

다윈은 턱에 손을 괴었다. 일단 간밤의 풍랑에 조각난 머릿속 부유물들부터 정리해야 했다. 이것들만 제대로 자리를 찾는다면 이 여진 같은 불안의 정체가 무엇인지 알아낼 수 있을 것이다.

다윈은 눈을 감았다. 어디서부터 조각들을 맞춰 나가야 할까? 곧 난파된 배의 중심으로 추정되는 잔해가 눈에 들어왔다. 지난밤 다시 재발한 구토와 아버지에게 되돌아가기 위한 자기 변호의 힘에 밀려 수평선 너머로 떠내려갔던 조각. 다윈은 그 조각을 생각의 판 한가운데에 끼워 넣었다. 그러자 당위적인 힘에 끌리듯 나머지 부분들이 스스로 제자리를 찾아 몰려들었다.

루미가 찾고 있는 카세트, 그것이 여진의 진원지였다. 다윈은 감고 있던 눈을 뜨고 곳곳에 갈라진 틈이 있는 그곳의 상황을 유심히 관찰해 보았다.

루미는 다른 몇몇 테이프에 외부 소음이 녹음된 사실을 근거로 제이 아저씨가 살해당한 날 새벽의 정황이 카세트에 녹음돼 있을지도 모른다는 희망을 갖고 있다. 그리고 그 카세트는 현재 레오의 손에 있다. 루미는 레오에게 어디까지 이야기한 걸까. 그 카세트에 자기 삼촌을 죽인 범인에 대한 단서가 녹음된 테이프가 들어 있을지도 모른다는 이야기를 했을까. 다윈은 레오와 했던 전화 통화 내용을 떠올려 보았다. 그러나 그때 레오는 세세한 정황을 아는 것 같지는 않았다. '나도 자세한 얘기는 모르는데'라고 말한 것으로 미루어, 단순히 루미가 자기 삼촌의 추억이 깃든 물건을 찾는다고 여기는 정도였다.

다원은 생각을 하다 말고 고개를 저었다. 고작 전화로 전해들은 한두 마디를 떠올리며 펼치고 있는 자신의 추정 전개 방식이 마음에 들지 않았다. 이렇게 두서없이 떠들 게 아니라 알고 있는 정보를 최대한 이용해 각각의 가능성을 분리해서 생각해 봐야 했다. 다원은 자신이 서 있는 바닥에 분석의 전개 방향이 도출되고 있기라도 한 것처럼 방 안을 일직선으로 따라 걸으며 계속 생각을 이어 나갔다.

루미의 희망은 이전 날짜들의 방송이 녹음된 테이프들이 있는 것으로 미루어 그날도 역시 제이 헌터가 미드나이트 뮤직을 녹음했을 것이라는 추정에 바탕하고 있다. 지난번에 루미는 제이 아지씨가 5월에 방송 녹음을 시작해서 7월 초까지 서른여 개의 테이프를 녹음했다고 했다. 미드나이트가 월요일부터 금요일까지 하는 방송이었으니 평균 주중에 세 번 정도 녹음한 것이다. 뒤집어보면 녹음을 하지 않은 날도 이틀이나 된다. 그러니 아무리 그 이전 날짜들의 방송이 녹음된 테이프가 있다 하더라도 그날은 녹음을 하지 않았을 가능성 또한 있는 것이다. 과연 어느 쪽이 사실일까?

엇비슷한 크기의 조각을 양 손에 올려놓은 다원은 쉽게 답을 얻을 수 있었던 기회를 놓친 것을 후회했다. 레오에게 전화가 왔을 때 카세트를 열어 보았는지, 열어 보았다면 그 안에 테이프가 들어 있는지 물었어야 했다. 물론 의미 없는 후회였다. 그때는 자기 의지로 아버지의 죄를 밝히겠다는 각오의 정점에 오른 상태였고, 레오가 카세트를 찾은 것 역시 자신과 뜻을 같이한 외부의 힘으로 느꼈으니. 다원은 후회에서 빠져나와 추론의 힘을 이용해 그 두 조각의 본질을 분석했다.

'미드나이트 뮤직'은 자정에서 새벽 두 시까지 하는 방송이었고, 제이 헌터의 살해 추정 시간은 새벽 한 시쯤이라고 했다. 다원은 그 시간들에 근거해 지금이 30년 전 7월 9일에서 10일로 바뀌기 바로 직전이고 자신이 제이 헌터의 방에 서 있다고 상상해 보았다. 지금 루미의 추정이 눈앞에서 그대로 벌어지고 있는 것이다.

밤 열두 시가 되자 제이 헌터는 카세트로 미드나이트 녹음을 시작한다. 그리고 얼마 뒤 그의 방에 후드를 입은 괴한이 들어온다……. 다원은 순간 피식 웃고 말았다. '괴한'이라는 단어를 쓴 스스로가 우스웠다. 그러나 곧 냉소를 거두고 다시 추론으로 돌아왔다. 지금 현재 이 방에는 세 존재가 있다. 아버지, 제이 헌터, 음악 방송이 녹음되고 있는 카세트. 한 시쯤 아버지는 제이 헌터를 살해하고 집을 떠난다. 셋이 있던 방에는 카세트 혼자만 남게 된다.

이 경우 건전지가 닳을 때까지 카세트에서는 계속 라디오 방송이 흘러나왔을 것이다. 그랬다면 당연히 다음 날 아침 제이 헌터 가족이 카세트의 존재를 감지했을 것이고, 현장에 온 경찰 역시 살해 사건의 정황을 판단할 증거물로 카세트를 확보해 열어 본 뒤 녹음테이프를 들어 봤을 것이다.

그러나 카세트는 그 사건에 아무 영향도 끼치지 못한 채 루미 할머니를 통해 다시 버즈 아저씨에게 돌아갔다. 그랬다는 건 그날 아침 카세트의 존재감이 제로였다는, 즉 라디오가 꺼져 있었다는 뜻이다. 죽은 사람이 되살아나 라디오를 끄지 않은 이상 아무도 없는 방 안에서 카세트가 꺼졌을 리 없다. 그때 하필 건전지가 다 닳아 카세트가 꺼졌다는 가정은 우연의 힘에 지나치게 큰 힘을 실어 주는 것이다. 결국 그날 아침 카세트가 꺼져 있었다는 것은 제이 아저씨가 애초에 라디오 방송을 녹음하지 않았다는 얘기이다. 확률 게임의 승부가 가려졌다.

객관적이고 이성적으로 그날을 재구성한 결과, 다윈은 자신의 두려움이 현실이 될 가능성은 제로에 가깝다는 결론에 도달했다. 1심이 끝났다. 안도의 숨이 나왔다. 1지구에서 1심 판결은 최종 판결이었다.

그런데 방 안을 서성이는 발걸음은 멈추지 않고 계속 어딘가로 향했다. 머리와 달리 몸은 본능적으로 여기가 종착지가 아님을 알고 있는 것 같았다. 그럼 다음으로 가야 할 곳은 어디일까.

곧 두 번째 재판장이 꾸려졌다.

다윈은 그곳에 루미의 희망이 앉을 수 있도록 의자 하나를 내주었다. 즉 제이 헌터가 녹음을 했지만 그날 아침 카세트가 꺼져 있었을 가능성을 가정해 보는 것이다. 그랬다는 건 제이 헌터가 평상시와 달리 그날은 녹음을 일찍 끝내고 라디오를 껐다는 뜻이다. 두 시에 끝나는 방송을 제이 헌터는 왜 그날 새벽에만 일찍 껐던 걸까?

추정할 수 있는 가장 일반적인 경우는 피곤하고 졸려서 라디오 녹음을 평소보다 일찍 끝내고 잠자리에 들었다는 것이다. 이랬다면 카세트에 녹음테이프가 들어 있더라도 전혀 문제될 게 없다. 카세트가 꺼진 뒤 일어난 살해 시점 상 테이프에 범인의 정체에 관한 단서가 녹음되었을 수가 없으니.

2심이 끝났다. 제로에 더 가까워졌다. 그러나 아직도 제로는 아니었다. 단심제를 포기하고 2심을 허용한 이상 최종 3심까지 치러야 했다. 그러기 위해선 제이 아저씨가 녹음을 중단하고 라디오를 끈 이유가 앞의 일반적인 경우 때문이 아니라 그렇게 할 특별한 필요를 느껴서라고 가정해야 한다. 루미의 희망이 앉아 있는 의자를 더 넓고 편안한 것으로 바꿔 주는 것이다.

어떤 경우라야 제이 헌터는 녹음을 중단하고 라디오를 끌 필요성을 느꼈을까?

다윈은 눈을 감고 라디오 음악이 흐르고 있는 방 안을 상상해 보았다. 그건 라디오를 녹음하고 있는 행위가 무엇인가를 방해한 상황 때문일 것이다. 라디오가 일으킬 수 있는 방해, 그건 당연히 소리와 연관된 것이다. 즉 제이 헌터는 라디오 소리가 방 안에 흐르는 것이 자신에게 방해된다고 판단해 녹음을 중단하고 라디오를 끈 것이다. 라디오 소리보다 집중해야 할 다른 소리가 생긴 것이다.

그러나 이것과 관련해 생각해 보아야 할 사항이 하나 더 있다. 다른 소리를 더 잘 듣기 위해서라면 음량을 조금 줄이거나 완전히 소거하는 것으로도 충분했을 텐데 제이 헌터는 아예 거기서 녹음을 중단하고 라디오를 껐다는 사실이다. 어떤 소리였기에 그런 결정을 내린 걸까? 그리고 그 시기는 언제였을까?

다윈은 부유하는 조각들을 그러모아 퍼즐을 맞추어 나갔다. 이미 없어져 버린 조각들이 너무 많은, 아무리 공을 들여도 완전하게 조각을 맞출 수 없는 퍼즐이지만 각각의 위치만 정확하게 잡아 준다면 전체적으로 어떤 그림인지는 충분히 유추할 수 있을 것이다.

다윈은 다시 한번 7월 10일로 돌아가 보았다.

제이 헌터가 카세트를 껐을 시점은 녹음을 시작한 자정 후부터 살해당하기 직전인 새벽 한 시 전까지이다. 그리고 녹음테이프를 이용해 범인을 찾길 기대하는 루미의 희망이 이루어지려면 그 녹음 시작과 마침 시점이 다시 범인이 등장한 이후와 제이 헌터가 생명의 위협을 느끼기 전, 아직 행동에 여유가 있을 때로 좁혀진다. 살해당하는 순간 다시는 듣지 못하게 될 녹음테이프 따위에 신경을 쓰며 카세트 버튼을 누른다는 것은 비합리적이므로.

이 시간 동안 제이 헌터 방에서 무슨 일이 있었는지 알 수 있는 단서는 방에서 말소리를 들었다는 조이 아저씨의 증언이 유일하다. 그러나 아저씨는 나중에 아무 소리도 듣지 못했다고 증언을 번복했다. 루미는 자기 아빠가 거짓말을 하는 것이라 했지만, 그건 분명히 자기 아빠에게 불만이 많은 루미의 지나친 억측일 것이다. 열 살짜리 아이가 자기 형의 죽음을 둘러싸고 거짓말을 한다는 건 인간의 상식 선에서 너무 벗어난 일이니.

조이 아저씨의 진술이 사실이라고 믿을 만한 강력한 근거는 또 있다. 바로 그날 아버지가 입은 후드. 아버지는 신분을 숨기려는 분명한 목적을 가지고 후드를 입었다. 우발적 행위가 아니라 집에서부터 준비해 온 계획적 행위였던 것이다. 그런데 그 목적을 위배해 아버지가 제이 아저씨와 평상시처럼 대화를 주고받고 제이 아저씨가 그런 아버지를 평상시처럼 대했다는 것은 지나치게 불합리하다.

게다가 여기서 말소리의 유무는 불확실하지만 비명 소리의 부재는 확실하다. 그날 새벽, 그 집에서 비명 소리를 들은 사람은 아무도 없다고 했다.

그건 아버지가 단 한 치도, 단 한 순간도 밀리지 않고 제이 아저씨를 완벽하게 제압했다는 방증이다. 만약 조금이라도 틈을 보였다간 제이 아저씨가 곧바로 비명을 지르며 저항했을 테니. 후드로 신분을 위장한 것에서 볼 수 있듯이 아버지는 제이 아저씨를 살해하기 위해 처음부터 끝까지 치밀하게 행동한 것이다.

그 조각을 끼우고 나자 조금 전의 협소하지만 그래도 존재는 했던 '아버지의 정체가 카세트에 녹음되었을 수도 있는 가능성'이 완전히 사라졌다. 후드를 입고 등장한 이후부터 어쩌면 숨이 끊어지기 직전에서야 아버지를 알아본 제이 아저씨가 아버지의 정체를 드러낼 만한 한 마디를 간신히 내뱉었을지도 모를 순간까지 아버지는 제이 아저씨에게 내내 위협적인 존재였다. 목숨의 위협을 받는 중에 한 인간이 고작 라디오 녹음 따위에 신경 썼을 리 없다. 그러한 행동은 인간의 본능이 말살될 때나 가능하다. 아버지, 아니 후드를 입은 괴한이 자기 방에 들어온 이후 제이 헌터는 카세트에 손을 댈 시간과 여유가 전혀 없었던 것이다.

다원은 마지막 남은 조각을 제자리에 끼워 넣고 그 그림을 해석했다.

제이 아저씨가 녹음을 중단하고 카세트를 껐어도 그 시점은 범인의 정체가 드러나는 결정적인 순간이 아니라 밖에서 수상한 발소리나 문소리를 들었을 때였을 것이다. 음악 소리를 잠시 줄여 귀를 기울이는 것으로도 충분했겠지만 제이 아저씨는 루미나 아버지가 알고 있는 것과 달리 사실은 겁쟁이여서 아예 카세트를 끄고 침대로 뛰어 들어가 이불을 뒤집어 쓴 것이다. 그러다 곧 잠이 들었고, 덕분에 아버지는 침묵 속에서 제이 아저씨를 살해할 수 있었다.

그런데 그 순간 땅이 갈라지듯 얼굴이 일그러졌다. 퍼즐 맞추기가 끝난 그림 속에 너무 많은 오류가 있었다. 마치 여름 숲을 그린 그림 속 나뭇가지에 나비 번데기가 매달려 있는 것과 같았다. 다원은 자신의 논리가 만들어 낸 실수를 하나하나 잡아냈다.

지난번 추도식에서 루미는 제이 아저씨가 바닥에 쓰러져 숨진 채 발견되었다고 했다. 침대가 아니었다. 침대에서 잠을 자던 사람이 바닥에서 발견됐다는 건 저항이 있었다는 의미인데 그랬다면 당연히 비명 소리도 터졌어야 했다. 또 시간 정황상 제이 헌터가 들은 수상한 소리 직후 아버지는 바로 방에 들어왔어야 한다. 그런데 그 짧은 사이에 제이 헌터가 순식간에 잠이 들었을 리가 없다. 무엇보다도 정말로 겁을 먹었다면 침대로 숨는 대신 당연히 아래층으로 뛰어 내려갔을 것이다. 물리적인 시간상으로도, 인간의 심리와 행위상으로도 전부 틀린 추정이었다.

그런데 전부 틀린 추정이라는 판단이 내려지는 순간 다원은 절망 대신 온몸에서 환희가 솟는 것을 느꼈다.

이 오류는 자신의 논리력의 결함에서 오는 게 아니었다. 자신의 오류가 아니었다. 상황의 오류였다. 사실이 아닌 피고의 주장을 완전히 믿고 변호해 준 마지막 순간 그 전적인 믿음 때문에 역설적으로 그 주장이 사실이 아님을 깨닫게 된 것과 마찬가지였다. 겁쟁이였다는 식의 구체적 사실까지 곁들이는 바람에 하마터면 속아 넘어 갈 뻔했지만 현장조사를 실시하는 순간 피고의 진술이 모두 거짓임이 드러난 것이다. 모든 게 억지스럽고 너무나 부자연스러웠다. 행동 하나하나와 그 행동의 결과들이 다 어긋나 있었다. 이 세계를 처음부터 다시 창조해 내지 않는 한 사실이 아닌 과거를 완벽하게 사실로 꾸밀 수는 없다. 제이 헌터가 어떤 필요에 의해 카세트를 껐다는 가정은 애초에 틀린, 존재하지 않는 세계였다. 그 허구의 세계에서 계속 탑을 쌓다 보니 이렇게 마지막 순간 모두 무너져 내린 것이다.

다윈은 루미의 희망에 내주었던 의자를 거두고 자기가 의자에 앉았다. 이제 그만 최종 판결을 내릴 순간이었다.

카세트 안에는 녹음테이프가 들어 있지 않다. 만에 하나 테이프가 있다 해도 살해 시점과 많이 떨어진 방송 첫 부분의 음악만 녹음돼 있다. 불가능한 경지로 너그러워져 아버지와 연관 있는 외부 소음이 녹음됐다 가정하더라도 시시한 문소리 정도일 뿐 범인을 특정 지을 수 있을 만한 단서는 없다.

제로. 드디어 제로였다.

카세트가 가진 본연의 목적도 아닌 단순한 결함이 30년간 묻혀 있던 비밀의 한순간을 포착했다고 가정하는 것은 이성적인 논리가 아무 근본도 없는 우연 앞에 무릎 꿇어야 한다는 것과 다름없었다. 카세트를 확보해 범인의 정체를 밝히겠다는 루미의 희망은 주사위를 세 번 던져 세 번 모두 같은 수가 나올 확률만큼이나 가능성 없는 얘기인 것이다. 그것도 몇 면체로 이루어져 있는지 셀 수도 없는, 원형에 가까운 주사위를. 다윈은 그 가능성을 다른 이야기로 풀어 생각해 보았다.

여기 감옥이 하나 있다. 이 감옥에 난 유일한 창문은 30년에 한 번, 아주 짧은 순간 동안만 열리도록 설계돼 있다. 그런데 그 찰나의 순간, 새 한 마리가 창 안으로 날아 들어온다. 새는 입에 물고 온 나뭇가지 하나를 땅에 떨어뜨린다. 그것을 많고 많은 죄수 중 공교롭게도 죄를 짓지 않고 감옥에 들어온 죄수가 주워 무심코 감옥 문 열쇠 구멍에 집어넣어 본다. 신기하게도 둘의 모양이 정확히 일치해 죄수는 탈출에 성공한다.

이런 이야기가 과연 가능할까? 인간의 힘으로는 이런 우연을 조작할 수 없다. 이런 우연들이 겹칠 방법은 신의 의지가 작용할 때뿐이다. 신이 개입해야 한다. 그런데 과연 신이 진실을 밝히기 위해 이런 비효율적인 방법을 이용할까? 아니, 애초에 신이 이 일에 관심이 있기나 할까?

멀리서 봤을 땐 온 육지를 삼킬 것처럼 거대해 보였던 파도지만, 정확한 분석과 계측을 통해 실제로는 발바닥을 간질이는 정도의 얕은 물결로 소멸한다는 것을 밝혀냈다. 앎이 두려움을 몰아냈다. 다윈은 창밖에서 떠오르고 있는 태양과 마주했다. 새로운 날이었다. 성탄절 밤보다 더 드높은 찬양을 받아야 하는 것은 해가 뜨는 이 매일매일의 아침이었다.

할아버지는 아홉 시가 넘어서야 일어나 거실로 나왔다. 다윈은 기다리고 있다가 "편하게 주무셨어요?" 하고 인사하며 할아버지를 맞이했다. 할아버지는 아픈 손자보다 늦게 일어났다는 사실이 부끄럽다는 듯 겸연쩍은 표정을 지었다.

"손님방인데도 이상하게 내 집보다 잠이 잘 와서 늦잠을 자

버렸구나."

다원은 "할아버지 집이나 마찬가지죠."라고 응대했다. 할아버지가 소파 옆자리에 앉아 얼굴을 마주 보고는 이리저리 살피며 말했다.

"하룻밤 새 이렇게 혈색이 도는 걸 보니, 역시 잠이 보약이구나."

다원은 마찬가지로 할아버지 얼굴을 살폈다. 제이 아저씨 앨범에서 영원히 사라진 독사진과 마주하고 있다는 생각이 들었다. 뺨에 남은 흉터와 아버지와 닮은 눈. 할아버지 얼굴에는 과거를 보는 길과 미래를 보는 길이 함께 있었다. 그러나 흐려진 한쪽 길은 폐쇄된 것이나 다름없었다. 그 길로는 이제 아무도 걸어가지도, 호기심에 발을 들여놓지도 않을 것이다. 미래로 향하는 길과 시간은 깨우친 자의 것이었다. 다원은 문득 앞으로 할아버지와 함께할 시간이 많이 남지 않았다는 생각이 들었다. 이대로 소중한 시간을 흘려보내고 싶지 않아 즉흥적으로 제안했다.

"새해가 되면 실버힐을 정리하고 이 집에 와서 같이 사시는 건 어때요?"

할아버지는 깜짝 놀란 표정으로 되물었다.

"이 집에서? 갑자기 왜?"

"할아버지도 혼자 사시고, 제가 학교로 돌아가면 아버지도 혼자인데 계속 이렇게 따로 사시는 건 시간 낭비잖아요. 할아버지가 여기 와 계시니까 부족했던 게 채워지는 기분이에요."

할아버지가 웃으며 어깨를 쓰다듬었다.

"말만 들어도 고맙구나."

"빈말이 아니에요. 진심으로 그랬으면 좋겠어요."

할아버지는 자신 없는 얼굴로 고개를 저었다.

"니스가 내켜하지 않을 거야. 예전에 네 엄마가 떠나고 나서 한 번 말을 꺼내 본 적이 있는데 일언지하에 거절당했거든. 지금으로도 좋은데 괜히 얘기를 꺼내서 분란을 일으키고 싶지는 않구나."

다원은 할아버지를 집으로 초대한 것처럼 이번에도 아버지를 쉽게 설득할 수 있으리라는 자신감이 들었다.

"걱정 마세요. 제가 얘기를 드리면 아버지도 분명 좋다고 하실 거예요."

할아버지는 다시 가망 없는 얘기라며 웃어 넘겼지만, 다원은 새로운 해의 기념이자 곧이어 올 할아버지의 일흔일곱 번째 생신 선물로 이 집을 드리기로 마음속에서 벌써 결정을 내렸다.

할아버지와 함께 아침 식사를 한 뒤, 다원은 버즈 아저씨에게 전화를 걸었다. 버즈 아저씨가 다큐멘터리를 본 감상이 어떠냐고 물어 왔다. 다원은 단순히 '보았다'는 말로는 지난밤 자신이 겪은 체험을 온전히 설명할 수 없을 것 같아 먼저 다른 사람들이 느낀 감상으로 이야기를 돌렸다.

"할아버지와 아버지가 무척 감동받으셨어요."

"왠지 너는 아니었단 말로 들리는구나."

다원은 자신의 결심이 잘못된 판단이었음을 깨닫도록 결정적인 기회를 준 버즈 아저씨에게 그에 합당한 감사를 표하고 싶었다.

"그게 아니라 감동이라는 말은 적당하지 않은 것 같아서요."

"어째서?"

"아저씨가 만든 작품은 다른 사람들에게는 마음만 움직였지만 저에게는 저 자체를 움직이게 했으니까요."

"대단한 감상인데? 그러면 내 작품이 다윈 너를 어디로 움직인 건지 물어봐도 될까?"

다윈은 주저 없이 대답했다.

"프라임스쿨로요."

"프라임스쿨이라면 제자리걸음을 한 거 아니니?"

"제자리걸음이라기보다는 원래 자리로 돌아온 거죠. 여행을 다녀온 것처럼요."

"여행이라……. 들었던 얘기 중에 가장 마음에 드는 감상이다. 아무래도 다윈 네가 내 작품을 가장 잘 이해한 사람 같구나. 역시 해설자로 널 발탁한 건 옳은 선택이었어."

버즈 아저씨는 그러더니 갑자기 한숨을 내쉬며 "같은 프라임 보이끼리 이렇게 격차가 나서야."라면서 레오 이야기를 꺼냈다.

"다른 날도 아닌 크리스마스 날 '여행 가요.'라는 메모 한 장 남겨 놓고 사라져 버렸단다. 어디를 간다, 언제 돌아온다 말 한마디 없이 말이야. 덕분에 걔가 들을 잔소리를 애 엄마한테 내가 다 듣고 있지. 아무튼 무슨 생각을 하고 사는지 알 수 없는 녀석이라니까."

다윈은 어제 저녁 레오에게 전화가 왔었다는 것과 레오가 계획하고 있는 일들을 알려 줄까 잠시 고민했지만, 레오가 다큐멘터리를 찍기 위해 8지구에 갔다는 사실이 알려지면 어른들의 걱정만 더 깊어질 것 같아 망설임 끝에 입을 다물었다. 무엇보다도 레오가 비밀로 유지한 일을 허락 없이 마음대로 발설할 수는 없었다. 다원은 자신의 은인이나 다름없는 아저씨에게 사실대로 이야기해 줄 수 없는 상황에 약간의 죄책감을 느끼며 "너무 걱정 마세요."라고 위로했다.

"레오는 아저씨를 닮았잖아요. 믿고 기다려 주세요. 새해가 되기 전에 분명 무사히 돌아올 거예요."

그것이 레오와의 의리를 지키면서 버즈 아저씨를 위해 줄 수 있는 최대한의 힌트였다.

버즈 아저씨의 방

        제라늄 거리에 위치한 피터 마샬의 2층 저택은 환하게 불을 밝히고 있는 은촛대의 초들 중 유일하게 불이 꺼진 불운한 초 같았다. 진짜 양초라면 그 옆의 초에서 온기라도 빌릴 수 있겠지만, 이 낡은 저택은 이웃 창문에서 새어 나오는 따사로운 불빛 때문에 외관에 흐르는 피폐함이 더 불거져 보였다. 기대했던 것과 너무 다른 집의 정경에 루미는 할 말을 잃고 한참 동안 문 앞에 우두커니 서 있기만 했다. 떨어져 나간 지붕 테두리, 깨져 있는 현관 등, 죽은 나무들……. 버즈 미디어 대표의 아버지 집이 이렇게 황폐하다는 것을 누가 믿을까. 녹슨 동판에 새겨진 피터 마샬이라는 이름만 아니면 당연히 집을 잘못 찾아왔다고 생각했을 것이다.

    움직이지 말라는 주문에라도 걸린 듯 저택이 풍기는 어두운 기운에 사로잡혀 있던 루미는 잠시 뒤, 이곳을 찾아온 목적이 집

구경은 아니라는 것을 깨닫고 얼른 초인종을 눌렀다. 그러나 소리가 나지 않았다. 다시 한번 힘을 주어 눌렀지만 그 노력에 반응하는 건 초인종 소리가 아니라 먼지로 새까맣게 변하는 손가락이었다. 이 집과 이 집에 사는 피터 마샬이라는 노인에 대해 단정하기엔 아직 이르지만, 아주 오랫동안 초인종이 울리지 않았던 것만은 분명해 보였다. 단순히 고장 나서든 찾아오는 방문객이 없어서든.

루미는 할 수 없이 초인종을 포기하고 직접 문을 두드렸다. 그러나 한참을 기다려도 인기척은 들리지 않았다. 아무도 없는 걸까. 루미는 창 쪽을 기웃거렸다. 그러나 모든 창문은 커튼이 내려져 있어 안을 들여다볼 수 없는 데다, 생활을 추측해 볼 수 있는 작은 빛조차 새어 나오지 않았다. 집 어디에도 성탄절을 막 치르고 난 뒤의 따뜻한 여운은 깃들어 있지 않았다.

매서운 바람이 불어닥쳤다. 루미는 오늘만큼은 프리메라 교복을 입고 온 것을 후회했다. 레오 할아버지에게 좋은 인상을 주기 위해 일부러 입고 온 것인데, 기온이 영하 10도 아래까지 떨어진 날씨에는 역시 무리였다. 선물로 준비해 온 케이크 상자를 든 손의 감각이 점점 무뎌졌다. 현관 앞을 계속 서성이던 루미는 치마 사이로 불어오는 강풍을 더는 견딜 수 없어 그러면 안 된다고 생각하면서도 문손잡이를 돌려 보았다. 폐쇄된 듯한 겉모습과 달리 뜻밖에도 문은 쉽게 열렸다.

"실례합니다. 아무도 안 계세요?"

안으로 들어서는 순간 지독한 냄새가 코를 찔렀다. 할아버지 집에서 나는 것과는 종류가 다른 악취였다. 마치 집에 술을 가득

부어 놓고 몇십 년간 문을 닫아 놓은 것 같았다. 한 발짝 움직일 때마다 바닥에 깔린 카펫에서부터 벽지, 소파, 눈에 보이지 않는 먼지와 곰팡이들까지 집 안에 있는 모든 것이 술에 발효된 듯한 냄새를 내뿜었다. 이 냄새를 계속 맡으니 차라리 밖에서 살을 에는 칼바람을 맞고 있는 게 더 나을 지경이었지만 루미는 애써 숨을 참아 가며 계속 안으로 들어갔다. 제이 삼촌을 위해서라면 술에 찌든 집의 문뿐만이 아니라 시체가 든 관 뚜껑이라도 열 각오가 돼 있었다.

실내의 불은 모두 꺼져 있었다. 그나마 커튼 사이사이로 들어오는 햇빛이 무심한 길잡이가 돼 준 덕에 발에 걸리는 것을 한쪽으로 밀어 내며 천천히 걸음을 옮길 수 있었다. 루미는 문득 레오가 지금 자신의 모습을 본다면 얼마나 화를 낼까 하는 생각이 들었다. 자기 허락 없이는 절대 할아버지를 찾아가선 안 된다고 꽤 심각한 어조로 얘기해서 알겠다고 대답했는데, 약속을 어기고 집에 들어온 것을 알면 쉽게 용서해 주지 않을지도 몰랐다. 그러나 따지고 보면 레오는 용서를 하고 말 자격이 없었다. 할아버지 집에 가서 카세트를 찾아보겠다고 분명히 약속했으면서도 지금 껏 아무 연락도 하지 않은 채, 심지어 말없이 여행까지 떠나 버린 건 자기니까. 레오 엄마한테 레오가 행선지도 알리지 않고 여행을 떠났다는 이야기를 들었을 때 느낀 배신감이란……. 버즈 아저씨가 그랬던 것처럼 레오 역시 애초부터 약속을 지킬 생각 같은 건 조금도 없었던 것이다. 무책임한 면에선 정말 똑같이 닮은 부자였다. 루미는 전화를 끊으며 더는 마샬 가문 남자들에게 도움을 기대하지 않겠다고 다짐했다. 다른 사람의 도움을 기다리고 있을 시간에 이제껏 그래 왔던 것처럼 직접 행동하는 게 훨씬 효율적이었다.

1층 거실 안쪽에 가까워졌을 즈음, 열린 방문 틈으로 어떤 소리가 새어 나왔다. 루미는 조심스레 안을 들여다보았다. 한 노인이 어두침침한 방 안에서 1인용 소파에 비스듬히 앉아 텔레비전을 보고 있었다. 주위로는 술병이 가득 쌓여 있었다. 루미는 노인을 조금 더 자세히 살펴보려고 문을 안쪽으로 더 밀었다. 그 순간 문 앞에 쌓여 있던 술병이 넘어지며 요란한 소리가 나고 말았다.

노인이 문 쪽으로 고개를 돌리며 물었다.

"버즈냐?"

놀라서 뒷걸음치던 루미는 '버즈'라는 말을 듣고 걸음을 돌려 다시 문 가까이로 걸어갔다. 노인은 말을 처음 배우는 것 같은 어눌한 말투로 다시 한번 "버즈냐?"라고 물었다. 피터 마샬의 집에 들어와 있으면서도 노인의 정체에 의구심을 가졌던 루미는 그 짧은 한마디에 확신을 얻어 방 안으로 들어갔다.

루미는 자기가 쓰러뜨린 술병을 세워 놓으며 말했다.

"아니요, 전 버즈 아저씨가 아니라 레오 친구 루미 헌터라고 해요. 할아버지는 레오 할아버지 피터 마샬 씨가 맞죠?"

노인은 아무 말 없이 들고 있던 술병을 들이켰다. 루미는 용기 내 조금 더 가까이 다가가며 자신이 '손님'이라는 사실을 드러내기 위해 케이크 상자를 올려놓을 만한 곳을 찾았다. 그러나 탁자 위는 술병으로 가득 차 마땅한 자리가 없었다. 케이크를 놓기 위해 술병들을 마음대로 치운다면 노인의 사생활을 지나치게 침범하는 일이 될 것 같았다. 루미는 할 수 없이 상자를 바닥에 내려놓으며 노인에게 집에 찾아온 목적을 밝혔다.

"전 버즈 아저씨와도 잘 아는 사이예요. 실은 아저씨 부탁으로 아저씨 옛날 물건을 찾으려고 왔어요. 집을 좀 둘러봐도 될까요?"

노인은 아무 반응 없이 텔레비전만 뚫어져라 쳐다보고 있었다. 1지구의 대표 종합 방송국인 채널 원의 프로그램이었다. 그러나 눈꺼풀에 반이나 가려진 노인의 눈은 진지한 흥미를 갖고 본다기보다는 앞에 보이는 것을 관성적으로 응시할 뿐인 것 같았다. 아마도 하루 종일 채널 원에 번호를 고정시켜 놓은 채 무슨 프로그램이 나오든지 상관 않고 보는 모양이었다. 지금은 곱슬머리가 특징인 루피라는 꼬마 탐정이 나오는 만화영화가 방영되고 있었다. 곱슬머리 속을 손으로 뒤적이면 망원경에서부터 비행기 표까지 탐정 일을 하는 데 필요한 모든 장비가 튀어나왔다. 루미는 "저도 좋아하는 프로그램이에요."라고 노인에게 말을 걸었다. 반은 사실이고 반은 거짓이었다. 만화영화를 좋아했던 건 사실이지만 어디까지나 어렸을 때 이야기였다. 제이 삼촌을 알게 된 이후로는 현실 세계가 훨씬 더 흥미로웠으니까.

노인은 아무 대꾸도 없었다. 루미는 다시 한번 "할아버지랑 전 공통점이 있네요."라고 말을 걸었지만, 노인은 울리지 않는 자기 집 초인종처럼 묵묵부답이었다. 아무래도 눈에 초점이 맞지 않는 노인과 제대로 된 대화를 이어 나가는 건 불가능할 것 같았다. 루미는 "그럼 잠깐만 집을 둘러볼게요."라고 말하며 술병들을 헤치고 밖으로 걸음을 옮겼다. 비록 적극적인 허락은 아니지만 침묵으로써 최소한의 암묵적 동의는 얻었으니 무단 침입은 아니었다.

　방을 나온 루미는 유령들의 놀이터 같은 거실을 막연히 맴돌다가 지난번 버즈 아저씨가 했던 말을 떠올렸다.

　"열어 볼 생각 같은 건 하지도 않고 그냥 그대로 방 어딘가에 넣어 두어 버렸거든."

　그렇다면 이 집에서 카세트가 있을 가장 유력한 장소는 버즈 아저씨 방이었다. 루미는 1층에 다른 침실이 없는 것을 확인한 뒤 계단을 올라갔다.

　2층으로 올라오자 복도 끝에 문이 열려 있는 방이 가장 먼저 눈에 들어왔다. 가까운 계단 입구 쪽에 다른 방이 있었지만 직감으로 저곳이 버즈 아저씨의 방이라는 걸 알 수 있었다. 열 걸음 정도 되는 짧은 거리를 이동하는 동안 시간이 1년, 3년, 5년, 10년씩 뒤로 밀려가는 기분이었다. 군데군데 금이 간 마룻바닥에서 피어오르는 자욱한 먼지가 시간 이동의 촉매제로 작용하는 것 같았다.

　걸음을 모두 옮겨 드디어 방의 전경과 마주한 순간, 루미는 시간의 역행을 단순한 기분이 아닌 실제 현상으로 받아들이게 되었다. 제이 삼촌 방 못지않게 버즈 아저씨 방도 예전 그대로 보존돼 있었다. 책상, 침대, 옷장, 벽에 걸린 거울…… 물론 전혀 관리를 하지 않은 탓에 방 전체에 회색 필터를 끼운 것 같은 뿌연 먼지가 쌓여 있고, 그래서 보존이라는 말보다는 방치라는 말이 더 적당할 것 같다는 인상은 큰 차이였지만.

　루미는 천천히 방을 둘러보았다. 아무리 미워하는 사람이라도 그의 어린 시절과 마주한다면 마음에 동요가 일어날 수밖에 없는 걸까. 방에 들어서기 바로 직전까지만 해도 "내가 살아서 그 집에 갈 일은 없을 테니 다시는 그런 부탁을 하지 말거라." 소리 친 버즈 아저씨에게 화가 나 있었는데, 책장 한 칸을 빼곡하게 차지한 백과사전과 책상 여기저기에 붙어 있는 스티커들, 지금은 절대 입지 않을 촌스러운 재킷을 구경하는 동안 미움은 문밖으로 조용히 물러나고 또래 친구를 향한 호기심이 솟아났다. 이 방에 있는 것은 갑자기 이유를 알 수 없는 분노를 드러낸 중년 남자가 아니라 10대 소년 버즈 마샬이었다. 제이 삼촌 방에 있는 영혼이 그렇듯이.

방을 다 둘러본 루미는 수납공간이 있는 곳을 중심으로 카세트를 찾아 나갔다. 먼지를 방부제 삼아 보존된 방을 보니 더 강한 확신이 들었다. 반드시 찾을 수 있을 것이다.

시간이 얼마나 흘렀을까. 방 안이 점점 어두워지더니 사물들의 형체가 불분명해 보이기 시작했다. 스위치를 켰지만 불은 들어오지 않았다. 루미는 창을 가리고 있는 커튼을 걷어 젖혔다. 벌써 해가 지고 있었다. 이 집에 들어온 지 못해도 두 시간은 흐른 것이다. 햇빛의 도움을 기대할 수도 없는 방 안의 어둠에 무력감이 든 루미는 지쳐서 침대 끝에 걸터앉았다. 그 작은 충격에도 잿더미에 바람이 불어닥친 것 같은 먼지가 사방으로 피어올랐다.

단 두 시간 사이에 빛이 어둠으로 변했듯, 확신도 너무 쉽게 의심과 제자리를 바꾸었다. 온 방을 샅샅이 뒤져 봤지만 카세트는 끝내 찾지 못했다. 루미는 먼지가 뒤섞인 무거운 한숨을 내쉬었다. 카세트가 이곳에 없다는 건 방 어딘가에 넣어 놓고 다시 꺼내지 않았다는 버즈 아저씨의 기억이 잘못됐다는 뜻이었다.

아저씨 기억에 오류가 있다는 건 간신히 사물들을 분별할 수 있도록 해 주는 이 미약한 빛마저 사라져 버릴 수 있다는 것을 의미했다. 이 빛까지 잃게 되면 암흑 속에서 발을 더듬어 길을 찾는 수밖에는 없다. 잘못된 길로 들어선대도 끝까지 가서 막힌 벽을 더듬어 보기 전까지는 절대 잘못된 길인지 알 수 없는…….

세월에 삭은 매트리스 스프링 때문에 침대가 밑으로 점점 꺼지고 있었다. 루미는 그만 자리에서 일어났다. 계속 이곳에 앉아 있다간 부정적인 생각이 만들어 내는 늪에서 헤어 나오지 못할 것 같았다.

빛도 잘 들어오지 않고 더 뒤적여 볼 만한 곳도 남아 있지 않은 이 방에서 계속 카세트를 찾는 것은 시간 낭비였다. 오늘은 이쯤에서 그만두고 집에서 다시 생각을 정리해 보는 게 나았다. 이 방에 없다고 해서 카세트의 존재가 완전히 사라진 것은 아니다. 어쩌면 이사를 하면서 다른 곳으로 옮겨 놓았는데 버즈 아저씨가 기억을 못 하는 것일 수도 있다. 그런 세세한 부분들을 하나씩 확인해 나간다면 발밑에 다시 작은 불빛이 생겨날 것이다. 물론 그 불빛을 만드는 데 절대적인 도움을 주어야 할 버즈 아저씨가 전혀 협조적이지 않다는 건 또 다른 난관이 될 테지만.

루미는 먼지투성이가 된 교복을 털며 방을 나왔다. 피곤에 실망까지 더해져서인지 들어올 때와는 다르게 자꾸만 고개가 밑으로 숙여졌다. 그렇게 조금은 주눅 든 자세로 한 걸음 내디디려는데 구두가 마룻바닥에 닿기 직전 자기도 모르게 걸음이 멈추어졌다. 마치 밑에 밟아서는 안 될 게 있어 누군가 급히 길을 막

아선 것 같았다. 루미는 한 발로 어정쩡하게 서서 복도를 내려다
보았다. 등 뒤의 창에서 들어오는 가느다란 햇빛이 복도 바닥에
희미한 빛 웅덩이를 만들고 있었다. 발을 막아서는 힘을 느껴서
인지 그 미약한 빛 덩어리 역시 무언가 봐 주길 바라는 게 있어 어
둠에 밀려나기 전 마지막 사력을 다해 복도를 비추는 태양의 의
지로 여겨졌다. 루미는 허공에 뜬 한쪽 다리를 천천히 내린 뒤 서
있는 곳에서 조금 물러나 주변 복도를 살펴보았다. 왜 들어올 때
는 보지 못했을까…….

　먼지가 눈처럼 쌓인 복도 바닥 위로 자기 구두 발자국이 아닌
다른 사람의 발자국이 버즈 아저씨 방으로 들어갔다 나온 흔적
이 있었다. 오래돼 봤자 이삼 일도 안 됐을, 최근에 난 운동화 모
양의 발자국이었다. 루미는 그 정체불명의 발자국 옆에 자기 구
둣발을 대 보았다. 사이즈를 확인하는 순간 시들어 가던 온몸의
감각이 일시에 되살아났다.

　1층으로 내려온 루미는 다시 노인의 방을 찾았다. 텔레비전
에선 만화영화가 끝나고 자연 생태계 프로그램이 방영되고 있
었다. 여전히 채널 원 방송이었다. 짐작대로 매일 저 한 채널에만
고정해 놓는 것이라면 노인은 크리스마스 밤에 방영된 프라임
스쿨 다큐멘터리도 보았을 것이다. 자기 아들이 제작한 방송을
이 폐허 속에서 혼자 지켜본 감상이 어땠을까…….

　루미는 곧 그 물음이 노인에겐 과분하다는 것을 깨달았다. 감
상을 묻기 전에 먼저 자기 아들의 작품이란 걸 알아봤는지를 물
어야 할 테니. 루미는 이제야 버즈 아저씨가 그렇게 갑작스럽게
화를 낸 이유와, 살아서 이 집에 다시 올 일은 절대 없을 것이라

고 했던 말의 의미를 어느 정도 이해할 수 있을 것 같았다. 자기 인생에 독이 되는 사람은 설령 그게 아버지라 해도 과감히 끊어 내야 한다던 의견과 더불어.

루미는 노인 곁으로 가까이 다가갔다. 조심한다고 했는데도 발길에 차인 술병이 또 한쪽으로 데구르르 굴러갔다.

그 소리를 들었는지 노인이 처음과 똑같이 고개를 돌리고 물었다.

"버즈냐?"

루미는 되물었다.

"버즈 아저씨가 여기 왔었나요?"

노인은 술을 들이켜며 엉뚱한 대답을 했다.

"버즈는 학교에 갔지."

루미는 자기 할아버지가 그렇듯 이 노인의 기억도 많은 부분 파괴되었음을 눈치챘다.

"할아버지, 며칠 전에 누가 집에 왔었죠? 그게 버즈 아저씨였어요?"

무표정으로 일관하던 노인이 술병을 높이 쳐들며 느닷없이 큰 웃음을 터뜨렸다.

"버즈는 꼬맹이인데 왜 자꾸 아저씨라고 하니?"

그 순간 손을 든 쪽의 소매가 젖혀지면서 노인의 왼손에 채워져 있는 가죽 시계가 언뜻 보였다. 루미는 노인 곁으로 다가가서 시계를 자세히 살펴보았다. 시계 한가운데 그려진 대문자 P를 중심으로 세 개의 침이 돌아가고 있는, 낯익은 시계였다. 발자국을 발견했을 때처럼 다시 가슴이 요동치기 시작했다. 루미는 노인의 팔목을 조심스레 잡고 시계의 측면을 살펴보았다. 금속 테두리에 레오 마샬 이름이 음각으로 새겨져 있었다.

"집에 온 사람이 버즈 아저씨…… 아니, 버즈가 아니라 레오였군요. 이 시계는 레오가 준 거죠, 그렇죠?"

노인이 시계를 내려다보며 말했다.

"성탄절 선물이지. 버즈는 착한 아이란다."

"그러니까 시계를 준 사람이 아저씨 버즈가 아니라 꼬맹이 버즈였다는 말씀이시죠?"

노인은 시계를 쓰다듬으면서 "그래, 버즈는 꼬맹이지."라며 미소 지었다. 노인과 정상적인 대화를 주고받는 것이 불가능하다는 것을 알면서도, 루미는 노인이 미소를 지으며 말한 그 순간만큼은 다른 누구와보다도 진실된 마음을 나눈 듯한 기분이 들었다.

루미는 피터 마샬 저택의 문을 닫고 밖으로 나왔다. 가혹하지만 신선하게 느껴지는 겨울바람처럼 마음속에서도 이중의 감정이 부딪치고 있었다. 훌륭한 아들을 두고도 텔레비전에서 나오는 불빛을 세상의 유일한 빛으로 의지하며 사는 1지구 노인에 대한 동정심과, 자신과의 약속을 지킨 레오를 향한 기대감. 그러나 길을 계속 걷는 동안 노인의 안타까운 모습은 바람에 날아가고 오로지 레오가 온 머릿속을 차지했다.

레오가 버즈 아저씨 방에 들어간 흔적이 있다는 것은 레오가 카세트를 찾으려 했고, 실제로 찾았을 수도 있다는 것을 의미했다. 드디어 제이 삼촌이 이 실재의 세계로 넘어온 것이다. 물론 그 희망 어린 추측 뒤로는 비관적인 질문이 기다리고 있었다. 카세트를 찾았다면 왜 자기에게 바로 주지 않고 여행을 떠났느냐는. 어쩌면 레오도 결국 카세트를 찾지 못해서 그대로 여행을 가 버린 것일 수도 있다.

그러나 그 추측 역시 다른 의문을 이끌어 내긴 마찬가지였다. 만약 그렇다면 전화라도 해서 알려 주지 않았을까? 카세트 문제를 마무리하고 자기 할아버지 집에 가는 것을 막기 위해서라도. 자신에게 결과 보고를 하지 않을 것이라면 애초에 카세트를 찾으러 방에 들어갈 필요가 있었을까…….

끝이 보이지 않는 네온 강을 따라 걷는 동안 루미는 머릿속에 꼬리를 물고 이어지는 생각과 추측들을 하나하나 놓아주었다. 곧 복잡했던 머릿속이 강물의 흐름처럼 한 줄기로 단순해졌다. 결국 모든 질문은 레오가 돌아온 뒤에야 답을 얻을 수 있을 것이다. 지금으로선 기다리는 것이 유일한 해법이었다.

루미는 굳게 닫아 버렸던 마음속 문이 다시 조금씩 열리는 것을 느꼈다. 카세트의 행방에 희망을 갖게 된 덕분이기도 하지만, 그것보다도 레오가 자신의 부탁을 들어주려고 노력했다는 사실이 다시 사람에 대한 기대를 갖게 했다.

그러고 나니 레오를 믿지 못해 직접 할아버지 집을 찾아간 것은 경솔한 일이었는지도 모른다는 후회가 들었다. 레오는 저런 할아버지를 보여 주고 싶지 않아서 그렇게 말렸던 것일 텐데. 레오가 돌아오면 할아버지 집에 갔다는 사실은 비밀에 부치는 것이 좋을지도 몰랐다.

루미는 강변 난간에 멈추어 섰다. 땅은 얼어붙고 있는데 푸른

강에선 강렬한 생동감이 느껴졌다. 쉼 없이 움직이는 강물을 바라보며 루미는 이 일을 계기로 그간 끊어졌던 레오와의 관계가 회복될 것 같다는 강한 예감이 들었다. 제이 삼촌 이야기를 받아들여 주지 않는 일로 서로 멀어지기는 했지만 레오가 좋은 아이라는 점은 부정할 수 없었다. 자신과의 약속을 지키고, 손자의 존재를 인지하지도 못하는 할아버지에게 그 소중한 프라임스쿨 시계를 선물해 줄 만큼.

철썩거리는 네온 강의 물결이 누군가의 이름을 부르짖고 있는 것 같았다. 루미는 강 너머를 바라보았다. 이 순간만큼은 제이 삼촌의 영혼이 깃든 물건보다도 레오와 만나는 게 더 기다려졌다.

12월 31일

　　　　　새해까지는 이대로 눈 덮인 공원으로 산
책을 가거나 낮잠을 자면서 한가하게 보내도 괜찮았다. 휴식기
에 접어든 자연처럼 사람도 이 기간에는 안간힘을 쓰기보다 다
소 게으름을 부리는 게 좋아 보였다. 쉬지 않고 학업을 이어 온
프라임스쿨 학생이라면 그런 휴식 시간이 더 절실할 것이다.
　　그러나 성탄절 바로 다음 날 저녁부터 다원은 다시 책상에 앉
아 책을 펼쳤다. 외국어 문법책이었다. 학년말 고사 때 외국어,
특히 동사 변화를 외우는 데 애를 먹은 게 여전히 큰 부족함으로
남아 있었다. 시험 성적은 상위권이었지만 최고랄 수는 없었다.
전 과목에서 수석을 차지해야 한다는 강박에 사로잡힌 건 아니
었다. 다만 최고가 아니란 건 제대로 알고 있지 못하다는 뜻이고,
제대로 알고 있지 못하다는 것은 다음번에도 똑같은 잘못을 저
지를 수 있다는 의미라는, 자기 안의 목소리가 스스로를 이끄는

원동력이 되었다. 이전 해의 부족함을 그대로 둔 채 새해를 맞이하고 싶지는 않았다. 새 학기가 시작되기 전에 불확실하게 알고 있거나 혼동하고 있는 것들을 모두 바로잡고 싶었다. 안에서 이는 그 갈증이 너무 커 때로는 낮잠을 자는 것보다 문법 책을 들여다보는 것이 진정한 휴식으로 여겨질 정도였다.

이 기간의 공부에는 친구들에게 뒤처질지 모른다는 상대적 불안감이나 압박감은 조금도 끼어들 틈이 없었다. 그런 것들은 아예 존재하지 않는 편에 가까웠다. 몇 시간씩 사전을 뒤적여 가며 단어의 어원을 추리하고 있다 보면 한순간 자신이 프라임스쿨의 유일한 학생으로 여겨져 고독해지기까지 했다. 자기가 아니면 이 작업에 책임감을 갖고 나서는 사람은 아무도 없을 것 같았다. 교수님조차 지금은 쉬고 있을 것 같았다. 자기 삶에서 진정으로 이루고 싶은 것을 찾은 사람만이 느낄 수 있는 그 고독감을 즐기며 다원은 시험을 위해서가 아니라 정말로 '알기 위하여' 단어의 성질과 문장의 구조를 파헤치는 데 몰두했다. 구토나 두통은 완전히 사라졌다. 그 빈 자리에 새로운 진리들을 완벽하게 채워 넣을 수 있다는 자신감이 돋아났다.

공부를 마치고 잠깐 거실로 내려왔는데, 청소를 하고 있던 마리 아주머니가 다가와 "이제 괴로운 시간은 다 지나간 모양이구나."라고 말을 걸었다. 다원은 무슨 뜻으로 하는 말인지 몰라 아주머니를 돌아보았다. 아주머니는 청소 도구를 아예 바닥에 내려놓고는 작정한 듯 이야기했다.

"솔직히 그동안 다원 너 때문에 얼마나 걱정이 많았는지 아니?"

"왜요?"

"왜라니, 정말 몰라서 묻는 거야? 방학 첫날부터 계속 남의 집에 와 있는 것처럼 낯설게 굴고, 할아버지랑 아버지한테까지 이상하게 거리를 뒀으면서. 성탄절에 쓰러졌을 땐 두 분이 걱정하실까 봐 포도주 때문이라고 둘러댔지만, 마음속으론 드디어 올 게 왔나 싶었지. 스트레스를 못 이겨서 무너져 버린 거라고 생각했거든. 애들은 그렇게 한번 쓰러지고 나면 원인도 못 찾고 날마다 열병에 시달리게 되니, 내가 얼마나 마음을 졸였겠니? 이러다 다윈 네가 우리한테서 영영 멀어져 버리는 줄 알고."

"……그러셨어요?"

"그랬지. 그런데 다시 이렇게 편안해진 걸 보니, 잠깐 지나가는 폭풍이었던가 보구나. 정말 다행이야. 부디 다음에 올 바람은 쉽게 지나가길 바라마."

다윈은 마리 아주머니가 자신을 예민하게 관찰하고 있었던 것에 놀랐지만, 그 태풍의 눈을 보는 데까지는 이르지 못했다고 생각했다. 그동안 불어닥쳤던 바람은 자기 안에서 불어온 것이었다. 그리고 이제 자신은 더 이상 바람을 일으키지 않을 것이다.

12월 31일 아침, 다윈은 일찍 일어나 아버지와 함께 아침 식사를 했다. 1년의 마지막 날이라고 생각하니 평범한 식탁도 특별한 의미를 가지고 보게 되었다. 그동안 가졌던 삼백 번이 넘는 아침 식사가 모두 오늘의 빵 한쪽과 수프 한 접시로 일원화되어, 이 한 끼가 마치 올해의 유일한 식사이자 최후의 식사인 것처럼 느껴졌다. 경건함이 지나쳐서인지 울적한 기운마저 감돌았다.

다원은 그런 기분을 몰아내려고 자정에 할아버지 집에서 있을 새해 파티 이야기를 꺼냈다. 1지구의 새해 파티는 이웃 손님들까지 불러 크게 치르는 것이 전통이었다.

다원은 아버지에게 물었다.

"아버진 언제쯤 오실 수 있으세요? 이번에도 자정 전에는 못 오시는 거예요?"

연말이면 문교부에선 종무식이라는 이름으로 장관을 포함한 모든 공무원들이 참석하는 격식 있는 파티가 치러졌다. 문교부 출신 전직 대통령이 깜짝 방문하는 경우도 종종 있었다.

"아무래도 그렇겠지? 카운트다운까지는 마치고 와야 하니까. 아무리 서둘러도 새벽 한 시는 넘을 것 같구나."

"그럼 저 혼자 할아버지 집에 가야겠네요."

"가는 시간에 맞춰서 차를 보내 주마."

"아니에요, 택시를 타고 가는 게 편해요. 공부할 게 좀 남아서 몇 시에 갈지 아직 못 정했거든요."

아버지가 수프를 뜨던 숟가락을 내려놓으며 진지한 목소리로 말했다.

"다원, 방학 동안만큼은 무리해서 공부하지 않아도 된단다. 더군다나 오늘은 1년의 마지막 날인데 무슨 공부야."

"걱정하지 마세요, 무리하는 게 아니니까. 정말 하고 싶어서 하는 거예요. 요즘은 정말로 공부하는 게 즐겁거든요."

아버지는 졌다는 듯 웃으며 말했다.

"아무래도 내가 너무 대단한 이름을 지었나 보구나."

다원은 아버지를 배웅하고 난 뒤 바로 방으로 올라가 공부를 시작했다. 아버지에게 말한 그대로 부담 없는 순수한 즐거움이 느껴졌다. 식사는 마지막이라는 감상을 줄지 몰라도 배워야 할 것엔 끝이 없었고 그래서 영원성을 가지고 있는 것 같았다. 유한한 삶 속에서 무엇인가로부터 영원성을 느끼고 그것에 헌신하는 일원이 될 수 있다는 것은 인간으로서 경험할 수 있는 가장 상위 지점의 가치일 것이다.

두 시간쯤 지났을 때 할아버지에게 전화가 걸려 왔다. 파티를 앞둔 만큼 할아버지의 목소리는 무척 들떠 있었다.

"다원, 너에게 미리 알려 줄 게 있어 전화했단다."

할아버지는 오늘 파티에 올 손님 중에 변호사를 많이 배출한 가문의 손녀가 있는데 프리메라 여학교를 다니는 아이라며, 같은 나이니 가까운 친구로 지내는 게 어떻겠느냐고 물었다. 다원은 크게 내키지 않았지만 할아버지의 기분을 맞춰 주려고 "좋아요, 누구든지 친구가 되면 좋죠."라고 대답했다. 할아버지는 기쁜 목소리로 "그럼 그 애에게도 그렇게 말해 두마. 이따가 보자." 하고는 급히 전화를 끊었다. 아무래도 할아버지들끼리 서로 이야기를 해 둔 모양이었다. 할아버지가 이런 일을 계획한 의도가 무엇인지 대충 짐작은 갔다. 루미를 만나지 않겠다고 하자 루미를 대체할 새 여자 친구를 소개해 주려는 것이었다. 굳이 프리메라 여학생인 점까지 맞춰 가면서.

전화를 끊고 나자 다원은 오히려 루미가 더 그리워졌다. 오늘 파티에 루미가 와 준다면 훨씬 더 즐겁게 보낼 수 있을 것 같았다. 그러나 이제 루미를 생각해선 안 되었다. 성탄절 밤의 결정으로 아버지도, 프라임스쿨도, 호두나무 거리의 집도 예전 그대

로 유지할 수 있게 됐지만 단 한 사람, 루미 헌터만은 포기해야
했다.

잠시 뒤, 다시 전화벨이 울렸다. 할아버지일 게 분명했다. 아
마 그 애 이름을 가르쳐 준다는 것을 깜박하신 거 아닐까. 다원
은 수화기를 들며 "제가 한번 맞혀 볼까요? 혹시 재키나 릴리 아
니에요?"라고 먼저 말을 꺼냈다. 그러자 영문을 모르겠다는 듯
"재키랑 릴리가 누구야?"라고 되묻는 목소리가 들려왔다. 레오
였다. 다원은 반가움과 놀라움에 소리쳤다.

"레오, 너 어디 있는 거야?"

"어디긴, 8지구지. 8지구에 간다고 얘기했잖아."

"아저씨가 걱정하고 계셔. 너희 엄마도 마찬가지고. 최소한
언제 돌아온다는 얘긴 하고 갔어야 하는 거 아냐?"

"우리 아버지랑 통화했어?"

"프라임스쿨 다큐멘터리 잘 봤다고 내가 전화드렸어."

"설마 내가 8지구에 갔다는 얘길 한 건 아니겠지?"

"설마."

"역시 너라면 비밀을 지켜 줄 거라고 믿었어."

"괜찮은 거야?"

"괜찮으니까 이렇게 살아서 전화를 하는 거겠지? 물론 지금
공중전화 주위로 내 카메라를 노리고 있는 사람들이 몇 명 되는
것 같긴 하지만, 그 정도 위험은 감수해야지. 명색이 8지구니까
말이야. 어쨌든 촬영을 무사히 마치게 해 준 것만으로도 난 여기
사람들한테 고맙게 생각해."

"그럼 오늘 돌아오는 거야?"

"응, 1년의 마지막 날과 새해 첫날은 집에서 보내야지. 오늘까지 안 돌아가면 우리 엄마는 정말 실종 신고를 하실지도 몰라."

"얼른 와. 지금 출발하면 저녁 전에는 도착할 수 있겠네."

다원은 그러다 파티에 초대하고 싶은 친구가 루미 한 명만이 아니란 것을 깨닫고는 즉흥적으로 물었다.

"아, 레오, 오늘 다른 계획이 없으면 밤에 우리 할아버지 집에서 하는 파티에 오지 않을래? 할아버지들만 있는 게 아니라 우리 나이 또래 애들도 꽤 올 테니까 지루하진 않을 거야. 지난번에 그랬잖아, 우리 할아버지랑 아버지한테 다시 인사를 드릴 기회가 있으면 좋겠다고. 이번 파티를 그 기회로 삼는 게 어때?"

레오는 단번에 "그래, 좋아."라고 답했지만, 곧 다른 생각이 난 듯 아쉬운 목소리로 덧붙였다.

"아, 그런데 어쩌면 엄마가 허락을 안 해 주실지도 모르겠다. 돌아오자마자 바로 파티에 간다고 하면 분명 폭발하실 거야. 너한테 초대를 받았다는 말을 아예 안 믿으실지도 모르고."

다원은 레오가 꼭 파티에 와 주었으면 싶어서 그 자리에서 바로 제안했다.

"그럼 내가 센트럴 역으로 마중 나갈까? 그리고 같이 집으로 허락을 받으러 가면 아주머니 화가 조금은 누그러지실지도 모르잖아, 어때?"

"정말 그래 줄 수 있어?"

"당연하지. 나도 레오 네가 파티에 와 주면 훨씬 재밌을 테니까."

"좋아, 그러면 센트럴 역에서 만나 우리 집으로 간 다음 옷만 갈아입고 바로 너희 할아버지 집으로 가는 거야. 아, 아니, 그 전에 먼저 루미네 집부터 들러야 하는구나."

"……루미네 집은 왜?"

"카세트를 줘야지. 오늘을 넘기면 걔 인내심은 바닥날 거야. 단 하루긴 해도 어쨌든 내일은 새해니까."

거센 파도에 떠밀려 사라졌던 작은 물체가 평화를 되찾은 고요한 바다 한가운데로 다시 밀려 들어왔다. 또 이런 식이었다. 수면이 잠잠해진 뒤 안심할 만하면 다시 나타나서 알 수 없는 파동을 일으키는. 이미 실체를 다 파악했으니 궁금해할 이유는 없지만 다원은 확인을 위해 물었다.

"저기, 레오…… 그 카세트는…… 어때?"

"다원, 목소리가 잘 안 들려. 신호가 약해지나 봐. 어떠냐고 물은 거야? 어떤 점이?"

다원은 자기도 모르게 작아진 목소리를 조금 높여 다시 물었다.

"열어 봤어?"

"당연히 열어 봤지. 뭔지도 모르고 루미 심부름꾼 역할만 할 순 없잖아."

"그럼 혹시 그 안에 테이프가 들어 있어?"

"응, 들어 있어."

다원은 수화기를 다른 손으로 바꾸어 들었다.

"들어 있다고?"

"그래, 음악까지 흘러나오던걸."

다원은 수화기를 쥔 손바닥이 손톱에 찔릴 정도로 주먹을 세게 쥐었다.

"음악이…… 녹음돼 있어?"

"그래, 처음부터 아주 잘. 맨 앞으로 되감아 보니까 7월 10일 방송이라는 디제이 멘트까지 나오던걸. 그런데 다원, 7월 10일은 제이 아저씨가 살해된 날이지? 그래서 루미가 이 카세트를 찾고 있었나 봐. 제이 아저씨가 죽은 날 녹음된 테이프가 들어 있으니까 개한텐 의미가 있겠지."

다원은 차오르는 숨에 밀려나는 말들을 힘겹게 붙들며 물었다.

"그다음은……? 음악 말고 다른 건 녹음된 게 없어?"

"음악 말고 다른 거? 글쎄, 한 10분 정도 나온 다음에 꺼져 버려서 잘 모르겠는데. 30년이나 된 건전지잖아. 크기도 제일 작은 건데 방전되고도 남을 시간이지. 10분이라도 나온 게 기적인 거야. 그런데 다원, 이 테이프에 왜 그렇게 관심이 많아? 너도 루미한테 무슨 얘기를 들은 게 있는 거야? 루미한테 내가 카세트를 찾았다니까 뭐래? 좋아하지?"

다원은 그제야 자기 안에 이는 질문을 종결짓는 일에만 바빠 레오의 부탁을 잊고 있었다는 사실을 깨달았다. 그러나 기억하고 있었더라도 루미에게 전화를 걸어 자기 입으로 제이 아저씨와 그 유품에 관한 이야기를 하지는 않았을 것이다.

"아, 그게 있지…… 사실은 아직 얘기를 못 전해 줬어."

"못 전해 줬다고? 왜?"

"성탄절 밤에 이런저런 일들이 너무 많아서……. 지금까지 깜박 잊고 있었어."

"뭐야, 그럼 루미는 내가 카세트 찾은 걸 여태껏 모르고 있다는 거야? 나한테 완전히 화가 나 있겠는데."

"미안."

"아냐, 됐어. 어쩔 수 없지. 애초에 내가 너무 정신없는 날에 전화를 걸었잖아. 차라리 잘된 건지도 몰라. 아무 기대도 안 하고 있다가 갑자기 받는 게 더 좋을 수도 있으니까. 아무튼 다원, 동전이 떨어지기 전에 시간을 정하자. 이제 잔돈이 없거든. 난 지금 9지구로 가서 거기서 다섯 시에 출발하는 기차를 탈 거야. 그럼 우린 열 시쯤에 센트럴 역에서 만날까?"

"9지구에 간다고? 거긴 왜?"

"이왕 여기까지 왔는데 어떤 곳인지 안 보고 가면 후회할 것 같아서. 8지구만 찍는다면 아버지 작품이랑 다를 게 없잖아. 뭐라도 하나 새로운 걸 더해야지. 아버지도 9지구까지는 가 본 적이 없으시니까. 다원, 그럼 열 시에 센트럴 역에서 만나기로 하는 거다?"

그 순간, 생각을 앞지르는 말이 입 밖으로 튀어나왔다.

"아냐, 레오, 나도 9지구로 갈게."

"9지구로 온다고?"

"그래."

"진심이야?"

"진심이야. 어차피 저녁때까지 할 일도 없으니까."

레오가 큰 소리로 웃었다.

"나를 만나러 9지구까지 와 준다니. 다원, 나 왕자님이 오길 기다리는 공주 심정을 알 것 같아. 그래, 그럼 다섯 시에 역에서 만나는 거야. 참, 그런데 다원, 9지구로 올 때 프라임스쿨 교복 같은……."

전화는 거기서 끊어졌다. 다원은 레오가 하려던 마지막 말이 무엇인지 생각하다가 그만 수화기를 내려놓았다. 구름이 해를 가려서인지 방금 전까지 공부를 하고 있던 방의 분위기가 그사이 미묘하게 달라진 것 같았다. 반쪽짜리 가면 같은 굴곡진 그림자가 방 한쪽을 잠식해 가고 있었다. 빛이 사라지자 책상 위에 펼쳐진 책의 글자들이 미명의 시기에 출현한 기호들처럼 불확실하게 보였다.

한낮에 몰려오는 어둠의 모습을 분석하듯 지켜보고 서 있던 다원은 다시 햇살이 비쳐 오는 것을 느끼고 얼른 정신을 차렸다. 침대 옆에 놓인 시계가 11시 3분을 가리키고 있었다. 열두 시까지 센트럴 역에 가려면 서둘러야 했다. 다원은 외출복으로 갈아입고 지갑을 챙겼다. 대충 준비를 마치고 보니 11시 7분이었다. 다원은 방을 나섰다가 곧 다시 돌아와 시계의 건전지를 뺐다. 가장 작은 크기였다. 어쩌면 필요할지도 몰랐다. 다원은 건전지를 바지 주머니에 집어넣고 방을 나왔다.

외출복을 입고 내려온 것을 보고 마리 아주머니가 "벌써 할아버지 댁에 가는 거니?"라고 물었다. 다원은 솔직하게 9지구로 간다고 말할 수 없어 "먼저 친구를 만나고요."라고 대답했다. 그러자 아주머니가 옷을 살피며 말했다.

"점퍼보다는 코트를 입고 가는 게 어떠니? 그래도 어른들이 많이 오는 파티인데 격식은 조금 차리는 게 좋겠지. 프라임 학생에겐 다들 기대가 크니까."

옷차림에 대한 조언을 받은 다원은 마리 아주머니의 의도와
는 다른 의미로 자신의 옷이 부적절하다는 것을 깨달았다. 아무
래도 두 개의 큰 뿔이 가슴에 그려진 브랜드 로고가 7, 8지구를
거쳐 가는 동안 불필요하게 그곳 주민들의 관심을 끌게 될 것 같
았다. 천장 등이 깨져 있고 주머니칼을 돌리는 남자가 통로에 서
있던 하위 지구 순환 기차 안이라면 다른 이유 없이 오직 값비싼
점퍼 하나를 뺏기 위한 폭력이 얼마든지 일어날 수 있었다.

다원은 다시 방으로 올라가 옷장을 열고 적당한 외투를 찾았
다. 그러나 옷걸이에 걸린 옷들은 지금 입고 있는 것 같은 브랜드
점퍼이거나 드라이클리닝을 한 코트들뿐이었다. 간신히 구석
에서 상대적으로 오래된 반코트를 하나 발견하고 입어 봤지만,
그것 역시 하위 지구 출신으로는 여겨지지 않을 차림이었다. 다
원은 시간이 흐르는 것에 초조해져서 방을 왔다 갔다 했다. 그때
한쪽 벽에 걸려 있는 긴 거울에 자기 모습이 비쳐 보였다. 그 순
간, 다원은 자신에게 필요한 옷을 어디에서 찾을 수 있을지 알 것
같았다.

1층으로 내려왔는데 마리 아주머니는 보이지 않았다. 점심
식사를 준비하지 않아도 되니 방에 가서 잠시 쉬는 모양이었다.
대신 벽난로 앞에 누워 있던 벤이 잠에서 깨어나 곁으로 달려왔
다. 다원은 다리를 붙잡고 늘어지는 벤을 힘들게 떼어 내며 아버
지 침실로 들어갔다.

옷장을 여니 겨울옷들이 상점에 전시된 새 상품들처럼 가지
런히 정리돼 있었다. 마리 아주머니의 솜씨였다. 아주머니의 손

길이 닿는 이런 곳에 후드가 있을 것 같진 않았다. 혹시 아버지가 버린 건 아닐까? 다원은 그렇게 생각하면서도 방 안 여기저기를 쉬지 않고 계속 뒤졌다. 뒤따라 들어온 벤도 덩달아서 방 안을 정신없이 뛰어다녔다. 벤에게서 떨어져 나온 털들이 코트에 달라붙었다. 다원은 재채기를 몇 번 하다가 숨이 너무 가빠져 그대로 침대에 걸터앉았다. 어쩌면 방이 아니라 지난번처럼 서재 벽장 뒤에 숨겨져 있는 건 아닐까…….

여러 가능성을 따져 보던 다원은 갑자기 자신이 하고 있는 일들이 모두 귀찮고 무의미하게 느껴졌다. 후드를 왜 찾고 있는 건지, 애초에 레오에게 왜 9지구에 가겠다고 한 건지, 왜 이렇게 마음이 초조한 건지 알 수가 없었다. 정체 불명의 피곤함에 다원은 아예 침대에 드러누워 버렸다. 이불에 배어 있는 아버지 냄새가 최상의 안락함과 극도의 불안감이라는 양립할 수 없는 두 감정을 동시에 불러일으켰다.

그때, 발 주변을 왔다 갔다 하던 벤이 신고 있던 슬리퍼 한 짝을 물어 당겨 벗겼다. 다원은 침대에서 일어나며 "벤!" 하고 외쳤다.

"얼른 다시 가져와."

말을 알아들은 건지 벤이 침대 밑으로 바짝 얼굴을 들이밀었다. 잠시 뒤, 벤이 이빨로 뭔가를 주워 물고 나왔다. 슬리퍼는 아니었다…….손을 뻗어 벤이 물고 있는 것을 받아 든 다원은 벤을 와락 껴안았다.

똑바로 선 인간

신이 개입했을 가능성은 없다. 카세트에 테이프가 들어 있고 심지어 녹음까지 돼 있다는 사실이 합리적으로 예상한 가능치를 훨씬 넘어서긴 했지만, 거기까지다. 테이프엔 그저 노래 몇 곡만 녹음돼 있는 것이다. 살인의 정황을 드러내는 증거가 담겨 있을 리 없다. 새가 열쇠를 물어다 주었을 리 없다.

센트럴 역 플랫폼에 선 다윈은 마음에 휘몰아치는 의심들을 그렇게 진정시켰다. 멀리서 선로로 들어서는 기차 머리가 꼭 먹이를 향해 달려드는 포식자 같았다.

승객은 많지 않았다. 특별한 기념일일수록 자신이 속한 곳을 지키려는 것이 상위 지구 사람들의 습성이었다. 옆자리가 빈 덕분에 다윈은 누구의 방해도 받지 않고서 생각을 이어 나갈 수 있었다.

그런데 그렇게 확신하면서도 이렇게 후드를 감추어 들고 1년의 마지막 날 9지구로 향하는 이유가 뭘까?

3지구 환승역에서 내릴 때까지만 해도 해결되지 못했던 물음이 트램을 타는 곳으로 가기 위해 미로 같은 계단을 오르내리는 동안 답을 얻었다. 그것은 순전히 자신이 발휘한 이성의 힘을 확인하고 싶은 욕구 때문이었다. 머리로 이루어 낸 3심 판결을 다만 이번엔 상위, 중위, 하위 세 구역을 거치며 몸으로 이룩하려는 것이었다. 더불어 레오를 맞이해서 파티에 데려가고……. 창밖 풍경은 점점 황폐하게 변해 가고 있었지만, 자신의 행동에 대한 정당한 해명과 명분을 얻고 나자 마음이 한결 편안해졌다.

다윈은 6지구에 도착해 화장실에서 코트를 후드로 갈아입었다. 아버지의 자백이 깃들어 있는 고통스러운 옷이지만, 곧 하위지구에 들어서자 비슷한 옷차림을 한 주변 사람들 때문인지 크게 거북하지는 않았다. 그들도 다 아버지에게 물려받은 옷을 입고 있는지도 몰랐다. 후드가 시야를 가리자 다윈은 자기 존재가 조금 흐려지는 기분이 들었다. 다른 사람들의 시선을 신경 쓰지 않아도 돼 얼마간은 홀가분하기까지 했다.

8지구에서 9지구로 가는 기차 안은 텅 비어 있었다. 1년의 마지막 밤을 9지구에서 보내고 싶은 사람은 아무도 없는 모양이었다. 얼마 뒤 기차가 터널로 들어섰다. 다윈은 무심코 창 쪽으로 고개를 돌렸다가 흠칫 놀랐다. 통로 너머 좌석에 누군가가 앉아 있는 게 창에 비쳐 보였다. 미처 알아채지 못한 다른 승객이 있었던 모양이었다. 경계심에 숨을 죽인 다윈은 그러다 잠시 뒤 다시 한번 놀랐다. 눈치를 살피며 '후드를 쓴 저 사람은 조금 조심하는 게 좋겠다.'고 생각했는데, 알고 보니 자기 자신이었다.

9지구 플랫폼엔 벌써 어둠이 내려앉고 있었다. 기차 머리에서 빛나야 할 두 개의 전조등마저 기능이 다 된 듯 금방이라도 꺼질 것처럼 어슴푸레했다. 다윈은 레오를 마중하기 위해 기차에서 잠깐 내렸다. 레오의 모습은 아직 보이지 않았다. 어둠 그 자체가 되어 가는 선로 너머 풍경을 바라보고 있던 다윈은 문득 지난여름 9지구 남자가 했던 인사가 떠올랐다. '또 와라.' 인사치레에 불과했던 남자의 그 한마디가 자신을 9지구로 다시 불러들인 주문처럼 느껴졌다.

적막한 플랫폼으로 피어오르는 자기 입김을 지켜보고 있던 다윈은 또 다른 하얀 입김이 기차 꼬리 쪽에서 점점 다가오는 것을 발견하고는 쓰고 있던 후드 모자를 벗고 반갑게 달려갔다. 레오였다. 레오도 곧 알아보고 "다윈!" 하고 외쳤다.

다윈은 레오와 포옹으로 인사를 나누었다. 안전이 보장된 프라임스쿨에서 만났을 때와는 비할 수 없을 정도로 간절한 기쁨이 전해졌다. 포식자들로 들끓는 벌판 위에서 문명인으로서 서로의 존재를 확인시켜 줄 수 있는 유일한 동족을 만난 것 같았다.

레오가 들뜬 목소리로 말했다.

"다윈 널 만나니까 프라임스쿨에 있는 것 같아."

다윈은 웃으며 고개를 끄덕였다. 그러나 재회의 기쁨에 빠져 있기엔 기차 출발 시간이 촉박했다. 다윈은 남은 인사를 뒤로 미루고 레오를 기차로 이끌었다. 발을 올리자마자 기다렸다는 듯 기차가 움직이기 시작했다.

다원은 먼저 차창 쪽 좌석에 앉았다. 그런데 짐이 든 배낭과 카메라 가방을 바닥에 내려놓은 뒤 옆좌석에 앉으려던 레오가 갑자기 놀란 얼굴로 외쳤다.

"다원, 이 후드! 우리가 교환했던 그 후드 아니야? 교장에게 빼앗겼는데 어떻게 네가 입고 있는 거야?"

"아, 그게, 사실은 나중에 교장 선생님이 우리 아버지 편으로 돌려주셨어. 내가 '오래된 것들' 행사 때 내서 문제가 된 것이니까 내 보호자로서 대신 처분해 달라고 하시면서. 그때 버리신 줄 알았는데 오늘 여기에 올 때 입을 만한 옷을 찾다 보니까 아버지 방에 있더라고."

"뭐야, 그랬었어?"

레오는 합리적인 정황에 오히려 김이 샜다는 얼굴로 자리에 앉으며 말을 이었다.

"아까는 전화가 중간에 끊기는 바람에 걱정했거든. 프라임스쿨 교복 얘기까지만 듣고 혹시 네가 교복을 입고 오는 건 아닌가 하고. 난 프라임스쿨 교복 같은 스타일의 옷은 절대 입고 오지 말라는 얘기를 하려고 했던 건데 말이야."

다원이 웃으며 말했다.

"설마……. 9지구에 프라임 교복 같은 걸 입고 올 정도로 둔감하진 않아."

레오는 후드를 물끄러미 바라보더니 말했다.

"생각보단 위화감이 있진 않네. 아니, 꽤 잘 어울려."

다원은 어깨를 으쓱해 보이며 웃어 넘겼다.

기차 천장에 달린 여덟 개의 등 중 여섯 개는 부서져 있거나 불이 들어오지 않았고, 그나마 불을 밝히고 있는 두 개의 등 역시 갈 때가 한참 지나 바로 아래 좌석조차 선명히 비쳐 주지 못했다. 9지구를 장악한 어둠이 기차 속까지 그대로 스며들어 있었다. 그러나 다윈은 조금도 빛이 부족하게 느껴지지 않았다. 7일간의 여정을 이야기하는 레오의 눈동자 속에 어떤 빛보다 눈부신 사자자리의 별자리가 빛나고 있었다.

"8지구 빈민가보다 더 믿기 어려운 건 9지구에 흐르는 적막 감이야. 9지구에서 매일 살인과 폭력이 일어난다고 말하는 사람들은 도대체 뭘 보고 그런 말을 하는 거지? 60년 전에 시간이 멈춘 세상에서 살아가고 있는 건가? 뭐, 아무리 설명해도 자기 눈으로 보지 않는 한 절대 믿지 못하겠지. 이제는 9지구가 1지구 못지않게 안전한 곳이 됐다는 걸. 물론 정반대의 의미로. 모든 의욕을 거세당했으니까."

다윈은 말 없는 충실한 관객이 되어 레오의 이야기를 듣고 있었다. 창을 닫는 게 기차의 유일한 난방인 탓에 코트로 무릎을 덮고 두 손을 바지 주머니에 넣고 있었는데 그러다 보니 왼손에 주머니에 든 건전지가 계속 만져졌다. 문득 어린 시절, 주머니 속에 호두를 넣어 가지고 다니며 손바닥 안에서 굴리곤 했던 추억이 떠올랐다. 아버지가 손으로 호두를 굴리면 손의 신경을 자극해 뇌를 활발히 하는 데 도움이 된다고 일러 주었었다.

"그래서 다윈, 난 오늘 어쩌면 루미 말이 맞는지도 모르겠다는 생각이 들었어."

너무 오래 손에 쥐고 있어서인지 건전지 표면으로 땀이 배어나는 게 느껴졌다. 다윈은 레오를 돌아보며 물었다.

"루미의 말? ……어떤?"

"제이 삼촌을 죽인 사람이 9지구 후디가 아닐지도 모른다는 얘기. 예전엔 말도 안 되는 망상이라고 생각했는데 9지구에 사는 사람을 직접 보고 나니까 어딘가 수긍이 가기도 해. 9지구를 벗어날 생각조차 못 하는 그 사람들이 과연 1지구까지 올 수 있었을까 싶어서."

다원은 작은 목소리로 얼버무리듯 대꾸했다.

"30년 전엔 지금이랑 분위기가 달랐을 테니까……."

레오는 그 말에 더 열성적으로 반응했다.

"분위기로 말하자면 지금보다 그 당시에 1지구로 올라오는 게 더 어렵지 않았을까? 30년 전은 폭도들 색출이 계속되던 시대잖아. 그 살벌한 분위기를 뚫고 자기 무덤이 될지도 모를 1지구까지 왔다는 건 비현실적이지 않아? 강도 짓은 중위 지구에서도 얼마든지 할 수 있었을 텐데."

"어디에나 일탈을 하는 사람은 있잖아. 제이 아저씨뿐만이 아니라 다른 1지구 주민들도 당한 일이기도 하고."

"뭐, 예외라고 하면 할 말이 없지만. 아무튼 처음으로 루미가 의심 가질 만한 부분이 있다는 건 인정하게 됐어. 카세트를 주면 꽤 기뻐하겠지? 지금까지 제이 아저씨 일에 관해 너무 비꼬기만 한 것 같아서 미안했는데, 이걸로 그동안의 잘못을 조금은 만회할 수 있을 것 같아."

다원은 아무 말 없이 창 쪽으로 시선을 돌렸다. 어둠이 내린 차창 위엔 바깥 풍경 대신 자기 얼굴이 비쳤다. 계속 입을 다물고 있으니 레오가 "다원, 괜찮아? 기분이 안 좋아 보이는데."라며 얼굴을 가까이 내밀었다. 다원은 입가가 경직된 것을 느꼈지만 억지로 미소 지으며 고개를 저었다. 그러자 레오가 조심스러운 목소리로 "혹시 내가 루미랑 연락을 주고받은 것 때문에 그래?"라고 물었다.

"그런 거라면 신경 쓸 필요 없어. 이제 와서 다원 너와 루미 사이에 끼어들 생각은 전혀 없으니까. 이것만 전해 주고 나면 루미랑 더 만날 일은 없을 거야."

다원은 자신의 얼굴을 경직시키는 요인이 무엇인지 알고 있고, 바로 전까지는 레오가 암시하는 그런 감정은 전혀 느끼지 않았음에도, 레오의 해명을 듣는 순간 어쩌면 검은 거울 위의 저 분신은 정말 그런 걱정까지 하고 있었던 건 아닐까 하는 의심이 들었다. 다원은 레오 쪽으로 고개를 돌리며 말했다.

"루미는 무척 감동할 거야. 그렇게 찾던 제이 아저씨 유품을 레오 네가 찾아 줬으니까."

"그래 봤자 잠깐이야. 아마 녹음된 음악을 다 듣고 나면 고마운 마음도 금세 사라질걸. 워낙 감정 전환이 빠른 애니까."

다원은 "그럴지도 모르지."라고 수긍하고는 잠시 뒤 다시 입을 열었다.

"그런데 만에 하나…… 음악 말고 다른 게 녹음돼 있다면 어떨까?"

레오가 고개를 갸웃거리며 물었다.

"음악 말고 다른 거? 어떤 거?"

"예를 들면…… 루미가 가진 의문을 한 번에 풀 수 있을 만한 그런 거."

"루미가 가진 의문을 한 번에 풀 수 있을 만한 게 녹음돼 있다고?"

레오는 순식간에 9지구의 상황을 얘기할 때와 같은 심각한 얼굴로 변했다. 다윈은 그런 얼굴을 해야 할 사람은 레오가 아니라 자신이라는 생각이 들었다.

"네 말을 들으니까 사실 마음에 걸리는 게 있긴 해. 루미가 제이 아저씨 것도 아닌 우리 아버지 물건을 찾는 일로 아버지랑 그렇게 말다툼을 한다는 게 좀 이해가 안 됐거든. 2년간이나 안 보고 지낸 나한테까지 연락을 해 가면서. 그땐 제이 아저씨 얘기를 또 듣는 게 귀찮아서 이유도 안 물어보고 그냥 찾아 주겠다고만 했는데, 그럼 정말 이 카세트를 찾으려 했던 게 단순히 추억이 깃든 물건이라서가 아니라 다른 이유 때문이었던 걸까?"

다윈은 아무 말도 하지 않았다. 레오가 뒤로 몸을 젖히며 말을 이었다.

"별거 아니라고 생각했는데 갑자기 되게 궁금해지네. 그러고 보면 제이 아저씨가 죽은 날 녹음된 테이프니까 그것만으로도 관심을 가질 만한 조건이 충분히 되는데, 왜 지난 일주일간 그런 생각을 전혀 못 한 걸까? 내가 너무 내 일에만 빠져 있었나 봐."

레오는 그러면서 배낭을 열더니 카세트를 꺼냈다.

"이렇게 손 안에 들고 있는데도 들을 수가 없다니, 우습네. 이럴 줄 알았으면 8지구에 있었을 때 건전지를 사는 거였는데."

카세트를 앞뒤로 돌려 보며 아쉬워하는 레오 앞으로 다윈은 왼손을 펼쳐 보였다. 손바닥 위로 드러난 물건을 본 레오는 단순히 놀란 정도를 넘어 속임수를 부리지 않는 마술이라도 본 것처럼 흥분했다.

"건전지잖아. 어떻게 가지고 있는 거야?"

"네가 건전지가 떨어져서 못 들었다고 하기에 한번 가져와 봤어. 마침 방에 남은 건전지가 있었거든. 오는 동안 음악을 듣고 오면 좋을 것 같기도 했고."

합리적인 정황이 마술의 신비를 벗기자 레오는 "역시 다원 영이야. 늘 한발 앞서간다니까."라고 치켜세우며 건전지를 받아 원래의 것과 바꿔 끼웠다.

테이프는 레오가 듣다가 멈춘 구간부터 재생되었다. 기차 안으로 음악이 흐르자 텅 빈 좌석과 어두침침한 조명, 거친 낙서들이 노래에 알맞은 분위기를 조성하기 위해 일부러 연출한 배경 장치들로 보였다. 다원은 자신이 확인하려는 것이 무엇인지도 잊은 채 음악에 귀를 기울였다. 레오가 혼잣말처럼 작은 목소리로 "좋은데."라고 말했다. 굳이 대답을 기대한 말이 아니란 것은 알았지만, 다원은 고개를 끄덕였다. 정말 좋은 음악이었다. 불안하거나 미심쩍은 분위기는 조금도 느껴지지 않았다.

포크 형태의 음악이 계속 흘러나왔다. 나른한 목소리 때문인지 눈이 조금씩 감기려고 했다. 레오도 그런 것 같았다. 다원은 1년의 마지막 날 자신이 후드를 입고 9지구를 가로지르는 기차 속에 있다는 사실이 현실을 빙자한 꿈처럼 느껴졌다. 그런데 그렇게 생각하자 정말 이 순간이 얼마 후면 깰 꿈과 다를 바 없이 여겨졌다. 기차는 눈앞에서 보고 있어도 도무지 현실로 다가오지 않는 9지구와 후드를 몽롱한 꿈으로 멀리 미뤄 놓고 레오와 함께 할아버지 파티에 참석해 손님들과 새해 카운트다운을 외칠 '진짜 현실'을 향해 나아가고 있었다. 제로를 외치는 카운트다운 소리 뒤로 시계의 초침이 한 번 움직이는 순간 지난해에 쌓인 죄는 모두 지워지게 될 것이다.

메마른 목소리를 가진 남자 가수의 노래가 끝나고 음악이 조용한 다른 곡으로 바뀌었다. 기차는 막 터널에 진입하려고 했다. 다원은 터널 구간 동안엔 잠깐 잠을 자도 좋을 것 같아 눈을 감았다. 눈을 감으니 기차의 진동이 놀이 기구의 흔들림처럼 느껴져 꼭 문이 닫힌 놀이공원에 레오와 단둘이 몰래 들어와 있는 기분이 들었다. 그러자 실제로도 방학 동안에 레오와 한번 놀이공원으로 놀러 가면 좋겠다는 생각이 들었다. 다원은 레오에게 가능한 날짜가 언제인지를 물어보려고 눈을 뜨려 했다. 그런데 그때, 노래를 부르는 가수의 목소리 사이로 갑자기 다른 사람 목소리가 들려왔다.

─제이.
─깜짝이야, 니스. 놀랐잖아. 이 시간에 무슨 일이야? 그 후드는 뭐고. 그러고 있으니까 꼭 후디들 같잖아.
─제이, 할 말이 있어.
─무슨 할 말?
─먼저 라디오 좀 꺼 줄래?
─무슨 말인데?
─라디오 좀 꺼 봐.
─왜 그런 무서운 표정을 짓는 거야?
─그 라디오 좀 끄라고!

─ 왜 그래, 소리를 지르고. 조이가 깨겠어.

─ 미안, 라디오 좀 꺼 줘.

─ 하지만 미드나이트 뮤직을 녹음하고 있는 중이란 말이야.

─ 그깟것 중단시키면 되잖아.

─ 흠……. 후드까지 입고 온 걸 보니 아무래도 니스 영이 이 제이 헌터에게 뭔가 중요한 말을 할 것 같네. 알았어, 끌게, 끈다고. 잠깐만 기다려. 그럼 여기까지만 녹음을 끝내고.

딸깍.

"다원."

다원은 자신의 이름을 부르는 소리를 들었다. 그러나 그 소리가 꿈과 현실 중 어느 쪽에서 들려오는 건지 분간할 수가 없었다. 다원은 눈을 뜨지 않았다. 그래도 기차가 계속 터널 속을 지나가고 있다는 것만은 온 감각으로 느껴졌다. 끝나지 않을 것 같은 터널이었다. 계속 눈을 감고 있자 어디선가 웃음소리가 들려왔다. 키득키득. 심술맞은 어린아이가 웃는 듯한 소리. ……신이었다. 도무지 신이 있을 것 같지 않은 이 9지구 터널 안에서 신이 자신을 비웃고 있었다.

"다원……. 어떻게 된 거야? 이날은 제이 아저씨가 살해된 날이잖아. 그런데 왜 이런 게 녹음돼 있는 거지? 니스 영은 위원장님, 다원 너희 아버지잖아."

다원은 이제 눈을 뜨고 고개를 돌려야 한다는 것을 알았다. 외면하지 않고 이 현실 세계와 마주해야 한다는 것을 알았다. 그리고 가장 먼저 무엇을 해야 할지도 알았다.

빌어야 했다. 무릎을 꿇고 두 손을 비비며 신에게 굴복하듯이 레오에게 빌어야 했다. 제발 이 테이프에 대해 루미에게 말하지 말아 달라고, 제발 여기서 함께 이 테이프를 없애자고, 제발 여기서 들은 것을 비밀로 지켜 달라고……. 무릎을 꿇고 그렇게 진심으로 빌면 레오는 부탁을 들어줄 것이다. 친구니까, 가장 믿을 수 있는 친구니까. 세상에 인간이 인간에게 용서받지 못할 죄는 없다고 한 레오니까 분명 부탁을 들어줄 것이다.

다윈은 천천히 눈을 떴다. 눈을 너무 오래 감고 있어서인지 기차 속 풍경이 한 바퀴 빙그르르 도는 느낌이었다. 잠시 뒤 균형감이 돌아오자, 아직 모든 상황을 완벽하게 파악하지 못했음에도 모든 진실을 다 알아채 버린 레오의 얼굴이 정면으로 들어왔다.

주위에는 아무도 없었다. 무릎을 꿇고 바닥에 이마를 대는 굴욕적인 모습을 한대도 비웃음을 살 일은 없었다. 앞에서 미약한 빛이 느껴졌다. 끝날 것 같지 않았던 터널이 끝나 가려 하고 있었다.

이 터널을 벗어나기 전에 빌어야지. 살려 달라고 빌어야지. 아버지와 나를 살려 달라고 눈물로 빌며 애원해야지.

다윈은 자리에서 일어나 레오를 향해 몸을 돌렸다. 그런데 그때 맞은편 검은 차창 위로 한 인간의 모습이 보였다. 무릎을 꿇지도, 두 손을 비비지도 않는…… 똑바로 선 인간.

다윈 영

　　　　　프리메라 여학교 교복으로 손을 뻗던 루미는 잠시 머뭇거리다가 옷장 맨 끝에 걸려 있는 검은색 겨울 원피스와 코트로 손을 옮겼다. 다른 사람들의 눈길을 끌 만한 특별한 구석이라고는 한 군데도 없는 평범한 옷이었다. 루미는 살이 드러나지 않는 두꺼운 스타킹과 굽이 낮은 구두를 신었다. 온통 검은색뿐이어서인지 거울에 비쳐 보이는 모습이 꼭 그림자가 수직으로 서 있는 것 같았다. 어디서도 루미 헌터는 보이지 않았다. 그러나 이게 옳았다. 오늘까지 프리메라 교복을 선택한다면 스스로를 용서할 수 없을 것이다.

　루미는 1층으로 내려왔다. 아빠 엄마는 벌써 준비를 마치고 거실에서 기다리고 있었다. 계단 마지막 칸에서 아빠가 부축을 하듯 손을 내밀었다. 루미는 아빠의 손을 잡았다. 따듯했다. 그 순간 이상하게 눈물이 나오려고 했다. 루미는 참지 못하고 울음을 터뜨리며 아빠에게 안겼다. 아빠가 어깨를 감싸 안아 주며 "괜찮아, 당연한 거야."라고 말했다. 루미는 처음으로 자신이 조이 헌터, 아빠한테서 태어난 딸이라는 것을 느꼈다. 누군가의 죽음을 통해 자기 곁에 있는 존재의 소중함을 깨닫는 것은 인간이 몇만 년간 반복해서 저질러 온 실수일 것이다.

레오가 묻힐 곳은 1지구 외곽에 위치한 세인트폴 공동묘지로, 성년이 되지 못하고 단명한 아이들이 잠들어 있는 곳이었다. 루미는 레오의 장례식장으로 가기 전 입구에 잠시 멈추어 서서 묘지 서쪽을 바라보았다. 그곳에 제이 삼촌의 묘도 있었다. 삼촌이 아닌 다른 사람을 추모하기 위해 이곳에 또 왔다는 게 믿기지 않았다. 아빠도 형 생각이 나는지 제이 삼촌 묘지 쪽으로 고개를 돌린 채 말없이 서 있었다. 그러나 곧 개인적인 감상을 누릴 여유도 없이 뒤에서 대규모의 인원이 밀려 들어왔다.

침묵이 익숙한 묘지이지만 오늘만은 예외였다. 루미는 한 걸음 뒤로 물러서서 열을 지어 걸어오는 프라임스쿨 학생들에게 길을 내주었다. 알려진 대로 전교생이 장례식에 참석하는 모양이었다. 물론 진짜로 단 한 명도 빠지지 않고 모두 온 것인지는 알 수 없었다. 그러나 신문 기사에는 분명 그렇게 실렸다. 비통하게 죽은 프라임스쿨 재학생 레오 마샬 군의 장례식에 프라임스쿨 학생 전원이 참석하기로 예정돼 있다고. 기사에는 연말을 맞아 외국에 나가 있다가 비보를 전해 듣고 장례식에 참석하기 위해 급히 귀국했다는 어느 프라임 보이의 우정도 소개돼 있었다.

교복을 완벽하게 갖춰 입고 한곳에 모여 선 프라임 보이들은 단번에 공동묘지의 분위기를 압도했다. 단지 천 명이 넘는 인원 때문이 아니라 그들이 프라임스쿨에서 벗어나 교복을 입고 외부에서 이렇게 단체로 모일 사건이 거의 없기 때문이었다. 루미는 프라임 보이들을 뒤따라 장례식이 열리는 곳으로 걸어갔다. 짧은 생애를 살다 간 아이들의 차가운 비석 사이로 프라임 보이들이 내뿜는 입김이 불길의 연기처럼 피어올랐다.

인파에 가려 잘 보이진 않지만 프라임스쿨 교장이 앞쪽의 작은 연단에 올라서서 식을 진행하고 있었다. 교장은 레오가 얼마나 특별한 학생이었는지에 대해 각자 침묵으로 회상하는 시간을 갖자고 제안했다. 묵념이 끝나자 교장은 품에서 추도문을 꺼내 레오의 진취적이고 호기심 어린 영혼은 프라임스쿨에서 쉽게 잊히지 않을 것이라고 말했다.

루미는 교장이 레오를 묘사할 단어를 찾는 데 애를 먹는 것 같은 느낌이 들었다. 전혀 애정이 묻어나 있지 않았다. '진취적이고 호기심 어린 영혼'이란 문구 밑으로 '무모하고 수치스러운 문제아'라고 썼다가 지운 흔적이 남아 있을 것 같았다. 추측은 틀리지 않았다. 교장이 "왜 9지구에 갔는지는 이해할 수 없지만"이라고 말하는 순간, 교장의 눈빛에 서린 냉정함이 엿보였다. 프라임스쿨 학생이 9지구에 갔다는 사실은 죽어서도 용서받을 수 없는 죄인 모양이었다. 아니면 프라임 보이가 그 범죄자들의 소굴에서 죽었기 때문에 더 용서받을 수 없는 걸까. 루미는 모두가 레오의 죽음을 이야기하는 이 순간에도 레오의 죽음을 믿을 수가 없었다.

레오는 하위 지구를 순환하는 기차 화장실 안에서 누군가에게 목이 졸려 죽은 채로 발견되었다. 사체가 발견된 날은 1월 5일이지만 정확한 사망 시점은 지금까지도 불분명하다. 1월 2일이나 3일 사이로 추정하고 있을 뿐이다. 하위 지구 기차 화장실은 하위 지구 사람들도 가기 꺼리는 곳이기 때문에 그나마 발견된 것만으로도 다행이라고 했다. 운이 없었더라면 날씨가 따뜻해지는 봄까지 화장실에 그대로 방치돼 있을지도 몰랐다. 그랬다간 레오의 신원을 확인하기도 어렵게 됐을 것이다. 날마다 살인 사건이 일어나는 하위 지구에서 부패한 시체 따위가 큰 관심을 끌 일도 없었을 테니.

매일매일 발생하는 살인 사건 피해자 중 한 명이 프라임스쿨 학생이라는 것이 밝혀진 뒤에는 범인을 찾기 위한 대대적인 수사가 진행되었다. 그러나 이렇다 할 만한 증거는 발견되지 않았다. 최초의 발견자인 8지구 주민은 사건에 도움이 될 만한 단서를 제공해 주기보다는 자신이 억울한 누명을 뒤집어쓰지 않는 데에 더 힘을 쏟았다. 프라임스쿨 학생이든 아니든 남자아이 한 명이 살해된 일로 경찰에 시달리는 걸 귀찮아하는 기색이 신문 인터뷰에서 그대로 느껴졌다. 경찰은 중간 수사 발표를 했다. 범인은 하위 지구 주민이며, 체격이 좋은 16세 남자를 단숨에 제압해 목 졸라 살해한 점으로 미루어 굉장한 체력을 보유한 남자일 것이며, 목에 가해진 압력으로 추측컨대 왼손잡이일 가능성이 높다고 했다.

레오를 살해한 이유에 대해서는 카메라를 포함한 레오의 소지품들을 빼앗기 위해서라고 했다. 경찰은 레오가 8지구와 9지구를 촬영하고 돌아다니는 동안 주민 대다수가 카메라에 대한 욕심을 공격적으로 드러냈다고 전했다. 경찰은 중고 카메라 거래처를 샅샅이 조사해 반드시 범인을 추적하겠다며 강한 수사 의지를 드러냈지만, 하위 지구 암시장으로 흘러간 이상 카메라를 찾는 일이 불가능하다는 것은 모두 알고 있었다. 범인을 잡지 못했다고 경찰을 비난하는 사람은 없었다. 은연중에 프라임 보이가 하위 지구, 그것도 9지구까지 가서 값비싼 카메라를 들고 다닌 것부터가 잘못이라는 여론이 형성되었다. 아버지 버즈 마샬을 그릇된 방식으로 본받았다는 비난과 함께.

루미는 레오가 죽은 뒤 지금까지 일어난 모든 일들이 먼 나라에서 들려오는 나쁜 소문으로만 여겨졌다. 아무것도 실제 같지가 않았다. 레오는 아직 여행 중인데 다들 뭔가 오해하고 잘못된 이야기를 퍼뜨리고 있는 것 같았다. 그러나 레오는 정말로 저 앞 관 속에 누워 있었다.

교장이 내려간 뒤 이어서 니스 아저씨가 연단 위로 올라오는 게 보였다. 아저씨 얼굴은 무척 수척해져 있었다.

"프라임스쿨 위원장으로서 레오 마샬 같은 훌륭한 학생을 잃은 것은 크나큰 슬픔이자 비극이라고 말해야 할 것입니다."

아저씨는 잠시 침묵했다가 유가족 편에 서 있는 버즈 아저씨 부부를 돌아보며 말했다.

"그러나 한 학생의 부모이자 아들을 잃은 아버지의 친구로서는 감히 어떤 말을 할 수 있을지 막막하기만 합니다. 슬픔과 비극이라는 단어조차 웃음과 기쁨이라는 단어와 별반 다르지 않게 느껴집니다. 오늘 저는 이 세상에 존재하는 모든 애도와 위로의 말이 얼마나 무기력한지를 느낍니다……. 한 아이를 잃는다는 것은 한 언어를 잃는 것과 같은 절망입니다."

신문 기사와 별반 다를 것 없이 느껴졌던 교장의 것과 비교하면 니스 아저씨의 추도사는 마을 멀리까지 퍼지는 종소리 같았다. 추도문 그 자체로 보이는 니스 아저씨의 수심 어린 얼굴에서 루미는 아저씨가 얼마나 인간을 사랑하는 분인지를 다시 실감했다. 매년 제이 삼촌의 사진 앞에 꽃을 바칠 때도 아저씨는 이런 얼굴이었다. 니스 아저씨라면 제이 삼촌에게 했던 것처럼 레오의 30주년 추도식까지 잊지 않고 꽃을 보내 줄 것 같았다.

이어서 버즈 아저씨가 연단에 올랐다. 버즈 아저씨는 체념한 듯 오히려 니스 아저씨보다 담담한 얼굴로 "레오가 떠나는 길을 지켜봐 주신 모든 분들께 감사드립니다."라고 인사말을 전했다. 그러고는 니스 아저씨를 돌아보며 "힘들지만 이 시간을 함께해 준 오랜 친구 덕분에 슬픔을 이겨 내고 있습니다."라고 고마움을 표했다. 니스 아저씨가 다시 연단으로 올라와 버즈 아저씨를 껴안았다. 버즈 아저씨는 니스 아저씨 어깨에 손을 올린 채로 프라임스쿨 학생들에게 말했다.

"이 자리를 빌려 레오에게 해 줬어야 할 말을 여러분에게 대신 할까 합니다……. 여러분, 부디 지금 곁에 서 있는 친구를 소중하게 여기기를 바랍니다. 학교를 떠나 어른이 되어 다른 길을 가게 되더라도 언젠가 가장 힘든 시간이 오면 그 친구는 다시 여러분 가장 가까운 곳에 서 있어 줄 것입니다. 여기 내 친구 니스영처럼."

소년 시절의 향수가 느껴지는 두 사람의 우정에 프라임 보이들은 숙연하게 고개를 끄덕이며 자기 옆에 선 친구와 의미 있는 눈짓을 주고받았다. 그 순간 루미는 이 묘지들 사이에서 홀로 존재하는 것 같은 공허함을 느꼈다. 지금 자신 곁에 서 있는 친구는 한 명도 없었다.

예식이 끝나고 조문객들이 각자 가지고 온 꽃을 레오의 관 위로 던졌다. 얼마 안 돼 관은 온통 흰 꽃으로 뒤덮였다. 저 아래 세계에만 벌써 봄이 온 것 같았다. 루미는 프라임 보이들 사이에 섞여 준비해 온 꽃을 레오에게 바쳤다. 그리고 레오가 가지라고 주었던 프라임스쿨 강령 책자도 그만 돌려주었다. 더는 그 책자를 읽으며 프라임 보이가 돼 보는 상상을 할 수는 없으니.

꽃이 짧은 포물선을 그리며 다른 꽃들 위로 떨어지는 순간, 참았던 눈물이 다시 흘러내렸다. 도저히 입에서 '안녕'이라는 말이 나오지 않았다. 레오와의 마지막을 너무나 허무하게 끝내 버렸다. 그 전화 통화가 레오와 나누는 마지막 대화가 될 줄 알았다면 그렇게 일방적인 부탁을 하진 않았을 것이다. 그렇게 듣기 싫어했던 제이 삼촌 이야기를 꺼내지도 않았을 것이다. 레오에게 하지 못한 말이 많았다. 고맙다는 말도, 미안하다는 말도 진심을 담아 제대로 한 적이 한 번도 없었다. 지금이라면 그 말들이 닳아 없어질 때까지 할 수 있지만 레오는 두 번 다시 전화를 걸어 오지도, 그 말을 들어 주지도 못한다. 후회로 시작된 눈물이 뺨을 타고 내리는 동안 죄책감으로 무거워져 땅에 떨어졌다. 그때였다. 뒤에서 작게 속삭이는 말소리가 들려왔다.

"그렇게 하위 지구 편을 들더니, 원하던 대로 하위 지구에서 죽었네."

"자기 바디까지 나눠 주면서 말이야."

"카메라를 말하는 거야, 레오를 말하는 거야?"

다원 영

"동음이의어인 셈이지. 둘 다 바디니까."

온몸이 얼어붙는 느낌에 루미는 뒤를 돌아보았다. 그러나 누구의 입에서 흘러나온 말인지 알 수 없었다. 모두가 자신이 선망하는 프라임스쿨 교복을 입고 있었고, 준비해 온 싱싱한 꽃을 레오의 관 위로 던지고 있었다.

장례식이 끝나자 조문객들 일부는 떠나고 일부는 유가족 주변으로 몰려들었다. 루미는 버즈 아저씨 부부에게 인사하러 가는 아빠 엄마 뒤에서 한참 떨어져 걸었다. 버즈 아저씨에게 선뜻 다가갈 수가 없었다. 마음만은 가장 먼저 아저씨에게로 가서 레오가 죽기 전 할아버지 집에 갔었고, 할아버지에게 프라임스쿨 시계를 성탄절 선물로 주었다는 이야기를 전하고 싶었다. 레오에게 늘 무뚝뚝했던 아저씨와 레오를 오해하고 있는 많은 사람들에게 레오가 얼마나 착한 애였는지 알려 주고 싶었다. 그러나 그러기 위해선 레오에게 제이 삼촌의 카세트를 찾아 달라고 부탁, 아니 강요했던 사실과 아저씨가 자신은 살아서 절대 갈 일이 없을 거라고 했던 그 집에 가서 아저씨의 아버지를 만난 일들까지 밝혀야 했다. 어쩌면 할아버지가 아저씨와 레오를 혼동하며 아직까지 아저씨를 '꼬맹이 버즈'라고 부르고 있다는 사실까지도……

루미는 망설이며 조문객들 사이에 섞여 있다가 그만 발걸음을 돌렸다. 이제 와 그런 일들을 전해 봤자 아저씨에게 상처만 더 해 주게 될 것이다. 그 이야기는 더 이상 이 세상에 필요한 이야기가 아니었다.

입구로 나가는데 열다섯 살에 사망한 미아 폰즈라는 여자 아이의 무덤이 눈에 띄었다. 묘비에는 'a human being, not a ghost'라는 문구와 함께 일기장에서 발췌했다는 표시가 돼 있었다. 일기장에 저런 문구를 썼다는 건 살아 있었을 때 살아 있는 인간이 아닌 유령으로 느낄 때가 있었다는 의미일까. 루미는 묘비 앞에 멈춰 섰다. 마치 자기에게 보라고 누군가 적어 놓고 간 말 같았다. 그 의미를 해석할 수 있을 것 같은 기분이 몰려오자, 루미는 그만 여자아이의 무덤에서 등을 돌렸다. 그 순간 저 멀리 나무 아래 서 있는 다윈이 보였다.

다윈은 잎을 다 잃고 마른 가지만 하늘로 무성하게 뻗치고 있는 나무 아래에 서서 두 손을 주머니에 넣은 채 묘지를 둘러보고 있었다. 머리를 움직이는 모습 같은 것은 조금도 눈에 띄지 않는데도 이상하게 무덤들을 둘러보고 있다는 느낌이 들었다. 인간이 흔히 나무는 땅에 다리를 박은 채로도 꽃이 피고 태풍이 몰려오고 새가 죽는, 자연에서 일어나는 모든 일들을 알고 있다고 생각하는 것과 비슷한 느낌이었다. 다윈은 한 그루의 나무 같았다.

루미는 무덤들을 지나 다윈에게로 걸어갔다. 이윽고 다윈도 고개를 돌렸다. 어쩌면 지난번처럼 피하려 할지도 모른다는 생각이 들었는데, 다윈은 조금도 자세를 흐뜨리지 않고 그대로 나무 밑에 서 있었다. 시선도 한곳에 머물러 있었다. 다윈과 점점 가까워질수록 루미는 이상한 착각이 들었다. 다윈을 발견하고 다윈이 서 있는 곳으로 걸어가고 있는 것은 분명 자신의 의지인데도 어쩐지 다윈이 자신을 발견해서 자기 쪽으로 걸어오게 만드는 것 같았다.

다윈 앞에 다다른 순간, 루미는 앞으로 한 발 더 내디디려던 걸음을 자기도 모르게 그만 거두었다. 어쩐지 가까이 가기가 두려웠다. 스스로도 이해할 수 없는 감정에 왜 그런 느낌이 드는 건지 자기 안을 유심히 들여다보았다. 그러자 곧 그 감정이 무섭다는 식의 단순한 공포감이 아니라 짧은 시간에 몰라볼 정도로 성장해 버린 한 인간을 향한 일종의 경외감이라는 것을 깨달았다.

다윈은 지난번 스튜디오에서 처음 변했다고 느낀 그 모습에서 한 단계 더 변해 있었다. 기후가 다른 곳에서 떨어져 자란 다윈의 일란성 쌍둥이 같다고 느꼈던 그때의 변화가 수평적인 변화였다면, 이번의 변화는 그 쌍둥이의 존재조차 자기 안으로 흡수해 어딘가 위로 올라선 것 같은 수직적인 변화였다.

무엇에서 영양분을 얻는지 알 수 없는 마른 겨울나무 한 그루를 등지고 수백 개의 무덤들을 바라보고 서 있는 다윈은 종 자체가 달라진 것 같았다. 불과 반년 전 거대 지구본 앞에 서 있었을 때 세상과 평화롭게 조화를 이룬 듯했던 인상은 어디에도 남아 있지 않았다. 지금 다윈은 이 세상에 홀로 존재하는…… '단독자' 같았다. 루미는 마음속에 이는 그런 생경한 느낌을 간신히 억누르고 입을 열었다.

"여기서 뭐 해?"

다윈은 아무런 감정도 드러나 보이지 않는, 꼭 자기 등 뒤의 나무가 말을 하는 것 같은 얼굴로 "아버지를 기다리고 있어."라고 대답했다. 루미는 다윈의 시선이 가리키는 쪽으로 고개를 돌렸다. 멀리 유가족들 사이에서 바쁘게 조문객들을 응대하는 니스 아저씨가 보였다. 제이 삼촌의 추도식에서도 그랬듯이 레오의 장례식에서도 버즈 아저씨보다 니스 아저씨가 더 책임자처럼 보였다.

"아까 아저씨가 한 추도사는 정말 감동적이었어. 아저씨는 상처받은 사람들을 위로하는 데 특별한 능력이 있으신가 봐."

다원은 무표정한 얼굴로 짧게 "그게 아버지 일이니까."라고 대답했다. 다원의 무뚝뚝한 응대에 루미는 조금 전에는 자신을 이쪽으로 끌어당겼던 그 미지의 힘이 이번에는 반대로 자신을 밀어내는 쪽으로 작용하는 것처럼 느껴졌다. 달의 인력에 무기력하게 조종당하는 바닷물이 된 것 같았지만, 루미는 애써 아무렇지 않은 척 물었다.

"넌 어떻게 지냈어? 레오 소식 듣고 많이 놀랐지?"

"놀랐지."

그러나 다원의 얼굴은 입에서 나온 말과 동떨어져 더할 수 없이 평온해 보였다. 루미는 조금 전에 느꼈던 그 두려움을 다시 느끼며 물었다.

"그런데 전혀 놀란 얼굴이 아닌데?"

다원은 알 듯 모를 듯한 표정으로 대답했다.

"놀라긴 했지만 납득은 됐으니까."

이해할 수 없는 말에 루미는 되물었다.

"납득이 됐다니?"

다원은 잠시 침묵하더니 허공으로 시선을 돌리며 말했다.

"레오는 늘 다른 세상을 궁금해했어. 프라임스쿨에 있으면서도 눈은 언제나 바깥세상을 보고 있었지. 마지막으로 봤던 종업식 날에도 나에게 그렇게 말했어. 프라임스쿨을 떠나서 여기서는 볼 수 없는 것들을 보고 싶다고. 그게 레오가 원하는 삶이었어. 죽음은 그 삶의 연장선상에서 일어난 일이야. 삶과 죽음이 결코 분리되지 않았지."

다윈의 목소리가 날카로운 겨울바람이 되어 머릿속 깊은 곳을 스쳤다. 다윈이 무슨 말을 하는지 알 것 같았다. 루미는 레오의 무덤이 있는 쪽을 바라보며 말했다.

"그래, 만약 레오가 아닌 다윈 네가 하위 지구 기차 안에서 그런 죽음을 맞이했다면 난 절대 지금처럼 장례식에 참석하진 못했을 거야. 비록 우리가 9지구에 같이 간 적은 있지만 너 혼자 하위 지구에 간다는 건 도저히 납득이 안 됐을 테니까 분명히 네 의지가 아닌 다른 사람의 의도에 의해 기차를 탔을 거라고 의심했겠지. 경찰 발표도 절대 믿을 수 없었을 거고. 하지만 레오의 사망 소식을 들었을 때, 물론 죽음이라는 사실은 충격적이긴 했지만, 나머지 정황들은 자연스럽게 받아들여졌어……. 맞아, 그러고 보면 나도 입으로는 믿을 수 없다고 말하면서도 사실 머릿속으로는 레오의 죽음을 납득한 건지도 모르겠어. 레오 마샬의 삶에서는 충분히 일어날 수 있는 죽음이었다고."

말을 마치며 다시 눈길을 돌린 순간, 루미는 놀랍게도 다윈의 얼굴에서 미소를 보았다. 한 점의 의심도 없이 분명한 미소였다. 그 미소의 정체가 무엇인지 알 수 없어 루미는 자기도 모르게 뒤로 한 발 물러섰다. 다윈은 이 세상 사람들 사이에서 통용되는 일반적인 법칙을 무시하고 있는 것 같았다. 그러나 흔들림 없는 다윈의 시선을 통해 루미는 곧 그 미소가 자신을 향한 것이라는 걸 알게 되었다. 다윈은 단순히 이 세상의 법칙을 무시하는 게 아니라, 그 법칙을 뛰어넘어 한 단계 높은 곳에 서서 자신을 내려다보고 있었다. 마치 스승이 제자에게 자신의 세계에 다다르기 위한 문제를 던져 놓고 그것을 푸는 과정을 흐뭇하게 지켜보는 것과 비슷했다. 평소대로라면 그 우월성에 뿌리내린 미소에 불쾌감을 느끼는 게 당연했을 것이다. 누군가가 스스로를 자신보다 더 높은 존재로 인식하며 굽어본다는 것은 용납할 수 없는 일이었다. 그런데 이상하게도 다윈의 갈색 눈동자를 계속 마주하고 있으니, 자신이 다윈의 뜻을 옳게 헤아렸고 다윈이 그것을 미소로써 평가해 주었다는 것에 점점 만족감과 자부심이 들기 시작했다. 그 감정이 기쁨이 되려는 찰나, 다윈의 목소리가 들려왔다.

"모두 각자의 죽음이 납득되는 삶을 살아야 해."

순간 루미는 좀 전에 묘비명 앞에서 걸음이 멈춰졌던 것처럼 다시 숨이 멎는 것 같았다. 다윈의 목소리엔 아무 힘도 실려 있지 않고 특정한 방향도 정해져 있지 않았는데, 이상하게도 그 말이 자신의 심장을 정확히 겨냥한 강철 화살로 여겨졌다. 화살 머리에 '너는 네 삶도 없지 않느냐.'는 비난의 메시지가 매어져 있는…….

루미는 얼굴이 붉어지는 걸 들키지 않도록 애써 침착한 표정을 지으며 말했다.

"너랑 레오는 정반대의 성향이라고 생각했는데, 지금 보니 레오를 가장 잘 이해한 사람은 다윈 너 같아."

"그럴지도. 나를 가장 잘 이해한 사람도 레오였고."

"부러워, 그런 특별한 관계가."

"루미 너도 레오에게 특별한 사람이었어."

"내가? 난 전혀 아니야. 우린 2년간 거의 단절 상태에 있었는

걸. 레오가 나를 지켜워했다는 건 나도 알고 있어."

다원은 말없이 자기 머리 위의 나뭇가지를 올려다보았다. 다원의 시선이 닿아서인지 평범하게 뻗은 나뭇가지가 인류의 계보를 형상화한 사슬처럼 여겨졌다.

잠시 뒤, 다원이 눈길을 돌리며 말했다.

"체육대회가 지나고 나서 레오에게 너희 둘의 관계를 물은 적이 있어. 그때 레오는 루미 네가 진정으로 네 삶을 살길 바란다는 얘기를 했어. 그렇게만 되면 너와 다시 친구가 될 수 있을 거라면서…… 그땐 너희 두 사람의 추억을 너무 깊이 파고드는 것 같아 무슨 뜻인지 묻지 않고 그냥 넘겼는데, 이렇게 되고 보니 물어봤어야 했다는 후회가 들어. 레오가 루미 너에게 남기는 유언이 된 셈이니까."

루미는 목 안이 뜨거워지는 것을 느끼며 말했다.

"물어보지 않아도 난 그게 무슨 뜻인지 알고 있어."

다원이 답을 듣고 싶어 하는 눈길로 바라보았다. 깊은 눈동자 때문인지 답을 구하는 입장인데도 다원은 이미 답을 알고 있는 사람 같았다.

"제이 삼촌에게서 벗어나 내 인생을 찾으라는 거야. 레오가 늘 나에게 하던 이야기였어. 우리 사이가 틀어진 가장 큰 원인이 되기도 했고. 내가 제이 삼촌의 물건을 찾아 달라고 부탁했을 때도 레오는 그렇게 말했어. 내가 가진 빛을 삼촌을 위해서가 아니라 나를 비추는 데 쓰라고. 그게 레오와 나누는 마지막 이야기가 될 줄 알았다면 한 번쯤은 그 애 말에 귀를 기울이고 '그래, 알겠어. 걱정해 줘서 고마워.'라고 했을 거야."

다윈이 말했다.

"레오는 지금도 듣고 있어."

다윈의 그 한마디를 듣는 순간 고여 있던 눈물이 흘러내렸다. 루미는 우는 모습을 보이고 싶지 않아 뒤로 돌아섰다. 다윈은 아무 말 없이 그대로 등 뒤에 서 있기만 했다. 그런 태도도 다윈의 변한 점이었다. 예전의 다윈이라면 어쩔 줄 몰라 하며 어떻게든 눈물을 그치게 하려고 애썼을 것이다. 그런데 지금은 마치 이렇게 우는 게 필요한 일이라는 듯 한 발짝 떨어져 지켜보고만 있었다. 오늘 다윈은 소년이 아니라 먼저 어른이 된 남자 같았다. 루미는 돌아선 채 눈물을 흘리며 말했다.

"아무에게도 말은 못했지만 사실 레오가 죽고 나서 많이 후회했어. 어쩌면 내가 지나치게 제이 삼촌 일에 집착했는지도 모른다고. 삼촌 그림자를 좇아 다니는 동안 아빠와의 관계는 최악이 돼 버렸고, 레오에게는 마지막 순간까지 걔가 싫어했던 일을 강요했어. 그리고 난 다윈 너까지 잃었어. 유령을 좇느라 내 곁에 있는 사람들을 다 잃어버린 것 같아. 만약 내가 레오처럼 갑자기 죽는다면 내 인생은 뭐가 되는 걸까? 그런 생각을 하니까 너무 무서워. 내가 이미 유령이 돼 있는 것 같아서."

뒤에서 다윈의 음성이 들려왔다.

"지금부터 네 인생을 되찾아."

루미는 뒤돌아 다윈을 바라보았다. 다윈을 마주하는 순간 신기하게도 눈물이 저절로 멎었다. 다윈은 정말 다른 존재가 돼 있었다. 자기 뜻에 따라 이 세계에 명령을 내릴 수 있는 절대자 같았다. 루미는 과연 자신이 하려는 말이 그 명령에 대한 복종인 걸까 생각하다가 망설임 끝에 다윈에게 물었다.

"그럼 내가 그렇게 할 수 있도록 부탁 하나만 들어줄래?"

공동묘지의 서쪽은 고요했다. 오가는 인적이 드문 탓에 며칠 전에 내렸던 눈이 무덤 위에 아직 그대로 쌓여 있었다. 이른 나이에 죽은 아이들의 무덤이라고 생각해서인지 소복이 쌓인 눈이 아이들에게 가지고 놀라고 하늘이 내려 준 특별한 선물 같아 보였다.

루미는 다윈이 뒤따라오는 것을 의식하며 걷다가 한 무덤 앞에 이르러 걸음을 멈추었다. 제이 헌터, 삼촌의 묘였다. 펼쳐진 책장을 형상화한 제이 삼촌 묘비에는 성경의 한 구절이 새겨져 있었다.

'내 아버지에게 아들이었으며, 내 어머니 보기에 유약한 외아들이었노라.'

할머니가 고른 문구라고 들었다. 친인척들 몇몇은 그것이 제이 헌터의 삶을 묘사하기에는 너무 소박한 문구라고 지적하기도 했다. 그러나 루미는 지혜로 빛나는 수많은 잠언들 사이에서 선택한 이 평범한 문장이 할머니 할아버지에게 제이 삼촌이 갖는 특별함을 가장 잘 드러내 준다는 데 동의했다. 이 묘비명을 보고 아빠가 느꼈을 소외감은 중요하지 않았다. 어쩔 수 없었다. 불공평하다 해도 죽음이란 원래 그렇게 독점적인 것이다. 아빠뿐만 아니라 할머니, 할아버지, 자기까지도 그 지배 아래 있었다. 그러나 루미는 이제 그만 그 불공평한 죽음의 운영 방식에서 벗어나고 싶었다.

"제이 삼촌, 삼촌이 세상을 떠난 지 벌써 30년이라는 시간이 지났어요. 아들은 아버지가 되고, 아버지는 할아버지가 되는 긴 시간이죠. 하지만 저는 그 시간을 가볍게 웃어 넘겨 버리곤 했어요. 이 세상에 살아 있는 다른 누구보다도 죽은 삼촌이 저와 가장 가까운 가족이고 친구라고 생각하면서요. 가끔은 삼촌과 내가 얇은 벽에 가로막혀 있을 뿐, 동시대를 살고 있는 것 같은 기분이 들기도 했어요. 삼촌…… 삼촌이 들으면 서운해할지도 모르겠지만, 아빠는 삼촌 얘기 하는 걸 안 좋아해요. 삼촌의 죽음에 대해 말하는 건 더욱더 그렇고요. 저는 그런 아빠를 늘 비겁하다고만 생각했어요. 제가 아빠라면 제 인생을 걸고 삼촌의 죽음에 얽힌 의문을 풀 거라 자신했으니까요. 그런데 레오가 땅에 묻히는 것을 본 오늘, 전 처음으로 아빠를 이해하게 됐어요. 저 역시도 레오를 떠올리면 괴롭고 미안해질 뿐이라서 차라리 그 애에 관한 모든 걸 잊어버리고 싶어졌거든요. 오늘에서야 전 진짜 죽음을 알게 된 것 같아요. 삼촌, 저는 지금껏 삼촌의 죽음을 밝히는 일이 우리 가문과 제 삶을 밝히는 일이라고 생각했어요. 그런데 지금은 솔직히 두려워요. 삶이라는 게 바람 속에 흔들리는 촛불한 자루처럼 한순간에 꺼져 버릴 수도 있다는 걸 알게 됐거든요. 그렇다면 죽음을 기웃거리면서 있을 시간이 없는 거잖아요. 촛불이 켜져 있는 동안엔 최선을 다해 자기가 있는 세계를 비추어야 하는 거잖아요. 혹시 삼촌도 이제는 제 삶으로 돌아갈 때라는 걸 말하고 싶어서 저를 이곳으로 부른 거 아니에요? 그렇죠? 제말이 맞죠, 삼촌?"

제이 삼촌의 이름을 담은 입김이 입 안에서 빠져나가는 순간,

루미는 몸이 떠오를 듯 가벼워지는 걸 느꼈다. 호흡 속에 깃들어 있던 삼촌의 영혼이 자신이 한 말을 이해하고 스스로 떠난 것 같았다. 한 번도 삼촌의 존재를 짐으로 느껴 본 적이 없었는데도 온몸을 옥죄고 있던 쇠사슬을 끊어 낸 것처럼 자유로운 기분이 들었다. 피부로 스며드는 태양빛과 발밑에서 꿈틀대는 생명력의 촉감이 생생하게 느껴졌다.

루미는 말없이 뒤에서 자신을 지켜봐 준 다윈에게 돌아섰다. 삼촌과 작별하고 나자 다윈 영이라는 존재가 가장 먼저 대면하고 해결해야 하는 이 새로운 현실 세계의 표상으로 여겨졌다.

루미는 다윈에게 물었다.

"이제 우리는 어떻게 되는 걸까? 넌 이제 날 만나지 않을 거지?"

"왜 그렇게 생각해?"

"넌 내가 싫어졌잖아. 내가 이기적이고 고집이 세고 널 위험에 빠뜨렸으니까."

다윈이 웃으며 말했다.

"난 널 좋아해. 루미 넌 내가 이 세상에서 유일하게 좋아하는 여자야."

루미는 당황스러워 시선을 돌렸다. 다윈의 입에서 나왔다는 게 믿기지 않을 만큼 직설적인 고백이었다.

다윈이 한 발짝 다가와 눈을 마주치며 말했다.

"널 싫어한 적은 한 번도 없었어……. 물론 한순간 널 포기해야 한다고 생각했던 건 사실이야. 네 말대로 네가 이기적이고 고집이 세고 날 위험에 빠뜨렸으니까."

"······그 말은 지금은 생각이 바뀌었다는 거야?"

"그래, 겁쟁이 같은 생각이라는 걸 깨달았거든."

다윈은 이 세상의 온 대지가 펼쳐져 있는 듯한 짙은 갈색 눈동자로 말했다.

"왜 좋아하는 걸 포기해야 하지? 강해지면 아무것도 포기하지 않아도 되는데."

루미는 아무 말도 나오지 않았다. 마음속에서 다윈 영이라는 소년은 늘 어린아이였고 언제까지나 어린아이일 수밖에 없을 것이라고 생각했다. 다윈은 너무 순수했고, 지루할 만큼 평등했고, 지나치게 자기 아버지를 사랑했다. 그런 사람은 아무리 나이를 먹어도 영원히 아이인 것이다.

그러나 지금 눈앞에 서 있는 다윈은 완전히, 그리고 성공적으로 진화한 '다윈 이후의 다윈'이었다. 무엇이 다윈을 그렇게 이끌었는지는 알 수 없었다. 한 해를 지나온 겨울바람일까, 친구의 느닷없는 죽음일까, 아니면 순전히 자기 안의 부르짖음 때문일까······. 이유가 무엇이든 간에 루미는 이 진화한 다윈이 자기 마음을 송두리째 빼앗는 것을 느꼈다. 루미는 자기도 모르게 돌발적으로 다윈에게 입을 맞추었다. 다윈은 놀라는 기색 없이 늘 있었던 일이라는 듯 키스를 받아들였다. 너무나 자연스러운 다윈의 태도에 루미는 다윈이 이 키스를 마치 예견하고 있었던 것 같은 느낌마저 들었다.

인파로 들끓던 묘지는 프라임스쿨 학생들이 떠나고 나자 서서히 평소의 고요를 되찾아 가고 있었다. 루미는 다윈과 손을 잡고 입구로 걸어갔다. 입구 근처에 아빠 엄마와 니스 아저씨가 함께 서 있는 게 보였다. 루미는 자신과 다윈이 손을 잡고 함께 걸어오는 것을 본 아빠와 아저씨의 얼굴에 불편한 기색이 스치는 것을 감지했다. 아마도 친구의 장례를 막 치르고 난 뒤 보일 모습은 아니라고 생각하는 모양이었다. 루미는 불필요한 오해를 사고 싶지 않아 잡고 있는 손을 그만 놓으려고 했는데, 그 순간 다윈이 말없이 더 단단하게 손을 붙들며 자기 쪽으로 끌어당겼다. 루미는 놀랐지만 순순히 다윈의 행동에 따랐다.

니스 아저씨가 말했다.

"둘이 같이 있었구나……. 그래, 친구를 잃었으니 서로 위로해 줘야지."

루미는 역설적이게도 레오의 죽음이라는 극한의 불행을 통해 니스 아저씨에게 다윈과의 관계를 인정받을 수 있는 기회를 얻은 기분이 들었다.

다윈이 말했다.

"루미랑 같이 제이 아저씨 묘에 다녀왔어요. 루미가 아저씨에게 할 말이 있다고 해서."

"그랬구나. 공교롭게도 제이와 레오가 같은 곳에 묻히다니. 아빠한테 들었단다, 어릴 적부터 알고 지낸 친구라며? 루미가 무척 힘들겠구나."

루미는 그렇게 말하는 니스 아저씨의 얼굴에 괴로운 빛이 도는 것을 느꼈다. 죽음이 일반 사람들에게 드리우는 흔한 그림자였다. 루미는 그 그늘이 자기 얼굴에 번지기 전에 어서 빨리 자신이 얻은 깨달음과 변화한 마음을 모두에게 알리고 싶었다. 자신이 보통 사람들처럼 죽음에 상실감을 느끼며 슬퍼하기만 하는 인간이 아니라, 그 슬픔으로부터 도약할 수 있는 존재라는 것을 보여 주고 싶었다. 자신의 손을 꽉 쥐고 있는 다윈의 강인한 손이 그런 마음에 확신을 주었다.

"아니요, 오히려 홀가분해졌어요."

니스 아저씨가 놀란 얼굴로 물었다.

"홀가분해졌다고?"

"네, 물론 아직 슬픔은 크게 남아 있지만 그것과는 별개로 두 사람을 통해 이제는 삼촌을 잊고 제 삶에 충실해야 한다는 것을 깨닫게 되었거든요. 올해부터는 제가 삼촌의 추도식에 안 가더라도 이해해 주세요."

루미는 아빠를 돌아보며 물었다.

"아빠, 아빠도 이해해 주실 거죠?"

아빠 역시 뜻밖이라는 얼굴로 물었다.

"진심이니?"

"당연히 진심이죠. 매년 정성스럽게 추도식을 준비해 주시는 아저씨께는 죄송스럽지만요."

"아니, 나에게 미안해할 것은 없단다. 어디까지나 네 선택이니까……. 그런데 놀랍구나. 나는 루미 네가 의기소침해 있을 줄 알았는데 도리어 이렇게 활기가 느껴지니."

루미는 니스 아저씨가 선택한 '활기'라는 단어가 마음에 들었다. 이제부터 새롭게 다시 시작할 자신의 삶에 어울리는 표현이었다.

"맞아요, 놀라운 일이에요. 죽음이 삶을 더 환하게 비쳐 주는 등대 역할을 한다는 건. 저도 다윈 덕분에 깨닫게 됐어요."

루미는 다윈을 올려다보았다. 다윈은 눈을 마주치며 말없이 미소만 지었다.

아빠가 말했다.

"그래, 나쁜 일을 하나 겪고 나면 좋은 일도 하나 오기 마련이지……."

그러고는 니스 아저씨를 향해 말했다.

"이왕 말이 나왔으니 잘됐어요. 지난번에도 말씀드렸지만 이제는 제이 형의 추도식을 그만할 때도 됐다고 생각하고 있었거든요. 아버지도 점점 노쇠해지시고 어머니도 손님 치르는 일을 힘들어하시고. 이젠 제이 형을 정말 보내 줘야 할 때인 것 같아요. 30년이나 됐잖아요. 이해해 주실 거죠?"

니스 아저씨는 아무 대답이 없었다. 30년간 이어 온 일을 이 자리에서 갑자기 결정하기는 어려울 것이다. 어쩌면 추도식을 중단하는 것에 대해 제이 삼촌에게 죄책감을 느끼는지도 몰랐다. 루미는 아저씨의 변함없는 우정이 고마웠다. 그러나 이제는 니스 아저씨도 자신처럼 제이 삼촌을 놓아주어야 했다. 그 작별이 결코 삼촌을 배신하는 일이 아님을 받아들여야 했다. 그리고 그다음의 명제로 나아가야 했다. 주어진 자신의 삶에 충실하는 것이야말로 죽음에 대한 가장 드높은 존중이라는……. 삼촌의 영혼도 자신의 추도식을 5년, 10년 더 이어 가는 것보다 자신의 가장 좋은 친구인 니스 아저씨가 사회의 정점에 올라 자신이 이루지 못한 꿈을 대신 이뤄 주는 것이 진정한 추모라고 생각할 것이다.

바람이 거셌다. 온기 없는 무덤을 지나와서인지 피부에 닿는 느낌이 유독 싸늘했다. 아빠가 "그럼 이제 그만 집으로 돌아가죠."라고 말했다. 니스 아저씨는 추도식을 그만두겠다는 아빠의 제안이 못내 서운한지 삼촌 묘지 쪽을 오래 바라보다가 "그래, 가야지."라며 걸음을 돌렸다.

루미는 다윈과 맨 뒤에 나란히 서서 차가 있는 곳으로 걸어갔다. 다윈이 "춥지?" 하며 붙잡은 오른손을 자기 코트 주머니에 집어넣었다. 루미는 주위 어른들의 시선에 전혀 개의치 않는 다윈이 자랑스러웠다. 모든 선택과 결정을 자기 의지대로 하겠다는 것을 행동으로써 공표하고 있는 것 같았다. 루미는 주머니 속에서 다윈의 손을 더 단단히 쥐었다. 그때 손가락 끝에서 무언가가 걸리는 느낌이 들었다. 빳빳한 종이 같은 것이었다.

"주머니에 든 게 뭐야?"

다윈이 "이거?" 하며 종이 두 장을 꺼내 보여 주었다. 루미는 깜짝 놀랐다. 위에 있는 하나가 자기 사진이었다.

"이 사진은 어디서 난 거야?"

"3년 전, 내가 신입생이었을 때 프라임스쿨 체육대회에 온 적 있지? 관중석에서 찍힌 사진이야. 학교 학보에 실린 걸 오려서 가지고 있었어. 종업식 날 책상 정리를 하면서 챙겼는데, 깜박 잊고 지금까지 주머니에 그대로 넣어 뒀더라고."

루미는 다윈이 학보에서 자신의 사진을 오려 3년 가까이 간직해 왔다는 사실에 감동했다. 자신이 인지하기 전부터 다윈이 자신을 좋아하고 있었다는 사실도 놀라웠지만, 이렇게나 다른 존재로 거듭난 다윈에게 자신의 가치만큼은 전혀 변하지 않았다는 사실이 스스로에 대한 자부심을 높여 주었다.

루미는 사진 밑에 있는 또 다른 종이를 보며 물었다.

"그럼 이건? 놀이공원에 가자고?"

다윈이 웃으며 놀이공원 입장권을 받아 들었다.

"자세히 봐. 오래전에 유효기간이 지난 거야."

다시 보니 정말 유효기간이 3년 전 여름으로 끝나 있었다. 다윈이 말했다.

"이젠 아무 쓸모 없는 거야."

다윈은 입장권을 땅에 떨어뜨리더니 짓이기듯 구두로 밟았다. 종이는 물에 젖어 곧 형체를 알아볼 수 없게 찢어졌다. 루미는 놀이공원 입장권에 하는 행동치고는 불필요하게 가혹하다는 생각이 들어 이마를 살짝 찌푸렸다. 불분명하게 녹아 없어지는 유효기간의 숫자들이 왠지 모르게 안타까웠다.

그 순간 다윈이 다시 손을 내밀었다. 루미는 다윈을 올려다보았다. 다윈의 눈동자는 이 세상에 대한 자신감과 자기 자신에 대한 확신으로 빛나고 있었다. 루미는 방금 전까지 하던 생각을 머릿속에서 깨끗이 지웠다. 다윈은 의심할 여지 없이 자신이 늘 바라 온 이상적인 남자의 모습이었다.

루미는 주저 없이 다윈의 손을 잡고 다윈이 이끄는 곳으로 걸어 나갔다.